三室戸寺蔵文学関係資料目録

大谷俊太 編

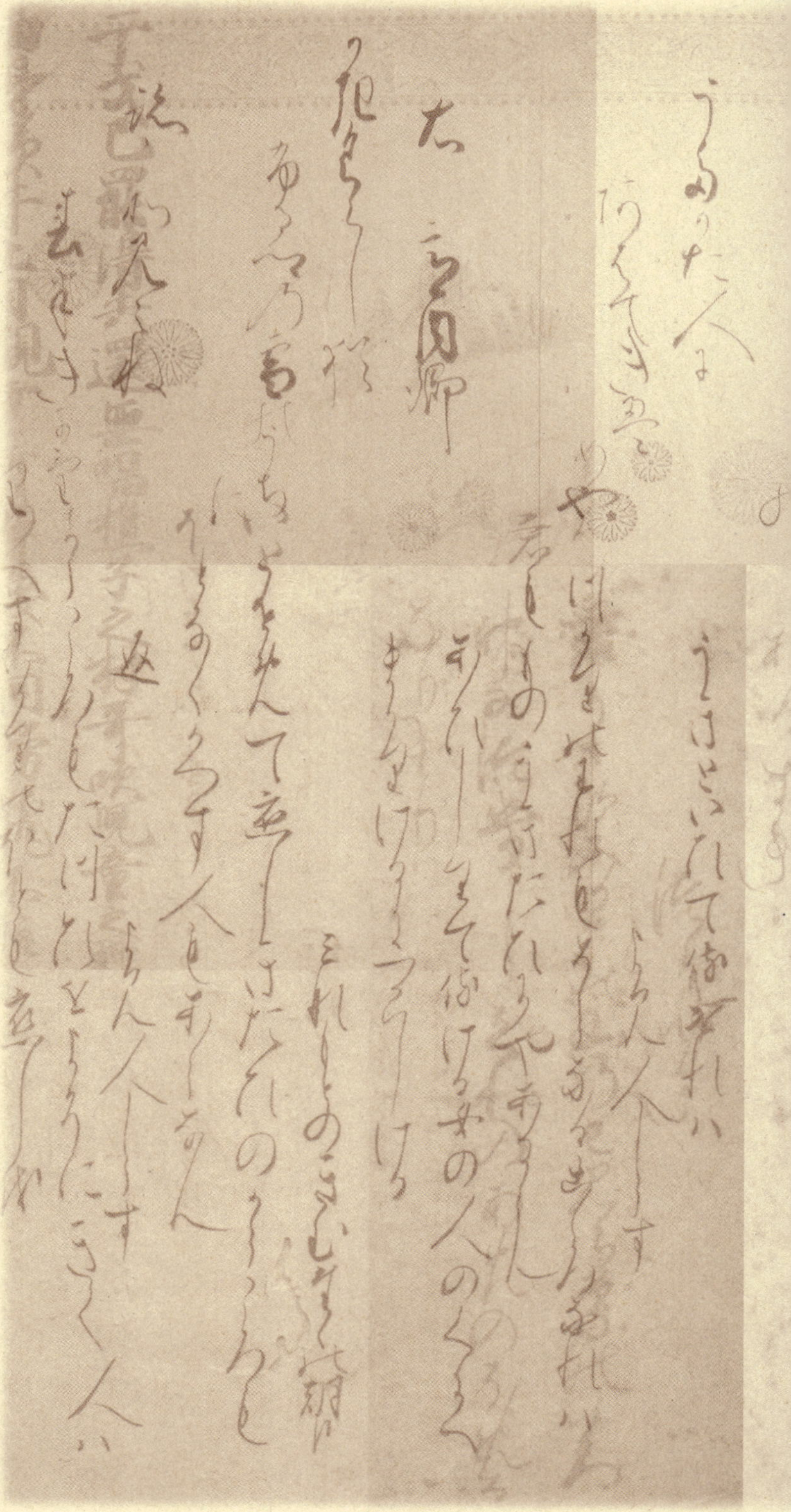

和泉書院

目次

＊「一三四　古筆切」一〜一〇九については、上段に解題、下段に影印のページ数を記した。

凡例

一　古今和歌集　刊　二冊　2
二　古今和歌集　刊　一冊　2
三　後拾遺抄抜書　附七夕詠七首　写　一冊　3
四　金葉和歌集　刊　一冊　4
五　千載和歌集　写　一冊　5
六　萬葉新採百首解　刊　二冊　6
七　〔千載・新勅撰・続後撰集部類〕　写　一冊　6
八　夫木和歌抜書　写　一冊　7
九　九代抄　写　二冊　8
一〇　訳和和歌集　写　一冊　10
一一　新三井和歌集　写　一冊　11
一二　〔未詳私撰集〕　写　一冊　13
一三　続撰吟抄　写　一冊　別紙二紙　15
一四　類題和歌集　刊　三〇冊　17
一五　〔類題和歌集〕恋一〜六　写　一冊　17
一六　心華集　写　一冊　19
一七　盈仁親王筆三十六歌仙歌合絵巻　写　一軸　20
一八　古歌仙　写　一冊　21
一九　小倉山荘色紙和歌　写　一冊　22
二〇　写秘百人一首　写　二冊　23
二一　山家集類題　写　一冊　24
二二　後鳥羽院御集　刊　一冊　25
二三　金槐和歌集　刊　三冊　25
二四　超嶽院集　写　一冊　26
二五　〔野萩〕　写　一冊　27
二六　法如詠草（一）　写　一冊　28
二七　法如詠草（二）　写　一冊　29
二八　春夢草　写　一冊　30
二九　五社百首　写　一冊　32
三〇　鷹三百首　写　一冊　33
三一　難題百首　写　一冊　34
三二　白川殿七百首　写　一冊　35
三三　実隆百首　写　一冊　36
三四　千首和歌太神宮御法楽　写　一冊　38
三五　〔歌書類聚〕　写　一冊　別紙十紙　39
三六　〔定家法華経和歌〕　写　二巻　41
三七　道寛親王筆大僧都連盛追悼和歌幷序　写　一巻　42

三八　盈仁親王詠豊公和歌　写　一幅　44
三九　光明峯寺入道摂政家十首歌合　写　一冊　45
四〇　水無瀬恋十五首歌合　写　一冊　46
四一　時代不同歌合　写　一冊　47
四二　御月次和歌　写　一冊　48
四三　承応二年正月十九日禁裏和歌御会始　写　一冊　49
四四　御点取和歌　写　一冊　50
四五　御会和歌集　写　一冊　51
四六　和歌色葉　写　一冊　52
四七　家隆卿定家のもとへ遣文　写　一冊　53
四八　色葉和難集　写　四冊　54
四九　増補和歌題林抄　刊　二冊　55
五〇　謌枕名寄　写　二十九紙　55
五一　聞書　写　一冊　56
五二　詠歌制言葉　写　一冊　58
五三　栄雅読方和歌道しるべ　刊　一冊　59
五四　和歌古語深秘抄　刊　一冊　59
五五　和歌　濱のまさご　刊　一冊　60
五六　色紙（後水尾院ほか筆）　写　一包六枚　60
五七　道晃親王筆女房三十六人歌合色紙　写　一包三十六枚　62
五八　道晃筆色紙　写　一幅　63
五九　〔連歌百韻集〕　写　一冊　64
六〇　連歌注断簡（矢島小林庵百韻注・住吉法楽百韻注）　写　十二紙　65
六一　住吉法楽百韻注　写　一冊　68
六二　永禄七年七月六日賦何人連歌懐紙　写　四紙　69
六三　千句　写　一冊　70
六四　名所連歌宗祇独吟　写　一冊　72
六五　玄仍七百韻　写　一冊　74
六六　賦物篇　写　一冊　75
六七　〔連歌式目〕　写　一冊　76
六八　新式聞書　写　一冊　78
六九　分葉　写　一冊　79
七〇　永文　写　一紙　81
七一　無言抄　刊　二冊　82
七二　連歌至要抄　刊　一冊　82
七三　湯山千句抄　刊　二冊　83
七四　城西聯句（一）　刊　一冊　83
七五　城西聯句（二）　刊　二冊　84
七六　其師走　刊　一冊　84
七七　和漢朗詠集　刊　二冊　85
七八　十番詩合　写　一冊　86
七九　〔後水尾院八十賀和歌幷漢詩〕　写　一冊　87

八〇　三十首探題詩歌御会録　写　一冊　88
八一　盈仁親王筆過菟道茶苑詩　写　一幅　89
八二　盈仁親王筆茶之詩　写　一幅　90
八三　土佐日記　刊　一冊　91
八四　世継物語　写　一冊　91
八五　たまきはる　写　一冊　93
八六　伊勢物語　刊　一冊　95
八七　伊聞　私　写　一冊　96
八八　伊勢物語称談集解　写　一冊　98
八九　吾妻道記・善光寺紀行　写　一冊　100
九〇　三条西実条江戸下向和歌幷中院通村関東海道記　写　一巻　101
九一　霧島紀行　写　四巻・一冊（一函）　102
九二　つれづれ草　刊　二冊　106
九三　平家物語　刊・写　六冊　106
九四　保元物語（一）　刊　三冊　107
九五　保元物語（二）　刊　二冊　108
九六　平治物語　刊　二冊　108
九七　鎌倉北条九代記　刊　三冊　109
九八　閑居友　刊　二冊　109
九九　沙石集　刊　五冊　110
一〇〇　撰集鈔　刊　一冊　110
一〇一　雑和集　刊　二冊　111
一〇二　畳辞訓解　刊　一冊　111
一〇三　明千寺別当補任状　写　一通　112
一〇四　永享七年五月廿二日付文書写　写　一通　113
一〇五　被定置峰中律令格式事　写　一巻　114
一〇六　御室戸寺雑記　写　一冊　115
一〇七　御室戸寺開帳記　写　三冊　116
一〇八　聖護院宮坊官雑務家伝　写　一冊　117
一〇九　御代々摂家公達　写　一冊　118
一一〇　〔聖護院門跡家来家譜〕　写　一冊　119
一一一　照高院由緒法親王御譜取調草稿　写　一冊　120
一一二　照高院由緒付御代　写　一冊　121
一一三　伝近衛信尹書状　写　一幅　123
一一四　西洞院殿宛書状　写　一通　124
一一五　春日局書状（極月五日付）　写　一通　125
一一六　春日局書状（閏七月晦日付）　写　一通　126
一一七　二条康道書状　写　一通　128
一一八　空性法親王書状　写　一幅　129
一一九　日野弘資書状　写　一通　130
一二〇　二位法印書状　写　一通　131
一二一　烏丸資慶書状　写　一通　132
一二二　御ちご宛仮名書状　写　一通　133

〔凡例〕

一、本目録は、三室戸寺所蔵の国文学関係資料の分類目録である。但、原則として、明治以降成立のものは含まれていない。

一、勅撰集・私撰集・私家集・定数歌・歌合・歌学書・連歌作品・連歌論・俳諧・漢詩文・日記・物語・紀行文・軍記物語・説話集・文書・書状・その他に分類し、成立年代順に排列した。

一、古筆切については、巻末に一括して掲げ、その上で勅撰集・私撰集・私家集等に分類し、成立年代順に排列した。また、図版は後に一括して掲載した。

一、記載事項は、以下の通り。但、資料により記載の必要のない場合は適宜省略した。また、古筆切については一四六頁を参照のこと。

　資料番号、資料名、写・刊の別、員数、【外題】【内題】【装訂】【表紙】【料紙】【法量】【丁数】【用字】【奥書・識語】【書写年代】もしくは【刊記】【刊行年代】、【備考】ならびに▼解説

一、資料名は、原則として外題を採用し、それが不適当な場合は内題等によった。また、作品名が未詳の場合は〔　〕を付して仮題を与えた。

一、文字は原則として通行の字体に従った。

一、引用部分には、適宜句読点を施したところがある。

一、引用部分には、適宜改行を／で示したところがある。

一、虫損等も含め判読不能文字は□で示し、字数が不明の場合は［　］で示した。

一、私に付した注記は（　）で示した。

一、写本については、一点につき一枚を原則として、図版を掲げた。刊本については、原則として掲出していない。

一、調査・執筆者は、大谷俊太・長谷川千尋・小山順子・阿尾あすか・豊田恵子・龍池玲奈・舟見一哉・森本晋の八名である。各解題の末に執筆担当者名を示した。古筆切については舟見一哉が一括して担当した。

三室戸寺蔵文学関係資料目録

一　古今和歌集　　刊　二冊

【外題】「古今和歌集　上（下）」（左肩に題箋）
【内題】「古今和歌集巻第一」
【装訂】袋綴
【表紙】丹色菱形空押し厚手楮紙
【料紙】楮紙
【法量】縦二六・四×横一八・六糎
【丁数】全一七六丁、墨付上冊八六丁、下冊九〇丁、遊紙なし
【用字】漢字仮名交じり
【奥書識語】「此集家々所称雖説々多且任師説又加了見為備後学之証本不顧老眼之不堪手自書之近代僻案之好士以出生之失錯称有識之秘事可謂道之魔姓不可用之但如此用捨只可随其身之所好不可存自他之差別志同者可随之貞応二年七月廿二日癸亥戸部尚書藤在判　同廿八日令読合訖書入落字畢　傳于嫡孫可為将来之証本」
【刊行年代】江戸時代前期
【備考】無辺無郭、一面九行、第一丁表に朱文印
▼伝嵯峨本とされる整版本『古今和歌集』。貞応二年定家本奥書を有する。
（舟見）

二　古今和歌集　　刊　一冊

【外題】「歌／古今和歌集」（表紙に鉛筆で打付書）
【内題】なし
【装訂】袋綴
【表紙】雷文繋ぎ菱千鳥空押し濃紺厚手楮紙
【料紙】楮紙
【法量】縦二七・六×横一八・七糎
【丁数】全一六一丁、墨付一五七丁、遊紙前一丁、後三丁
【用字】漢字仮名交じり
【刊行年代】江戸時代後期
【備考】無郭、異本注記（刻）あり、墨筆による書入あり
▼刊記等はないが、書体や和歌の配列、本文などから、正保四年刊二十一代集本と判断される。墨筆による作者勘物や異文注記は、概ね嘉禄二年四月本に一致する。なお後掲の四『金葉和歌集』も当該資料と同装訂。
（舟見）

三　後拾遺抄抜書　附七夕詠七首　　写　一冊

【外題】「後拾遺和歌抄序」（打付書、本文と別筆墨書）
【内題】なし
【装訂】袋綴
【表紙】黄檗染楮紙原表紙
【料紙】楮紙（黄檗染楮紙を混用）
【法量】縦二五・六×横一八・〇糎
【丁数】全二〇丁、墨付一九丁、遊紙後一丁
【用字】漢字仮名片仮名交じり
【奥書識語】なし
【書写年代】江戸時代前期
【備考】端書①「後拾遺和歌抄序」（一丁表）、端書②墨滅のため不読（一九丁表）、表紙右肩「夏」と鉛筆書

▼『後拾遺和歌集』全巻から計一五八首を適宜省略しつつ抜き書きした前半部分（一八丁裏まで）と、七夕詠七首（和歌六首、漢詩一首）を列挙した後半部分（一九丁表以降）から成る。奥書はないが筆跡から聖護院道晃親王の筆跡と判断される。『後拾遺和歌集』抄出部分の本文は、国立歴史民俗博物館蔵本とのみ一致する。後半部の七首の出典は、①『新後拾遺和歌集』（七一九）、②『雪玉集』（三四八九）、③『草庵集』（四三四）、④『雪玉集』（九七四）、⑤『草庵集』（四三二）、⑥『題林愚抄』（三一三三）、⑦『新撰朗詠集』（七三二）である。（舟見）

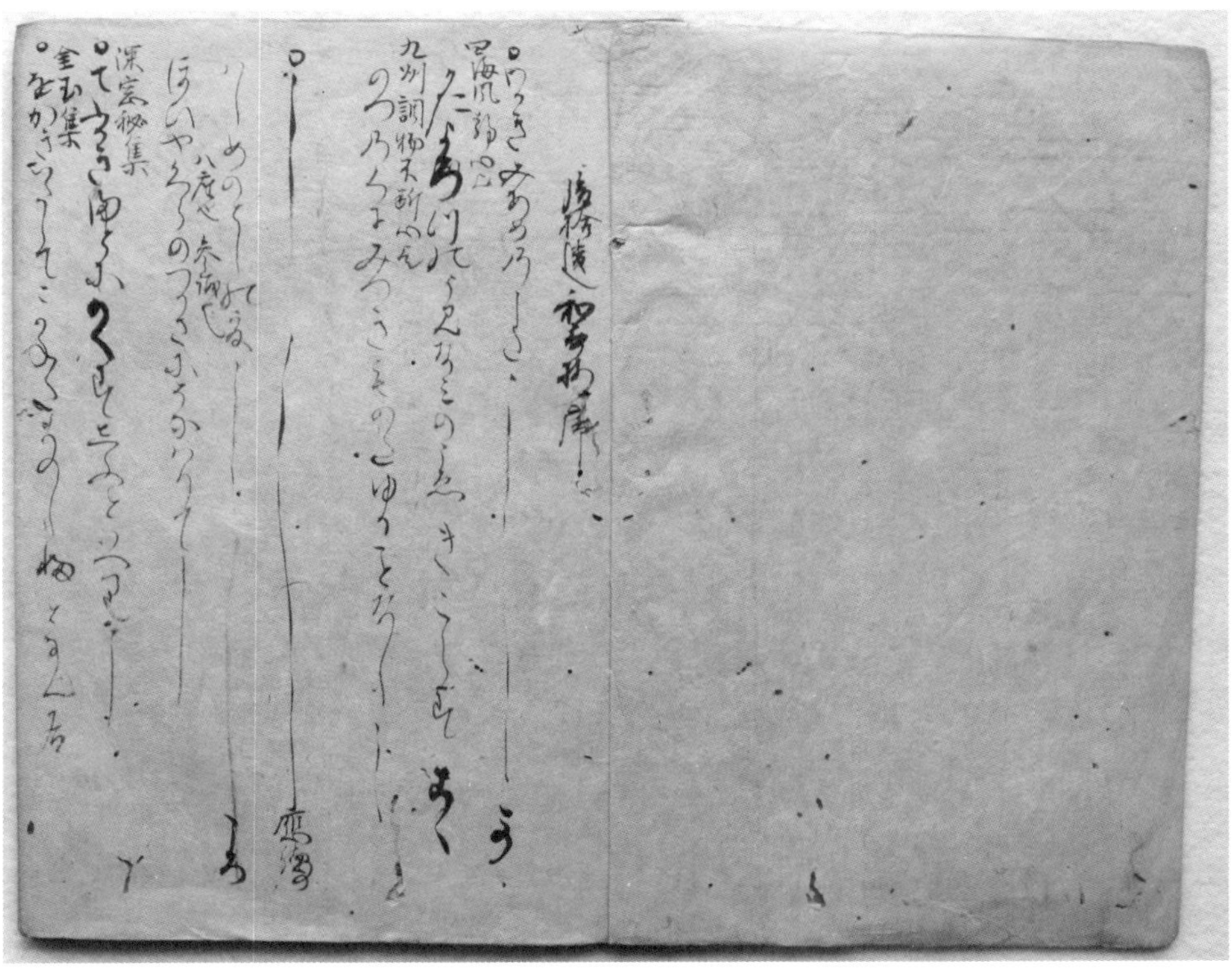

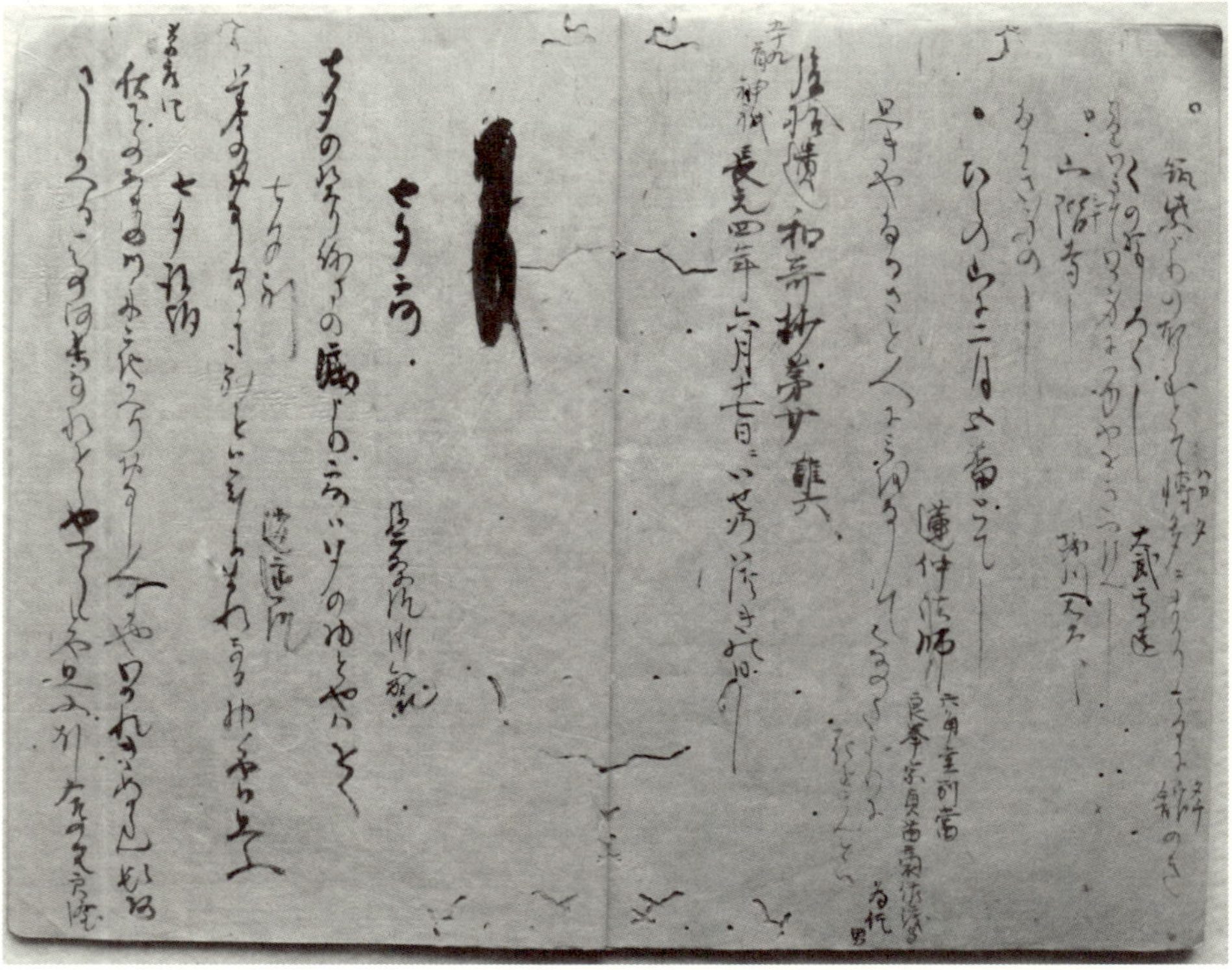

四　金葉和歌集　　刊　一冊

【外題】「金葉和歌集」（表紙に鉛筆で打付書）
【内題】「金葉和歌集巻第二」
【装訂】袋綴
【表紙】雷文繋ぎ菱千鳥空押し濃紺厚手楮紙
【料紙】楮紙
【法量】縦二七・六×横一八・七糎
【丁数】全一〇九丁、墨付一〇五丁、遊紙前一丁、後三丁
【用字】漢字仮名交じり
【刊行年代】江戸時代後期
【備考】無郭、異本注記（刻）あり、一面一〇行、正保四年刊二十一代集本。（舟見）

五　千載和歌集

写　一冊

【外題】「千載和哥集　上」（左肩に打付書、墨書）
【内題】「千載和謌集　巻第一」（端作）
【装訂】袋綴
【表紙】本文共紙
【料紙】楮紙
【法量】縦二一・一×横一三・三糎
【丁数】全九九丁、墨付九八丁、遊紙前一丁
【用字】漢字仮名交じり
【奥書識語】なし
【書写年代】江戸時代中期

▼『千載和歌集』の上冊（春上〜賀）のみ。『新編国歌大観　第一巻』「千載和歌集」解題（松野陽一氏執筆）の分類にしたがうと、基準歌Ａ（離別・四九五）・Ｂ（冬・四二六と四二七の間）ともに無く（Ｃ恋四・八五九は下巻が欠のため不明）、乙類に分類される。

（小山）

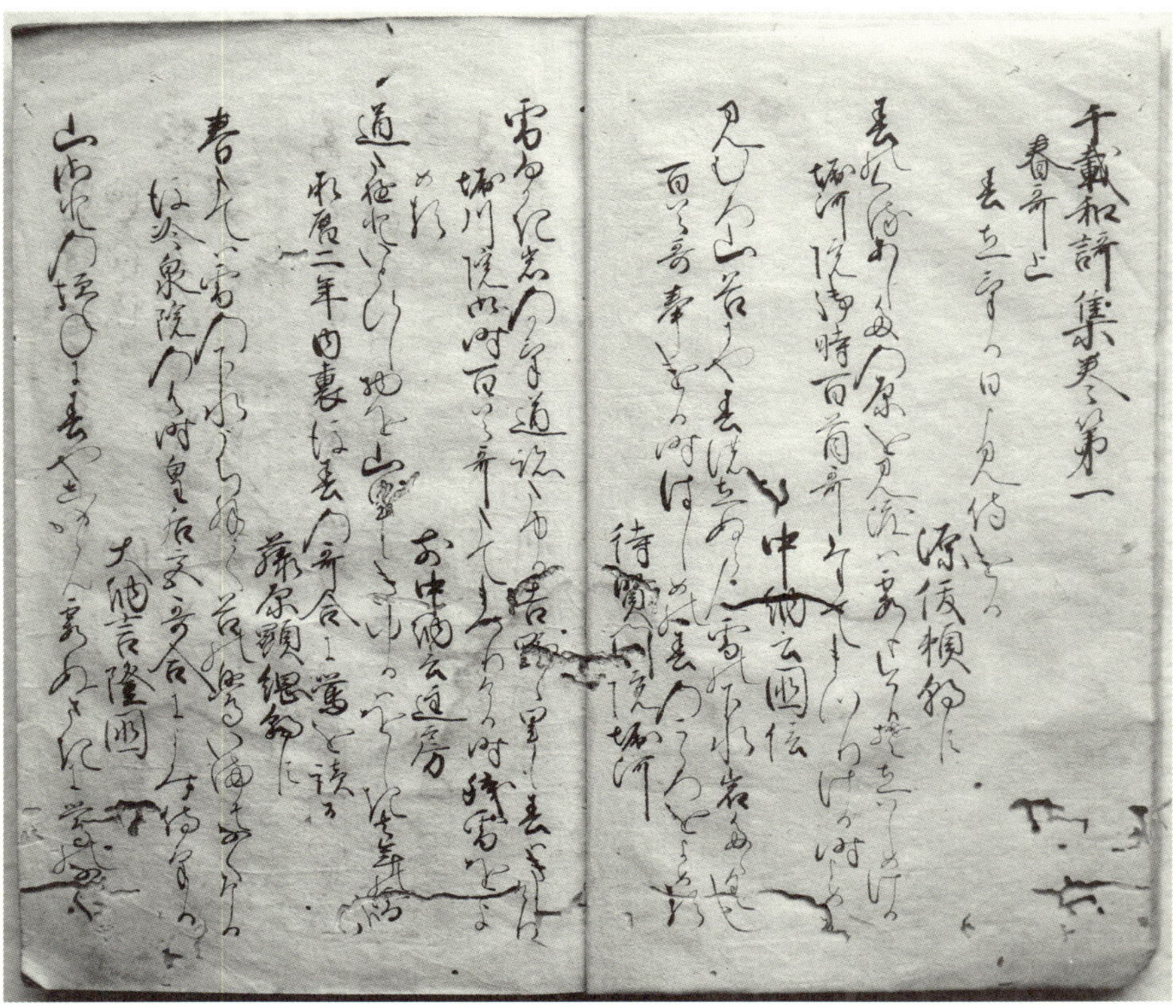

六　萬葉新採百首解　　刊　二冊

【外題】「萬葉新採百首解　上（下）」（左肩に単廓刷題簽・原題簽）
【内題】「萬葉新採百首解巻之上（中・下）」
【装訂】袋綴（五ツ目）
【表紙】布目青色原表紙
【料紙】楮紙
【法量】縦二五・九×横一八・五糎
【丁数】全八一丁、墨付上冊三三丁・下冊四八丁、遊紙なし
【刊記】①見返し「賀茂真淵翁著　萬葉新採百首解　全二冊　皇都二書堂梓」、②裏表紙見返し「嘉永四年／辛亥仲秋発兌／三都／書肆／江戸日本橋通壹丁目　須原屋茂兵衛／同芝神明前　岡田屋嘉七／同　仝所　和泉屋吉兵衛／大坂心斎橋北久太郎丁　河内屋喜兵衛／同心斎橋安堂寺丁　秋田屋太右衛門／同心斎橋博労丁角　河内屋茂兵衛／同心斎橋本町北江入　河内屋和助／京二條高倉東江入　林由兵衛／同寺町高辻上ル　勝村伊兵衛／同寺町仏光寺上ル　近江屋佐太郎／同東洞院二條上ル　田中屋治助」
【備考】一面一二行

（森本）

七　〔千載・新勅撰・続後撰集部類〕　写　一冊

【外題】なし
【内題】なし
【装訂】仮綴（綴り糸などは剝落）
【表紙】黄色梅花紋空押し紙
【料紙】楮紙
【法量】縦二九・一×横二一・四糎
【丁数】全三五丁、墨付三四丁（後尾欠か）、遊紙前一丁
【用字】漢字仮名交じり
【奥書識語】なし
【書写年代】江戸時代前期か
【備考】一面一五行書。題・歌・作者合わせて一行。各歌の頭部に「千」「新」「続」の集付あり。二丁裏に各部立の歌数、『千載』『新勅撰』『続後撰』各集の各部立の歌数を記す。朱筆による書き入れあり。

▼二条家の家の三代集とされた、『千載集』『新勅撰集』『続後撰集』の各集を部類別にまとめる。部立は巻一春歌上から巻十釈教歌までで、恋や雑の部が欠けているので、本書は、本来二巻あった内の、上巻に相当するかと思われる。

（阿尾）

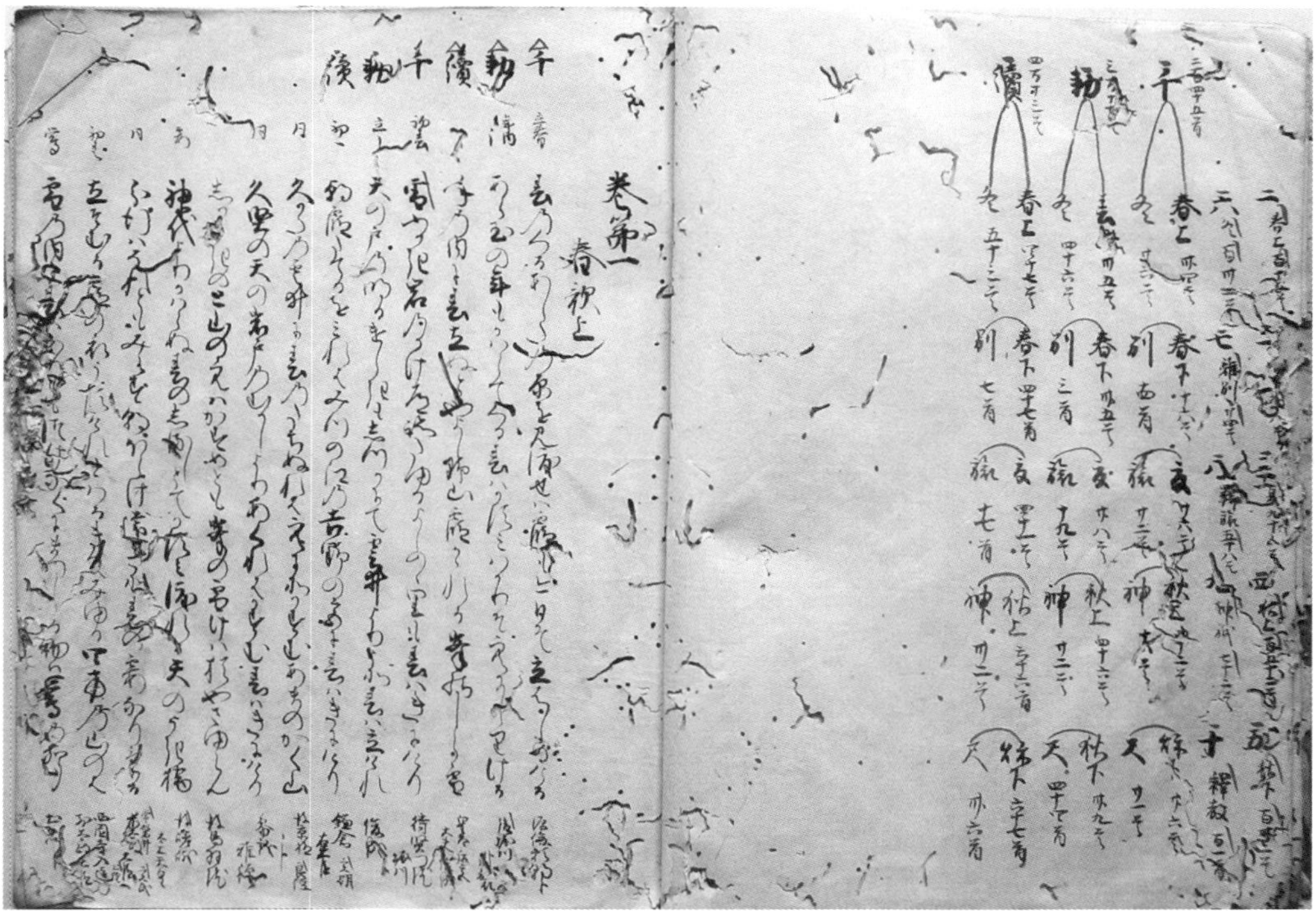

八　夫木和歌抜書　写　一冊

【外題】「夫木和□抜□」（左肩に題簽）
【内題】「夫木和詞」
【装訂】袋綴
【表紙】薄茶色紙表紙
【料紙】楮紙
【法量】縦一三・三×横二一・二糎
【丁数】全一一丁、墨付一〇丁、遊紙前後各一丁
【用字】漢字仮名交じり
【奥書識語】なし
【書写年代】江戸時代前期
【備考】一首二〜三行書。墨書による訂正、異本注記あり。和歌の頭書に題を記すものあり。作者名は和歌の続きに記す。

▼鎌倉時代後期に成立した、藤原長清撰の『夫木和歌抄』を抜き書きしたもの。春から冬まで四季部の歌が中心。『夫木和歌抄』とは作者名や和歌の配列が異なる箇所がある。題の表記も和歌の頭書に記すものや、和歌の前一行に記すものがあるなど統一がとられていない。なお延宝二年（一六七四）跋文、西順著の『夫木和歌集抜書』とは別書。

（阿尾）

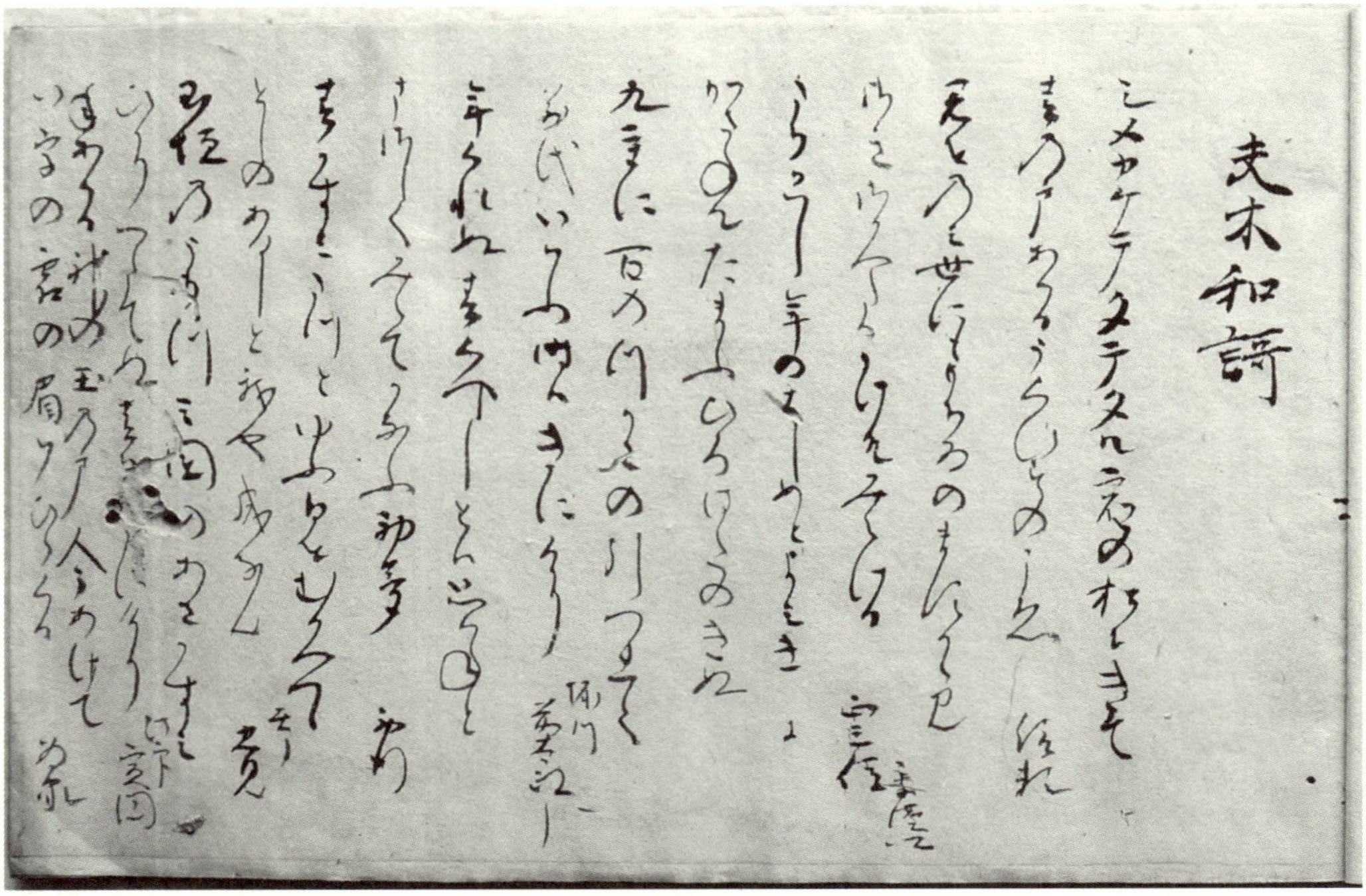

九　九代抄　　写　二冊

【外題】なし
【内題】「九代抄　上（下）」
【装訂】列帖
【表紙】浅葱色楮紙（下冊のみ存）
【料紙】楮紙
【法量】縦二五・三×横二〇・二糎
【丁数】全八四丁、墨付上冊一七丁、遊紙前一丁、下冊墨付六二丁、遊紙後四丁
【用字】漢字仮名交じり
【奥書識語】なし
【書写年代】江戸時代中期

▼『九代抄』有注本で、本書と同種のものには従来、①甲南女子大学図書館蔵赤木文庫旧蔵本、②島原図書館松平文庫蔵本、③太田武夫氏蔵本、④井上宗雄氏蔵本の四本が知られていた。但し③④は下（恋以下）のみの残欠本である。本書のツレ三冊が聖護院（三四二—五—一～三）に蔵されており、三室戸寺に伝わる二冊は第一・三冊、聖護院の三冊は第二・四・五冊である。上巻は①②の二本のみしか知られていなかったので、前半部の本文を残す本書は貴重である。但し惜しむらくは、特に第一冊は破損が甚だしく、完全には本文が残存しない。二九番歌（歌番号は古典文庫本による）の注釈文「あしのわかばの…」から四七番歌注釈文「…さぞなこのまの月はさ（びしき）」までが落丁、更に

八三番歌の和歌本文以降が欠けている。三室戸寺蔵の第一冊は春・夏部（夏部は破損により欠）、第三冊は恋部に該当する。本文を①②と照らし、どちらかに特に近いという特徴は認められないが、遜色ない本文を伝えるようである。なお、聖護院蔵の第五冊巻末には、以下の肖柏奥書を収める。「右一冊従後撰集到続後撰集只拾遮眼銘肝之作書者一千五百首号九代抄也送春鏡尽秋漏而閑窓勒之専為老懶之堪転覧又思童蒙之不及深夜耳／文亀第三暦孟冬上旬／夢庵楢子　在判」。（小山）

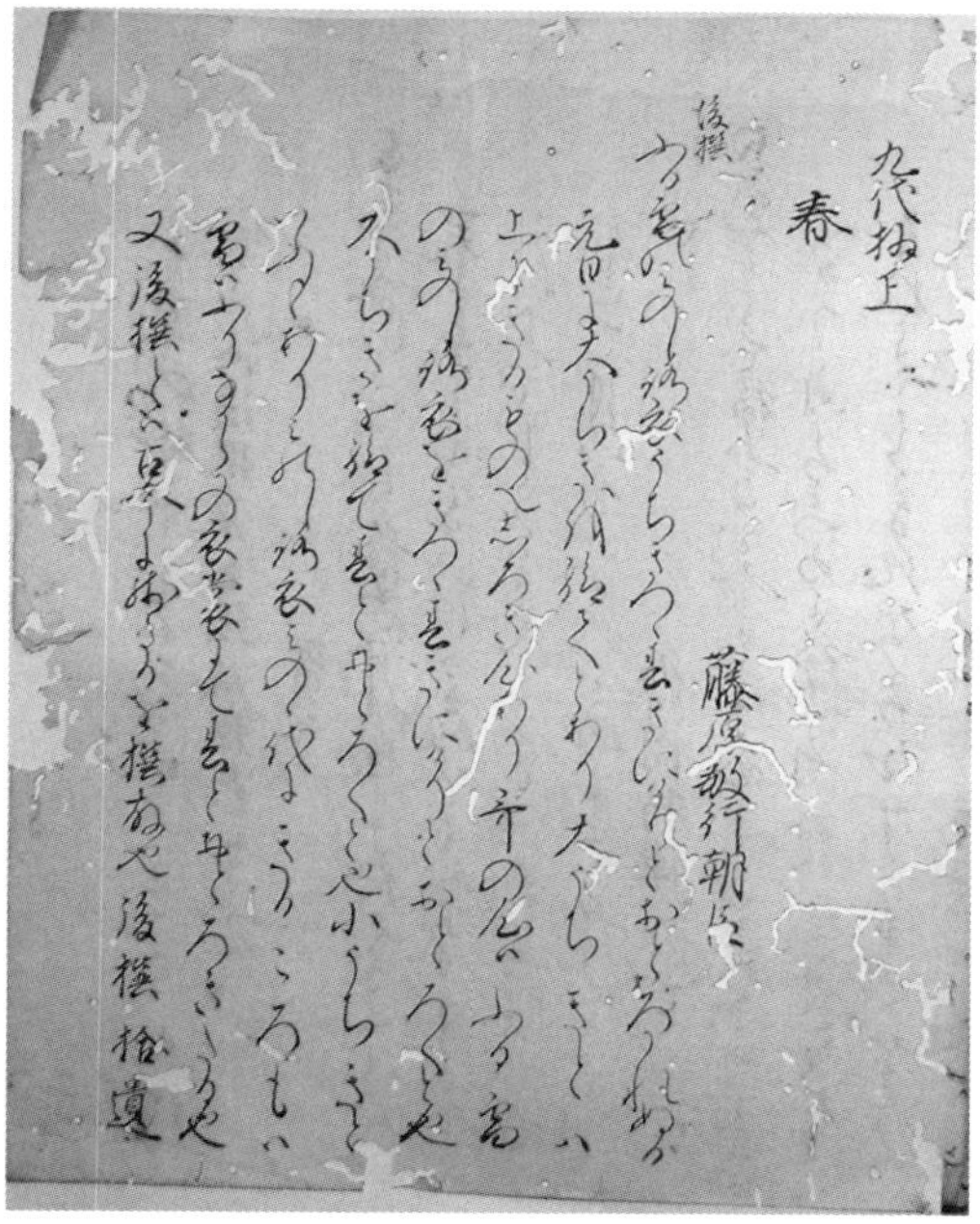

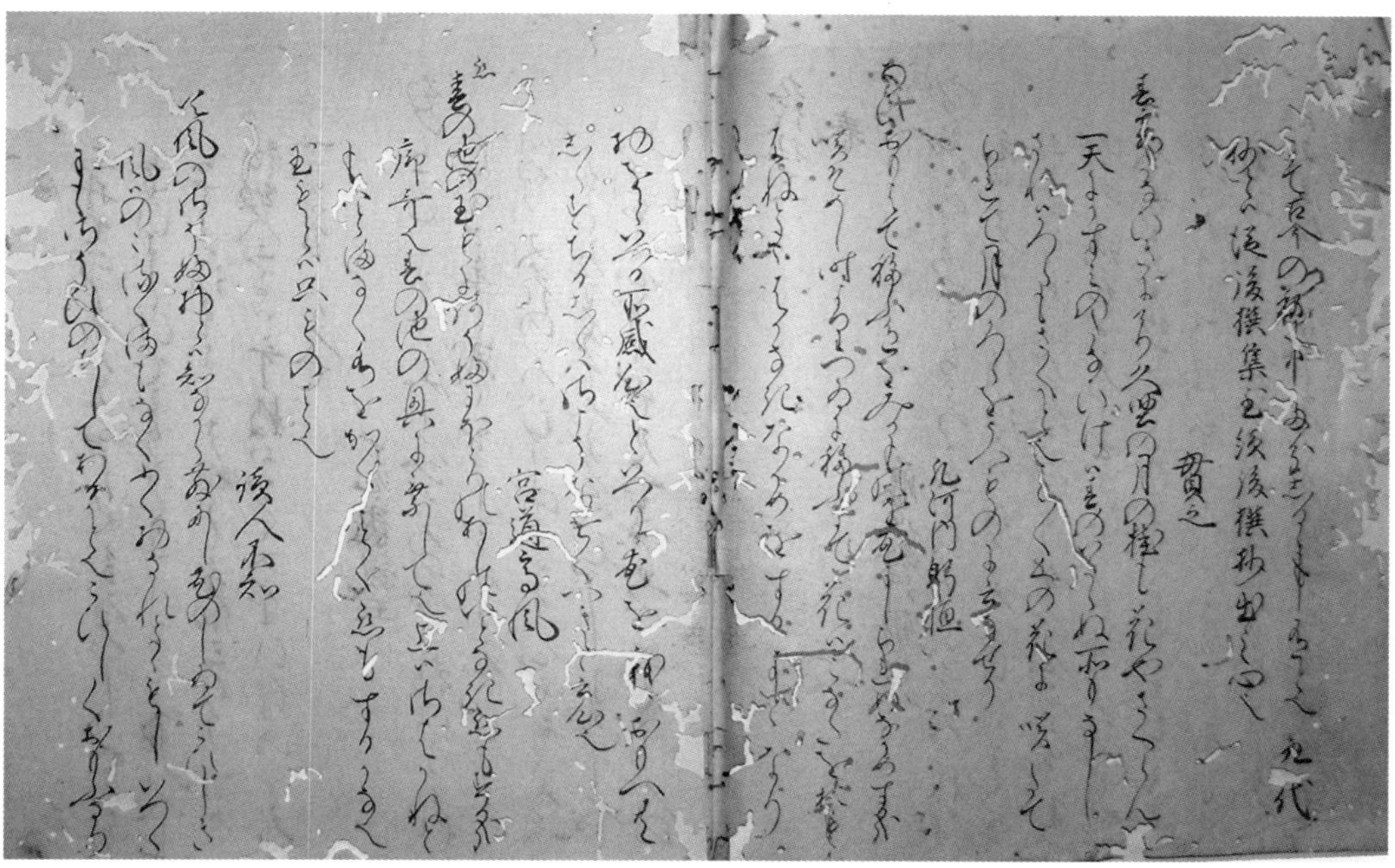

一〇　訳和和歌集　写　一冊

【外題】「訳和歌集 上」（左肩に打付書、墨書）
【内題】「訳和々哥集 上　実海撰」
【装訂】袋綴
【表紙】本文共紙
【料紙】楮紙
【法量】縦二五・四×横一八・八糎
【丁数】全六一丁、墨付五九丁、遊紙前後各一丁
【用字】漢字仮名交じり
【奥書識語】なし
【書写年代】江戸時代前期
【備考】表紙右下に「舜雄（花押）」

▼巻一から巻三の二五九番歌「巻々の…」（藤原俊成）までの端本（歌番号は内野優子氏「慶安五年刊『訳和和歌集』翻刻と解題　附校異」（『文献探究』〈一～三〉、二〇〇一～二〇〇三年）による）。但し序文は無い。もとは五巻本と推測される。経文書き入れ・朱引があり、また勅撰集入集ほか歌の注記がある。旧蔵者（あるいは書写者）の舜雄は、生年未詳、一七〇一年没。天台僧で、寛文八年（一六六七）『北嶺廻峰次第正教坊流手文』の著者でもある。（小山）

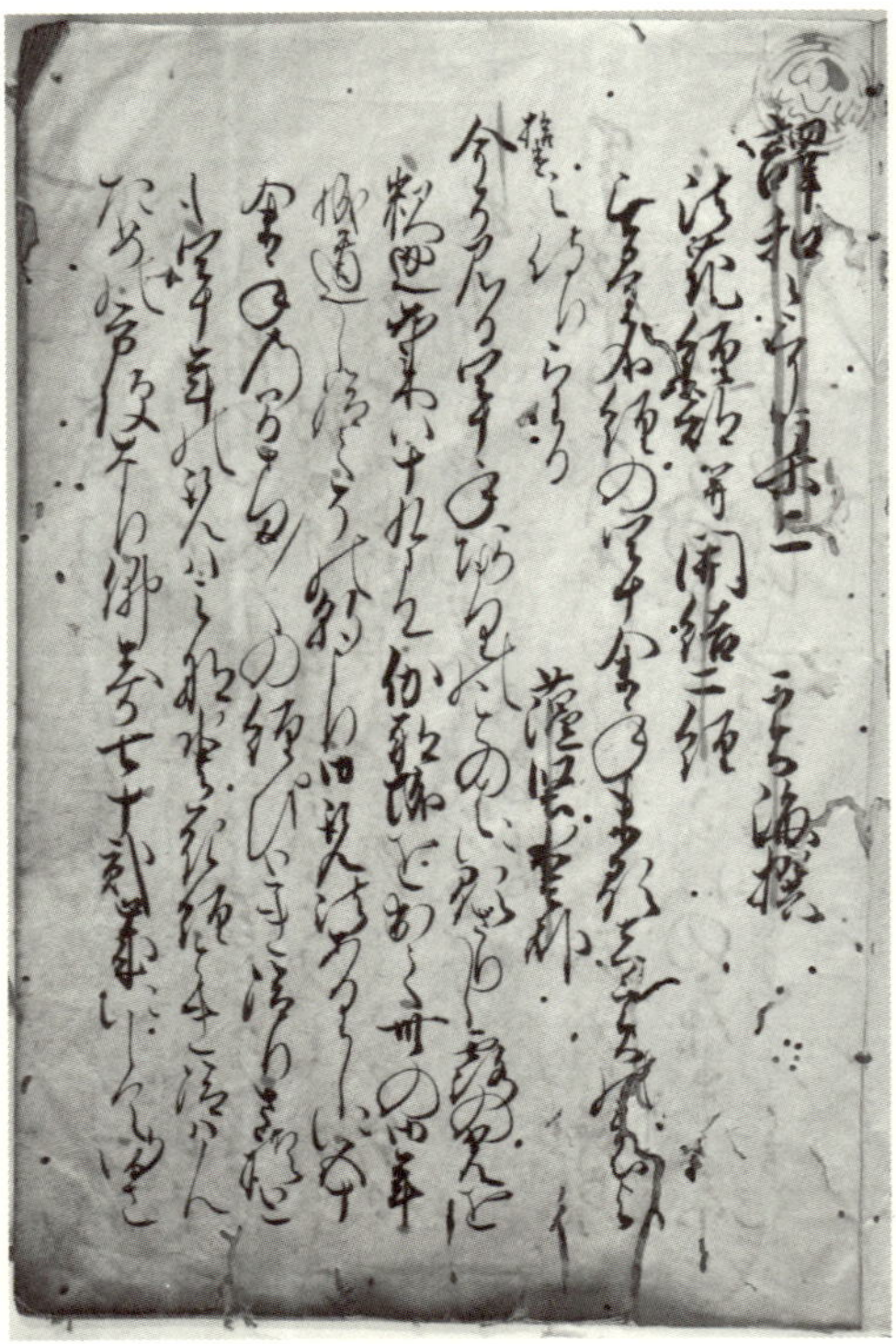

一一　新三井和歌集　　写　一冊

【外題】「新三井倭哥仙」（表紙剝落、序部分が半丁欠。現状における外題として、中央に打付書き、墨書）
【内題】「新三井和歌集」
【装訂】袋綴
【表紙】剝落
【料紙】楮紙
【法量】縦二七・四×横二一・一糎
【丁数】全四一丁、墨付四〇丁、序文後に遊紙一丁
【用字】漢字仮名交じり
【奥書識語】なし
【書写年代】江戸時代中期
【備考】本冊の上部を大きく破損。序文の初めを欠く。本文は巻六冬部の途中まで残存。以下後半欠損。

▼従来、伝本は有吉保氏所蔵本（『新編国歌大観　第六巻』所収）のみが知られる。有吉本も巻六冬部までが残存。有吉本・三室戸寺本ともに、八〇番歌と一一八番歌の後に欠脱歌が想定される（三二二番歌の後には欠脱を想定する必要はない）。また、三一五番歌から三二三番歌の歌題にかけて本文の重複書写が両本ともに見られるなど、両者は同一系統の写本である。さらに、本書は冊子の上端部を全体に欠き、特に左端部分の破損が激しいが、有吉本もその部分に当る本文を欠く場合があるところから、両者は親子関係もしくは同一の祖本による兄弟関係の写本かと考えられる。ただし、現状では、三室戸寺蔵本は巻末の三五九番歌から三六七番歌を欠く。おそらくは最終丁を脱したものであろう。また、欠損のため、和歌の頭部分の本文を欠く場合が有吉本よりも多い。一方、有吉本の和歌の本文の欠を補えるところも、多くはないが、ある。さらに、三室戸寺本には有吉氏所蔵本にはない序文が存する。「…然間十乗窓聚雪之禅徒擘合掌花以［　］教之三密壇観空之浄侶指禅心月以愈之匪啻［　］楚忽之言志、兼又成燕弗之類聚、安元之比、則賢辰［　］梨勒三井集伝之。元久之載、亦猷円法印卒門［　］集継之。今有山中古松人導澗底埋木、将謝□□［　］遺徳、雖酌青龍玄法之遺流、謬牽累祖之餘［　］不抛赤人・黒主之先蹤、以欲截十二因縁之愛［　］録上下二六之巻軸、擬期七覚八正之対岸［　］謂其唱首者天枝帝葉之公［　］渠漢霍之［　］信寄指□□衆作者或白首者［　］霜鶴之逸韵、或翠眉童即伝黄鶯之初音［　］忘浅香山之芳躅盍優和詞浦之浮藻者哉。不［　］記苔洞露底暁花月一窓之著作、欲全知柴扉［　］後契慈草之会之淡交。嘉暦単閼之仲月之三［　］名新三井和詞集云爾」とあり、安元年間（一一七五～一一七七）の賢辰による『三井集』、元久年間（一二〇四～一二〇九）の猷円法印による撰集（書名不詳）に継いで、本書は嘉暦二年（一三二七）に成立したものと知られる。

（龍池・大谷）

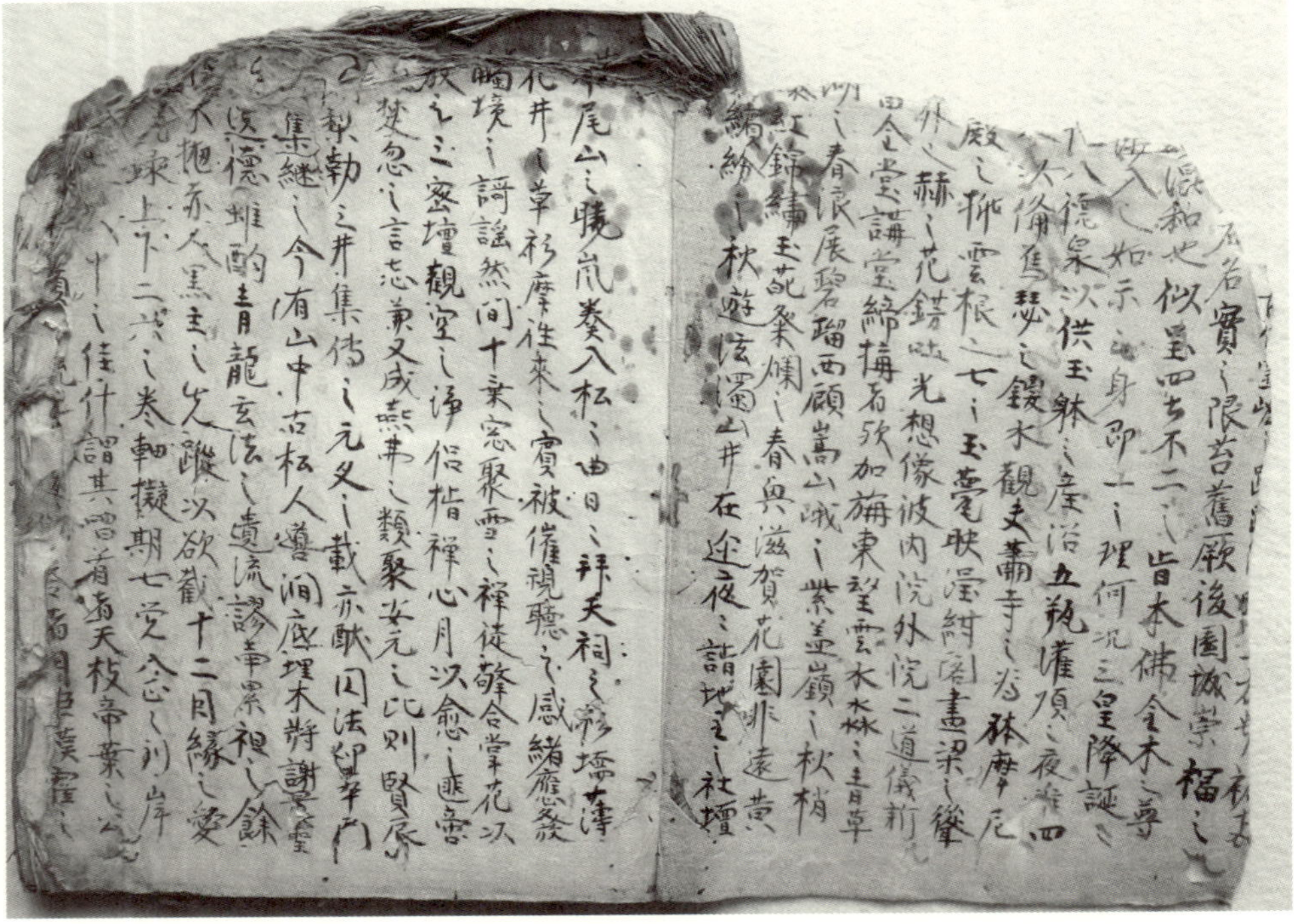

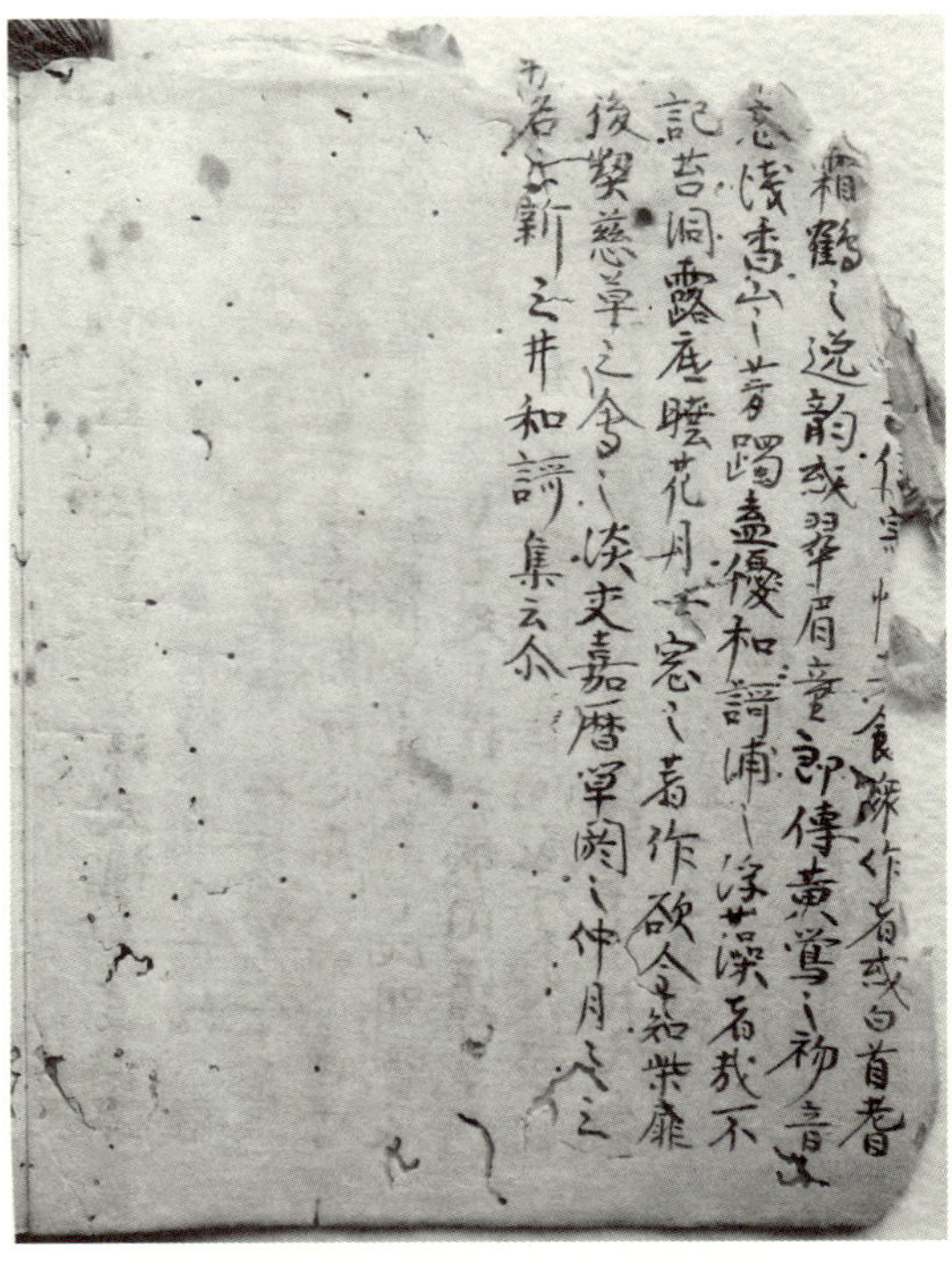

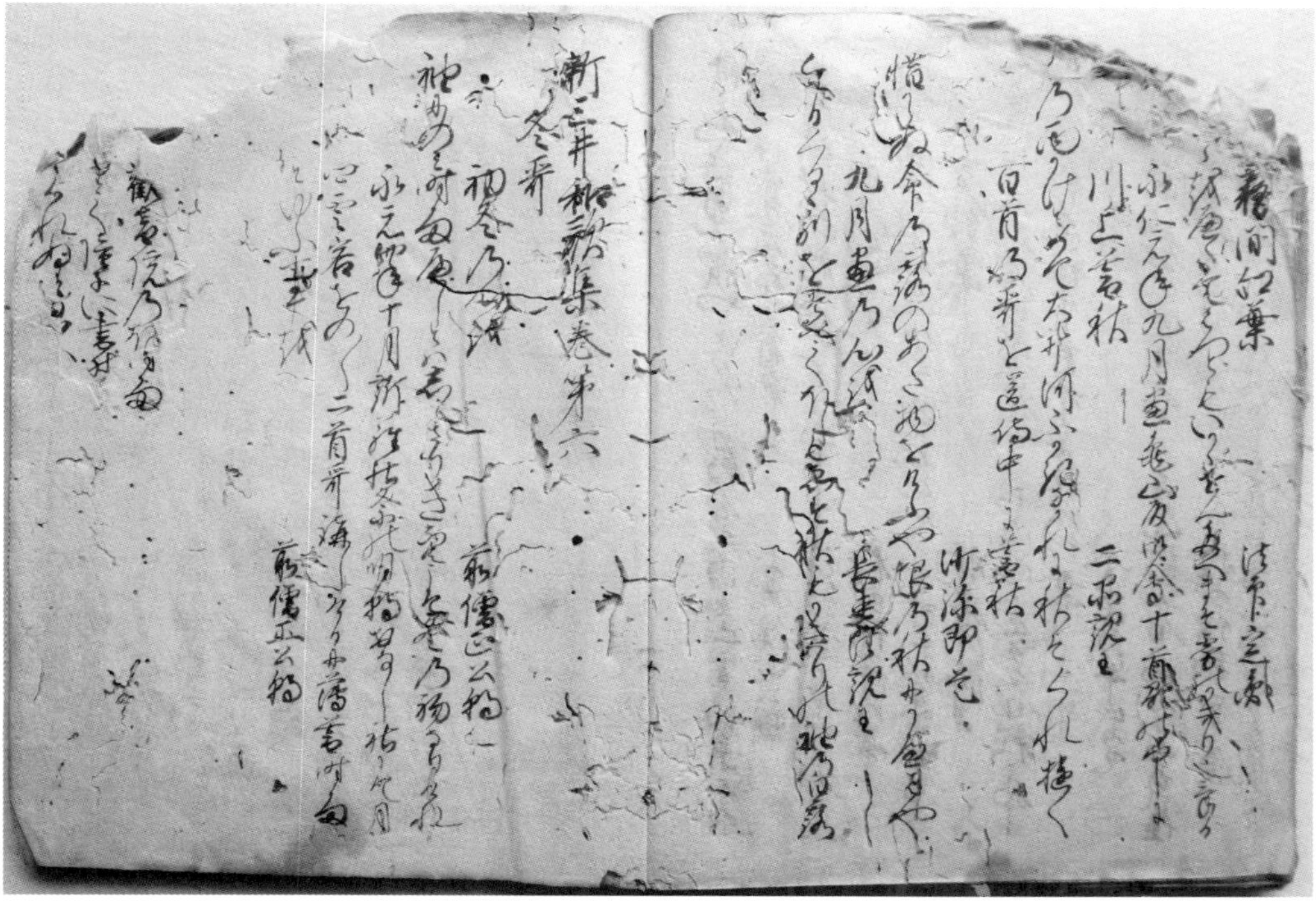

一二　〔未詳私撰集〕　写　一冊

【外題】「春／年内立春」（左肩に打付書、墨書）
【内題】なし（巻首欠か）
【装訂】仮綴
【表紙】本文共紙
【料紙】楮紙
【法量】縦一二・〇×横一七・八糎
【丁数】墨付一九丁、遊紙なし
【用字】漢字仮名交じり
【奥書識語】なし
【書写年代】江戸時代中期
【備考】表紙裏に三首。七丁表〜一二丁表・一七丁表は白紙。一面五〜七行書。一首二行書。墨滅、墨書訂正あり。

▼春部から秋部まで、各歌題に一首ずつ例歌を勅撰・私撰集の類から抄出したもの。春・夏部と秋部が剝離して伝存。表紙裏に、『続古今集』一番歌（藤原定家）、『続後撰集』七番歌（藤原雅経）、『玉葉集』七番歌（鷹司基忠）の三首を書く。春部は、第一首に「年内立春」の歌題で『古今集』一番歌（在原元方）を引き、巻末は、「賭弓」の題のみで終っている。夏部は、第一首に「花柑子」の歌題で『夫木和歌抄』二七二九番歌（慈円）を、巻末歌に「秋隔一日」題で『金葉集（二奏本）』一五五番歌（藤原顕隆）を引く。秋部第一首「たれかしる□はあさちうの露のやと心にと□き雲のはやしを　同」は墨滅。この歌は、三条

西実隆の「誰かしる世は浅茅生の露の宿心にとほき雲のはやしを」（『雪玉集』二六一一）に相当すると思われる。秋部は、「七夕後朝」（題のみ）までが現存する。現存する類題集の中で、本書に該当するものは管見の限り見いだせない。編集の状態より、和歌を諸書より抜書した手控えであると思われる。

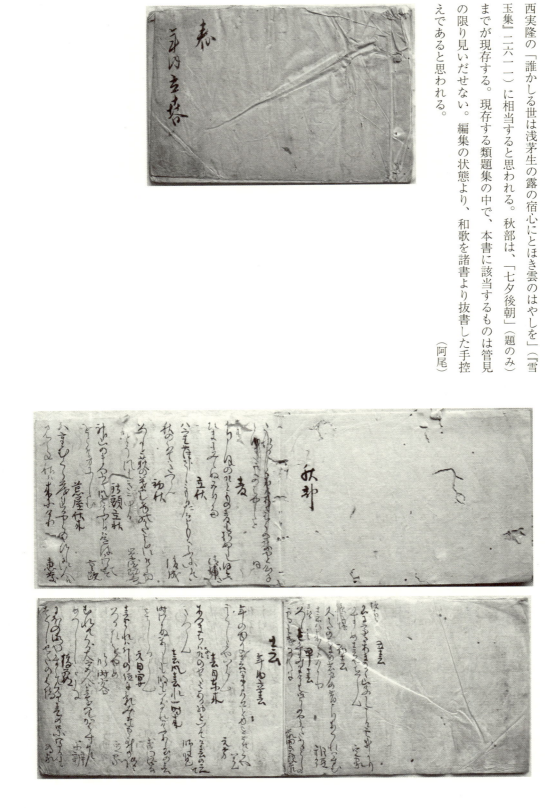

（阿尾）

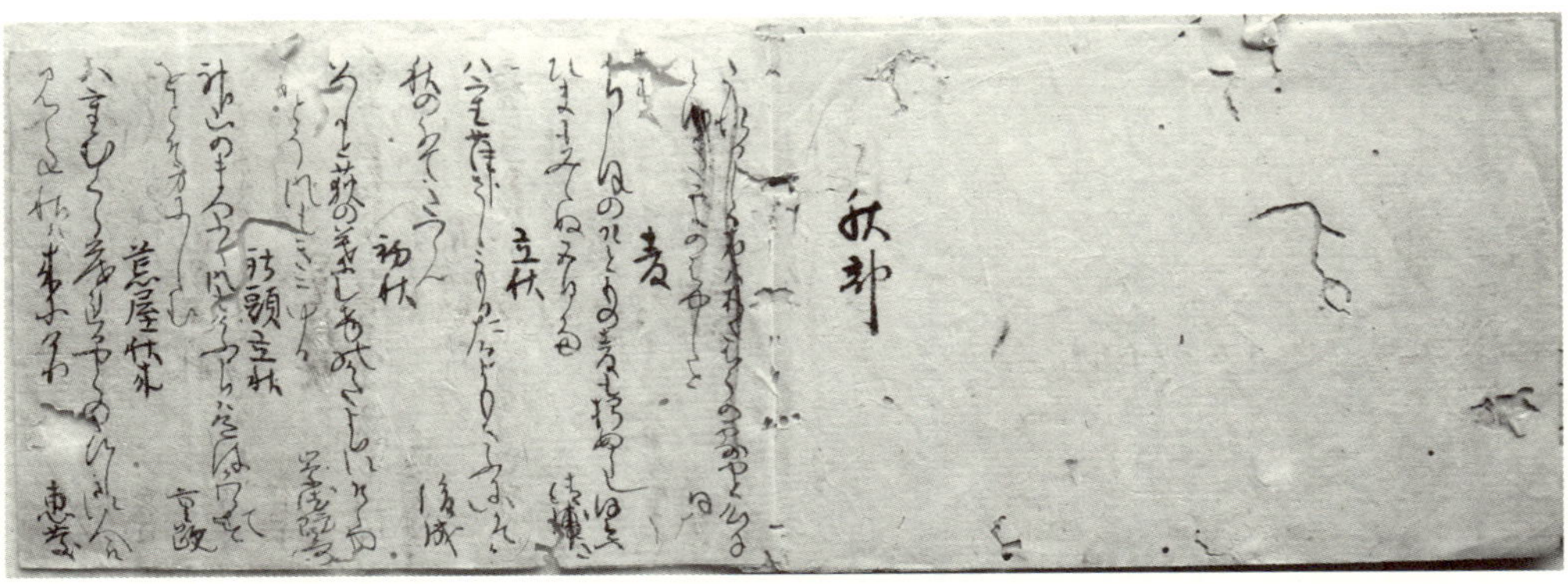

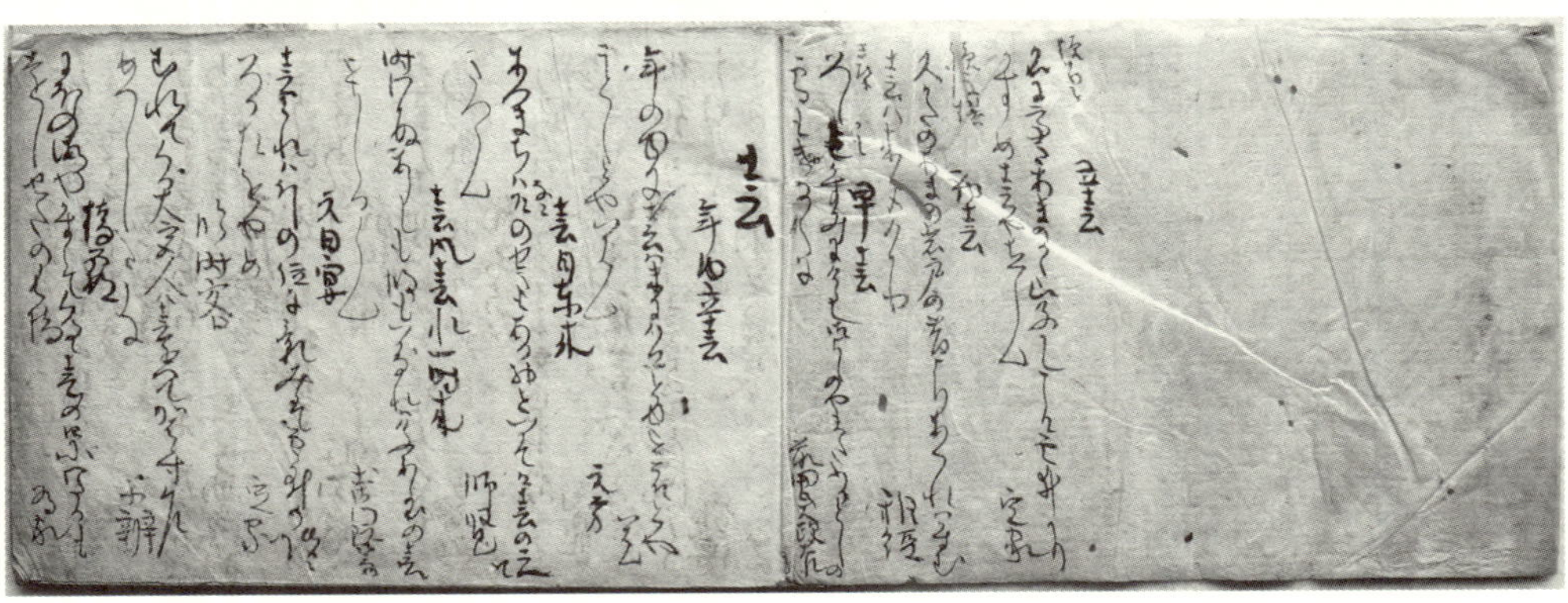

一三　続撰吟抄　　写　一冊　別紙二紙

【外題】なし
【内題】①なし、②なし、③「福禄寿像賛」、④「賛福禄寿画像」、⑤「扇面福禄寿有月」、⑥「福禄寿讃」
【装訂】横本（仮綴）
【表紙】本文共紙
【料紙】楮紙
【法量】縦一四・二×横二一・七糎
【丁数】全九八丁、墨付七二丁、遊紙中一丁、後二五丁
【用字】漢字仮名片仮名交じり
【奥書識語】②「右寛永十九年壬午林鐘下澣於武之江域恵日梅嶺座主示予」、③「旹文明癸巳春三月雪樵山人景茝拝賛」、⑥「時治平甲辰孟冬上澣之吉臣衛人郘応題」
【書写年代】江戸時代前期

▼本書は『続撰吟抄』を抄出したものである。また、巻末には福禄寿賛など五種（②『風俗記』三老人星伝、③蘭坡景茝「福禄寿像賛」、④天隠龍澤「賛福禄寿画像」、⑤横川景三「扇面福禄寿有月」、⑥臣衛人郘「福禄寿讃」）が収められている。以下その概略を千艘秋男氏編『続撰吟抄』下（古典文庫第五八五冊、一九九五年）の解題に沿って述べる。『続撰吟抄』は後土御門天皇から後奈良天皇までの禁中御会を中心として、徳大寺実通（永正十年〈一五一三〉～天文十四年〈一五四五〉）によって編纂された私撰集である。その実通による自筆原本が前田育徳会尊経閣文庫に所蔵されており、その奥書によって天文十年（一五四一）三月に成立したものであることが分かる。伝本の系統は二系統に分けられ、原本の形態である八冊本系統と、寛永七年（一六三〇）に北畠親顕によって「他本」「別本」にある和歌を削除して書写された形態の三冊本系統に分けられる。後者の三冊本形態の削除された「他本」「別本」の和歌については、親顕によって記された識語に「右以主殿頭本書写之　去十七日書始之今日終／書写之功畢／寛永第六暦初冬廿四同廿六一校了　参議羽林親顕／後柏原院御製十三首　逍遙院詠廿首　在他本之間除之　又永正五七廿六三首懐紙之哥邦高親王政為誰（ママ）俊済継宗清等／同除之在別本」とあることによって、「他本」は後柏原院の『柏玉集』と三条西実隆の『雪玉集』であり、また、「別本」は「御月次和歌永正五年」であることが分かる。本書が抄出した本文の系統は、本文中に後柏原院・実隆の歌が見えることから、親顕が抄出した系統ではなく八冊本系統からの抄出であると考えられる。なお、抄出した本文は八冊本系統のうち、七、二、八、五、六、三の順で抄出されており、一、四の冊を欠く。巻末の『風俗記』「三老人星伝」に「右寛永十九（一六四二）年壬午林鐘下澣於武之江域恵日梅嶺座主示予」との奥書とも考えられる記載が見られるが、本書は道寛親王の筆と考えられることから、本奥書の可能性が高い。また、本書が依拠したと考えられる八冊本系統の本文を持つ『続撰吟抄』が道晃親王によって延宝二年（一六七四）五月に書写されていることから（日下幸男氏「続撰吟抄紙背文書について」『国語国文』六二－一二、一九九三年）、書写年代は延宝二年から道寛親王が没する延宝四年（一六七六）頃までと考えら

れる。

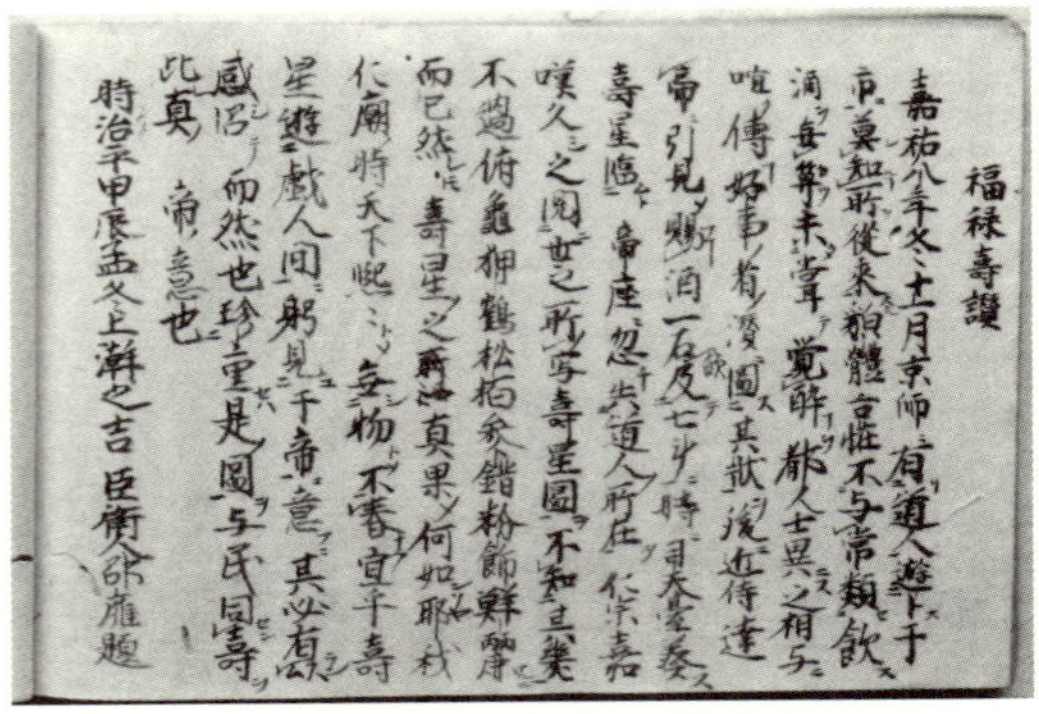

福禄寿讃

嘉祐八年冬十一月京師有道人遊於
市莫知所従来貌体古怪不与常類飲
酒無算未嘗覚酔都人士異之相与
喧伝好事者潜図其状後近侍達
帝引見賜酒一石及七斗時司天台奏
寿星臨帝座忽失道人所在仁宗嘉
嘆久之因世之所写寿星図不知其幾
不過倚亀御鶴松柏参錯粉飾鮮麗
而已然寿星之所由真果何如耶我
仁廟時天下既無物不審宜乎寿
星遊戯人間躬見于帝意其必有
感而然也珍重是図与民同寿
此真帝意也
時治平甲辰孟冬上澣之吉 臣衛[illegible]題

（豊田）

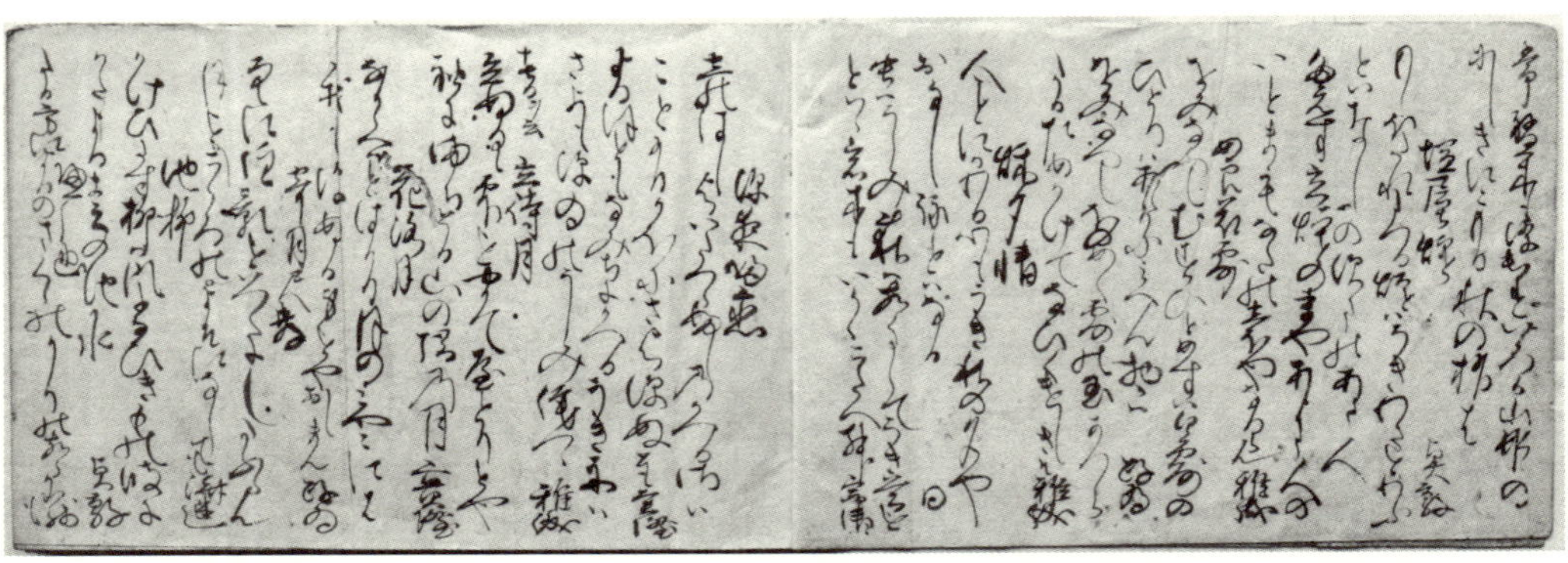

一四　類題和歌集　　刊　三〇冊

【外題】「類題和歌集　＊之＊巻＊」（左肩・無辺刷題簽〈原〉）＊春之一～六（巻一～六）、夏之一～三（巻七～九）、秋之一～六（巻十～十五）、冬之一～三（巻十六～十八）、恋之一・二・四・五（巻十九・廿・廿二・廿三）、雑之一～七（巻廿四～卅）、公事（巻数なし）。

【内題】「類題和歌集巻之一（～卅）」

【装訂】袋綴

【表紙】花唐草文雲母刷白地紙表紙（原表紙）

【料紙】楮紙

【法量】縦二二・一×横一五・八糎

【丁数】全巻総丁数一一三一丁、遊紙なし

【用字】漢字仮名交じり

【刊記】「旹元禄十六癸未歳孟春上旬梓行／京師三条通升屋町／御書物所／出雲寺和泉掾」（巻三十〈雑之七〉巻末）

【備考】全三十一冊のうち、巻二十一（恋之三）欠。

（森本）

一五　〔類題和歌集〕恋一～六　　写　一冊

【外題】「自恋一至恋六」（表紙中央に打付書）

【内題】「恋一」（端作）

【装訂】仮綴

【表紙】本文共紙

【料紙】小豆色楮紙

【法量】縦二五・八×横一八・三糎

【丁数】墨付三八丁（裏表紙含む）、遊紙なし

【用字】漢字仮名交じり

【奥書識語】なし

【書写年代】江戸時代前期

【備考】一面一一～一四行書。本文と同筆にて朱の書き入れ、墨筆の訂正・補入あり。

▼数題に部類し、集付・歌を記す。題のみ補入し、歌の部分を空白とする箇所が多い。題や歌は、『類題和歌集』のそれを抄出したかのように一致しており、本書は『類題和歌集』を抄出したものか、もしくはその編纂資料と思われる。なお、筆跡から、聖護院第二十八代門跡、照高院宮道晃法親王筆の可能性が考えられる。

（阿尾）

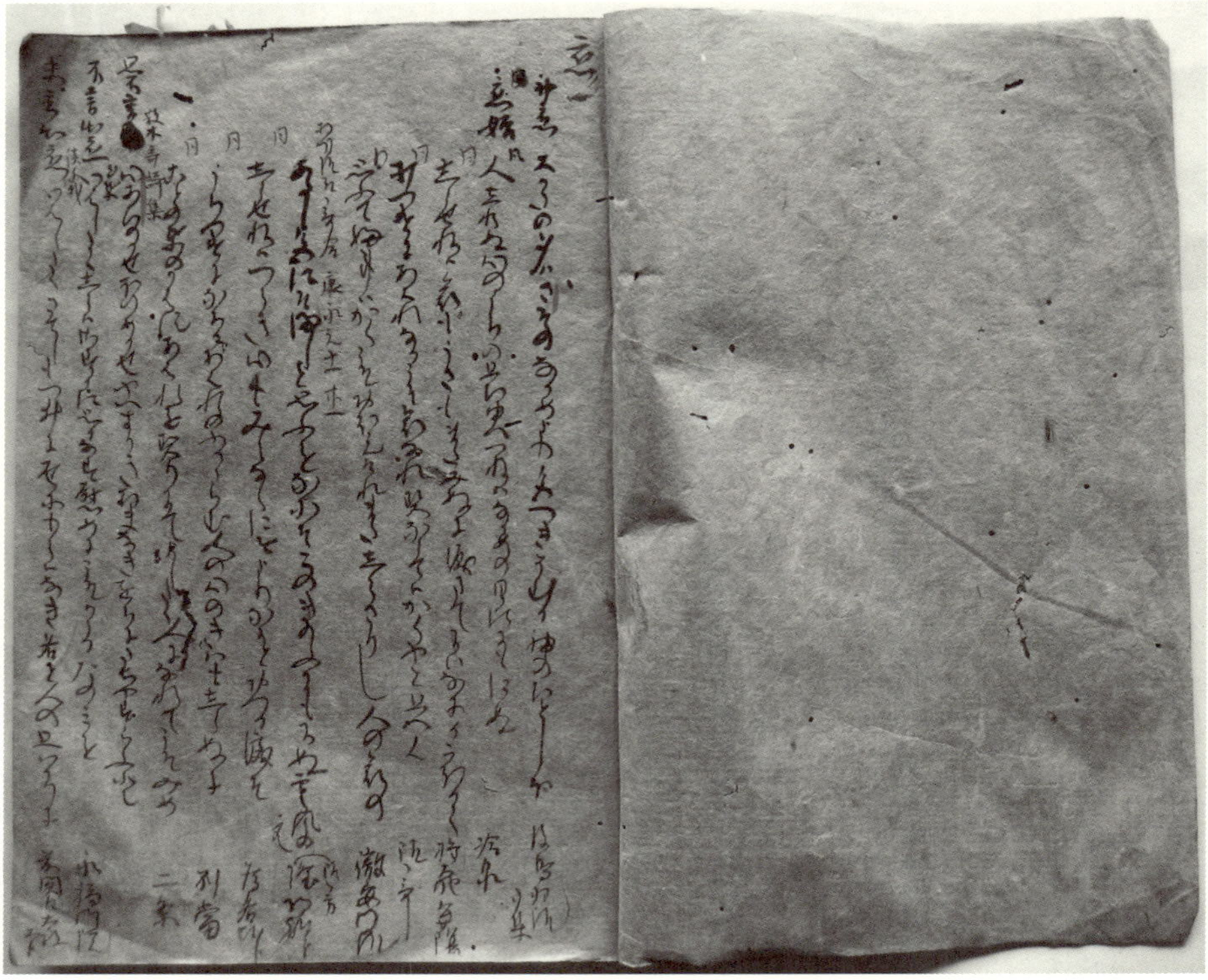

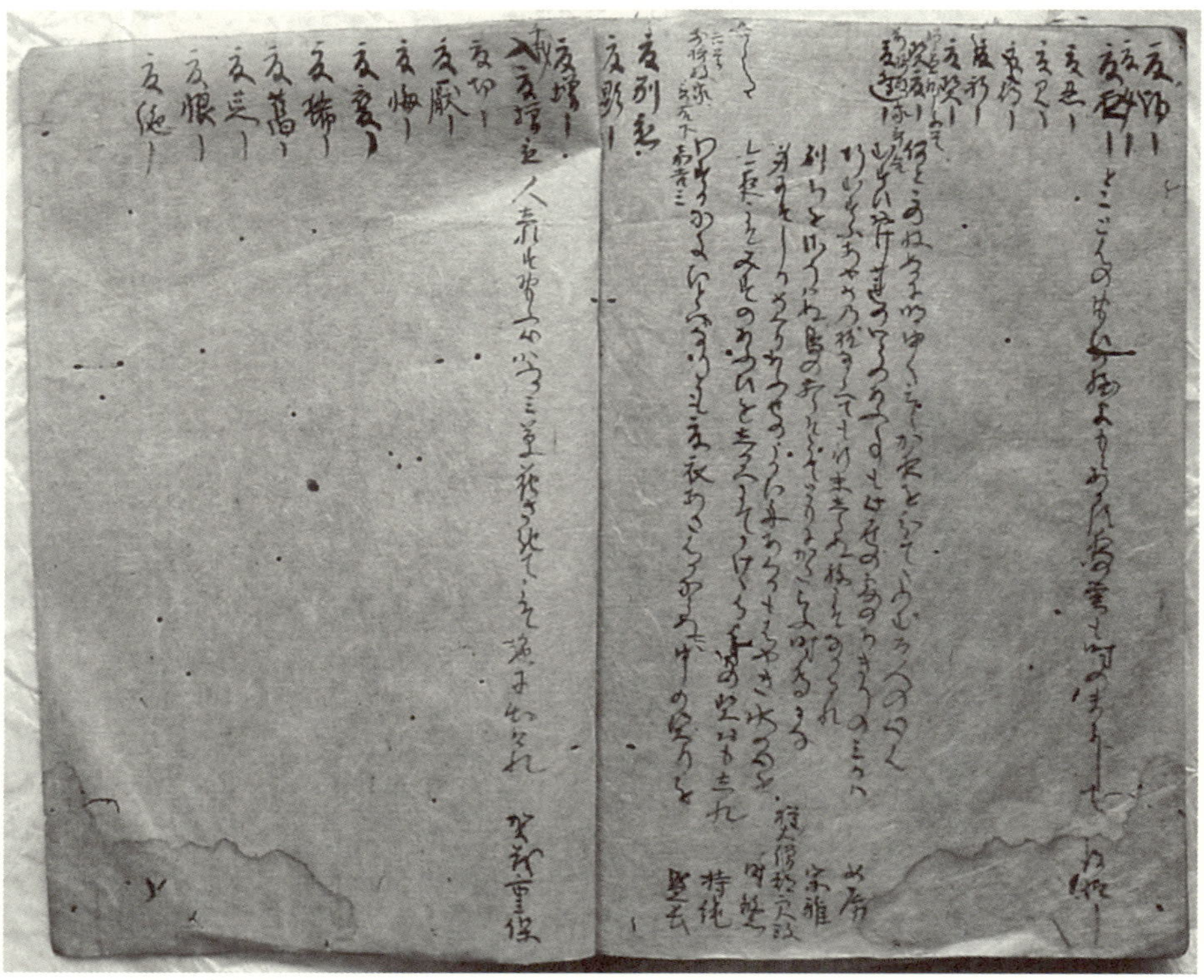

一六　心華集　　写　一冊

【外題】「心華集　全」（左肩に打付書）
【内題】「心華集　一華著」（三丁表・二三丁表）
【装訂】袋綴（仮綴）
【表紙】本文共紙
【料紙】楮紙
【法量】縦二四・三×横一七・二糎
【丁数】全四二丁、墨付四一丁、二二丁目に遊紙一丁
【用字】漢字仮名交じり
【奥書識語】「法界之中大日本国／越之后州之産人／沙門一華自序／享和二戌　五月日」（二丁裏、序の末）、「時文化二年乙丑夏五月二十三日／役門　水月堂写之」（奥）
【書写年代】文化二年（一八〇五）
【備考】一・二丁目は自序
▼「白露のおのかすかたをそのまゝに紅葉におけは紅の玉」（三丁表）以下五十首の和歌を引き合いにして仏道を説くもの。著者・一華は禅宗の僧であると考えられ、引用されている和歌は禅林の世語と呼ばれる和歌形式の法語である。典拠未詳のものが多いが、確認できたものでは「白露の」の歌をはじめ一休和尚の作とされるものが十数首ある。一華自身の詠（第九首「みかゝねとくもりやあらしかゝみ山石も瓦ももとのすかたて」）も含まれている。（森本）

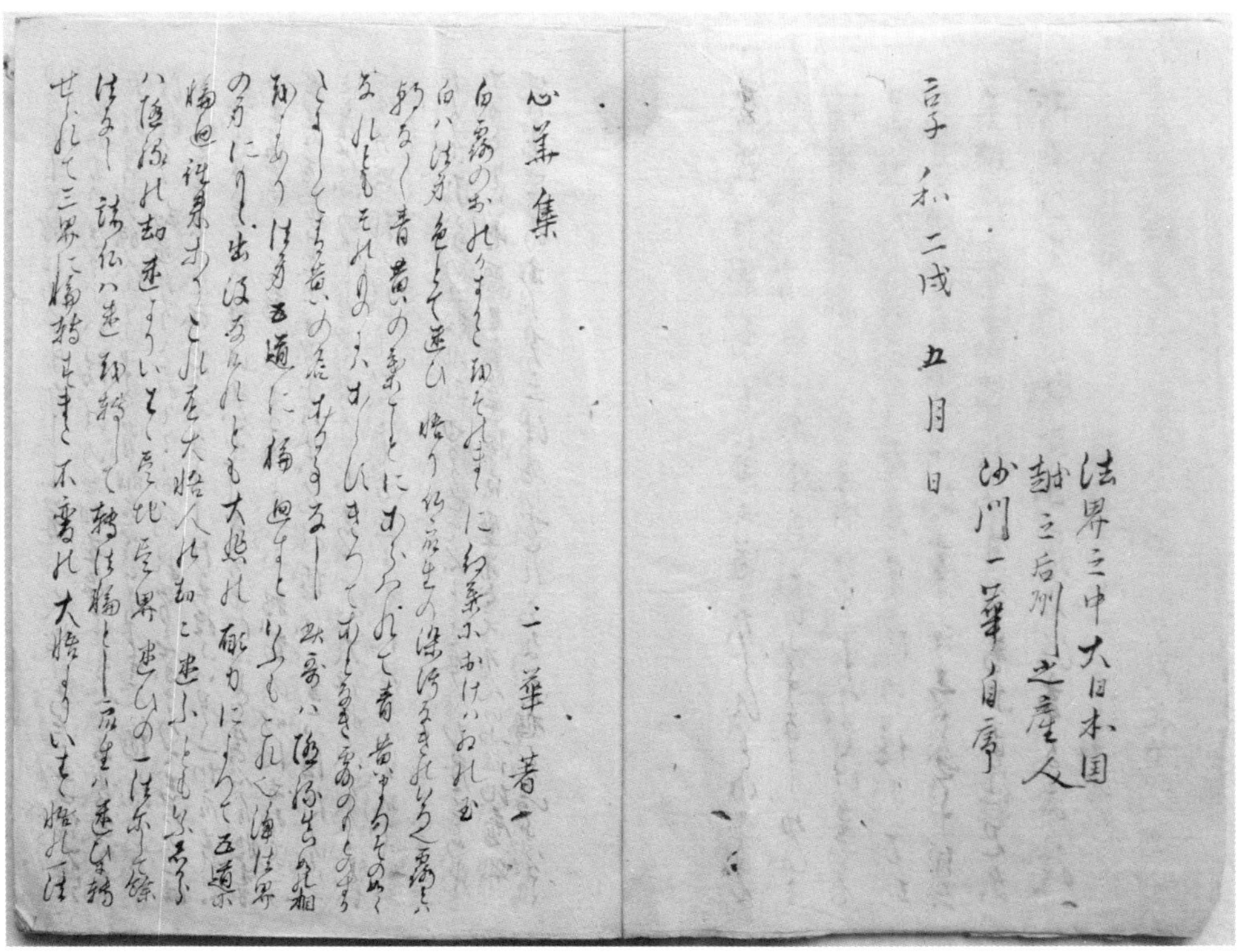

一七　盈仁親王筆三十六歌仙歌合絵巻　写　一軸

【外題】　なし
【内題】　なし
【装訂】　巻子装（無軸）
【表紙】　なし
【料紙】　薄手楮紙
【法量】　縦二八・一×横四〇・一糎（第二紙）、全長八四一・七糎
【丁数】　全二〇紙
【用字】　漢字仮名交じり
【奥書識語】　なし
【書写年代】　江戸時代後期
【備考】　白描下絵あり、零本

▼三十六歌仙のうち、十八人（貫之・伊勢・赤人・遍昭・友則・小町・朝忠・高光・忠峯・頼基・重之・信明・順・元輔・元真・仲文・忠見・中務）の和歌一首と歌仙絵を描く。巻首の貫之歌に「右　紀貫之」とあることから、三十六人を左右に分けて番えた歌仙歌合と考えられる。現在は左方を書写したものを逸しているが、本来は上下二巻を完備していたか。下絵は上半身のみが描かれているがその理由は不明。書写者に関する記述や極札などは添付されていないが、聖護院門跡盈仁親王の筆跡と判断される。（舟見）

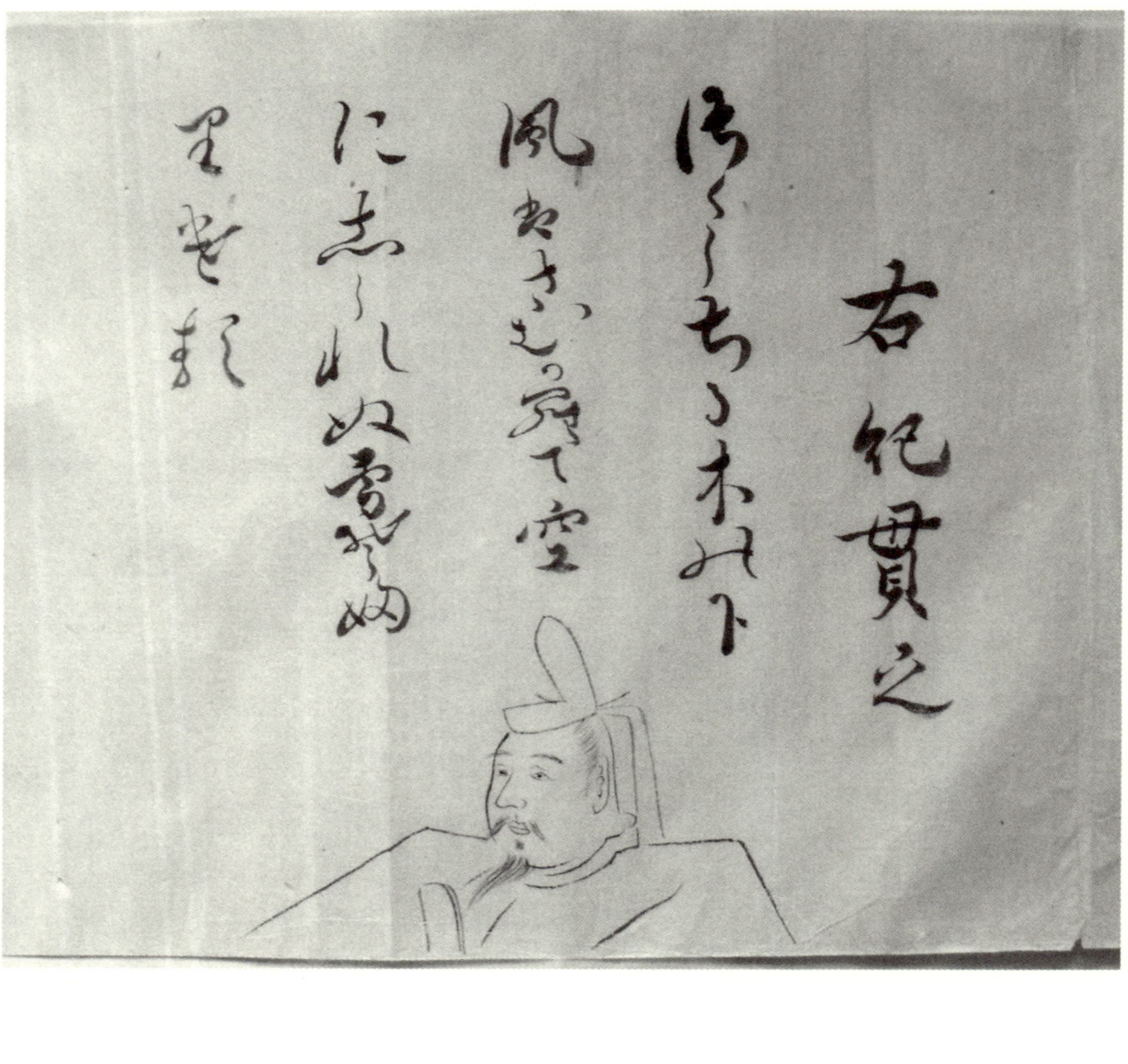

一八　古歌仙

写　一冊

【外題】「古歌仙」（左肩に打付書）
【内題】「古歌仙」（端作）
【装訂】袋綴
【表紙】茶色楮紙
【料紙】楮紙
【法量】縦二〇・一×横一三・九糎
【丁数】全五七丁、墨付五六丁、遊紙前一丁
【用字】漢字仮名交じり
【奥書識語】なし
【書写年代】江戸時代中期
【備考】奥見返し右下に「聖護院蔵書記」の印あり。
▼十二種の歌書を集成する。①〜⑦は歌仙集、⑧〜⑫は名数歌集である。①「古歌仙」、②「中古歌仙」、③「新撰歌仙」、④「女房歌仙」、⑤「釈門歌仙（釈教三十六人歌合）」、⑥「古六歌仙」、⑦「新六歌仙」、⑧「十体和歌」、⑨「十二類歌合」、⑩「五色哥」（良経・定家）、⑪「詠花鳥和歌」（藤原定家『拾遺愚草』中・一九八四〜二〇〇七）、⑫「新百人一首」。

（小山）

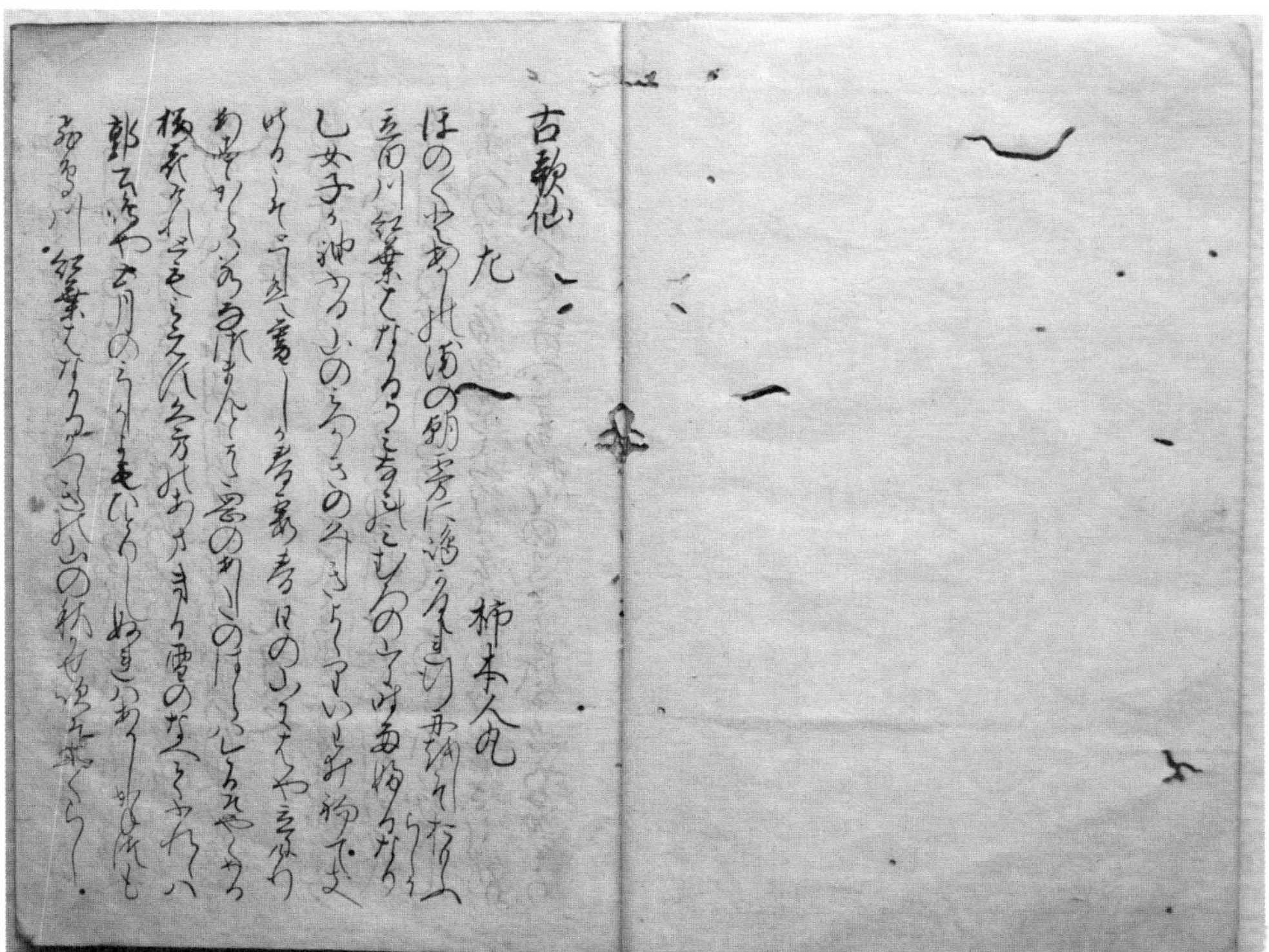

一九　小倉山荘色紙和歌　　写　一冊

【外題】「小倉山荘色紙和歌」（左肩に打付書、墨書）
【内題】「小倉山荘色紙和歌」（端作）
【装訂】袋綴（仮綴）
【表紙】本文共紙
【料紙】楮紙
【法量】縦二九・一×横二〇・七糎
【丁数】墨付一五四丁、遊紙なし
【用字】漢字仮名交じり
【奥書識語】なし
【書写年代】江戸時代前～中期
【備考】付箋十五枚。朱引、墨筆での訂正、貼紙あり。表紙見返しに墨書で「同月（五月歟）八日　山辺赤人／五月十二日　伊勢」とあり。

▼『百人一首』の注釈書。見返しに記された日付や説論の後に記された天智天皇に関する注に続けて、「百人一首聞書　寛文元年五月六日」とあることなどから、寛文元年（一六六一）五月六日より、後水尾院によって行われた百人一首御講釈の内容を記したものと思われる。廷臣によって記された「聞書」が話し言葉で院の講釈をそのまま伝えるのに対し、本書は百人一首の各注釈書を引用した後に、「愚私」「愚勘」などのように自分の意見を記す形式がとられている。これは、院自らが整理して記した『後水尾院御抄』の本文と一致しており、本書は同書の写本であると思われる。

（阿尾）

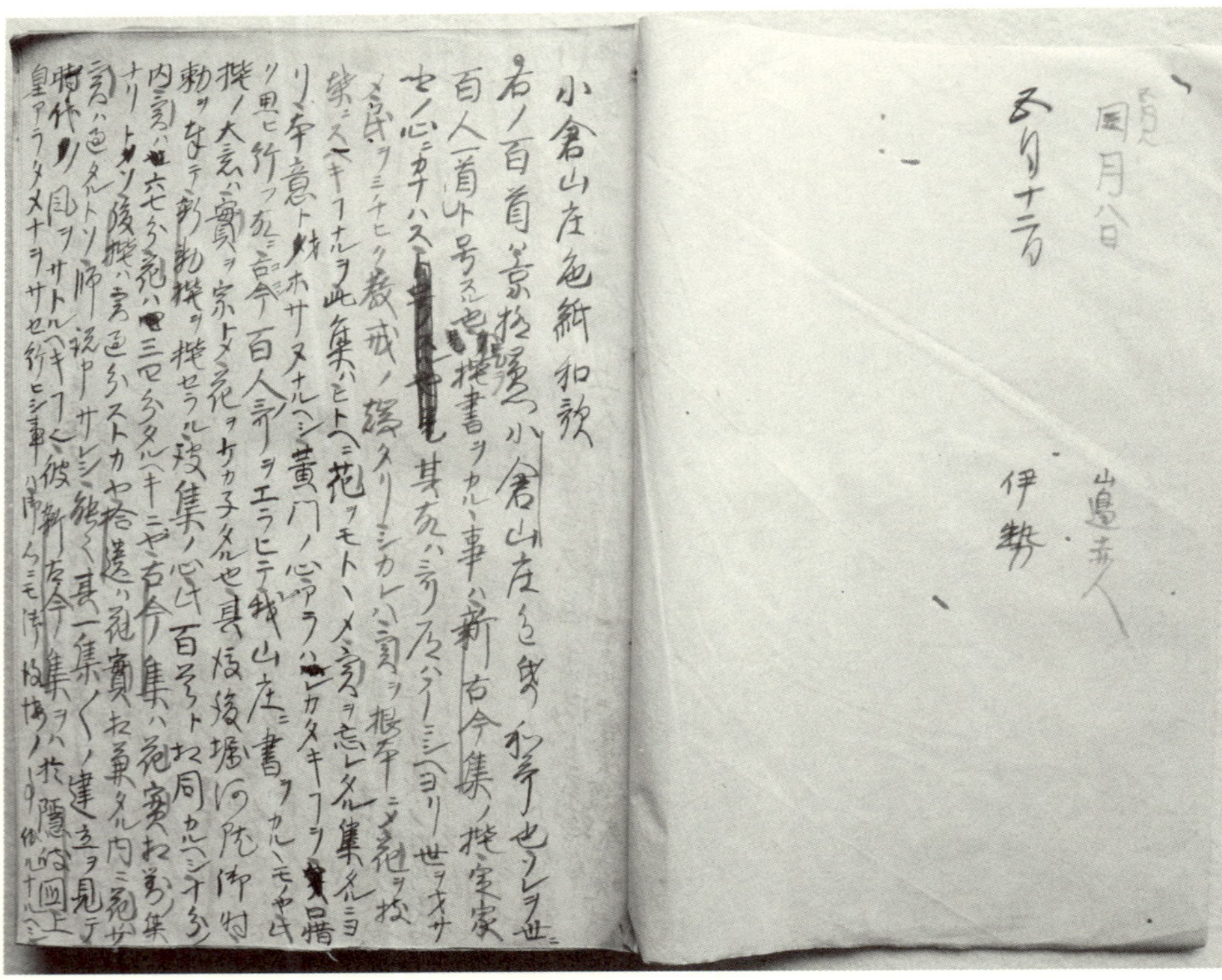

和泉書院の本

〒…
大阪市天王寺区…
TEL 〇六(六七…
FAX 〇六(六七…
振替 …

ご注文は最寄りの書店までお願…
定価 本…

2015.1.20 近世

田中道雄・田坂英俊・中森康之 編著

蝶夢全集

■A5上製函入・口絵カラー八頁・九九一頁・本体二三〇〇〇〇円

I978-4-7576-0663-0

近代俳句の源流・日本詩歌史のみなおし

〈芭蕉顕彰の立役者だった前衛的文人僧・蝶夢の全貌〉

◆全国に点在する多くの埋湮資料もすべて収録◆

忘れられた巨星・蝶夢は、蕪村にとってのライバルだった。それ故に、作者にみずみずしい感情を求め、「自然や人間生活をありのままに描け」と説く蝶夢の主張は、蕪村の反応を促し、蕪村調成立にも影響した。安永天明期俳壇に新しい俳諧理念と作風とをもたらした五升庵蝶夢の文…成。著者畢生の大業。

【内容目次】待望の全集―甦る文人僧蝶夢― 島津忠夫／凡例／**発句篇**／**文章篇**／**紀行篇**／**俳論篇**／**編纂的著作**／**編纂した撰集**／解題／文人僧蝶夢―その事績の史的意義 田中道雄／年譜／同時代の主な蝶夢伝資料／蝶夢同座の連句目録／蝶夢書簡所在一覧／人名索引／発句索引／あとがき 田中道雄

◇続編 書簡篇、追悼句集篇、その他

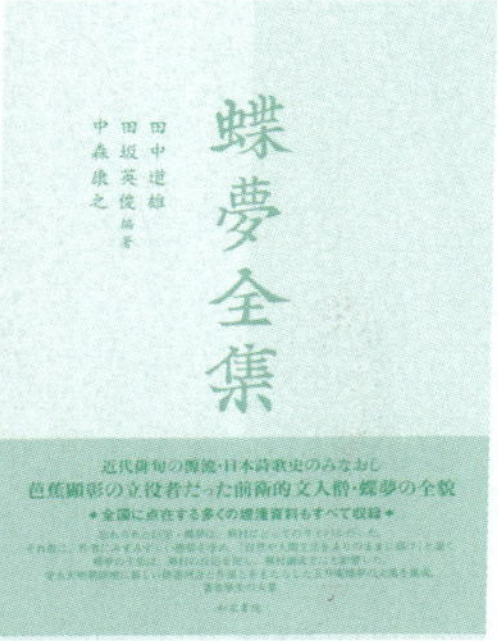

大谷俊太編著

三室戸寺蔵文学関係資料目録

近刊■B5上製函入・本体予価五五〇〇円

宇治の名刹、三室戸寺の所蔵する未公開の和歌・連歌を中心とした文学関係資料の解題目録。柘枝切・角倉切を含む「古筆切資料」、中世女流日記「玉きはる」、序文を有する「新三井和歌集」、連歌総目録未掲載の「千句」、室町後期堂上歌会・聯句会等二十数種の集成「歌書類聚」など、禁裏本とも関わる聖護院所縁の資料を中心に影印とともに紹介。

鶴崎裕雄・神道宗紀・小倉嘉夫編著

月照寺 明石 柿本社 奉納和歌集

「和歌、書簡まとめ出版 10年がかりで編さん」（神戸新聞・平成23年9月8日）

■A5上製函入・五七五頁・本体一〇〇〇〇円

I978-4-7576-0586-2

兵庫県明石市の月照寺には、江戸時代の天皇・上皇を始め多くの人たちが詠歌を奉納した。これらの奉納和歌及び奉納に関連する縁起・祈禱記録・書状などを翻刻し解題を付す。近世歌壇研究に新しい史料を提供。

神道宗紀

近世奉納和歌の研究
和歌三神奉納和歌の場合

研究叢書

近刊■A5上製函入・価未定

近世期に和歌三神へ奉納された、天皇や上皇また堂上歌人や地下歌人たちの和歌を紹介し、論じたものである。また、「和歌三神蔵書一覧」を付し、和歌三神奉納和歌の全てを確認出来る慮した。

島津忠夫監修・松尾和義編著

鹿島 鍋島家 鹿陽和歌集 翻刻と解題

研究叢書439

I978-4-7576-0674-6

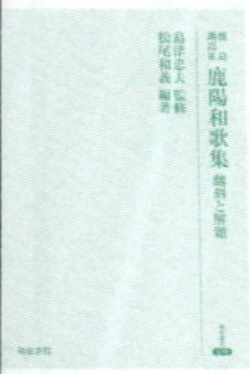

祐徳稲荷神社（佐賀県鹿島市
本書は江戸時代初〜中期の
の人々の歌を収めた和歌集
百六十名余りの歌人・二千
て鹿島藩鍋島家の新

二〇　写秘百人一首　　写　二冊

【外題】第一冊「写秘百人一首 乾（坤）」（中央に貼題箋）
【内題】なし
【装訂】袋綴
【表紙】墨流し
【料紙】楮紙
【法量】縦二六・八×横二〇糎
【丁数】全八八丁、墨付乾巻四八丁、坤巻三六丁、乾巻坤巻ともに遊紙前後各一丁
【用字】漢字仮名交じり
【奥書識語】「維□天明第六丙午孟秋末二日　北郁氏　知善書（蔵書印三顆）」（坤巻三六丁裏）
【書写年代】江戸時代後期
【備考】朱筆による書き入れあり。また読み仮名をふる。いずれも本文と同筆。頭書、頭注あり。乾巻三六丁裏、識語の後に「北郁□弼」「北郁知善」の二顆と「子□」が一顆。坤巻一丁表にも「桂之舎蔵書」「□弼」の二顆あり。

▼本文の内容は、近世中期まで最も流布した細川幽斎の古注、『百人一首抄』の本文の一部とほぼ完全に一致する。また、文中に屢々「増註云」と見えるが、これは寛文九年（一六六九）に加藤盤斎が『百人一首抄』を増補した『百人一首増註』を抄出したものと考えられる。

（阿尾）

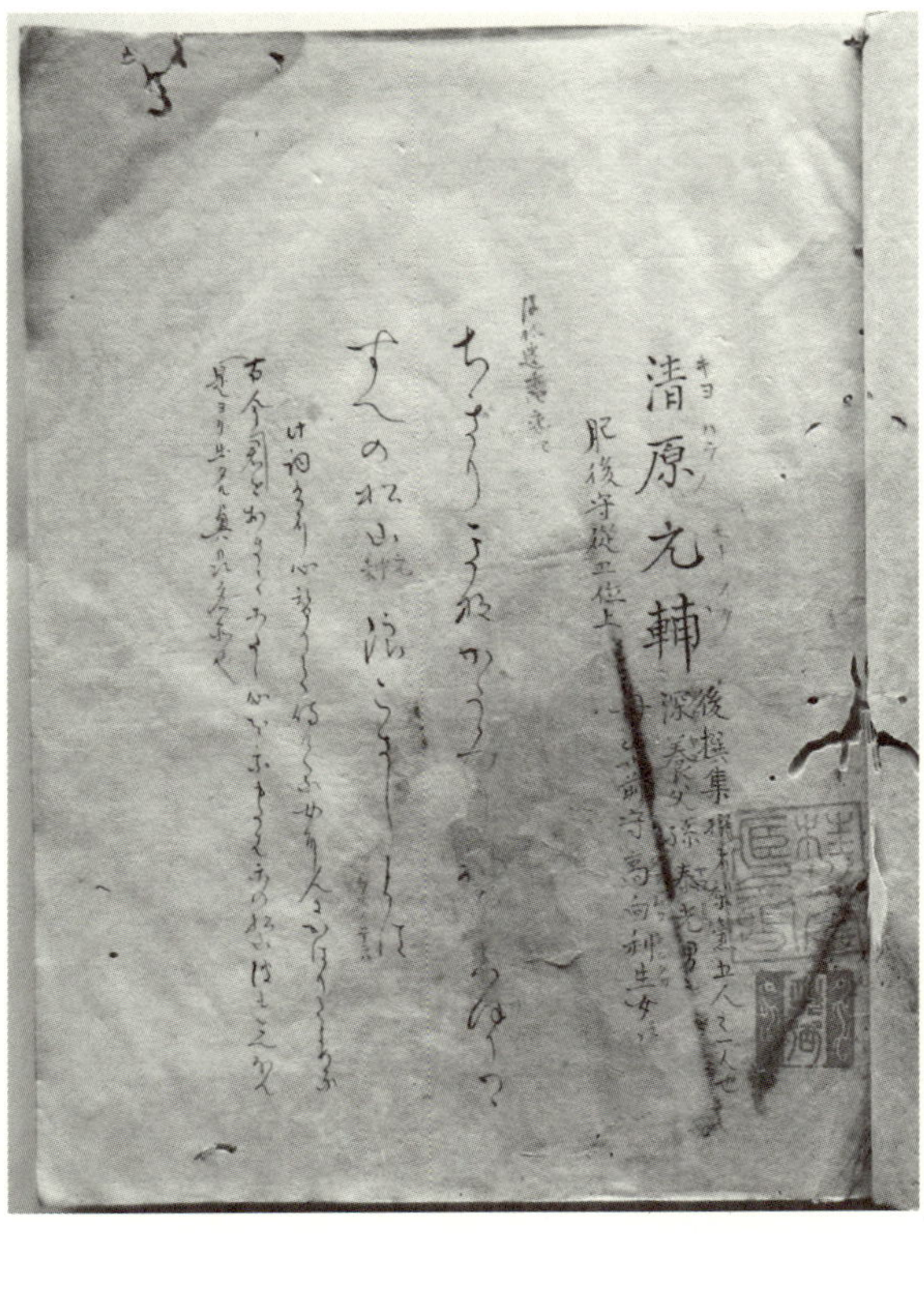

二一　山家集類題　　写　一冊

【外題】「［　　　］春夏秋」（左肩に打付書、墨書、破損甚）
【内題】「山家集題巻上」
【装訂】仮綴
【表紙】本文共紙
【料紙】楮紙
【法量】縦二四・一×横一七・二糎
【丁数】墨付五三丁、遊紙なし
【用字】漢字仮名交じり
【奥書識語】なし
【書写年代】江戸時代後期
【備考】題・和歌各一行書き。半丁一二行。第一丁表に、各巻の歌数を記す。第二〜二一丁は目録。巻初部分は本の左上部が大きく破損。春部〜秋部までの端本。表紙左下・第一丁表右下に「小谷泰延」の朱ゴム印。
▼文化十一年刊本の写か。（大谷）

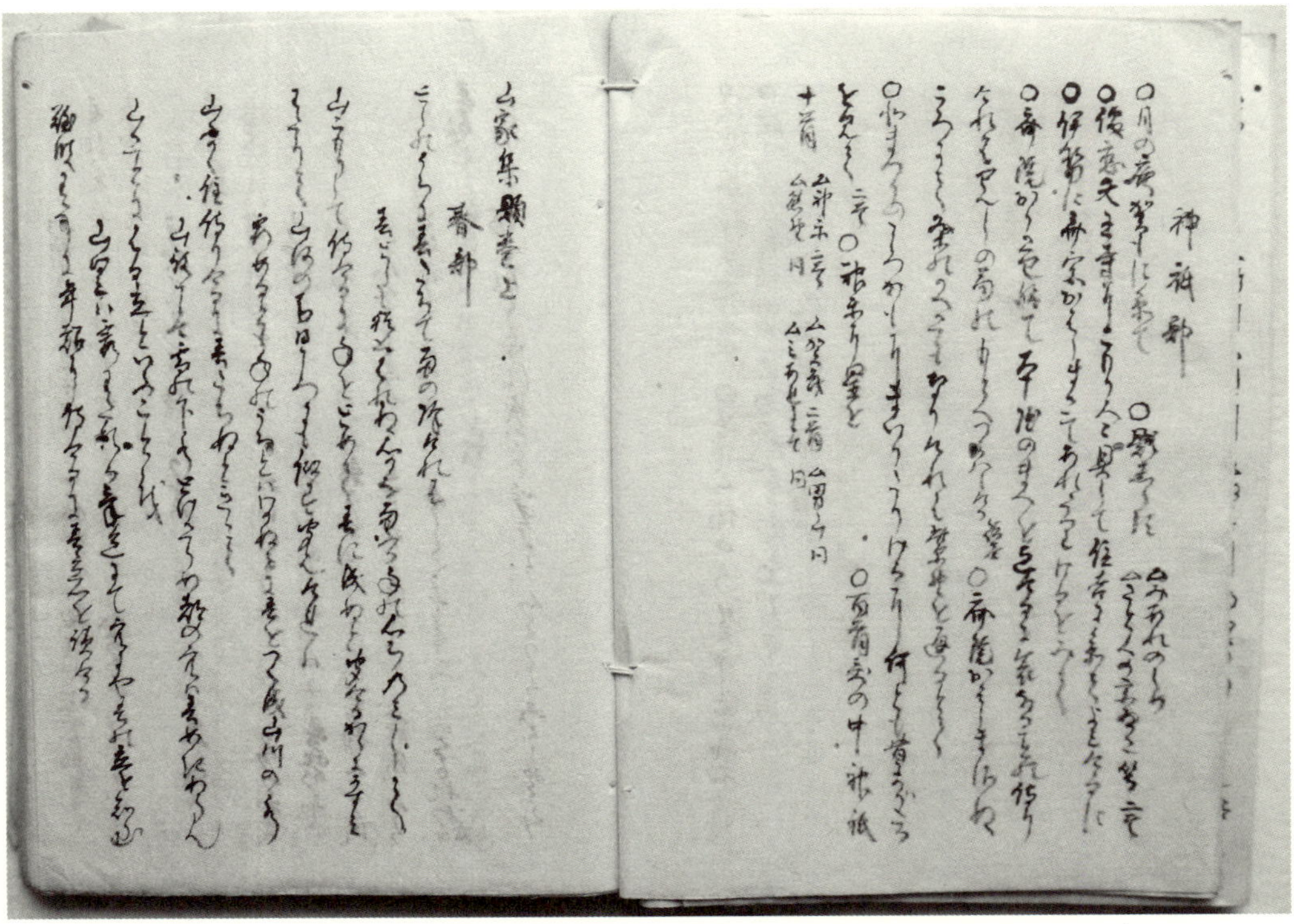

二二　後鳥羽院御集　　刊　一冊

【外題】「四季和哥集」（左肩に打付書、朱書）
【内題】なし
【装訂】袋綴（五ツ目）
【表紙】雷文地牡丹唐草空押し縹色楮紙
【料紙】楮紙
【法量】縦二六・六×横一九・六糎
【丁数】墨付四七丁、遊紙なし
【用字】漢字仮名交じり
【刊記】「承応二癸巳仲冬吉日」
【備考】下巻のみの端本（表紙右下に朱書で「三巻之内」と書入れあり）。無郭。一面一一行書き。『後鳥羽院御集』承応二年刊本の後印本。裏表紙見返しに「圓満院法蔵」の墨印を捺す。裏表紙中央に「後鳥羽」と墨書。

（大谷）

二三　金槐和歌集　　刊　三冊

【外題】「金槐和歌集　壹（貳・三）」（左肩に刷題簽）
【内題】「金槐和歌集巻之上（中・下）」
【装訂】袋綴
【表紙】布目厚手薄緑楮紙
【料紙】楮紙
【法量】縦二二・二×横一五・四糎
【丁数】全六四丁、墨付上巻三二丁、中巻一一丁、下巻二二丁、遊紙なし
【用字】漢字仮名交じり
【刊記】「貞享四丁夘歳仲夏上浣　北村四郎兵衛板行」
【備考】四周単郭、一面一一行、版心書名「右　上」

（舟見）

二四　超嶽院集　　写　一冊

【外題】「超嶽院集　全」（左肩に布目金砂子題簽）
【内題】「超嶽院集」
【装訂】袋綴（五ツ目）
【表紙】浅葱色布目紙表紙
【料紙】楮紙
【法量】縦二七・二×横一九・一糎
【丁数】全七二丁、墨付七一丁、遊紙前一丁
【用字】漢字仮名交じり
【奥書識語】「右武者小路儀同三司藤実陰公　法名超嶽院殿　和歌集也」（五三丁裏）、追加には奥書なし。
【書写年代】元文三年（一七三八）以降
【備考】五四丁表からは「追加」。一面一〇行書、和歌・題合わせて一行書き。目録題「超嶽院集目録」（二丁表）、「超嶽院集追加目録」（一〇丁表）

▼鈴木淳氏「武者小路家の人々―実陰を中心に―」（近世堂上和歌論集刊行会『近世堂上和歌論集』明治書院、一九八九年）によれば、武者小路実陰の家集は①自撰本系と見なされる『超岳院集』（『実陰公集』）と、②孫の実岳の編んだ『芳雲和歌集類題』（宝暦十年（一七六〇）実岳跋）の二系統に分けられる。本書は書名及び奥書から前者の系統に属するものと考えられ、同論で前者の例として挙げられている刈谷市立図書館村上文庫本の特徴とよく一致する。

（森本）

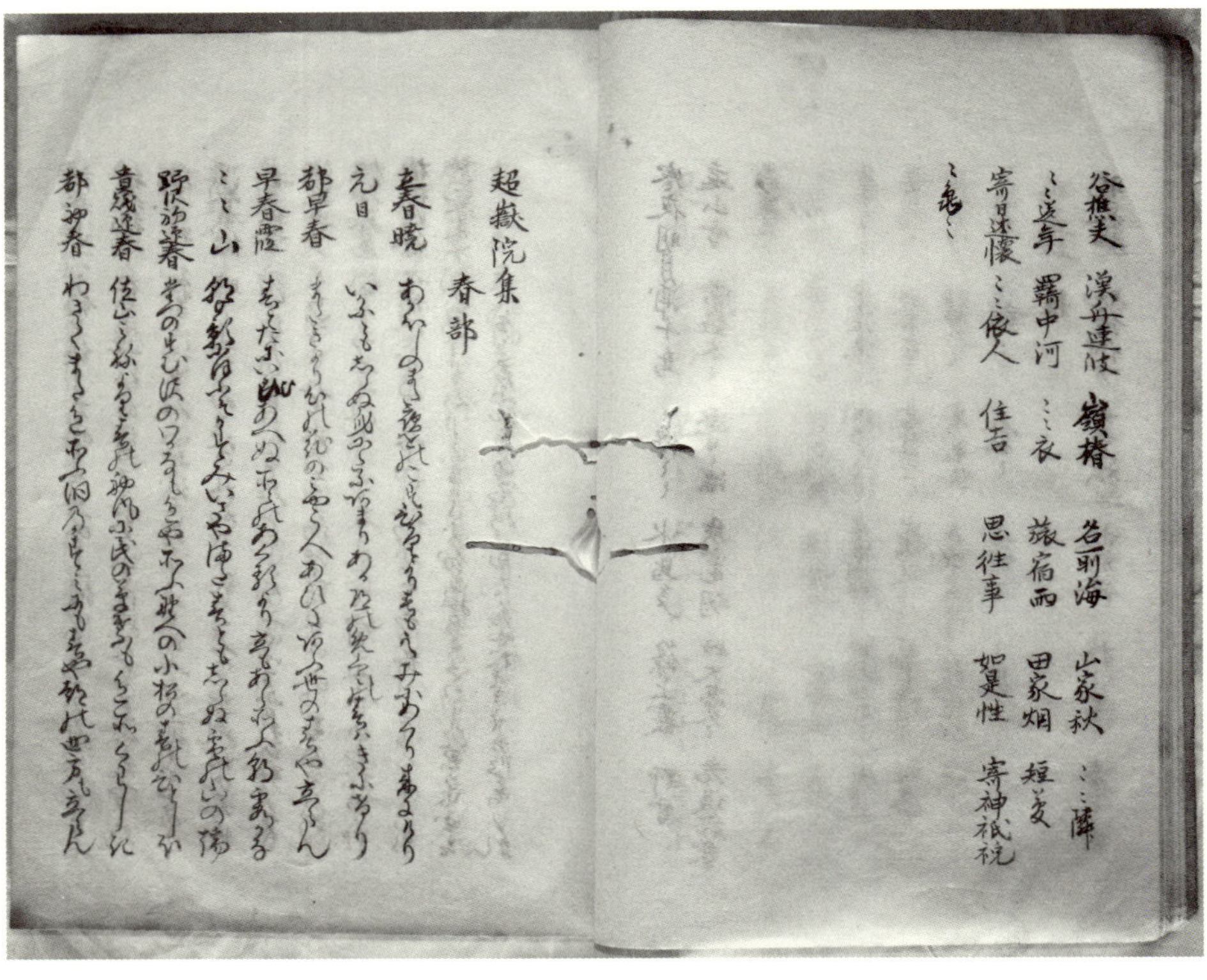

二五〔野萩〕

写　一冊

【外題】「野萩」（左肩に後補貼題簽）
【内題】「野萩」（端作）
【装訂】仮綴
【表紙】本文共紙
【料紙】楮紙
【法量】縦二五・〇×横一七・九糎
【丁数】全一三丁（裏表紙含む）、遊紙なし
【用字】漢字仮名交じり
【奥書識語】なし
【書写年代】江戸時代中期
【備考】一面八行書、和歌一首二行書。

▼家集か。作者は未詳。題は「野萩」「聞虫」「秋夕」「別恋」「述懐」。一題につき十九首。ただし、「別恋」のみ十八首。冒頭は「野萩」題、第一首「さく萩の花になかけそ秋の風／なにそは露のあたのおほ野に」より始まる。最後の「述懐」題では、「かすならて世にふる身にも君か代を／あふくこゝろはかはらさらめや」「限なき御代はたえせしすゝか川／祈こし身はふりはてぬとも」や「山ふかくのかれえぬ身そかすもなき／心に世をはいとひはてゝも」のように、繰り返し国の安泰を祈念する心と、老いた我が身を詠じている。詠歌作者は年老いた出家遁世者かと推測される。（阿尾）

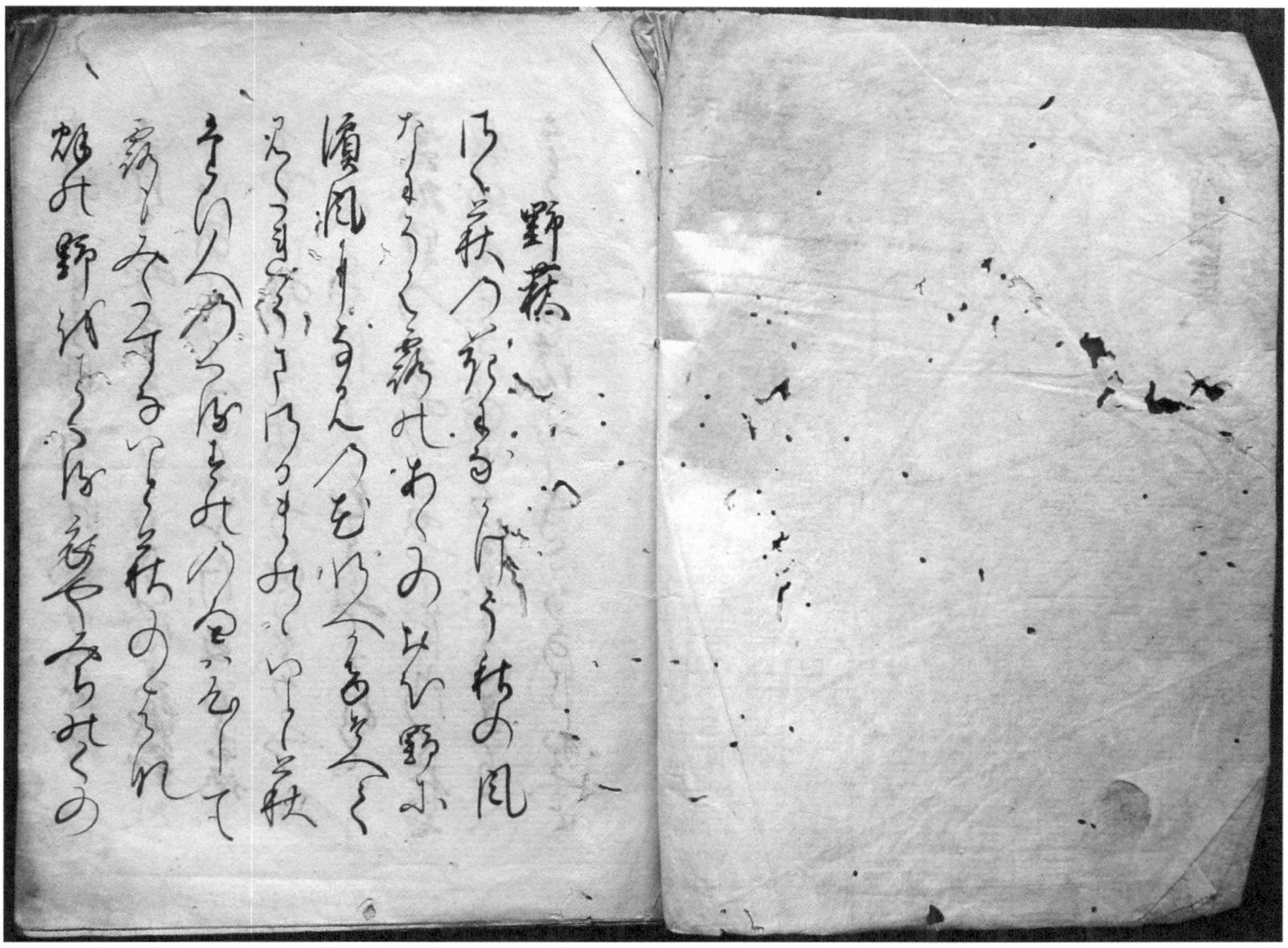

二六　法如詠草（一）　写　一冊

【外題】「詠草」（左肩に打付書、墨書）、「法如」（表紙右下隅に同筆で墨書）
【内題】なし
【装訂】仮綴
【表紙】本文共紙
【料紙】楮紙
【法量】縦二五・一×横一七・一糎
【丁数】全一八丁、墨付一七丁、遊紙前一丁
【用字】漢字仮名交じり
【奥書識語】なし
【書写年代】江戸時代後期（文化頃）
【備考】①前遊紙の右端に本文冒頭（一丁表）の「二十七日天気よし／みつぎものゆるされたる／あめがしたふりしく雨にうるほひて」と記す。本文では「あめがした」の和歌は二首目に位置するので書き損じか。②本文同筆の朱書で訂正あり。③一紙（縦一九・〇×横一一・五糎）挟み込みあり。「中秋」題の和歌四首（いずれも雨の中秋の月を詠む。当座詠か）。別筆と思われる。

▼和歌詠草。六丁裏に「三室戸の颪の風もこのころはなれてやあつくおもほへにける」、七丁表に「すみなれし都もいまはよそにして三室戸山に帰りきにけり」とあり、詠者は当寺塔頭金蔵院の僧、法如と考えられる。筆者も法如か。ただし、この二首や「ありてなきものと思へとぬは玉のわか黒髪はおしまれにける」（六丁表）から、入山してまだ日の浅いときの詠と想像できる。日次記は四月二十七日に始まり、五月晦日まではほぼ毎日天気を記し和歌を詠んでいるが、五月晦日以後は日次記としての体裁を捨て、折々の詠歌を記録するようになる。八丁裏・一六丁裏に「已上百首」の注記があり、多詠を心掛けて習練していたことが窺える。一三丁表に「文化酉のとし」（文化十年〈一八一三〉）、その前に「申の歳暮」（七丁裏）とあるので、開始は文化九年（一八一二）か。最も新しいものは「文化亥のとし」（文化十二年〈一八一五〉）の「八月」（一七丁裏）。

（森本）

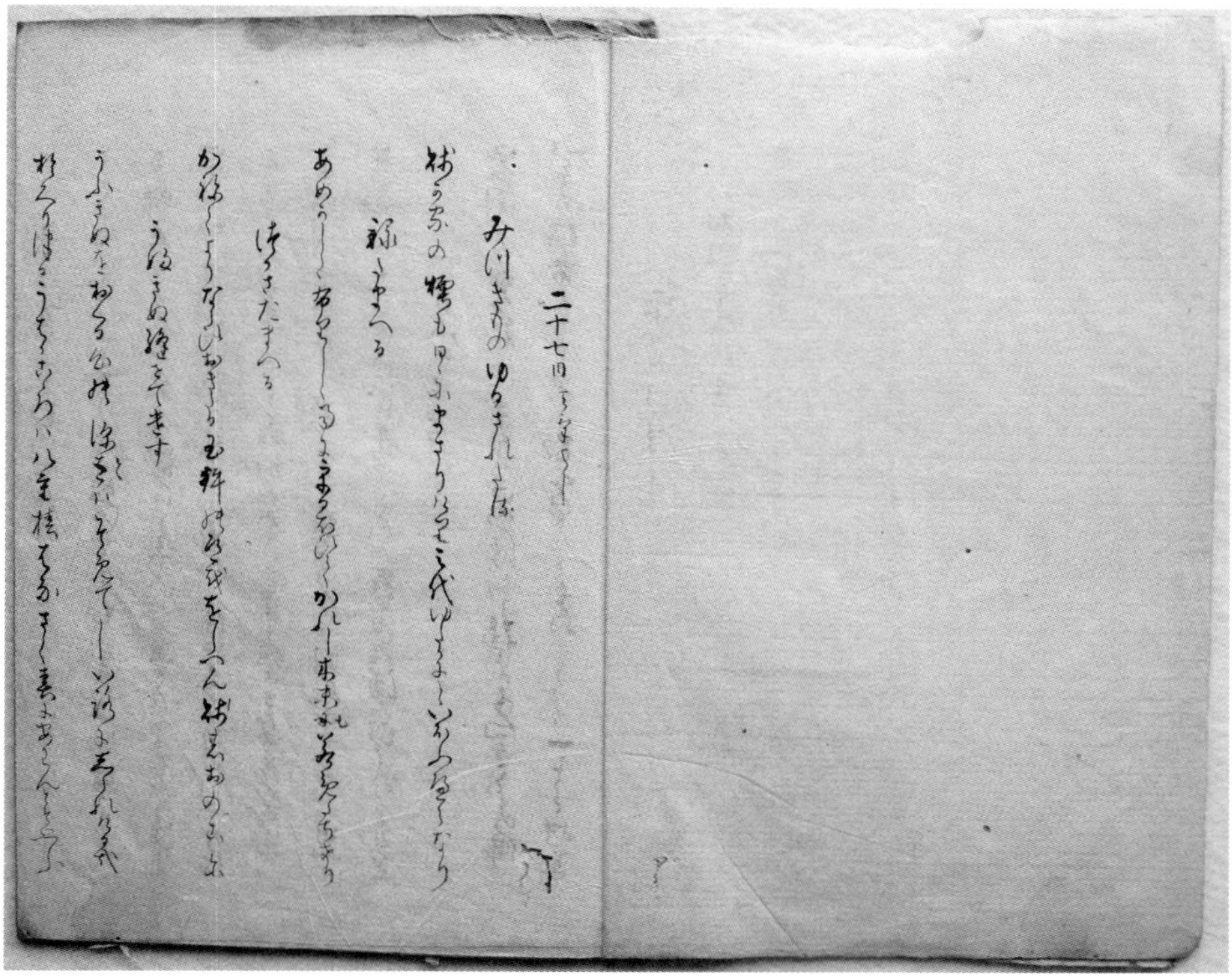

二七　法如詠草（二）　写　一冊

【外題】「詠草」（中央に打付書）、「法如」（表紙右下隅に同筆で墨書）
【内題】なし
【装訂】仮綴・後背装
【表紙】本文共紙
【料紙】楮紙
【法量】縦二四・〇×横一七・三糎
【丁数】全二四丁、墨付二一丁、遊紙後三丁
【用字】漢字仮名交じり
【奥書識語】なし
【書写年代】江戸時代後期（弘化頃）
【備考】罫入りの下敷きの紙が二枚挟まれている

▼前掲二六の「法如詠草（一）」と同筆で、法如の手になるものと考えられる。「文政乙酉春松坂氏の七十を賀するとて」（九丁表）などから年代を推定すると、所収の和歌のうち、最も古いものは文化十二年乙亥（一八一五）八月十七日、最も新しいものは弘化元年甲辰（一八四四）春。詠草一のちょうど後に連続し、その後三十年にわたる。折々に詠まれた和歌を年次順に整理したものか。朱で点・添削が加えられている歌もある。「歳旦」の歌などの上に朱で丸印が付けられているのは、年が改まったことを示すものと見られる。（森本）

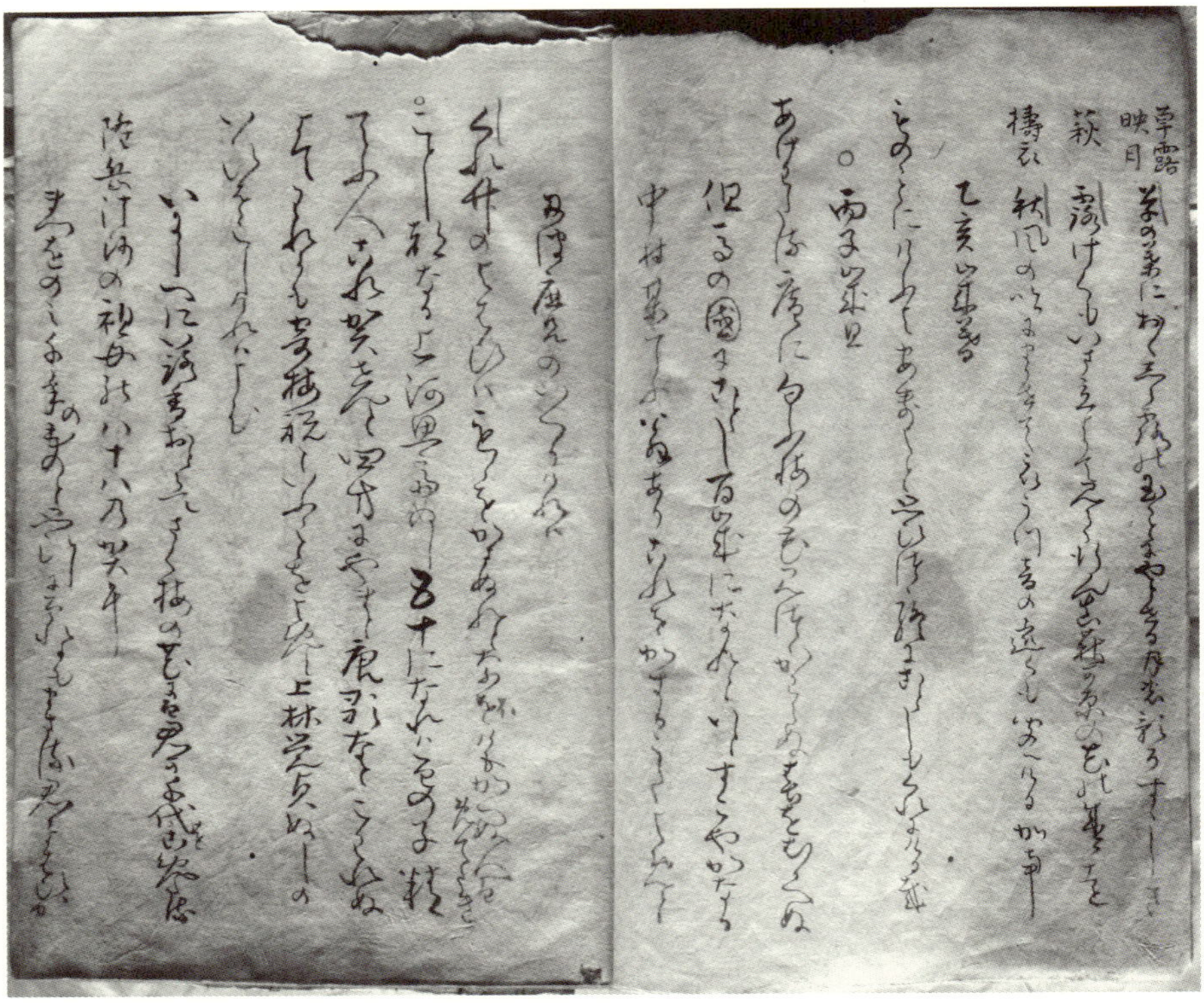

二八　春夢草　　写　一冊

【外題】「春夢草」（左肩に朱色題箋）
【内題】なし
【装訂】袋綴（四ツ目）
【表紙】支子色布目紙表紙
【料紙】楮紙
【法量】縦二五・八×横一八・二糎
【丁数】墨付五〇丁、遊紙なし
【用字】漢字仮名交じり
【奥書識語】なし
【書写年代】江戸時代後期
【備考】和歌一行～二行書き。半丁一四～一六行。
▼作者未詳の家集。前半は長歌が多く、後半は春・夏・秋・冬・恋・雑に部類された短歌。牡丹花肖柏の『春夢草』とは別書。江戸時代後期歌人の詠か。
（大谷）

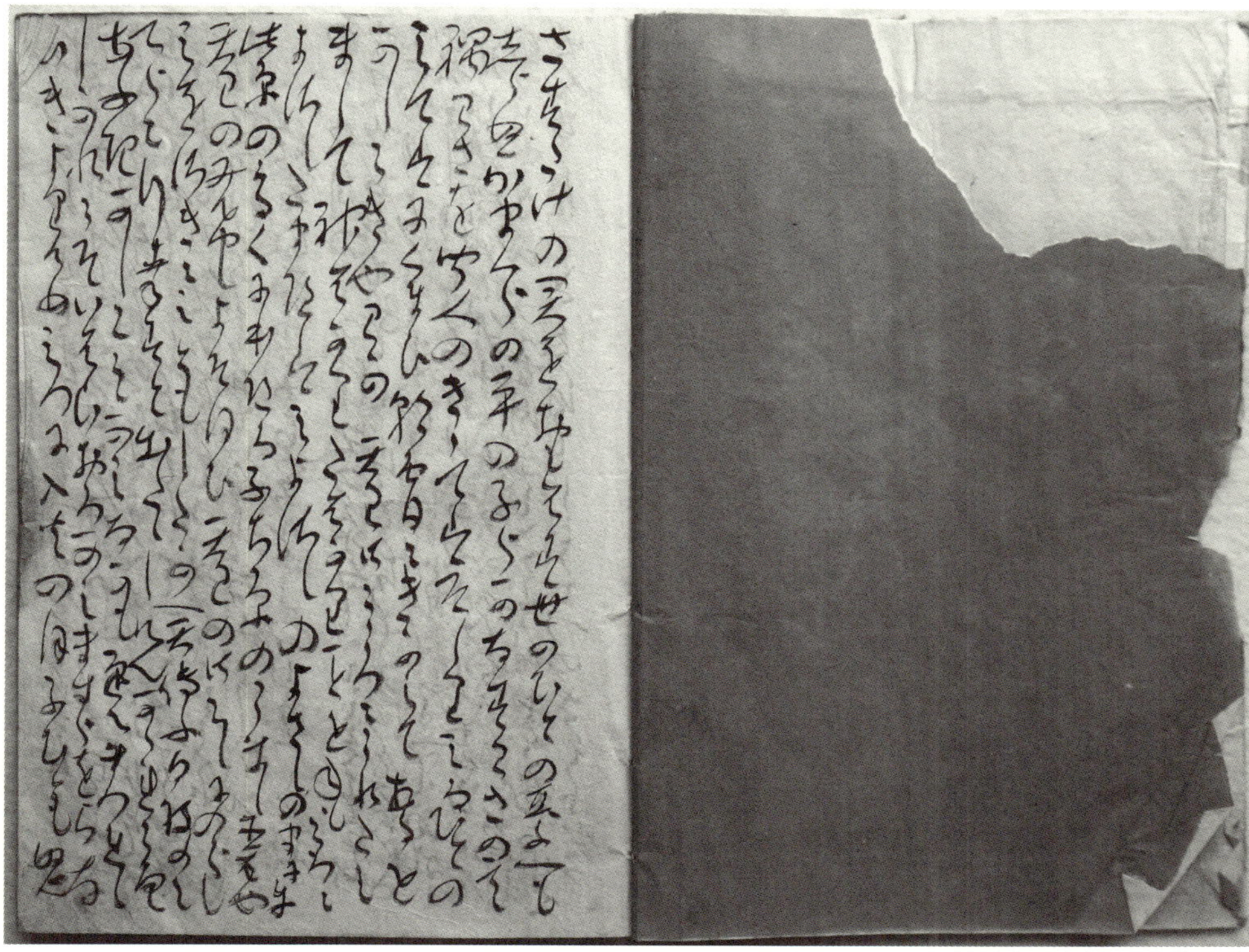

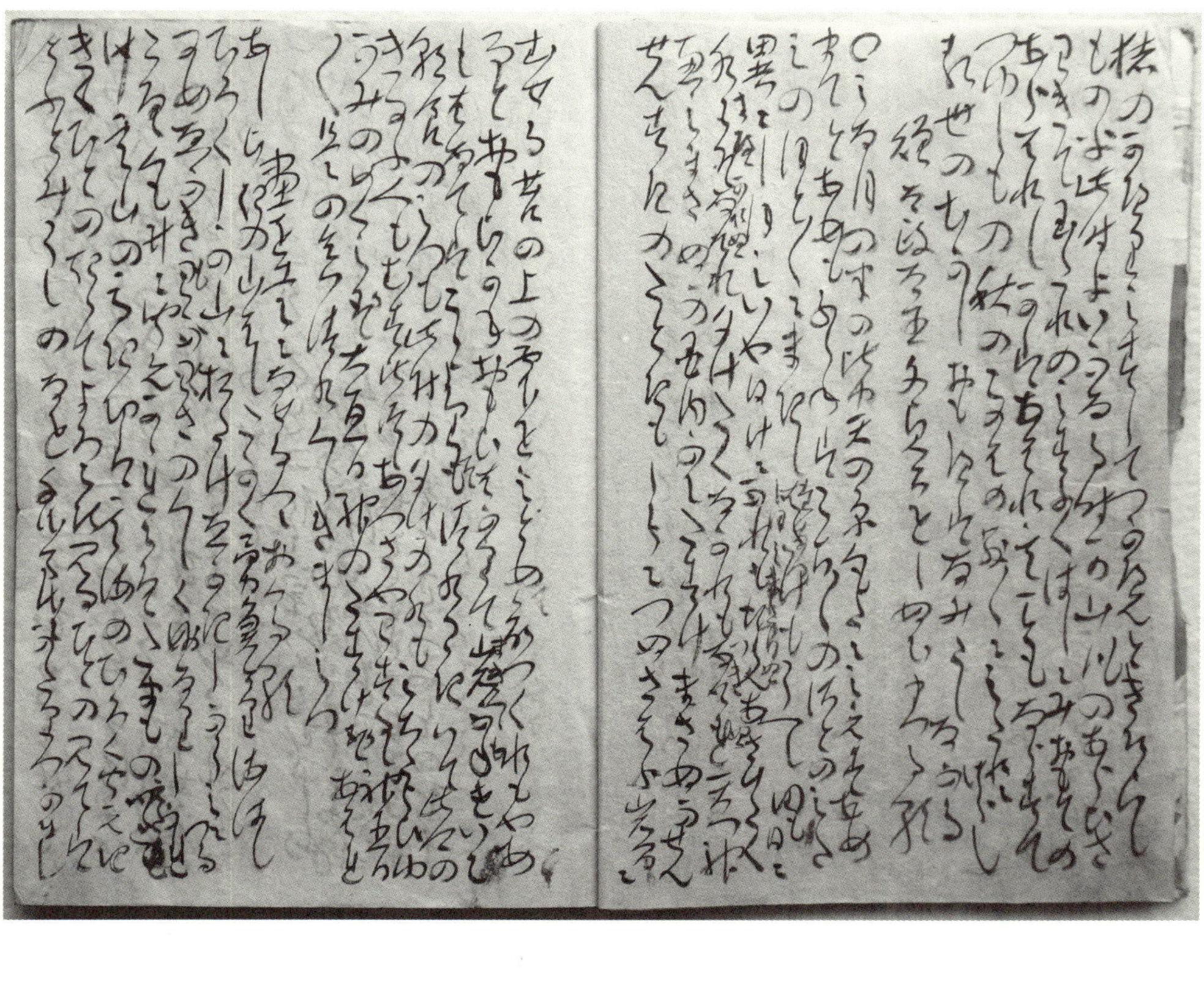

二九　五社百首　　写　一冊

【外題】「五社百首」（左肩に題簽）
【内題】「百首　太神宮　賀茂　春日　住吉　日吉」（序文の次に）
【装訂】袋綴
【表紙】薄茶色紙表紙
【料紙】楮紙
【法量】縦二〇・九×横一五・九糎
【丁数】全三一丁、墨付三一丁、遊紙なし
【用字】漢字仮名交じり
【奥書識語】「天文廿二年閏正月六日書之（花押）／一校了」
【書写年代】江戸時代前期

▼題別の部類本。松野陽一氏『藤原俊成の研究』（笠間書院、一九七三年）第一篇第一章「五、五社百首」の諸本分類を参考にすると、本書は群書類従本と同様に歌序に乱れがみられるが、群書類従本よりも更に乱れが生じており、春日・住吉・日吉の三社に渡って歌順が乱れている。誰のものかは不明の花押を押す天文二十二年（一五五三）の奥書を持つが、書写時期はもう少し下ると推測され、本奥書を花押とともに写したものと考えられる。（小山）

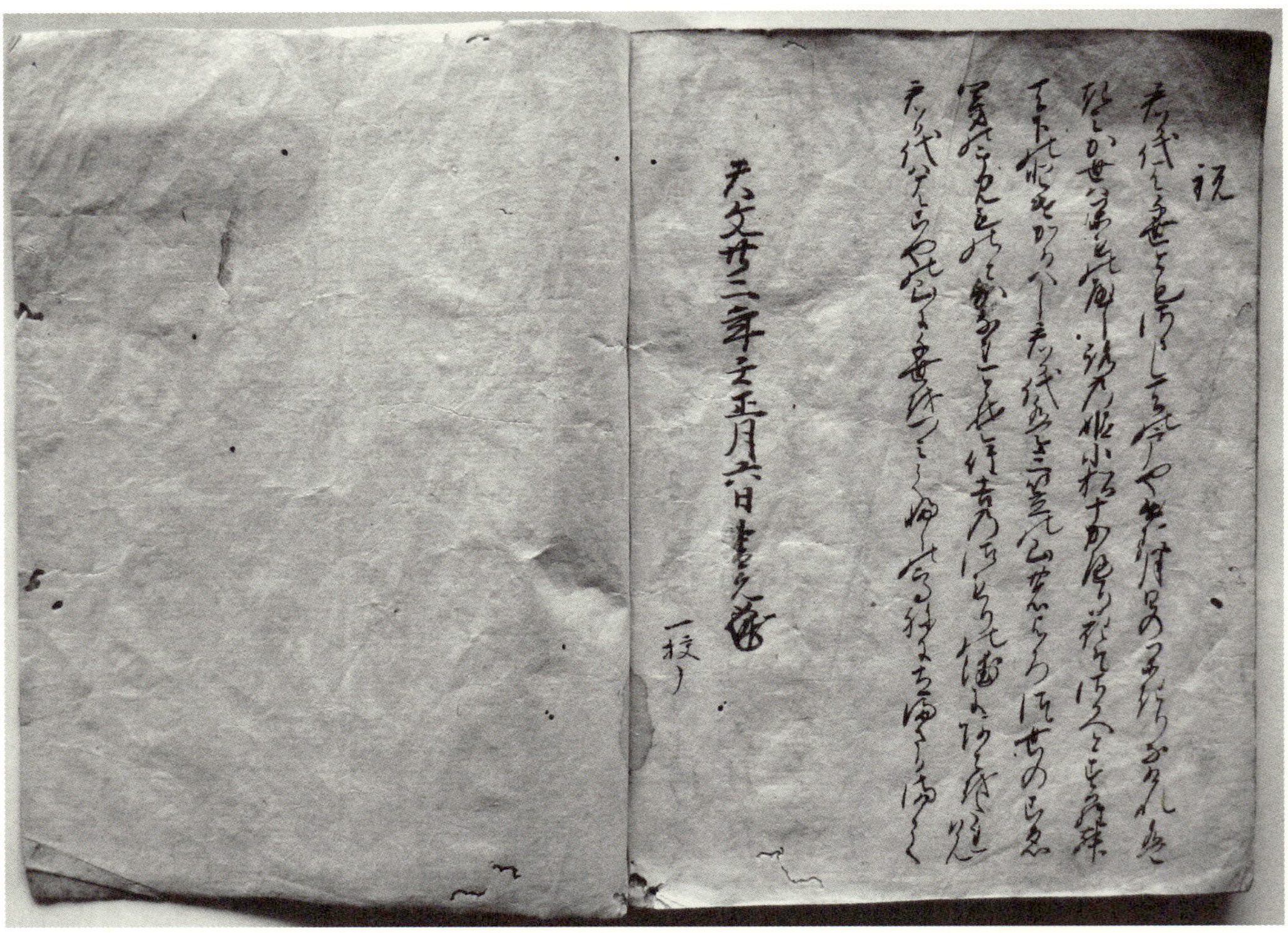

三〇　鷹三百首　　写　一冊

【外題】「鷹三百首　定家卿」（後補表紙、左肩に打付書）
【内題】「詠三百首和歌（左に別筆で「鷹三百首本」）定家朝臣」
【装訂】袋綴
【表紙】薄茶色麻布目紙表紙
【料紙】楮紙
【法量】縦二〇・〇×横一三・二糎
【丁数】全四二丁、墨付四二丁、遊紙なし
【用字】漢字仮名交じり
【奥書識語】「慶長十七年文月上澣之候誂他毫／写茲了」
【書写年代】江戸時代初期
【備考】原表紙（本文共紙）を見返しとして使用、剥落。

▼無注本。無注本で流布しているのは群書類従本であるが、歌順等は寛永十三年版本に近い。一丁裏に「続古今　はなの御哥の中に　後鳥羽院御哥／はしたかをすゑのかへるかりしらふに花の色をまがへて」、巻末に「私書入／これやこのましろの鷹にゑこはれてはとのほ□□にみをかけし人　寛七三ノ廿二一校了」と別筆で記されている。本書には全冊にわたって別筆による校合書入がある。巻末に「私書入／これやこの…はとのほ□□にみをかけし人寛七三ノ廿二一校了」と別筆で記されている。本書には全冊にわたって別筆による校合書入がある。慶長十七年（一六一二）の本奥書からそれほど下らない江戸時代初期に書写され、巻末に記される寛文七年（一六六七）三月二十二日に校合が加えられた際の書入であると考えられる。

（小山）

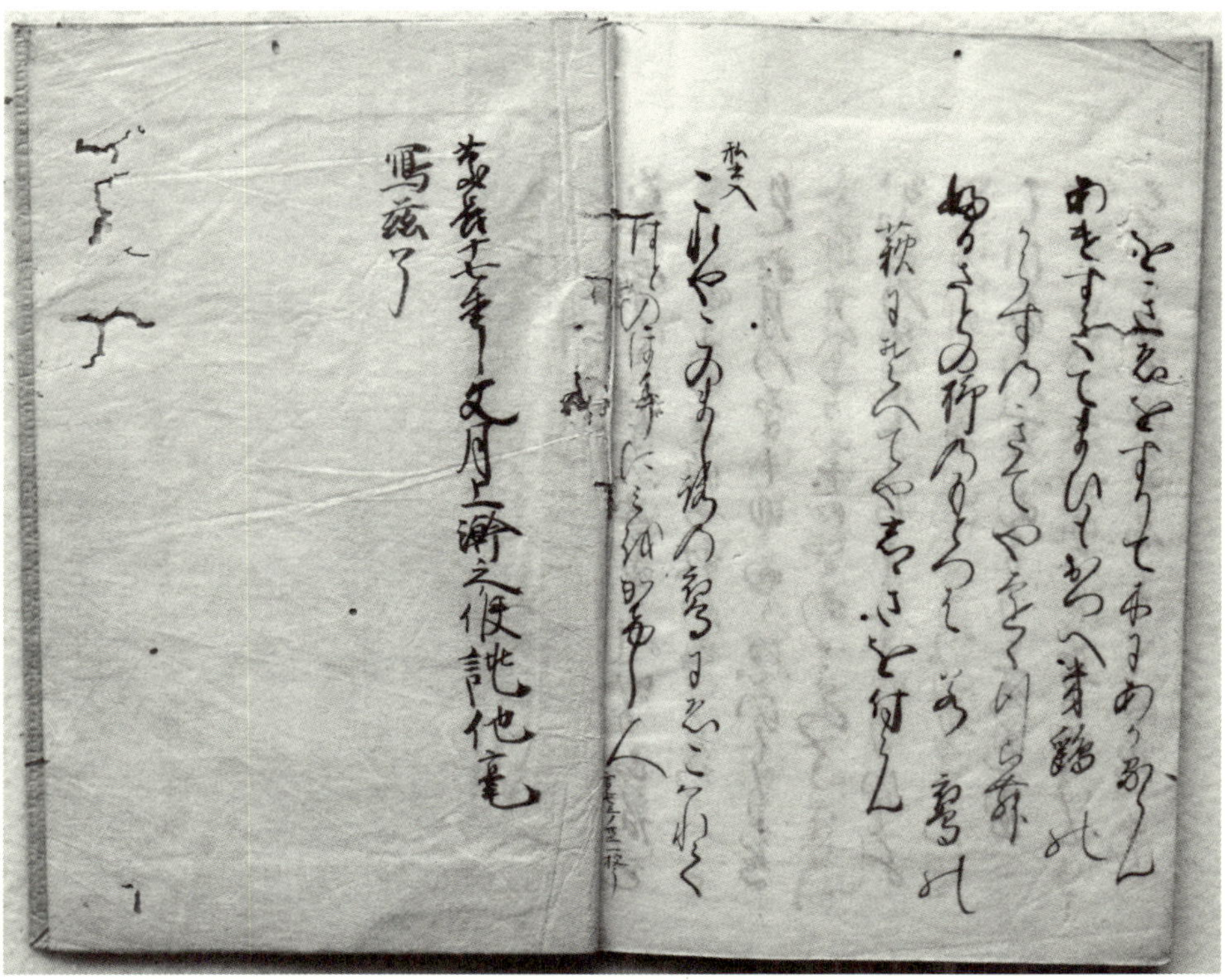

三一　難題百首　　　写　一冊

【外題】「難題百首」（左肩に打付書、墨書）
【内題】「春二十首」（端作）
【装訂】袋綴（仮綴）
【表紙】本文共紙
【料紙】楮紙
【法量】縦二七・四×横二一・四糎
【丁数】全一五丁、墨付一五丁、遊紙なし
【用字】漢字仮名交じり
【奥書識語】なし
【書写年代】江戸時代中期

▼藤原定家が四字結題で詠んだ「難題百首（藤川百首とも）」の題による百首歌は、後世の歌人によって数多く詠まれた。本書は、定家・為家・為定・安嘉門院四条の四名の「難題百首」を収め、「藤川四百首」と称される種類の一本である。無注本。春一首目「関路早春」から恋十七首目「隔遠路恋」まで。以下二十三題分は欠。　（小山）

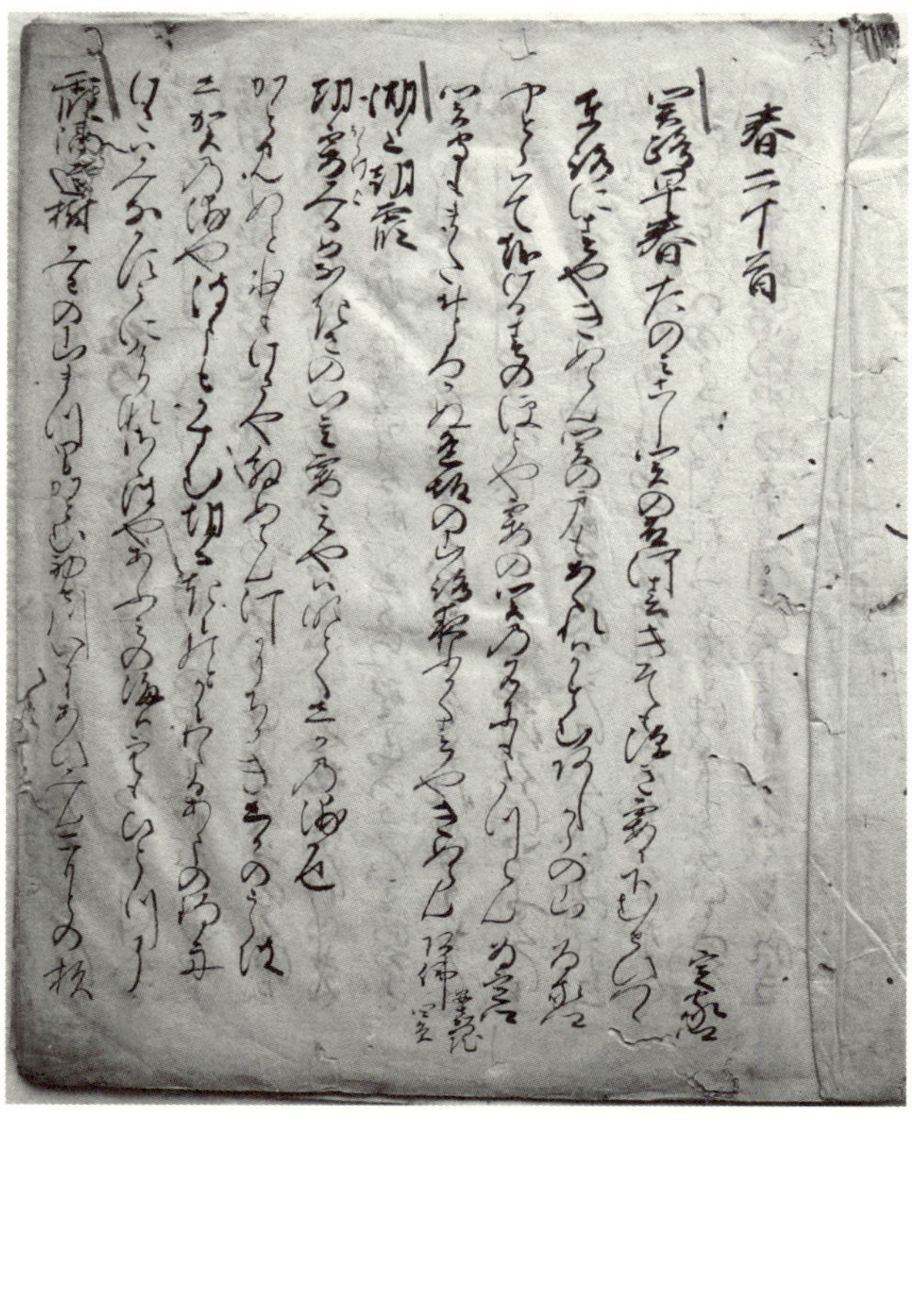

三二　白川殿七百首　　写　一冊

【外題】なし（表紙欠）
【内題】「春百三十首」（端作）
【装訂】仮綴
【表紙】なし（表紙、裏表紙ともに欠）
【料紙】楮紙
【法量】縦二四・四×横一七・〇糎
【丁数】墨付七二丁、遊紙なし
【用字】漢字仮名交じり
【奥書識語】なし
【書写年代】江戸時代前～中期写か
【備考】一面一〇行書。題・作者・歌各一行。本文と同筆で異本注記あり。後ろの二紙に作者付あり。

▼歌題、歌の内容、作者名などから、文永二年（一二六五）に後嵯峨院主催によって行われた『白川殿七百首』と知られる。井上宗雄氏「白河殿七百首の基礎的考察―伝本と成立を中心に―」（『鎌倉時代歌人伝の研究』第五章、笠間書院、一九九七年）によれば、『白川殿七百首』の伝本系統は、作者名や表記の異同、作者付の歌数によって、Ⅰ類草稿本系、Ⅱ類中間本系、Ⅲ類精撰本系の三類に分類できるが、本書は作者を官位名で表す点や、作者付の歌数がⅢ類本とほぼ一致することから、同系統に属すると思われる。（阿尾）

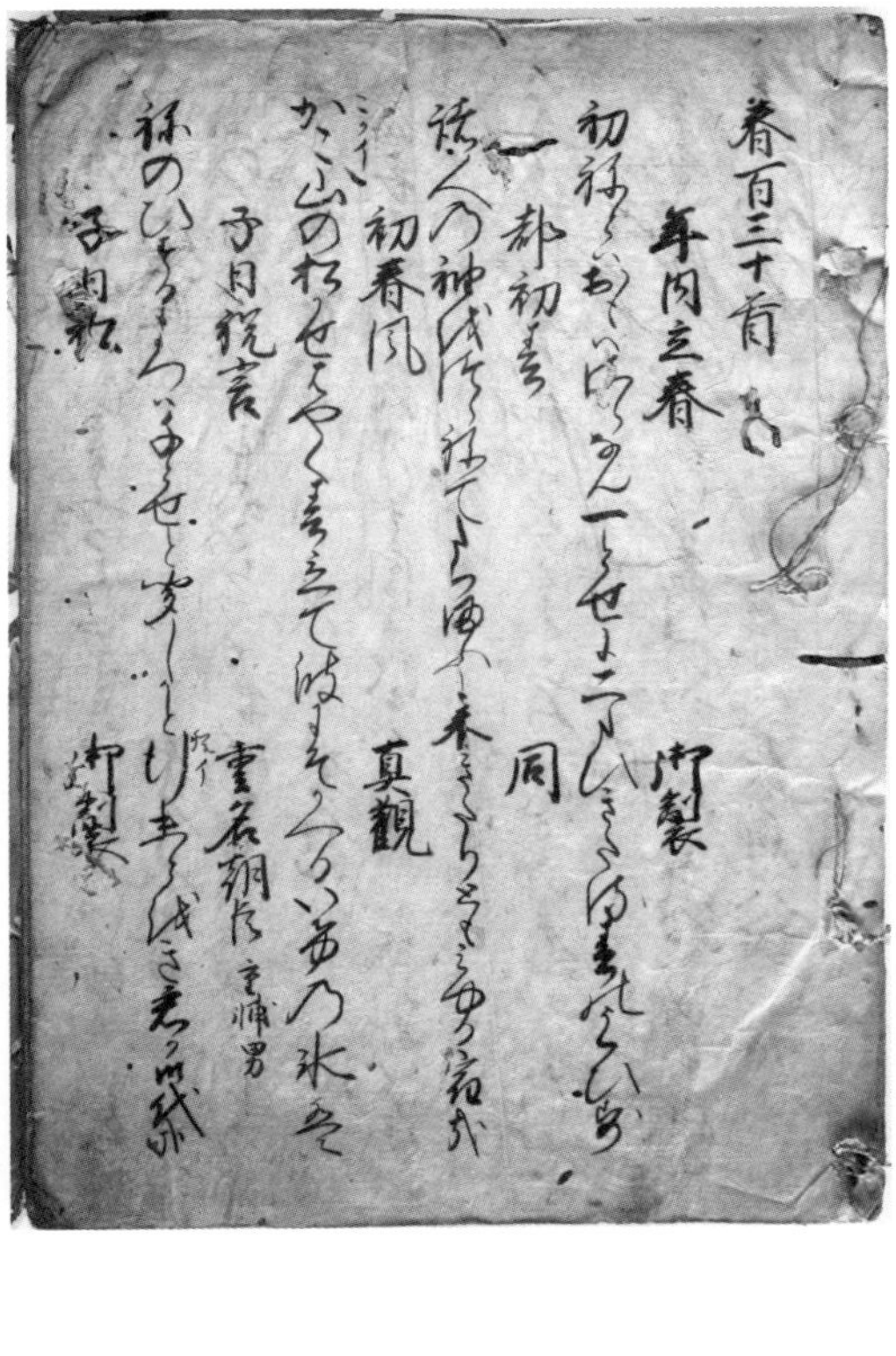

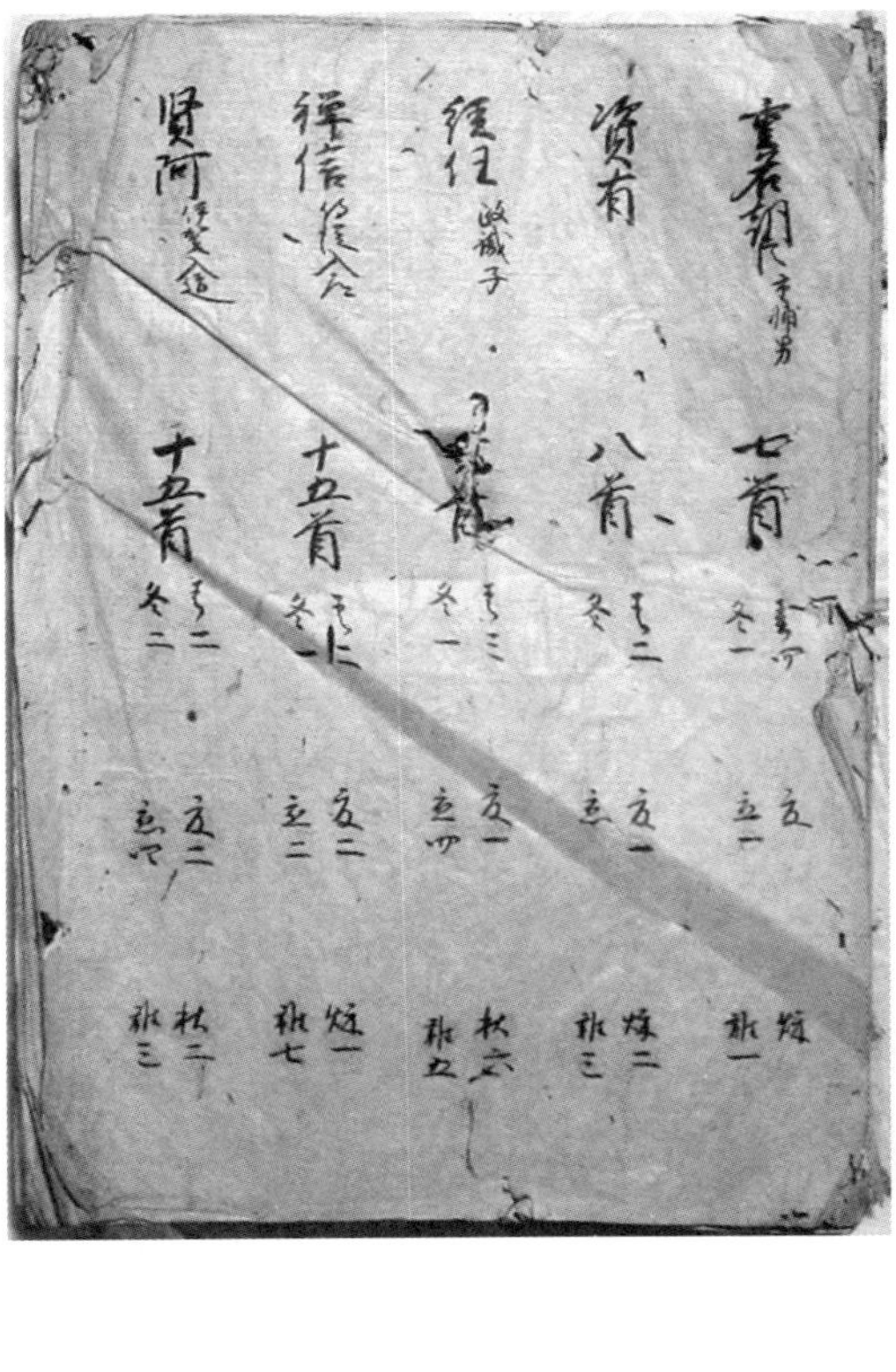

三三　実隆百首　　写　一冊

【外題】「実隆百首」（左肩に打付書）
【内題】「詠百首和歌　文明六秋　左中将実隆」（端作）
【装訂】袋綴
【表紙】浅葱色楮紙（後補、左肩のみ残存）
【料紙】楮紙
【法量】縦二八・八×横二〇・七糎
【丁数】全七六丁、墨付七五丁、遊紙前一丁
【用字】漢字仮名交じり
【奥書識語】なし
【書写年代】江戸時代中期
【備考】背表紙欠。最終丁は虫損・傷みが甚しく右下が破損。

▼三条西実隆の十七種の百首歌を集成する。十七種の百種歌の内題と、一首目の歌題と初句ならびに『雪玉集』における新編国歌大観番号を示す。①「詠百首和歌　文明六秋／立春　天津空…」（六五七二）、②「内侍所御法楽八百首和歌之内　御当座（文明十三年十月五日）／春二十首　けふしはや…」（六六七一）、③「百首　延徳年冬独吟　定家卿文治二年仙洞初度百首題（正治初度百首題）／春二十首　打なひき…」（三七五五）、④「百首　明応年夏独吟　定家卿四字題（藤川百首題）／関路早春　関の戸の…」（三八五五）、⑤「百首和哥　禁裏着到　文亀三上巳以来六月十四日終功／立春　たちかへり…」（四四五五）、⑥「内裏着到百首第二度／歳暮立春　いかにおしみ…」（四六五五）、⑦「百首　永正二年八月廿日以来愚亭／早春湖　さゝ波や…」（六七六九）、⑧「百首　永正三後五十八　家着到／立春　古郷と…」（四八五四）、⑨「百首（内裏名所百首題）／音羽河　きけはけさ…」（五〇五三）、⑩「百首　永正十年三月／初春　いそのかみ…」（七三六九）、⑪「百首和哥（堀河百首題）／立春　（夢想）水上も…」（四〇五五）、⑫「百首　住吉法楽／春二十首　春のくる…」（七一六八）、⑬「詠百首和歌　大永四年九月（『雪玉集』によると大永五年〈一五二五〉二月、春日社法楽）／元日　たちかはる…」（四二五四）、⑭「詠百首和歌（享禄四年〈一五三一〉三月春日社法楽）／春二十首　天の下…」（四三五四）、⑮「詠百首和哥／暁立春　このねぬる…」（七二六八）、⑯「春日陪　春日社壇詠百首和歌年月可尋記慈鎮和尚題／神祇四季　春日野や…」（四一五四）、⑰「百首（六百番歌合題）／元日宴　（一首目和歌欠）」（七四六七）。⑰の百首以後は欠落している。

（小山）

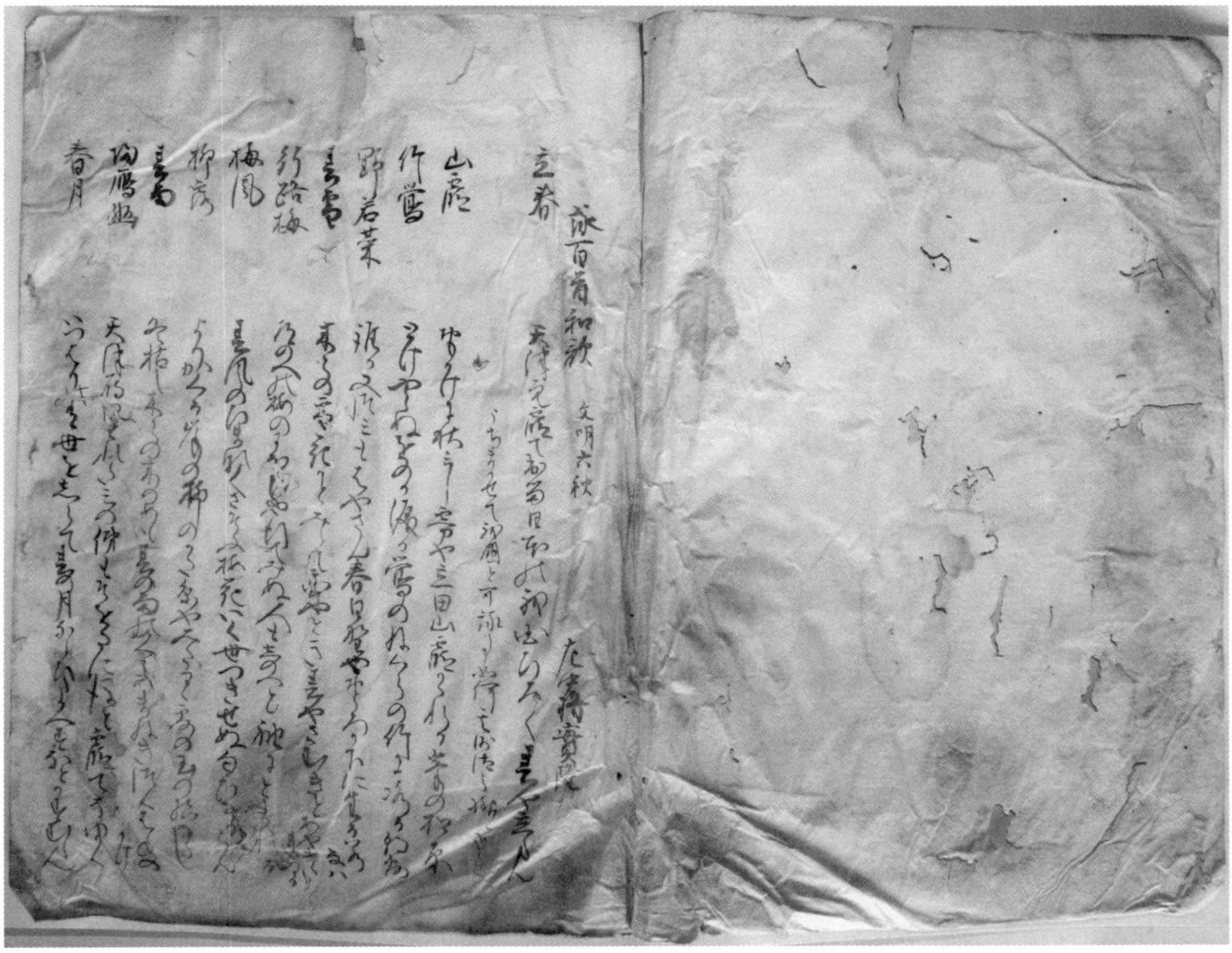
詠百首和歌　文明六秋
立春
山霞

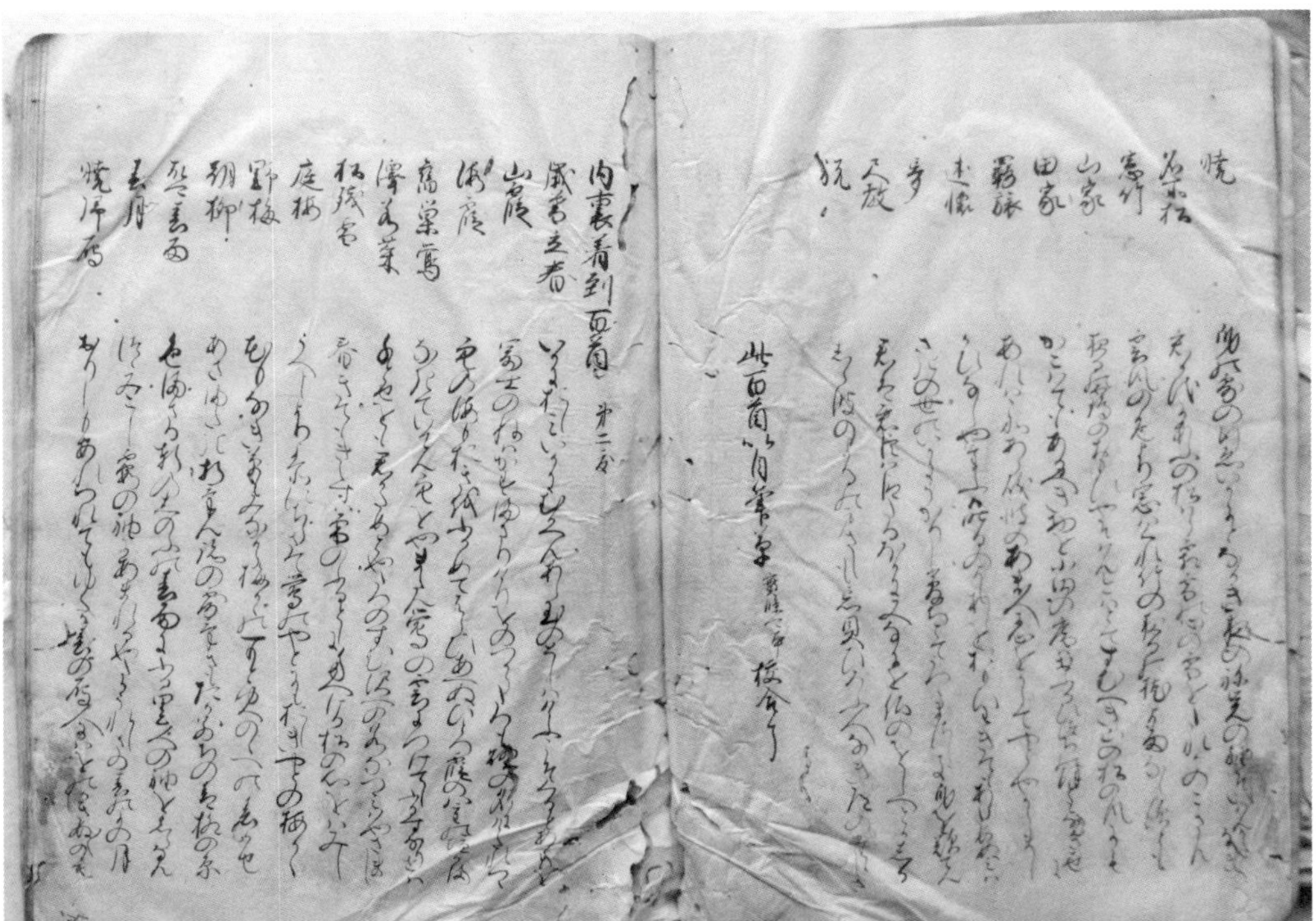
内裏着到百首
此百首以自筆写

三四　千首和歌太神宮御法楽　　写　一冊

【外題】なし
【内題】「千首和歌　太神宮御法楽　天文十一年二月」
【装訂】仮綴
【表紙】本文共紙
【料紙】楮紙
【法量】縦二五・四×横二〇・〇糎
【丁数】全一七丁、墨付一六丁、遊紙前一丁
【用字】漢字仮名交じり
【奥書識語】なし
【書写年代】江戸時代前期
【備考】半丁行数一四行、一首二行書

▼「千首和歌太神宮御法楽」は天文十一年（一五四二）二月九日・十日に披講（『和歌大辞典』明治書院、一九八六年）。作者は、後奈良天皇・貞敦親王・三條西公條・三條西実枝・広橋兼秀・白川雅業・山科言継・高倉永家・持明院基規・甘露寺伊長・勧修寺尹豊・高倉範久・三條公頼・万里小路惟房・富小路氏直・中院通為・飛鳥井雅綱・中御門宣治・四辻季遠・飛鳥井雅教・持明院基孝朝臣。百題百首の当座探題が第一から第十までであり、本書は、そのうち貞敦親王・公條・実枝の詠のみ二百四首を全て抄出したもの。図版に見えるように、抄出の際には冒頭に「第一　九日」などとそれぞれ記し、百首題毎に歌序を変えず、三者の詠を抄出している。『群書類従』第十一輯・宮内庁書陵部本『千首和歌　天文十一大神宮法楽』（五〇一・七八四）と比較して、本書が抄出された本文は、目移りによる題の誤写などを除けば、ほぼ宮内庁書陵部本に一致する。また群書類従本で意味の通らない箇所・作者名の誤りと思われる箇所に対して生じている校異が書陵部本と本書が一致することからも、抄出された原本は書陵部本の系統と考えられる。

（豊田）

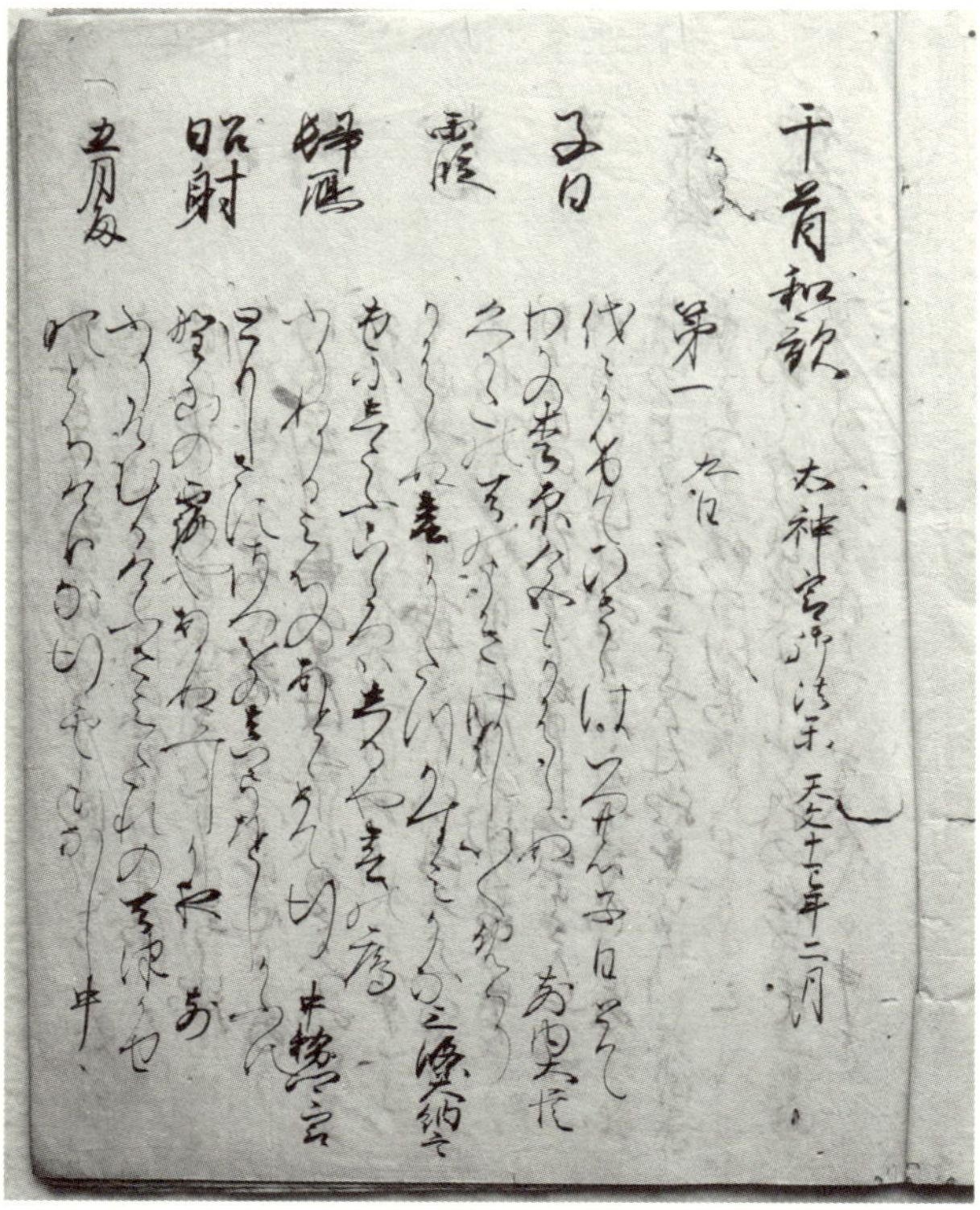

三五〔歌書類聚〕　写　一冊　別紙十紙

【外題】なし

【内題】①「詠百首和歌」、②「詠百首和歌」、③「歌合」、④「続三十首和哥」、⑤「詠水石契久和歌（末尾に「天文廿四年正月十九日和哥御会始」とあり）」、⑥⑦なし、⑧「天文三年十二月二日称名院前右府／十三年追善於三条西亭　三光院始行」、⑨なし、⑩「三條大納言点天正六年十月八日五十首」、⑪「三條大納言点天正五年三月十八日　三十首」、⑫「百首和哥後柏原院并逍遙院冷泉大納言／永正十　三月」、⑬「百首」、⑭なし、⑮「浅間社法楽　永享十一年十一月廿七日」、⑯なし、⑰「詠百首和歌　権中納言兼成上」、⑱「詠十五首和歌　民部卿定家」、⑲「天文元年八月十二日　太神宮御法楽御当座」、⑳なし、㉑「詠十五首和歌」、㉒「九月九日同詠菊叢競芳和歌　権中納言公條」、㉓「於仙洞和漢御千句」、別紙「花月百首」。

【装訂】横本（仮綴）

【表紙】欠

【料紙】楮紙

【法量】縦一四・四×横二〇・八糎

【丁数】全一六五丁、墨付一五七丁、遊紙前一丁、中七丁。別紙として墨付一〇丁。

【用字】漢字仮名片仮名交じり

【奥書識語】①「本書／元和第九蝋十四於番衆所／一校了」、②「本／以御自筆端五枚予書之奥令／人書写之一校了／元和第九蝋十四　親顕」、③「一校了／本云／右以六条羽林有純本令人書写之了／元和第九十二月九日　左少将親顕」、④「本云／已上以勅筆御本所奉写之如此／御詠始終次第云々／永正第九四月日／本／済継卿詠草云四月日内より十首の題を／たまふ勅題云々／本／私云永正九壬申年也／済継卿詠之分／彼以自筆之詠草／一校了」、⑤「右以白相公本書写之／本／寛永二阪十六夜」、⑥「以雅朝卿本書写之／同夜同刻」、⑦「裏書弘治二年四月廿五日賀入道前右相府七十筭」、⑨「本云／弘治三年卯月廿日／三条大納言実澄卿」、⑪「終日書写之／本／元和七于時六月廿日　羽林源」、⑬「右百首資直自筆巻物也不慮一覧之間写留了／寛永十八五廿二六」、⑰「文禄二年五月二日　禁裏御着到／二十四人之内被加御人数所令詠進也／老後之本懐不可過之願歟雖然哥等／不宜有恐有憚耳／龍集末（文禄）正癸巳南呂中旬権中納言兼成／八十歳」

【書写年代】江戸時代前期

▼以下に、内題だけでは内容が分かりにくいもの、内題が無いものについて概略を述べる。①②は共に覚恕詠であり、国立歴史民俗博物館館蔵資料編集会編『中世定数歌』（臨川書店、二〇〇〇年）に見える『覚恕百首』に一致する。井上宗雄、三村晃功編『中世百首歌』三（古典文庫第四五八冊、一九八二年）所収。③は『大永三年十二番歌合』。三条西実隆判、庭田重親・四条隆永・甘露寺元長・富小路氏直・持明院基春・冷泉永宣・持明院基規・中御門宣秀・甘露寺伊長・柳原資定・

公條・富小路資直詠で、「月夜自涼」「松遐年友」の二題、④は実隆点、御製（後柏原院）、冷泉宰相（政為）、姉小路宰相（基綱）詠。なお、姉小路基綱の和歌の詞書（『私家集大成中世Ⅳ』明治書院、一九七六年）に「永正九四三十首御点取実隆点」とあり、⑥は三条西公條点、御製（後奈良院）、親王御方（方仁）、曼殊院宮（覚恕）、四辻大納言（季遠）、広橋大納言（兼秀）、中山大納言、按察大納言詠、二十首点取和歌、⑦は『称名院右府七十賀記』であり、『群書類従』第二十九輯に収められている内容にほぼ一致する、⑧は『釈教歌詠全集』第四巻（東方出版、一九七八年）に見える『称名院前右府十三回忌品経和歌』に一致、なお内題に「天文三年」とあるが、釈教歌詠全集に「天正三年（一五七五）」とあり、後者が公条の没年からも正しい、⑨は三条西実枝による『公条七十賀に寄せた七十首と序』（書名は伊藤敬氏『室町時代和歌史論』第五章「三条西三代―新時代の歌の家―、六　実枝」（新典社、二〇〇五年）に拠る）で、和歌のみが『私家集大成中世Ⅴ上』「28　実枝」に収められており、これに一致する、⑬は富小路資直の百首で、『続群書類従』第一四輯下の『十市遠忠百首』に見える、⑭は瀟湘八景詩歌の集成で、玉澗によるもの二種（うち一種は瀟湘夜雨・洞庭秋月・江天暮雪のみ）、瑞谿によるもの（瀟湘夜雨、洞庭秋月を除く六句）、惟肖得巌・雲章一慶・江西龍派・心田清播・瑞巌龍惺・瑞渓周鳳・東沼集巌の一人一句によるものと、合わせて三種類の八景詩、並びに『景南英文勧進八景詩歌』の和歌と、冷泉為相によるもの、頓阿によるもの、飛鳥井宋雅によるものと、合わせて四種類の八景和歌が、類題形式に漢詩と和歌が並べられたもの、⑮『浅間社法楽　永享十一年十一月廿七日』は天象・地儀・居処・草・木・鳥・獣・虫・神祇・釈教の十題、十人による百首。「浅間社」とあるが実際の内容は『続群書類従』第一四輯下、『永享十一年岩清水社奉納百首』に一致、⑯は近衛前久詠、照高院道澄追善の和歌、⑳は、「普七賢」「四皓」「荘子」など漢の人名を題とした十八首。㉑は⑱の定家詠に為家詠が並べられている、㉒は、『称名院家集』（『私家集大成中世Ⅴ上』）七五二番歌に見える一首のみが挙げられている、㉓は式部卿宮（智仁）、紹益、西洞院時慶、太上天皇（後陽成院）、阿野実顕、曼殊院宮（良恕）詠、第一から第八までの初句から三句までがそれぞれ抄出されている。別紙十紙は、㉔『秋篠月清集』に所収の「花月百首」「花五十首」の冒頭七首、㉕「文明十二年九月朔日着到／千首和哥／十人栄雅点」の作者名寄、㉖中院通勝慶長四年（一五九九）勅免の際の後陽成天皇との贈答詩歌、㉗中将姫山居語、㉘後柏原天皇・三条西実隆等の詠が入る私撰集、㉙和漢聯句の三折表十句目からの零本で玖（九条稙通）・梅（近衛稙家）・蒼（三条西公条）・仁如・江心・策彦他詠、㉚後奈良院他による天文年間和漢聯句、㉛『雪玉集』のうち六三三三〜六三四〇番歌に見える「八景」和歌八首と六三四九〜六三六二番歌に見える「七首　七夕言志」「七首　天文二七夕手向歌」十四首の抄出（番号は全て国歌大観の番号に拠る）、いずれも断簡または書き差し。

以上、室町期の歌書を中心に三十一種を集成している。書写者、書写年代については、⑬「百首」に見える「寛永十八五廿二八」が奥書の中で最も時代が下ったものであるが、書写者が道寛親王と考えられることから、本奥書の可能性が高い。

（豊田）

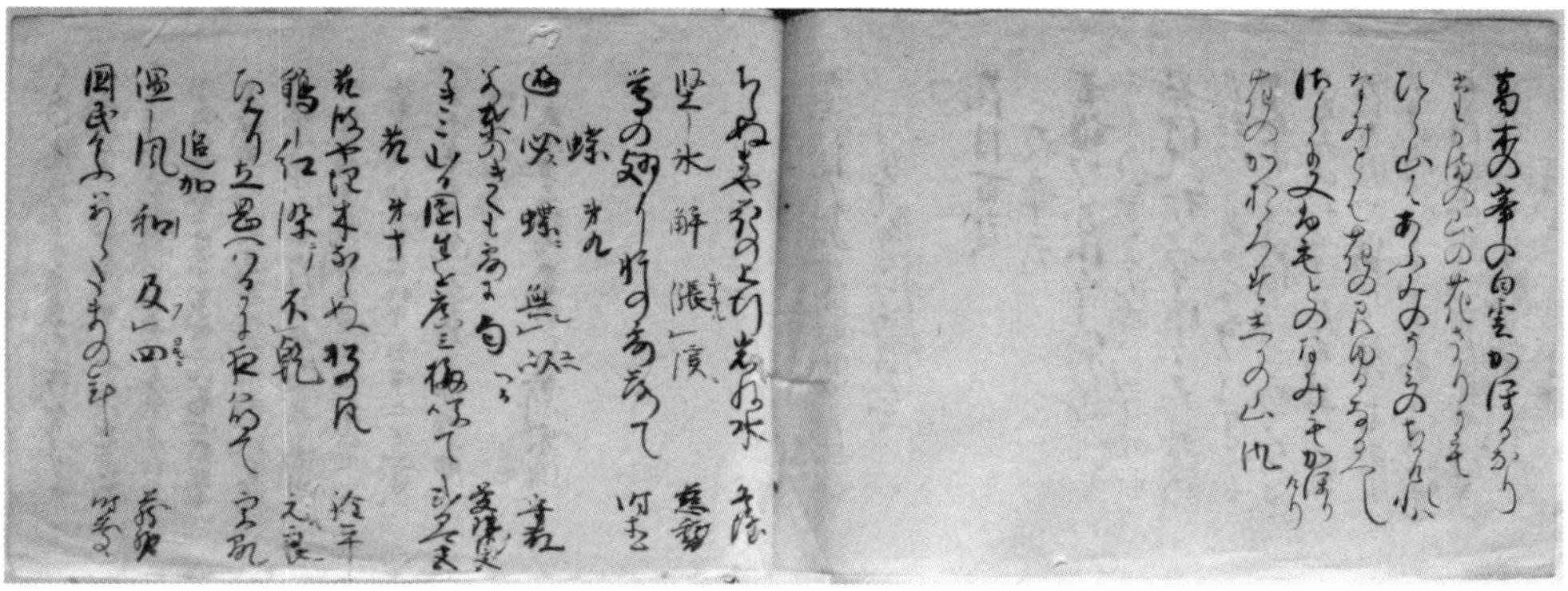

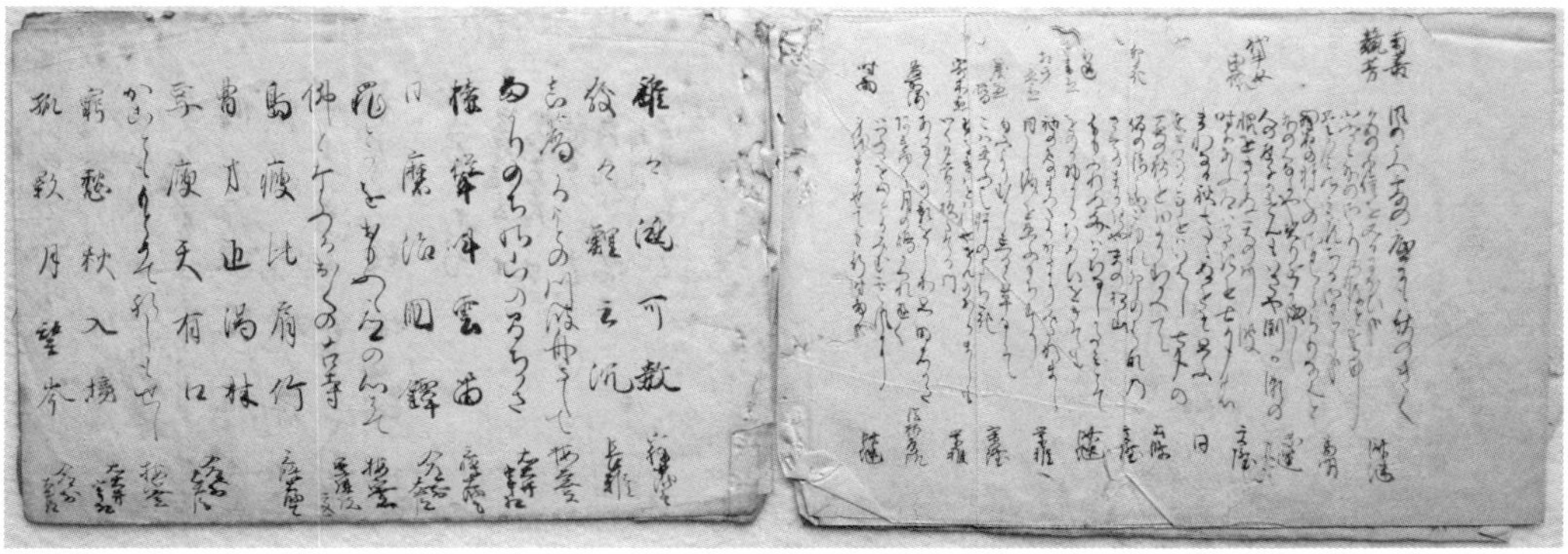

三六　〔定家法華経和歌〕　写　二巻

【外題】なし
【内題】「法華経開結十巻和哥／前中納言定家」（端作）
【装訂】未装
【表紙】白地布目楮紙（後補）
【料紙】楮紙（第一紙鶯色、第二紙黄色、第三紙白色、第四紙香色）
【法量】縦三一・六×全長一五八・九糎（第一紙四四・五糎、第二紙三五・一糎、第三紙三五・二糎、第四紙四四・一糎）
【用字】漢字仮名交じり
【奥書識語】「元禄乙亥蔵陽月中旬／（花押）書焉」
【書写年代】江戸時代中期

▼藤原定家の法華経和歌。『拾遺愚草』下・雑に「母の周忌に、法花経六部みづからかきたてまつりて供養せし、一部のへうしにかかせし歌」の詞書で収められる、二九四六～二九五五番歌に該当する。但し、歌順は『拾遺愚草』の二九五四番歌（無量義経）を巻頭に置き、二九四六～二九五三番歌（一巻～八巻）、二九五五番歌（普賢経）となっている。元禄八年（一六九五）の書写奥書と花押を持つ。（小山）

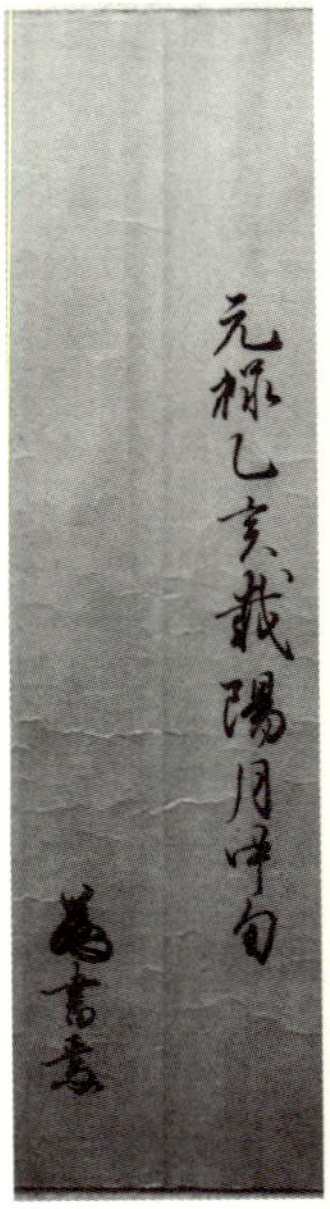

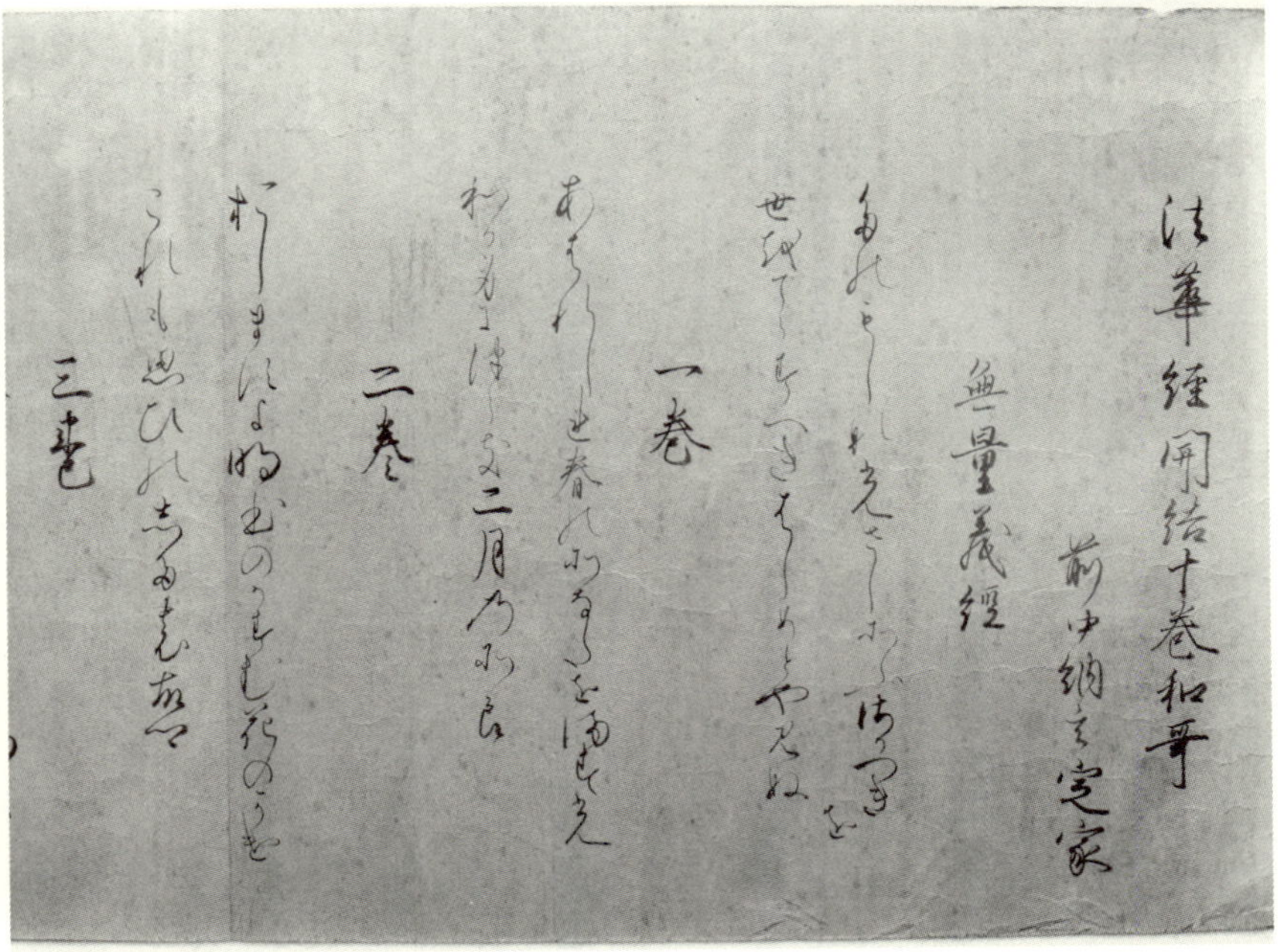

三七　道寛親王筆大僧都連盛追悼和歌幷序　写　一巻

【外題】「聖護院宮道寛親王御筆」（端裏書、題簽、後人の筆）
【内題】なし
【装訂】巻子装
【表紙】丁子色地金雲形文錦表紙（後装）、黄土色茶苣紙見返し
【料紙】浅葱色絹布に楮紙を貼付
【法量】（本紙）縦二七・〇×横二五五・七糎、（全体）縦三一・〇×横三〇一・三糎
【用字】漢字仮名交じり
【奥書識語】なし
【書写年代】江戸時代前期
【備考】桐箱入。道寛親王自筆。（冒頭）「聞仏入涅槃、各々懐悲悩、といひしは、妙なる法の経文とかや。まことに釈尊だも終焉の砌には、弟子の愁涙かぎりなく、めにみちたる血の色は波羅奢華のごとしとぞ。今の世にもきゝつたへて、憂怖のありさま、みるばかりにも思ひしられしことこそあれ。寛文七年後の春初めの三日、大僧都連盛、おもき病ひの床はなれがたく、とゞむべき薬もなくして、つゐに黄泉の旅にをもむきしを、…」

▼道寛親王は正保四年（一六四七）生まれ、延宝四年（一六七六）没、三十歳。後水尾院第十一皇子。聖護院門跡。寛文七年（一六六七）三月三日に没した三井寺ゆかりの僧、連盛の三十五日に当たり、道寛が

詠じた追悼和歌九首、ならびにその序。「即身成仏（そくしむしやうふつ）」の九文字を歌の頭に置いて詠じている。（大谷）

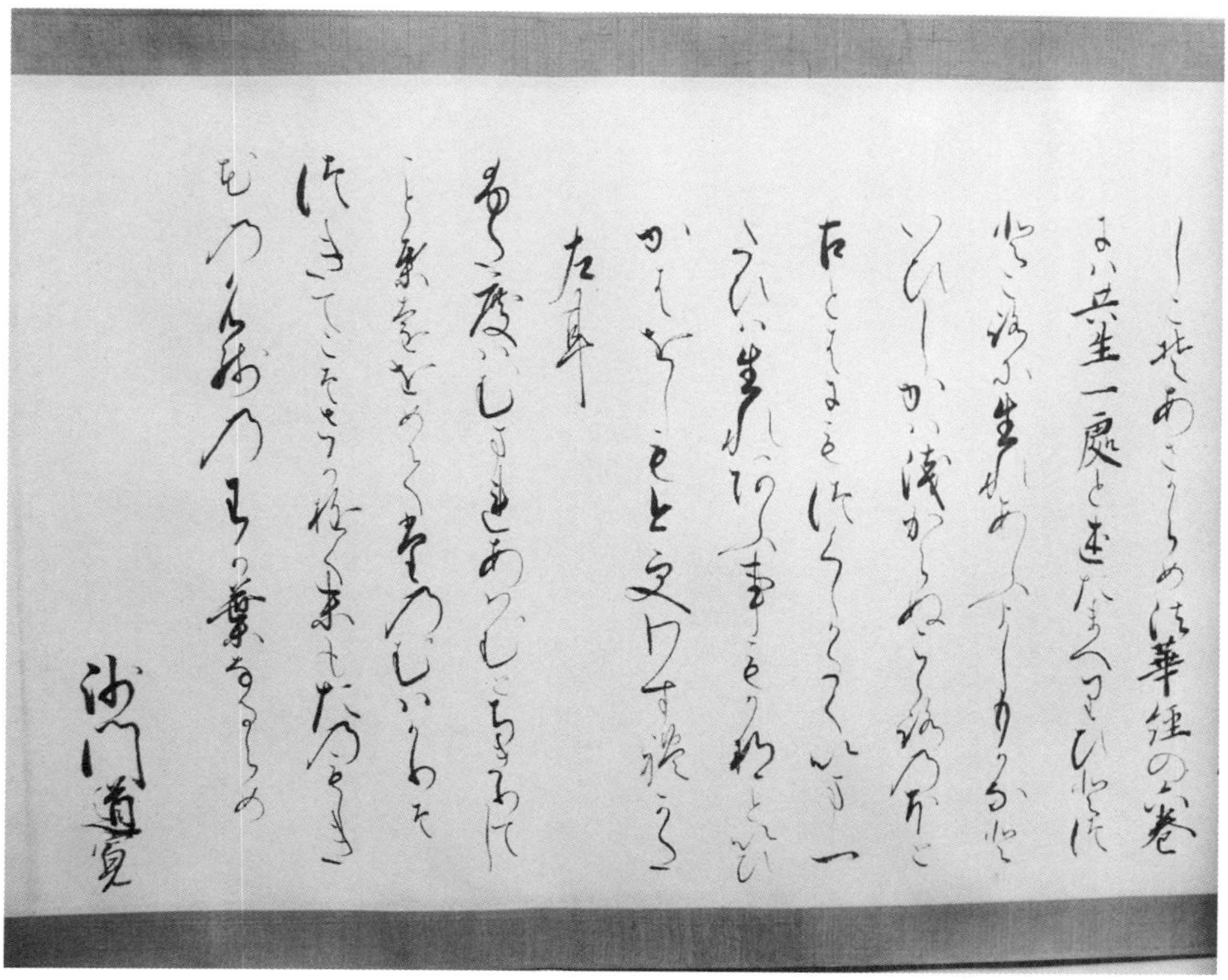

三八　盈仁親王詠豊公和歌　　写　一幅

【外題】「詠豊公　盈仁親王和歌之懐紙」（端裏書、打付書）
【料紙】楮紙
【法量】（本紙）縦二八・九×横三九・二糎、（全体）縦一一八・九×横四七・〇糎
【書写年代】江戸時代後期
【備考】（本文）「豊太閤の尊影を拝して／詠之和歌　一品親王（花押）／豊かにも／国を治めし／太閤は／明らけき世の／神と成ぬる」
▼盈仁親王については後掲八二「盈仁親王筆茶之詩」参照。　（大谷）

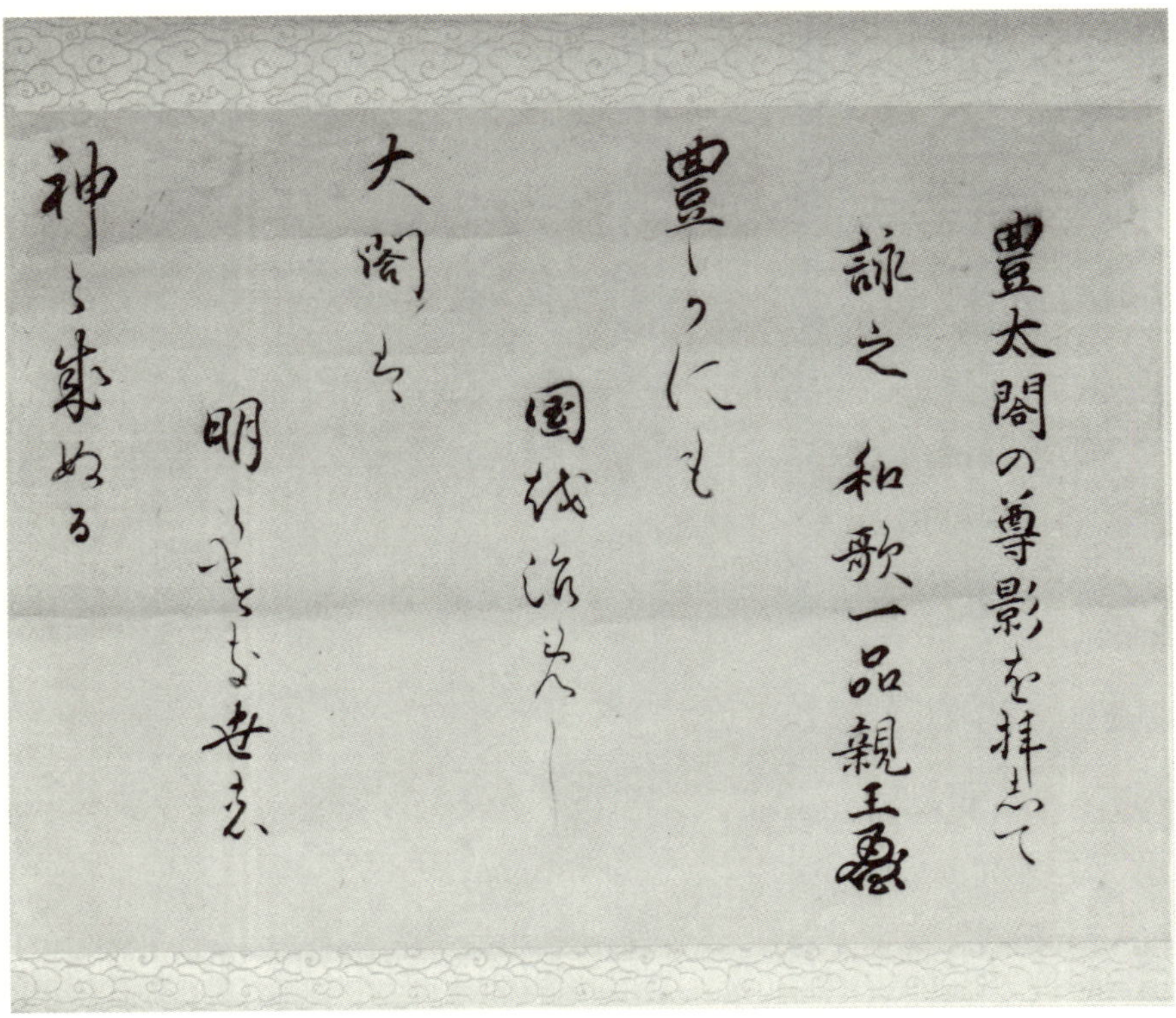

三九　光明峯寺入道摂政家十首歌合　　写　一冊

【外題】「光明峯寺入道摂政家十首哥合」（左肩に題簽）
【内題】「光明峯寺入道摂政家十首謌合」（目録題）
【装訂】袋綴
【表紙】水色楮紙
【料紙】楮紙
【法量】縦二六・七×横二〇・六糎
【丁数】全三七丁、墨付三六丁、遊紙後一丁
【用字】漢字仮名交じり
【奥書識語】「本云／嘉禎三年二月廿八日申請衣笠大納言殿御本三月二日書写了同四日一校了／又云／正和五年十二月十三日成宝院の本にてこれを写をはりぬ風の暮寒して雪ふりけなる空の雲うき身の思ひも晴ぬためしにやと暮ゆく年の月日さへ心一にいそかなくもよしなく六借やとのみ思ひなりぬ」
【書写年代】江戸時代前期

▼貞永元年（一二三二）七月に、九条道家の主催によって、同邸において披講された歌合。『新編国歌大観　第五巻』「光明峰寺摂政家歌合」解題（佐藤恒雄氏執筆）の分類によると、内題を「光明峰寺入道摂政家十首歌合」とし、巻末に嘉禎三年（一二三七）および正和五年（一三一六）十二月の二つの本奥書と、歌人別の勝負付を付することから、本書は第一類に分類される。（小山）

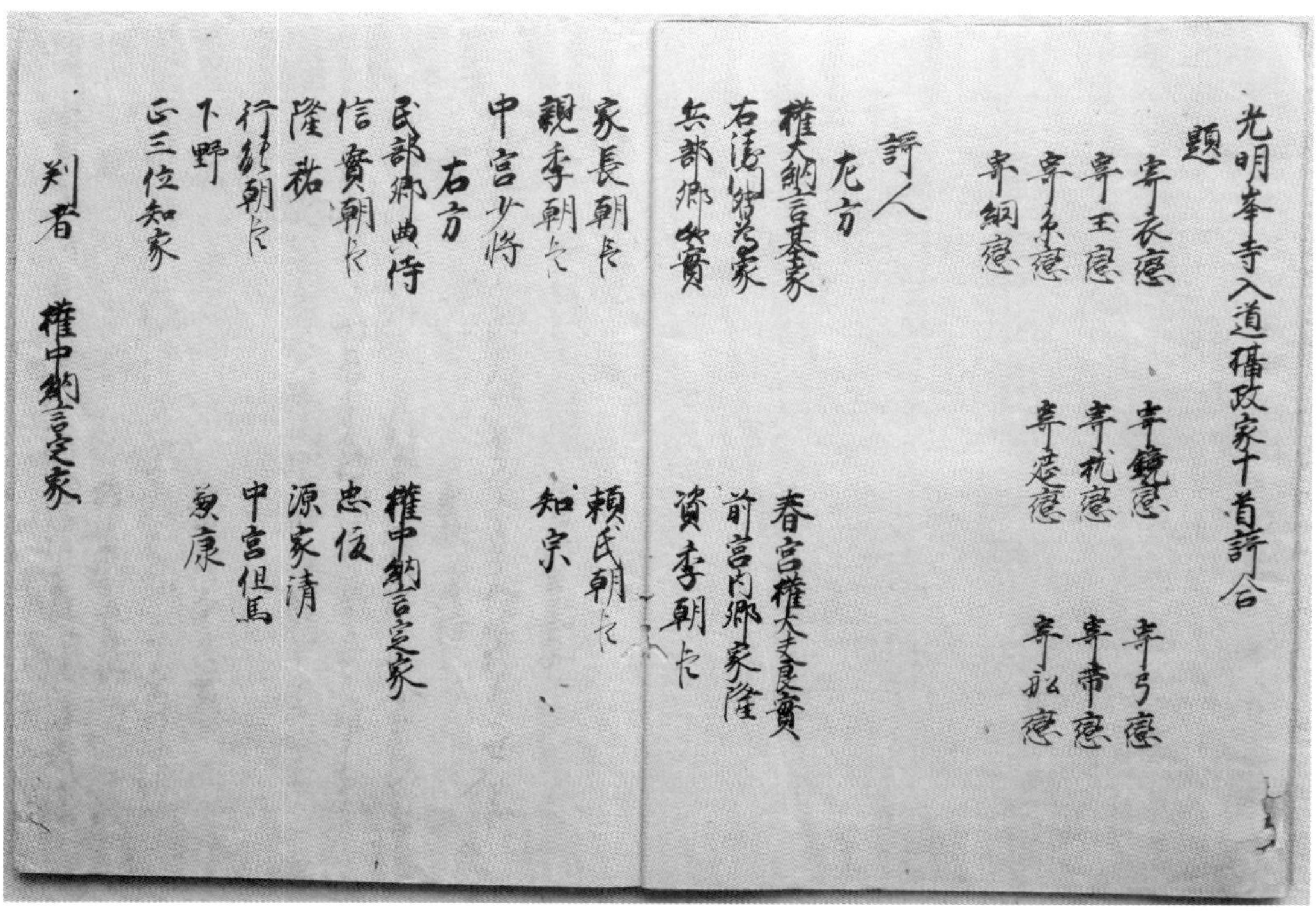

四〇　水無瀬恋十五首歌合　　写　一冊

【外題】「水無瀬殿恋十五首哥合」（左肩に打付書）
【内題】「水無瀬殿恋哥合建仁元年九月十三夜」
【装訂】袋綴
【表紙】薄茶色布目紙表紙
【料紙】楮紙
【法量】縦二四・三×横一七・〇糎
【丁数】全四六丁、墨付四四丁、遊紙前後各一丁
【用字】漢字仮名交じり
【奥書識語】なし
【書写年代】江戸時代前期
【備考】朱で校合の書き入れ有り、歌頭に新古今入集と十五番歌合の番と勝負付を別筆で書き入れている。

▼流布本系統の一本。奥書は無いが、有吉保『水無瀬恋十五首歌合（日本大学図書館蔵 編者蔵異本）・若宮撰歌合（編者蔵）・桜宮十五番歌合（宮内庁書陵部蔵）』（笠間書院、一九七三年）の判詞校異による諸本分類によると、七種の校異が全て一致することから、本書も京都大学附属図書館蔵（中院Ⅵ一七六）中院通勝自筆本・それを書写した宮内庁書陵部本（五〇一・六二一）と同系統の写本であることが知られる。なお、巻末に歌人別の勝負の集計がある。（小山）

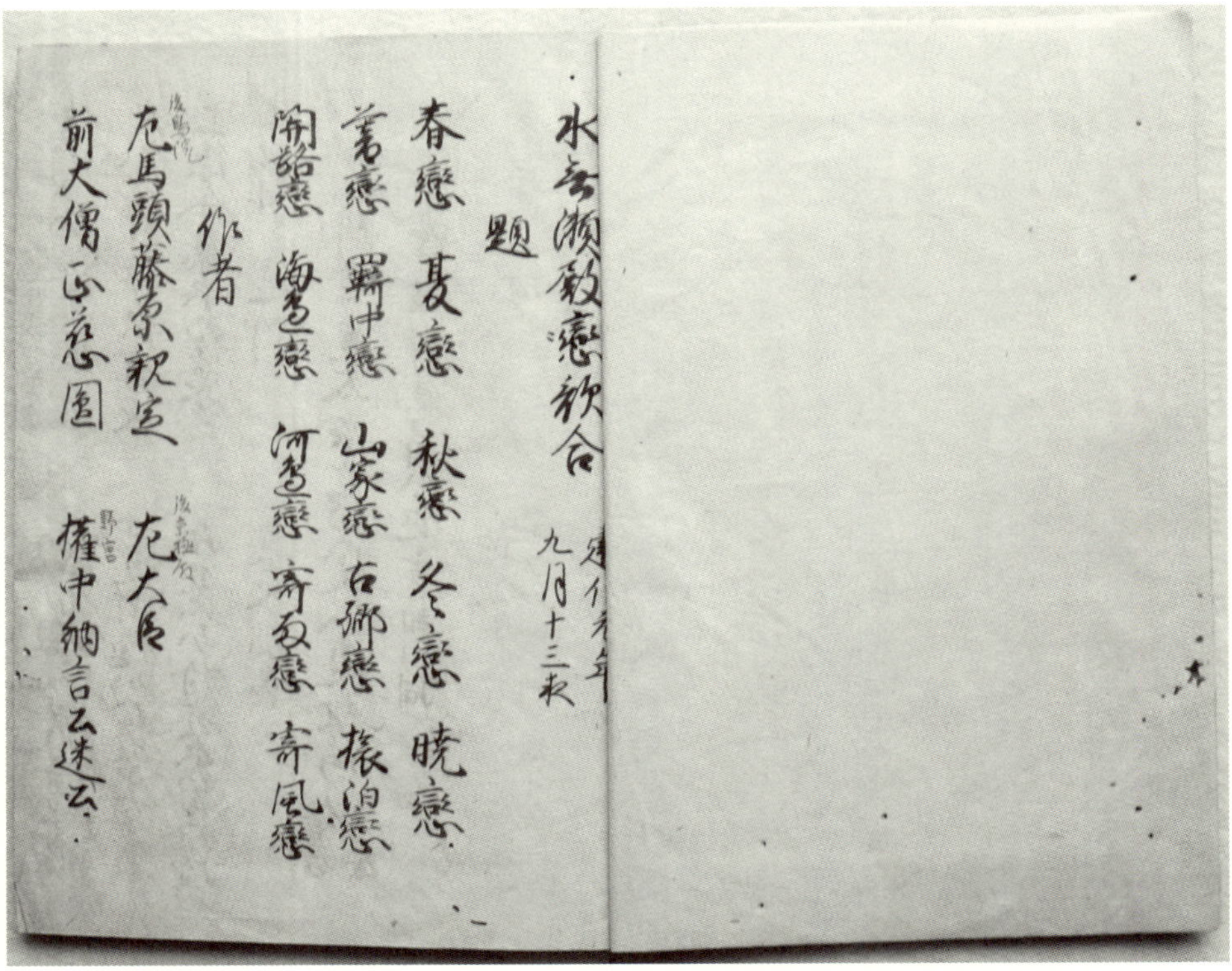
水無瀬殿戀歌合　建仁元年九月十三夜
題
春戀　夏戀　秋戀　冬戀　曉戀
暮戀　羇中戀　山家戀　古郷戀　旅泊戀
関路戀　海邊戀　河邊戀　寄雨戀　寄風戀
作者
後鳥羽院
左馬頭藤原親定　　後京極殿
左大臣
前大僧正慈圓　　野宮
権中納言公継云

四一　時代不同歌合　　　写　一冊

【外題】「時代不同哥□／色□□」（中央に打付書、墨筆）
【内題】「時代不同哥合／色紙形」（扉題）
【装訂】袋綴
【表紙】黒色紙表紙
【料紙】楮紙
【法量】縦一八・一×横一七・〇糎
【丁数】全五一丁、墨付四九丁、遊紙二丁
【用字】漢字仮名交じり
【奥書識語】「右時代不同哥合色紙形以　後水尾院震翰ちらし文字等たがへず写置所也／右照高院道晃以御書写本散シ仮名など不違写置所也（花押）」
【書写年代】江戸時代前期
【備考】一丁表に「聖護院蔵書記」の丸印

▼『時代不同歌合』は百人の歌人の代表歌三首を撰び、それを百五十番に番えたもの。本書は、その各三番の歌合のうち、一番目のみ、全五十番を抄出して色紙形に書いたものである。当該写本は、後水尾院宸筆本を聖護院道晃親王が書写したものを、さらに転写したもの。基づいている本文は、嘉禎二年（一二三六）七月以後成立の再撰本系統B本であると判断される。但し、前半部は歌人の番え方が異なる箇所が四箇所見出される。また、白紙二丁が途中にあるが、脱落ではない。（小山）

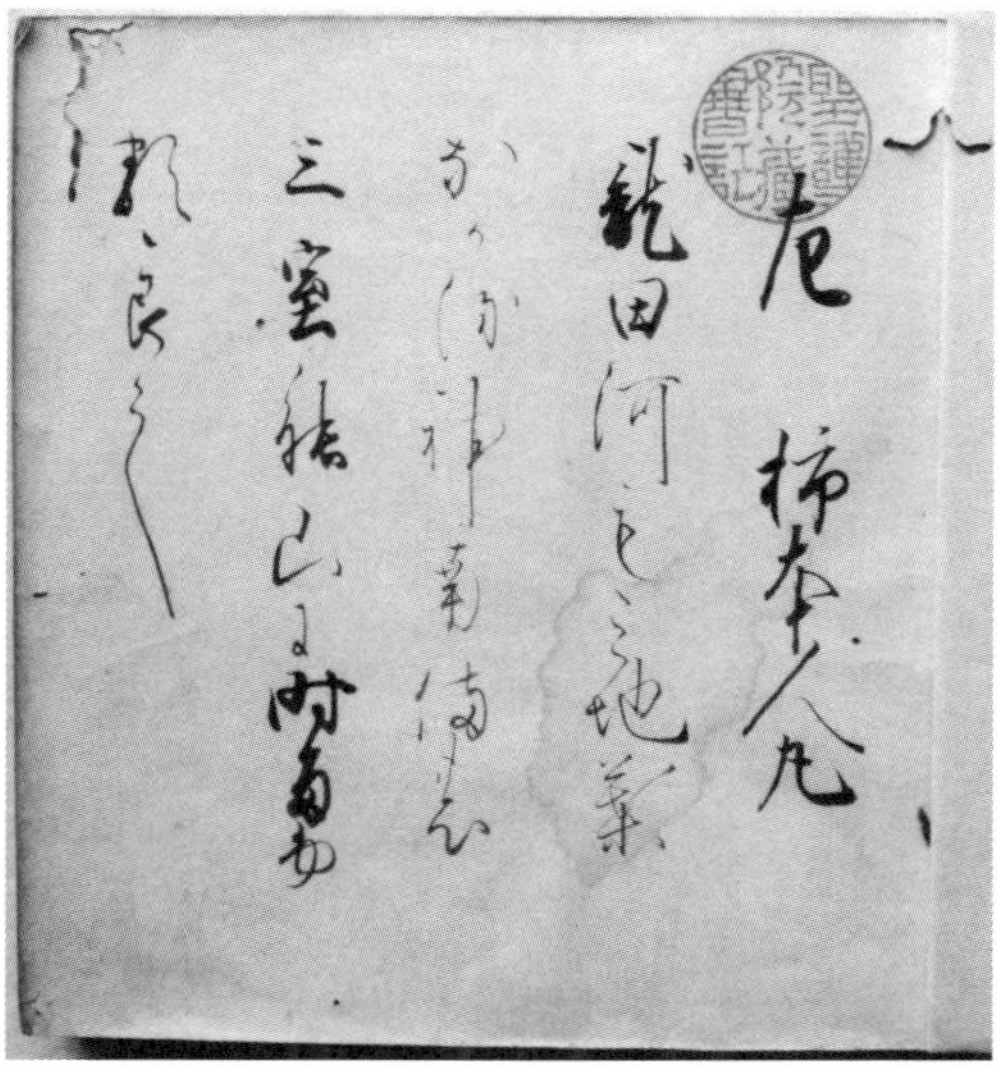

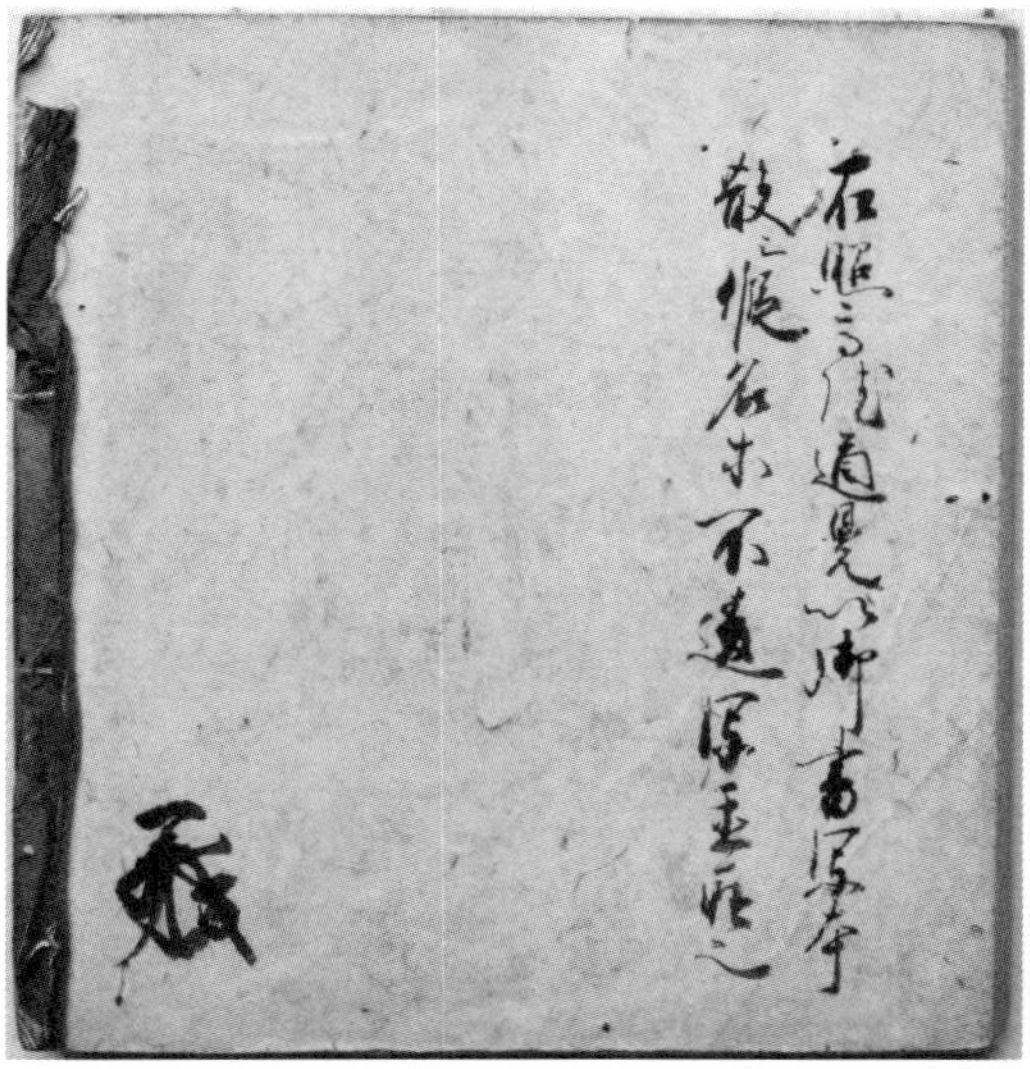

四二　御月次和歌　　写　一冊

【外題】「御月次和哥」（左肩に打付書、墨書）
【内題】なし
【装訂】袋綴
【表紙】薄茶楮紙
【料紙】楮紙
【法量】縦二四・五×横一八・六糎
【丁数】全四一丁、墨付四〇丁、遊紙前一丁
【用字】漢字仮名交じり
【奥書識語】なし
【書写年代】江戸時代前期
【備考】一面行数一五行、一首一行書

▼外題に「御月次和哥」とあるが、内容は、宮内庁書陵部蔵『公宴続歌』（一五三・二〇八）・公宴続歌研究会編『公宴続歌』（和泉書院、二〇〇〇年）の「公宴続歌　年記不知　宝徳享徳之間歟」のうち、正月から六月までの分が収められている冊に相当する。成立年については『公宴続歌』の解題により、宝徳三年（一四五一）正月から同年六月までに行われた和歌御会であることが分かる。また、本書の本文と『公宴続歌』の本文を比較したところ、本書に見える書き入れは、単純な誤写と考えられるもの以外は全て『公宴続歌』に一致し、さらに『公宴続歌』の欠文にも一致することから、同系統であると考えられる。「…歟」とある後の校訂本文や、「如本」とした書き入れが一致することから、原本を校訂したものが親本と考えられる。

（豊田）

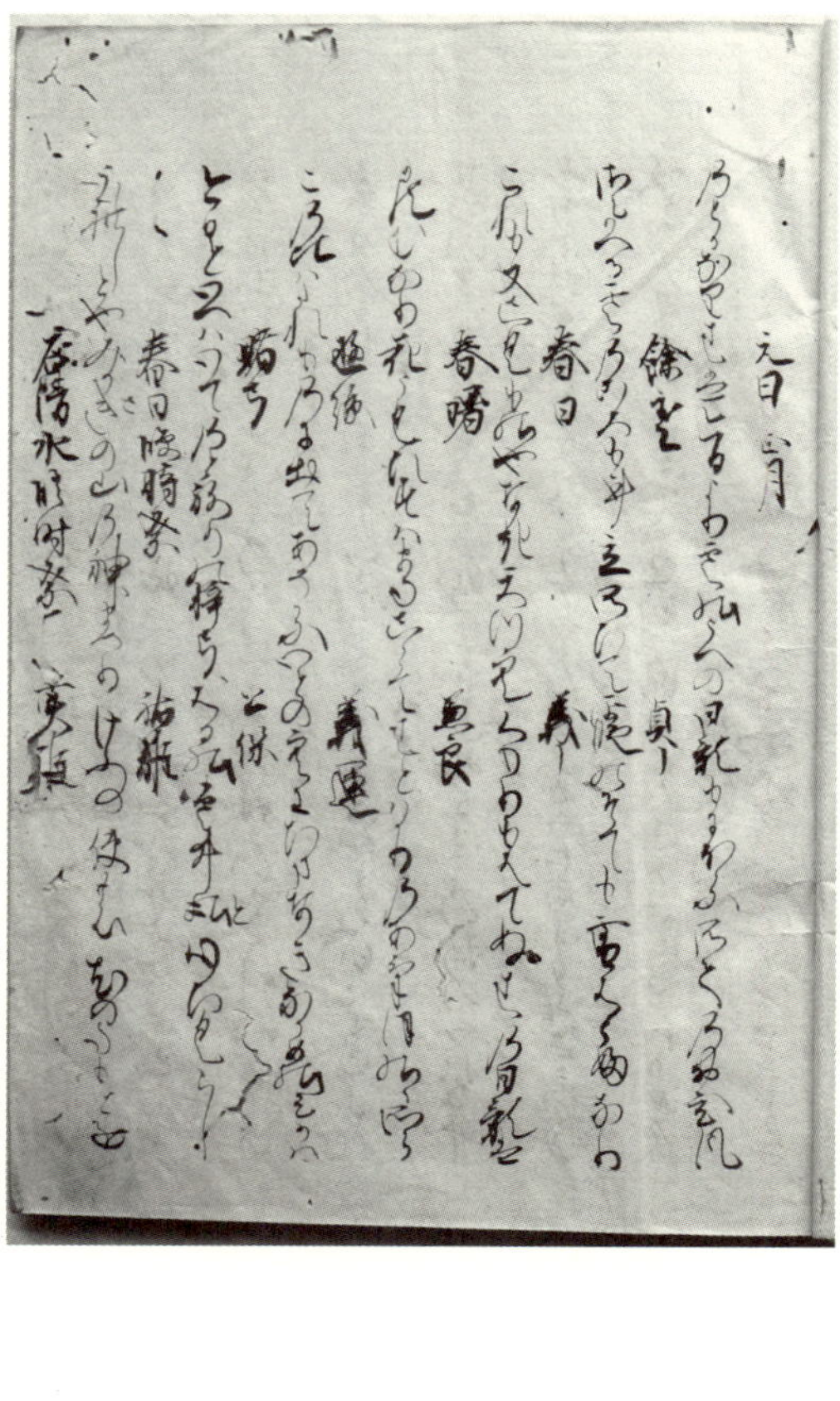

四三　承応二年正月十九日禁裏和歌御会始　写　一冊

【外題】「承応二年正月十九日禁裏和哥御会始」（左肩に打付書、墨書）
【内題】なし
【装訂】横本（仮綴）
【表紙】本文共紙
【料紙】楮紙
【法量】縦一三・八×横二〇・七糎
【丁数】墨付一五丁（共紙表紙を除く）、遊紙なし
【用字】漢字仮名交じり
【奥書識語】なし
【書写年代】江戸時代中期

▼承応二年（一六五三）正月十九日に宮中で行われた和歌御会始の和歌を、懐紙の書様そのままに、半丁に一首づつ、巻頭の後西天皇以下、尚嗣・光平・智忠・通村・公富・公理・雅章・宣順・季吉・共綱・具起・綏光・弘資・兼俊・公業・資慶・雅陳・永将・宗建・熙房・雅喬・為条・雅純・教広・尭然・道晃・慈胤・尊純親王まで、計二十九人二十九首を書き留めたもの。通題「鶯知万春」。後西天皇御製は「うぐひすのもゝよろこびのもゝしきに相にあひたるよろづ世の春」。

（大谷）

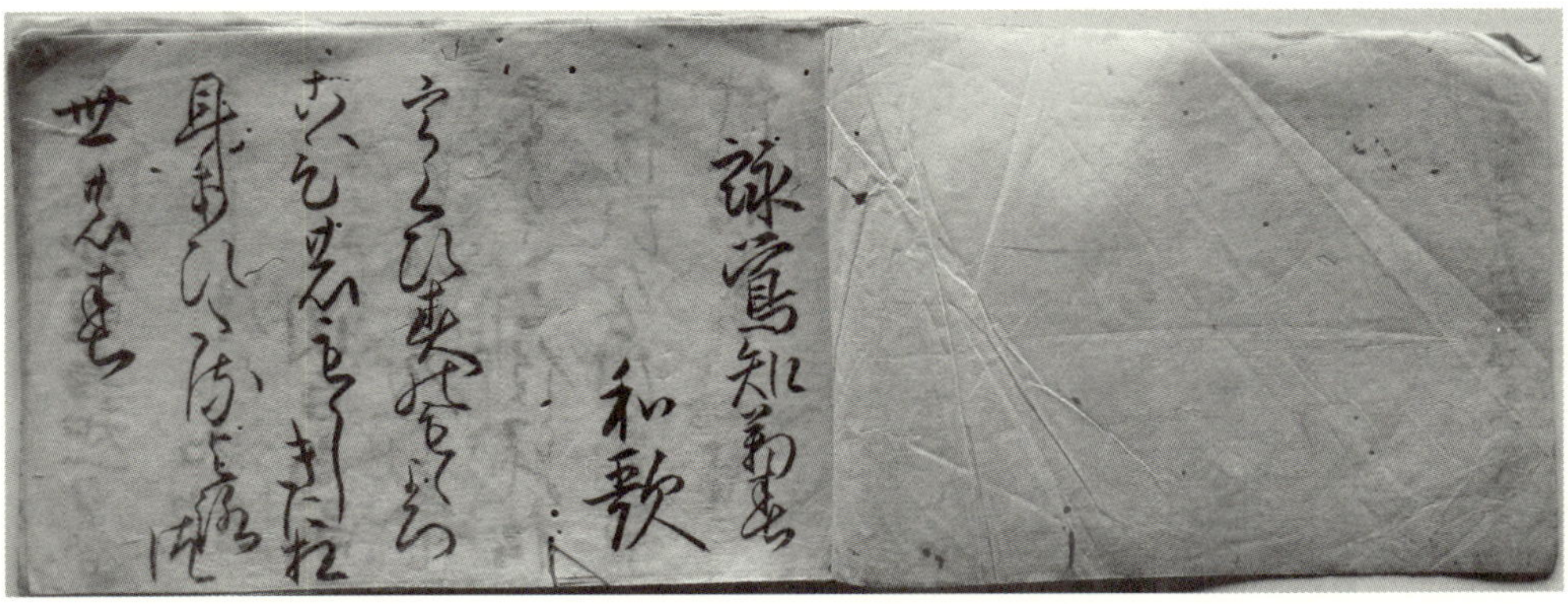

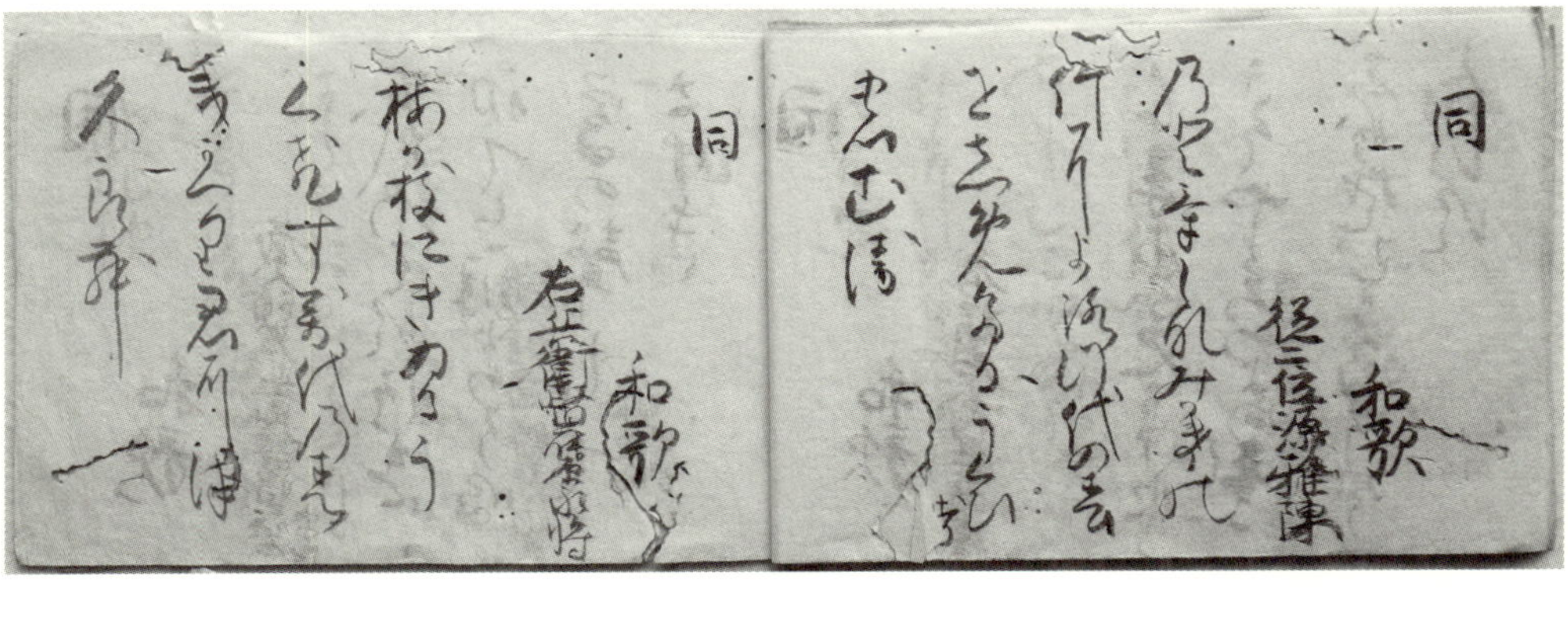

四四　御点取和歌　　写　一冊

【外題】「御点取和歌」（左肩に打付書、墨書）
【内題】なし
【装訂】仮綴
【表紙】本文共紙
【料紙】楮紙
【法量】縦二一・三×横一五・四糎
【丁数】全一四丁、墨付一二丁、遊紙前・後各一丁
【用字】漢字仮名交じり
【奥書識語】なし
【書写年代】江戸時代前～中期
【備考】一面七～八行書、和歌一首二行書。

▼裏表紙の裏に本文と同筆で「寺社奉行／本田長門守／戸田伊賀守」とあり。五十首和歌で、各和歌に合点、添削、評が付されている。添削は主として墨筆だが、朱筆によって訂正されているものもある。評言を訂正しているので、添削者の控えということも考えられる。

なお、「本田長門守」「戸田伊賀守」は、同時期の寛文十一年（一六七一）に奏者番兼寺社奉行に任命された、本多忠利（寛永十二年～元禄十三年〈一六三五～一七〇〇〉）、戸田忠昌（寛永九年～元禄十二年〈一六三二～一六九九〉）を指すと思われる。

（阿尾）

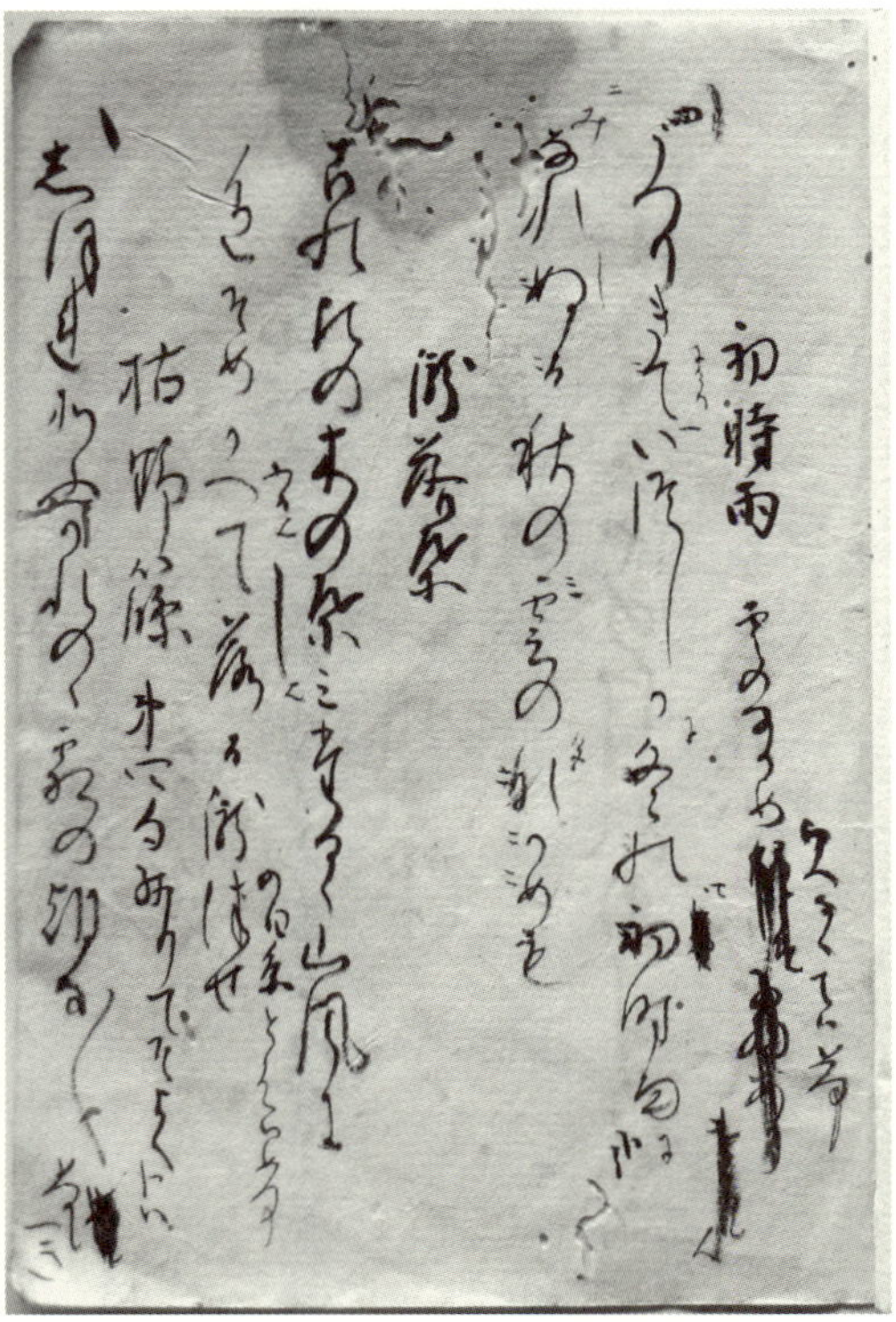

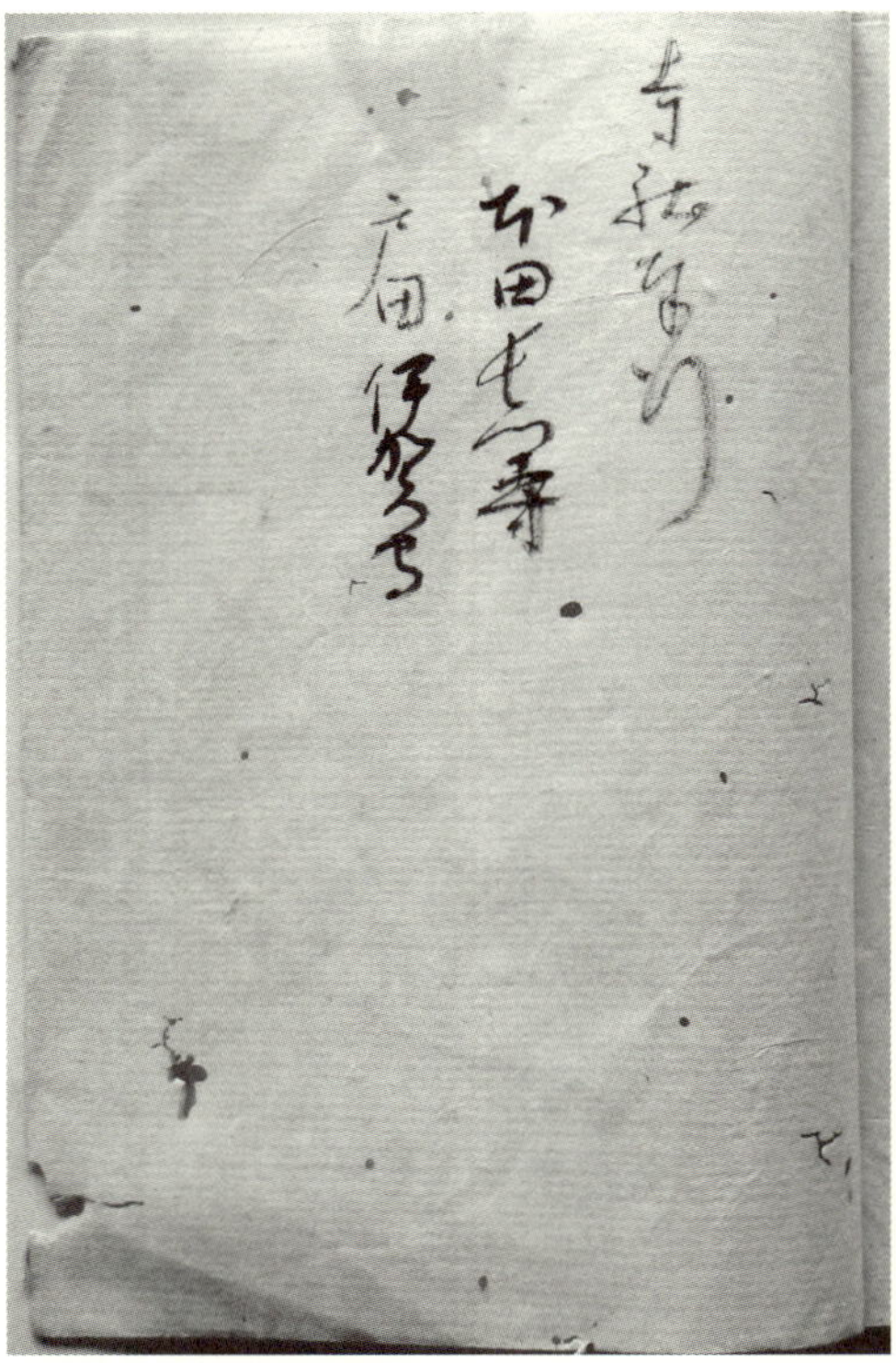

四五　御会和歌集　　写　一冊

【外題】なし
【内題】なし
【装訂】袋綴（仮綴）
【表紙】なし
【料紙】楮紙
【法量】縦二五・〇×横一七・〇糎、一紙のみ、縦一六・二×横四七・四糎
【丁数】墨付五六丁、遊紙なし、一紙あり
【用字】漢字仮名交じり
【奥書識語】なし
【書写年代】江戸時代中期（元文〜）
【備考】半面一四行書、題・歌・作者を一行に書く。一〜二五丁と四六〜五三丁の料紙は少し小さい。一紙は横本の一丁分（四ツ目穴あり）。

▼宮中で行われた歌会（「御月並」「聖廟御法楽」が中心）の記録を書写したもの。冒頭は享保二十年（一七三五）三月二十七日の仙洞和歌御会始であるが、必ずしも古いものから順に並んでいるわけではなく、最も古いものは享保十四年（一七二九）正月二十四日、最も新しいものは元文四年（一七三九）十二月二十四日である。しかも、享保十九（一七三四）・二十、元文四年を除いてはすべて一部分のみの収録で、元文元年（一七三六）は全く記録を欠いている。二一丁表に十二首連続して（難波）宗建の和歌のみが記載されている部分があるが、宗建の関係者から情報を得たものであろう。おそらく後で清書することを期して、手に入る情報をそのまま記録することを目的としたものと思われる。記録されている歌人は職仁親王・（冷泉）為村・（冷泉）為久・（中院）通躬・（高松）重季・（烏丸）光栄・（武者小路）公野・（武者小路）実陰・（難波）宗建・（久世）通夏・（清水谷）雅香・（三条西）公福ら。一紙（定数歌の一部か）は秋から冬にかけての題で八首半の歌が書かれ、朱で「面白し」などの評語が付されている。（森本）

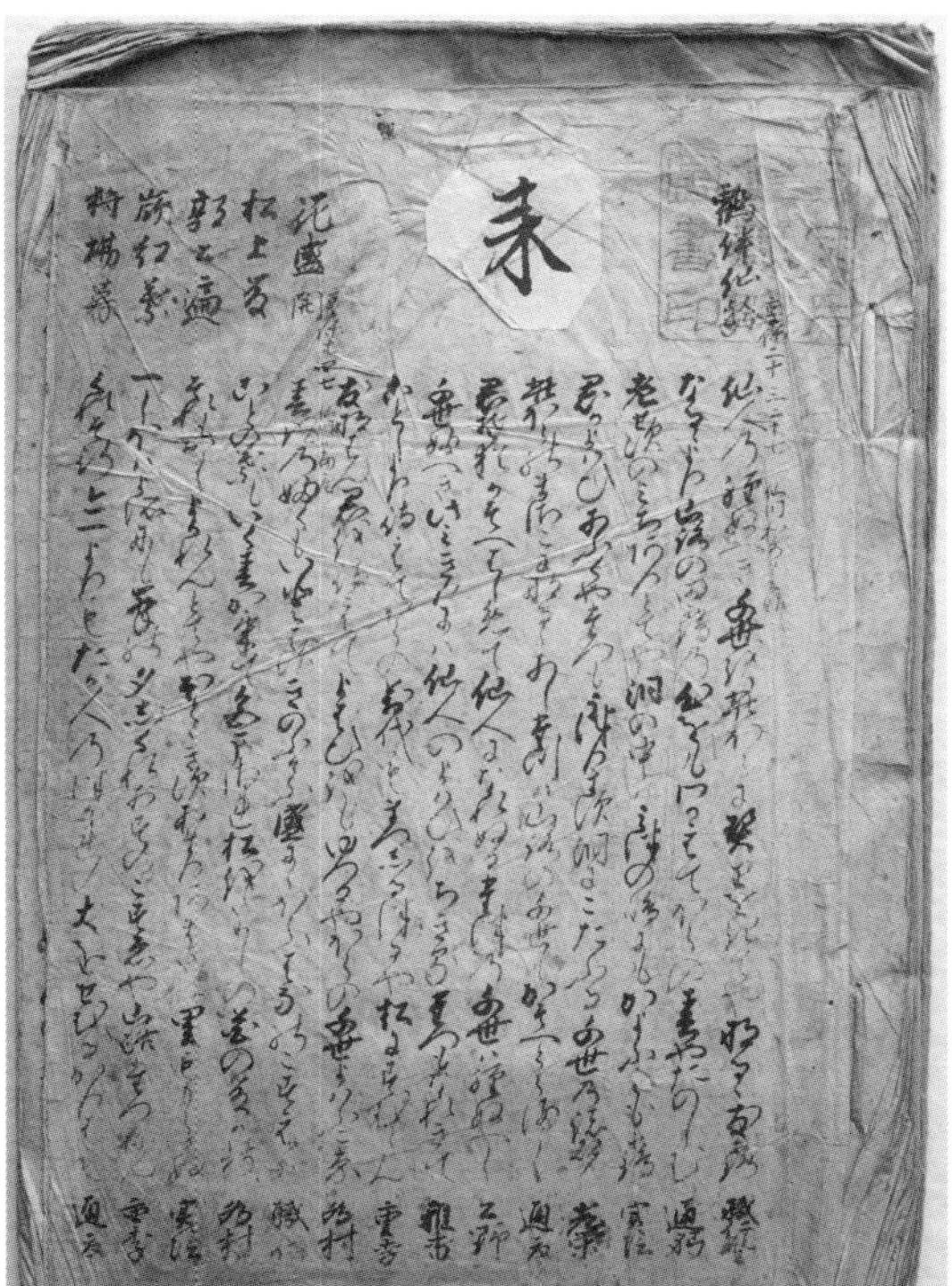

四六　和歌色葉　　写　一冊

【外題】「拾遺抄十九首」（左肩に打付書、墨書）
【内題】なし
【装訂】袋綴（改装）
【表紙】白地布目楮紙（後補表紙）
【料紙】楮紙
【法量】縦二八・二×横二一・三糎
【丁数】墨付七丁、遊紙なし
【用字】漢字仮名交じり
【奥書識語】なし
【書写年代】江戸時代中期
【備考】端書「次拾遺抄十九首有」、書込みは本文同筆

▼上覚著『和歌色葉』のうち、『拾遺抄』を注釈した箇所（『日本歌学大系　第三巻』の二四〇頁～二四四頁）を書写する。『和歌色葉』の残欠本、もしくは『拾遺抄』の注釈部分のみを抄出した本か。あるいは、『冷泉家時雨亭叢書　第八十巻』（朝日新聞社、二〇〇八年）所収の『三代集注』と仮に名付けられた一書のように、『和歌色葉』のうち三代集の注釈部分を抜き出したものの残欠本か。『和歌色葉』の伝本は甲類と乙類の二系統にわけられているが、三室戸寺本の本文は概ね甲類本と一致している。（舟見）

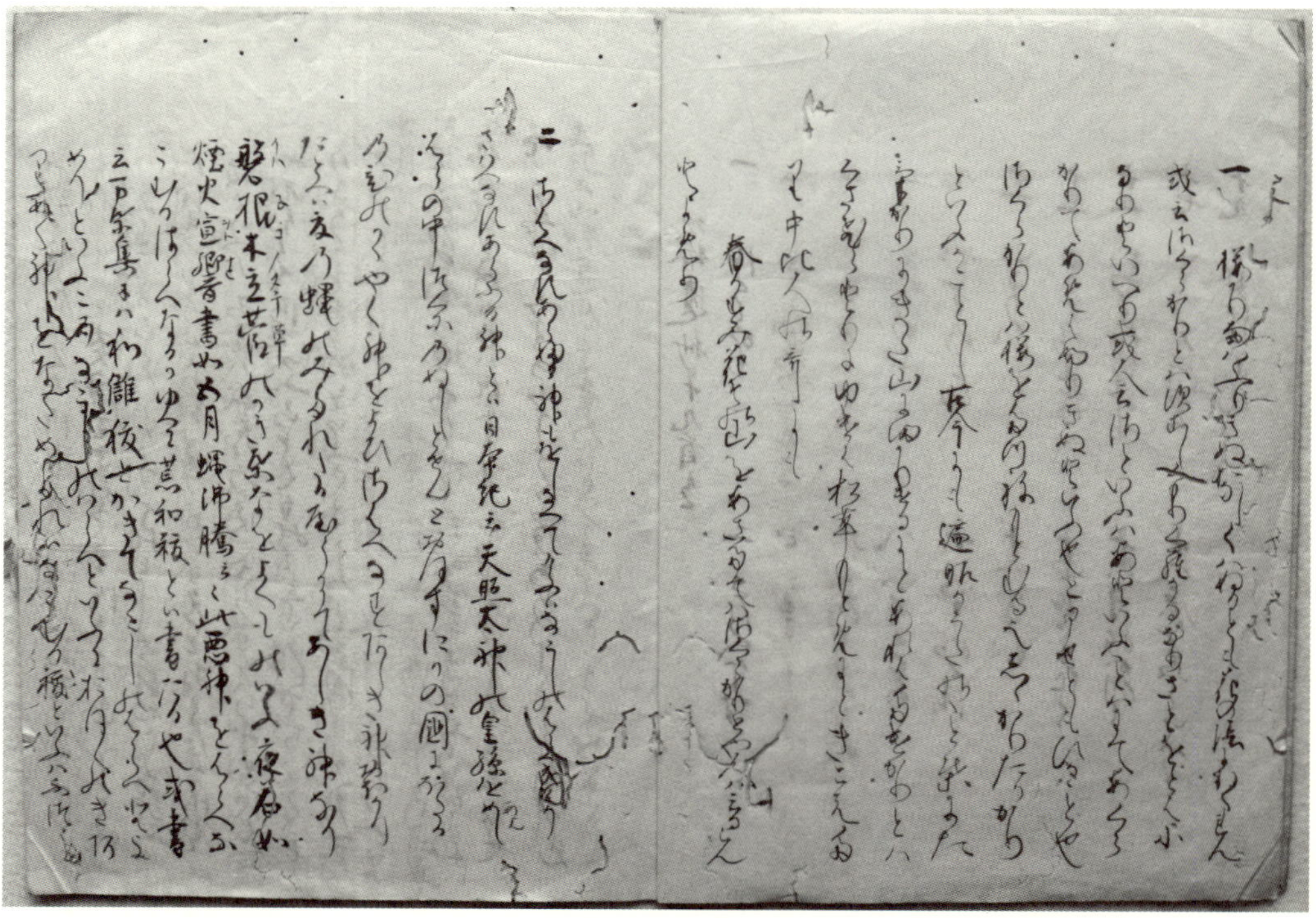

四七　家隆卿定家のもとへ遣文　　写　一冊

【外題】「家隆卿定家［　　］」（左肩に打付書、墨書）
【内題】「家隆定家のもとへ遣文」（端書）
【装訂】袋綴
【表紙】薄茶色布目表紙
【料紙】楮紙
【法量】縦一四・三×横二一・四糎
【丁数】全一一丁、墨付一〇丁、遊紙前一丁
【用字】漢字仮名交じり
【奥書識語】なし
【書写年代】江戸時代中期

▼①「家隆定家のもとへ遣文」と②「家隆卿に答ふる文」と③「家隆中院へまいらせらるゝ文」を合写。破損が甚だしく、欠損が多い。①は定家に作者名を秘した百首歌に合点を依頼する手紙、②は内題が破損しており、「［　　］返事」とのみ見える。いまは、通称に従って「家隆卿に答ふる文」としておく。土御門院が名を伏して家隆と定家に百首歌（土御門院御百首または中院御百首と称される）を見せて合点を乞い、二人が、作者が土御門院であることに気づき驚いたという逸話は『増鏡』「おどろのした」にも見える。「土御門院御百首」には、この書状を付して伝える本もある。（小山）

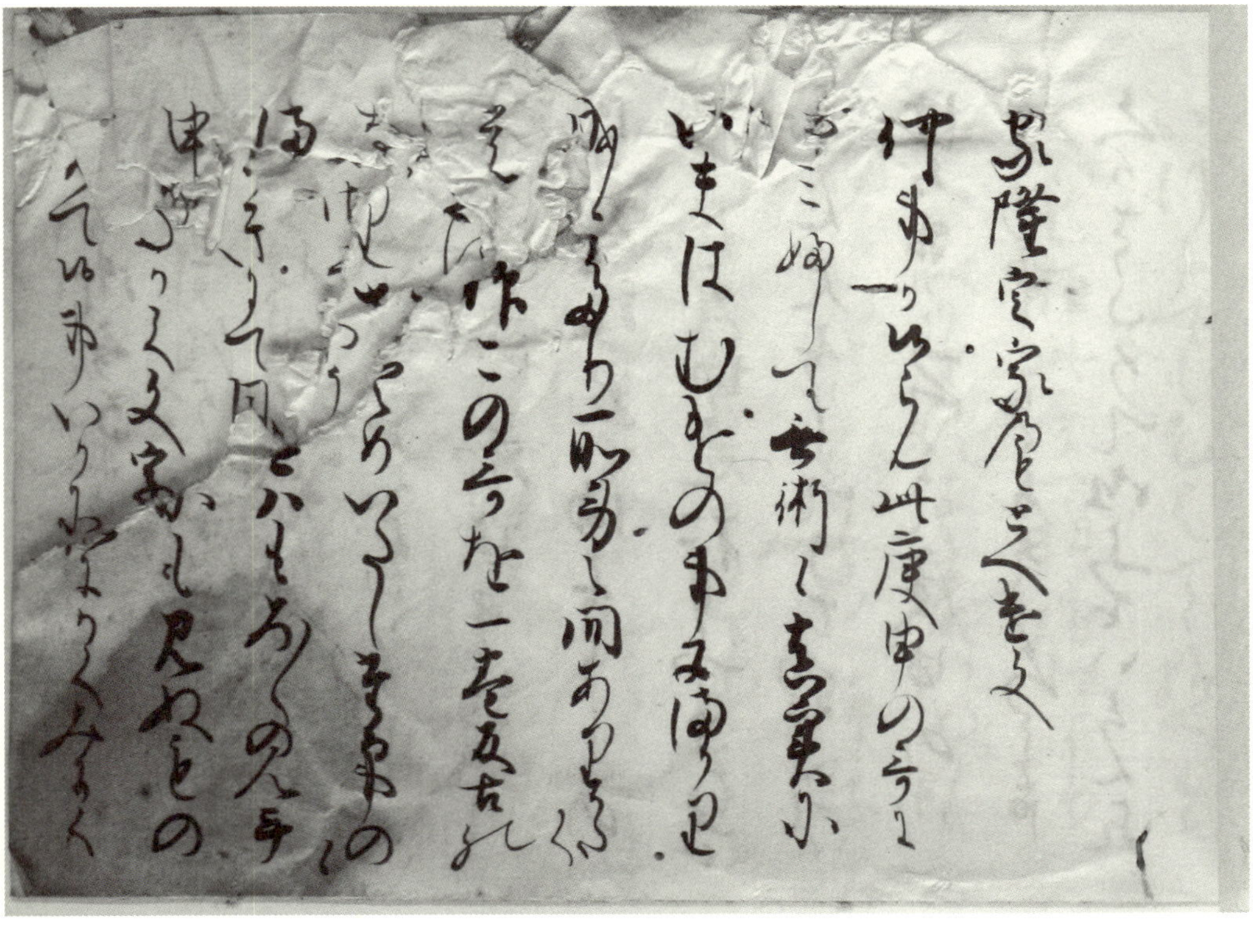

四八　色葉和難集　　写　四冊

【外題】なし
【内題】なし
【装訂】袋綴
【表紙】薄紙
【料紙】楮紙
【法量】縦一七・九×横一二・六糎
【丁数】全二〇〇丁、第一冊墨付四八丁、遊紙前後各一丁、第二冊墨付五一丁、遊紙前後各一丁、第三冊墨付六七丁、遊紙前後各一丁、第四冊墨付二七丁、遊紙前一丁
【用字】漢字仮名交じり
【奥書識語】なし
【書写年代】江戸時代初期
【備考】各冊表紙左上に各々「二」「三」「六」「七」と墨書、一面行数一〇行

▼いろは引の歌語注解書『色葉和難集』の残欠本。各冊表紙左上の数字から、元来は七冊本であったことがわかるが、現存するのはこのうちの四冊である。現状の第一冊（もと第二冊）は「ち」～「か」、第二冊（もと第三冊）は「よ」～「な」、第三冊（もと第六冊）は「あ」～「し」、第四冊（もと第七冊）は「ゑ」～「す」の語彙を収録し、各冊巻頭に目録を付す。

（長谷川）

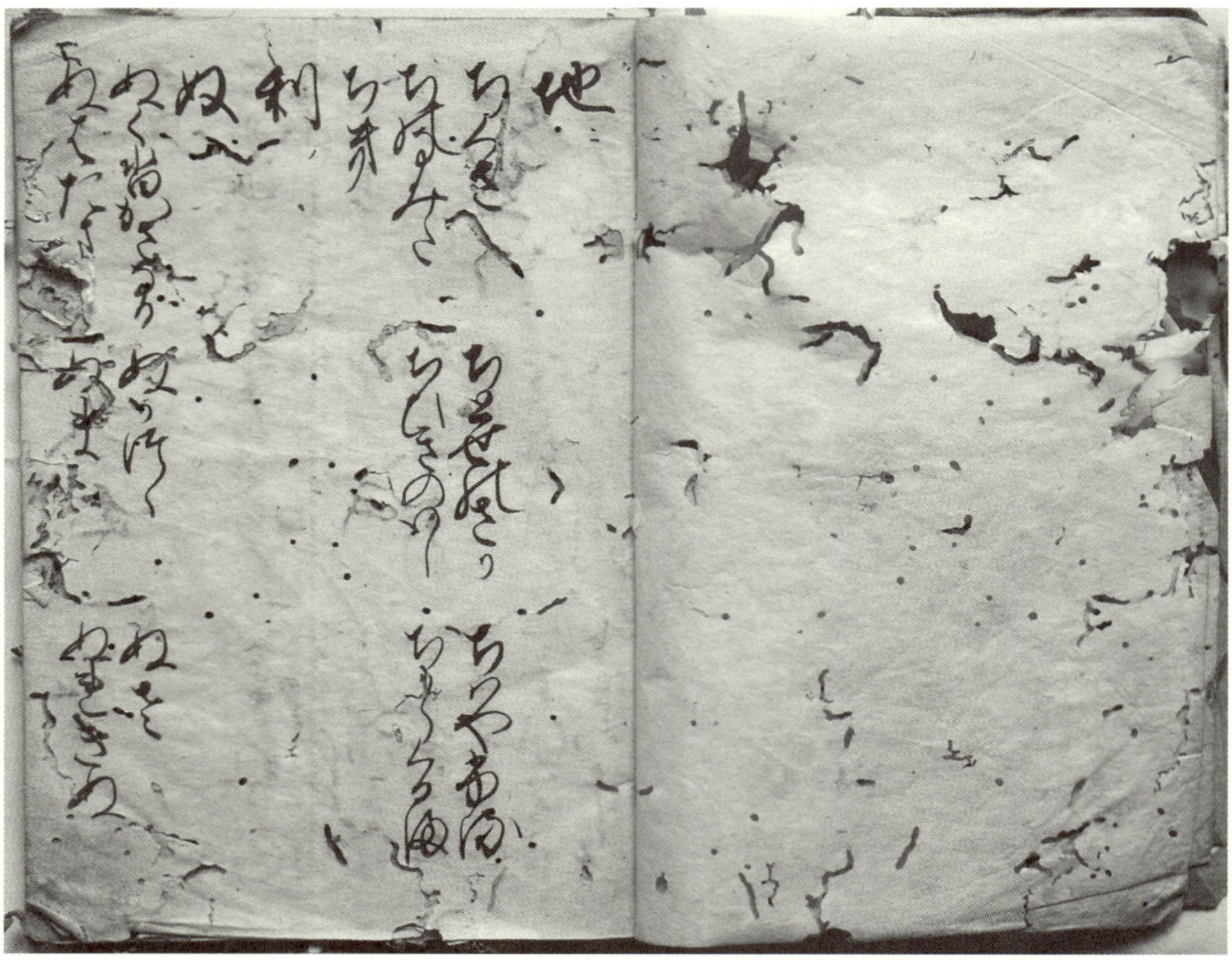

四九　増補和歌題林抄　刊　二冊

【外題】上冊「（上部欠）歌題林抄 秋五」（左肩に単廓刷題簽・原題簽）、下冊「□書増補和歌題林抄 戀七」（同）
【内題】上冊「増補和歌題林抄　中之二」、下冊「増補和歌題林抄　下之一（～下之五）」
【装訂】袋綴
【表紙】紺色紙表紙
【料紙】楮紙
【法量】縦二二・三×横一六・五糎
【丁数】上冊墨付二七丁、遊紙なし、下冊墨付一六一丁、遊紙なし
【用字】漢字仮名交じり
【刊記】「宝永三丙戌歳菊月如意日／皇城五條通塩竈町書舎北村四郎兵衛壽梓」（下冊一五九丁裏）

▼全十一巻五冊本のうち、中之二、下之一～五のみの端本。下冊の巻末二丁に蔵版目録を付す。（森本）

五〇　謌枕名寄　写　二十九紙

【外題】なし
【内題】なし
【装訂】袋綴
【表紙】本文共紙
【料紙】楮紙
【法量】縦二八・一×横二一・八糎
【丁数】墨付七五～八〇丁、八二～一〇五丁のみ存
【用字】漢字仮名交じり
【奥書識語】なし
【書写年代】江戸時代前期
【備考】一面一二行書。墨書で補入あり。九八丁裏に「巻五　畿内部五　山城国五」とあり。本文、片仮名による傍訓あり。

▼『歌枕名寄』畿内部五、山城国四から五までの端末。現存部分の七五丁表は山城国四「常磐山」の項の途中から始まっており、一〇五丁裏は「白河」の途中で途切れている。また、一〇三丁裏までは「美豆」の項の途中であるのに対し、一〇四丁表は次の項目である「白河」の途中から始まっており、のどの丁付自体も後補のものである可能性がある。注書の部分に続けて和歌を書いた箇所や、脱落した箇所を行間に書き込む箇所があるなど、書写には多少混乱がある。（阿尾）

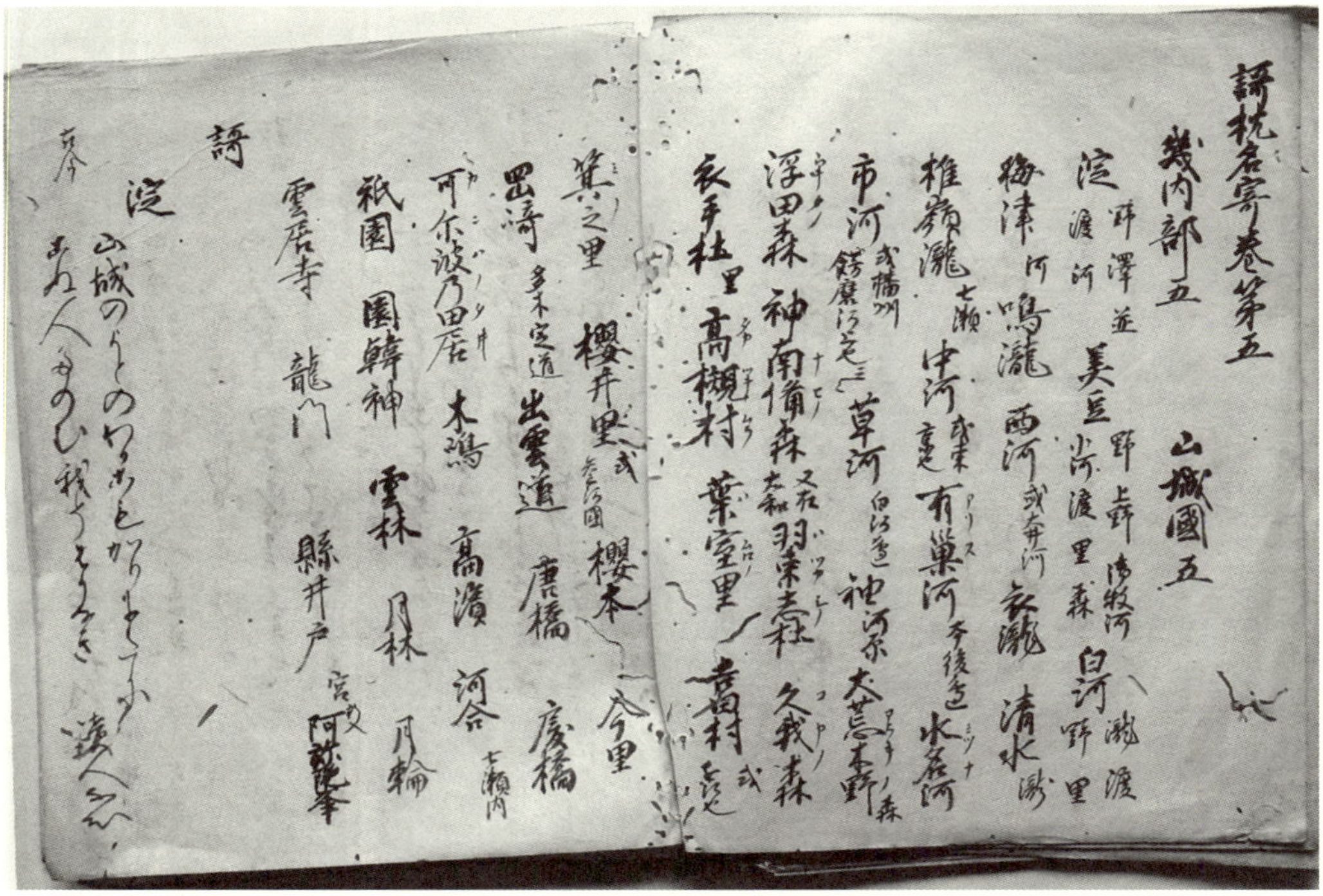

五一　聞書　　写　一冊

【外題】「聞書」（左端上方に打付書、墨書、本文と同筆）
【内題】なし
【装訂】仮綴
【表紙】本文共紙
【料紙】楮紙
【法量】縦二八・五×横二一・七糎
【丁数】墨付一一丁、遊紙なし
【用字】漢字仮名片仮名交じり
【奥書識語】なし
【書写年代】江戸時代前期
【備考】半丁に一〇行書き

▼一つ書きで計九十七項目が記された聞書。冒頭「一、色帋ノ書様色ノ次第」。和歌・有職・仏教語・漢語などに関するもの。第六項目と第七項目の間に「三光院殿御聞書」とあり、三光院三条西実枝からの説を含むか。

（大谷）

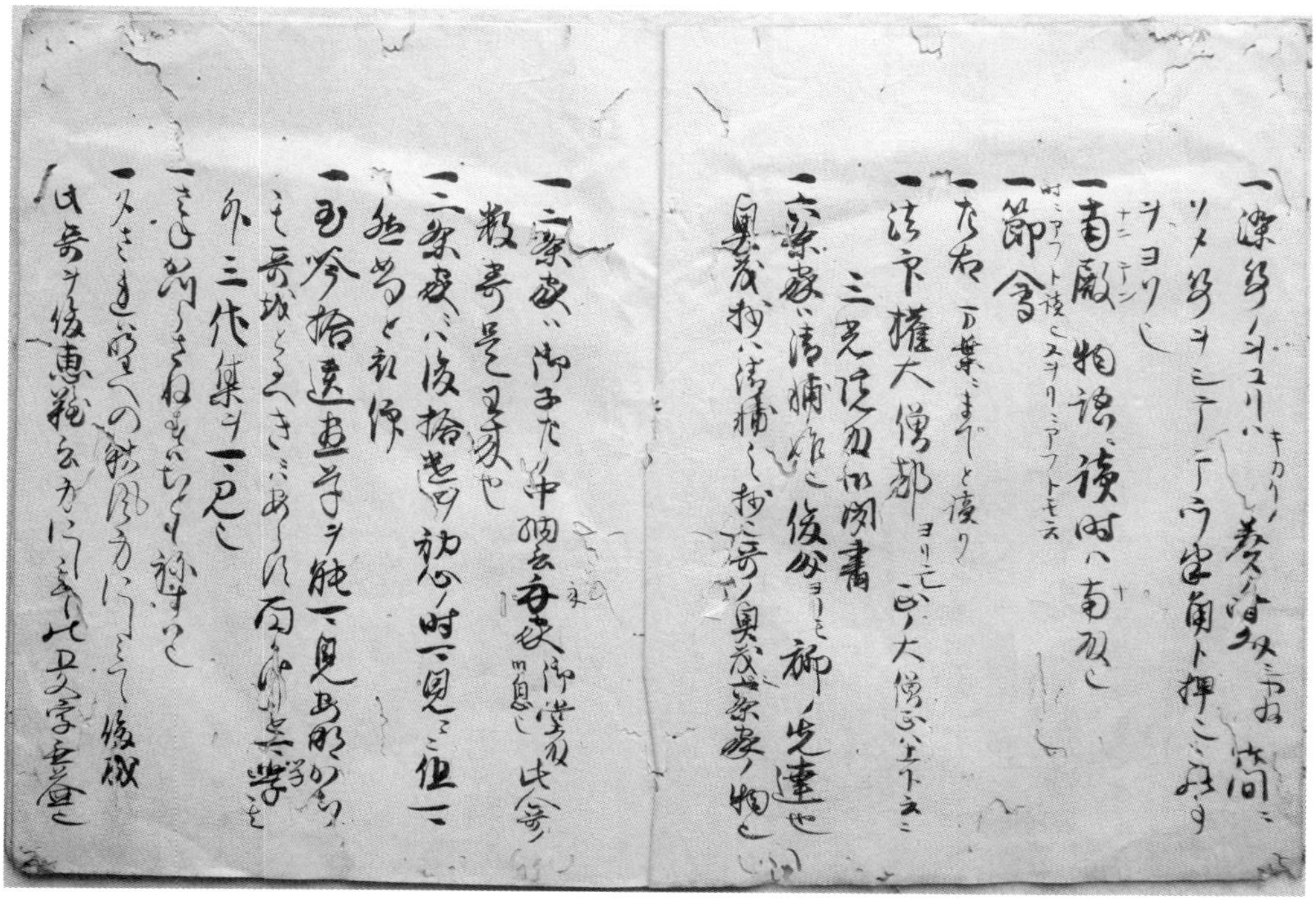

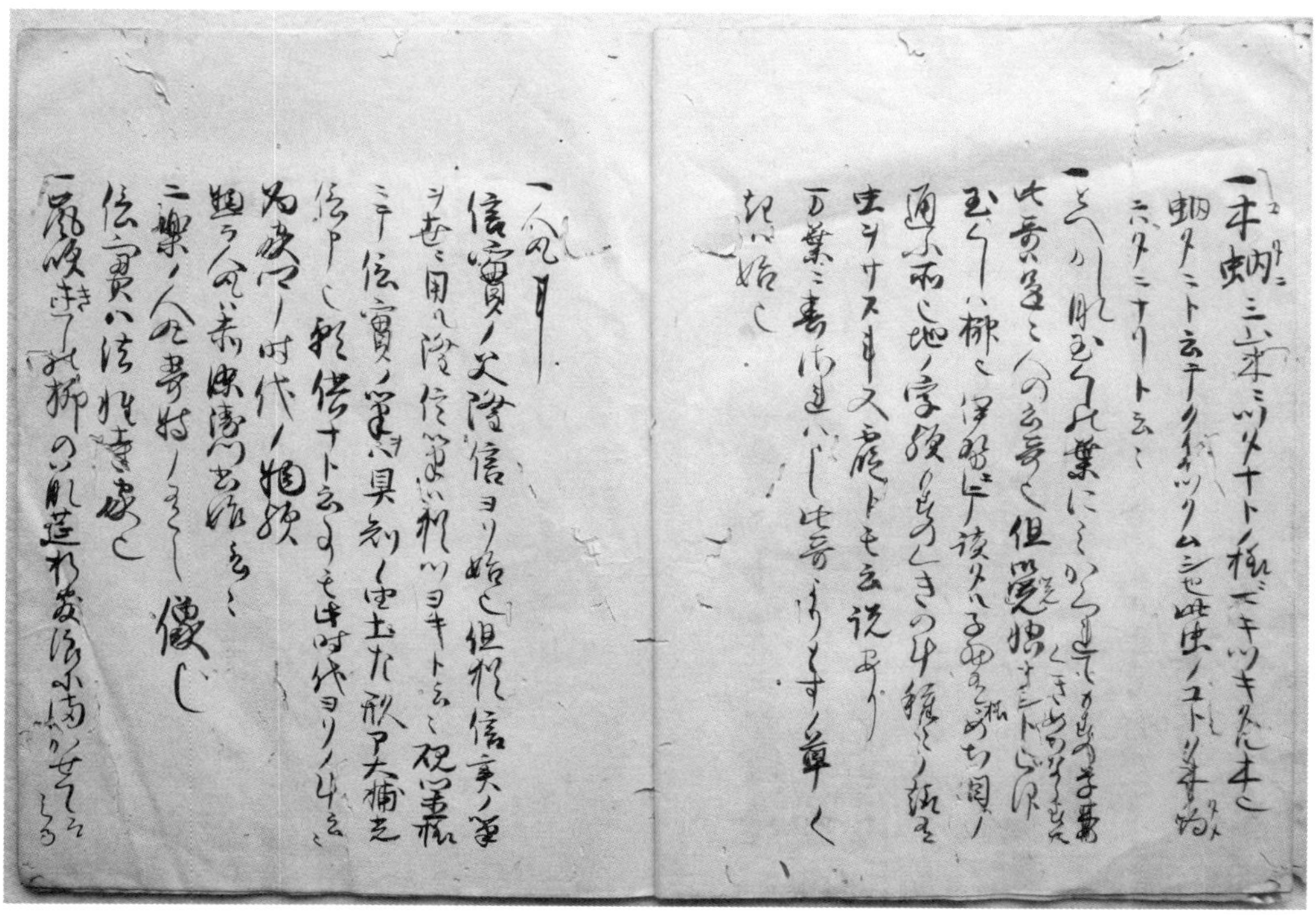

五二　詠歌制言葉　　写　一冊

【外題】「詠歌制言葉」（中央に打付書、墨書）
【内題】なし
【装訂】仮綴
【表紙】本文共紙
【料紙】楮紙
【法量】縦二四・三×横一七・二糎
【丁数】墨付五丁、遊紙なし
【用字】漢字仮名交じり・片仮名（巻末「基俊曰哥のとめ文字」のみ片仮名使用）
【奥書識語】「沙門義浄　拝写」
【書写年代】江戸時代中期
【備考】一面一一行書

▼「かすみかねたる」から「そらにしられぬ」まで、四十六種の制詞（「主ある詞」として、和歌において使用を制限される言葉）を出典の和歌とともに示す。同様の書は『詠歌一体』（乙本・丙本）に代表されるが、ここでは①出典歌の選択、②中でも、「いろなる浪に」の出典を二首（俊成・後鳥羽院）示す点、③「そらさへにほふ」の出典歌（芳野山花の盛やけふならん空さへ匂ふみねの白雲）の作者を守覚法親王とする点（正しくは俊成）において、刊本『耳底記』（細川幽斎述・烏丸光広筆、寛文元年〈一六六一〉刊行）巻末の「詠歌制之詞」と同系統と考えられる。巻末に「基俊曰哥のとめ文字」として「カモ・スモ・ラシ」以下十三種を示すが、これは『悦目抄』に収める「やすめの字」である。（森本）

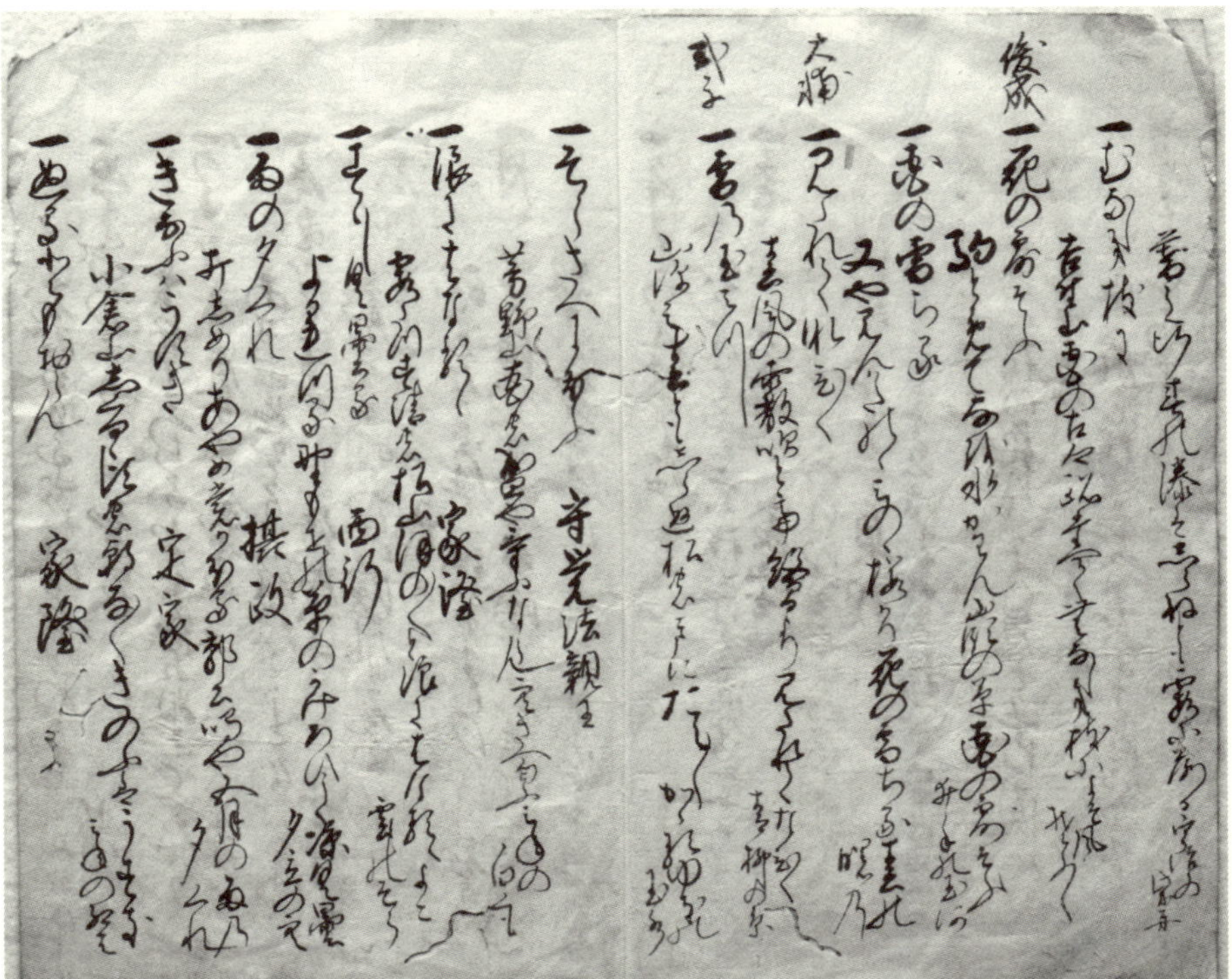

五三　栄雅読方和歌道しるべ　　刊　一冊

【外題】なし
【内題】「栄雅読方和歌道しるべ」
【装訂】袋綴
【表紙】欠
【料紙】楮紙
【法量】縦一五・五×横一〇・七糎
【丁数】墨付九三丁、遊紙なし
【用字】漢字仮名交じり
【奥書識語】「右一巻者従大樹被仰出累祖雅親卿（法名栄雅）奉註進抄物也。尤不可有外見。可秘々々」
【刊記】「元禄貳己巳歳／春正月日　洛下書肆　吉田三郎兵衛／和田庄三郎」
▼目録三丁。四季・恋・雑の題ごとの詠み方、歌語・証歌を記す。また、制詞・四季の題・四季の名所を列挙する。（大谷）

五四　和歌古語深秘抄　　刊　一冊

【外題】「（和歌）古語深秘抄（八雲一言記／和哥二言集／同用意）十」（左肩に原題簽）
【内題】「八雲一言記」（一丁表）・「和哥二言集」（九丁表）・「和哥用意条々」（三一丁表）
【装訂】袋綴
【表紙】縹色紙
【料紙】楮紙
【法量】縦二二・五×横一五・九糎
【丁数】墨付四〇丁、遊紙なし
【用字】漢字仮名交じり
【刊記】「元禄十五（壬午）孟春日／京都　出雲寺和泉掾開板／江戸日本橋南壱町目　同店」（四〇丁裏）
【刊年】元禄十五年（一七〇二）
【備考】一面一〇行書。全十冊のうち、第十冊のみの端本。（森本）

五五　和歌　濱のまさご　　刊　一冊

【外題】「和歌　濱のまさこよみ［　］よせ［　］」（刷題簽）
【内題】「濱のまさご　恋下」
【装訂】袋綴
【表紙】梨地朱格子模様
【料紙】楮紙
【法量】縦二二・二×横一六・〇糎
【丁数】墨付四四丁、遊紙なし
【用字】漢字仮名交じり
【刊行年代】江戸時代中期
【備考】零本、四周単郭、白口、魚尾なし、版心書名「濱のまさこ恋下」一面行数不定、第一丁表に単郭朱文長方印「笑栗庵蔵」一顆あり、なお後表紙のみの断簡があり、その左下に「北河原多か子」と墨書あり。（舟見）

五六　色紙（後水尾院ほか筆）　　写　一包六枚

▼六枚の色紙が包紙に収められている。紙質や法量に統一はないので、後世になって一括されたのであろう。各色紙の書写者であるが、子番号1は裏面の鑑定通り近衛信尹の筆跡と判断される。子番号2から6には鑑定などがないが、2は後水尾院、3は聖護院道澄親王の染筆であろう。4・5・6の筆者は判然としない。各色紙の書誌を以下に記す。

1〔近衛信尹筆〕縦二〇・七×横一七・七糎、金龍押型紋斐紙（雲母引）、紙背に「六枚之内　近衛殿信尹」と墨書、出典『和漢朗詠集』（夏・夏夜・一五三）、本文「夏のよをねぬにあけぬといひをきし人は物をやおもはさりけん」

2〔後水尾院筆〕縦二〇・七×横一七・二糎、青龍押型紋薄青斐紙（雲母引）、出典『千載和歌集』（巻第十九・釈教歌・一二五一・寂然法師）、本文「大盛久不燃といへる心をよめる　寂然法師　煙たにしはしたなひけ鳥辺山立別にし形見とも見む」

3〔道澄親王筆〕縦二〇・六×横一八・一糎、緑龍押型紋薄緑斐紙（雲母引）、出典『和漢朗詠集』（冬・歳暮・白居易）、本文「寒流帯月澄如鏡　夕吹和霜利似刀」

4〔筆者未詳〕縦二〇・五×横一八・一糎、緑龍押型紋紅染斐紙（雲母引）、出典『古今和歌集』（巻六・冬歌・三四二・紀貫之）、本文「ゆく年のおしくもあるかなますかゝみみる影さへに暮ぬとおもへは」

5〔筆者未詳〕縦一八・六×横一八・二糎、薄青墨流紋斐紙、出典『古今集』（巻十一・恋歌一・五二二・読人不知）、本文「行水にかすかくよりもはかなきは思わぬ人を思ふものかわ」

6〔筆者未詳〕縦一三・二×横一〇・八糎、緑丸龍押型紋斐紙、出典『続後撰和歌集』（巻十一・恋歌一・六四八・式子内親王）、本文「しるらめや心はひとに月草のそめのみまさる思ひありとは」（舟見）

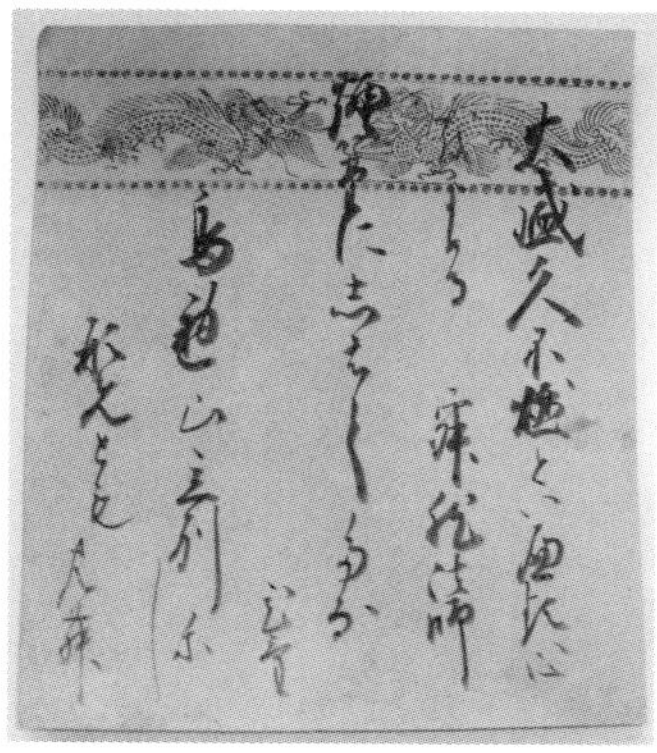

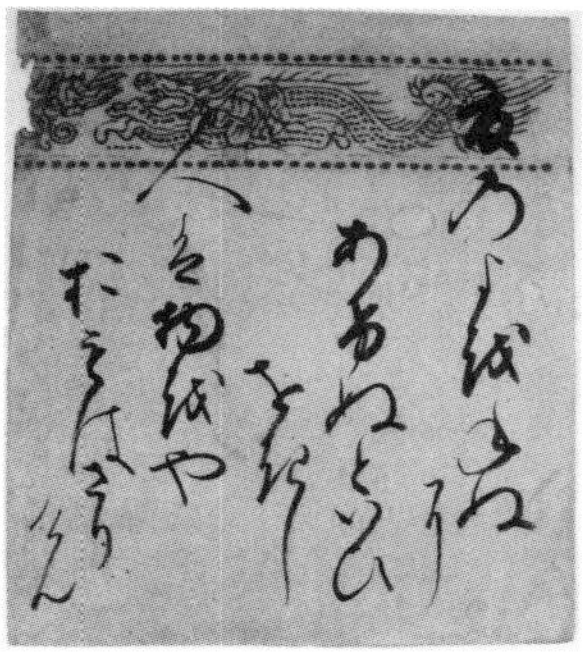

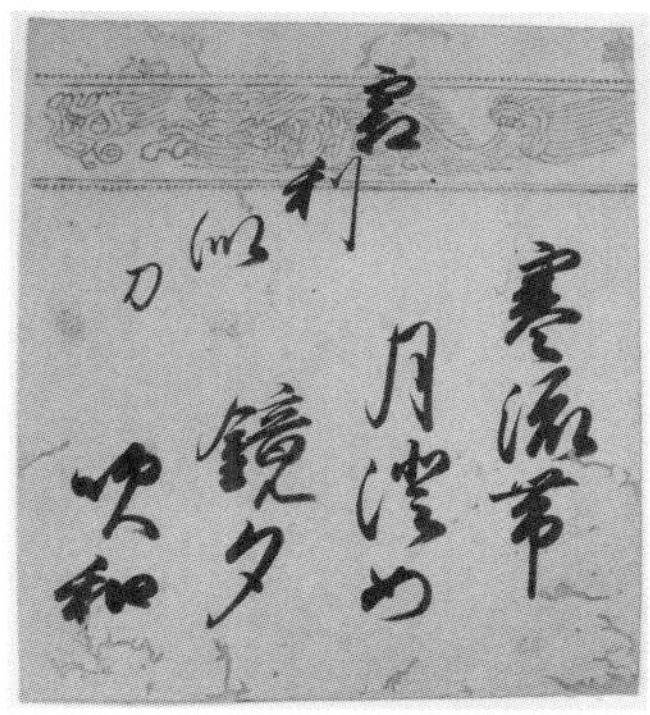

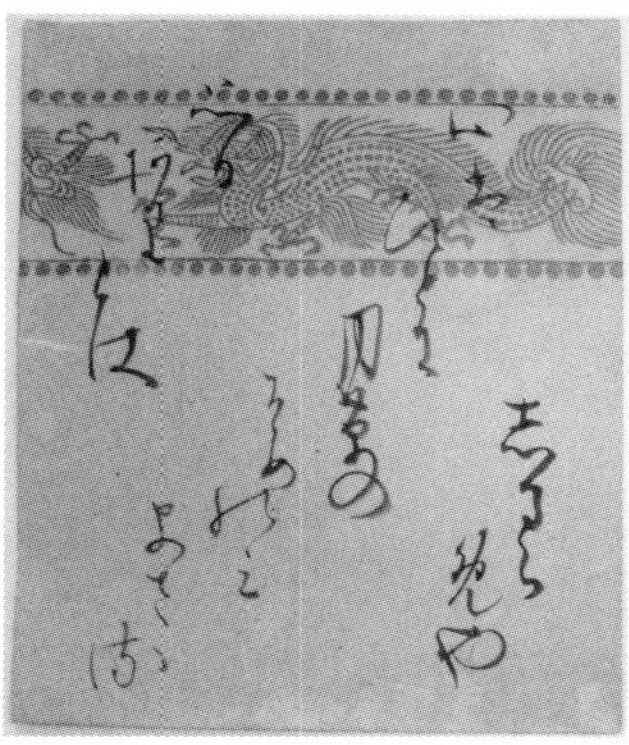

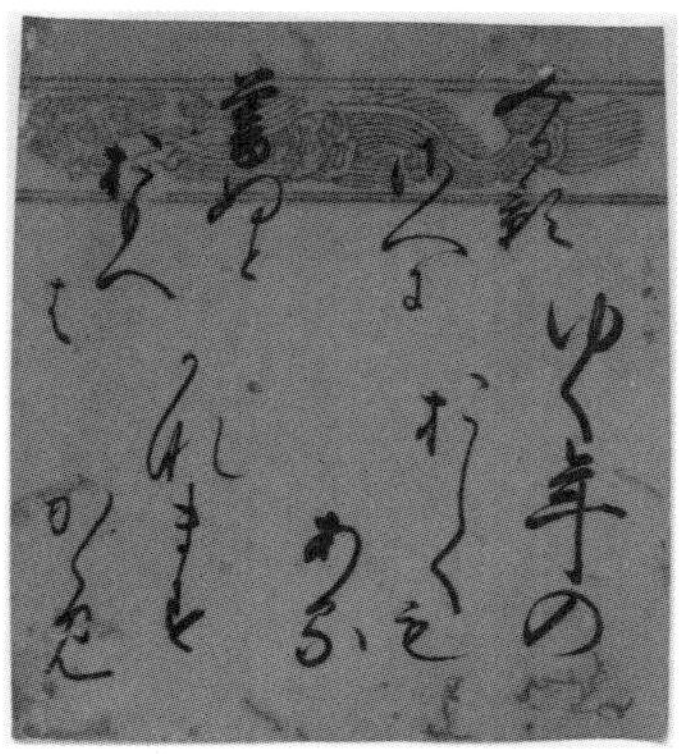

五七　道晃親王筆女房三十六人歌合色紙　　写　一包三十六枚

【鑑定】包紙に「照高院宮道晃親王御筆」と墨書
【書写年代】江戸時代前期
【書誌】縦一六・三×横一四・七糎、布目斐紙（雲母引）、金丸菊金龍押型紋（三十六紙とも同）、各紙裏面に「一」から「卅六」の墨書と、単廓墨文正方印（「弐」）あり

▼『古今集』から『後拾遺集』初出の女流歌人を左に、『金葉集』から『続拾遺集』初出の女流歌人を右に番えた、『女房三十六人歌合』（一人一首本）の一種。筆跡は道晃親王の自筆短冊等と比較して、道晃親王の真筆と判断される。（舟見）

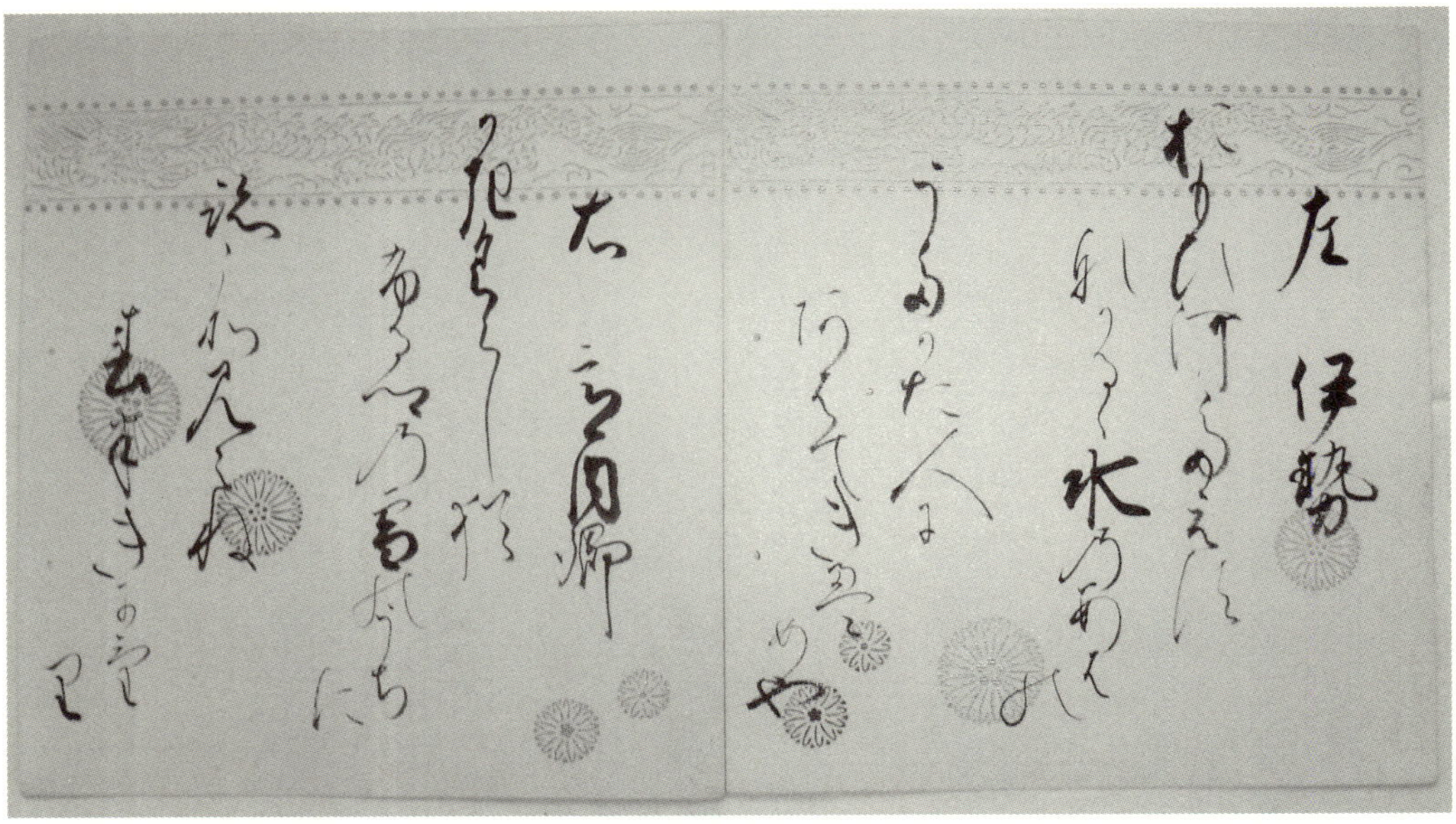

五八　道晃筆色紙　　写　一幅

【鑑定】箱書「道晃親王和歌懐紙」（箱前側面に楮紙箋）、軸の端裏外題「道晃親王御懐紙」（墨書打付書）

【装訂】軸装

【料紙】楮紙

【法量】（本紙）縦一三・三×横一三・三糎、（全体）縦一二一・一、横二五・七糎

【書写年代】江戸時代初期

【備考】（本文）「行舟も道ある／世とやまつに吹／みほのうらかせ枝／をならさぬ／前三山検校道晃」

▼「志賀の浦や氷のひまを行く舟に波も道あるよとやみるらん」（新勅撰・冬・四〇一・寛喜元年女御入内屏風、湖辺氷結・内大臣）の歌を念頭に詠まれた道晃親王の自詠か。（大谷）

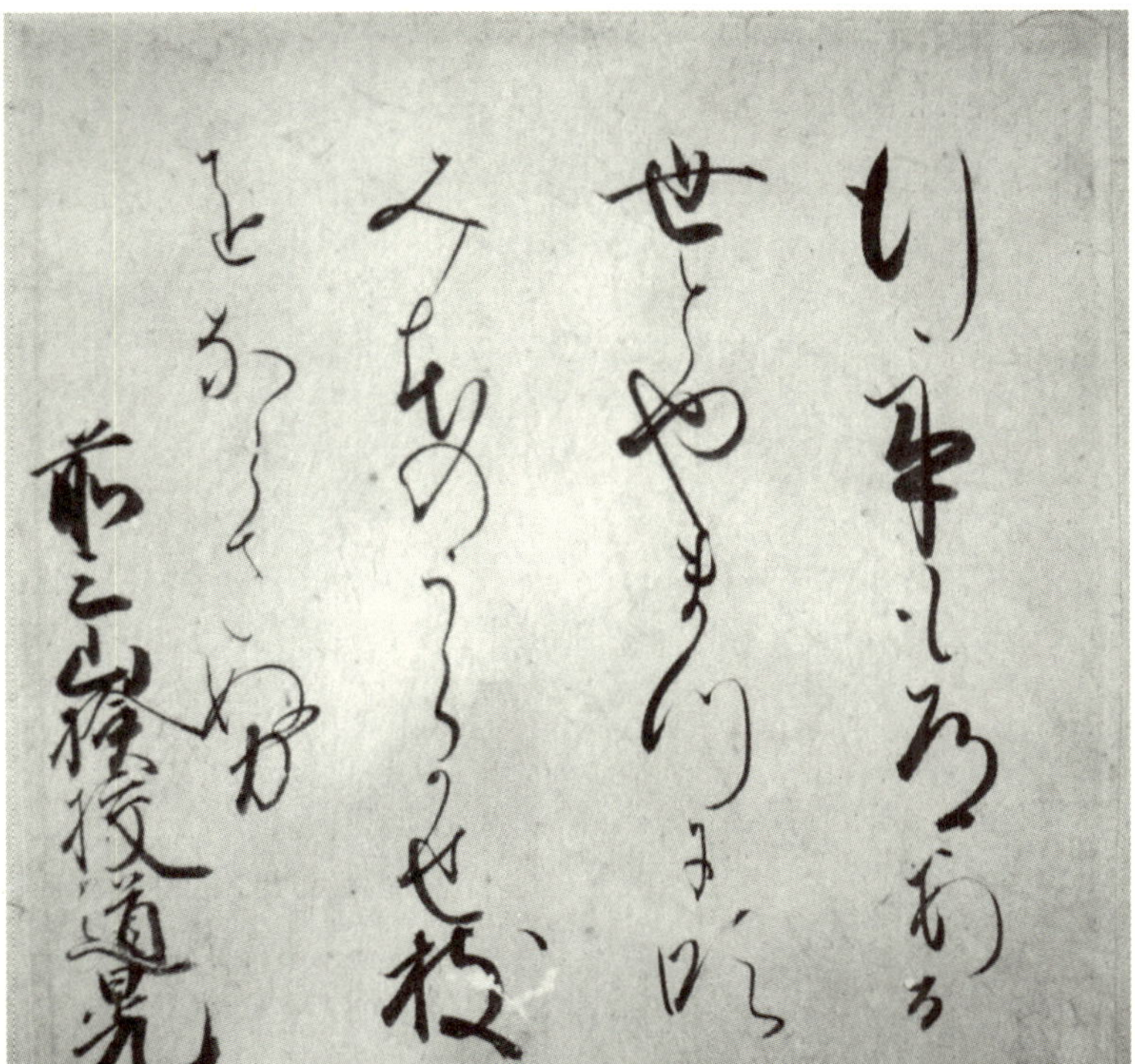

五九〔連歌百韻集〕　写　一冊

【外題】なし
【内題】なし
【装訂】仮綴
【表紙】本文共紙
【料紙】楮紙
【法量】縦一六・六×横一三・二糎
【丁数】全六二丁、墨付六一丁、遊紙前一丁
【用字】漢字仮名交じり
【奥書識語】なし
【書写年代】江戸時代初期
【備考】一面行数八行

▼以下の①～⑨の連歌百韻九巻を合写する。①端作「夢想　宗祇独吟」。発句「住よしの松こそ道のしるべなれ」。自序。奥書「延徳二年九月日　宗祇在判」。②端作「何人　延徳四年二月八日」。発句「先みよとさくやこゝろの花ざくら　宗祇」。連衆、日増、兼載、日顕ほか。③端作「何人」。発句「玉すだれ槙たつ山は夏もなし　護道」。連衆、宗祇、兼載、広秀ほか。伝本には明応五年（一四九六）六月七日（四月とも）の成立とするものがある。④端作「何路」。発句「から衣ひもとき匂ふ花野かな　宗長」。連衆、行秀、肖柏、永仙ほか。成立年次未詳。⑤端作「何人」。発句「荻ならぬなにかはつ風秋の庭　宗長」。連衆、貞綱、政宣、行秀ほか。成立年次未詳。⑥端作「山何　文明六年十月廿□」。発句「時雨きやさ夜のあらしの朝曇　宗祇」。宗祇、賢重両吟。成立年次は、早稲田大学図書館伊地知文庫本等により、文明四年（一四七二）十月六日とされている。本書の文明六年（一四七四）十月二十日の年次は他の伝本に見られないが、この発句は同年二月に清書が成った『萱草』に収録されておらず、文明六年の成立としても年譜の上では矛盾しない。⑦端作「何人」。発句「さばへなす神やしめのゝ夕けぶり　宗牧」。独吟。成立年次未詳。⑧端作なし。発句「みればみし跡とふ雪の山路かな　宗牧」。独吟。天文十三年（一五四四）十二月二十八日（二十九日とも）の成立とする伝本がある。⑨端作「何路　天文六年八月四日」。発句「染て露時雨をからぬ花野哉　都」。「都」は三条西公条の一字名。連衆、永閑、周桂、宗牧ほか。本書と密接な関係にあるのは、宮内庁書陵部蔵『古連歌集九箇度』（353—41）で、右①～⑨の百韻を同じ順番で合写している。但し、書陵部本には、⑥の次に明応八年（一四九九）三月の宗祇独吟百韻がある。

（長谷川）

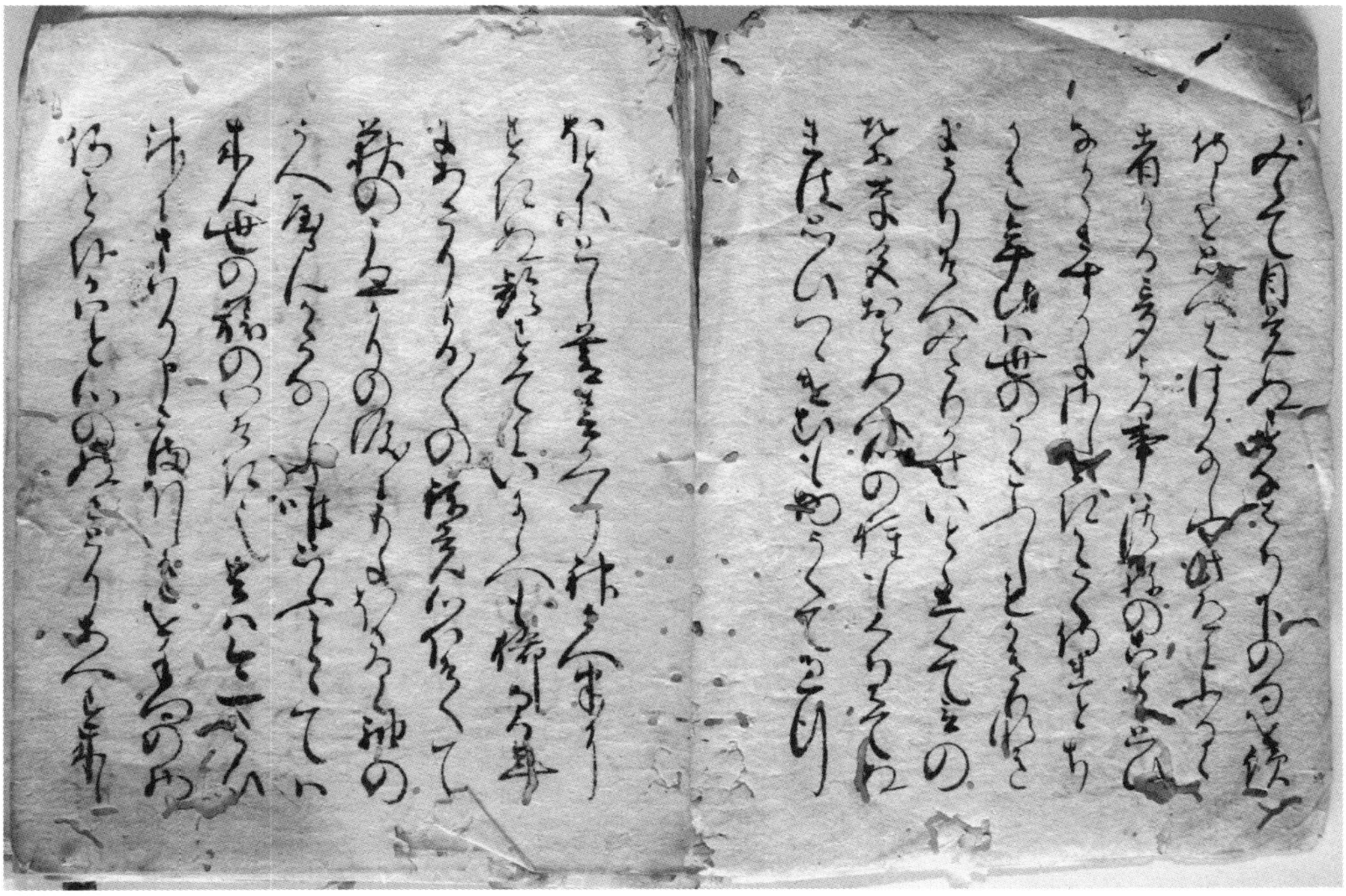

六〇　連歌注断簡（矢島小林庵百韻注・住吉法楽百韻注）　写　十二紙

【外題】なし
【内題】なし
【装訂】原装袋綴、綴糸欠
【表紙】なし
【料紙】楮紙（反故紙）
【法量】縦二三・五×横二〇・二糎
【丁数】墨付一二丁、遊紙なし
【用字】漢字仮名交じり
【奥書識語】なし
【書写年代】室町時代末期
【備考】字高一八・〇～二〇・〇糎、一面行数不定、朱引、異本注記あり、丁付「六」～「十五」「十八」、虫損・汚損、最終丁を除く全ての丁の半面中央に円形の破損、補修・補筆が施されている。

▼大永七年（一五二七）一月十八日『矢島小林庵百韻』（宗長、宗牧両吟）、享禄五年（一五三二）一月十八日『住吉法楽百韻』（聴雪、宗牧両吟）の両百韻の加注本の残葉である。宮内庁書陵部蔵本（『桂宮本叢書　第十八巻』連歌二）の奥書によれば、この二百韻の注は、宗牧が執筆して、天文七年（一五三八）六月三日、能登の畠山義総の被官、飯川宗春（半隠軒）に贈ったものである。本書は、『矢島小林庵百韻』の第十三句の注の途中から第五十四句の注まで、及び第六十六句から第七十一句

の注の途中まで、『住吉法楽百韻』の第十四句の注の途中から第二十一句の注の途中までを存する。いずれも料紙は書状の紙背を用いているが、裏打のため、書状の文面までは判読し得ない。但し、一部に「柳原殿」「畠山修理大夫殿」といった宛名や天文四年（一五三五）の年次などを確認することができる。表文書の書写も天文四年を大きくは下らないとすれば、本書は、古注の成立に極めて近い時期の写本ということになる。本書のツレと見なされるのが、聖護院蔵『〔連歌注断簡〕』（352—11・2）である。書形や字高、料紙の一致するのはもとより、聖護院本にも「柳原殿」「天文四」などと記された裏文書があること、丁付があり本書のそれと矛盾なく繋がること、半面中央の円形の破損と補筆の状況が一致することから、そのように判断される。聖護院本は、『矢島小林庵百韻』の第七十一句の注の途中から挙句の注の途中まで、『住吉法楽百韻』の発句から第十四句の注の途中まで、及び七十六句から挙句の注の途中までを存する。これを本書と合わせると、前者の第十三句から第五十四句、及び第六十六句から挙句、後者の発句から第二十一句、及び七十六句から挙句までが揃うことになる。本文は、書陵部本と比べて若干の異同があり、残欠本ながら参照すべき一本と言える。

（長谷川）

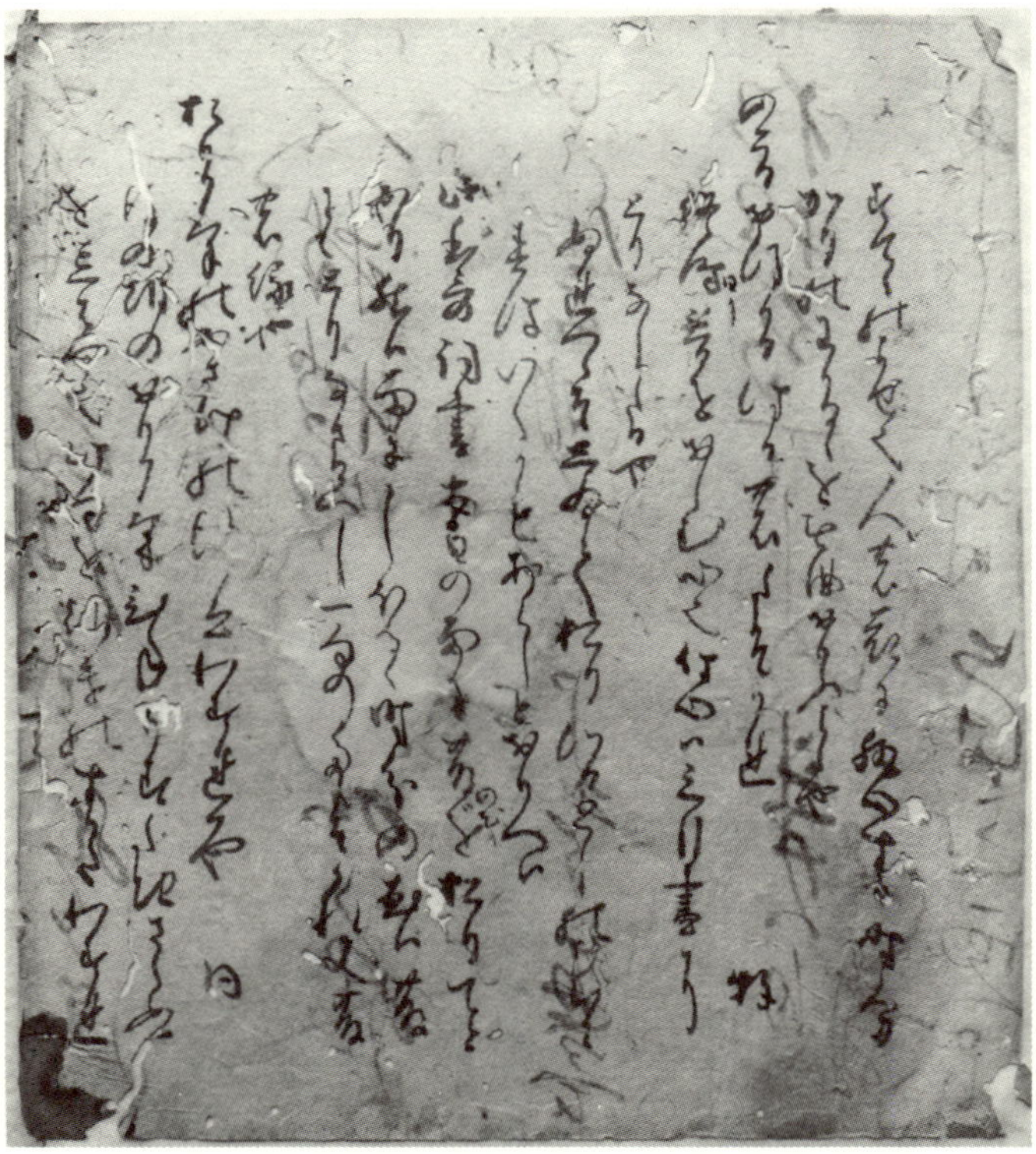

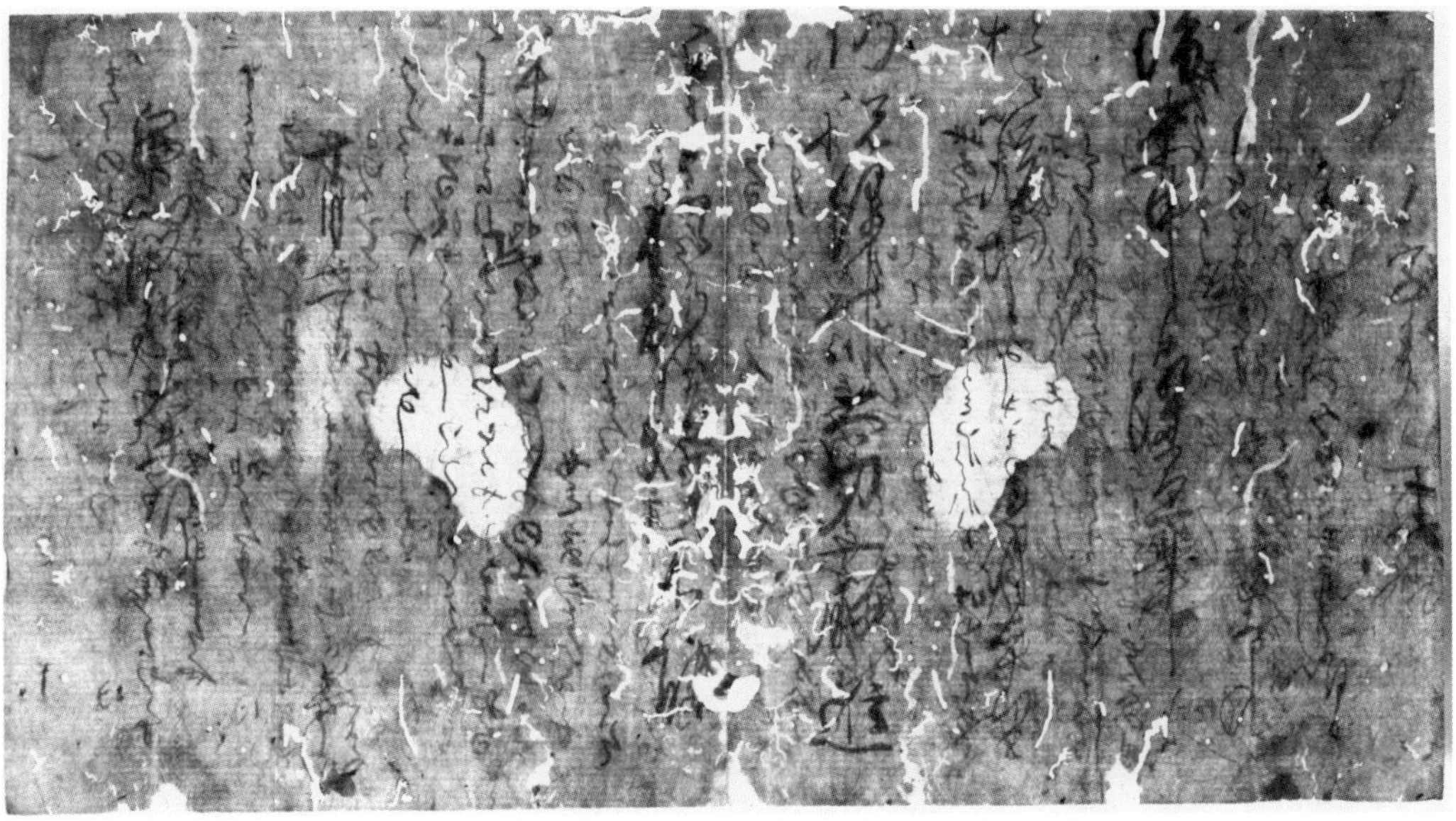

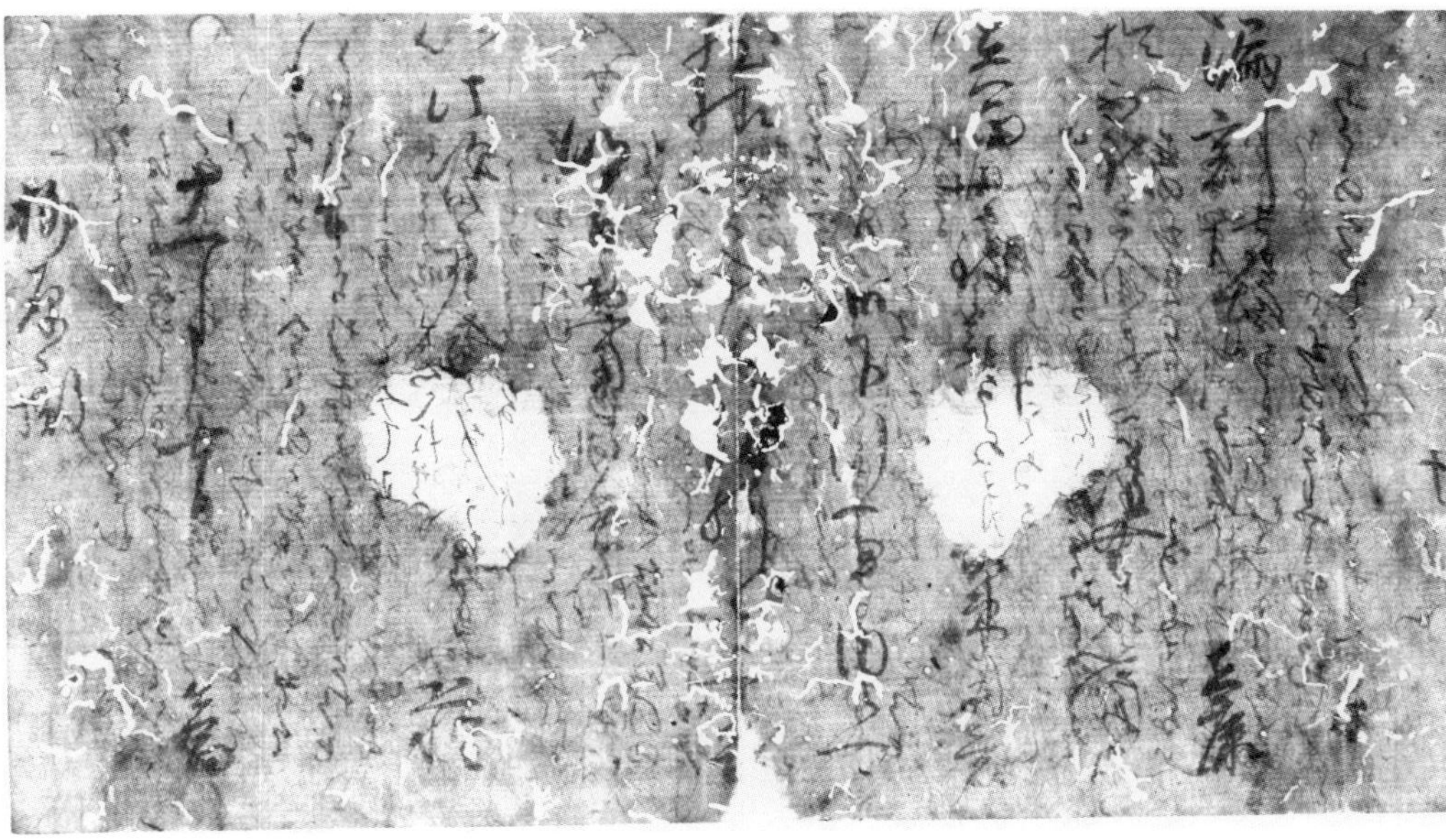

六一　住吉法楽百韻注　　写　一冊

【外題】なし
【内題】なし
【装訂】仮綴
【表紙】なし
【料紙】楮紙
【法量】縦二四・二×横二一・八糎
【丁数】墨付八丁、遊紙なし
【用字】漢字仮名交じり
【奥書識語】なし
【書写年代】江戸時代初期
【備考】字高一八・〇～二〇・〇糎、一面行数一五行、虫損、糸切

▼享禄五年（一五三二）一月十八日『住吉法楽百韻』（聴雪、宗牧両吟）の加注本の残欠本で、第三十二句の注の途中から第九十三句までを存する。『住吉法楽百韻注』は、『矢島小林庵百韻注』と合わせて宗牧により執筆されたもので、伝本のほとんどは、前掲書六〇「連歌注断簡」のように両注を合写した形で伝わっているため、本書も、本来は『矢島小林庵百韻注』と合写されていた可能性がある。前掲書六〇とは、書形や字高、注釈本文を句頭より二字下げる書式などの点でよく似ており、六〇の所蔵者が、その破損部分を補写する目的で、新たに書写したものかと推測される。（長谷川）

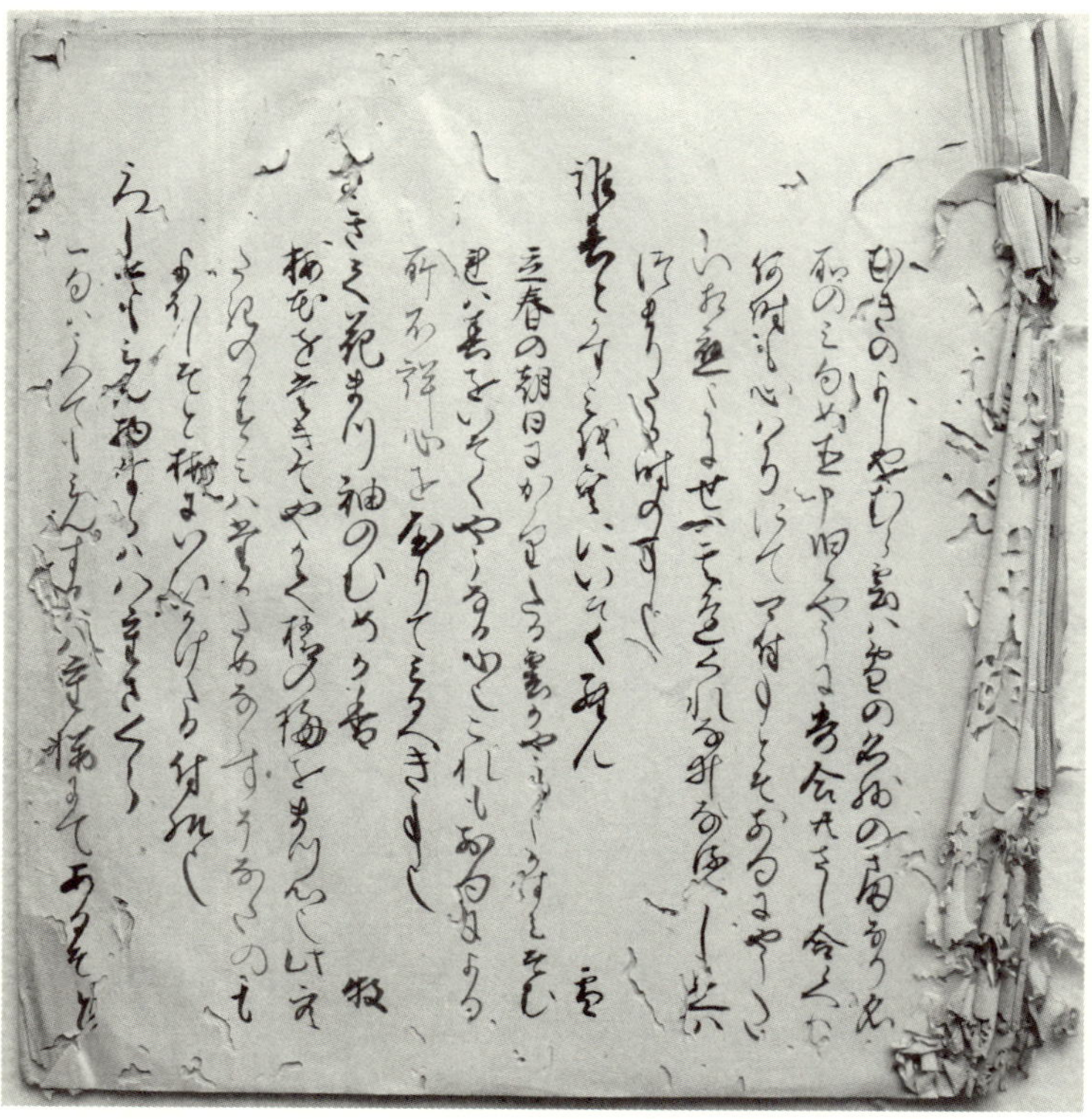

六二　永禄七年七月六日賦何人連歌懐紙

写　四紙

【外題】なし
【内題】「永禄七年七月六日／賦何人連歌」（端作）
【装訂】連歌懐紙、綴糸欠
【料紙】間似合紙
【法量】縦一九・〇×横五二・一糎
【丁数】墨付四丁
【用字】漢字仮名交じり
【奥書識語】なし
【書写年代】江戸時代初期
【備考】包紙中央打付「白親王（道澄法親王）／御連歌御懐紙」

▼永禄七年（一五六四）七月六日興行『賦何人連歌百韻』の懐紙である。発句「銀河とをくてちかき逢瀬哉　白」、脇「月かげうかぶよひのまの水　盛実」、第三「一葉ちる入江の柳かぜ過て　増信」。「白」は、聖護院門跡道澄の一字名。以下連衆、宗竺、興国朝臣、快雅、増堅、隆国、盛遠、隆助、仙千世。『連歌総目録』には、本百韻の伝本として長門住吉神社蔵本が登載されている。それによると同本は一句不足している由（第何句かは不明）であるが、本書では第五十句が空白になっており、作者名の「隆助」だけが記されている。また、本書の第六十三句は作者名を欠く。発句を詠む道澄は、この年、前門跡道増とともに長門府中長福寺（現功山寺）に滞在し、七月八日以前に『源氏物語』夢浮橋を書写している（大島本識語）。また、同年四月二十三日に長門宗廟社務式部大輔興行の『月次和漢聯句百韻』（長門住吉神社蔵）に、六月二十五日には『賦何垣連歌百韻』（忌宮神社蔵）にそれぞれ出座している。両百韻の連衆は、本百韻のそれと多く重なっており、特に後者は、本百韻と全く同一の連衆によるものである。いずれも、道澄の長門国下向に際しての興行と考えられる。

（長谷川）

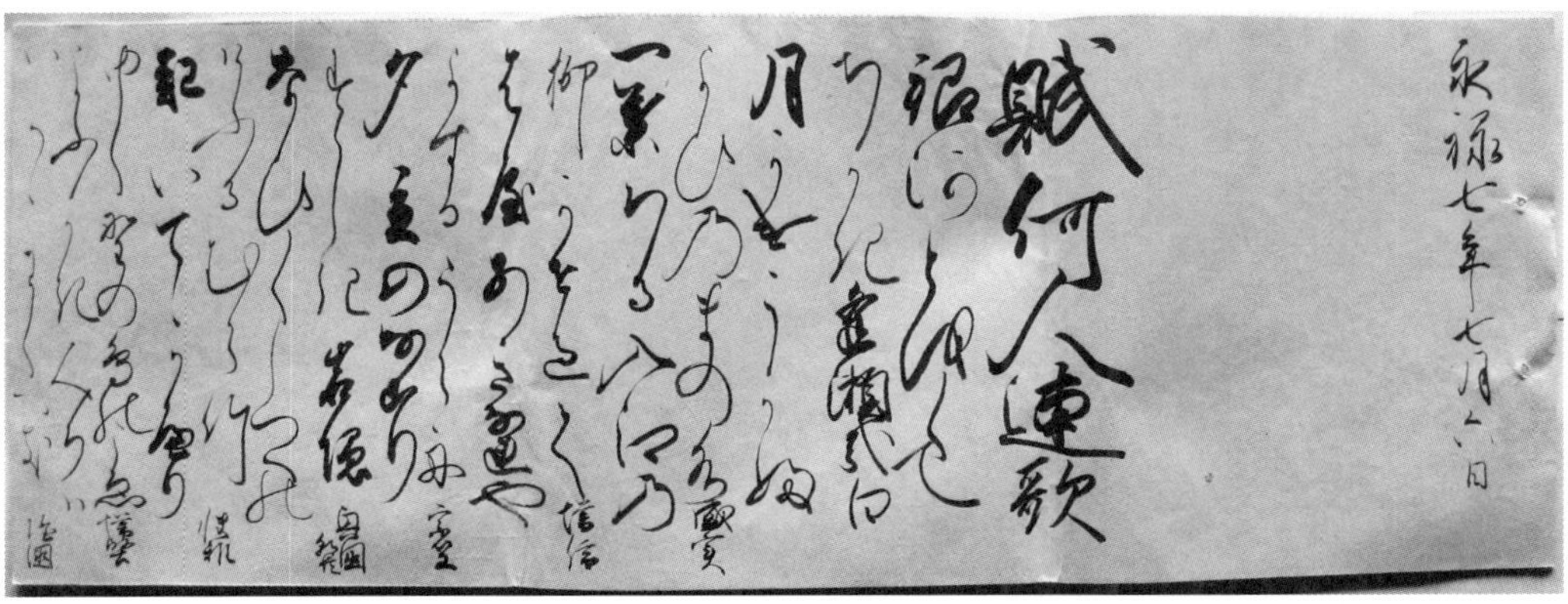

六三　千句　　　　　　　　　　写　一冊

【外題】「千句」（左肩に打付書、墨書）
【内題】なし
【装訂】袋綴包背装（紙釘装）
【表紙】茶地横筋目楮紙（後補）
【料紙】楮紙
【法量】縦二五・一×横二〇・二糎
【丁数】全五四丁、墨付五二丁、遊紙前後各一丁
【用字】漢字仮名交じり
【奥書識語】なし
【書写年代】江戸時代前期
【備考】端書「何垣　第一」

▼『連歌総目録』に記載の無い新出の千句と、三種の百韻連歌。全てに「金」（大覚寺義俊）が連衆として加わっており、義俊の参加した連歌をまとめたものであろう。千句の興行年月日は記載が無く不明であるが、三種の百韻が弘治元年（一五五五）・永禄元年（一五五七）・同九年（一五六六）に興行されたものであり、隔たらない時期の十月（第一百韻発句より）に催されたものと推測される。

内容と各発句を掲出しておく。

一、千句　※『連歌総目録』に記載なし
第一百韻　何垣「名残しも有てなにその神無月　蒼」
第二百韻　何人「ふくからに身をこからしの山路哉　亜相」
第三百韻　何路「小倉山やとりしくれのゆふへ哉　慶」
第四百韻　何船「散て猶苔の下てる紅葉哉　桂」
第五百韻　一字露顕「秋のきく色香なからに冬もなし　淳」
第六百韻　何田「むすふてに月やはこほる法の水　理」
第七百韻　山何「跡とめてしのゝは草のかれ野哉　枝」
第八百韻　何木「山河のにしきをもしの上毛哉　三卜」
第九百韻　初何「残る星霜にかそふる朝哉　慶」
第十百韻　薄何「年月や夢のよつもりし今朝の雪　金」
二、弘治元年霜月二日夢想連歌　※『連歌総目録』に記載なし
「朝日さすふるき雲井や寒き蝉　（御製）」
三、永禄元年七月十八日何船百韻
「立ならせ月はみね行鹿鳴草　蒼」
四、永禄九年五月九日何路百韻
「夏草の末吹とをるの風哉　金」

（小山）

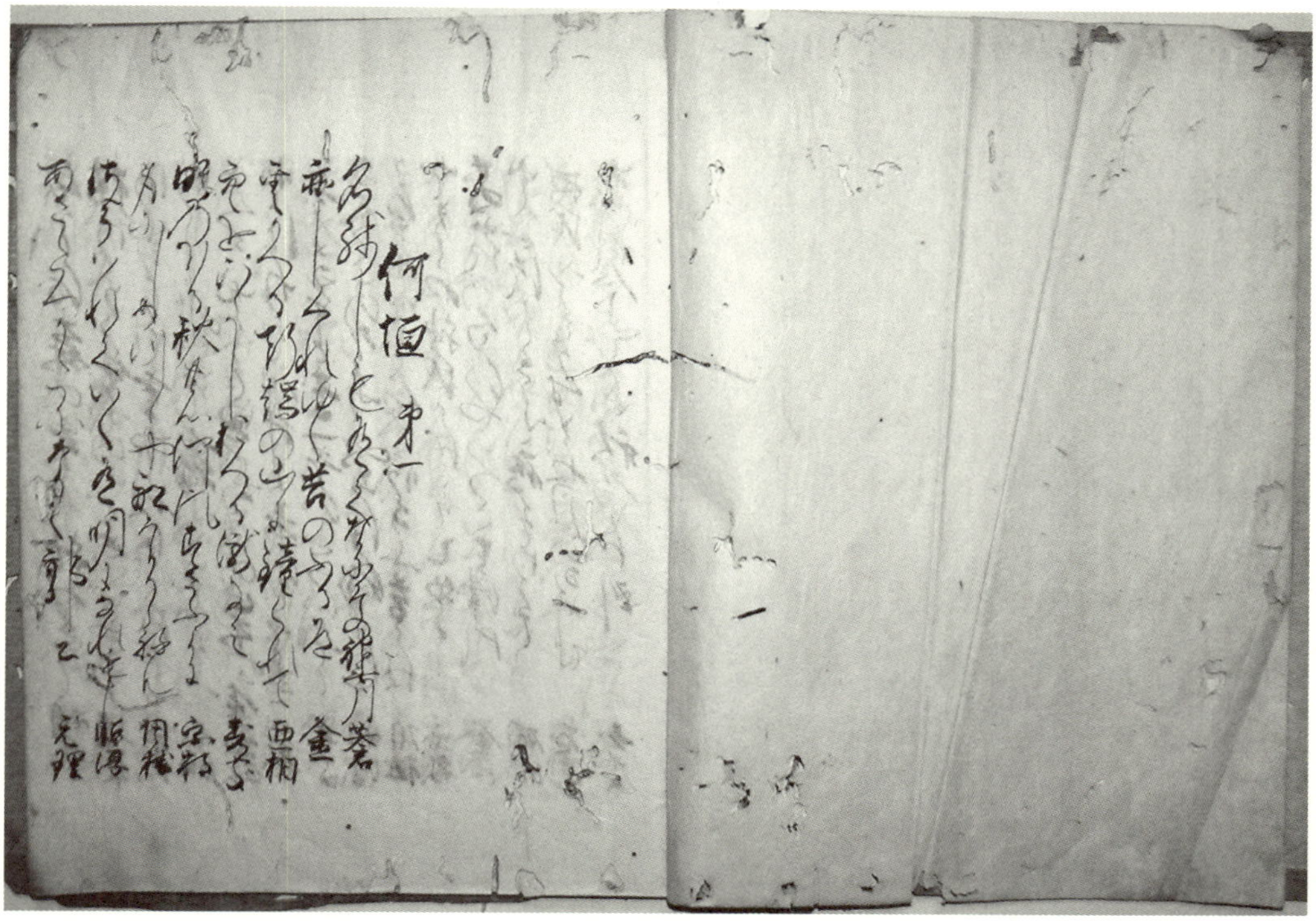

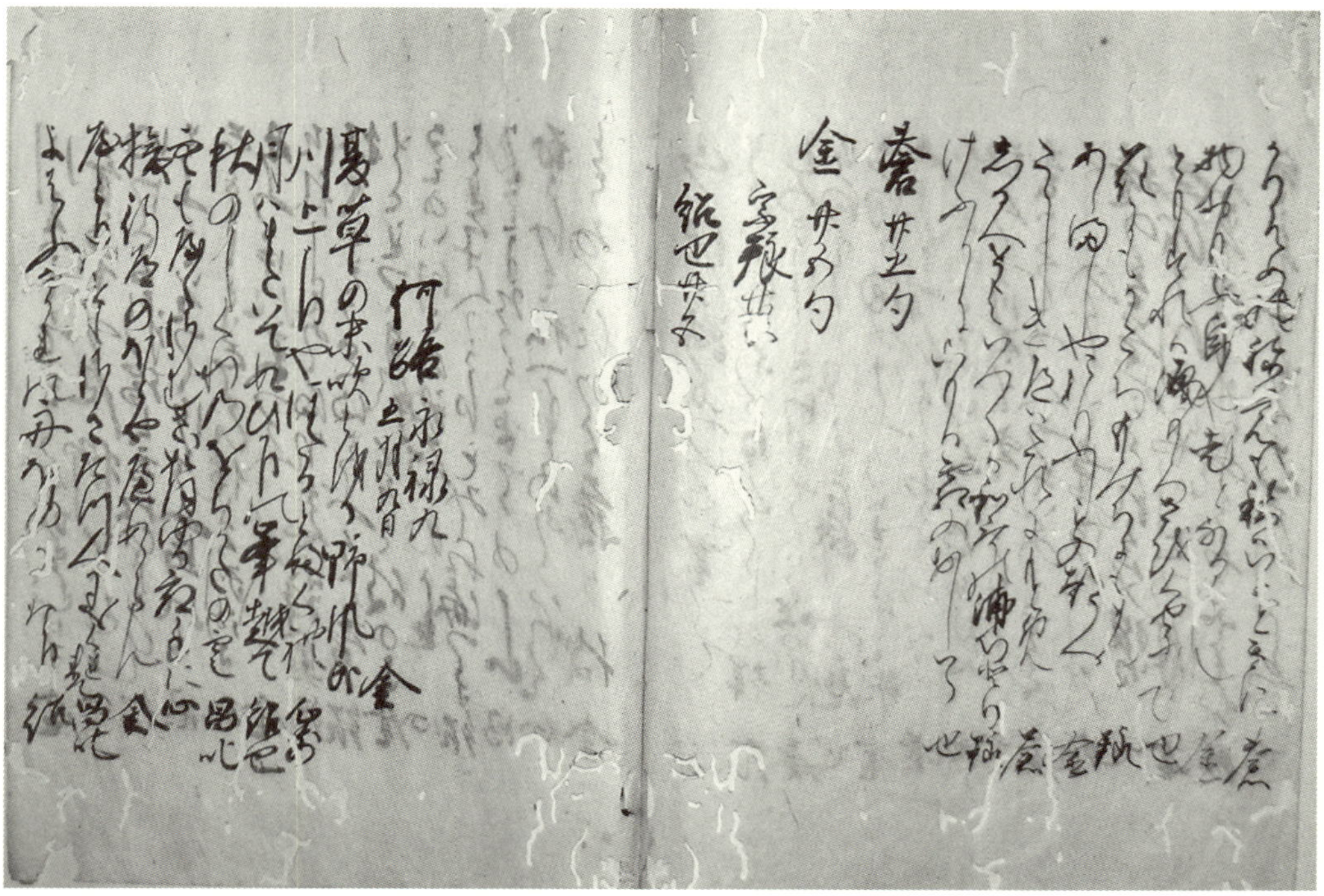

六四　名所連歌宗祇独吟　　写　一冊

【外題】「名所連歌宗祇独吟」（左肩に打付書、墨書）
【内題】「名所連歌文明五三月三 宗祇独吟」
【装訂】袋綴（包背装）
【表紙】薄茶地楮紙（後補）
【料紙】楮紙
【法量】縦一八・八×横一二・九糎
【丁数】全一五丁、墨付一五丁
【用字】漢字仮名交じり
【奥書識語】「元和二年林鐘十一日写畢。院御所様御本ニテ写也」「主常朝　スミ付拾五丁」（別筆）
【書写年代】江戸時代前期
【備考】表紙右下に「主常朝」と墨書、見返裏（元表紙）左肩に「名所連歌宗祇独吟又奥ニ専順発句ニテ宗祇九十句有之」と墨書、一面行数七行、各丁の下端破損

▼宗祇独吟の名所百韻二巻を収める。最初の一巻は、「名所連歌文明五三月三宗祇独吟」と題し、発句は「ふじの根も年はこえける霞かな」。宗祇が恒例としていた元日の稽古連歌で、武蔵国品川にての独吟であるが、年次については伝本間に異同があり、文正二年（一四六七）か文明二年（一四七〇）で諸氏の見解も分かれている。しかし、本書のように文明五年（一四七三）三月三日の日付を持つ伝本は他に確認されていない。また、第七十五句の次に、「女郎花我にやどかせいなみのゝいないふ」（以下破損）と『拾遺和歌集』の歌を記しているのも、本書独自のものである。奥の一巻は、「花の春たてるところやよし野山」の専順の発句を起句とする百韻で、成立は寛正五年（一四六四）一月一日。本百韻には端作がなく、前の百韻の挙句（八丁表）のすぐ次の行に、この発句が記されている。最後に「専順一、宗祇九十九」の句上がある。本文は、大阪天満宮文庫蔵『古代連歌』所収本（江藤保定氏『宗祇の研究』風間書房、一九六七年に翻刻）に対して、28「枯ず尚―枯すなよ」49「嵯峨の山―さがなれや」63「落て―ふきて」の異同を有する点で、大東急記念文庫蔵二本、国立国会図書館蔵本、鶴見大学図書館蔵本の系統に近い。

（長谷川）

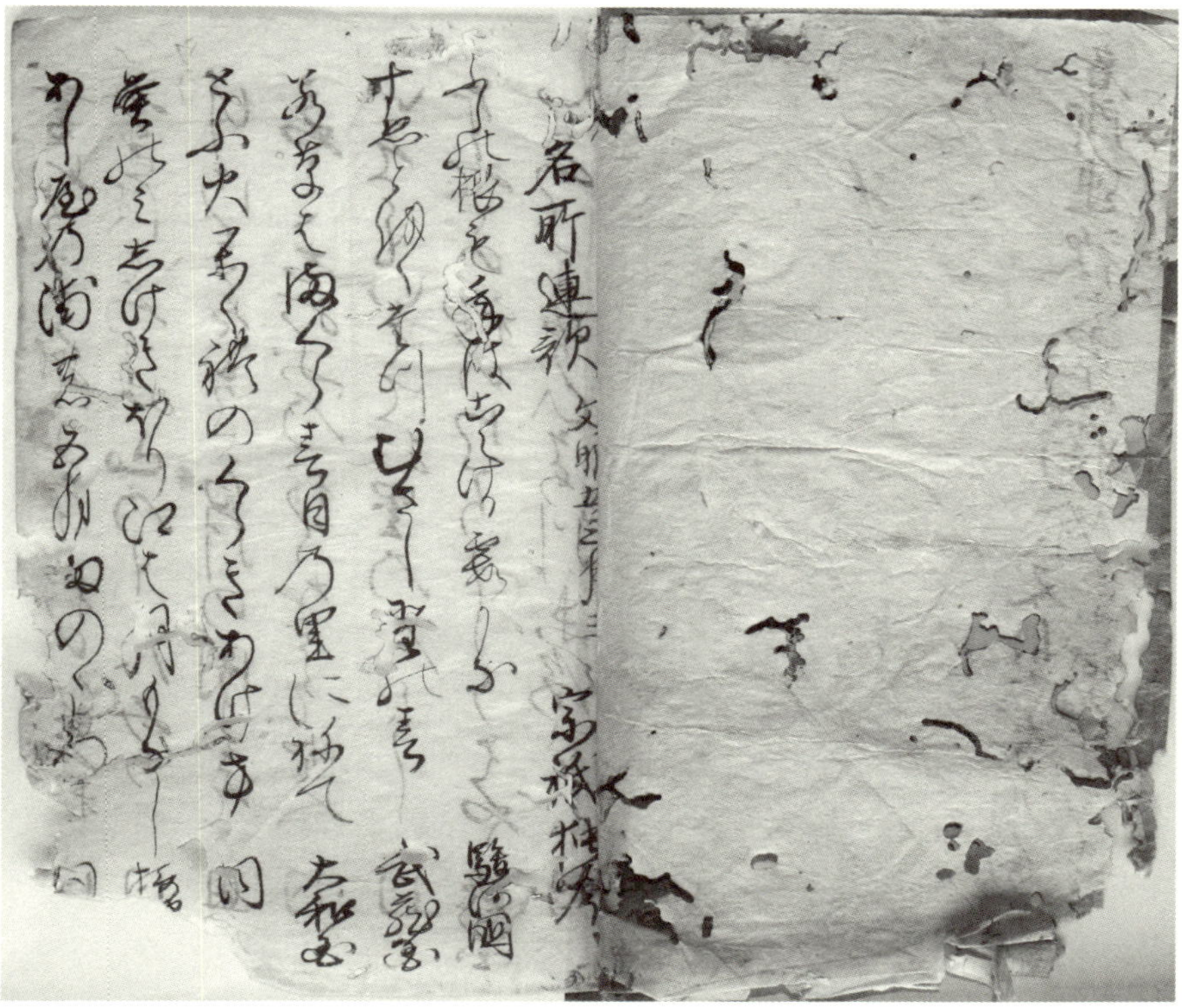
名所連歌

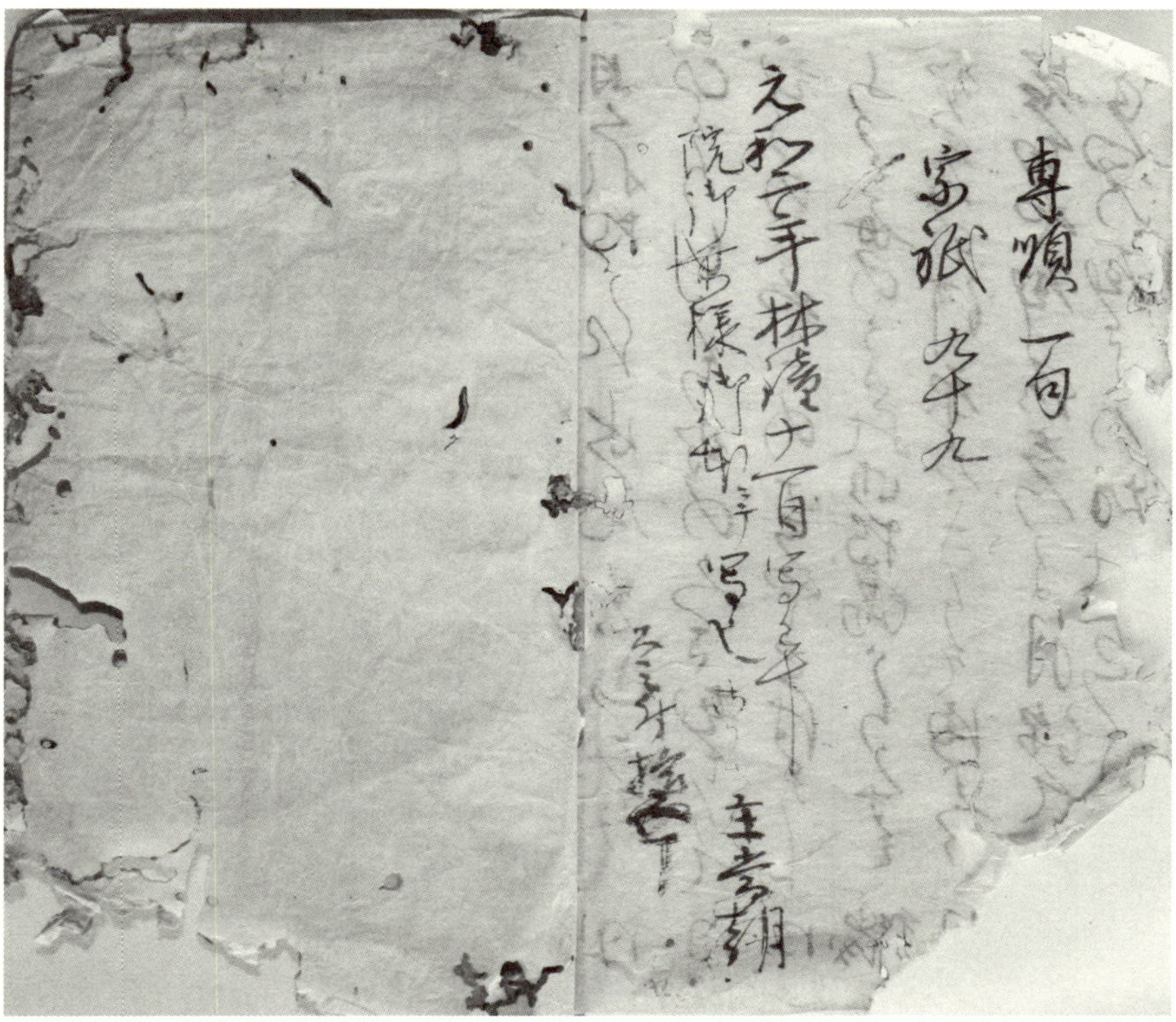
専順　一百
宗祇　九十九

六五　玄仍七百韻　　写　一冊

【外題】なし
【内題】なし
【装訂】仮綴
【表紙】本文共紙
【料紙】楮紙
【法量】縦一九・七×横一三・六糎
【丁数】全五五丁、墨付五三丁、遊紙前後各一丁
【用字】漢字仮名交じり
【奥書識語】「右七百韻為紹巴追善一七日之内、玄仍独吟也。以後昌叱付墨畢。／慶長九年卯月十二日、紹巴三年忌／蓬生や忍ぶももとの茂り哉　玄仍」
【書写年代】江戸時代後期
▼慶長七年（一六〇二）四月十二日の紹巴初七日に当たり、長男の玄仍が詠んだ独吟七百韻。昌叱点。第一百韻「時鳥むなしきそらを名残哉／入跡かなしみじか夜の月／秋ちかき荻の戦ぎに夢覚て」。（大谷）

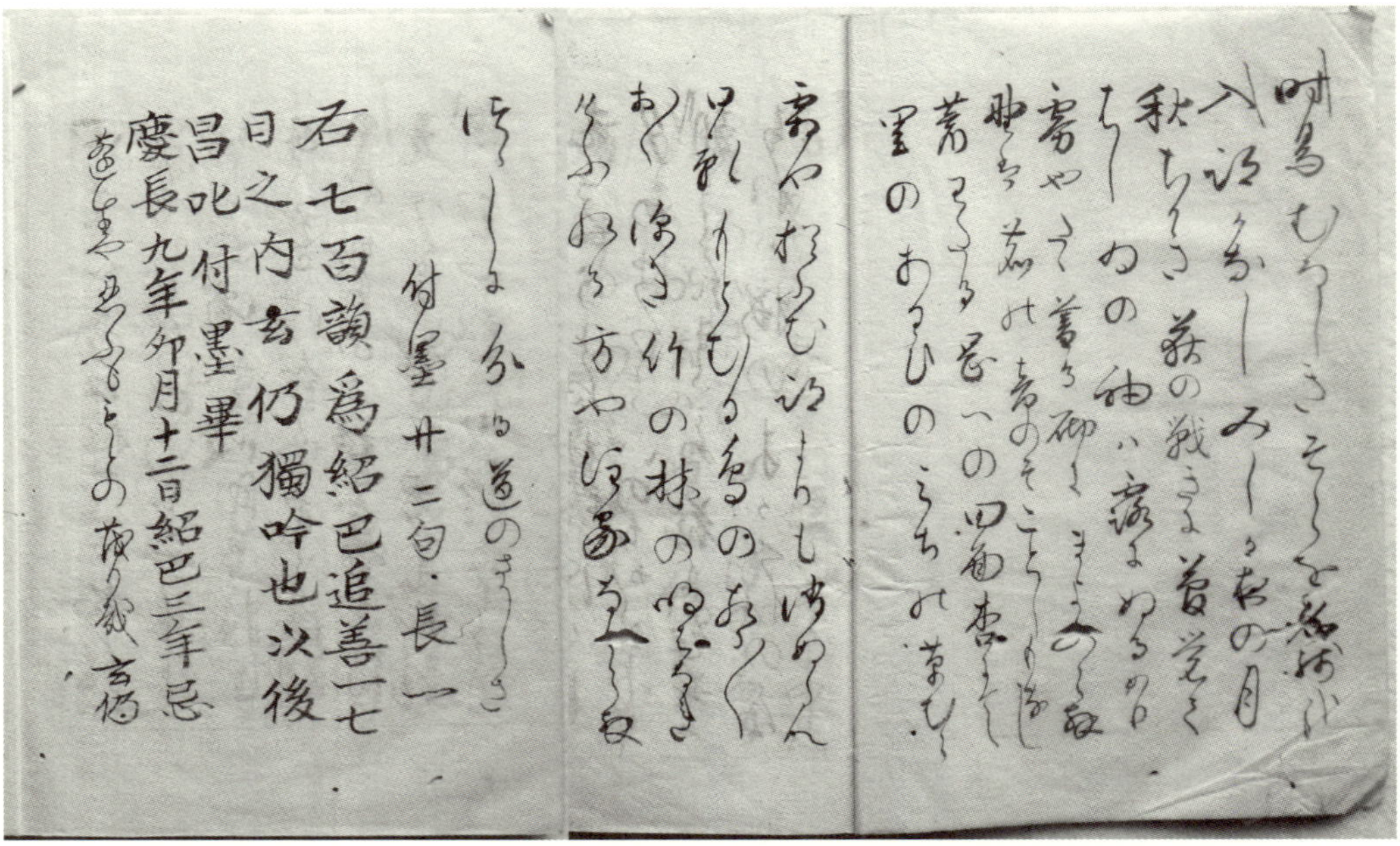

六六　賦物篇　　写　一冊

【外題】「賦物篇」（左肩に打付書、墨書）
【内題】「賦物篇」（端書）
【装訂】袋綴
【表紙】茶色楮紙
【料紙】斐楮交漉紙
【法量】縦二二・一×横一七・五糎
【丁数】全一五丁、墨付一五丁、遊紙なし
【用字】漢字仮名交じり
【奥書識語】「天正四丙子年五月八日書之畢」
【書写年代】江戸時代極初期

▼一条兼良がまとめた『連歌初学抄』のうち、肖柏の『連歌新式追加並新式今案等』に吸収されなかった「賦物篇」の部分のみを抄出したもの。賦物を列挙したあと、賦物の変遷および取り様を六項目にわたって述べる。兼良自筆本の転写本である京都大学附属図書館谷村文庫蔵本の本文と比較して、賦物を加除するなどの書写態度は見られず、忠実で良好な本文を伝える。天正四年（一五七六）の奥書については、書写年代もほぼこの頃と推測されるので、書写奥書と考えられる。

（小山）

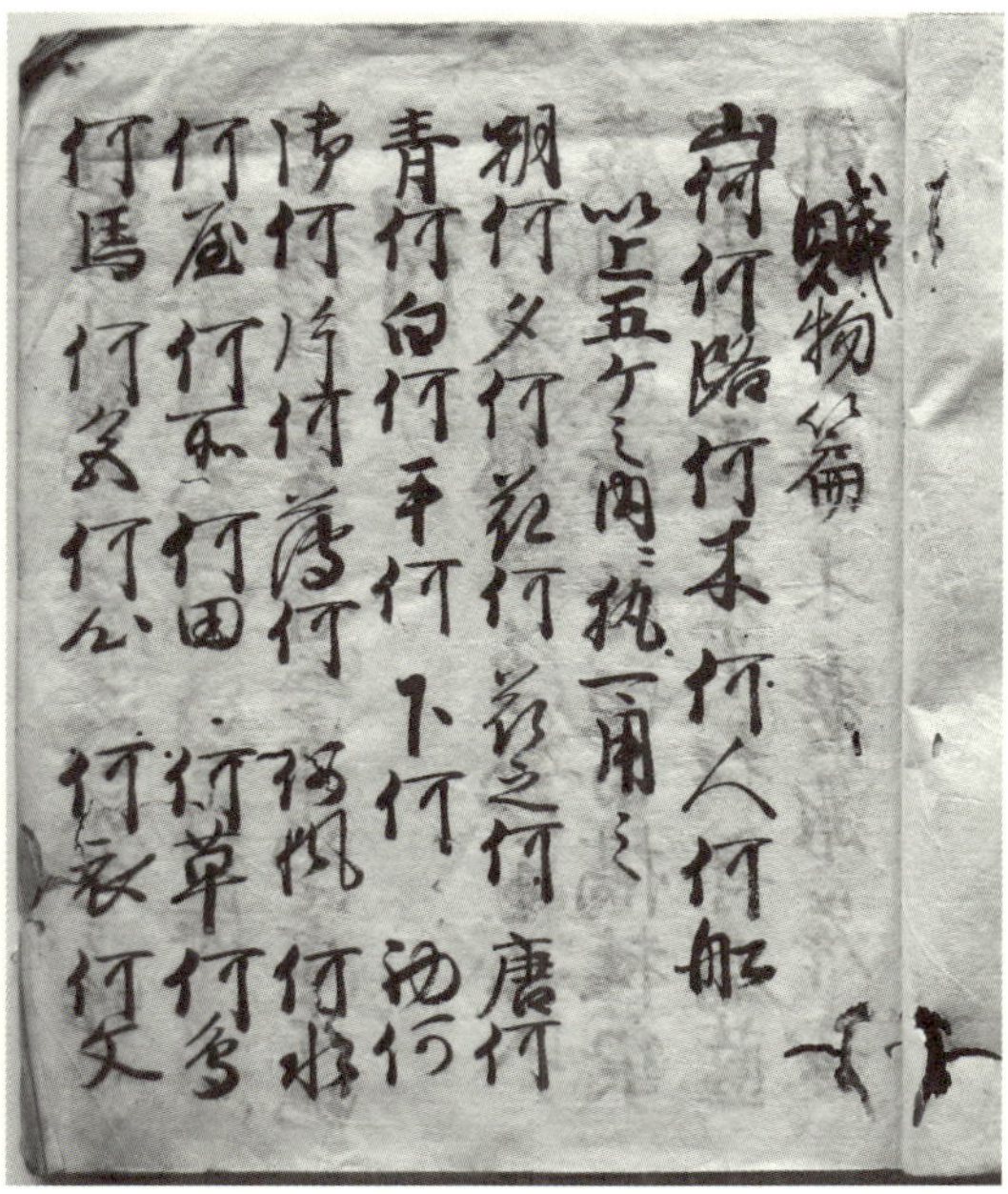

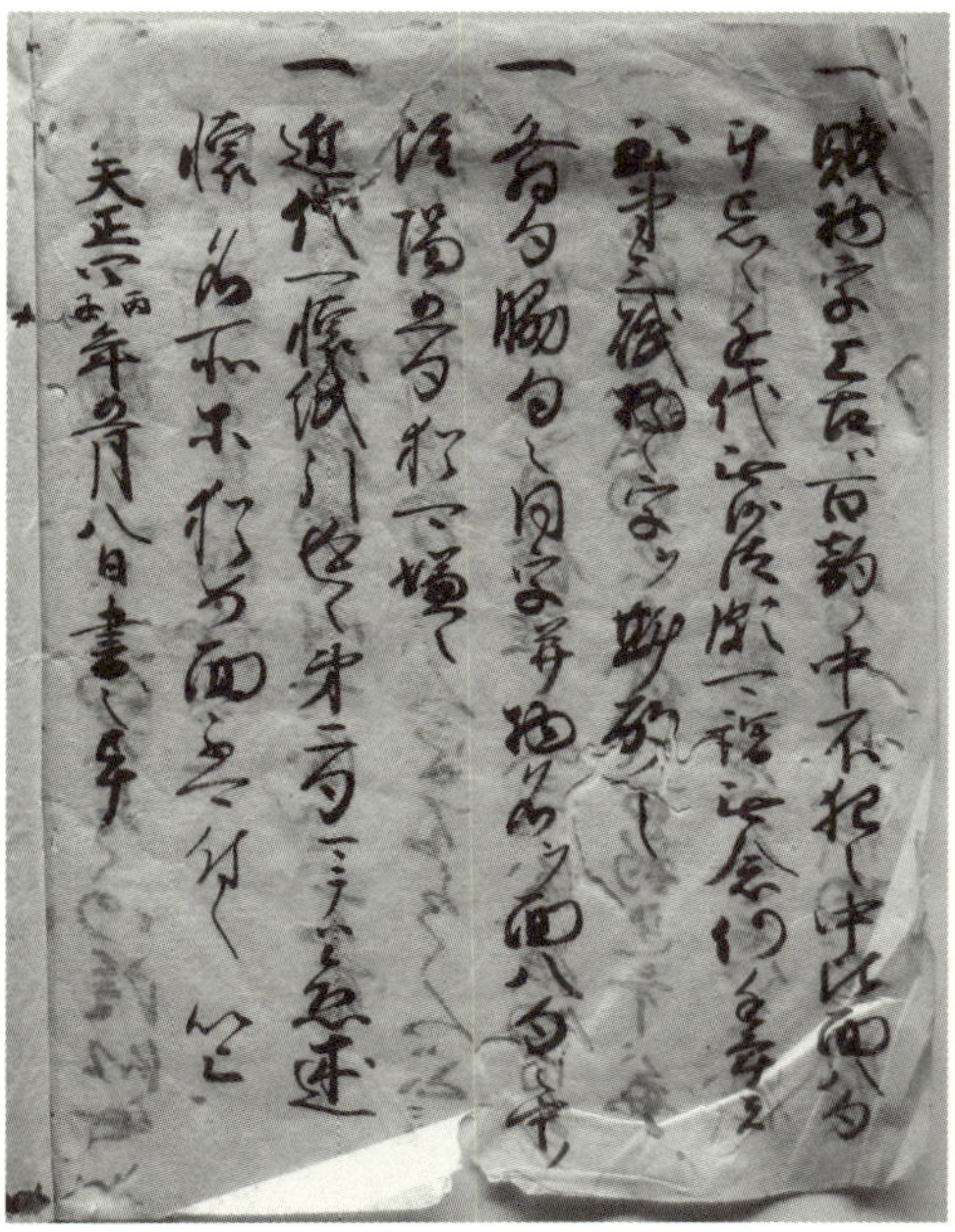

六七　〔連歌式目〕　　写　一冊

【外題】なし
【内題】なし
【装訂】仮綴
【表紙】なし
【料紙】楮紙
【法量】縦一九・〇×横一四・〇糎
【丁数】全六一丁、墨付六〇丁、白紙一丁
【用字】漢字仮名交じり
【奥書識語】なし
【書写年代】江戸時代中期
【備考】一面行数六行（第五七丁以下は一二行）、朱書

▼本書は、表紙、巻頭部分を欠落させているが、連歌学書を中心とする書目を合綴しており、内容上、以下の①～⑤の部分に分けられる。①（第一丁～第一七丁）は、連歌の式目を箇条書にしたもの。各条に付された朱書の通し番号によると、本文は、第八条の末尾三行、第九条の「一、可嫌同折之物」より始まっており、首部を欠く。第十条は「一、可嫌同面之物」。第十一条と第十二条の前半を欠き（落丁か）、第十三条「一、可隔三句之物」から第四十七条「一、法度」に至る。②（～第三六丁）は、「連歌初学抄／賦物篇」と題し、「賦物篇」全編を収める。③（～第四〇丁）は、二十七首の式目和歌。伝宗砌作『式目和歌』十二首を増補した作品群（木藤才蔵氏『連歌新式の研究』三弥井書店、一九九九年）と密接な関係にあり、京都大学附属図書館平松文庫蔵『連歌秘書』所収の五十二首とは二十四首を共有する。④（～第五五丁）は、「新見集於糸□初心之為に二条殿へ被召出候」と題し、まず「第一　春之上之句」として「春来ては」「年越て」「梅がえの」等の語を列挙し、「春之中句」「春ノ下之句」以下と続く。連歌に用いる言葉を、四季毎に上の句、中の句、下の句に分けて収載したものである。⑤（～第六一丁）は、『湯山三吟百韻』であるが、端作等は無い。第四十九句が欠けている。

（長谷川）

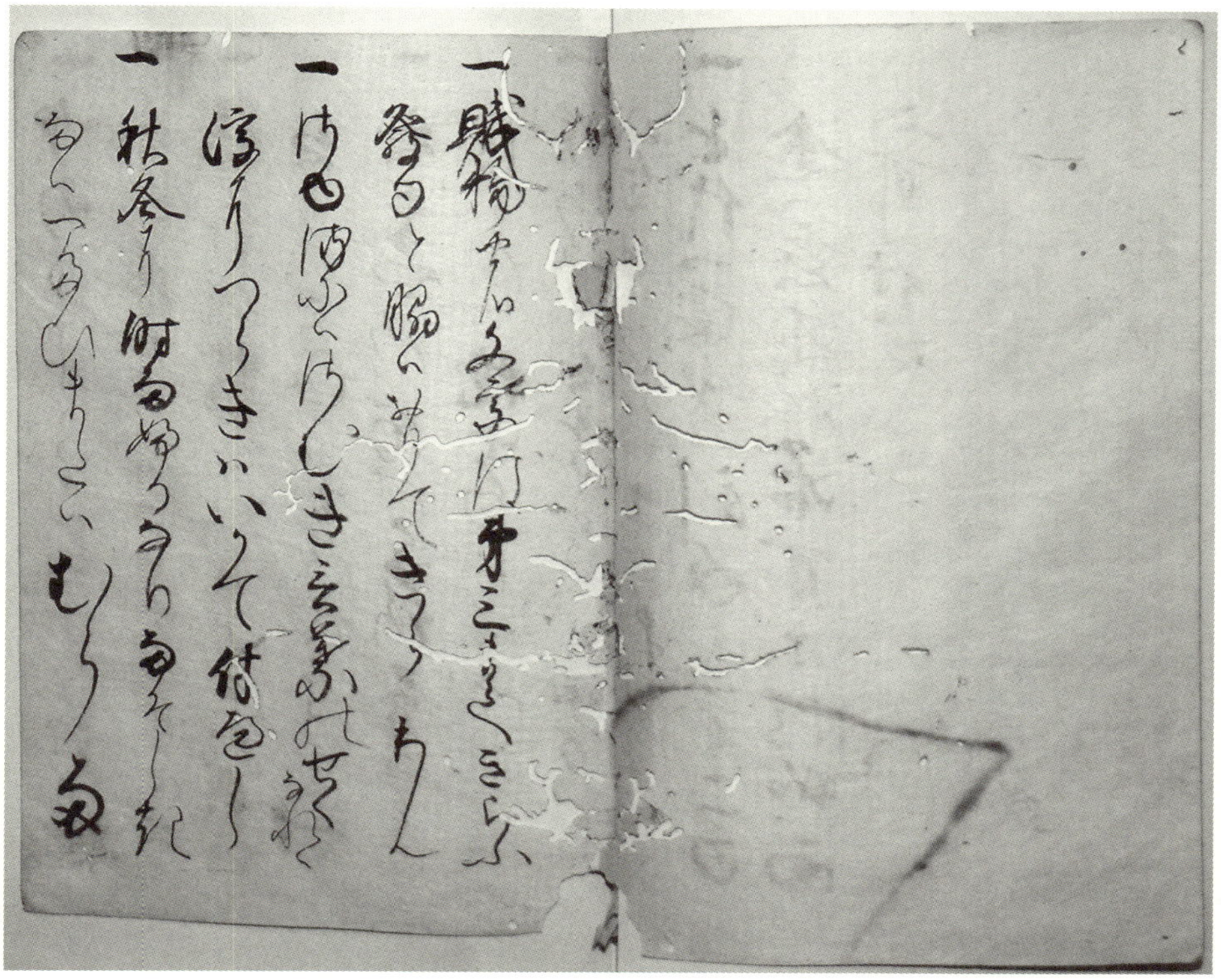

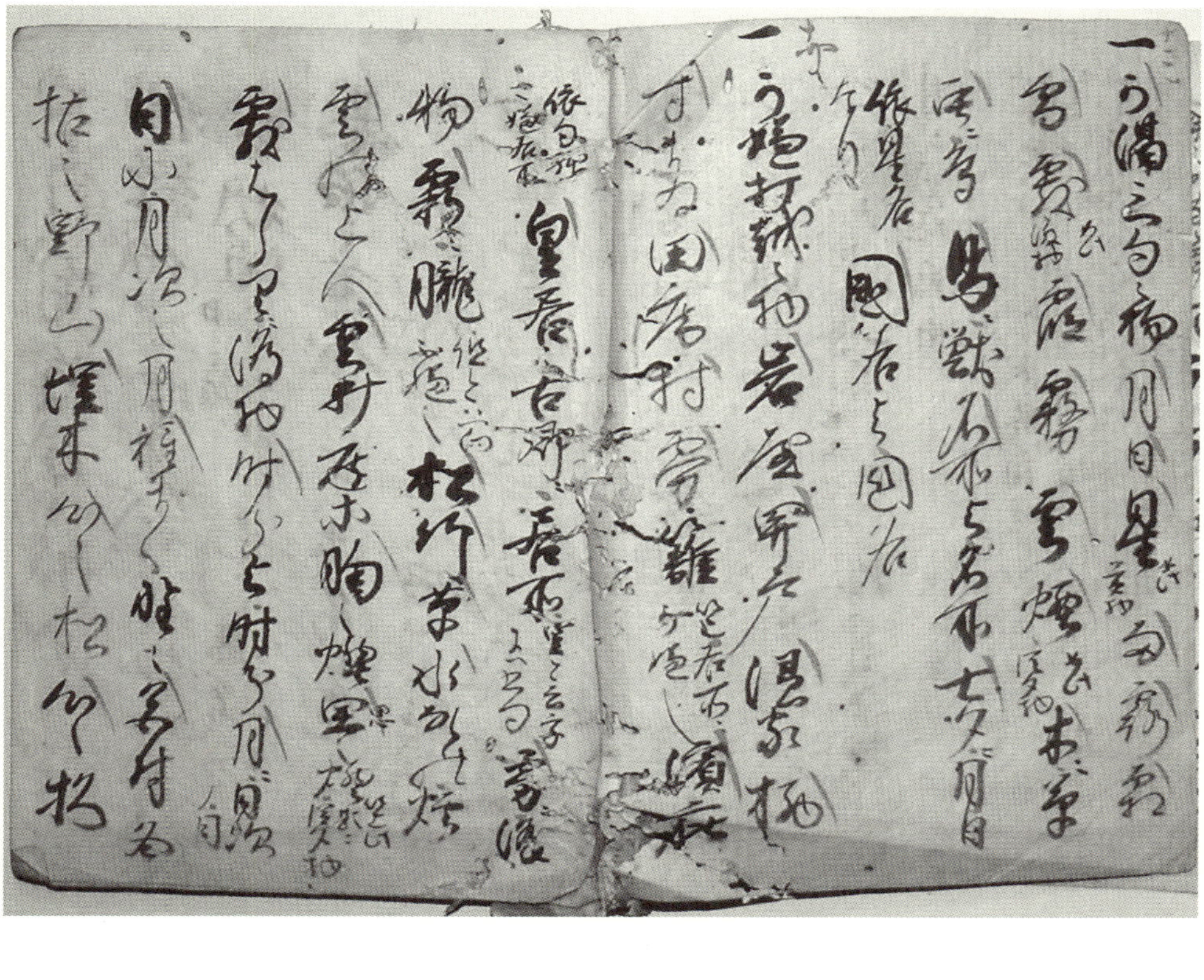

六八　新式聞書　　写　一冊

【外題】「新式聞書」（左肩に素紙題簽）
【内題】「新式」
【装訂】袋綴
【表紙】茶色楮紙
【料紙】楮紙
【法量】縦一四・四×横一九・一糎
【丁数】全五二丁、墨付五〇丁、遊紙前後各一丁
【用字】漢字仮名片仮名交じり
【奥書識語】なし
【書写年代】江戸時代初期
【備考】全丁裏打、一面行数不定、虫損

▼『新式聞書』（①とする）の他に、後述の②③を合写する。①第一丁～第二九丁は、連歌新式の注解書。「新式」と題して、最初に「一、追加幷新式今案等　後普光園院御作、奥ニ本式ト云アルニヨッテ、ソレニアテヽ新式ト名之」と述べ、次に「追加」「今案」の作者を示した後、『連歌新式追加並新式今案等』の記述に沿って注釈を加えている。連歌新式の注解書としては現存最古とされる『連歌新式天文十七年注』や、紹巴注、心前注等の里村家系統との注解書の関連は窺えない。②第三〇丁～第四〇丁は、「一、カヲサシテト云事」以下、漢籍を中心とする故事等を解説する（白紙三丁を含む）。③第四一丁～第五〇丁は、「一、いその神ならの都のはじめよりふりにけりともみゆる衣か」以下、和歌注釈の形式で記されているが、内容は『色葉和難集』からの抜書である。（長谷川）

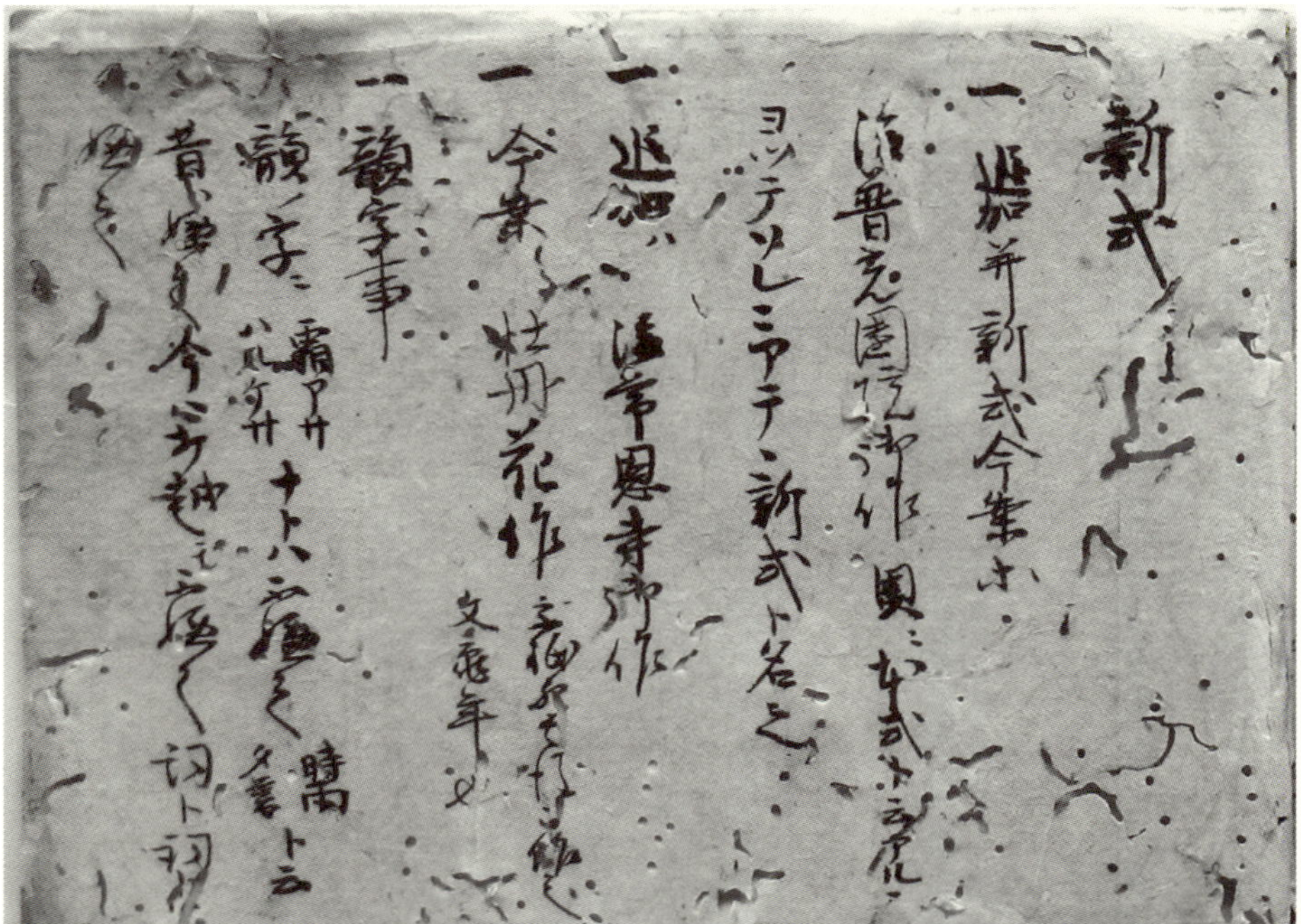

六九　分葉　　写　一冊

【外題】なし
【内題】なし
【装訂】仮綴
【表紙】本文共紙（元見返し、「心成べし」以下の三行は本文の書き損じ）
【料紙】楮紙
【法量】縦二二・七×横一六・二糎
【丁数】全一八丁、墨付一六丁、遊紙前後各一丁
【用字】漢字仮名交じり
【奥書識語】奥書「御息連歌御稽古のためのよし承侍れば、あさはかなる事ながら、書付はべるばかり也。外見恐恥也。／長享第二孟冬官〵続書之　宗祇在判／相良殿参」
【書写年代】江戸時代中期
【備考】一面行数一〇行、虫損

▼宗祇の連歌論書『分葉』。「連歌のみちこゝろ〳〵さだまりがたしといへども」以下の序文に始まり、「すさむ」以下二十八語の多義語に解説を加え、最後に「一、人丸なく成にたれど」「一、げむじ物語、巻かはらば」「連歌は前句の心をうる事」の三箇条を添える。『分葉』の諸本は三系統に分かれるが、湯之上早苗氏の分類（『連歌貴重文献集成　第六集』、勉誠社、一九八一年）に従えば、本書は第二次成立本に属する。宗祇が、第一次成立本に加筆して、長享二年（一四八八）十月、相良為続に贈ったもので、この系統の伝本の多くに、本書のような奥書が備わる。但し、本書の「官〵続」と判読できる部分は、大阪天満宮文庫蔵本では「為為続」とある由であり（木藤才蔵氏『中世の文学　連歌論集二』三弥井書店、一九八二年）、「為続の為」とすれば文意が通る。また、巻末三箇条の第一条の冒頭に「人丸なく成にたれど、うたのみちとゞまれるかな」の一文がある。この一文は、同系統の内閣文庫蔵一本（『中世の文学　連歌論集二』）や同翻刻の校合本には見られないようであるが、偶目の京都大学附属図書館平松文庫蔵本には備わる。第三条を第二条から改行せずに続けている点、奥書の「官」の字も、本書と平松文庫本に共通する特徴である。

（長谷川）

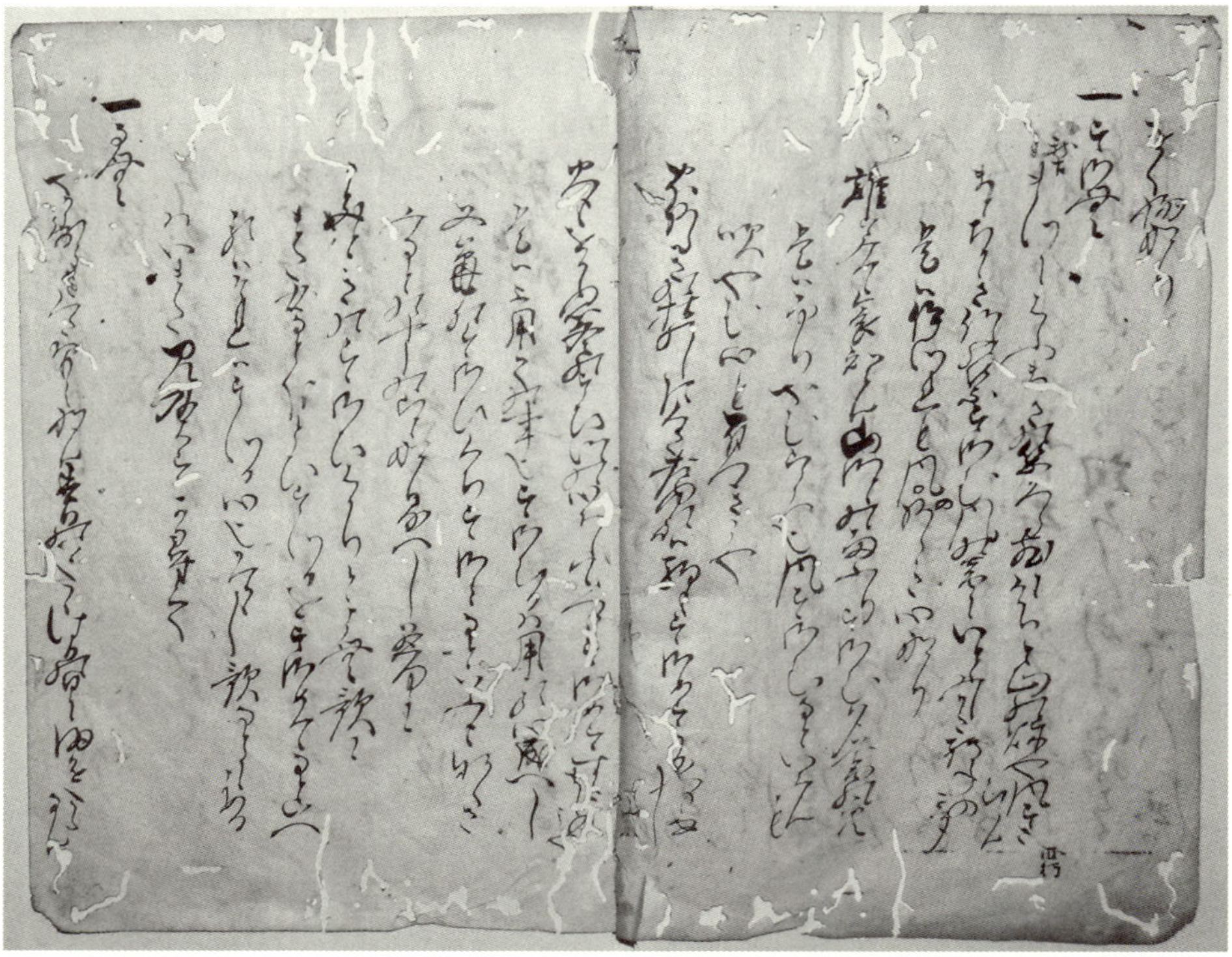

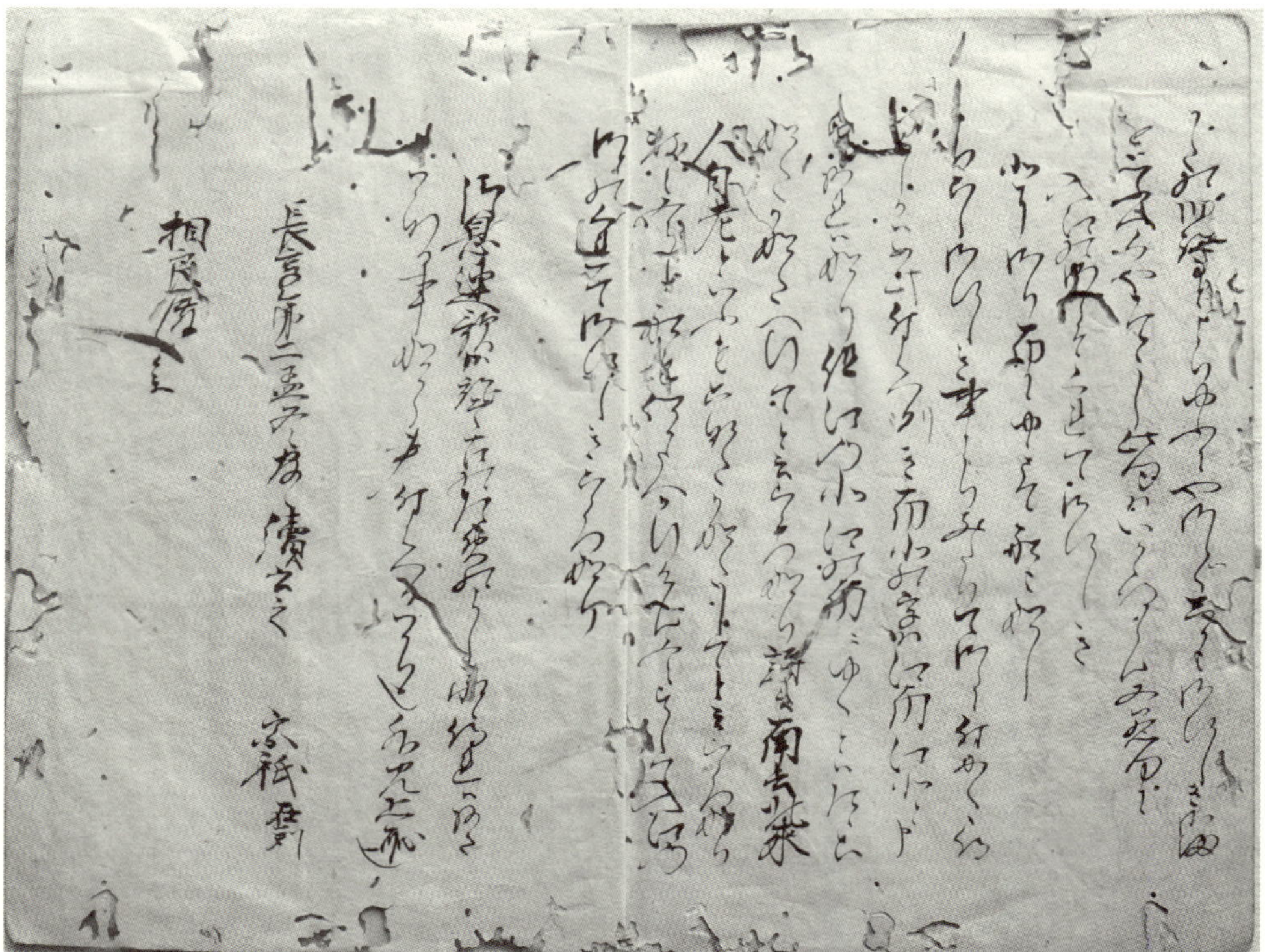

七〇　永文　　写　一紙

【外題】なし
【内題】なし
【装訂】原装仮綴
【料紙】楮紙
【法量】縦二五・〇×横一九・〇糎
【丁数】墨付一丁
【用字】漢字仮名交じり
【奥書識語】なし
【書写年代】江戸時代初期
【備考】一面行数一〇行、字高二二・〇糎、字幅一五・五糎

▼宗長の連歌論書『永文』の断簡。『永文』は、冒頭に嫌詞を列挙するが、本書は、その部分の後半にあたる「ほのぐみみる（ママ）、ほのぐめくる（ママ）の類は不苦候」から始まり、次いで、連歌の心得を箇条書にした部分に及び、「一、物知り連歌とて事をほり求、詩心、古人の語、論語、毛詩などつよく引出す事、嫌事也」の条の途中、「事をたくみに、不謂ところに取いだす事、下手の物なり」までを収める。『中世の文学　連歌論集四』（三弥井書店、一九九〇年）の底本となっている京都大学附属図書館平松文庫蔵本に比して、本書は「一、付句、同意にならぬやうにすべし」の項目を欠く。（長谷川）

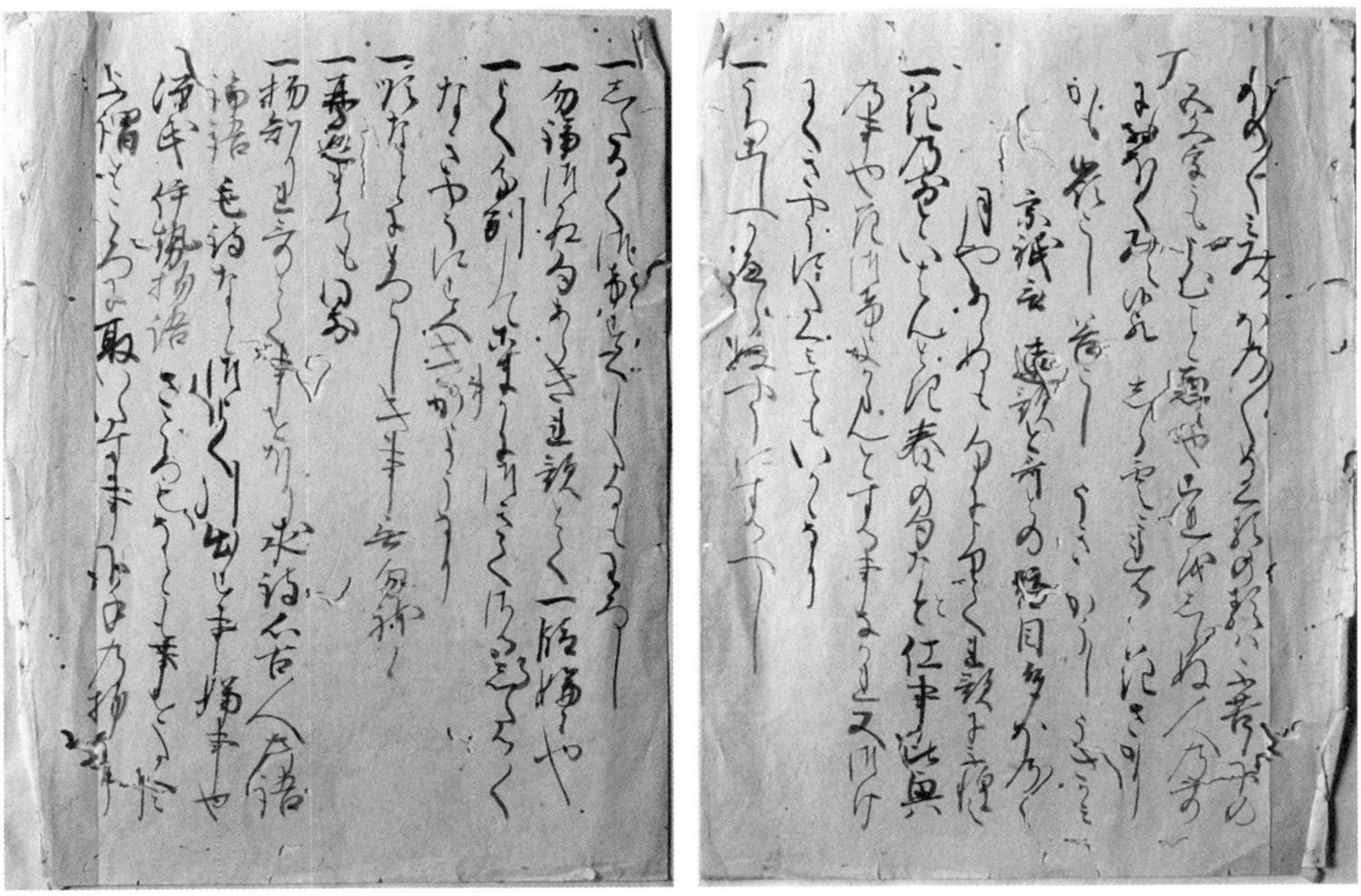

七一　無言抄　　刊　二冊

【外題】「無言抄　上（□）」（左肩に打付書、墨書）
【内題】「無言抄巻上（下）」
【装訂】袋綴
【表紙】縹色楮紙（後補）
【料紙】楮紙
【法量】縦二三・九×横二〇・三糎
【丁数】全一六九丁、上冊墨付七三丁、遊紙前後各一丁、下冊墨付九二丁、遊紙前後各一丁
【用字】漢字仮名交じり
【奥書識語】「慶長二年正月廿八日応其自跋、慶長三年二月廿五日紹巴跋、慶長三年空性跋、慶長四年神無月上旬紹巴奥書、慶長八年正月十四日応其奥書」
【備考】匡郭単線、一面行数不定、刊年不明

▼応其の連歌学書『無言抄』の整版本（残欠本）。上巻は自序より「二伊呂波詞」のうちの「く」までを収めるが、下巻は「三　四季詞」から始まっており、中巻に相当するべき「伊呂波詞」の「や」から「す」までが欠けている。一方、聖護院には、本書と書形、外題の体裁などが完全に一致する『無言抄』の中巻のみの版本（全六〇丁）が現存している。

（長谷川）

七二　連歌至要抄　　刊　一冊

【外題】「連歌至要抄　全」（左肩に刷題簽）
【内題】「連哥うすもみち」
【装訂】袋綴
【表紙】紺色楮紙
【料紙】楮紙
【法量】縦一五・四×横一一・二糎
【丁数】墨付一三三丁、遊紙なし
【用字】漢字仮名交じり
【奥書識語】奥書「這一冊、初心の人一見候はゞふる心悪なりゆく事あるべく候。猶師説を可被受者也。所詮其身の器用により師によつて此書もゆるすべき歟。但一道不納得の者には不及至相傳者也。穴賢ゝゝ」、跋「凡連哥之故實家々密之而不輕傳。學者往々憾焉。連哥至要鈔為書也上自二條良基公下至宗祇及兼載宗養紹巴諸家之秘説逐一集之以大成矣。不知何人之編著也。誠浣錦於蜀江琢玉於崑山者也。遂不耐珍蔵焉刻以流于四方尒」
【刊記】「元禄十二巳卯歳　孟春吉辰　金屋平兵衛版」
【備考】蔵書印「聖護院蔵書記」

（長谷川）

七三　湯山千句抄　　刊　二冊

【外題】「湯山千句　上」（左肩に打付書、朱筆）
【内題】「湯山聯句序」（端書）
【装訂】横本（袋綴）
【表紙】濃紺厚手楮紙
【料紙】楮紙
【法量】縦一四・三×横一九・三糎
【丁数】全一六三丁、上巻墨付七四丁、下巻墨付八九丁、遊紙なし
【用字】漢字片仮名交じり
【刊記】「寛永七庚午年九月良日　開版之」
【備考】四周単郭、版心（柱題「千句上」の下に丁付、白口、魚尾なし）、切点・傍訓（片仮名）・返点・濁点・仮名・注記あり（以上刻）、一面一七行（原詩文は二行分）、一行一一字前後、表紙右肩に「暑」と鉛筆書

（舟見）

七四　城西聯句（一）　　刊　一冊

【外題】欠（題簽剥）
【内題】なし（序題「城西聯句序」）
【装訂】袋綴
【表紙】茶厚手楮紙
【料紙】楮紙
【法量】縦一三・五×横一八・〇糎
【丁数】墨付一八九丁、遊紙なし
【用字】漢字
【奥書識語】「加朱點表シ二丸批素ノ三點ヲ一畢」（墨筆）
【刊記】「弘治二暦季秋吉辰 満江七十七禿翁妙安 寛永八年辛未小春吉旦 寺町中野市右衛門梓行」
【備考】四周単郭、白口、上下内向花魚尾、版心書名「九千句　序（上・下・跋）」一面行数一三行、小口書「九千句　全」、表紙右肩墨打付書「夏」、朱引・朱点り、後掲七五「城西聯句（二）」と同版本。

（舟見）

七五　城西聯句（二）　刊　二冊

【外題】「九千句　上（下）」（左肩に打付書、朱筆）
【内題】なし（序題「城西聯句序」）
【装訂】袋綴
【表紙】柿渋染厚手楮紙
【料紙】楮紙
【法量】縦一四・一×横一八・九糎
【丁数】全一八九丁、墨付上冊九三丁、下冊九六丁、遊紙なし
【用字】漢字
【刊記】「弘治二暦季秋吉辰　満江七十七禿翁妙安　寛永八年辛未小春吉旦　寺町中野市右衛門梓行」
【備考】四周単郭、白口、上下内向花魚尾、版心書名「九千句　序（上・下・跋）」一面行数一三行、小口書「九千句　上（下）」、表紙右肩墨打付書「夏」、朱引・朱筆振仮名あり、前掲七三「湯山千句抄」と同体裁で表紙打付書も同筆　（舟見）

七六　其師走　刊　一冊

【外題】「其師走」（左肩に刷題箋、欠落部分多し）
【内題】なし
【装訂】袋綴
【表紙】茶色布目地花菱文様空押し紙表紙
【料紙】楮紙
【法量】縦二三・一×横一五・九糎
【丁数】墨付一七丁、遊紙なし
【用字】漢字仮名交じり
【刊行年代】江戸時代中期
【備考】「宝暦五乙亥冬　黙杜斎」の序あり。刊記なし。見返しに「京町貳丁目萬屋忠兵衛／冬枯や朽葉ヲ流す吉野川　安（花押）」、裏表紙見返しに「麦苅て一尺高き□□哉／葉桜や唯つれ〳〵な蔵王堂／京町貳丁目　萬屋忠兵衛」の書入れあり。

▼中上法策追悼句集。中上法策は馬田江主人とも。祇空門人、七十歳没。蘆文以下、浪花の俳諧作者を中心に、追悼発句百余句ならびに歌仙一巻を集める。（巻頭）「山の香や炭に交りし葉の煙　法策」。「追悼笠とられ雪吹にとられなみだかな　蘆文」以下、梅州・五馬・鷺路。君里・朱令・鶖上・葦江など。発句の最後は「むち打や法の教の雪の馬　一炊庵」。続けて「去年の春は亡師と桜に遊ぶ」と前書して「散るは似て命は似ざるさくらかな　鞁千／小手毬白くなつかしき明　春

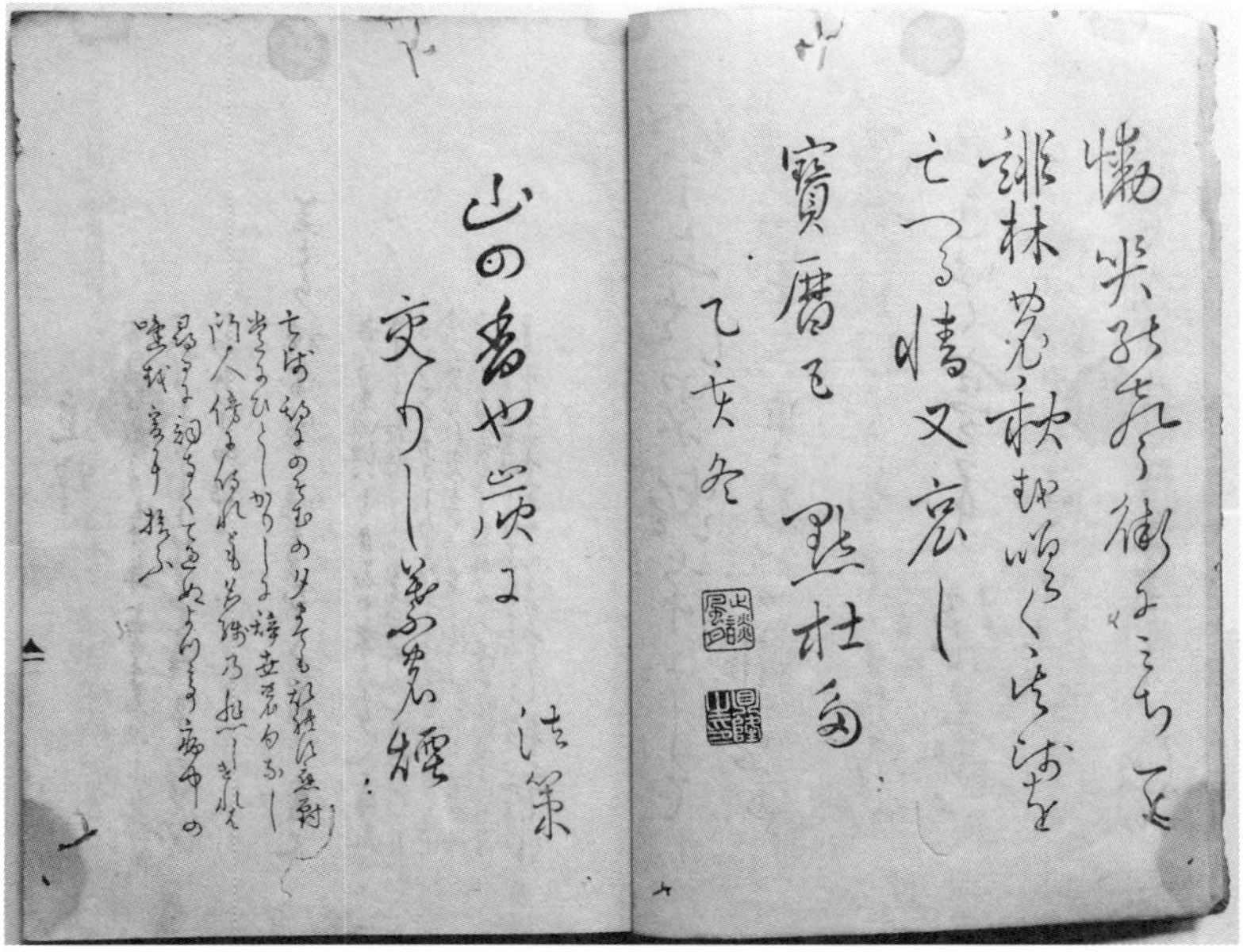

三／残る月雉子の尾上の玉磨て　五楼」を三つ物とする歌仙一巻。（巻軸）「遅参爰に記す／追悼／馬田江主人、先師祇空翁の遠忌を営むの編集、再びに及ぶ。其集世に行る。其撰ぜし人も又故人の数にいりぬ。予と年齢ことなりといへども、断金の交り久し。贈られし古き文どもの中にも／朽葉集神と仏を記念かな　董帑」

（大谷）

七七　和漢朗詠集

刊　二冊

【外題】「和漢朗詠集　乾（坤）」（左肩に打付書、墨書）
【内題】「和漢朗詠集上（下）」
【装訂】袋綴
【表紙】素紙
【料紙】楮紙
【法量】縦二八・八×横二〇・二糎
【丁数】全九八丁、墨付上冊五〇丁、下冊四八丁、遊紙なし
【用字】漢字仮名交じり
【刊記】「寛永十八暦三月吉日　二条通靏屋町　田原仁左衛門」
【備考】無郭、一面行数不定、後刷本

（舟見）

七八　十番詩合　　写　一冊

【外題】「十番詩合　鹿苑寺作」（右肩に打付書、墨書）
【内題】「十番詩合」（三丁表、本文冒頭）
【装訂】仮綴
【表紙】なし
【料紙】楮紙
【法量】縦二四・四×横一七・四糎
【丁数】墨付九丁、遊紙なし
【用字】（本文）漢字仮名交じり、（付訓）漢字片仮名交じり
【奥書識語】なし
【書写年代】江戸時代初期

▼芸能を題として詠まれた七言絶句の狂詩二十首を十番に合わせ、判詞を付したもの。碁・象戯、謡・舞、十炷香・立花、尺八・双六、楊弓・鞠、小鞁・琴、能・連歌、鷹野・川狩、鉄炮・兵法、茶之湯・酒宴の二十首、十番。序あり。茶の湯・鉄炮・謡題の詩があるので室町末期から江戸初期の成立。作者は不詳故に、三室戸寺本の外題に「鹿苑寺作」と記されるのは注目される。鹿苑寺は通称金閣寺、江戸初期には『隔蓂記』の記録者、鳳林承章が住した。伝本は数本が知られ、寛文八年刊本もある。群書類従にも所収。見せ消ち訂正のある転写本。狂詩には訓点を施す。堀川貴司氏に「『十番詩合』について―狂詩史への定位―」（『江戸の漢文脈文化』竹林舎、二〇一二年）がある。

（龍池・大谷）

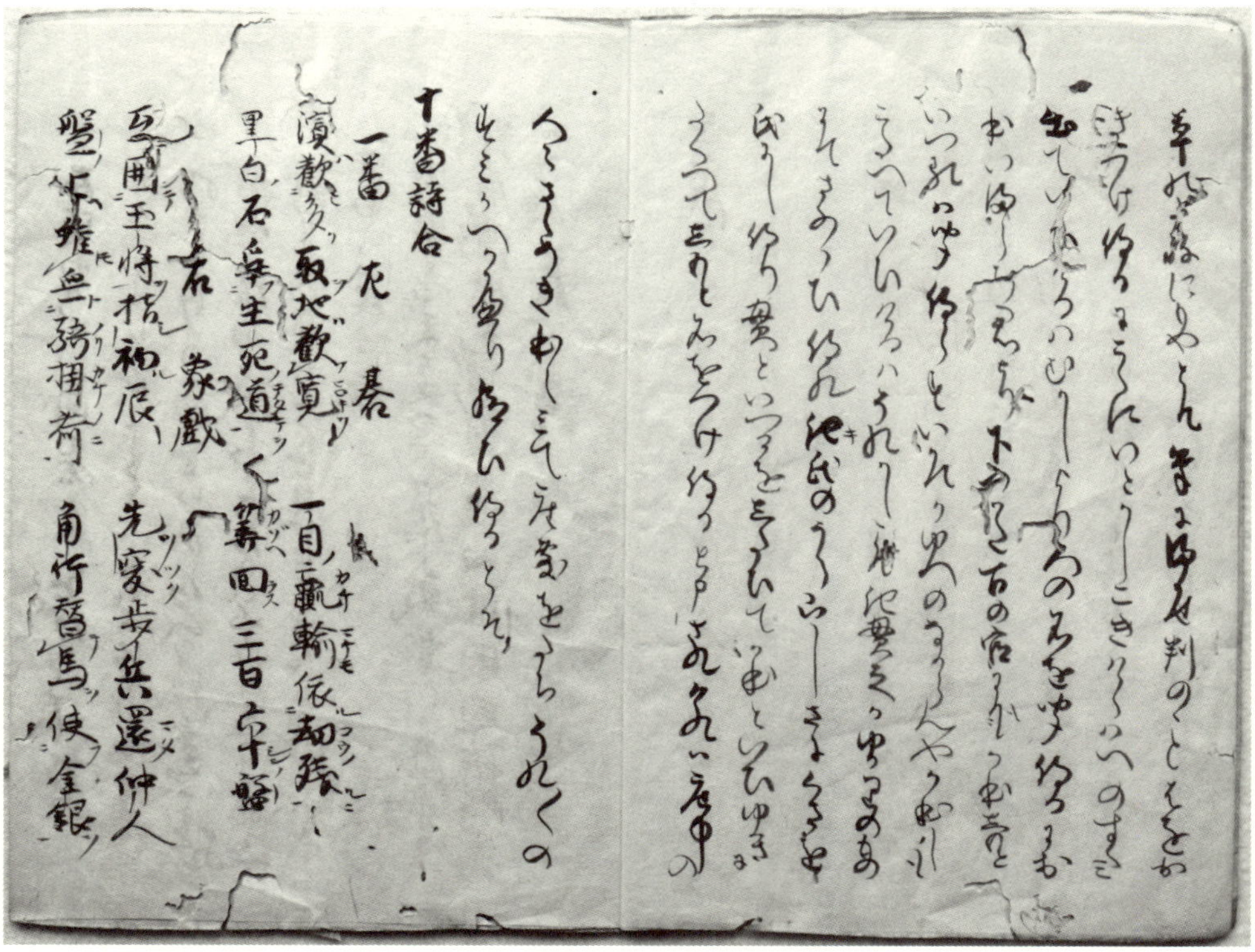

七九　〔後水尾院八十賀和歌并漢詩〕　　写　一冊

【外題】「風早公八十詩哥／太上天皇詩哥」（左肩に打付書、後筆）
【内題】「謹奉呈／風早前相公公／木辻大楽令公　几前／友古頓首拝」（端作）
【装訂】仮綴
【表紙】本文共紙
【料紙】楮紙
【法量】縦二九・五×横二一・〇糎
【丁数】墨付五丁、遊紙なし
【用字】漢字仮名交じり
【奥書識語】なし
【書写年代】江戸時代中期
【備考】延宝三年（一六七五）正月十五日、友古の漢文の序あり。一面の上段に和歌を記し、下段に漢詩を記す。

▼延宝三年正月、後水尾法皇八十賀の和歌十三首に合わせて、岩橋友古（春原友晴）が漢詩十三篇を詠じ、風早前相公（実種）と木辻大楽令公（行直）に見せたもの。なお、追加して、曼殊院宮の詩・梶井宮の和歌を各一首記す。（大谷）

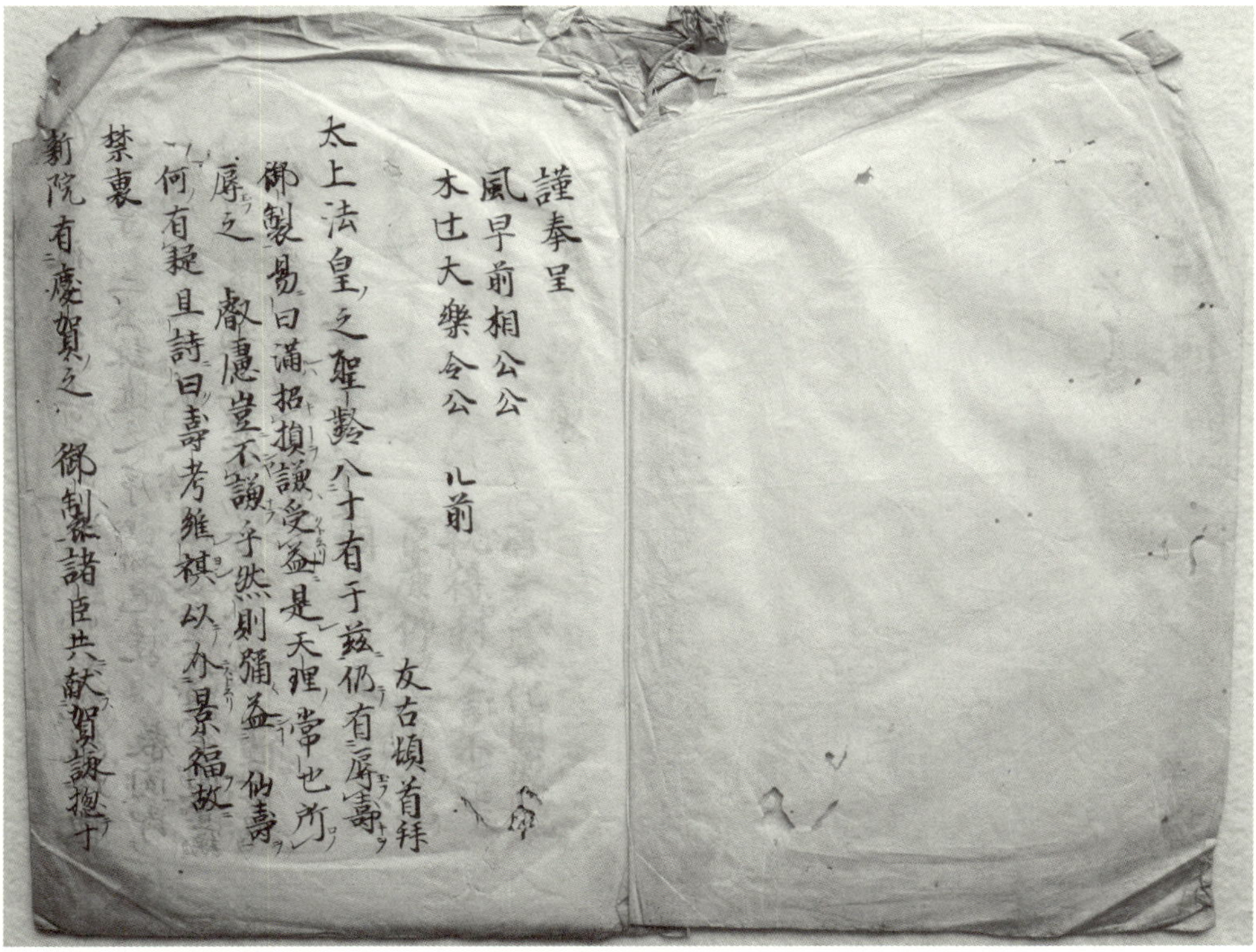

八〇　三十首探題詩歌御会録　　写　一冊

【外題】「三十首探題詩歌御会録」（中央に打付書、墨書）
【内題】なし
【装訂】仮綴
【表紙】本文共紙
【料紙】楮紙
【法量】縦二七・九×横二〇・九糎
【丁数】墨付五丁、遊紙なし
【用字】漢字仮名交じり
【奥書識語】なし
【書写年代】江戸時代中期

▼立春から祝に至る、春六、夏四、秋六、冬四、恋七、雑三題の計三十題。各題、和歌か漢詩か、いずれか一首が記される。但し、草花・鹿・不逢恋・待恋の四題には歌あるいは詩が記されていない。それ以外の二十六題のうち、十六題で和歌が、十題で漢詩が詠まれている。作者は、師曾（那波魯堂）、源泰、時永、掌、長秀、源輔、公雄の六人。那波魯堂は聖護院忠誉法親王の侍講も務めた儒学者。源泰・源輔は聖護院の坊官。おそらくは聖護院で行われた詩歌会の書留。（大谷）

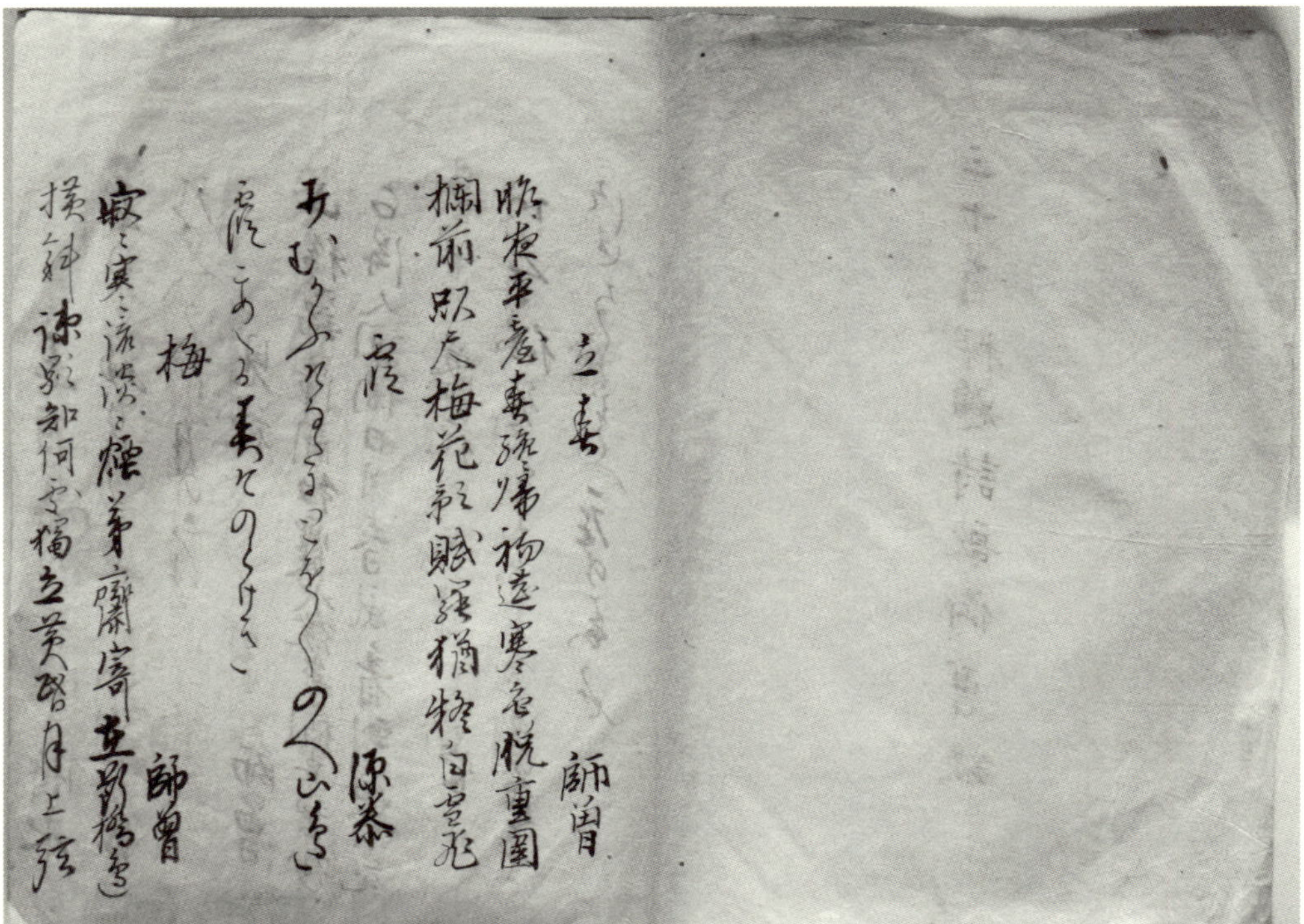

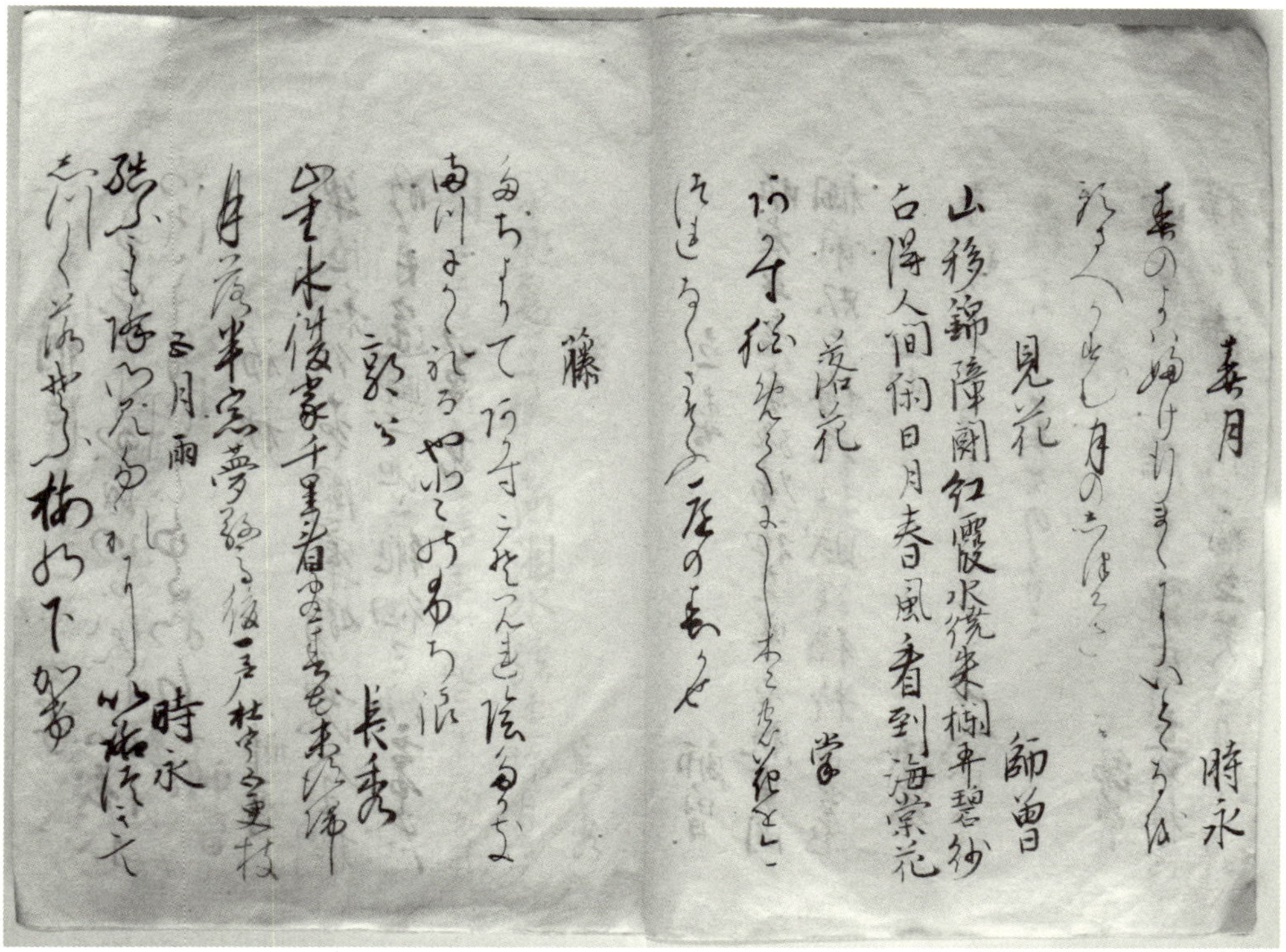

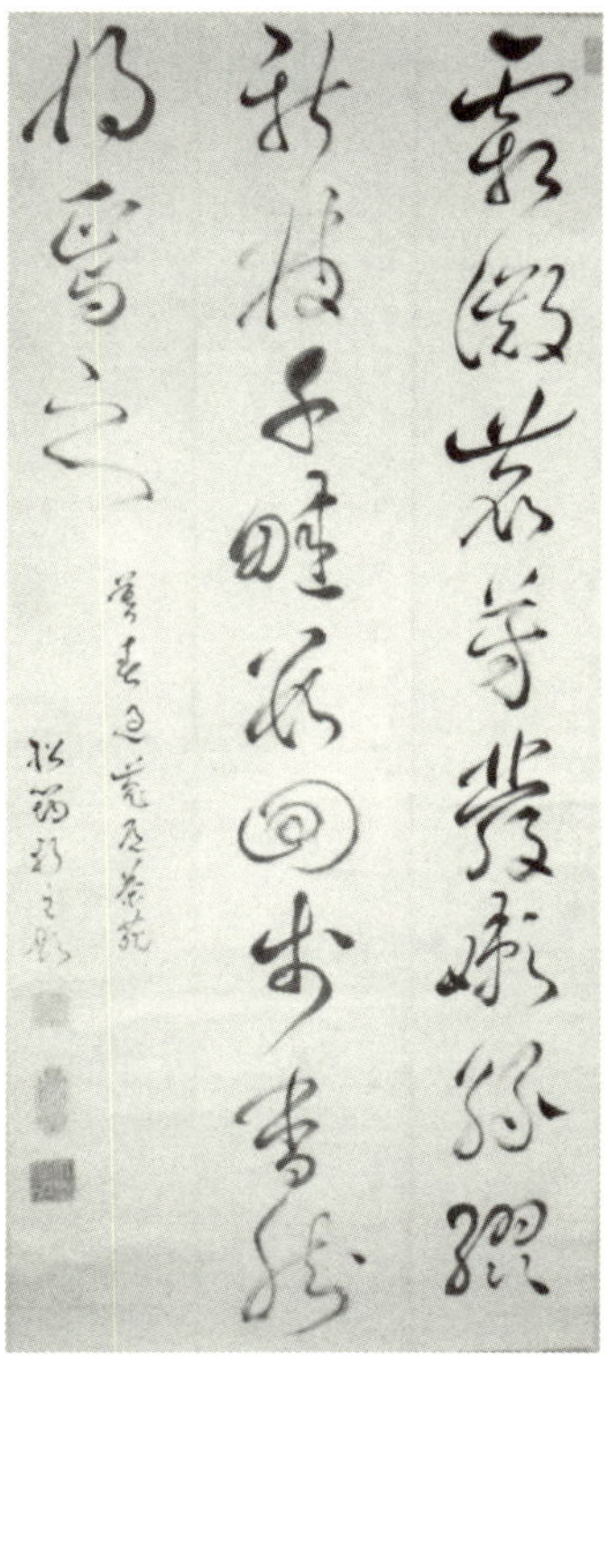

八一　盈仁親王筆過莵道茶苑詩　写　一幅

【外題】「光明照寺宮暮春過宇治御詩　三室戸寺蔵」
【料紙】楮紙
【法量】（本紙）縦一二七・五×横五五・二糎、（全体）縦一九四・二×横六九・一糎
【奥書識語】なし
【書写年代】江戸時代後期
【備考】（本文）「霜微茗芳発　嫩緑綴／新枝　千畦数回歩　杳然／得焉之／暮春過莵道ノ茶苑／松筠軒主題」
▼盈仁親王については後掲八二「盈仁親王筆茶之詩」参照。（大谷）

八二　盈仁親王筆茶之詩　　写　一幅

【外題】「茶の詩　聖護院宮盈仁親王／昭和七年改装　光徹」（軸の端裏に打付書、墨書）

【装訂】掛幅装

【料紙】楮紙

【法量】（本紙）縦二九・四×横三六・八糎、（全体）高さ一一八・四×幅三八・六糎

【用字】漢文

【奥書識語】なし

【書写年代】江戸時代後期

【備考】表装は、萌葱地小葵紋様浮織物（中縁と柱）、黒地に金の菊紋様の緞子（一文字）。五言絶句の漢詩を記す。「豈是世中情」（本文一行目第一文字右上）、「□処雨彗」「理林□□」（末尾、左端）の朱印三つあり。

▼聖護院第三十代門跡、盈仁法親王の漢詩一首を記したもの。詩は「博名華制茗／能覚煩悩眠／晨昏与停午／喫了助懺禅」と茶の効能を讃えた五言絶句で、最後に「玉字道人題」とある。盈仁法親王は閑院宮典仁親王の子で、後桃園天皇猶子となる。寛宮と称する。初めの名は嘉種、のちに盈仁に改む。天明八年（一七八八）に二年間、光格天皇の仮御所として聖護院が用いられた際の門跡。天保元年（一八三〇）、六十七歳で没。（阿尾）

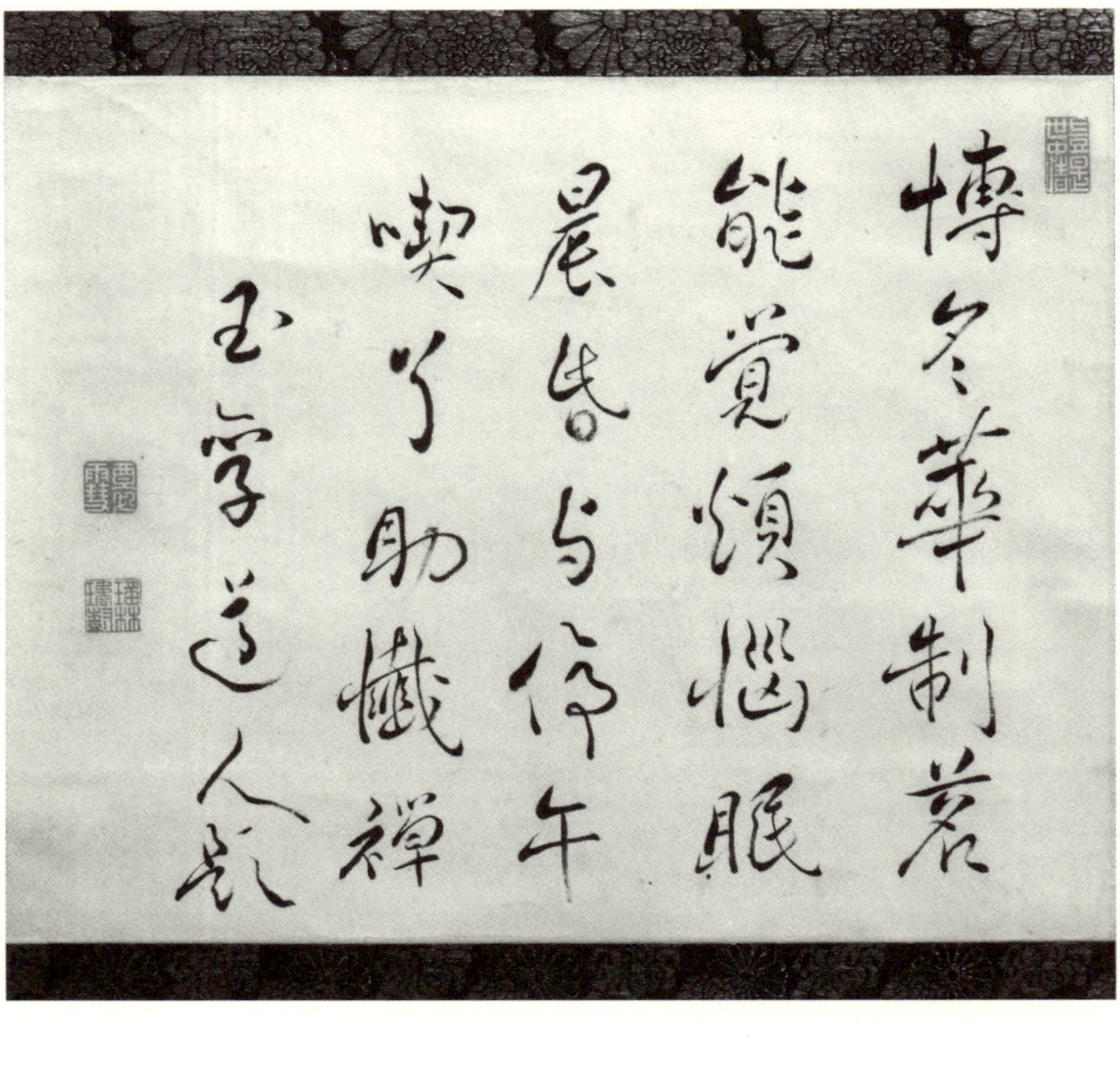

八三　土佐日記　　刊　一冊

【外題】「土佐日記」（左肩に刷題簽）
【内題】なし
【装訂】袋綴（四ツ目）
【表紙】水色紙
【料紙】楮紙
【法量】縦二五・六×横一七・七糎
【丁数】墨付三〇丁、遊紙なし
【用字】漢字仮名交じり（漢字はほぼ総ルビ付）
【刊記】「萬治三庚子初春吉祥日／寺町通圓福寺前町／秋田屋平左衛門板行」、「和漢書物所　京都二條通柳馬場東／文錦堂　林伊兵衛」の蔵版目録を付す（裏表紙見返）。
【備考】一面一〇行

（森本）

八四　世継物語　　写　一冊

【外題】「世継物語」（中央に題簽）
【内題】なし
【装訂】袋綴
【表紙】浅葱色楮紙
【料紙】楮紙
【法量】縦二六・一×横二二・五糎
【丁数】全七一丁、墨付六九丁、遊紙前後各一丁
【用字】漢字仮名交じり
【奥書識語】なし
【書写年代】江戸時代初期

▼『大鏡』のうち、古本三巻本の第三巻にあたる冊のみで、一、二巻を欠く残欠本。本文系統は古本系・流布本系・異本系の三系統に大別され、秋葉安太郎氏『大鏡の研究』上巻、本文編（桜楓社、一九六一年）に見える三系統の特徴的な本文に拠れば、本書は古本系の本文に一致する。

（豊田）

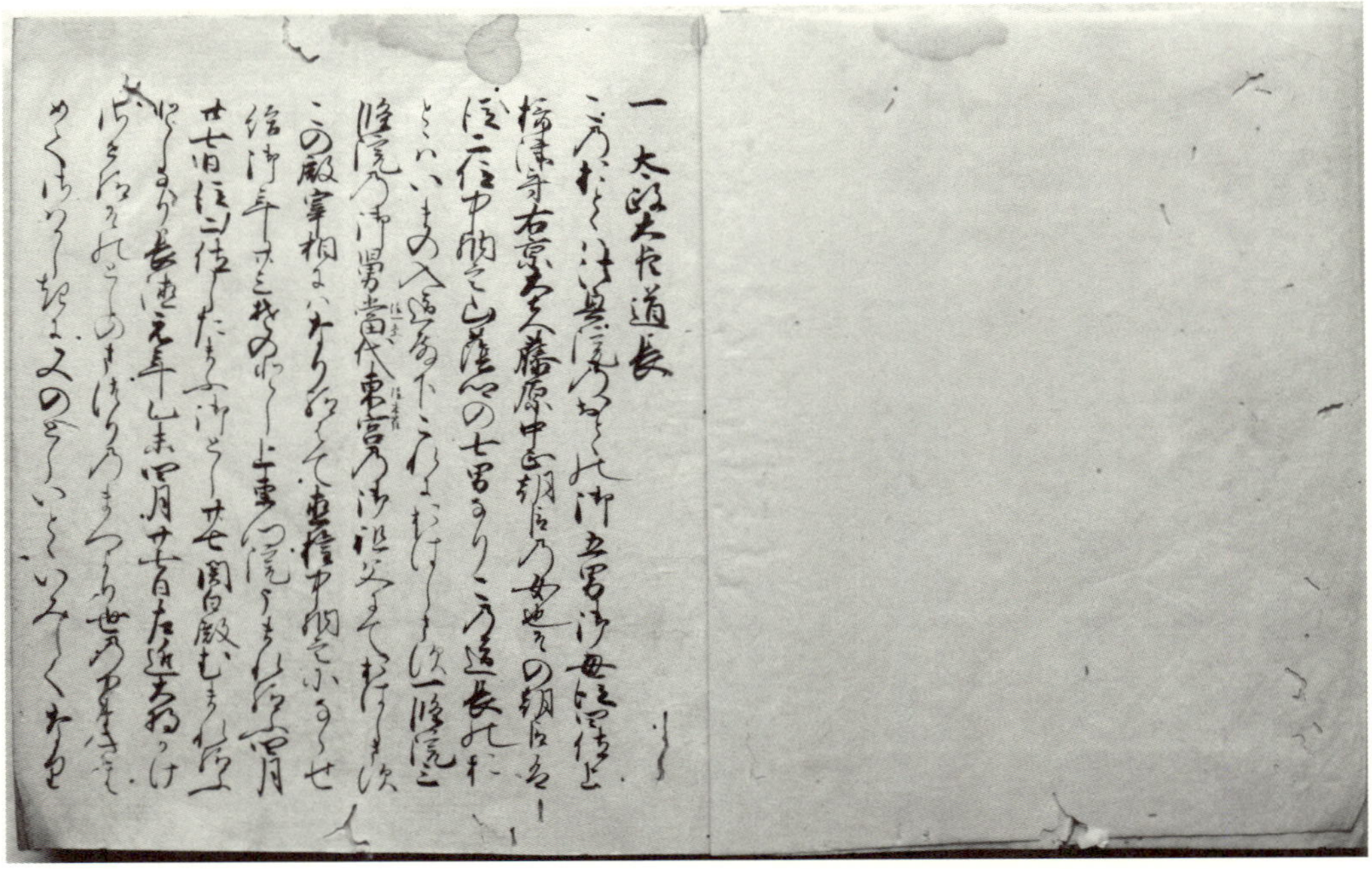

一　太政大臣道長

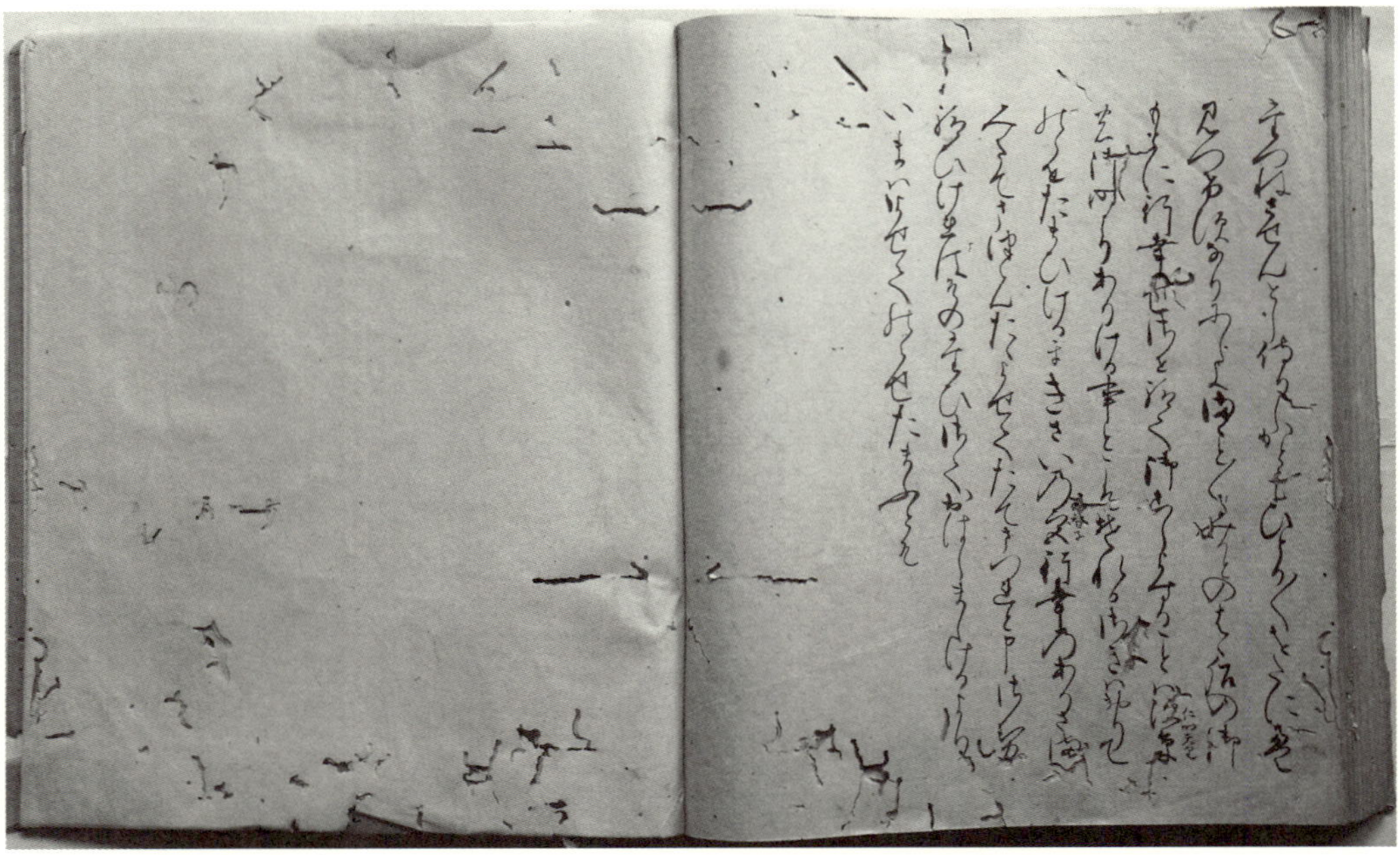

八五　たまきはる　　写　一冊

【外題】なし
【内題】なし
【装訂】袋綴
【表紙】薄茶色布目地紙表紙
【料紙】楮紙
【法量】縦二七・五×横二〇・四糎
【丁数】全五六丁、墨付五四丁、遊紙前後各一丁
【用字】漢字仮名交じり
【奥書識語】「延慶二年六月十七日／申剋手習也」（本文と同筆、巻末）
【書写年代】江戸時代中期
【備考】一面一三行書。上巻跋文「存生之時不見此草子没後／所見及也老病之後猶事候（京か）／（見て）以養子之禅尼令書云々文章詞躰不尋常雖恥披露不／破却」（本奥書。（　）の箇所は傍記）。下巻末に、上巻末の和歌全八首のうち、五首が散らし書きされる。

▼外題、内題は無いが、本文、上巻の跋文より鎌倉時代の女流日記『たまきはる』（別名『建春門院中納言日記』）を書写したものと知られる。『たまきはる』の伝本としては、乾元二年（一三〇三）二月に金沢貞顕によって書写、校訂された旧金沢文庫本（現在個人蔵）、それを書写した宮内庁書陵部蔵本、有馬守居が文化十年（一八一三）九月に旧金沢文庫本を忠実に影写した有馬守居本の三本の存在が確認されている（実践女子大学山岸文庫にも写本が存在するが、これは昭和六年〈一九三一〉に宮内庁書陵部蔵本を書写したものである）。上記の三本はいずれも「乾元二年二月二十九日書写校合畢此草子者建春門院中納言書之俊成卿女云々／貞顕」という、金沢貞顕の奥書を有し、本文もほぼ同一で大きな異同は見られない。これに対し、本書は貞顕の奥書を有さず、本文においては人物の説明などに誤写とは考えられない異同箇所が存在する。また、旧金沢文庫本系統には、上巻の定家の跋文の前後に、それぞれ、「本云建保七年三月三日書了…」、「これはみなのちに入道どの〻かきそへさせおはしましたる事どもを…」という奥書が記されているが、本書には記載されない。金沢貞顕は正安四年（一三〇二）から延慶二年（一三〇九）まで六波羅探題南方に在職し、旧金沢文庫本もその際に書写されたようであるが（真鍋俊照氏『たまきはる』解題、早稲田大学出版部、一九九三年）、延慶二年書写の奥書を持つ本書と旧金沢文庫本との間では、書写時に校合された可能性は低いようである。本奥書を信ずれば、本書は金沢貞顕在世時の他系統の本文を伝えるものと考えられる。

（阿尾）

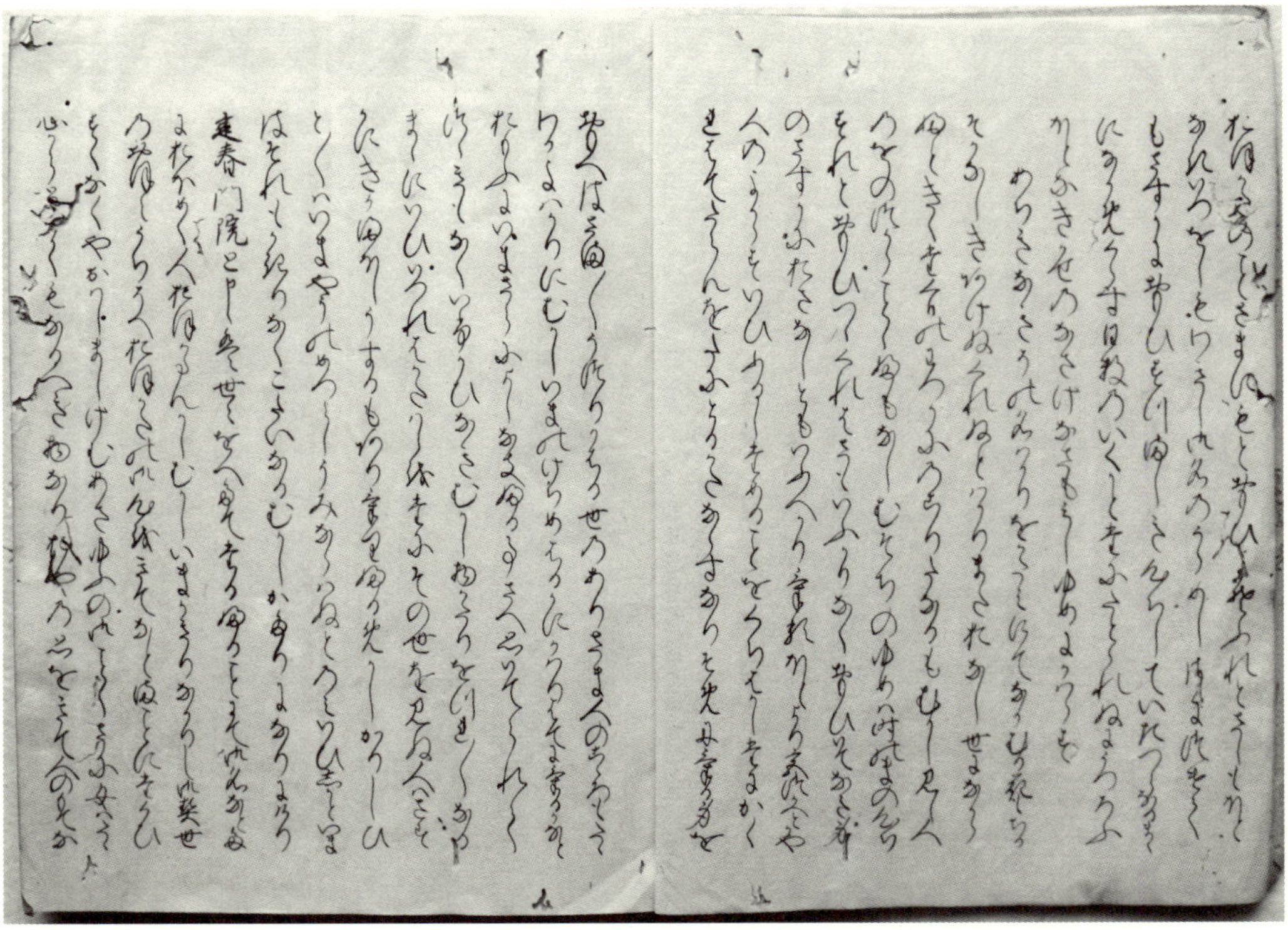

延慶二秊六月十七日
申刻手習也

八六　伊勢物語　　刊　一冊

【外題】なし
【内題】なし
【装訂】袋綴（五ツ目）
【表紙】差綾形地牡丹唐草空押し縹色楮紙
【料紙】楮紙
【法量】縦二八・四×横一九・四糎
【丁数】墨付三五丁半、遊紙なし
【用字】漢字仮名交じり
【奥書識語】巻末の最終段の本文の後、奥書の前に、朱筆で識語「此物語上下／清濁読曲以朱付之分三条西実条公仙洞へ言上之分也。／明暦元年五月上旬申出写留了」。その下方に青色の丸印「晃」あり。その後に「伊勢物語新刊世酷多矣…」の奥書（刷）あり。
【刊行年代】江戸時代前期
【備考】下巻のみの端本。無郭。一面八～一二行書き。寛永二十年刊本後印の無刊記・絵無し本。朱筆による清濁・読みぐせの書入れあり。

▼朱筆書き入れは、聖護院道晃法親王によるものか。　（大谷）

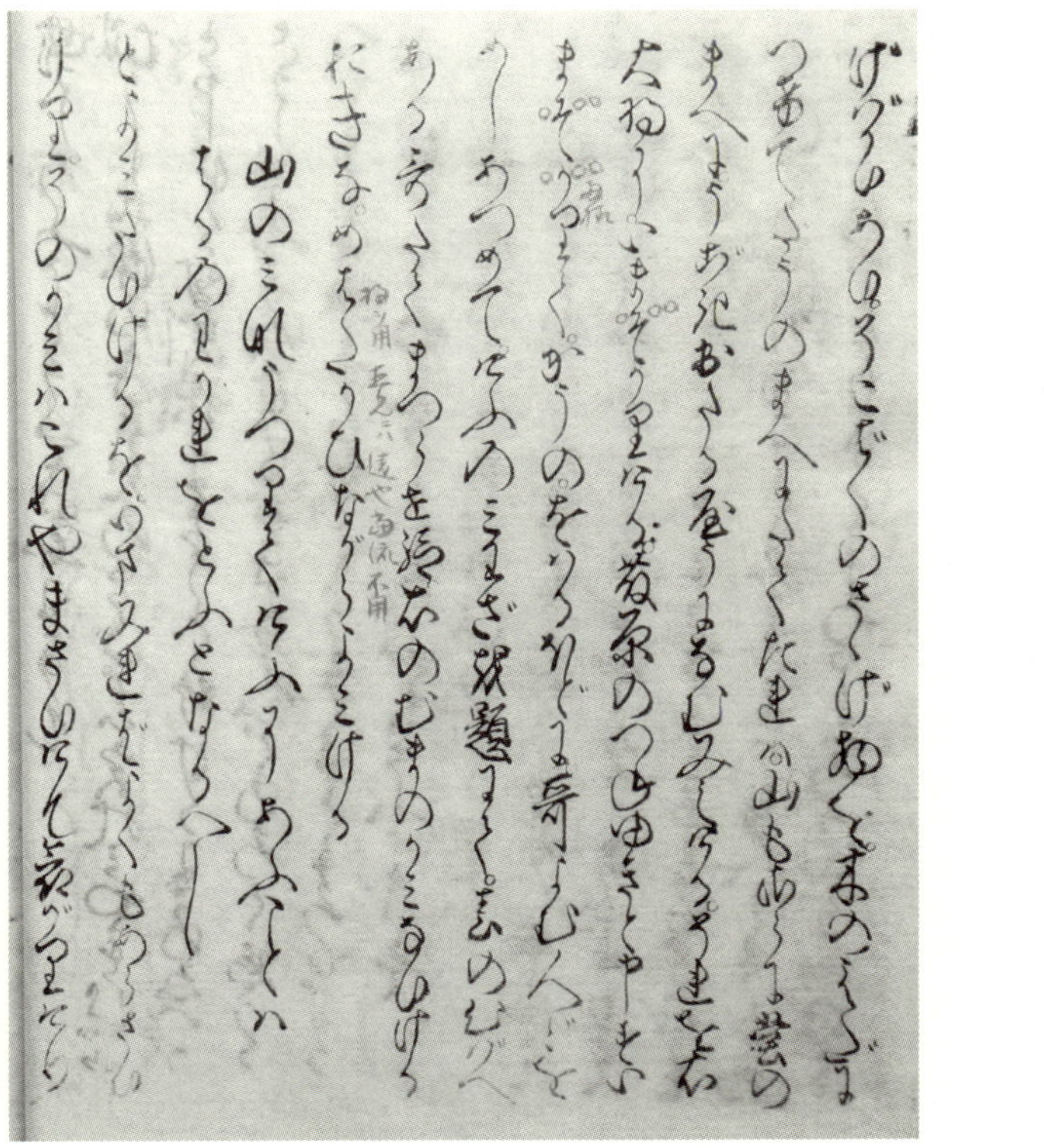

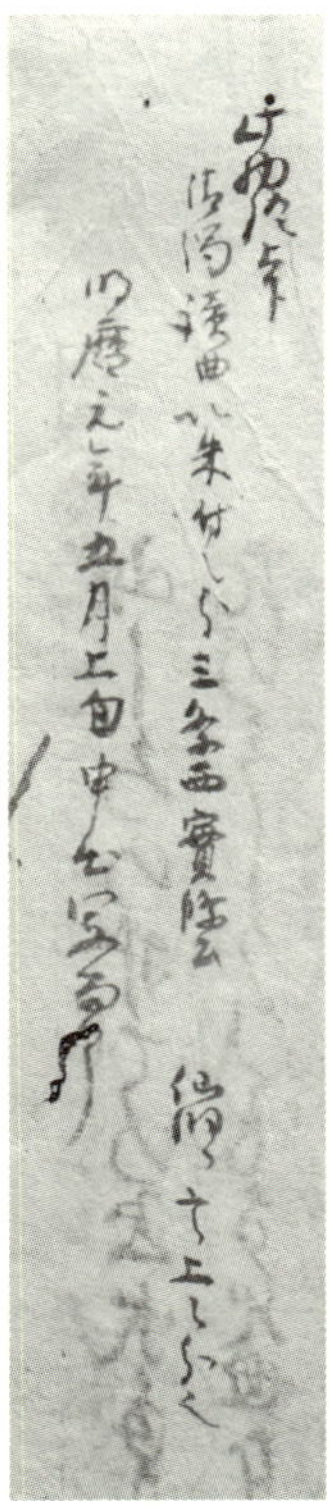

八七　伊聞　私　　写　一冊

【外題】「伊聞　私」（左肩に打付書）・「いせの抄」（見返裏）
【内題】「伊聞　私　□□」（扉）、「伊聞　講尺事十度ニヨム物也
免時ニハ七度ニモヨムヘシ」（三丁表・端書）
【装訂】包背装
【表紙】茶色紙表紙（見返し裏に「カキ鳥子」と表紙指定の記事あり）
【料紙】楮紙
【法量】縦二三・四×横一七・五糎
【丁数】全四八丁、墨付四七丁、遊紙前一丁
【用字】漢字仮名片仮名交じり
【奥書識語】「家君　伊勢物語御講尺事／大永二　五　神餘吉田所望／同八　三　堺者発起／天文三　卯　織田七郎」（二丁裏）。
奥書なし。
【書写年代】江戸時代初期
【備考】四七丁表からは未来記・雨中吟講尺。「未来記五十首有之
永正十五　五　十八　御講尺」（四七丁表端書）。注釈は被注語から二字下げ。

▼大永二年（一五二二）・同八年（一五二八）・天文三年（一五三四）に行われた『伊勢物語』講釈の聞書。本書は奥書を持たないが、聖護院本『伊聞私』（日下幸男氏による解題・翻刻が『王朝文学の本質と変容　散文編』〈片桐洋一氏編、和泉書院、二〇〇一年〉にある）と同内容である。聖護院本の奥書には「此本、以称名院自筆、不違一字令書写了。尤為証本者也。慶長五年十月下旬　道勝」とあり、三条西実隆（家君）の講釈を子の公条（称名院）が書き留めた聞書が、道勝（興意）法親王の書写を経て聖護院に伝わったものである。本書は聖護院本とほとんど完全に一致するが、奥書のみを欠く。道晃法親王筆の可能性がある。

（森本）

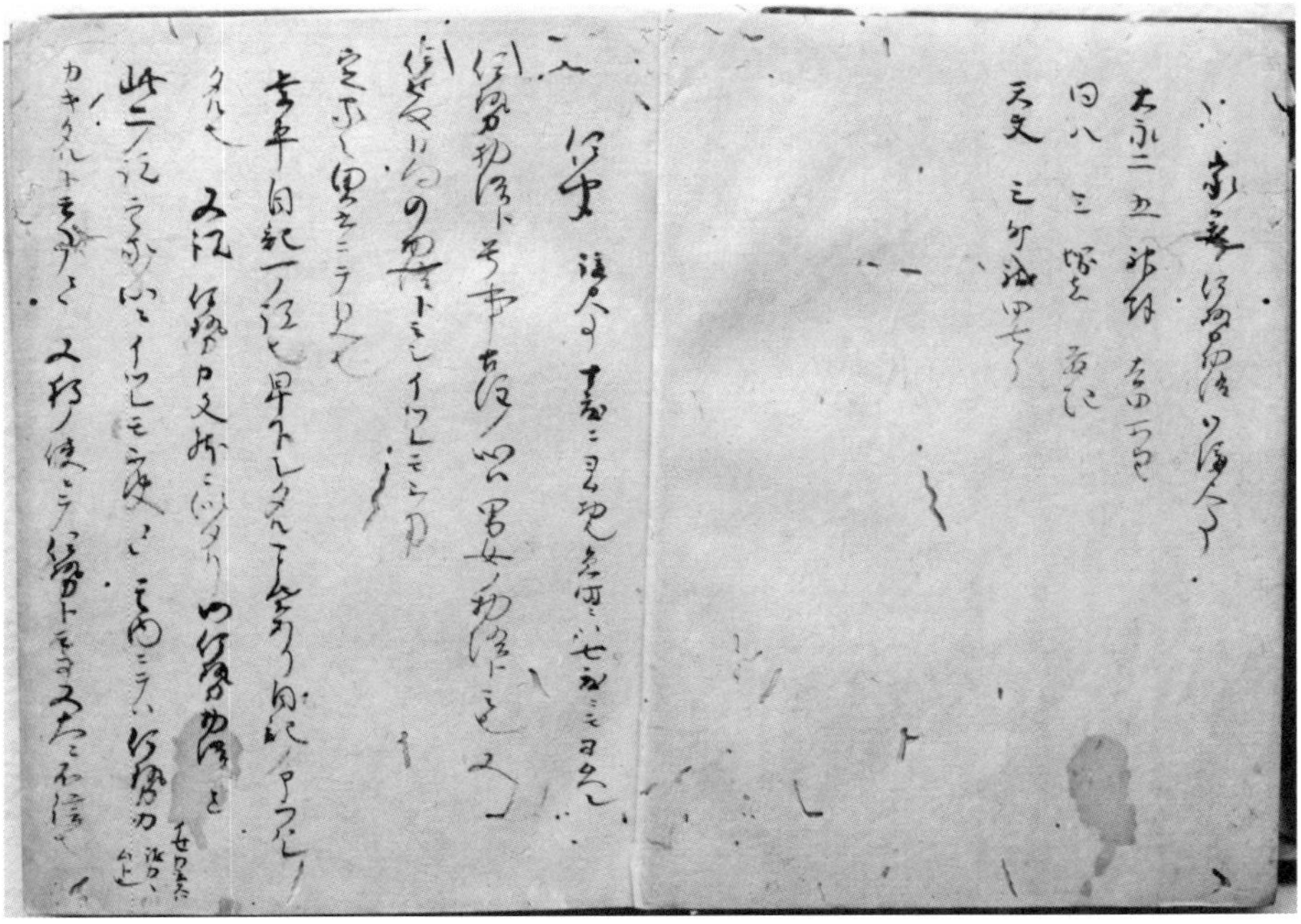

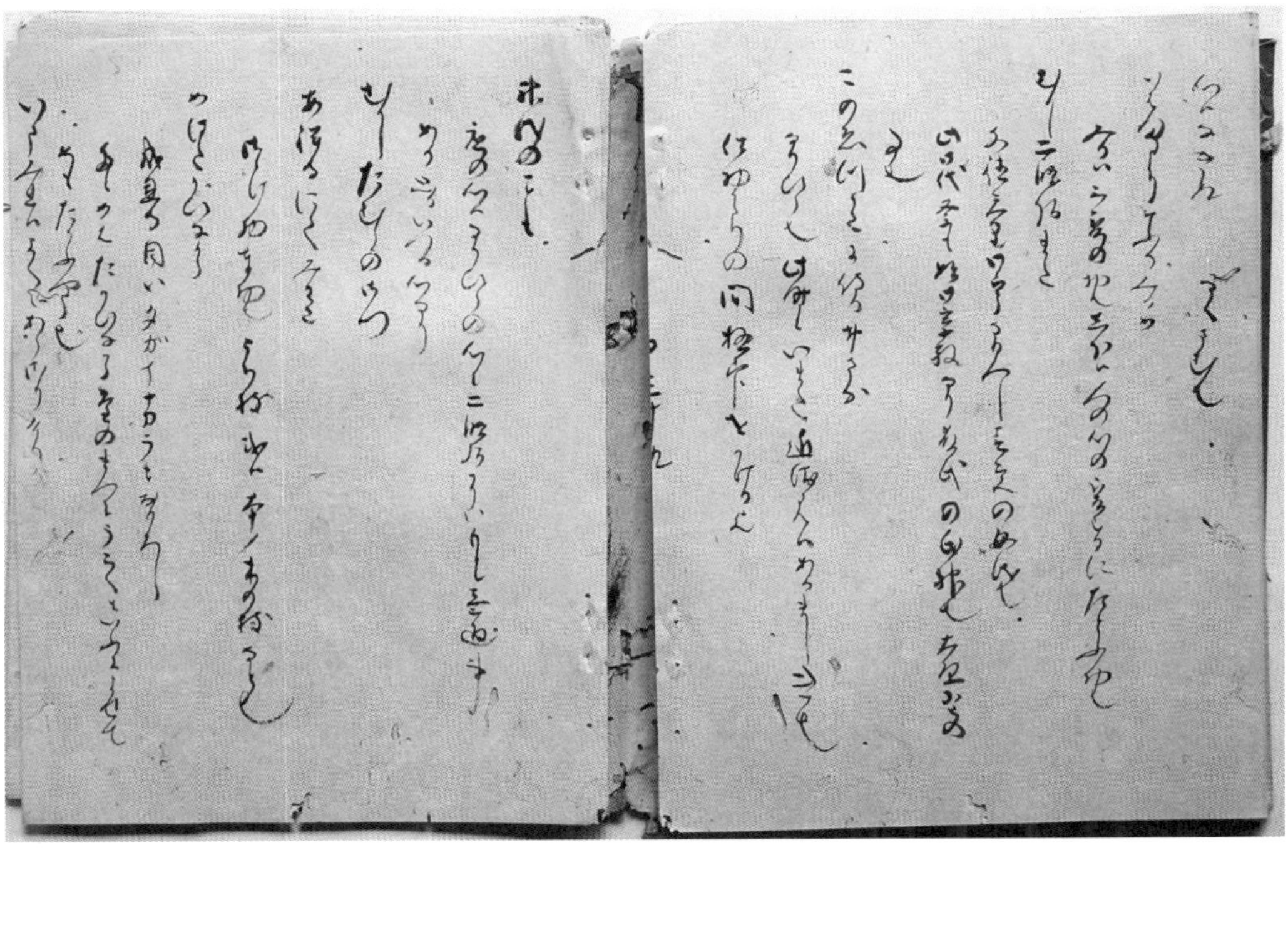

八八　伊勢物語称談集解　　写　一冊

【外題】「愚見抄同／伊勢物語抄　上」（中央に打付書）
【内題】「伊勢物語抄」
【装訂】袋綴
【表紙】茶色雷文地空押し紙
【料紙】楮紙
【法量】縦二六・九×横二〇・一糎
【丁数】全八七丁、墨付八五丁、遊紙前後各一丁
【用字】漢字仮名片仮名交じり（『伊勢物語』本文と『愚見抄』は漢字平仮名交じり。公条の注は漢字片仮名交じり）
【奥書識語】なし（上巻のみの為）
【書写年代】江戸時代初期
【備考】一面一〇行書、注は伊勢物語本文より四字下げ。表紙見返し裏に「上」と墨書。本文に朱引きあり。

▼一条兼良の『伊勢物語愚見抄』の全文を引用しつつ、「愚見頭書」として三条西公条の注釈を加えたもの。三条西公条述・水無瀬兼成（親氏。公条二男）筆『伊勢物語称談集解』（『鉄心斎文庫　伊勢物語古注釈叢刊十二』八木書店、二〇〇一年に影印、青木賜鶴子氏による解題）と同内容である。同解題によれば『称談集解』は元亀三年奥書本系統（東山御文庫蔵「伊勢物語聞書抄」）と慶長五年奥書本系統（鉄心斎文庫蔵「称談集解」・国会図書館蔵「伊勢物語抄」）の二系統に分けられる。本書は公条の説を「愚見頭書」として示す未整理本の形態を残しており、また聖護院には本書のツレと見られる『愚見抄同／伊勢物語抄　下』があって「元亀三年壬申夷則上旬日　親氏」の奥書を有することからも、東山御文庫本と同じ元亀三年奥書本系統に属する。なお聖護院所蔵の伊勢物語注釈書については、日下幸男氏『近世初期聖護院門跡の文事——付旧蔵書目録』（私家版、一九九二年）、同氏「聖護院蔵伊勢物語註釈書群について」（『王朝文学研究誌』五、一九九四年）を参照されたい。

（森本）

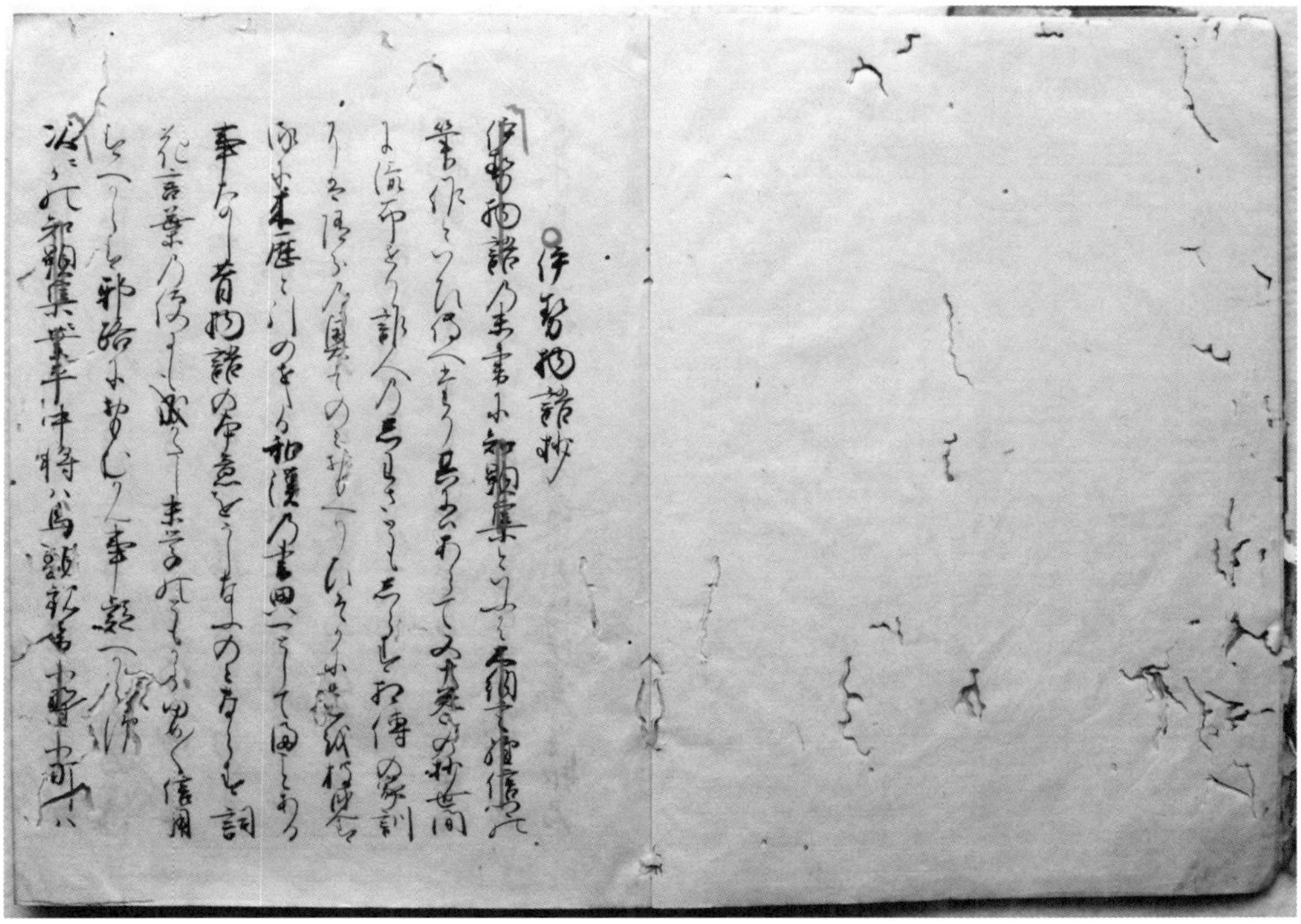

伊勢物語抄

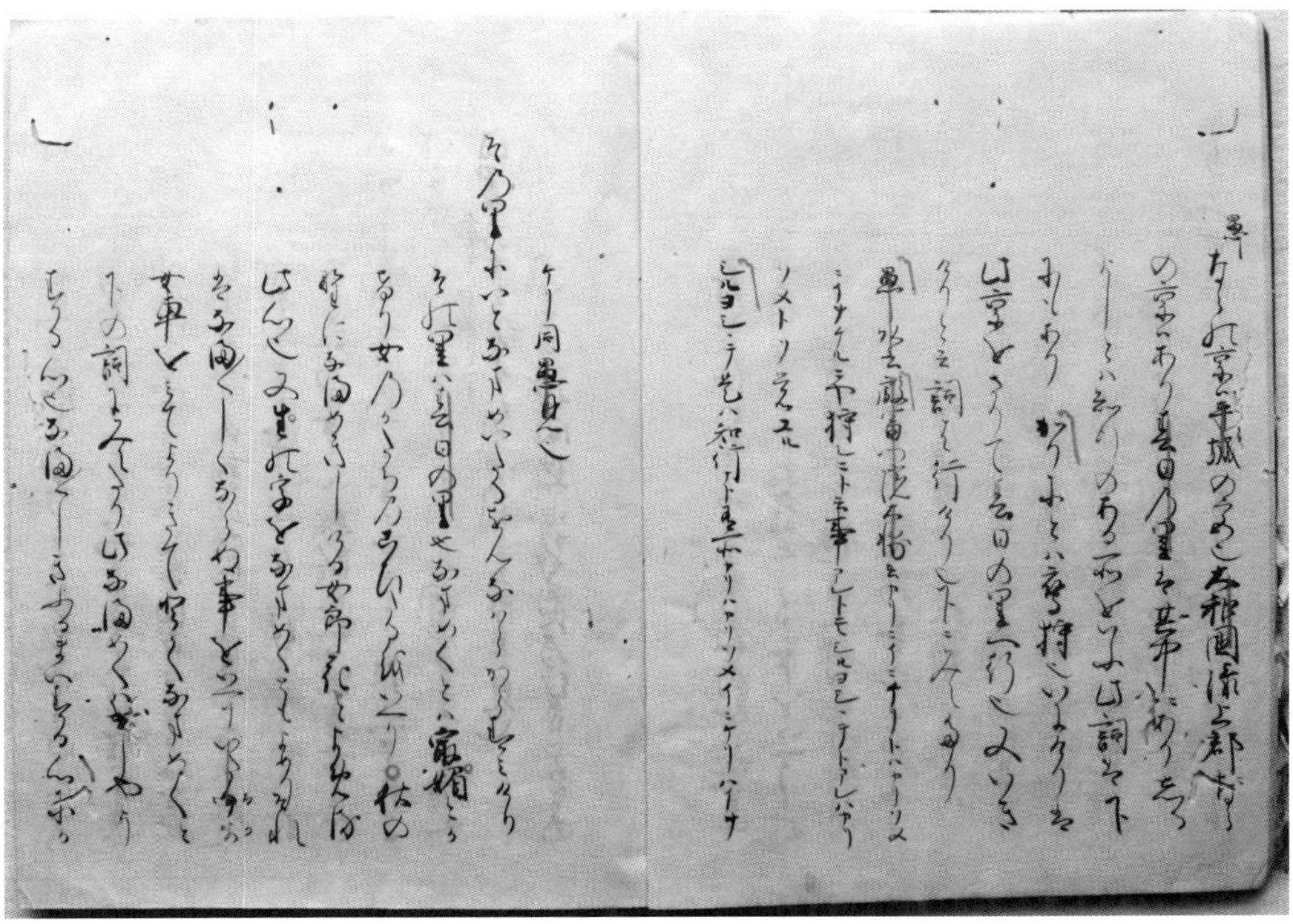

八九　吾妻道記・善光寺紀行　写　一冊

【外題】「堯恵吾妻道記／同善光寺紀行」（左肩墨書打付書）
【内題】なし
【装訂】仮綴
【表紙】本文共紙
【料紙】楮紙
【法量】縦二二・五×横一五・五糎
【丁数】墨付二六丁、遊紙なし
【用字】漢字仮名交じり
【奥書識語】「長享元年十二月一日　法印堯恵」（吾妻道記一八丁裏）、「堯恵」（善光寺紀行二六丁裏）
【書写年代】江戸時代前期
【備考】一面八行書。一～一八丁『吾妻道記』、一九～二六丁『善光寺紀行』。本文異本注記あり（本文同筆）。

▼室町時代中期の歌人、堯恵の記した紀行文二編を書写したもの。『吾妻道記』は別名『東路紀行』『北国紀行』とも称し、文明十七年（一四八五）秋から長享元年（一四八七）十一月末にかけて関東北越地方を訪れた際のことを記す。鶴崎裕雄氏（「歌僧尭恵と「東路紀行（北国紀行）」について」『文学』五六巻九号、一九八八年）によれば、本文の伝本系統は、書名によって分類でき、『北国紀行』とするものと、『吾妻道記』『東路紀行』とするものの二系統であるという。後者の伝本には他に、高知県立図書館山内文庫本、国会図書館本、宮内庁書陵部蔵『片玉集』所収本、岡山大学図書館池田文庫本等がある。なお、長享元年の奥書は、題名を『吾妻道記』『東路紀行』と称する系統の諸本にのみ見られるものである。一九丁表より始まる『善光寺紀行』は、寛正六年（一四六五）七月に、加賀から善光寺を訪れた時のもので、『吾妻道記』より時期が先である。（阿尾）

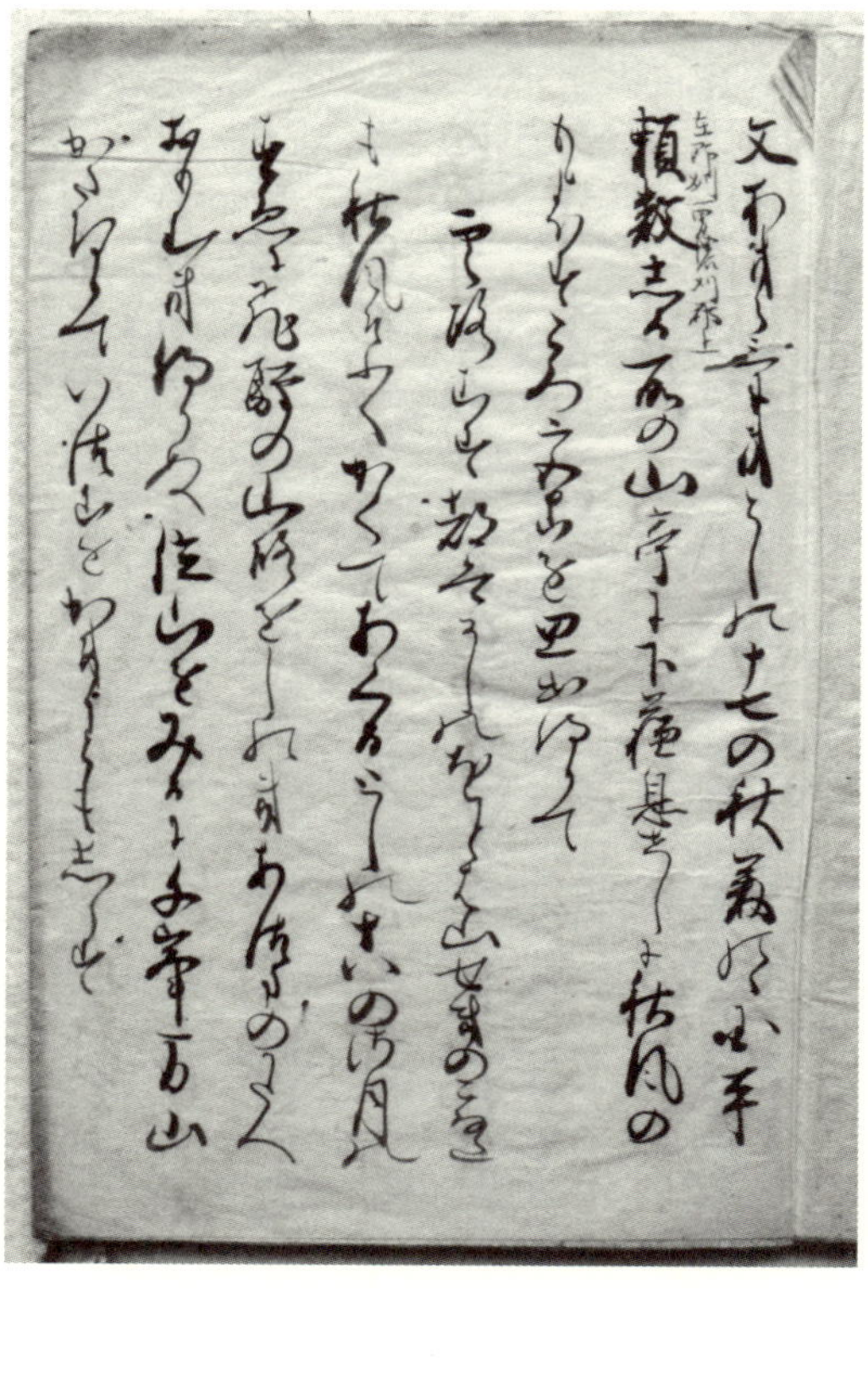

九〇　三条西実条江戸下向和歌幷中院通村関東海道記　写　一巻

【外題】なし
【内題】なし
【装訂】未装
【料紙】楮紙
【法量】縦一五・八×横三一〇・三糎
【用字】漢字仮名交じり
【奥書識語】なし
【書写年代】江戸時代前期

▼三条西実条は寛永十七年（一六四〇）没、六十六歳。本書冒頭の和歌に「三月十二日に都を出て／海山もわれをばしるや東路に／なれて往来のちかき年々」とあるように、慶長十八年（一六一三）以来武家伝奏を務め、生涯に何度も江戸へ下向している。その折の道中詠を書き留めたものが本書。三月十二日に都を発ち、四月八日には江戸に滞在、下野日光の東照権現に三度目の参拝をし、中山道を経由して帰京しているので、寛永五年（一六二八）の家康十三回忌にあたり日光に参向した折のもの。後半は、中院通村の『関東海道記』の写し。冒頭「元和八年十一月廿四日、俄に勅を奉て東関下向せしに、都を立し日、宗碩法師をくりし…」とあり、江戸に赴き、再び京へ向かい、十二月二十六日鈴鹿にての歌までが記される。（大谷）

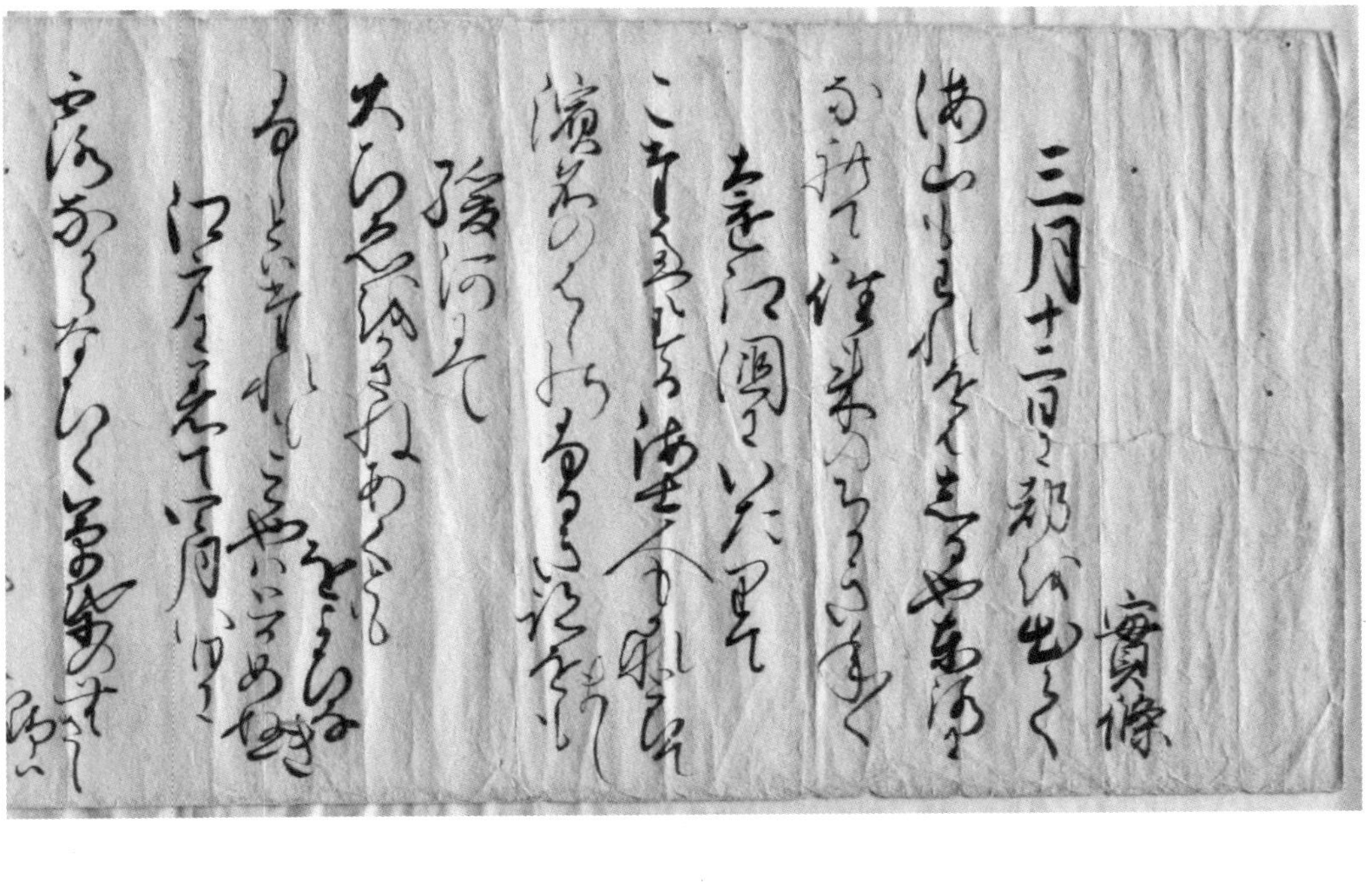

九一　霧島紀行　写　四巻・一冊（一函）

（九一―1）霧島紀行　写　三巻

【外題】上「霧島紀行　上」、中「雰島紀行中」、下「きりしま紀行下」（黄色布目楮紙題簽・漉絵入り）
【内題】なし
【装訂】巻子
【表紙】紺地に金牡丹唐草文様文錦表紙
【料紙】楮紙
【法量】上巻＝縦三一・二×全長一四一一・七糎、中巻＝縦三一・二×全長一三九五・三糎、下巻＝縦三一・二×全長一三九四・八糎
【用字】漢字仮名交じり
【奥書識語】（下巻奥）「我宿にやう霧蔦の神帰／文化十癸酉初冬　忘適庵秋山　氷壺斎（朱印の写）／肥後の国なる秋山こたみ薩摩の国に主命を蒙りてたどり行ける玉ほこの道の記を秋の田のひたものあまがたく縄くりかへしよみもてゆくに風詠内に詞の趣を尽し閑雅外に心の底を顕してつゝり侍りぬこやのちにたとり越へき人のよき枝折とやなりなんそのゆへよしを書与へよと乞るに槙の戸のさすかにいなは山のいなめとも紫のゆるす色なくなつ野ゆくをしかの角のみしかき筆をとり文蝿を猪尾に飛して蛇足のそしりを残す／月下俳林　其香　月精（朱印の写）／右　稲川修斎写　稲川氏之（朱印）」
【書写年代】文政八年（一八二五）※箱書きによる。以下同。
【備考】見返しは金箔散らし砂子
▼奥書にある通り、肥後の人、原秋山による薩摩霧島への紀行。出発は文化十年（一八一三）十月五日（上巻冒頭「ことし文化癸酉、小春の五日といふに」）、帰国は同十月晦日（下巻末「我宿にやう霧蔦の神帰」※神帰りは十月晦日の季語）。途中立寄った各地の故事を紹介し、計五十七句の発句を詠んでいる。彩色の図が上巻に一点（萩原渡）、中巻に二点（阿久根・桜島）、下巻に二点（西霧島・葦北海道）入っている。

（森本）

（九一―2）天逆鉾之図　写　一巻

【外題】「天逆鉾之図」（黄色布目楮紙題箋・漉絵入り、1と同じ題箋）
【内題】なし
【装訂】巻子
【表紙】紺地に金牡丹唐草文様文錦（1と同）
【料紙】楮紙
【法量】縦二八・〇×全長四一三・〇糎
【用字】漢字仮名片仮名交じり
【奥書識語】なし
【書写年代】文政八年（一八二五）
【備考】図六点（彩色）、及び記。1・3とは別筆か。
▼霧島山山頂の鉾、およびその折れ先と伝える「都城安永村明観寺格護荒嶽権現神体」のそれぞれ三方向からの彩色写生図（寸法等の詳細な注記を加える）に由緒等の文を添えたもの。（森本）

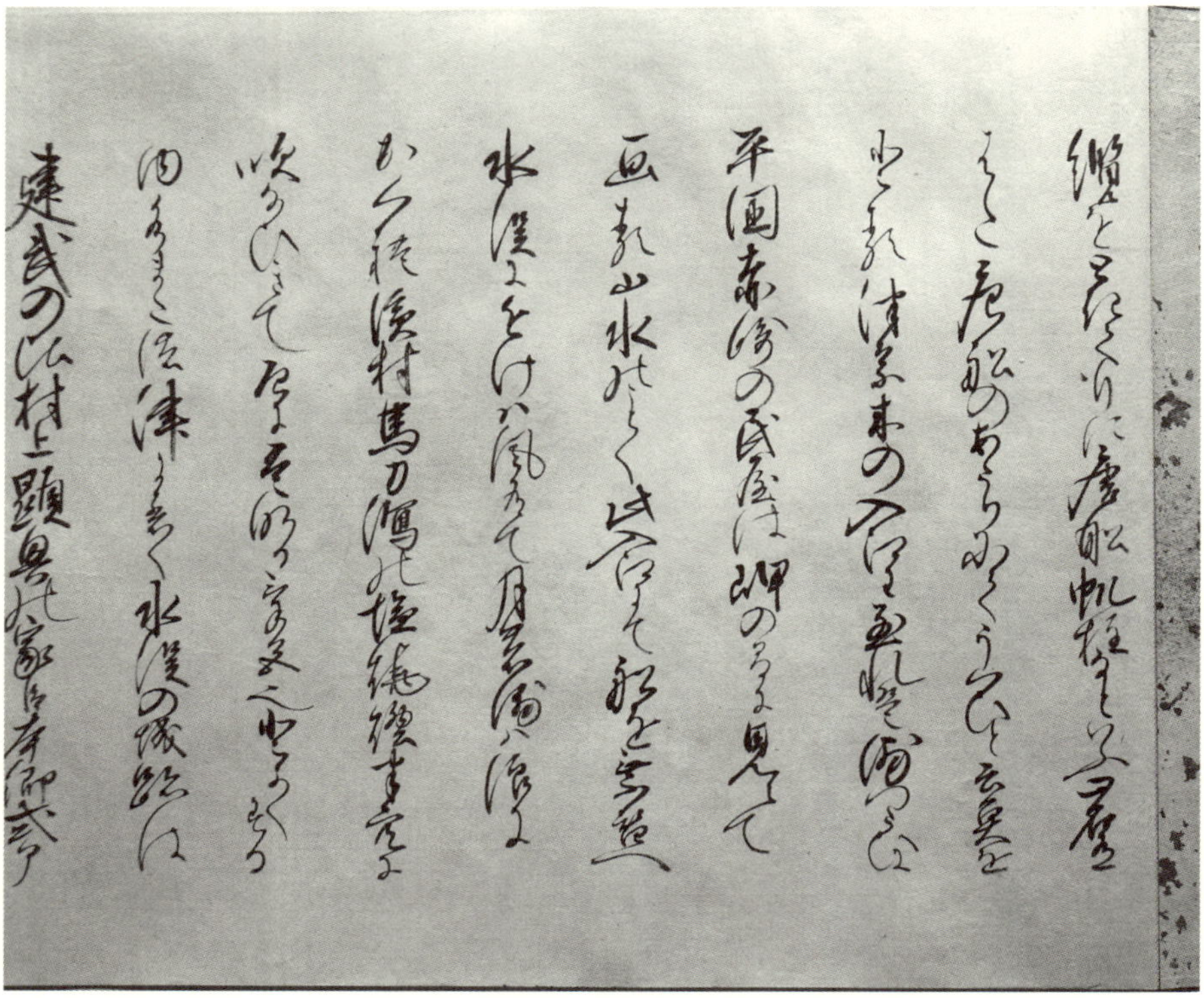

（九一—3）**霧島紀行発句解**　写　一冊

【外題】「霧島紀行発句解」（左肩に打付書、墨書）
【内題】なし
【装訂】横本（仮綴）
【表紙】本文共紙
【料紙】楮紙
【法量】縦一五・九×横二二・六糎
【丁数】墨付一七丁（表紙含）、遊紙なし
【用字】漢字仮名交じり
【奥書識語】「秋山」の書名あり
【書写年代】文政八年（一八二五）
【備考】一面一一行書

▼1の紀行中のすべての発句（全五十七句）に解説を加える。末尾に「秋山」の署名があり、作者・原秋山による自注である。ただし、筆跡は1とは異なる。（森本）

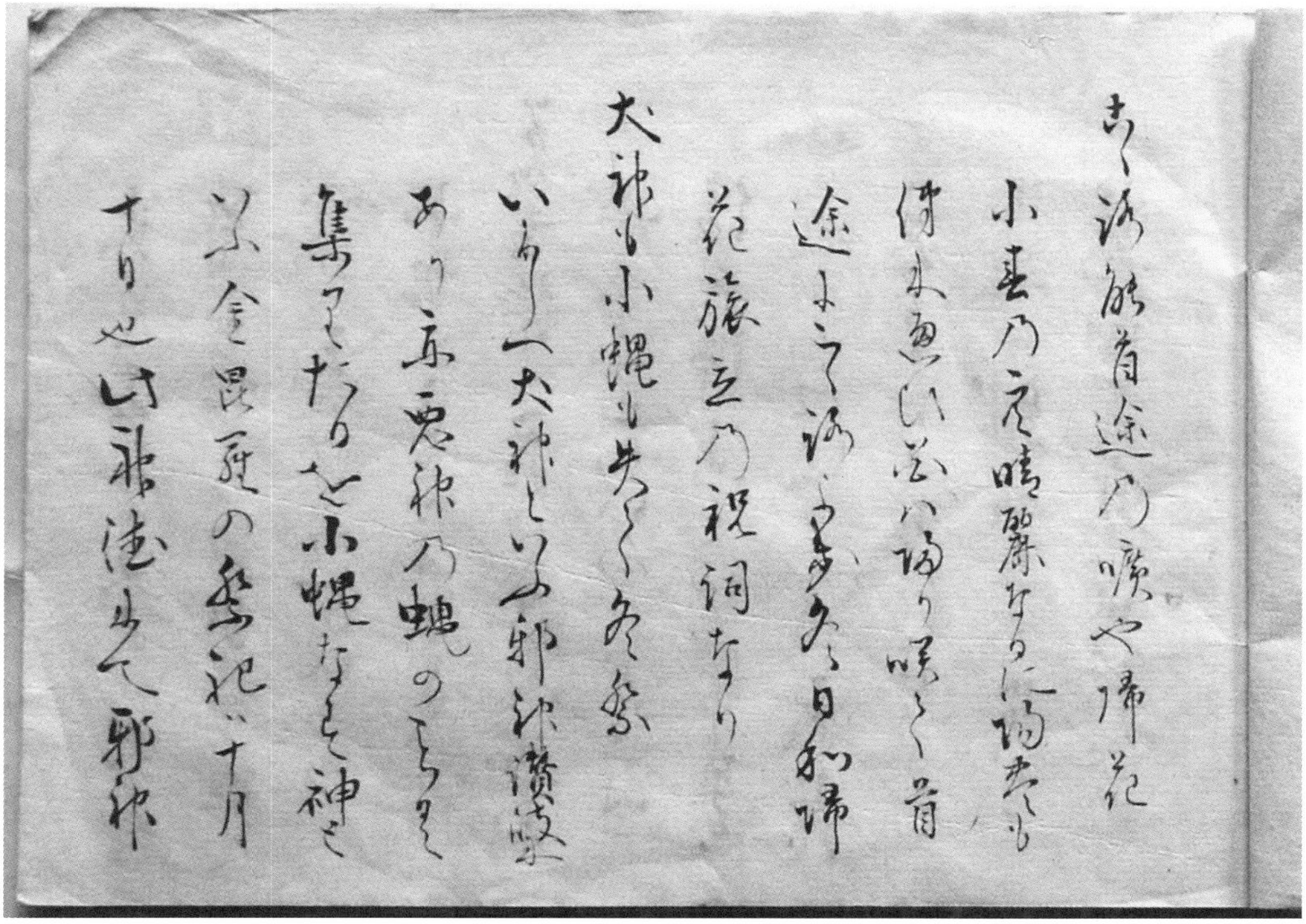

（九一―4）木函

【箱題】「霧島紀行　三巻／天逆鋒之図　壱巻／幷発句解　一冊」（中央に打付書、墨書）

【蓋裏】「一　表題　嶋津榮翁君／跋　本多其香君／（榮翁君は薩州御隠居 其香君は勢州神戸本多丹州侯御隠居）／画　矢埜良勝／執筆　袖原槙蔵／箱銘　江戸銀座　中井敬義／表紙　琉球布　此紀行太守様御内分ニ而可被遊御覧旨御近習御目付山縣清兵衛より懸合有之候ニ付文政四年八月廿五日清兵衛迄差出置候処九月十一日御下ケ方ニ相成来年御帰国之上猶可被遊御覧旨ニ付差出候様との儀御取次澤村八郎左ヱ門被申聞候由清兵衛より通達有之候事右之通候処写出来二丸御用人井上新之允方取次ニ而澤村八郎左ヱ門を以文政七年十一月朔日右写差上候事／執筆　志方十兵衛之棟／画　矢埜右膳良□　右原氏紀行於御国許写之／文政八年乙酉冬／執筆　一本雅範一本角兵衛男七郎平／画　稲川経敬」（貼紙に墨書）　　（森本）

九二　つれづれ草　　刊　二冊

【外題】「つれ〳〵草　上（下）」（中央上寄り。下冊は刷題簽〈原〉、上冊は原題簽に似せて書かれた後補題簽）

【内題】なし

【装訂】袋綴

【表紙】紺色紙

【料紙】楮紙

【法量】縦二〇・九×横一六・五糎

【丁数】全一二二丁半、墨付上六七丁半、本文六二丁半、挿絵五丁、下五四丁、本文五〇丁、挿絵四丁、遊紙なし

【用字】漢字仮名交じり

【刊記】「元文二年丁巳弥生吉日京寺町通松原下ル町書林　菊屋喜兵衛版」

【備考】一面一二行

（森本）

九三　平家物語　　刊（第一・二巻一冊のみ写）　六冊

【外題】「平家物語巻第壱弐式」（第一・二巻、左肩打付書、墨書）、「平家物語巻第七」（第七巻、左肩打付書、墨書）、「平家物語巻第八」（第八巻、左肩に貼題簽、墨書）、「平家物語巻第十」（第十巻、左肩打付書、墨書）、「平家物語巻第十一」（第十一巻、左肩に貼題簽、墨書）、「平家物語巻第拾弐」（第十二巻、左肩打付書、墨書）

【内題】「平家物語」（全冊）、ただし第十二巻が十二丁目まで欠の為、内題を欠いている。

【装訂】袋綴

【表紙】無地厚紙（第一・二巻、後補）、菓子箱を利用（第七巻、後補）、栗皮色紙（第八・十一巻）、無地紙（第七、一二巻、後補）

【料紙】楮紙

【法量】縦二七・八×横一九・六糎（第一・二巻）、縦二八×横一九・八糎（第七巻）、縦二七・八×横一九・八糎（第八巻）、縦二七・七×横一九・八糎（第十巻）、縦二七・八×横一九・六糎（第十一巻）、縦二七・四×横一九・四糎（第十二巻）

【丁数】全二三八丁、墨付第一・二巻七三丁、七三丁（第一・二巻）、全三九丁（第七巻）、全三四丁（第八巻）、全四四丁（第十巻）、全四八丁（第十一巻）、現存の墨付三六丁（前二丁欠、三九丁以降欠、第十二巻）、遊紙なし

【用字】漢字片仮名交じり

【奥書識語】「此平家物語巻頭之一冊為二／闕本一故、他之本求恩借以／閲レ之。次令下謄二写一部一十二／巻補本末上者也。／享保拾九、甲寅、次歳、弥生」（第一・二巻奥、墨書）

【書写年代】第一・二巻は享保十九年（一七三四）写。それ以外は江戸時代前期の版本か。

【備考】第八巻表紙見返しに「示時　慶応四年夏　金蔵院什物」と墨書。第十一巻、二丁表、右上に「三室戸金蔵院図書印」の朱印。版本は子持枠の匡郭あり。柱に「平家巻七」のように書名と巻数を記す。その下に丁数。上下方ともに花口魚尾あり。

▼後補の表紙と原表紙の題簽の字は同一であるので、原表紙である第八、十一巻の題簽も後補された可能性がある。（阿尾）

九四　保元物語（一）　刊　三冊

【外題】「□□（保元カ）□□（保元カ）物語」（第一～三巻いずれも同じ。左肩貼題簽。墨書、題簽は後補かと思われる）

【内題】「保元合戦記」（第一巻）、「保元物語」（第二・三巻）

【装訂】袋綴

【表紙】焦茶色紙表紙

【料紙】楮紙

【法量】縦二七・〇×横一八・八糎

【丁数】全九五丁、墨付第一巻二八丁、第二巻三六丁、第三巻墨付三一丁、遊紙なし

【用字】漢字片仮名交じり

【刊行年代】江戸時代前期

【備考】子持枠の匡郭あり。柱にそれぞれ「保元巻一」「保元巻二」「保元巻三」のように書名を記す。その下に丁数。上下方ともに花口魚尾あり。界線は縦二一・六×横一六・二糎。

▼後掲九五『保元物語（二）』と同版本と見られる。（阿尾）

九五　保元物語（二）　刊　二冊

【外題】「［　　　　］」（第一巻、左肩貼題箋、墨書。題箋は後補かと思われる。第二巻は左肩に題箋の剝落跡あり。）
【内題】「保元合戦記上」（第一巻）、「保元物語二」（第二巻）
【装訂】袋綴
【表紙】焦茶色紙
【料紙】楮紙
【法量】縦二七・〇×横一八・八糎
【丁数】全六四丁、墨付第一巻二八丁、第二巻三六丁、遊紙なし
【用字】漢字片仮名交じり
【刊行年代】江戸時代前期
【備考】第一巻裏表紙見返しに「三巻之内／堀之内房」、第二巻見返しに「盛誉／三巻之内／堀之内房」と墨書。子持枠の匡郭あり。柱にそれぞれ「保元巻一」「保元巻二」と書名を記す。その下に丁数。上下方ともに花口魚尾あり。界線は縦二一・六×横一六・二糎。

▼全三巻三冊のうちの二冊と思われる。前掲九四『保元物語（一）』と同版本と見られる。

（阿尾）

九六　平治物語　刊　二冊

【外題】「平治物語　第壱」（第一巻、左肩に打付書、墨書）、「平治物語　巻第弐」（第二巻、左肩に貼題箋、墨書、題箋は後補）
【内題】「平治物語」（第二巻、一丁表端作）、第一巻は目録欠の為、不明
【装訂】袋綴
【表紙】無地紙（第一巻後補）、栗皮色紙（第二巻）
【料紙】楮紙
【法量】縦二八・五×横一九・二糎
【丁数】全六八丁、墨付第一巻三三丁、目録一丁欠、第二巻三五丁、遊紙なし。
【用字】漢字片仮名交じり
【刊行年代】江戸時代前期、前掲九三『平家物語』の活字等同一のものを使用、同一の書肆より出版されたか
【備考】第一巻表紙見返し左隅に墨書で、「金蔵院什物」とあり。九三『平家物語』第八巻表紙見返しの文字と同一か。第一巻と第二巻題箋の字は九三『平家物語』の表紙の字と同筆と思われる。子持枠匡郭。柱書「平治（巻数）（丁数）」花口魚尾。

（阿尾）

九七　鎌倉北条九代記　　刊　三冊

【外題】「北條九代記」（第二・五巻いずれも左肩に墨書で打付書）、「鎌倉北條九代記」（第六巻、左肩に貼題簽、墨書）
【内題】「鎌倉北條九代記」（第二・五・六巻とも目次端作り）
【装訂】袋綴
【表紙】青灰色紙（第二・五巻）、焦茶色紙表紙（第六巻、後補か）
【料紙】楮紙
【法量】いずれも縦二七・三×横一九・六糎
【丁数】全八六丁、第二巻墨付三二丁、遊紙前後各一丁、第五巻三〇丁、遊紙前後一丁、第六巻二五丁（目録より本来三〇丁）、遊紙なし
【用字】漢字片仮名交じり
【刊行年代】江戸時代前期
【備考】巻二、六の一丁表に「完隆」の朱印あり。四周単辺の匡郭あり。柱に書名「北条九代記」と、巻数、丁数を記す。上方にのみ白魚尾あり。第二巻遊紙に「諸雑記〇玉耶云、女人身中ニ有二十ノ悪事一」云々を墨書で記した貼紙あり。第二巻、第五巻、第六巻を収め、半数近くの巻は欠落。

（阿尾）

九八　閑居友　　刊　二冊

【外題】「閑居友」（題簽・左肩・墨書）
【内題】「閑居友　上（下）」
【装訂】袋綴
【表紙】菊唐草文様空押し紺色紙
【料紙】楮紙
【法量】（上巻）縦二五・三×横一七・七糎、（下巻）縦二五・三×横一七・八糎
【丁数】全八八丁、墨付上巻五二丁、下巻三六丁、遊紙なし
【用字】漢字仮名交じり
【奥書識語】下巻末尾に墨書「承久四年後堀川院貞応元改午也」
【刊行年代】江戸時代中期
【備考】題簽に朱の蔵書印あり

（龍池）

九九　沙石集　刊　五冊（第一・五・七・八・九巻存）

【外題】なし
【内題】「沙石集巻第一上」
【装訂】袋綴
【表紙】第一冊は表紙・巻尾欠、第五冊は焦茶色紙、第七・八・九冊は栗皮色紙
【料紙】楮紙
【法量】縦二七・九×一七・九糎
【丁数】墨付全一八三丁、第一冊三一丁、第五冊四九丁、第七冊四一丁、第八冊二三丁、第九冊三九丁、遊紙なし
【用字】漢字仮名交じり
【刊記】巻第七「乾元二暦癸卯季春之候此書道證上人奉渡畢／道慧　于時乾元第二之暦癸卯季春初之六日於洛陽之西山西方寺　又重一部書写之。次此巻奥一枚書改之畢　片山隠士道恵　春秋五十四」、巻第九「乾元二暦癸卯季春之候此書道證上人奉渡畢／道慧　于時乾元第二之暦癸卯季春初之六日於洛陽之西山西方寺　重又一部書写之。次此巻前後一枚書改之畢　片山隠士道恵　春秋五十四」
【備考】「三室戸金蔵院図書印」の朱印あり

（龍池）

一〇〇　撰集鈔　刊　一冊

【外題】「撰集鈔七」（左肩に双辺刷題簽、角書「清書新板」）
【内題】「撰集抄巻第七」
【装訂】袋綴
【表紙】差綾型地に牡丹唐草文様空押し紺色紙
【料紙】楮紙
【法量】縦二八・〇×横一八・九糎
【丁数】墨付一〇五丁、遊紙なし
【用字】漢字仮名交じり
【刊記】蓮牌木記に刊記「慶安四年重陽吉／村上平楽寺刊行」。跋文「慶安辛卯歳八月中澣　桑門無名子題」、奥書「此書有広略二本、共行于世。然而舛謬甚多。今依広本聚数本加校讎、以鋟諸梓。間有風葉之可拾、猶是足為正矣」。
▼全九巻のうち、巻七～九のみ存、合一冊。後印本。表紙に「反」と貼り紙あり。慶安四年刊本の本文系統については、安田孝子氏ほか「『撰集抄』諸本考―龍門文庫本・鈴鹿文庫本を中心に―」（『椙山国文学』二、一九七九年）がある。

（龍池）

一〇一　雑和集　刊　二冊

【外題】なし
【内題】「雑和集」
【装訂】袋綴
【表紙】浅葱色紙
【料紙】楮紙
【法量】上下巻ともに縦二六・三×横一八・五糎
【丁数】全八七丁、上巻四九丁、遊紙前一丁、下巻三七丁、遊紙なし
【用字】漢字仮名交じり
【刊行年代】江戸時代前期

（龍池）

一〇二　畳辞訓解　刊　一冊

【外題】「[　]訓[　]」（刷題簽）
【内題】「畳辞訓解」
【装訂】袋綴
【表紙】茶無地楮紙
【料紙】楮紙
【法量】縦二一・六×横一四・二糎
【丁数】墨付六一丁、遊紙なし
【用字】漢字仮名交じり
【刊記】「洛陽 井田三右衛門青木勝兵衛 仝梓　延宝九辛酉年四月吉辰刊」
【備考】四周単郭、白口、魚尾なし、版心書名「畳辞便蒙解　上（中・下）」一面六行、表紙右肩鉛筆書「辞」

（舟見）

一〇三　明千寺別当補任状　写　一通

【外題】「諸橋保内千明寺(ママ)御書出　応永十二年」（端裏書）
【装訂】未装
【料紙】楮紙
【法量】縦三一・一×横四五・二糎
【丁数】二紙（一紙は礼紙）
【書写年代】江戸時代中期
【備考】（本文）「諸橋保内明千寺／別当職事任准后／御補任状之旨可被／全寺務之状如件／応永十二年四月七日（花押）／積善院法印御房」

▼加賀鳳珠郡諸橋保にある明千寺（明泉寺）の別当職の補任状の写し。積善院は聖護院の塔頭の一。

（大谷）

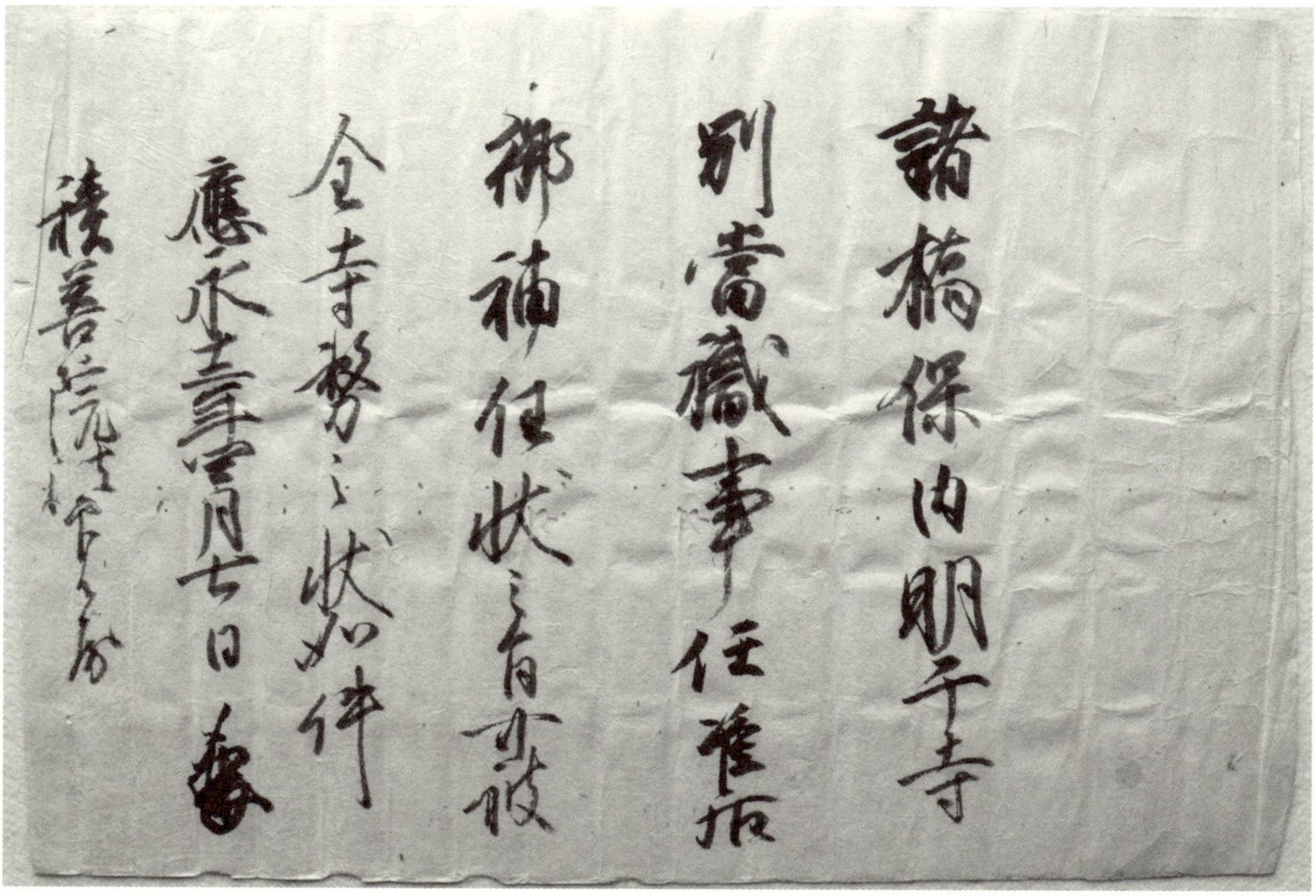
諸橋保内明千寺
別当職事任准后
御補任状之旨可被
全寺務之状如件
應永十二年四月七日（花押）
積善院法印御房

一〇四　永享七年五月廿二日付文書写　　写　一通

【外題】「永享七年准三宮御書出」（左端書）
【装訂】未装
【料紙】楮紙
【法量】縦三一・九×横四五・六糎
【丁数】二紙（一紙は礼紙）
【書写年代】江戸時代前期
【備考】（本文）「弥可為長八人之基特／可被存知之状如件／永享七年五月廿二日／准三宮（花押）」

▼永享七年（一四三五）五月の准三宮は、聖護院満意。首欠。（大谷）

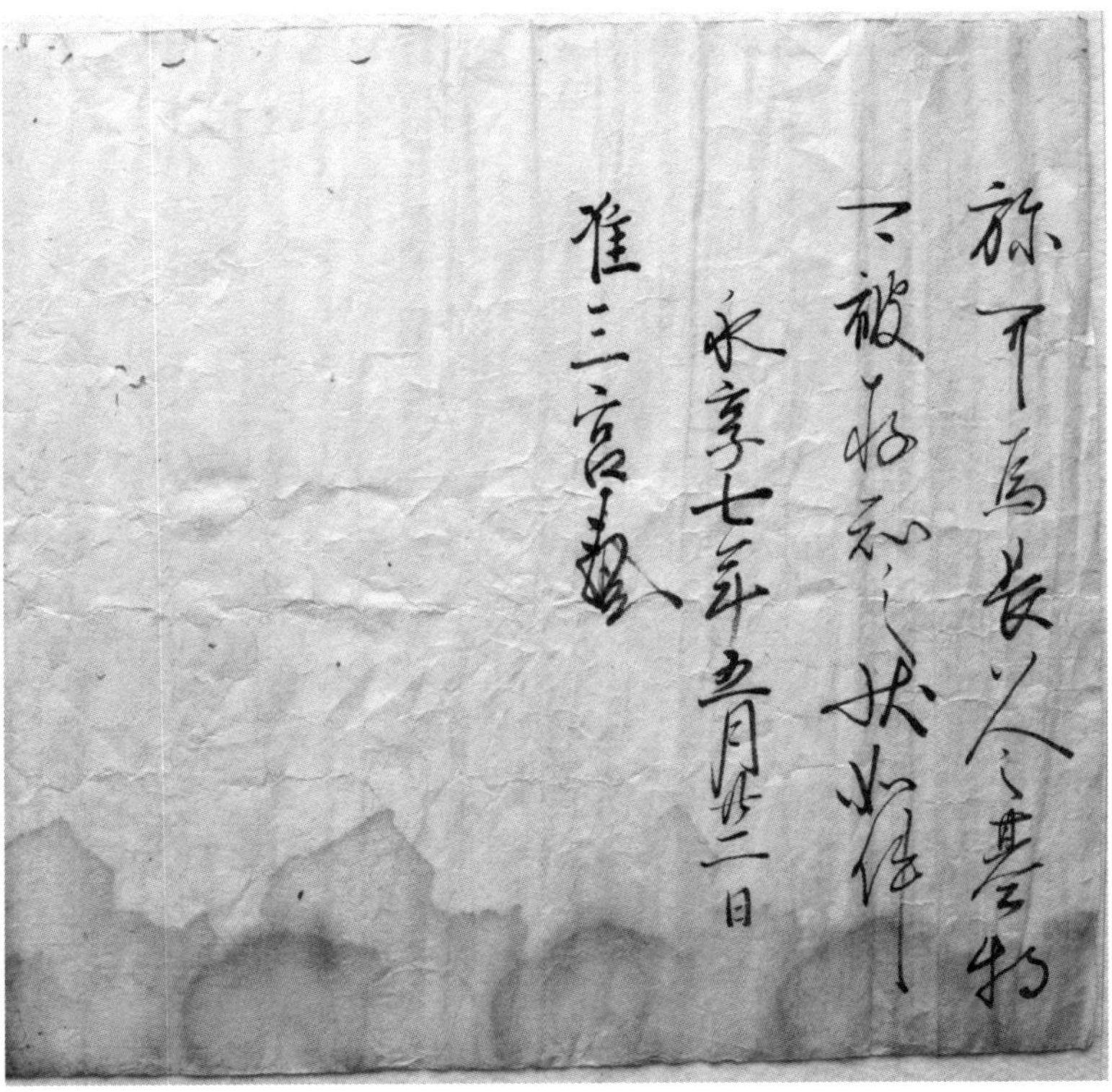

一〇五　被定置峰中律令格式事　　写　一巻

【装訂】　未装

【料紙】　楮紙

【法量】　縦三三・一×全長一七四・六糎

【奥書識語】　「延徳第二閏八月上澣筆之／熊野三山検校聖護院准三宮御判」「右法度者天正第十三暦入峯之／刻於峰中令拝見之訖、依道興准后／為真翰為誠、背法度輩正文者全／抑留唯今染愚筆返遣本主者也／天正十四年七月下澣／熊野三山検校准三宮（花押）」

【書写年代】　室町時代末期

▼延徳二年（一四九〇）、聖護院道興の時に定められた定め書きを、天正十四年（一五八六）聖護院道澄が筆写したものか。（大谷）

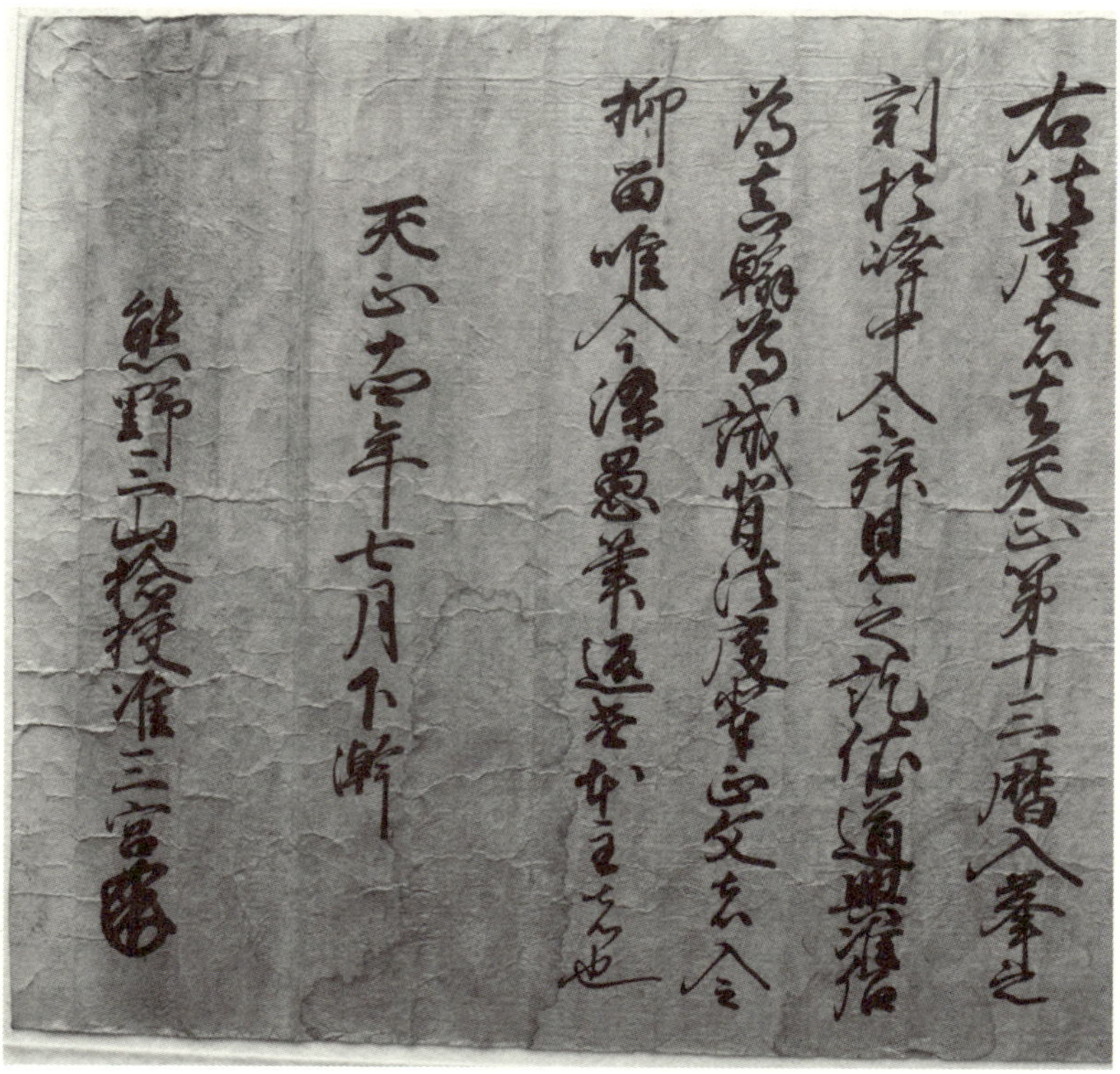
右法度者天正第十三暦入峯之
刻於峰中令拝見之訖、依道興准后
為真翰為誠、背法度輩正文者全
抑留唯今染愚筆返遣本主者也
天正十四年七月下澣
熊野三山検校准三宮（花押）

一〇六　御室戸寺雑記　　写　一冊

【外題】「御室戸寺雑記」（中央に題簽）
【内題】「山城国宇治郷御室戸寺雑記」
【装訂】袋綴
【表紙】黄唐茶色紙
【料紙】楮紙
【法量】縦二九・二×横二〇・六糎
【丁数】全七二丁、墨付七〇丁、遊紙前後各一丁
【用字】漢字仮名交じり
【奥書識語】「此壱一冊者、正徳四年之夏、為太上皇御願令開帳本尊之時、予以預其法用之事、御門室又積善院旧記其外所閲之古記等拾集之。然今依悃望写而授之岩淵法橋者也。／享保十三年正月吉日　大僧都（花押）」
【書写年代】享保十三年（一七二八）
【備考】「三室戸寺鐘銘」一紙（コクヨ有罫用紙）が挟み込まれている。「承応二年二月二十八日　道晃記」とあり。

▼三室戸寺の縁起、御開帳之記、諸法事の記録など、三室戸寺関係記事の抜書。

　御室戸と申事、山号事、法華堂常行堂建立幷妙経田庄園御寄付之事、建武元年官符之事、当寺炎上之事、当寺再建之事、神明宮之事、当寺明匠之事、熊野参籠両峰修行者第一宿寺之事、建武元年十一月廿日付官符、当寺炎上附御再建御開帳之事（寛永十六年卯七月三日）、文明十九丁未年一通、当寺太神宮御鎮座附本尊御開帳事（慶長拾五庚戌年九月十八日）、寛永十六年為修補御開帳之事、承応二年癸巳三月十四日新鐘鋳始法事作法之事、万治二年己亥為新院御願開帳之事、元禄二年己巳三月十五日三十三年目開帳御法事之事、正徳四甲午歳依法皇御所百十三代識仁御願御開帳之記、享保五庚子歳相当三十三年御開帳略記が記される。（大谷）

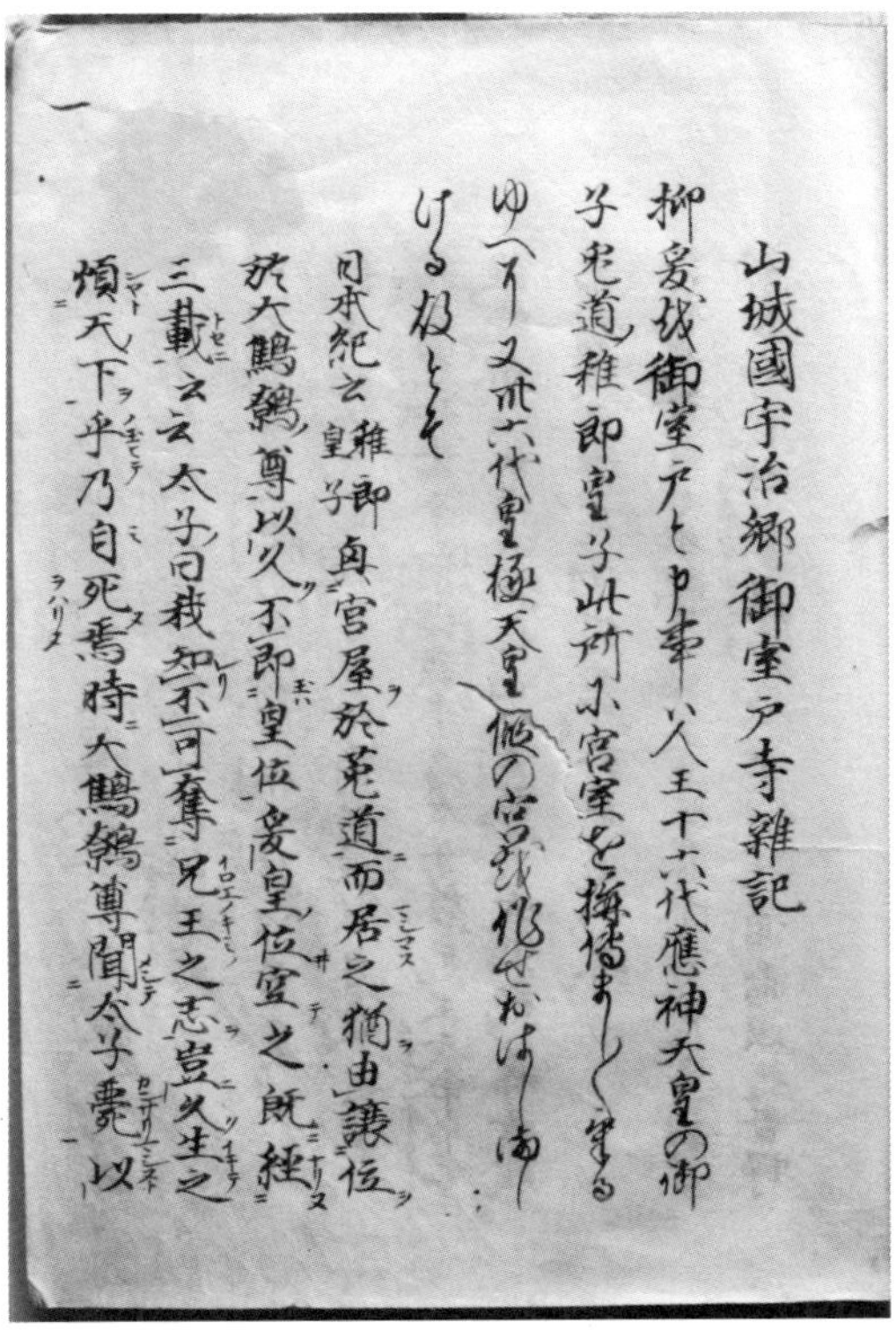
山城國宇治郷御室戸寺雑記
抑爰ニ御室戸と申事ハ人王十六代應神天皇の御子兎道稚郎皇子此所ニ宮室を構へましまし
ける故とそ
日本紀云稚郎皇子眞ニ宮屋於兎道而居之猶由讓位於大鷦鷯尊以久不即皇位爰皇位空之既經三載云云太子曰我知不可奪兄王之志豈久生之煩天下乎乃自死焉時大鷦鷯尊聞太子薨以

一〇七　御室戸寺開帳記　　写　三冊

【外題】「御室戸寺御開帳記　一（〜三）」（中央に楮紙無地題簽）
【内題】「享保廿一丙辰歳従四月十七日至六月七日五十箇日為／仙洞御所御願御開帳之記」
【装訂】袋綴
【表紙】黄唐茶色紙
【料紙】楮紙
【法量】縦二九・二×横二〇・六糎
【丁数】全九六丁、第一冊墨付三二丁、遊紙後一丁、第二冊墨付三三丁、遊紙前後各一丁、第三冊墨付二八丁、遊紙なし
【用字】漢字仮名交じり
【奥書識語】なし
【書写年代】寛延四年（一七五一）以降

▼三室戸寺の本尊千手観音御開帳の記録。第一冊には享保二十一年（元文元年（一七三六））四月十七日から六月七日までの五十箇日の、第二冊には延享五年（一七四八）三月七日から四月二十六日までの五十箇日の、第三冊には寛延四年（一七五一）三月十五日から五月十五日までの六十箇日の、それぞれ開帳に関わる文書類を書き写したもの。なお、第三冊巻末には「当春本堂東之方自岩中穿得瀧水／可名音出之瀧歟。／千載集　山中瀧水　定家／雲ふかきあたりの山につゝまれて音のみ出る滝の白波」とあり、寛延四年に本堂の東に穿った滝の命名の由来を記す。（大谷）

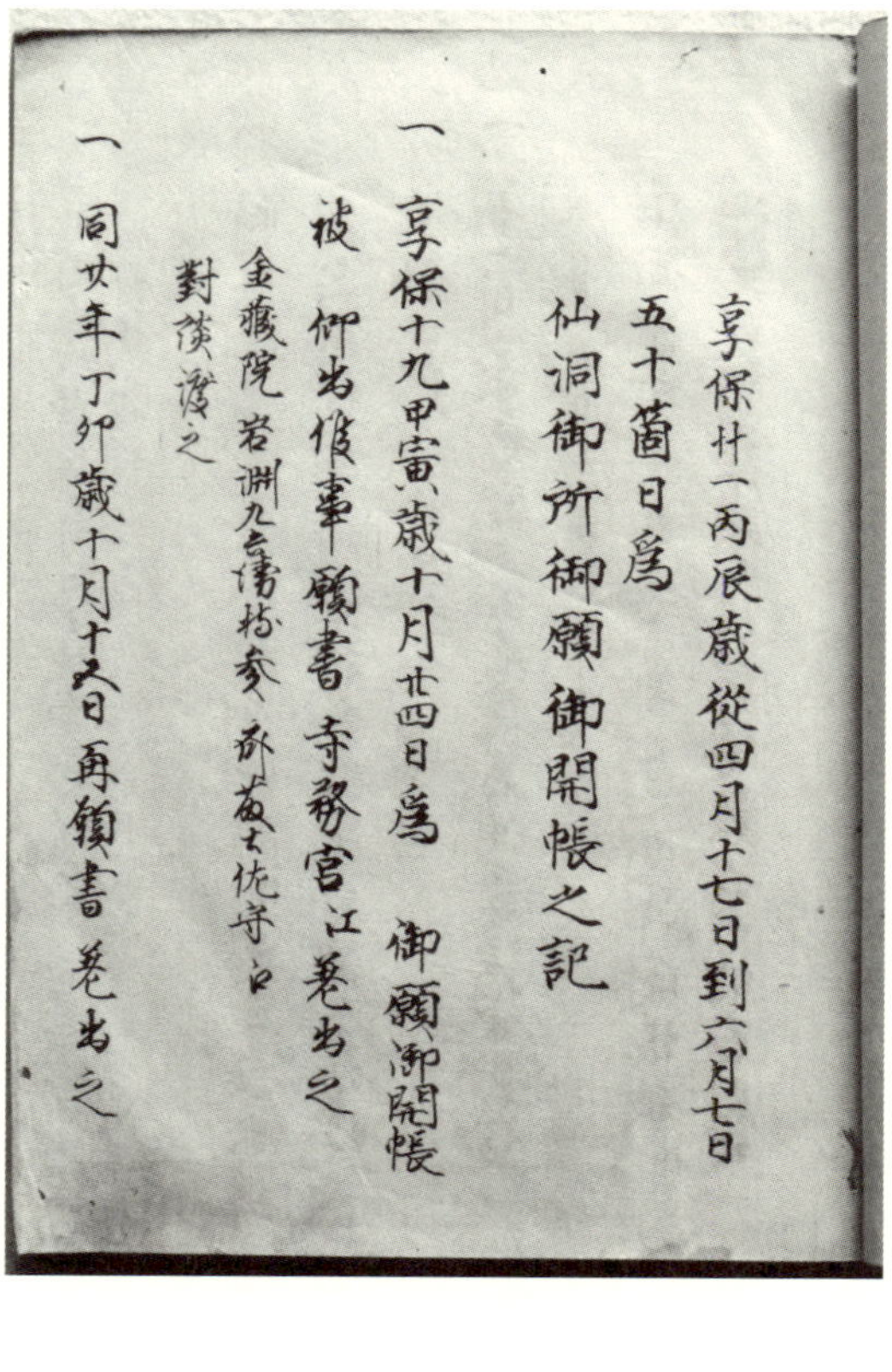
享保廿一丙辰歳従四月十七日到六月七日
五十箇日為
仙洞御所御願御開帳之記
一 享保十九甲寅歳十月廿四日為　御願御開帳
被　仰出候事願書　寺務宮江差出之
金蔵院　岩渕九右衛門参　所司代土佐守ゟ
對談渡之
一 同廿年丁卯歳十月十八日再願書　差出之

一〇八　聖護院宮坊官雑務家伝　　写　一冊

【外題】「聖護院宮坊官／雑務家伝　称号今大路」（中央に打付書、墨書）
【内題】なし
【装訂】袋綴（仮綴）
【表紙】本文共紙
【料紙】楮紙
【法量】縦二七・四×横二〇・一糎
【丁数】墨付六丁、遊紙なし
【用字】漢字
【奥書識語】なし
【書写年代】江戸時代後期
【備考】朱筆あり（系図の線）

▼聖護院の坊官を代々務めた、今大路家歴代の家譜。藤原魚名より坊官始祖の法印源基までの系図を示した後、歴代当主の名を記す。九代目の法印源香から二十二代法橋源璨の弘化四年（一八四七）十二月二十三日（十五歳）までは年譜が付されている。坊官は、御所や門跡寺院に仕えた在家の法師。大臣や殿上人など身分の高い家柄の出身者が多く、帯刀、肉食妻帯が許されていた。（阿尾）

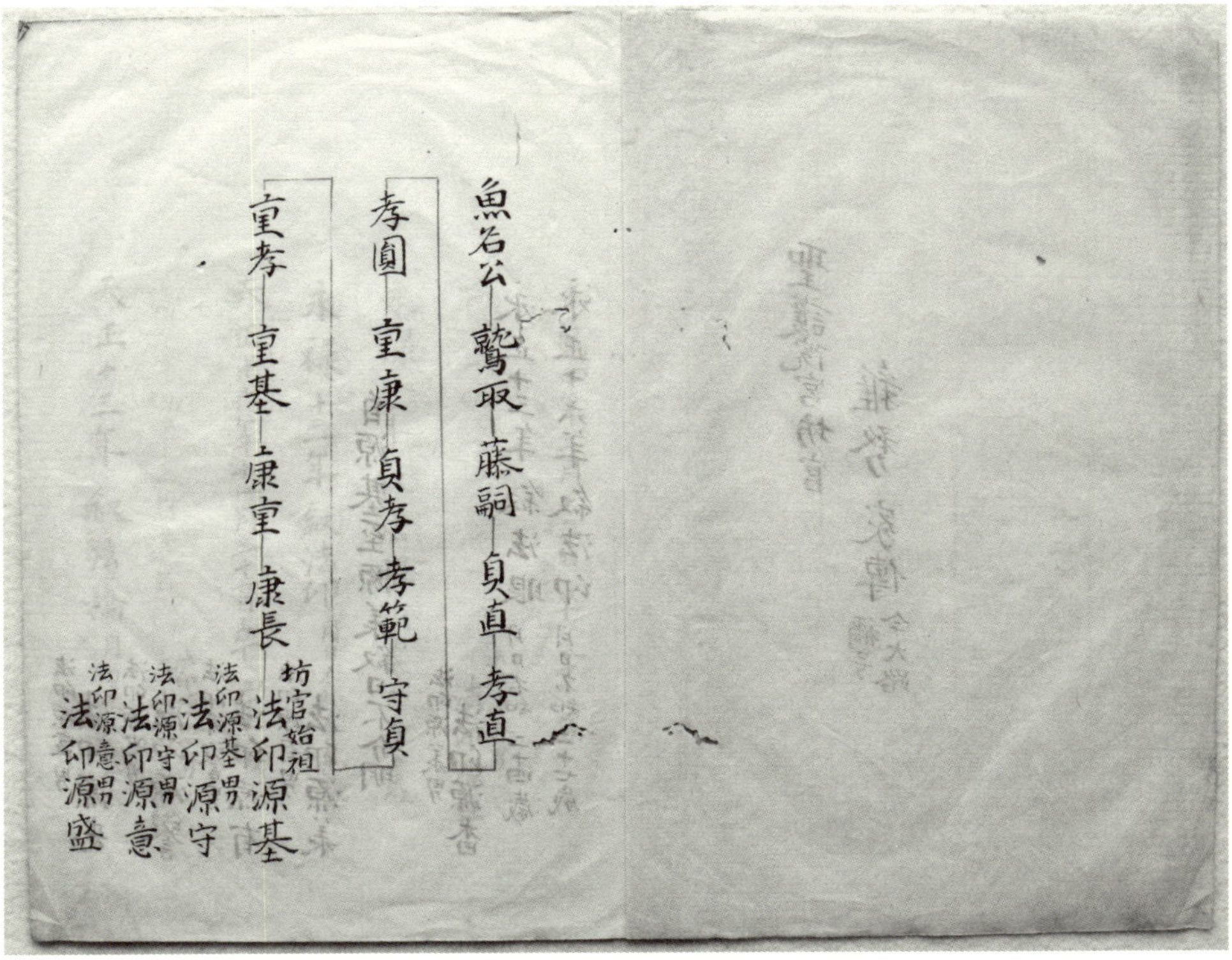

一〇九　御代々摂家公達　写　一冊

【外題】なし
【内題】「御代々摂家公達」（端作）
【装訂】袋綴（仮綴）
【表紙】なし
【料紙】楮紙
【法量】縦二二・三×横一六・四糎
【丁数】墨付三丁、遊紙なし
【用字】漢字
【奥書識語】なし
【書写年代】江戸時代後期～明治時代初頭か
【備考】本文とは別筆で墨書による書き入れあり。一丁表から裏にかけて、「御代々摂家公達」、二丁より、「院家」「出世」「房官」「侍法師」の順に項目。三丁裏に「諸先達」と墨書。

▼聖護院の門跡、教団に関係する院家や出世、聖護院の官人の家柄の名称等をまとめたもの。「御代々摂家公達」は歴代門跡のうち、摂家より入寺した人物の名と、その父の名を記す。冒頭は第五代静園、末尾は第三十二代道澄の名が挙がる。次の項目「院家」「出世」では、若王子、積善院などの各塔頭の名が列記され、その下に住所や寺号、寺領名、石高などが記される。「坊官」「侍法師」の項も、岩坊、今大路などの各家の名の下に、領地名、姓などが記されている。三丁裏に見える「諸先達」も項目の一つであったようだが、続けての記載はない。

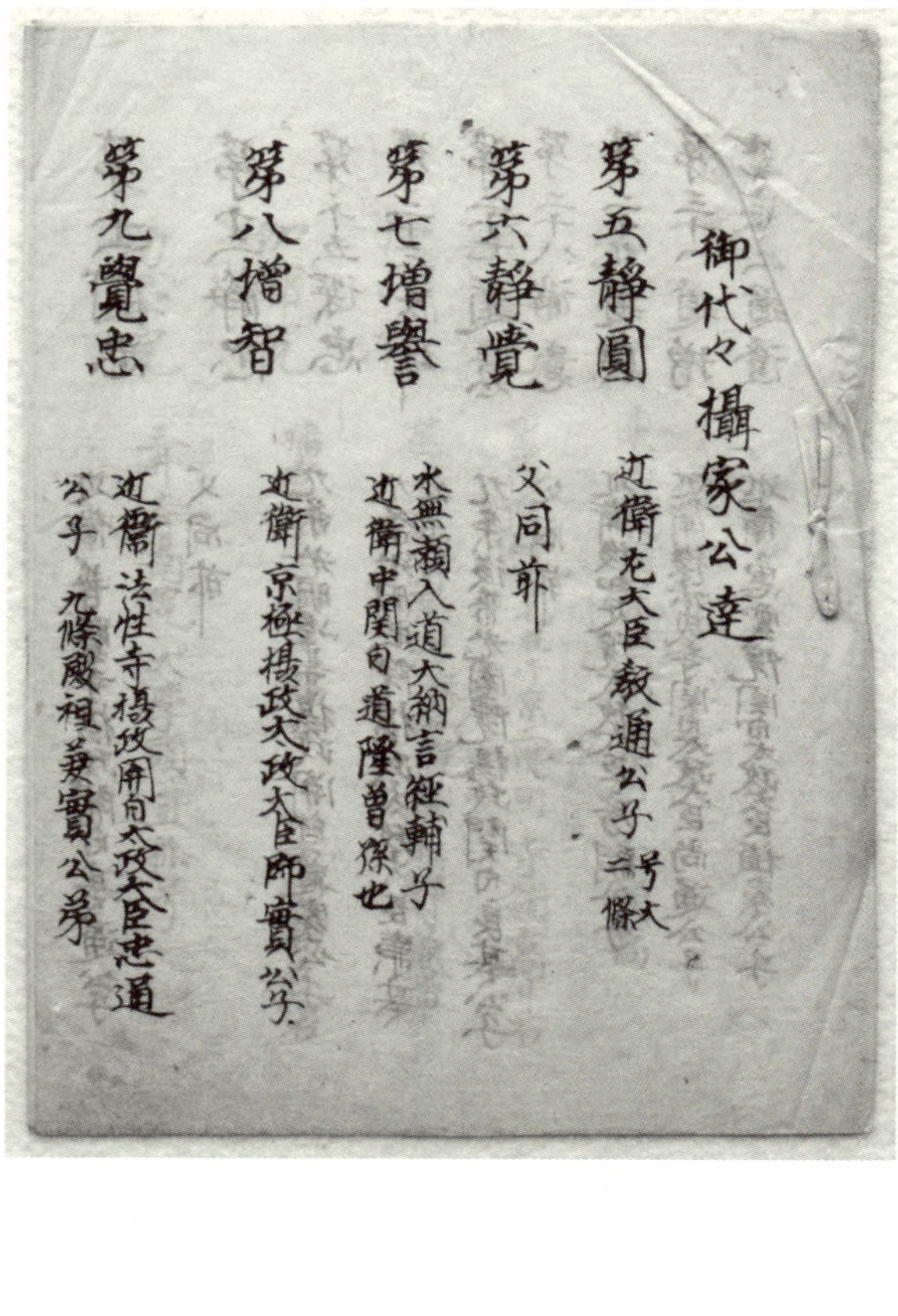

（阿尾）

一一〇〔聖護院門跡家来家譜〕　写　一冊

【外題】なし
【内題】なし
【装訂】袋綴（仮綴）
【表紙】なし
【料紙】楮紙
【法量】縦二八・〇×横二〇・三糎（二九丁まで）、縦二四・六×横一七・二糎（三〇丁以下）
【丁数】墨付三二丁、遊紙なし
【用字】漢字
【奥書識語】なし
【書写年代】明治時代
【備考】貼紙、朱筆による訂正あり

▼聖護院に代々仕えた、今大路・山本・高橋・森山・世継・木田・清水・上田・玉木・小野沢家の家譜をまとめたもの。小野沢家のみ別紙。いずれも初代から当代までを記す。当代の当主はいずれも明治時代初め頃に官位を返上したことが年譜の記載にあり、執筆現在の年齢が記されている。おそらくは明治時代にまとめられたものと思われる。

（阿尾）

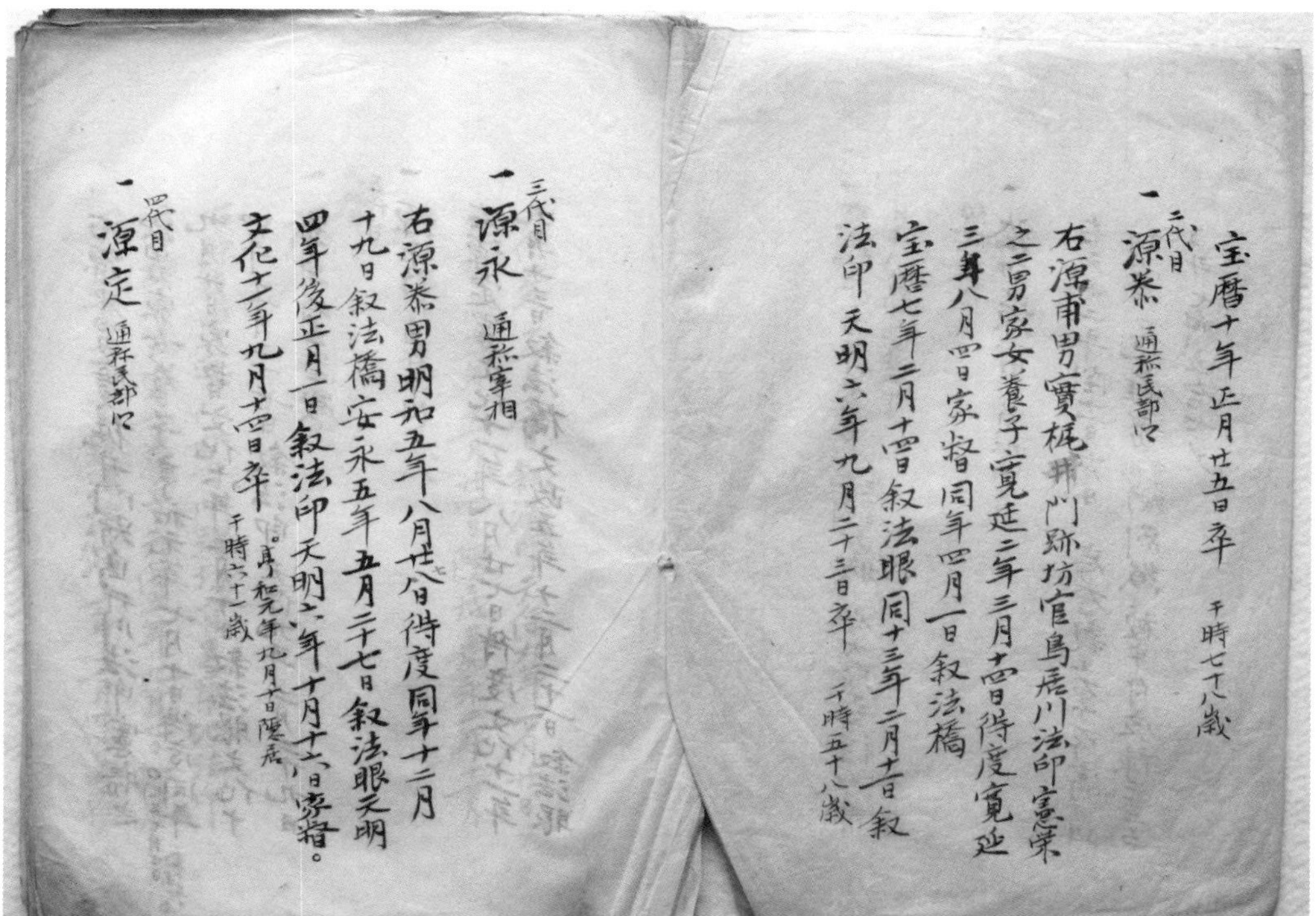

一一一　照高院由緒法親王御譜取調草稿　写　一冊

【外題】「照高院由緒／法親王御譜取調草稿」（中央に打付書、墨書）
【内題】「照高院」（端作り）
【装訂】仮綴
【表紙】本文共紙
【料紙】楮紙（三丁まで）、罫線入り用箋（四丁以下）
【法量】縦二五・〇×横一七・四糎
【丁数】墨付七丁、遊紙なし
【用字】漢字片仮名交じり
【奥書識語】なし
【書写年代】明治時代
【備考】表紙右肩に「第三」、左隅に「聖護院」と墨書。罫線入り用箋に「園城寺」と印刷あり。墨書、朱筆による訂正書き入れあり。

▼聖護院門跡の退隠所であった照高院の歴代門跡の年譜を記したもの。三丁目までは、天正十四年（一五八六）から明和七年（一七七〇）にかけての照高院にまつわる出来事を道澄法親王から忠誉法親王までの各代門跡の項にわけて記したもの。四丁目以下の園城寺の罫線入り用箋には、道澄法親王から明治五年没の信仁法親王（改め智成。還俗後、北白河宮）までの門跡の年譜となっている。三丁目までの年譜は朱筆によって、四丁目以降の用箋に書かれた年譜は墨書によってそれぞれ、訂正、書き入れがなされており、両者は後掲一一二の『照高院由緒付御代』所収の『照高院由緒付御代』（一～四丁）、『照高院御代』（五丁）の草稿と見られる。また、用箋の印刷文字から、明治時代の照高院再建の嘆願運動の際に、中心人物の一人であった園城寺住職または園城寺関係者によってまとめられたものと思われる。（阿尾）

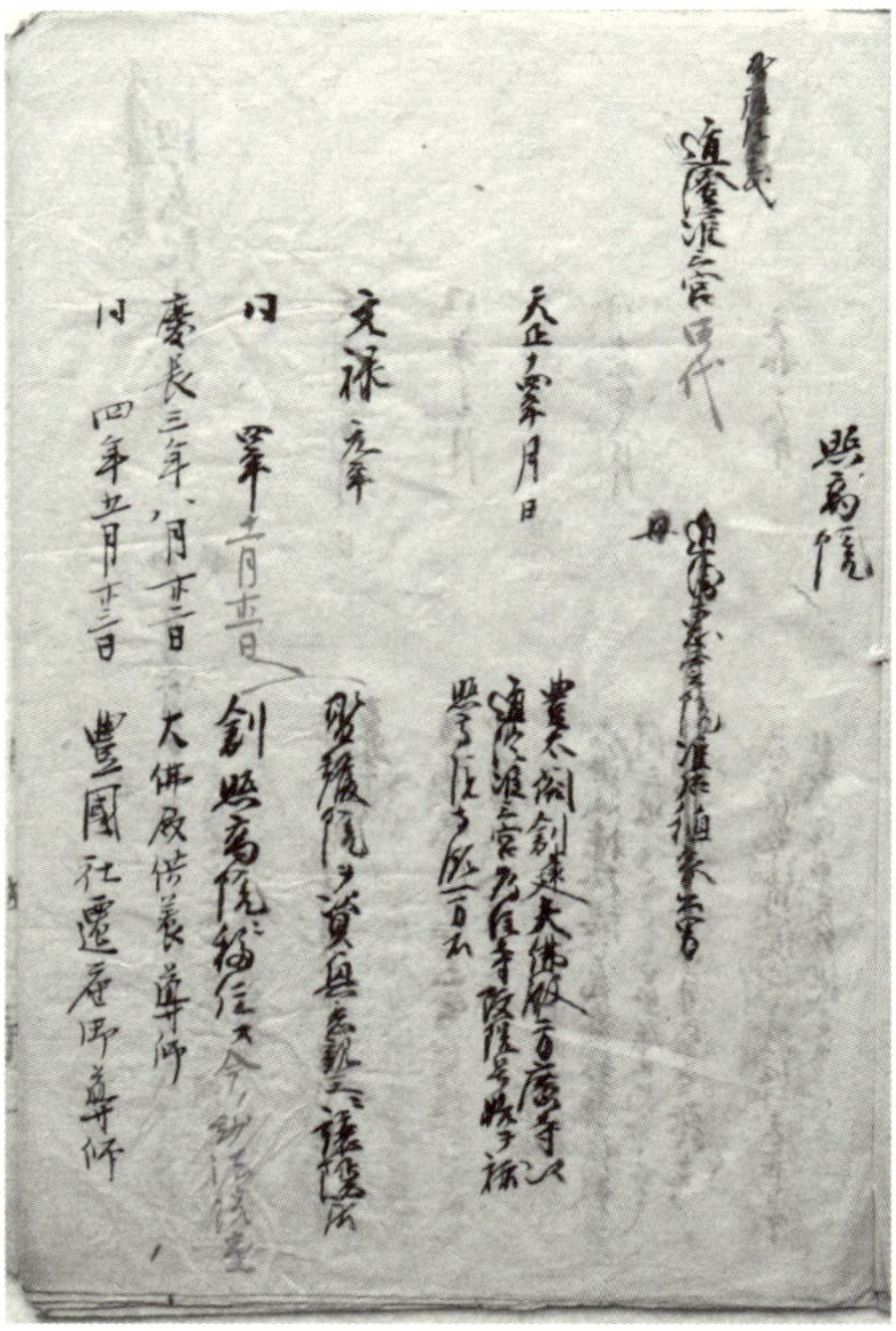

一一二　照高院由緒付御代　　写　一冊

【外題】「照高院由緒付御代」（中央に打付書、墨書）
【内題】五丁表に「照高院御代」（中央に打付書、墨書）
【装訂】仮綴
【表紙】本文共紙
【料紙】楮紙（表紙含め一二丁まで）、罫線入り用紙（一三丁以下）
【法量】縦二四・七×横一八・〇糎
【丁数】『照高院由緒付御代』表紙含め一一丁、遊紙なし、罫線入り用紙、用箋七丁
【奥書識語】なし
【書写年代】明治時代
【備考】照高院由緒付御代、照高院御代所収の一冊に罫線入り用紙、用箋が綴じられている。表紙中央打付書の外題右上に「明治九年」、左下に「聖庫」の墨書あり。表紙見返しより本文。

▼主に照高院の由来に関する書類を所収したもの。『照高院由緒付御代』は、道澄法親王の代の天正十四年（一五八六）から忠誉法親王の明和七年（一七七〇）まで、照高院に関する出来事を記したもの。『照高院御代』は、道澄法親王から明治五年（一八七二）没の智成法親王（還俗後、北白河宮）まで歴代照高院門跡の年譜。両者は前掲一一一「照高院由緒法親王御譜取調草稿」の清書と考えられる。合綴されている七丁の罫線入り用紙、用箋はいずれも「院跡再興之義ニ付願」と文が始められており、明治八年（一八七五）に取り壊された照高院の堂社再興嘆願書の案文、四通であったことが知られる。一通目には文頭端書きに「麩ヤ町姉小路上ル東側俵やニテ藤井君へ渡下案　十四年五月廿八日富小路京旅宿へ持参之筈」とある。また、二通目は、明治十三年（一八八〇）二月に園城寺住職の名で「宮内卿徳大寺実則殿」へ宛てられ、三通目は旧照高院坊官であった「世継定」から東京の北白川宮に宛てられたものであり、聖護院、照高院とゆかりの深い園城寺住職や、照高院旧臣を中心に照高院再建の運動があったことが窺われる。現在、京都市左京区北白川山ノ元町には明治三十五（一九〇二）、四十二年（一九〇九）建立の照高院宮址の石碑があり、この嘆願は聞き入れられなかったようである。

（阿尾）

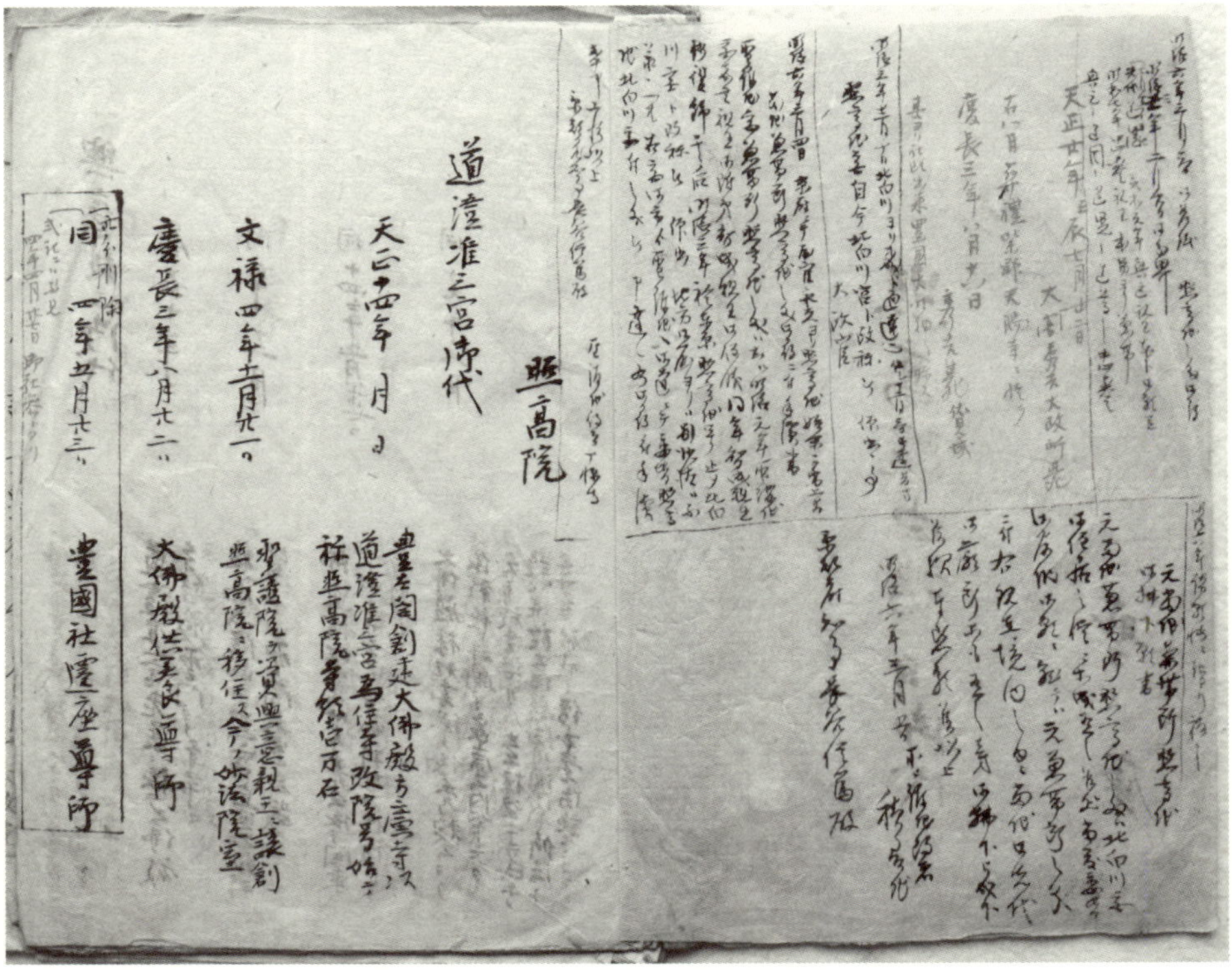

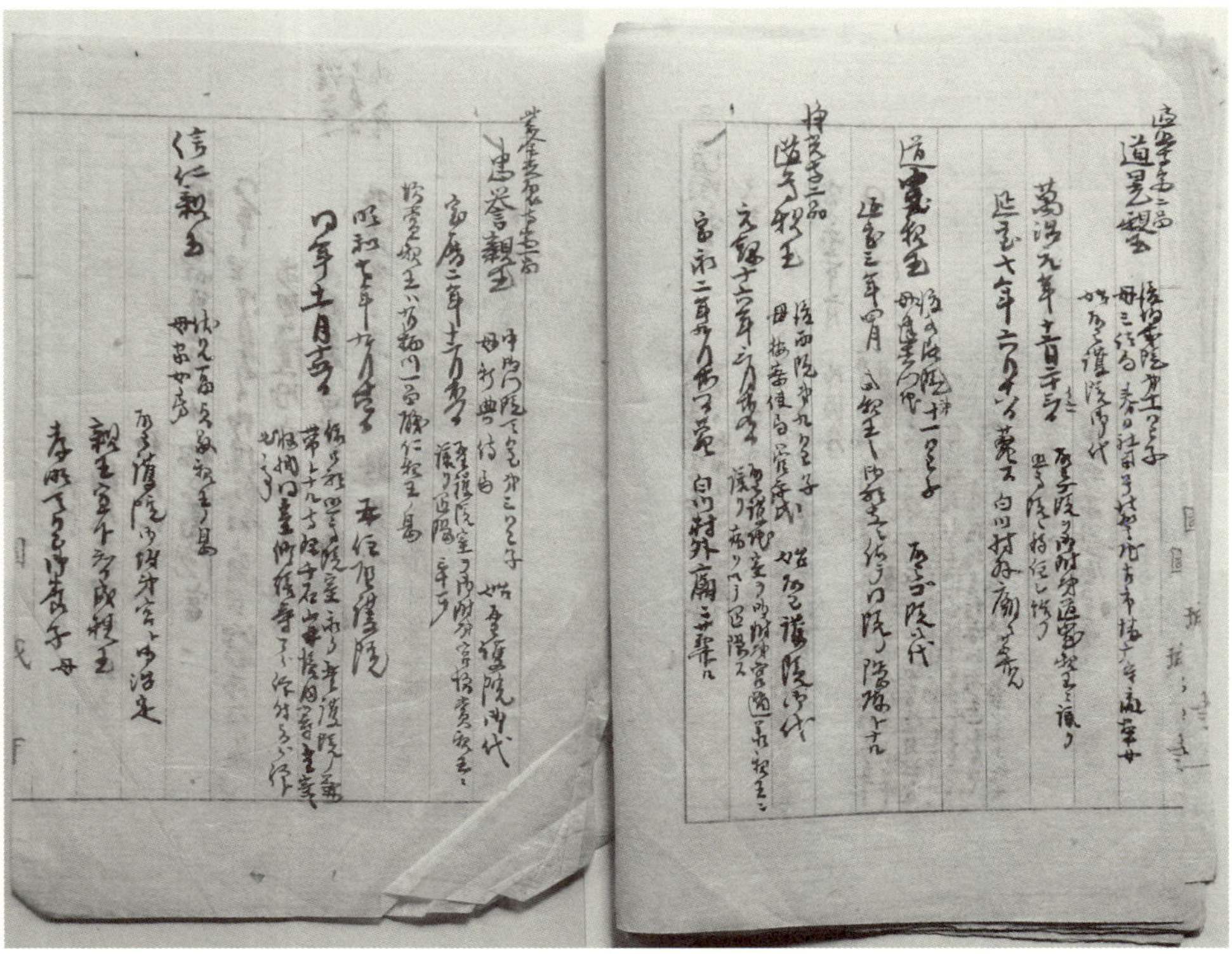

一一三　伝近衛信尹書状　　写　一幅

【外題】「近衛三藐院電光朝露之文」（裏端書・打付書）
【装訂】掛幅
【料紙】楮紙
【法量】（本紙）縦三三・七×横四七・五糎
【奥書識語】箱表書「御文近衛三藐院殿御染毫　明星山中金蔵院蔵」。箱蓋裏書「電光朝露の御文壱通は、近衛三藐院殿御染毫とて、予小院に久しく伝持するといへども、御花押なきにより、文政元年秋御寺務一品親王小院に入り玉ふ序、御覧に入れしに、伝来に相違あるまじきよし仰られ、かつ、文言御感あり。よて、一冊表褙し、新たに篋して弥重いやましける／文政三年三月しるす（花押）」
【書写年代】安土桃山時代
【備考】竪紙

▼三藐院近衛信尹は永禄八年（一五六五）生まれ、慶長十一年（一六〇六）没。書状の文面は「電光朝露の俗中、一時の栄花は春の花にて候に、けふは隙入、あすは用あるとは、何者めか貴様を妨候哉。明日こそ北山歟東山辺、是非とも誘引可申候。かしく」というもの。署名・宛名ともになく、通常の書状とは異なる。内容は某人を花見に誘うものだが、実際の書状であれば、ごく親しい者への文であろう。あるいは、書状というより戯文というべきか。（大谷）

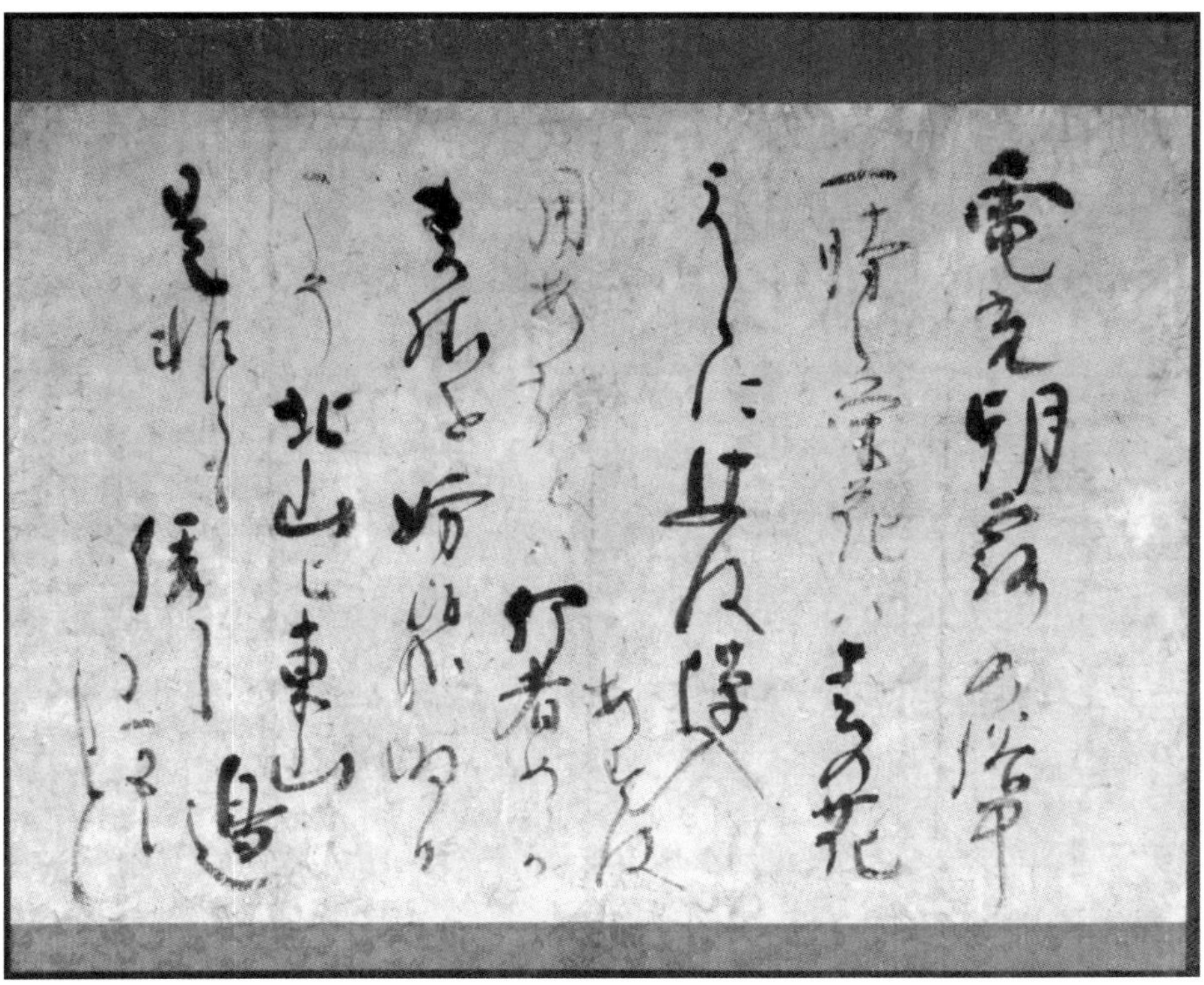

一一四　西洞院殿宛書状　　写　一通

【装訂】未装

【料紙】楮紙

【法量】縦二九・二×横四四・五糎

【書写年代】安土桃山時代

【備考】折紙、（本文）「今朝者従聚楽瘧病之符を取に来候砌にて、行法半故、御返事不申心外候。殊種々送給候。如書中候。毎々不催事、返々迷惑此事候。何様従是可申述候。太陽院殿やう〳〵にて候間、只今も其盆参候とて書中不能一々候。かしく。／七　十三／西洞院殿　□（恕カ）」

▼差出人は不詳だが、文面に「瘧病之符」「行法半ば」とあるので僧侶、あるいは聖護院の関係者か。書状の年次も未詳だが、「従聚楽」とあるので、聚楽第が完成した天正十五年（一五八七）が上限。文禄四年（一五九五）七月十五日には豊臣秀次自害なので、七月十三日付けの本書状は前年の文禄三年（一五九四）が下限となるか。とすれば、宛先の「西洞院殿」は、西洞院時慶のこと。但、聚楽第破却後も聚楽の地名は用いられるので、文禄三年以降の可能性もないわけではない。（大谷）

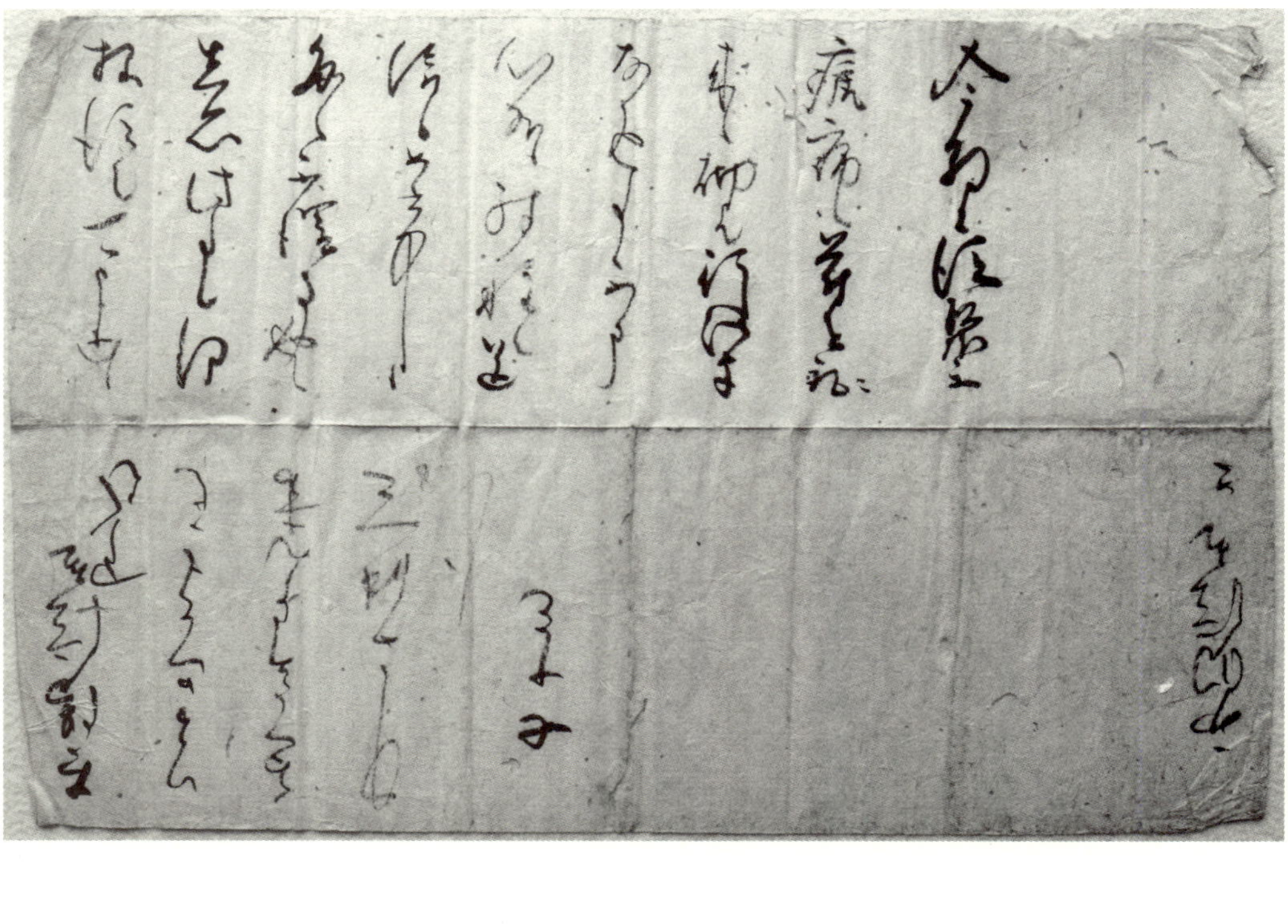

一一五　春日局書状（極月五日付）　写　一通

【装訂】　未装
【料紙】　楮紙
【法量】　縦三七・八×横五二・五糎
【書写年代】　江戸時代前期
【備考】　折紙、散らし書き、仮名書状。

（本文）「しやうご院さまより、御ねんごろの、御書くだされ、過分さ、みやうがなくぞんじ候。御意のごとく、こんどは、くばう様御上らくなされ候所に、御きげんよく御さんだいなされ、するく〱と、くわん御めでたく、よろこび申候。かしこ　／なをく〱、せうごゐんさまと、仰られ候ぶんの、御事も、しやうごゐんさま、御りうんに、仰られ、御しゆのかん、あがり申候、御事、まづ、めでたくぞんじ候。くわん御なされても、わたくしにおほせきけられ候は、しやうごゐんさまの、仰られぶん、／御どうりに、きかせられ候へば、おほせおくれさせられ候まゝ、まづ御十ぶんに仰いだしも、ならず、くわん御なされ候、よし、御意故にて候。此たび、かたじけなく、／おぼしめし候とおり、よく〱申上参らせ候。いよ〱めでたく、御意のまゝに、すみ参らせ候はんと、いわい入参らせ候。まづ申上、候はんと、御たき物はいりやういたし、かたじけ／なくいたゞき入、参らせ候。何も、よろしき、やうに、御とりなし候て、御申上候て、ぞんじ候。めでたく、かしこ。／極月五日／ゐどより／しやうご院さまに候／御ちご御中／かすが」

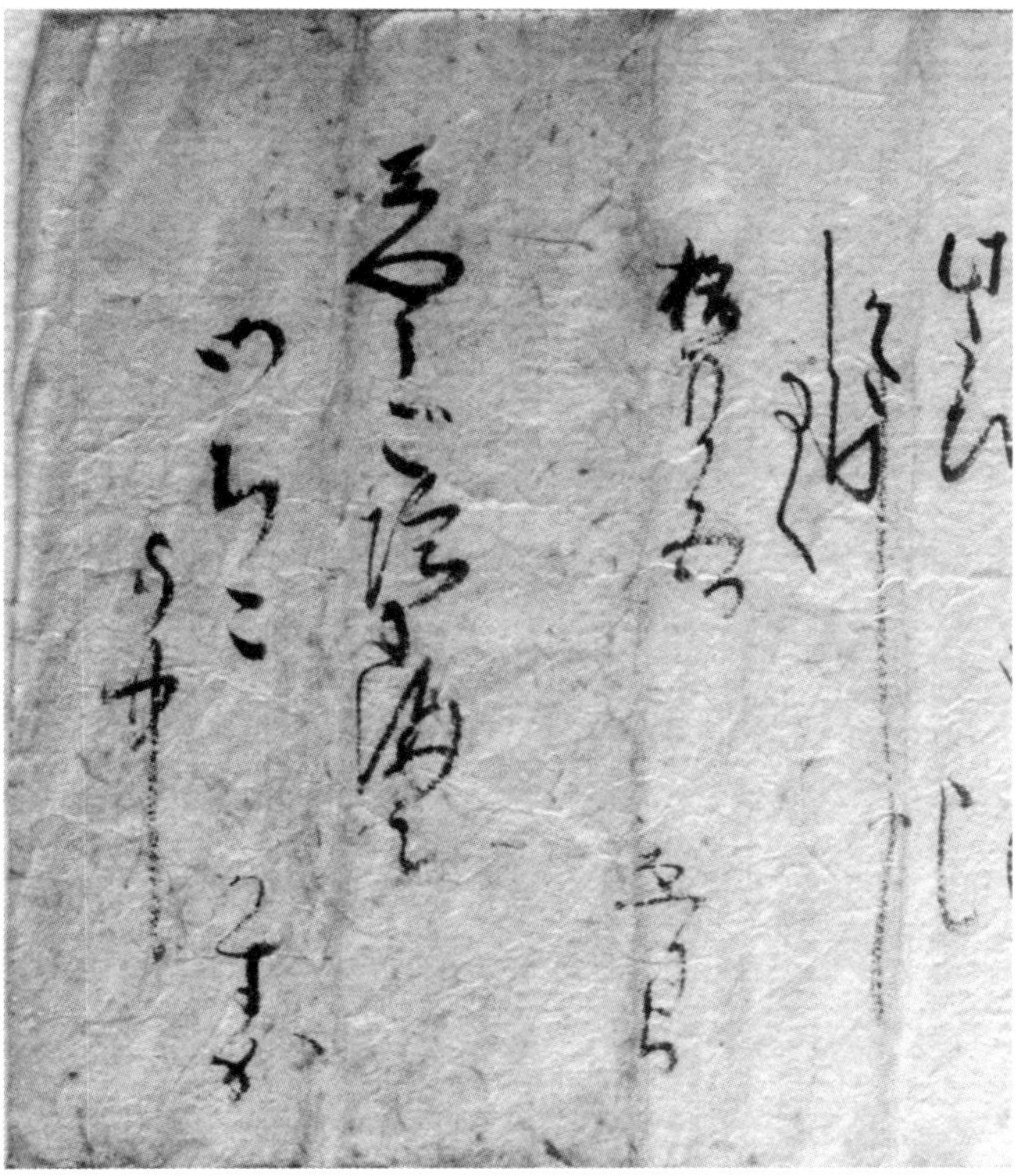

▼「くばう様御上らくなされ候所に」「御きげんよく御さんだいなされ、するく〱と、くわん御めでたく」とあるので、将軍家光上洛・参内が行われた寛永三年（一六二六）、寛永十一年（一六三四）の何れかの書状。（大谷）

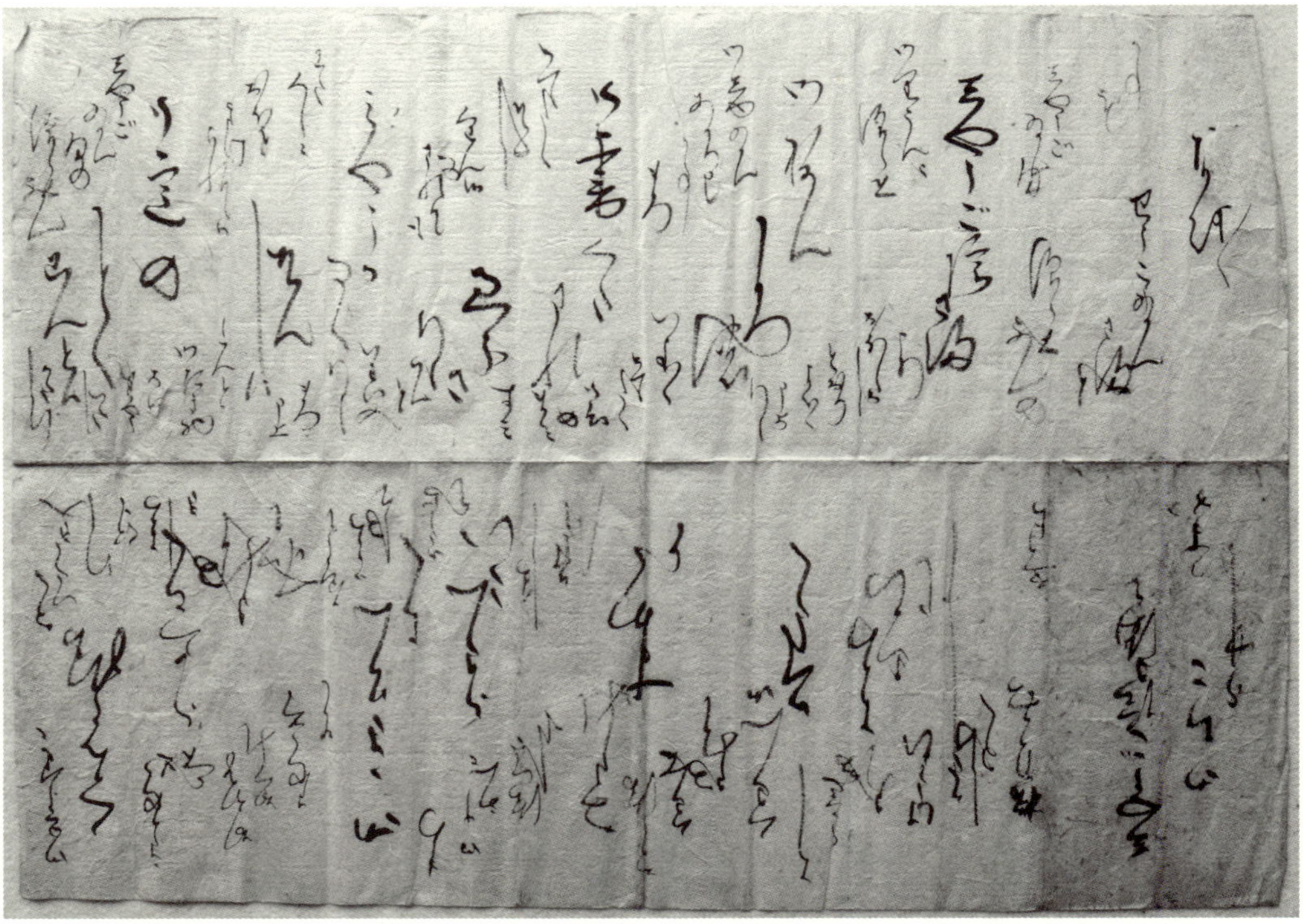

一一六　春日局書状（閏七月晦日付）　写　一通

【装訂】　未装
【料紙】　楮紙
【法量】　縦三三・五×横四六・一糎
【書写年代】　江戸時代前期
【備考】　折紙、散らし書き、仮名書状。

（本文）「しやうご院さまより、御書下され候より、かたじけなくぞんじまいらせ候。この度御上洛につき、御両門跡さまの、仰られぶん、御せんさく御ざ候て、三井寺の御じむ、とゞめさせられ候よし、すみやかに、御りうんに候べく候。／すみ参らせ候て、御心にもかく絶やられ候はんか。／さやうにくばうさまも、仰出し御ざ候はぬは、さだめて久しき御ゆひ事にて御ざ候まゝ、此あとすみ参らせ候はん御事を、／ちゝいたし候は、いかゞの御事と、よく世けんのとなへ、御心にも、しかと御りひをわけさせられ候はでは、ふた〳〵と、りうんまでに、仰出しは御ざ候まゝに候。／にやくわうじ寺殿より、一書に御さたにて候、おもむきみ参らせ候は、両もんぜきさまへの仰出しは、其御所さまの、御十一ふんの仰出しにみへ参らせ候ゆへ、わたくしは、もはや、御りうんにすみ参らせ候とぞんじ、かやうのめでたく、祝入参らせ候外候はず候。／なを御ちや〳〵さま、にやくわうじ殿へ、くわしく申入参らせ候。めでたくかしこ。閏七月晦日／しやうご院さまに候／御ちごの御中／かすが」

▼春日局は天正七年（一五七九）生まれ、寛永二十年（一六四三）没。（大谷）

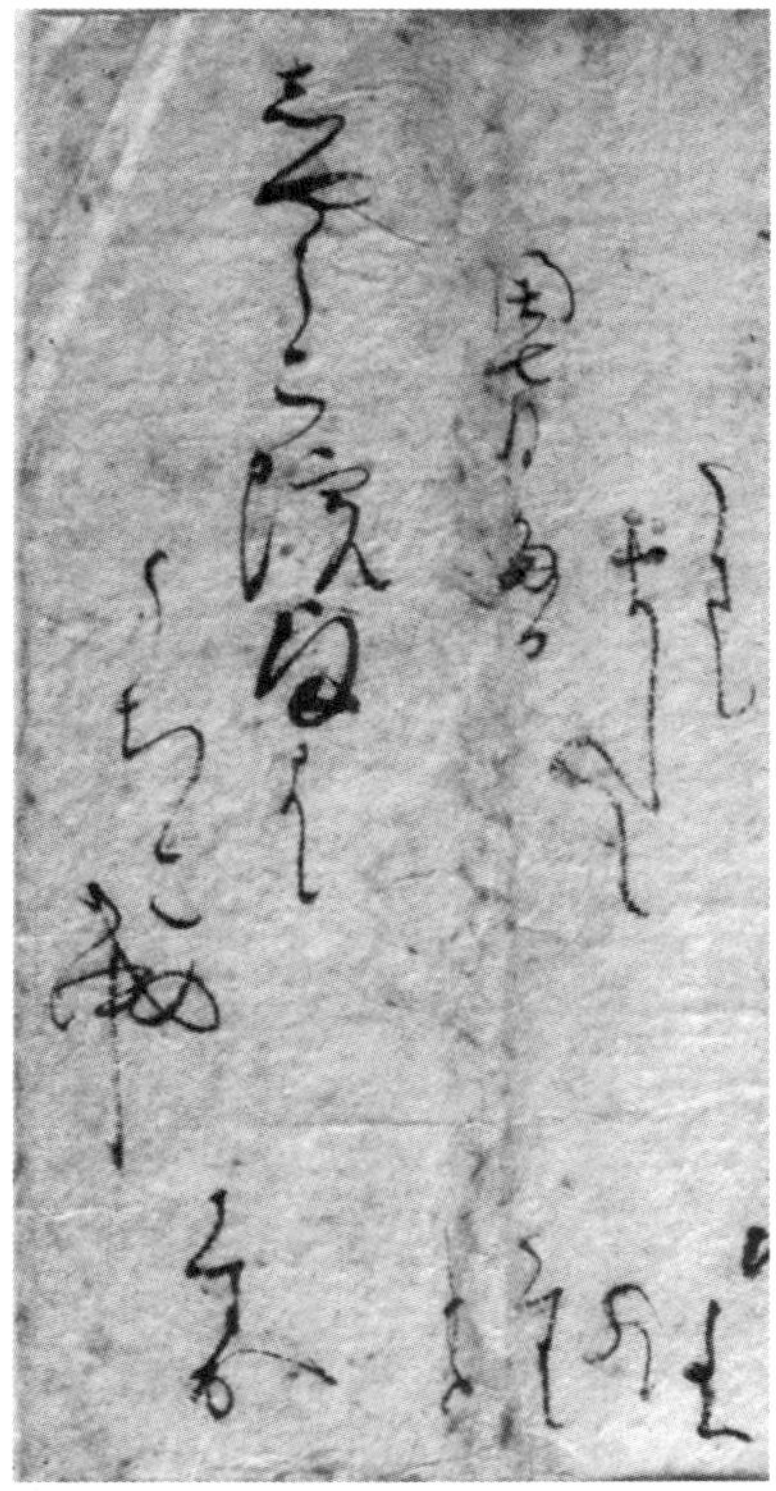

一一七　二条康道書状　　写　一通

【装訂】未装
【料紙】楮紙
【法量】縦三三・七×横五〇・〇糎
【書写年代】江戸時代前期
【備考】（本文）「さきほどはまいり／候て／かたじけなく／ぞんじ候。／さてはちやくざの御事、／何とぞ／このごとくになされ候て、／しかるべく候也。／此よし、／申入候。かしく。／勾当内侍どのへ／やす道」。

▼署名は「やす道」とあるのみだが、宛名は「勾当内侍」すなわち、天皇に宛てた書状であるから、左大臣二条康道（慶長七年〈一六〇七〉生まれ、寛文六年〈一六六六〉没、六十歳）。何らかの儀式の際の着座のことに関する天皇の質問に答えたものか。（大谷）

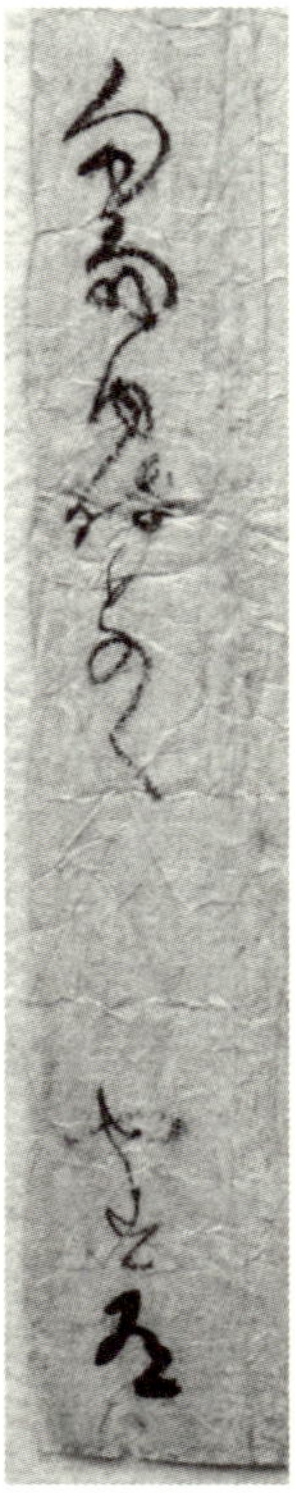

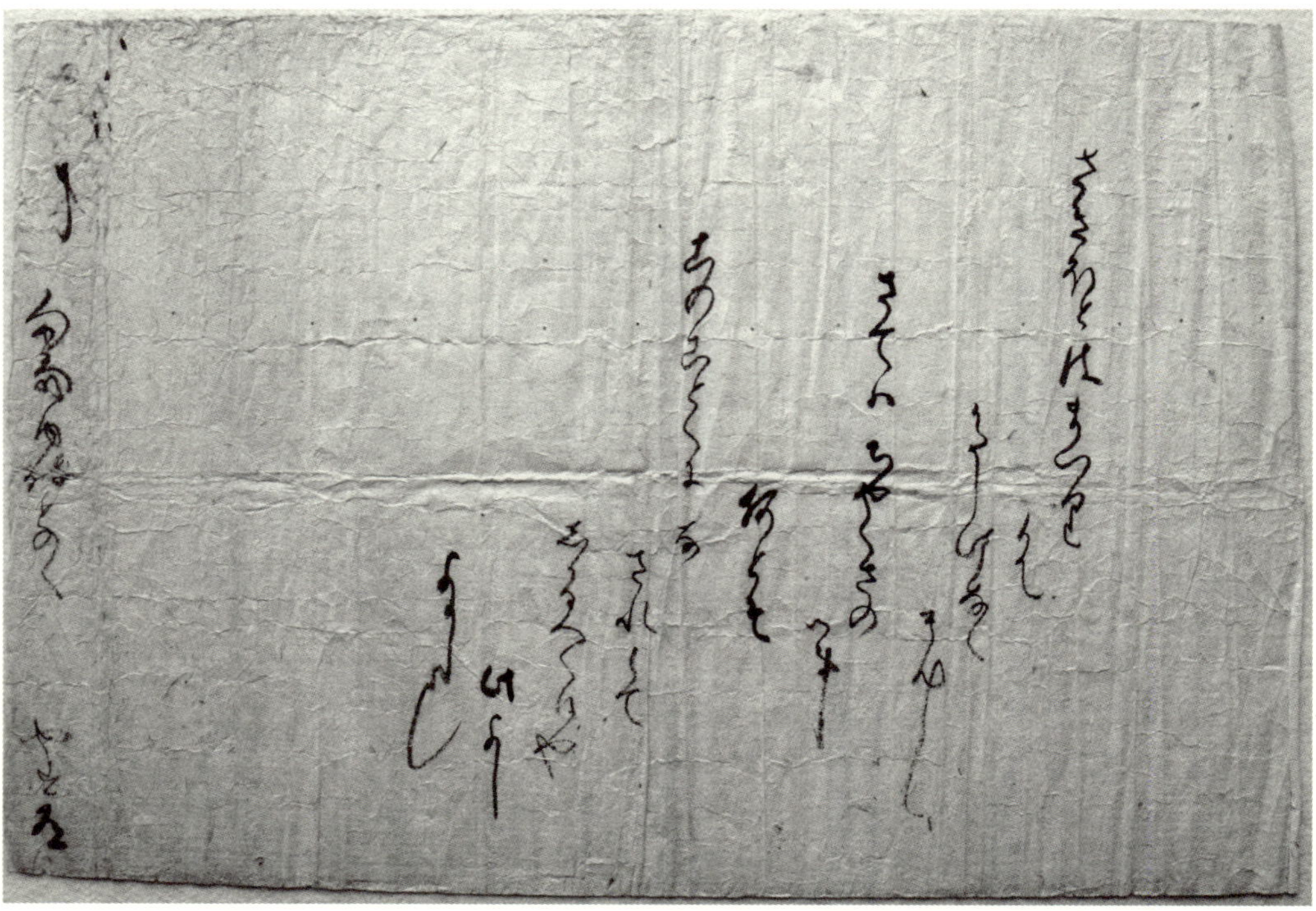

一一八　空性法親王書状　　写　一幅

【外題】「魚侃之文章」（端裏・打付書）
【装訂】掛幅
【料紙】楮紙
【法量】縦三三・〇×横四六・四糎
【書写年代】江戸時代前期
【備考】竪紙

（本文）「従是社可申候処へ□□殊雲門共送給候。御懇志之至、難述筆舌候。如何様与風御尋之節、積義可申達候。頓首／小春廾八日　英侃」。

（尚書き）「まことに〳〵御寺よりさとへとは此事候。以上。一咲〳〵」。

▼本紙の端裏書は表装のため見えにくいが、署名は「随庵」か。宛名は判読不能。空性は慶安三年（一六五〇）没、七十八歳。陽光院誠仁親王の次男。兄は後陽成院、弟に智仁親王。大覚寺門跡。後、還俗して、英侃・随庵と号す。（大谷）

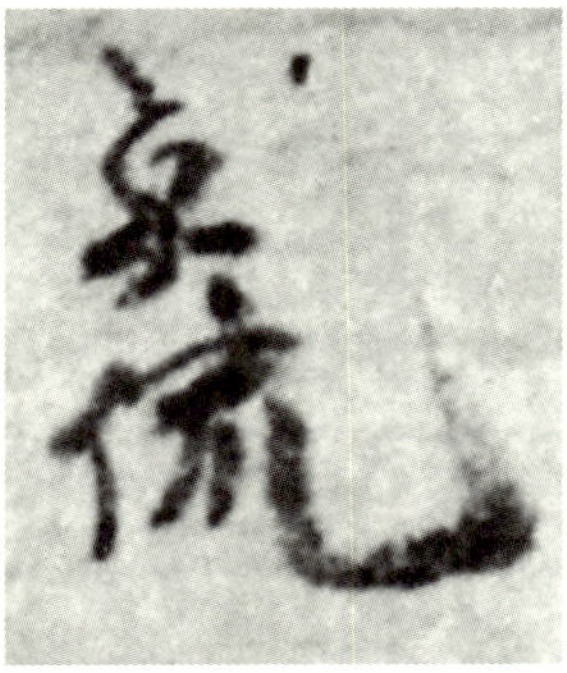

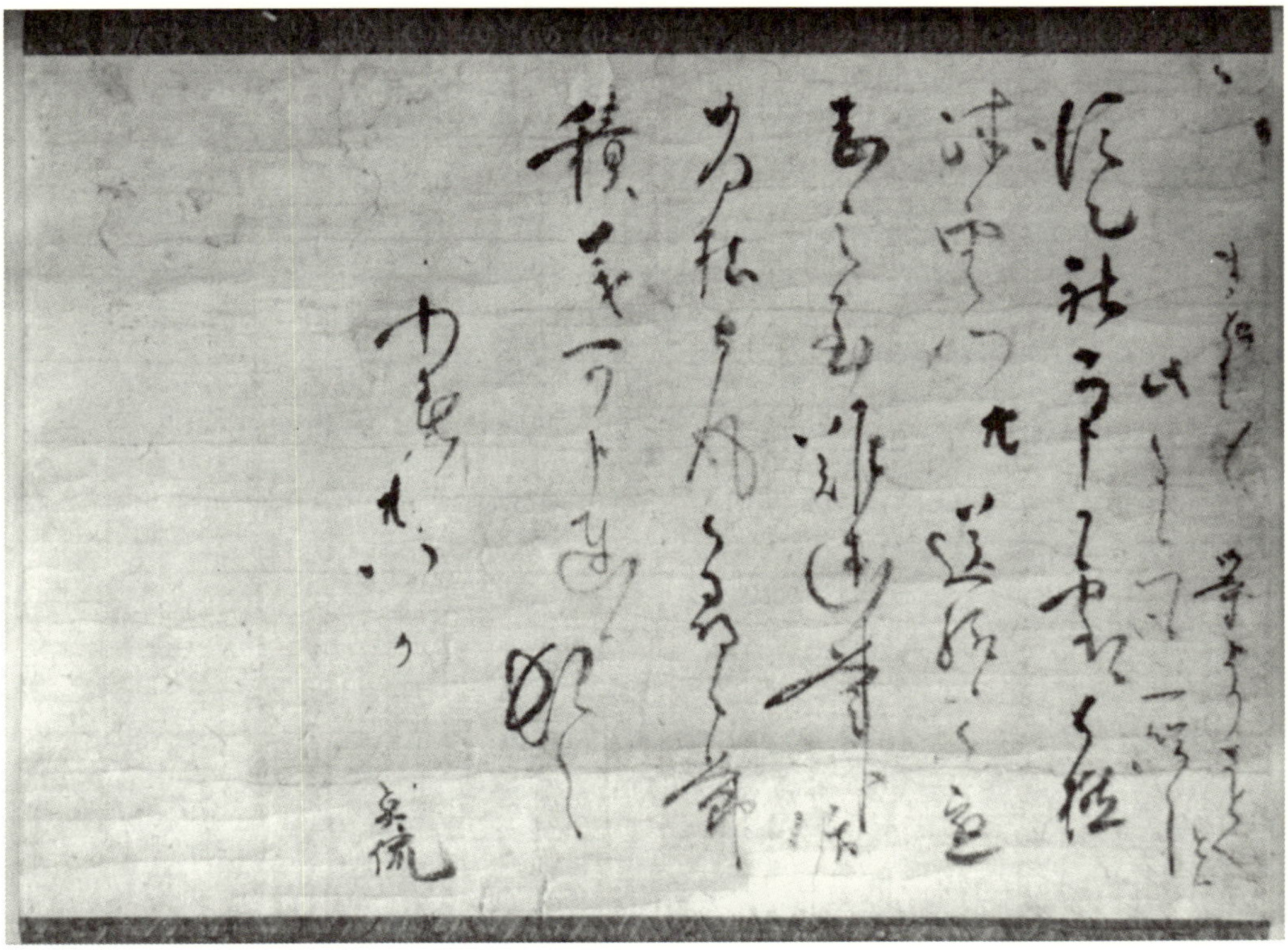

一一九　日野弘資書状　　写　一通

【外題】「頭弁殿　弘資」（端裏書）
【装訂】未装
【料紙】楮紙
【法量】縦三五・四×横四九・五糎
【書写年代】江戸時代前期
【備考】竪紙

（本文）「御記之事、御次候而／御披露候処、一巻応安三年／拝借被申持せ給候。畏存候。御次之剋／宜様に御取成頼入存候。／恐々謹言／十月十八日／弘資」。（尚書き）「今日書写仕候て、中御宰相へ直に可遣申候旨、仰之由承り候。尚祇候之剋／御礼可申上候。宜預御取成候」（裏端書）「頭弁殿　弘資」。

▼日野弘資は元和三年（一六一七）生まれ、貞享四年（一六八七）没、享年七十一。権中納言。寛文四年（一六六四）、後水尾院から、後西院とともに第二次古今伝受を受けた四人のうちの一人。本書状は、年次未詳だが、中御門宰相から「御記」（未詳）の応安三年分の一巻を借り出す仲介役の「頭弁」に対しての礼状。（大谷）

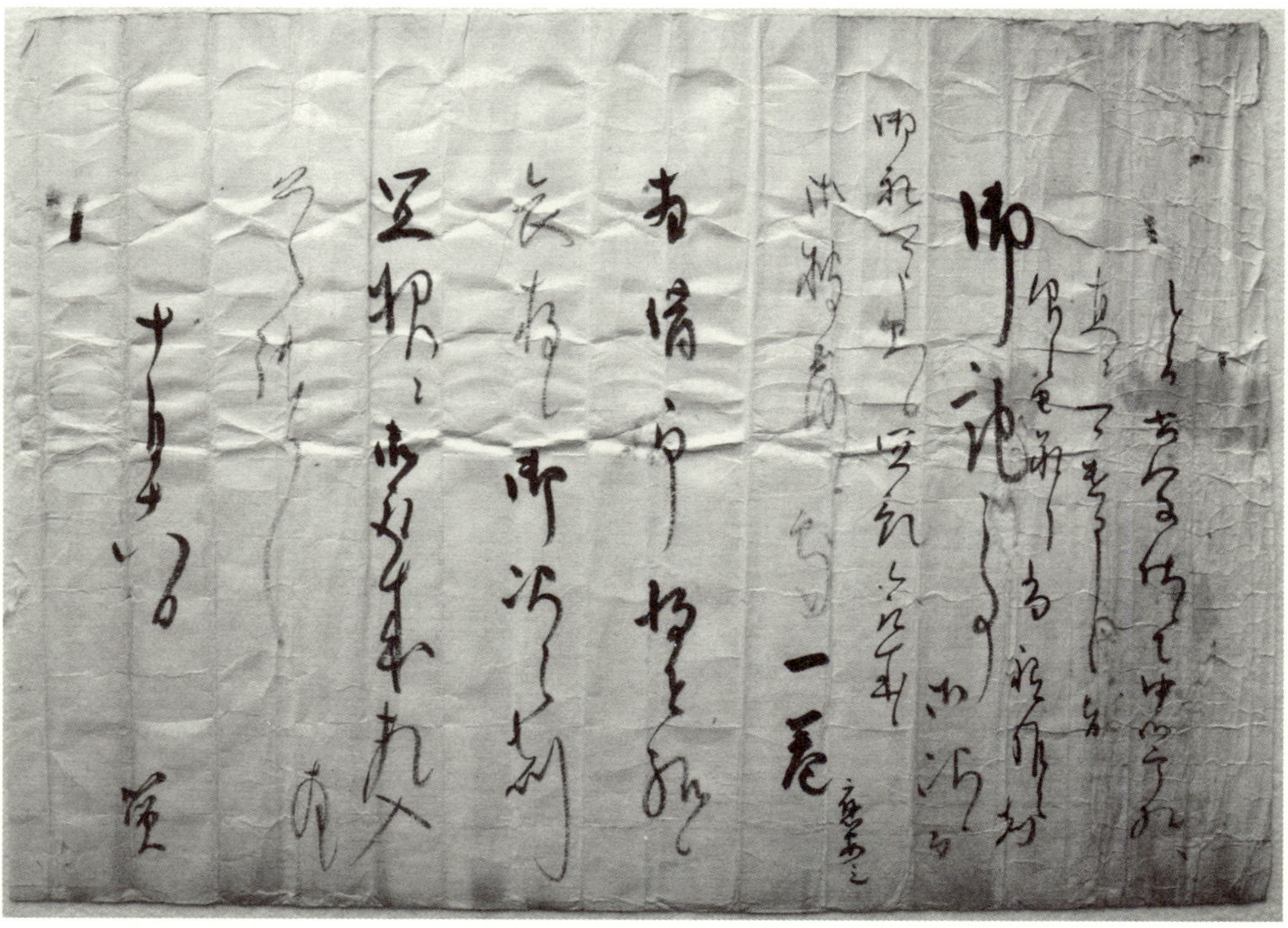

一二〇　二位法印書状　　写　一通

【装訂】　未装
【料紙】　楮紙
【法量】　縦二九・〇×横四五・二糎
【書写年代】　江戸時代前期
【備考】　折紙

（本文）「年甫之御吉兆千幸万悦不可有休期候。然者、為祝詞五明五本幷ニ御守拝領之儀過分至極ニ存候。兼亦大守江一包御守慥に披露仕候。一段祝着之旨心得可申宣之由、就中重敬坊儀具ニ申聞候。得朱印之趣無別条御申付候。於時宜ニと御心安可被思下候。猶得堅不可有演説候。恐惶敬白／正月十七日　二位法印苾蒭（花押）／勝仙院／尊報」（尚書き）「猶以重敬坊事、朱印披見被申如先代之可被仰付之旨被申候。尊意尚可被仰下候。以上」。

▼署名の「二位法印苾蒭」は未詳。宛先の「勝仙院」は聖護院の院家の一。文中に名前の見える「重敬坊」についても未詳。
（大谷）

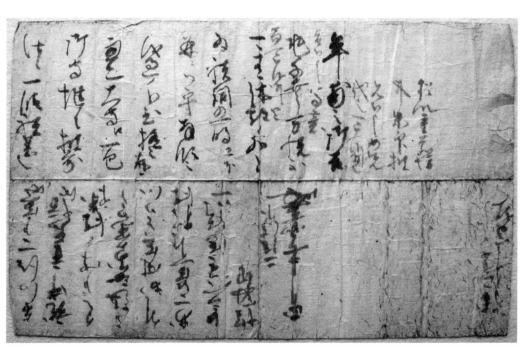

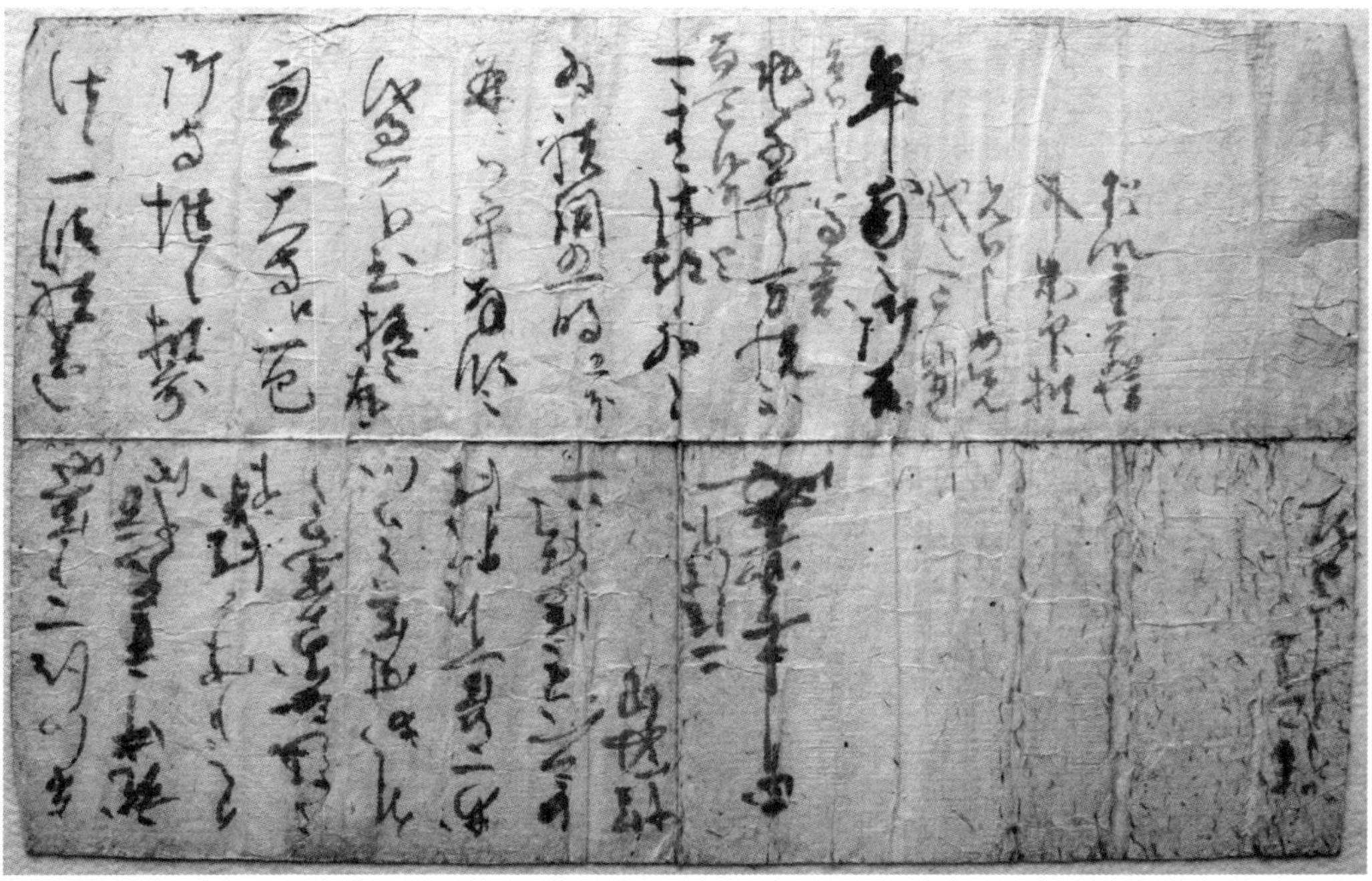

一二一　烏丸資慶書状　　写　一通

【装訂】　未装
【料紙】　楮紙
【法量】　縦三二・六×横四九・四糎
【書写年代】　江戸時代前期
【備考】　竪紙

（本文）「大僧都之義、首尾能相済弥重存候。就中逮夜早繊法にも楽人入可申候哉。内々卒度窺申度由柳原大納言殿申候。乍次被窺候て可給候。頓首／八月六日　資慶」（端裏書）「伊織殿　資慶」

▼烏丸資慶は元和八年（一六二二）生まれ、寛文九年（一六六九）没、四十八歳。正二位権大納言。祖父、烏丸光広、父、烏丸光賢。母は細川忠興女。寛永十五年（一六三八）、光広・光賢が続けて没し、以後後水尾院の指導を受け、寛文四年（一六六四）に古今伝受を受ける。

本書状は、大僧都に首尾よく任じられたことを祝い、また、柳原大納言の逮夜繊法の儀についての質問を取り次いでいるので、当時の聖護院門跡、道晃法親王に送られたものか。（大谷）

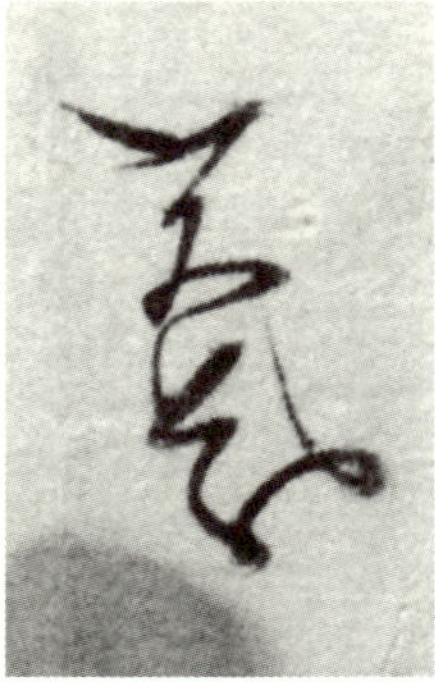

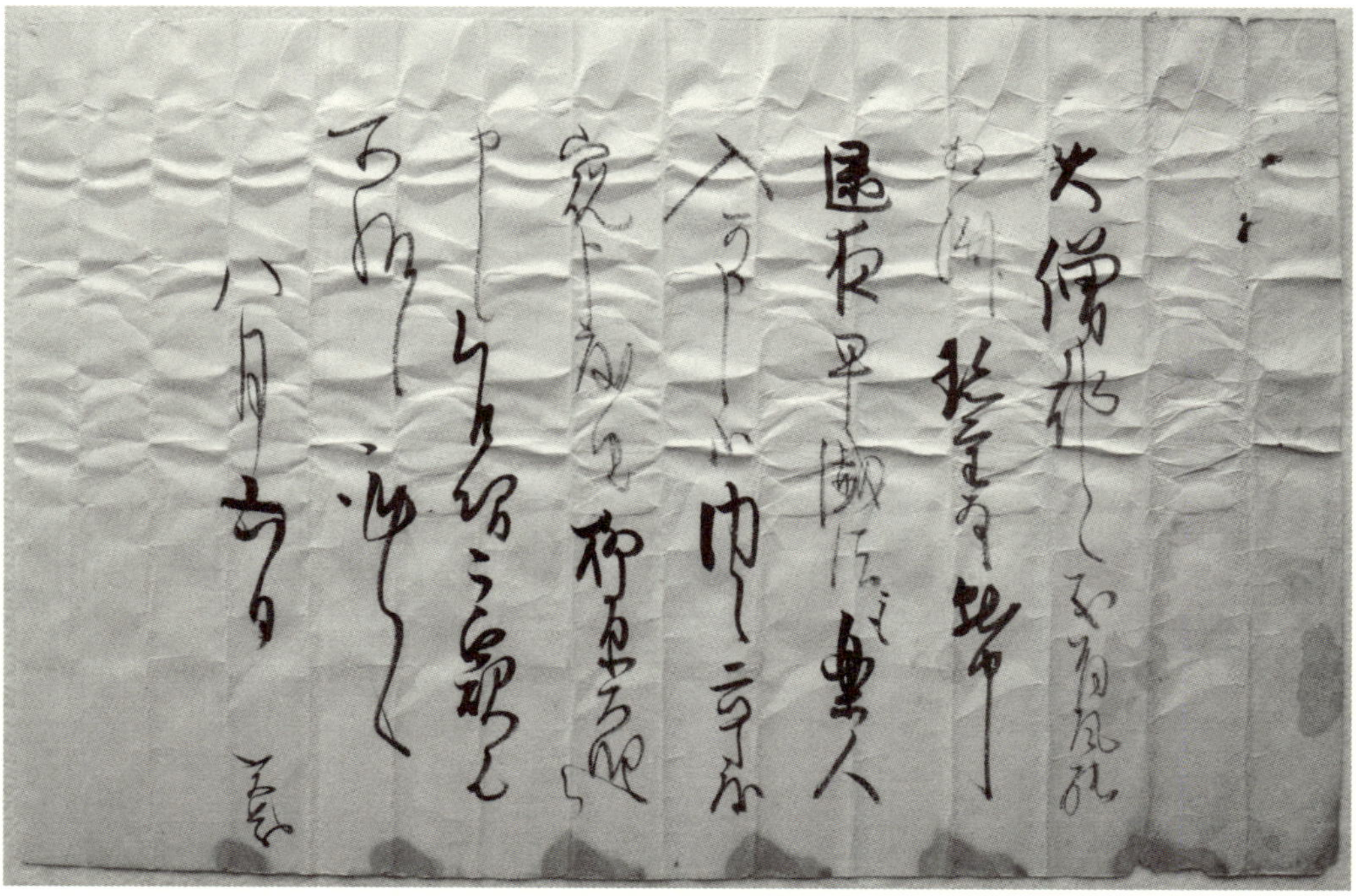

一二二　御ちご宛仮名書状　　写　一通

【外題】「御返事／御ちごの／御中ひろう　参る」（裏端書）
【装訂】未装
【料紙】楮紙
【法量】縦三二・六×横四六・一糎
【丁数】全二紙（一紙は礼紙）
【書写年代】江戸時代中期

（本文）「文のやう、ひろう申入候て、誠に、あつさの時分、弥、御機嫌よくならせられ候て、三山検校宮にも、無事におはしまし、めで度思しめし候。左様に候得ば、二の宮之方御祈禱の、御事一七ヶ日勤奉存候見当候べく候、とて巻数御守奉存候。めで度、思しめし候。なを御するく〳〵と御平ゆ、祝入奉存候。暑さの時分御くろうの、御事に思しめし候よし、よく心得候て聞及候。このよし、御申入候べく候。かしく」、（宛名書）「御返事／御ちごの御中ひろう／参る」。

▼差出人・宛先とも未詳だが、文中に「三山検校宮にも」とあるので、聖護院門跡に宛てたもの。（大谷）

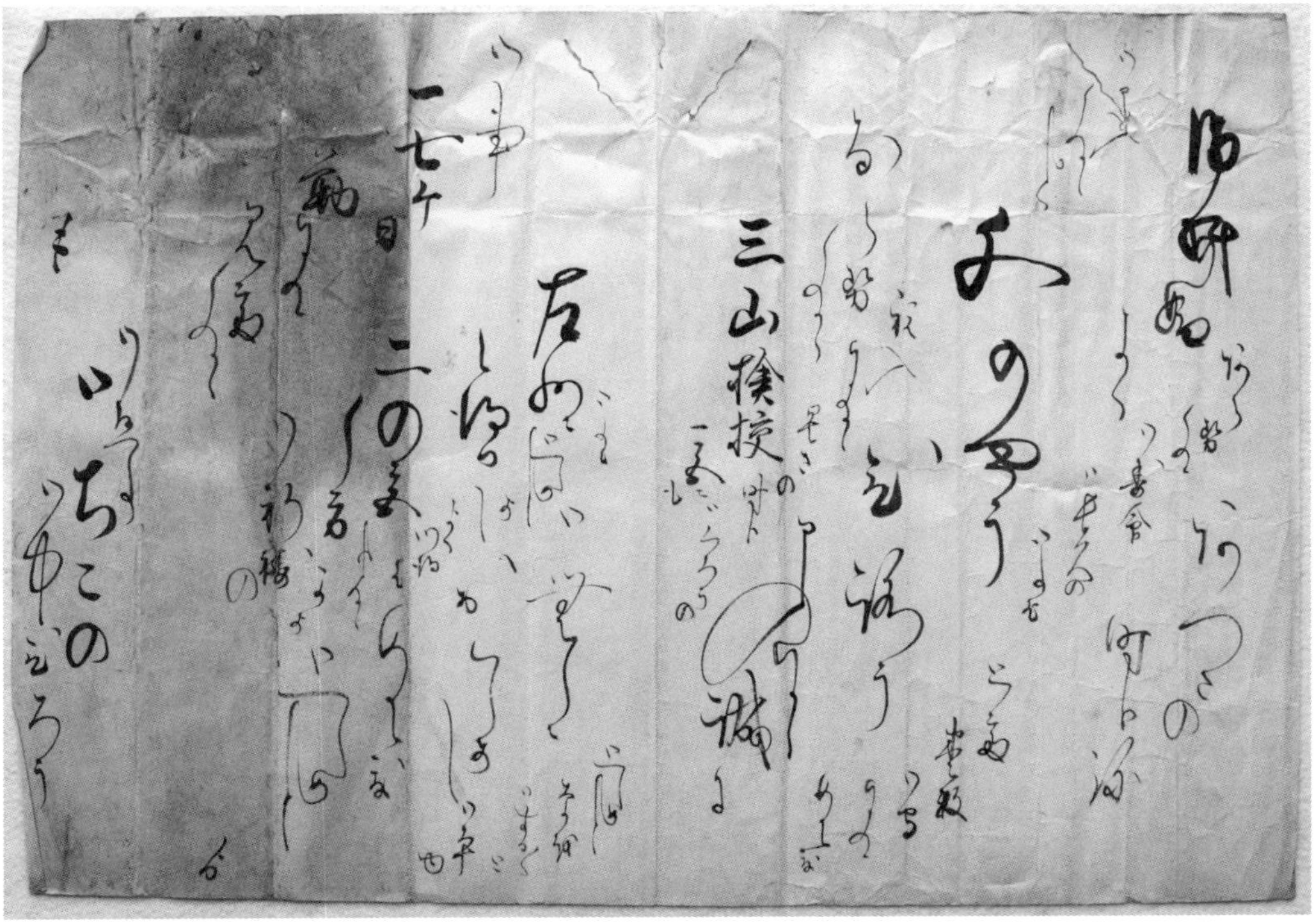

一二三　豪潮書状　　写　一通

【外題】「宮内卿様　豪潮」（端裏書）
【装訂】未装
【料紙】楮紙
【法量】縦三二・〇×横三二・九糎
【書写年代】江戸時代後期

（本文）「従霊鑑寺様之宝鏡／致開眼為持上申候。是前書／之通之書物、御殿之御文庫ニ／御ざ候て被為拝借可被下候様ニ／御奏達奉希候。頓首／葉月十一日」、（尚書き）「並毘沙門天開眼申候。御箱上ニ加拙書可遣候」。

▼豪潮は、寛延二年（一七四九）生まれ、天保六年（一八三五）没、八十七歳。字、寛海。比叡山楞厳院阿闍梨。尾張岩窟寺・長栄寺などの中興。本状は、霊鑑寺から依頼を受けた「宝鏡」の開眼のことと、御殿（未詳）の御文庫にある書物の貸与の仲立ちを依頼するもの。

（大谷）

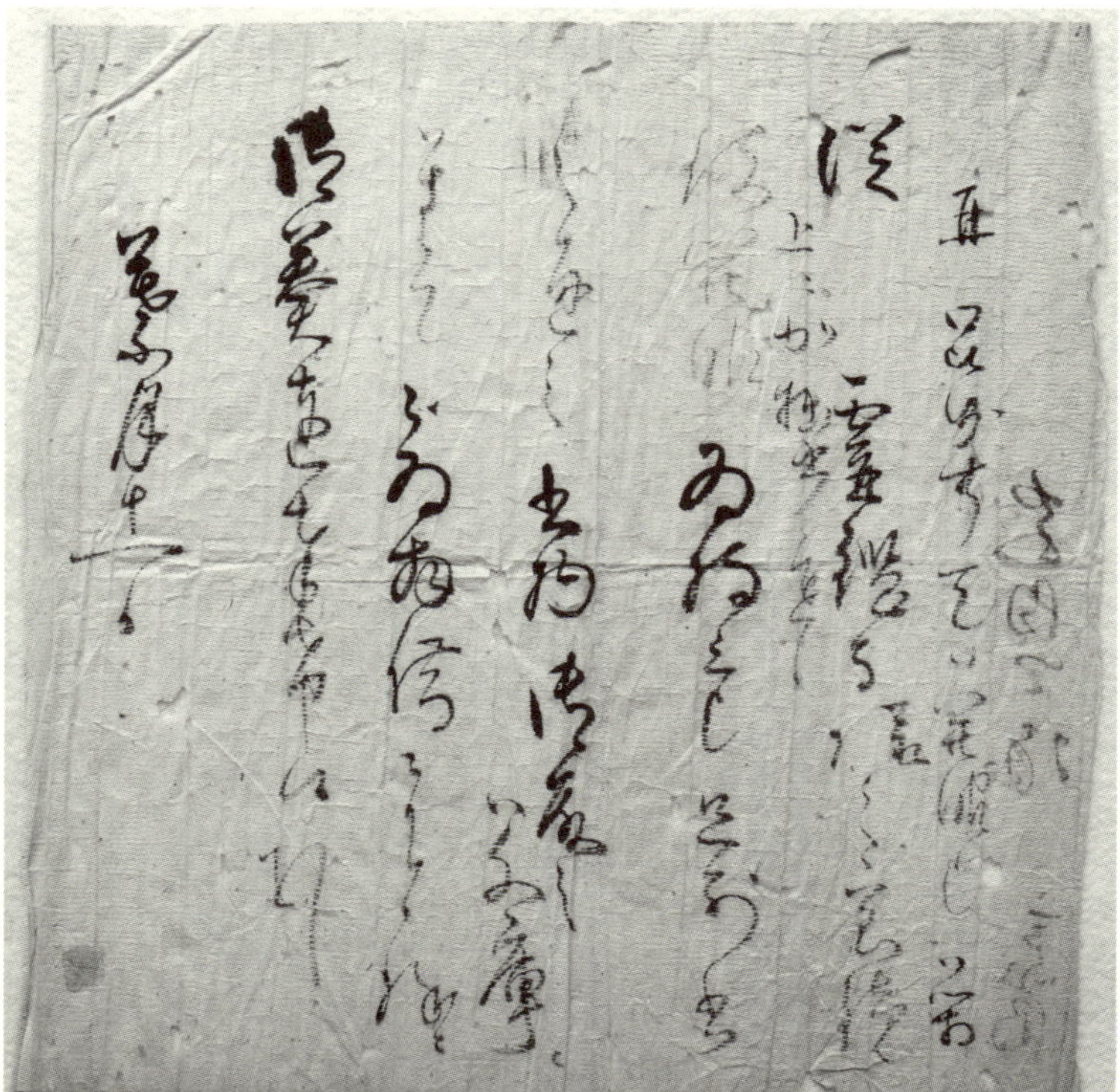

一二四　尊融書状　　写　一通

【装訂】　未装
【料紙】　打曇様の刷模様楮紙
【法量】　縦一七・七×全長八一・〇糎
【書写年代】　江戸時代後期

（本文）「華墨致拝見候。昨日者光車給畏入候。いつもながら別而此比之事故、失敬がち深く御断申入候。弥御安全恐悦に存候。昨日御はなしの一条、委細御申越、何も承、不致他言候故、御安心希候。先者荒々拝答迄早々申入候。恐々謹言。即刻／尊融／拝答」、（尚書き）称名稽古前、まことにあらく御返事申入候。早々。以上」。

▼尊融は久邇宮朝彦親王の法号。文政七年（一八二四）生まれ、明治二十四年（一八九一）没、六十八歳。伏見宮邦家親王の男。興福寺別当、青蓮院門跡、天台座主。安政の大獄で永蟄居。文久三年（一八六三）還俗。公武合体派。（大谷）

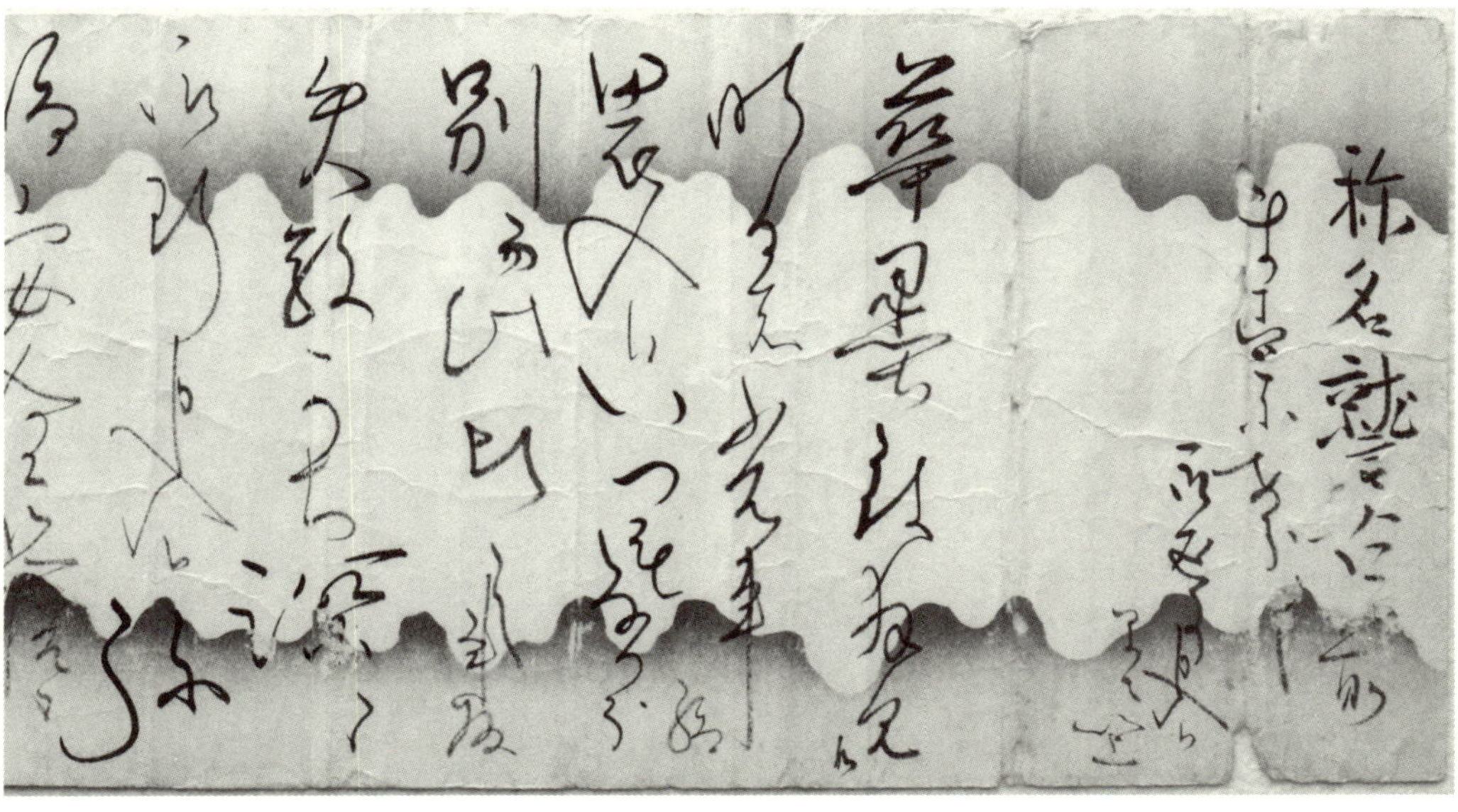

一二五　貞教書状　　写　一通

【装訂】未装
【料紙】布目都鳥刷絵淡彩色楮紙
【法量】縦一七・三×全長二三八・二糎
【丁数】紙四枚継ぎ
【書写年代】江戸時代後期
【備考】「卯月中六」付。「聖門様」宛。

（本文）「御書之様忝拝見候。扨過日御入来、何之風情モ無恐入候。此きうり給り、早速ニ〳〵御礼不浅申入度存候。山端、河鹿一入〳〵ニ鳴、御瀧御本道辺ニハずい分〳〵河鹿之住候所ニ候。蛍火漸一二疋ニ候事、是又山之西ニハ織候事、新田川丸田町辺之月一入〳〵御覧之由承り、将又明日十七日光車給り候御刻げん之事、家父迄御申入之由、辰前之所少し御遅刻之由承、其内に早々光車給り候へ者、猶更〳〵畏入候。昨日所司代参上之様承り、右故之御事に存入候。右ニ付、直子ぎハ早朝より給り候哉。又ハ巳之刻頃よりに而宜敷候哉との御事承り、御用も無候へバ、早天より給り候へバ、猶更〳〵宜敷候間、早天より参り候様御申付希入候。万津宮初断り参候事、此御文庫明日は御あずけ、御封之上落手いたし置候事、明日夕けより、安部外ニ二人、参り候哉。定而互〳〵歟と存入候。又明日拝顔万〳〵申候。昨日者、五十君之誕生ニ候へ共、酒もよきくらいに相済淋敷事に候。貴君之御客者酒なき御却故、こまり事承り候。

一、其日も先晴故、山王祭賑〳〵事承り候。今日こえん茶之御酒白木屋へニ而御催之由承り、先者御用斗御返申入也。恐々謹言／卯月中六貞教／聖門様」、（尚書き）「明日者書院ニ而酒に候間、少子之居間へも光車之由承り、何時成共〳〵〳〵光車、其も宜く存奉候也。」、（尚書き）「くれ〳〵〳〵もきうり御礼申入候。以上」。

▼貞教については未詳だが、先日の来訪、きゅうりの贈り物の御礼、鳴瀧の河鹿の話題、明日の来訪についてなどの文面から、聖護院門跡と親しい間柄の人物か。（大谷）

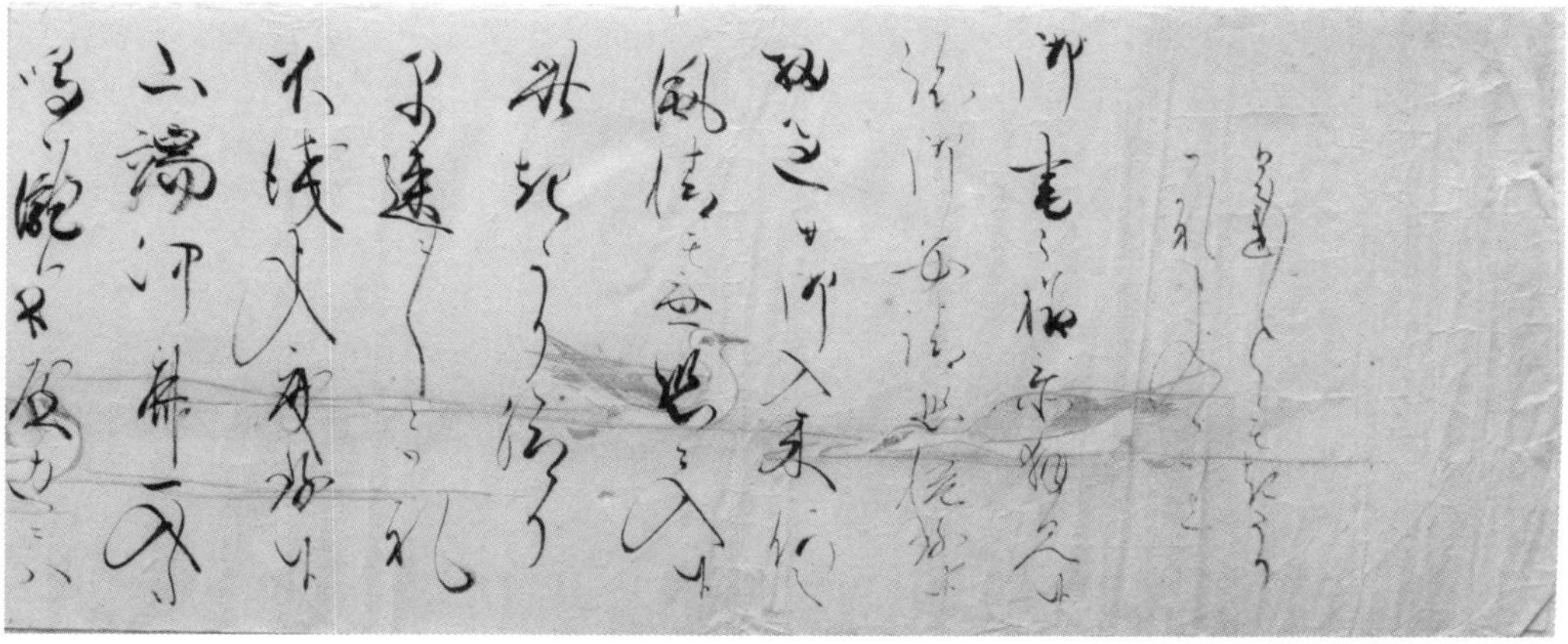

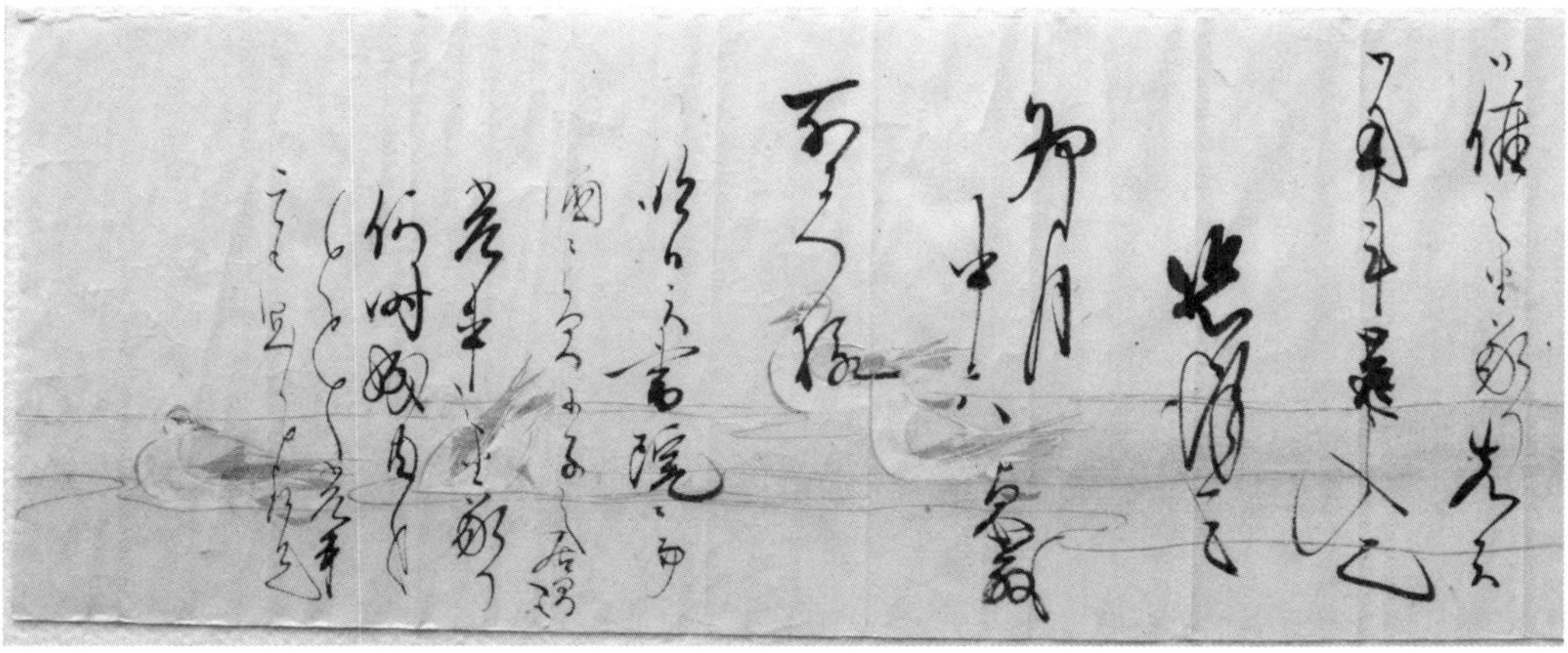

一二六　夜鶴庭訓抜書　　写　一冊

【外題】「夜鶴庭訓抜書」（左肩に打付書、墨書）
【内題】「夜鶴庭訓抜書私以前本有之分其外略之少々書　正三位行能」（端書）
【装訂】袋綴
【表紙】青打曇紙（原装）
【料紙】楮紙
【法量】縦二三・二×横一七・二糎
【丁数】全二六丁、墨付二五丁、遊紙前一丁
【用字】漢字仮名片仮名交じり
【奥書識語】なし
【書写年代】江戸時代初期
【備考】（冒頭）「夫筆硯之道於和漢共有種々之様／右文正文真行草信字仮名蘆手等也。就／其垂露建針一墨貫花魚鱗辺鵲以下／執筆勢雖多、非此家之人候者、少々有枝葉／者、是撰而記量處也。風月ヲカサラハ文章／ヲ不調。然ハ後見之人ノ嘲モアリヌヘケレト／モ、家風吹伝ヘタル旨、大切ニ覚レハ、少年未老之／人ノタメニ心エヤスキ様ニ篇ヲ立チツヽリ集、名／夜鶴庭訓ト云」

▼世尊寺伊行著の書道伝書。群書類従四九四・続群書類従九一五所収本とは異同が大きく、分量も多い。内題の下の割書に「私以前本有之分其外略之少々／書　正三位行能」とあるので、伊行の孫行能が抜書したもの。（大谷）

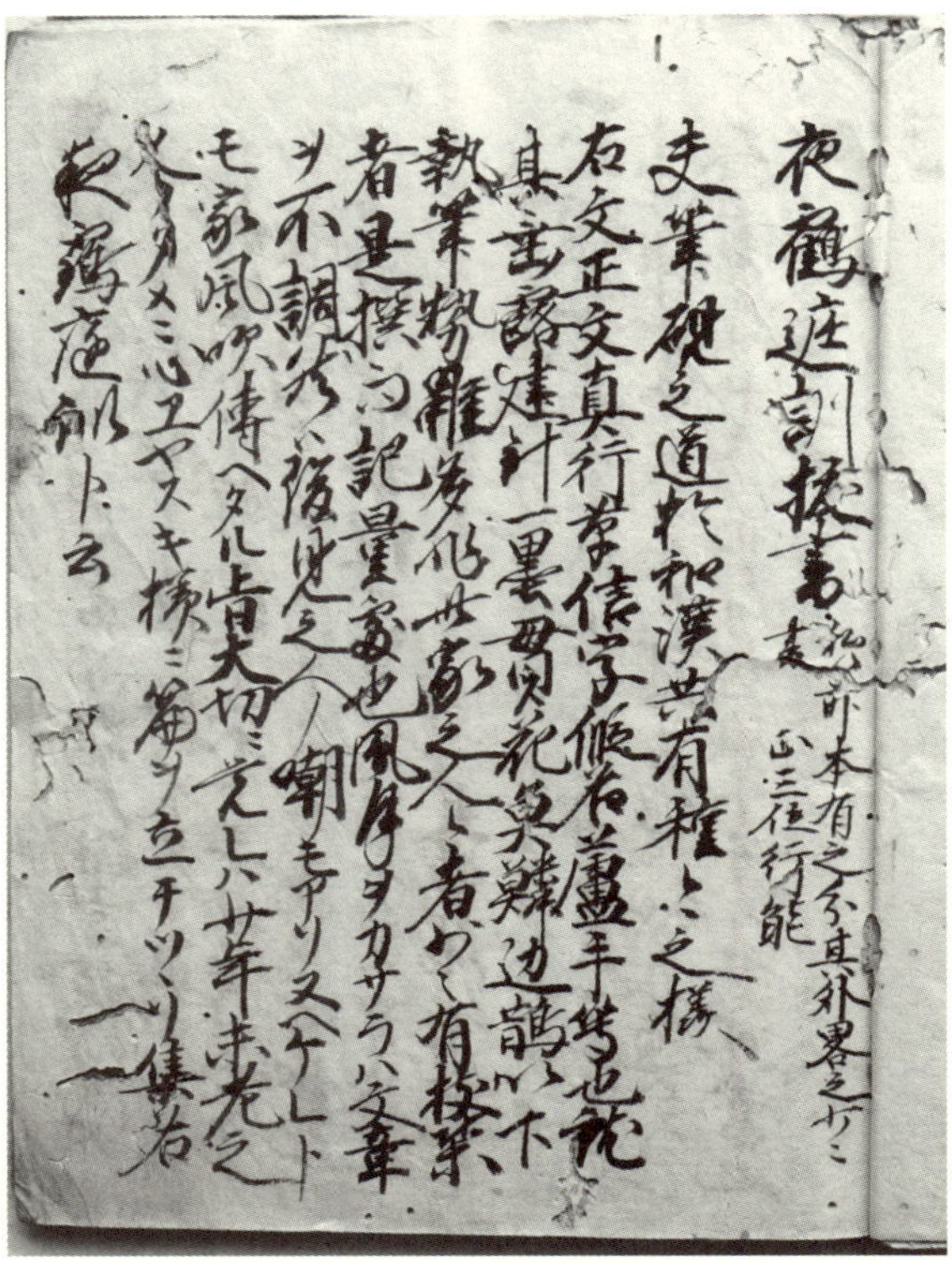
夜鶴庭訓抜書 私以前本有之分其外略之少々 書 正三位行能
夫筆硯之道於和漢共有種々之様
右文正文真行草信字仮名蘆手等也就
其垂露建針一墨貫花魚鱗辺鵲以下
執筆勢雖多非此家之人候者少々有枝葉
者是撰而記量處也風月ヲカサラハ文章
ヲ不調然ハ後見之人ノ嘲モアリヌヘケレト
モ家風吹伝ヘタル旨大切ニ覚レハ少年未老之
人ノタメニ心エヤスキ様ニ篇ヲ立チツヽリ集名
夜鶴庭訓ト云

一二七　扇聞書　写　一冊

【外題】「扇聞書」（中央に打付書）
【内題】なし
【装訂】大和綴（仮綴）
【表紙】本文共紙
【料紙】楮紙
【法量】縦一八・〇×横一一・九糎
【丁数】全一七丁、墨付八丁、遊紙後九丁
【用字】漢字仮名交じり
【奥書識語】なし
【書写年代】江戸時代中期

▼漢詩・漢句・和歌の覚書。三条西公条・後嵯峨院らの和歌、隠元・後醍醐天皇らの漢詩、韻字が抜書されている。（小山）

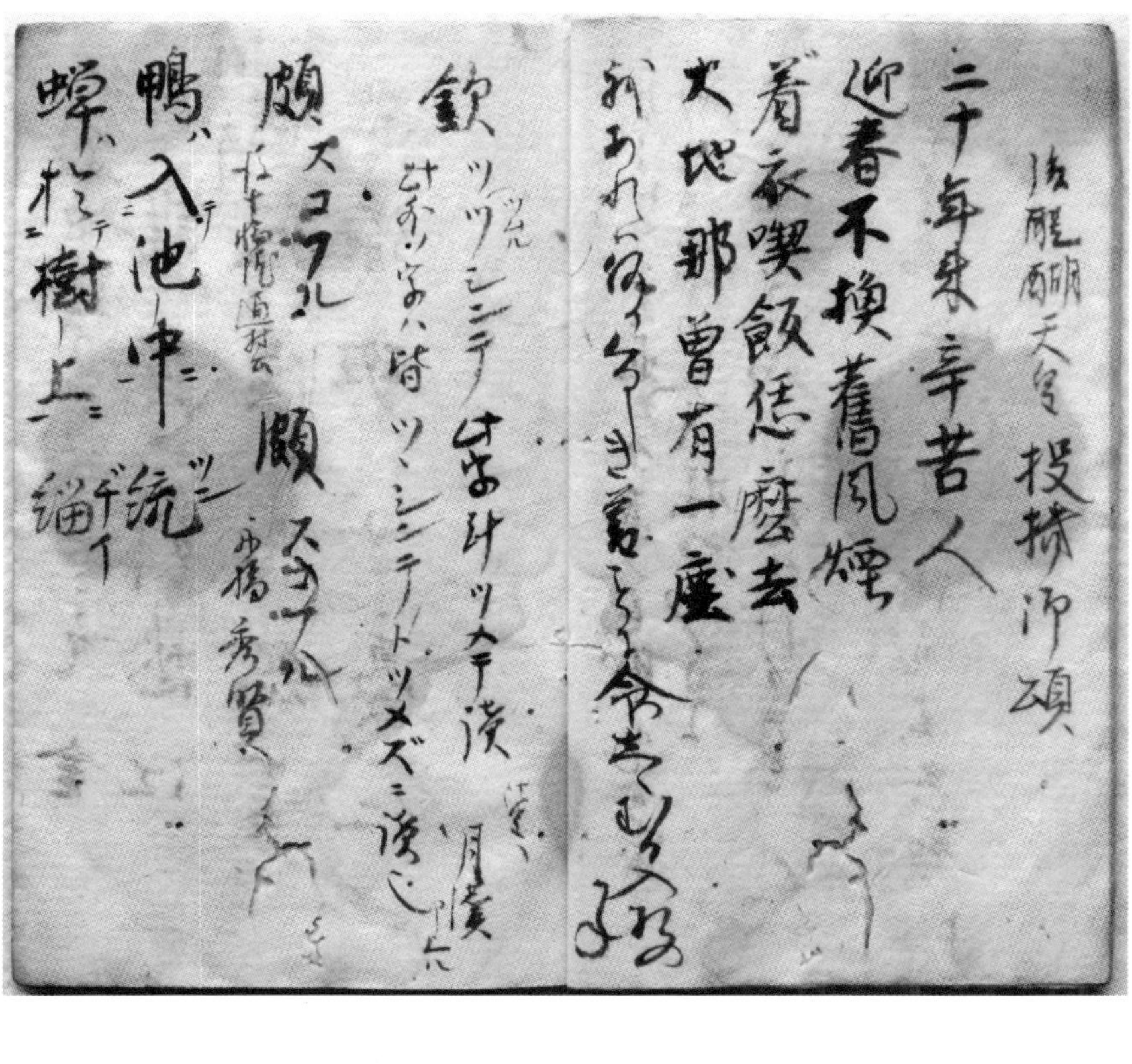

一二八　鈴屋翁真蹟縮図　　刊　一冊

【外題】　なし（左肩の題簽剝落）
【内題】　なし
【装訂】　袋綴
【表紙】　薄縹色布目紙
【料紙】　楮紙
【法量】　縦二二・六×横一六・二糎
【丁数】　墨付一六丁半、遊紙なし
【用字】　漢字仮名片仮名交じり
【刊記】　「嘉永三年庚戌冬／皇都鐸舎蔵版」
▼嘉永三年（一八五〇）に、京都円山で、鐸舎が催した本居宣長五十回霊祭の際に展観した、鐸舎社中所蔵の宣長真蹟等の縮図。（大谷）

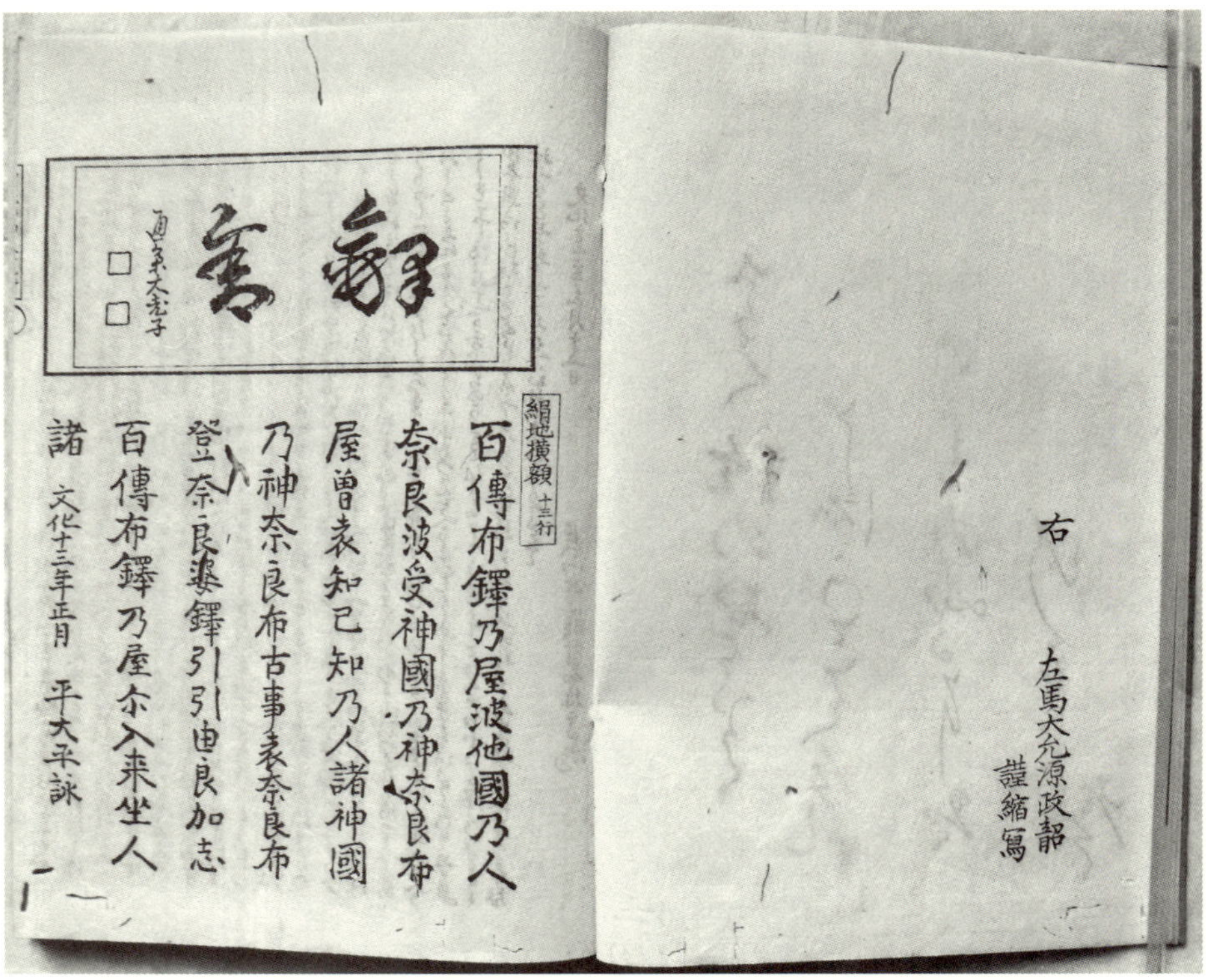

一二九　教の小槌　　写　一冊

【外題】「教の小槌」（左肩に題簽）
【内題】「教の小槌上巻（下巻）」
【装訂】袋綴
【表紙】香色紙
【料紙】楮紙
【法量】縦二五・〇×横一七・九糎
【丁数】墨付一八丁、遊紙なし
【用字】漢字仮名交じり
【奥書識語】なし
【書写年代】江戸時代後期

▼脇坂義堂著。心学の教訓書。序文に「寛政二年戌の春　宝楽亭識述」の序文あり。全てに読点・ふりがな・濁点が施されているので、版本の写しか。寛政二年（一七九〇）刊、下河辺拾水の挿絵入の版本がある。内容は、福神（大黒天）が顕れ、鼻の低い娘・儒者・若い男の望みを打出の小槌を用いて叶えつつ、教え諭すというもの。文中、福神が「鈴木某の」「福神教訓袋」を与えるとの記事が出てくる。「福神教訓袋」は鈴木以敬作、享保十七年（一七三二）刊。

（大谷）

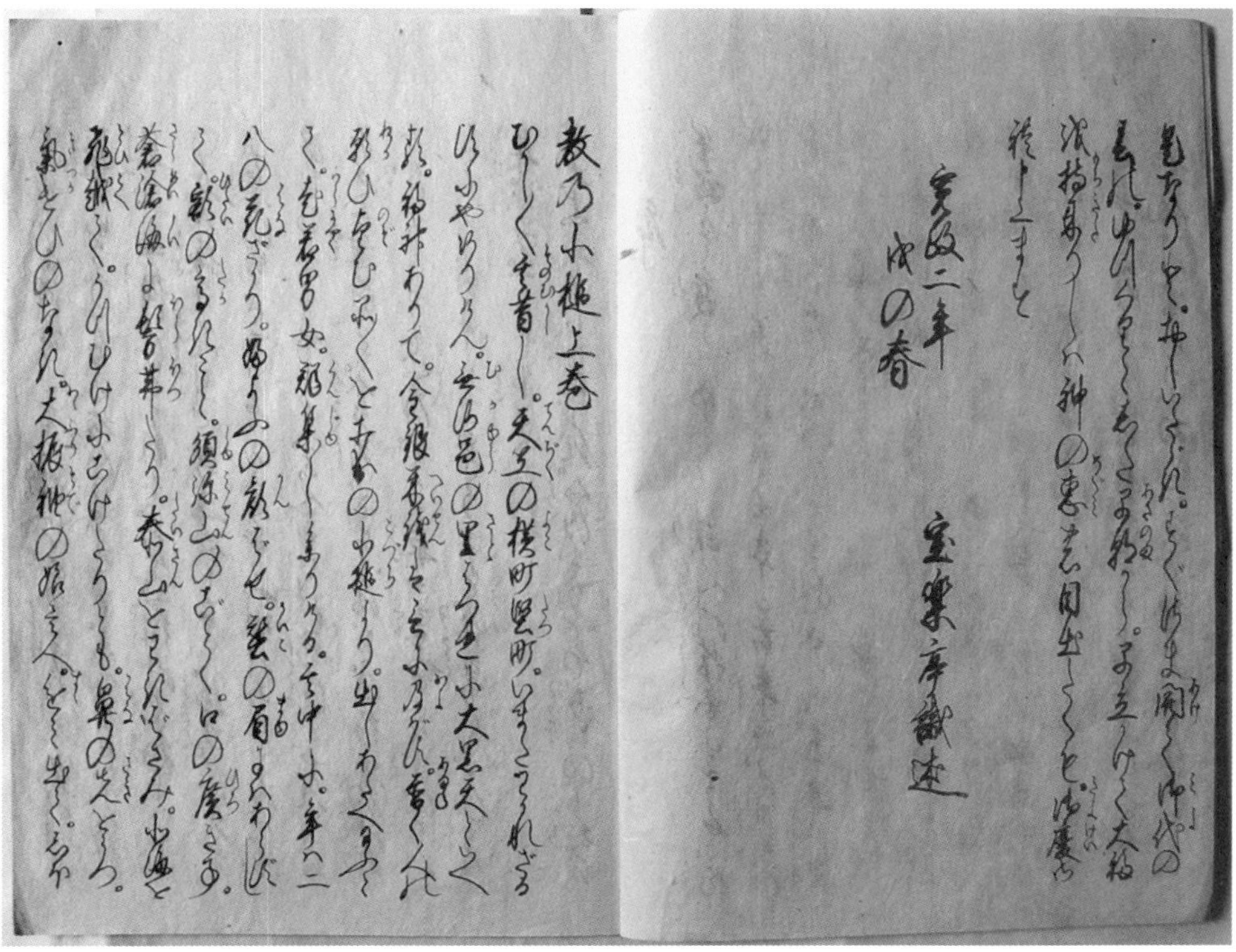

一三〇　播磨名所巡覧抜書　　写　一冊

【外題】「はりま名所巡覧抜書　全」（左肩に打付書、墨書）
【内題】「播磨名所巡覧抜書」（一丁表）、「攝津名所圖會抜書」（一〇丁表）
【装訂】袋綴（五ツ目）
【表紙】紗綾形文空押し縹色紙
【料紙】楮紙
【法量】縦二九・八×横一九・七糎
【丁数】墨付二〇丁、遊紙なし
【用字】漢字仮名交じり
【奥書識語】「西の都のにきやかなるは新京極にしくはなし／いさや見侍らんとあゆみ来しに／観／恭隨需之」（二〇丁裏）、「明治十八年五月廿一日／家生文陽堂より／松尾求受／松尾より所有移事」（裏表紙見返し）、「明治十八年五月／家生文陽堂蔵書」（裏表紙）
【書写年代】明治十八年（一八八五）以前
【備考】茶色刷罫線あり、一面一〇行書。

▼『播磨名所巡覧図会』（文化元年〈一八〇四〉刊）巻一～五、『摂津名所図会』（寛政八年〈一七九六〉刊）巻七～九より、和歌を抜書したもの。地名・位置（〇〇より何丁、等）・和歌・作者を一行書きにし、出典の明らかなものは和歌の右肩に示す。歌数は「播磨名所巡覧抜書」が百六十八首、「摂津名所図会抜書」が二百三首及び漢詩四首。両書に収める地域は重なるところも多い。同地へ旅行の際、詠歌の参考とするために作成されたものか。

（森本）

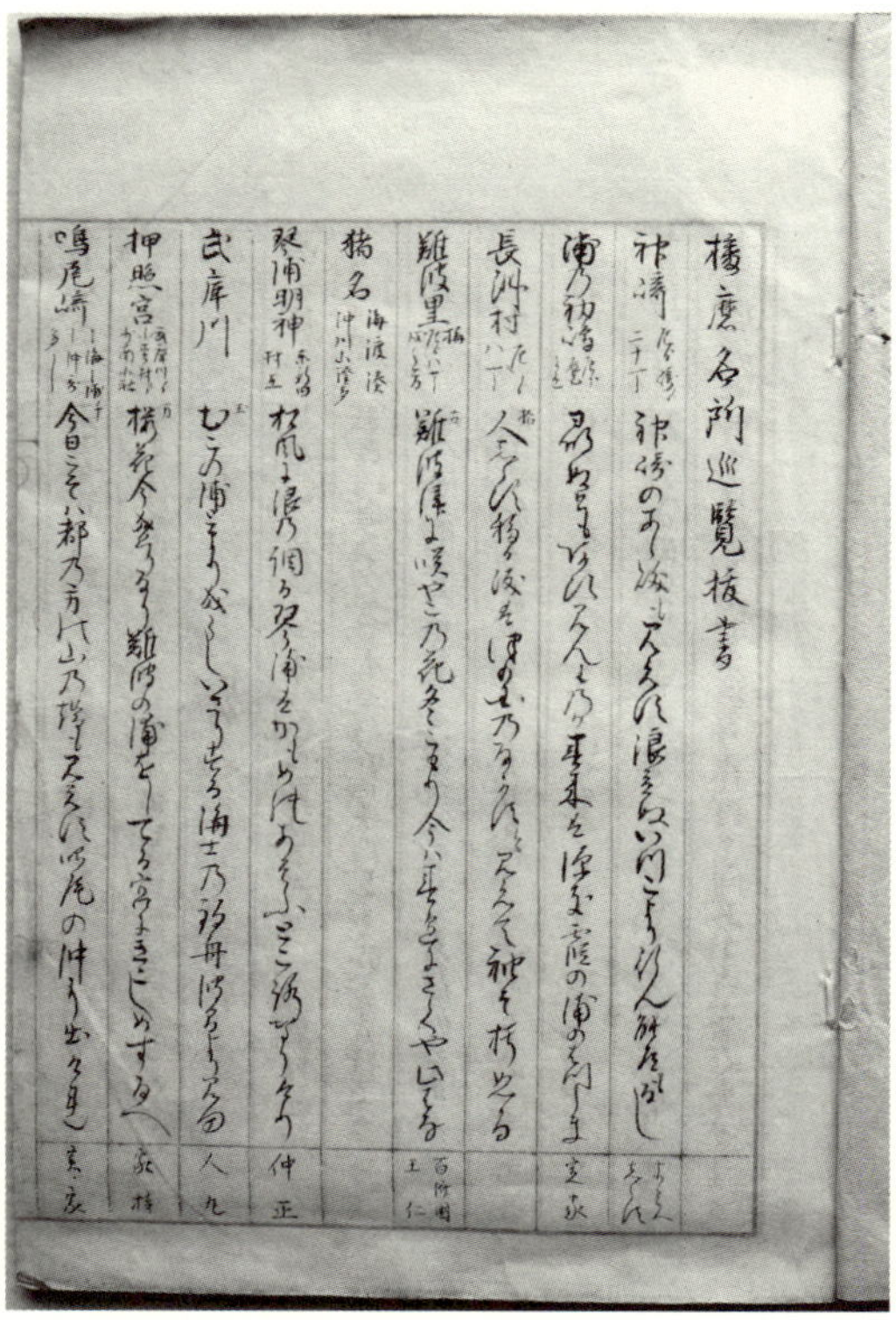

一三一　織仁親王筆　知仁勇横物　　写　一幅

【装訂】掛幅
【料紙】交漉紙
【法量】（本紙）縦二八・七×横五四・五糎
【用字】漢字
【奥書識語】龍淵直書
【書写年代】江戸時代後期（文化九年〈一八一二〉～文政三年〈一八二〇〉）
【備考】関防印「天師入木灌頂」。落款「弌品龍淵親王」。

▼織仁親王は、宝暦四年（一七五四）～文政三年（一八二〇）、六十七歳。有栖川宮六代。父、職仁親王。文化八年（一八一一）一品宣下。文化九年落飾、法号龍淵。九条尚実から入木道伝授を受ける。（大谷）

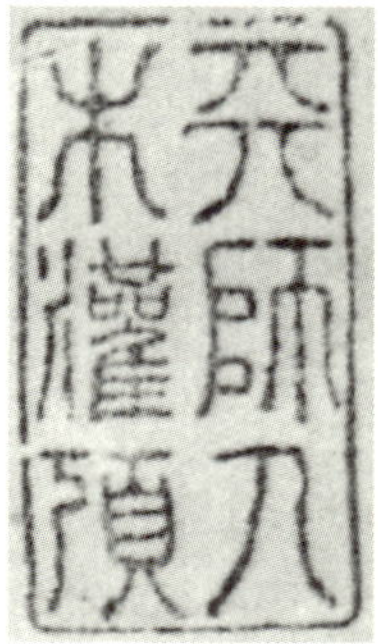

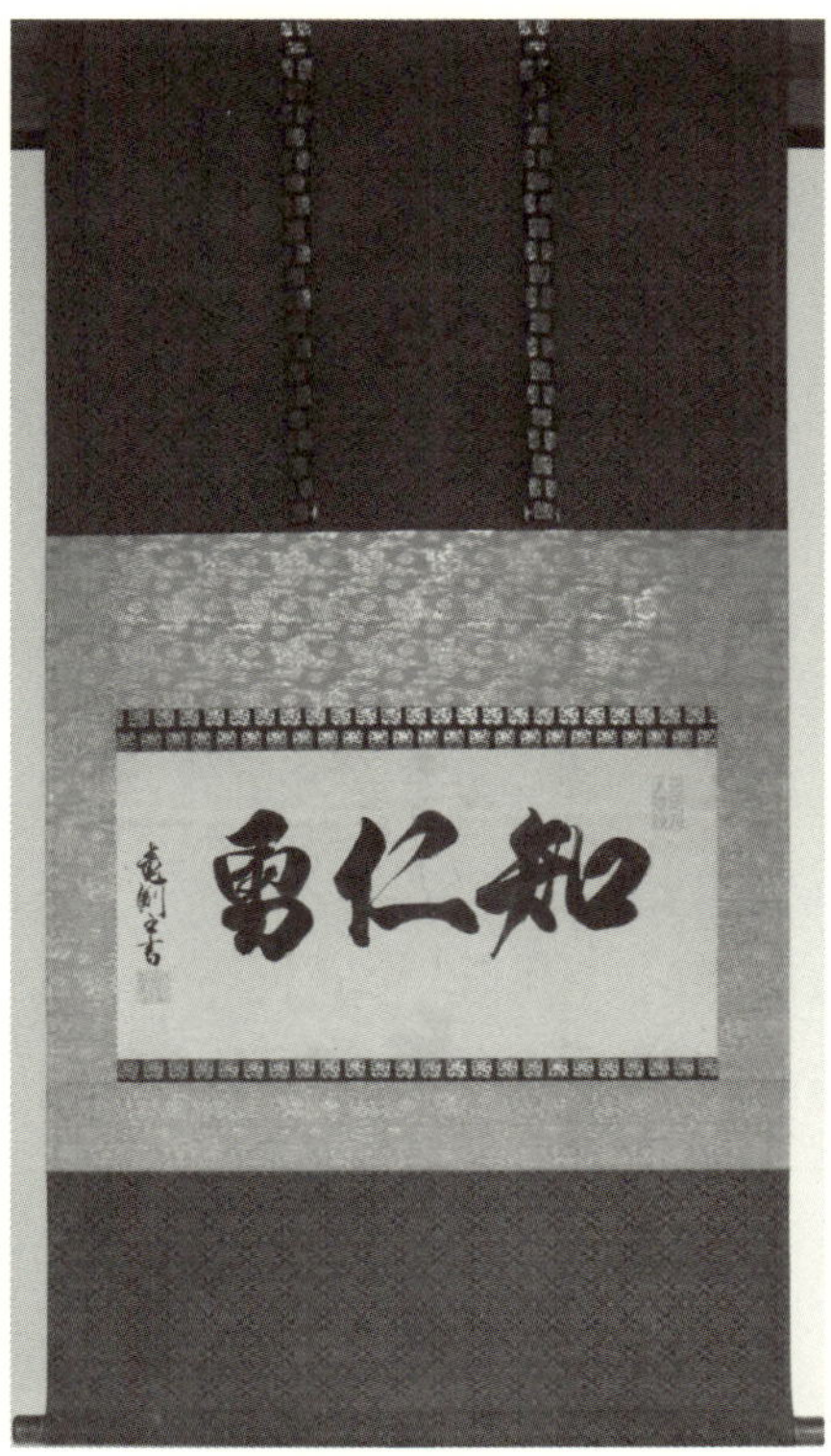

一三二　伝嵯峨天皇筆　歌切　　写　一幅

【装訂】軸装

【料紙】（▼解説参照）

【法量】（本紙）縦二三・五×横一六・五糎、字高二〇・五糎

【書写年代】江戸時代初期

【備考】箱書「嵯峨天皇御歌」、極札「御歌切嵯峨天皇」（裏白）、折紙一紙「嵯峨天皇　みそきして歌丙申秋日極行信」

▼『拾遺抄』（巻第五・賀部・一八八）および『拾遺集』（巻第五・賀部・二九三）所収の伊衡歌の断簡。糊引きを施した地紙に雲母で雷文繋ぎ文様を刷り出した、糊引きの和製唐紙に書写されている。嵯峨天皇を伝承筆者とするが、本資料にみられる「伊衡」は嵯峨天皇崩御後の生まれであるから伝承筆者にすぎない。書誌的特徴から江戸期の書写と判断される。（舟見）

伊衡
みそきしておもふことをそ
いのりつる八百
よろつよのかみの
まに〳〵

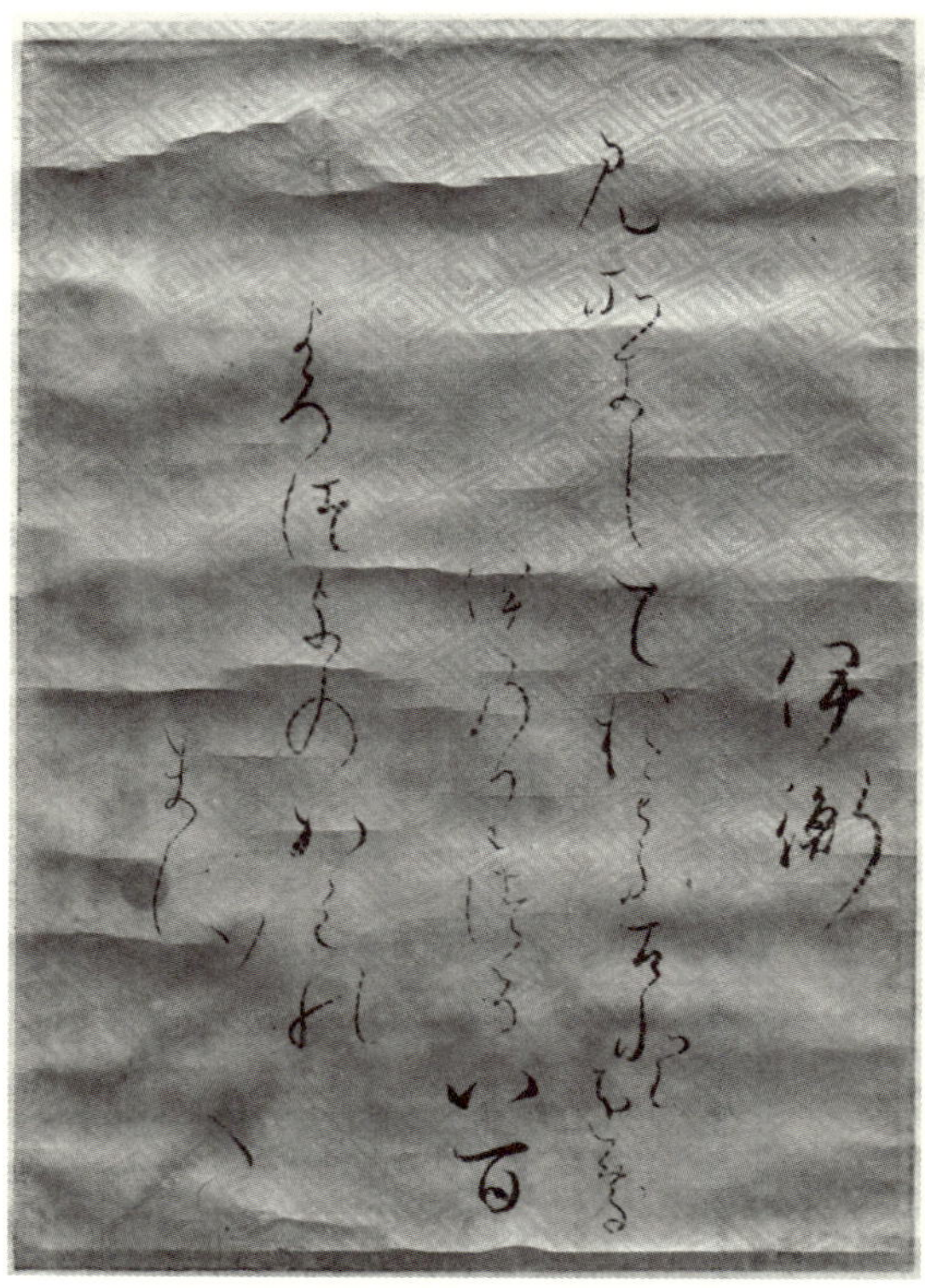

一三三　伝頓阿『続後拾遺集』断簡　写　一幅

【装訂】軸装
【料紙】楮紙（打紙）
【本紙】（本紙）縦二二・五×横一五・四糎、字高二〇・五糎
【書写年代】南北朝時代
【備考】箱書「頓阿歌切　□庵蔵」、端裏外題「頓阿歌切　□庵蔵」

▼『続後拾遺集』巻第十五・雑歌上・九九四〜九九六番歌の断簡。『古筆学大成　十二』「伝頓阿筆続後拾遺集切」（『文彩』所収）のツレ。筆跡は頓阿の真筆とはしがたいが南北朝期の書写とみてよい。善本とされる吉田兼右筆本との異同はない。（舟見）

さくらはなはやもさかなむむ（ママ）そちまて
　なれぬる老のこゝろつくさて
　　故郷待花といへることを
　　　　　　　為道朝臣
ふるさとにさらてはとはむ人もなし
　さきてをさそへみよしのゝはな
　　修行のついてに大峯のはなをみ侍ける
　ことを年へて後おもひゝよみ侍ける
　　　　　前大僧正道昭

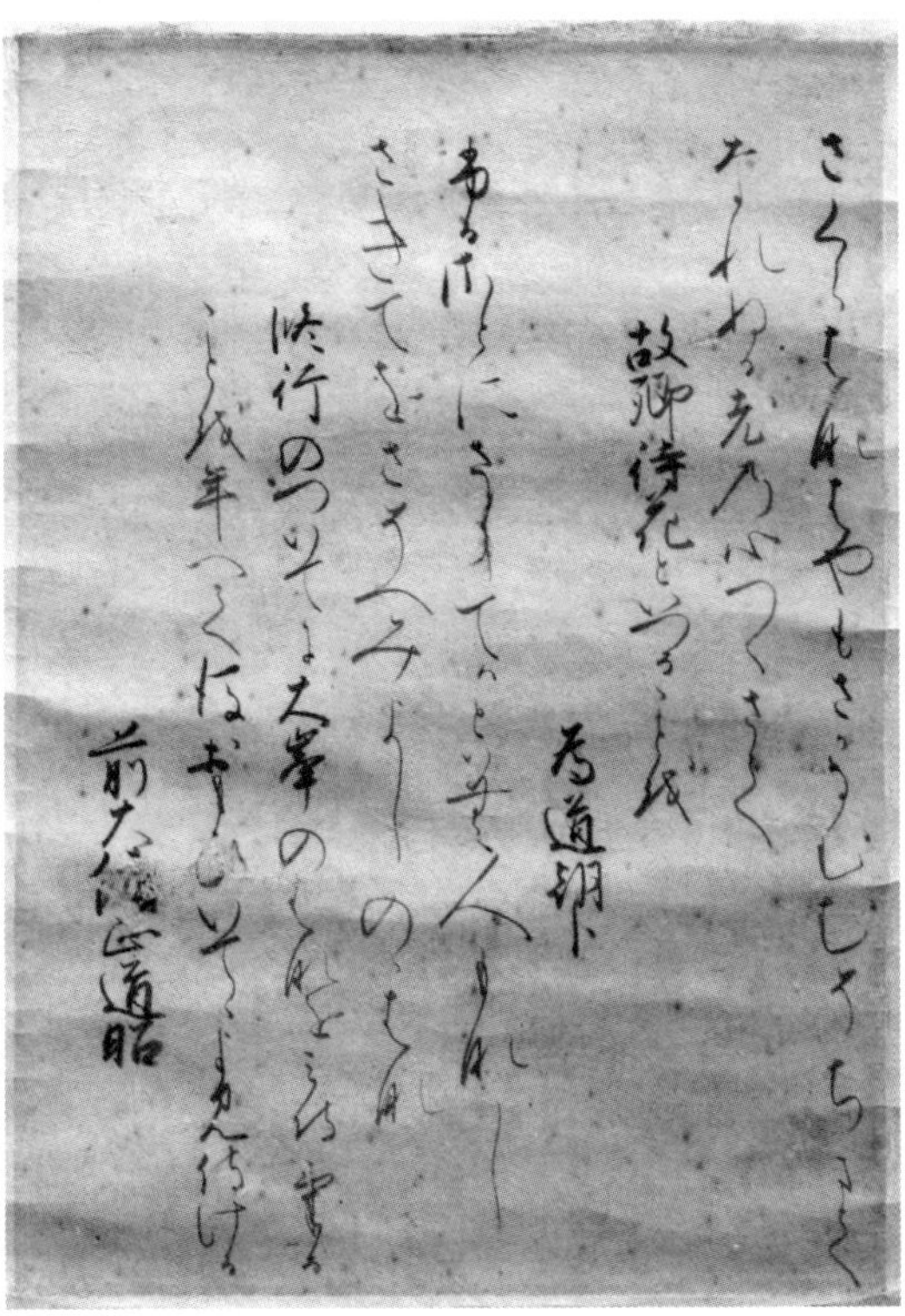

一三四　古筆切

三室戸寺には一〇九葉の古筆切が、すべてマクリの状態で保存されている。断簡のなかには、手鑑から剥がした跡が裏面にあるものもあるが、鑑定者に傾向があるわけではないので、同じ帖に張り込まれていたとは考え難かろう。聖護院所蔵の大手鑑と関連あるかとも思われるが判然とせず、伝来を示す記録も見いだせない。そこで今回、書写内容ごとに分類したうえで、作品の成立年代に従って整理をさせて頂いた。なお、昭和十四年（一九三九）九月に、恩頼堂文庫蔵者として著名な猪熊信男氏によって十一葉のみ鑑定が行われており、「古筆覚」とする自筆のメモが存する（図版巻末参照）。

標題は、通し番号、伝承筆者（極札等が無い場合は「伝承筆者名なし」と記載）、作品名（作品名が未詳の場合は〔　〕に仮称を示す）、切としての名称、とする。伝承筆者や切名の異伝がツレにある場合は、最後に（＊）として示した。続けて推定書写年代を「〔　〕」に入れて示し、その下に部立等の作品内の所在を示した。歌番号は新編国歌大観番号である。【鑑定】に極札の表裏や裏書の翻刻を示した。極札の裏面が白紙のものは「(裏白)」としている。鑑定のないものは「なし」と示した。【書誌】には、法量（縦×横・糎）、字高、紙質、その他の書誌的特徴を適宜示した。▼に解題を記す。参看した著名な複製本等については書名のみ挙げたものもある。了とされたい。最後に翻刻を示したが、仏書や書状等、翻刻を省略したものもある。図版は末尾に一括した。紙面が鮮明に見えることを優先したため縮尺率は一定ではないので、各書誌の法量を確認されたい。

（舟見）

一　伝九条兼実　『古今集』　金銀砂子切　182頁（後掲図版の頁数を示す。）

〔鎌倉時代初期〕写　巻第十九・雑躰歌（一〇〇九～一〇一〇）

【鑑定】　極札オモテ「九条殿　兼実公　題しらず（守村）」
　ウラ「（了任）」

【書誌】　一六・四×一四・七糎、字高一四・六糎、斐紙、金銀切箔散、金銀砂子蒔、雲母引

▼兼実を伝承筆者とする『古今集』の六半切としては中山切が著名だが、それとは別種。ツレの断簡は『古筆学大成』の四葉（三〇「伝九条兼実筆金銀砂子切本古今和歌集」）や、『古筆切影印解説Ｉ』の二葉（「伝九条兼実筆金砂子切」）などが知られる。名葉集類に記述がないため、解説書類では箔切、金銀砂子切、金砂子切などと名称は不統一。本断簡の本文は定家本系統に一致しているが、ツレの断簡のなかには異文注記をもつものや、特異な本文であるものが少なくない。

題しらす
はつせ河ふる河のへにふたもとあるすきとしをへて又もあひみむふたもとあるすき
つらゆき
君かさすみかさの山のもみち葉のいろ神なつきしくれのあめのそめる

なりけり

二　伝西行『古今集』（四半切）　183頁

〔鎌倉時代初期〕写　巻第四・秋歌上（二三八〜二三九）

【鑑定】①極札オモテ「西行法師　いてによめる（牛庵）」（裏白）
　②極札オモテ「西行法師　いてによめる（弌守）」
　　ウラ「（青文長方印「右宗屋」）」

【書誌】二〇・五×一四・一糎、字高一九・〇糎、楮紙（打紙）

▼名葉集類の西行の項目には、古今集切の記述は見いだせない。西行を伝承筆者とする古今集切としては、『古筆切影印解説Ⅰ』所収断簡などが知られているが、当該断簡とは別種で、ツレは見いだせていない。本文は定家本系統に一致する。

いてによめる
　　　　たいらのさたふむ
花にあかてなにかへるらんをみなへし
おほかるのへにねなましものを
　これさたのみこの家哥合によめる
　　　　としゆきの朝臣
なに人かきてぬきかへしふちはかま

三　伝細川三斎『古今集』（四半切）（＊伝家隆筆古今集切）　183頁

〔鎌倉時代後期〕写　巻第九・羇旅（四一一〜四一二）

【鑑定】紙背に「三斎公」と墨書

【書誌】二三・七×一五・四糎、字高二一・〇糎、斐紙、紙背に「七十六」と墨書

▼裏面の墨書は「三斎公」すなわち細川忠興と読めるが、筆跡などからは『古筆学大成　四』が「家隆（三）」として分類したもののツレであろう。久保木秀夫氏「伝家隆筆『古今集』残簡及び断簡」（『国文学叢録』笠間書院、二〇一四年）によると、断簡七葉と、仮名序と真名序の残簡（鶴見大学蔵）が現存。この一連の断簡群には、特異な異本歌や清輔本の勘物が見いだされるなど注目すべき点が多い。なお異文注記「む」は本文とは別筆。

　といひけるをうちきゝてよめる
なにしおはゝいさことゝはんみやことり
わかおもふ人はありやなしやと
たいしらす　　　　よみ人しらす
きたへゆくかりそなくなる〈む〉つれてこし
かすはたらてそかへるへらなる
　このうたはある人おとこをんなもろともに人のくにへ
まかりけりおとこまかりいたりてすなはち
みまかりにけれはをんなひとり京へかへりけるみちに
かへるかりのなきけるをきゝてよめるとなんいふ

四　伝俊寛『古今集』（四半切）　184頁

〔鎌倉時代中期〕写　巻第十七・雑歌上（九二〇）

【鑑定】①極札オモテ「俊寛僧都　中務の（守村）」
　　ウラ「（了任）」
②紙背に「俊寛僧都」と墨書

【書誌】二四・七×一七・七糎、字高二二・〇糎、斐紙、左端に綴糸穴跡

▼三輪切とは別種の古今集切。三輪切とは異なる伝俊寛筆切も数種類報告されているが、いずれとも別種のようである。本文は定家本系統に一致する。

　中務のみこの家の池に舟をつくりておろしはしめてあそひける日法皇御覧しにおはしましたりけりゆふさりつかたかへりおはしまさむとしけるおりによみてたてまつりける
　　伊勢
水のうへにうかへる舟のきみならはこゝそとまりといはましものを

五　伝承筆者名なし『古今集』（四半切）（＊伝為氏筆古今集切）　184頁

〔鎌倉時代後期〕写　巻第二・春歌下（一二二〜一二四）

【鑑定】なし

【書誌】二三・〇×一四・八糎、字高二一・二糎、斐紙

▼本断簡には伝承筆者に関する記載がないが、『古筆学大成　五』「伝二条為氏筆古今和歌集切（三）」（根津美術館蔵一号手鑑）のツレである。一首目初句「はるのあめに」の右傍には「サメニ」という異文注記があり、この異文注記をふくめて、本断簡と完全に一致する伝本は昭和切のみ。ツレである根津美術館蔵断簡も昭和切とのみ一致しており、俊成本古今集の断簡である可能性が高い。

はるのあめに（サメニ）ほへるいろもあかなくにかさへなつかしやまふきのはな
やまふきはあやなゝさきそはるみむとうゑけむきみかこよひこなくに
　よしのかはのほとりにやまふきのさけりけるをよめる
　　つらゆき
よしのかはきしのやまふき吹かせにそこのかけさへうつろひにけり

六　伝素眼／伝伏見院『古今集』（大四半切）　184頁

〔南北朝時代〕写　巻第十四・恋歌四（七四〇〜七四三）

【鑑定】①極札オモテ「金蓮寺素眼法師　中納言（養心）」
　　ウラ「（朱割印）切　丙辰正（神田道伴）」
②紙背に「素眼」と墨書
③紙背に「伏見院」と鉛筆書

【書誌】二九・三×二二・三糎、字高二六・〇糎、斐紙、後補の金紙枠

▼名葉集類の素眼や伏見院の項目に該当する記述はない。ツレの断簡として『浄照坊蔵古筆切集』掲載の断簡がある。また『古筆切影印解説Ⅰ』の「伝素眼筆下絵切」（室町時代　第四三図）には泥絵が書き込まれているが、後に書き加えられたものであるので、こちらもツレであろう。本文は定家本系統に一致する。

中納言源のゝほるの朝臣のあふみのすけに
侍ける時よみてやれりける　閑院
相坂のゆふつけとりにあらはこそきみかゆきゝをなくくもみめ
たいしらす　伊勢
ふるさとにあらぬ物からわかために人の心のあれてみゆらん
寵
山かつのかきほにはへるあをつゝら人はくれともことつてもなし
さかゐのひとさね
おほそらはこひしき人のかたみかは物思ことになかめらるらん

七　伝東常縁『古今集』（四半切）

185頁

〔室町時代初期〕写　巻第五・秋歌下（二一五）

【鑑定】紙背に「常縁」と墨書

【書誌】二三・五×三・七糎、字高二〇・〇糎、斐紙

▼名葉集類の常縁の項に該当する記述はない。『古筆切影印解説Ⅰ』には常縁を伝承筆者とする古今集切が掲載されているが、本断簡とは別種。ツレの断簡は見あたらない。本文は定家本系統に一致する。

貞観の御時綾綺殿のまへにむめの木ありけりにしのかたにさせりける枝のもみちはしめたりけるをうへにさふらふをのこともよみけるついてによめる
藤原かちをむ
おなしえをわきてこのはのうつろふは
西こそ秋のはしめなりけれ

八　伝宗鑑『古今集』（四半切）

185頁

〔室町時代後期〕写　仮名序

【鑑定】①極札オモテ「山崎宗鑑　連哥師」（裏白）
②紙背に「山さき宗鑑」と墨書

【書誌】一七・六×一三・三糎、字高一六・六糎、斐紙

▼仮名序末尾の断簡。上部は二字ほど断ち切られている。名葉集類の宗鑑の項目には古今集切に関する記述がなく、宗鑑を伝承筆者とする古今集切についても見いだせていない。なお、次掲の九とは筆跡がよく似ているが、法量や紙質が異なるので別種である。

［　］松のはのちりうせすしてまさき

［　］なかくつたはり鳥の跡ひさしく

九　伝承筆者名なし『古今集』（四半切）　185頁

〔室町時代後期〕写　巻第十九・雑躰歌（一〇〇三〜一〇〇五）

【鑑定】なし

【書誌】二四・八×一七・五糎、字高二二・〇糎、斐紙、紙背に「い
　五十一」と墨書

▼極札などはなく、ツレの断簡は見あたらない。一〇〇五番歌の第五句を「はつしくれ」とすることから、本断簡は定家本のうち貞応二年七月本系統とは別系統のようである。

わかえつゝみん
君かよに相さか山のいはし水こかくれたりとおもひける哉
　冬のなかうた　　凡河内躬恒
ちはやふる　神な月とや　けさよりは　くもりもあへす
はつしくれ　紅葉と共に　ふるさとの　よしのゝ山の
山あらしも　さむく日ことに　なりゆけは　玉のをとけて
こきちらし　あられみたれて　しもこほり　いやかたまれる
庭のおもに　村〳〵みゆる　冬草の　うへにふりしく
しら雪の　つもり〳〵て　あら玉の　としをあまたも

一〇　伝承筆者名なし『古今集』（四半切）　186頁

〔模写〕巻第十二・恋歌二（五五五〜五五六）

【鑑定】なし

【書誌】二三・二×一七・一糎、字高二一・二糎、漉き返し紙

▼俊成晩年の書風と極めて似通うが、俊成真筆とは見なしがたく、模写と判断される。しかし、本文は俊成本と一致し、さらに仮名遣いや字母も、俊成の自筆資料群にみられる特徴と一致している。

　素性法師
あき風の身にさむけれはつれもなく
ひとをそたのむくるゝよことに
　しもつ出雲寺に人のわさし
　ける日真済法師の導師
　にていえりけることはを
　うたによみておのゝこまちか
　もとにつかはせりける　安辺清行朝臣
つゝめともそてにたまらぬしらたまは

一一　伝冷泉為相『後撰集』（四半切）（＊伝阿仏尼筆角倉切）　186頁

〔鎌倉時代後期〕写　巻第十九・離別（一三一五〜一三一七）

【鑑定】①極札オモテ「為相卿　うきといひて」
　②紙背に「為相」と墨書

【書誌】二二・二×一五・二糎、字高一九・〇糎、斐紙（雲母引）
▼本断簡は為相を伝承筆者とするが、「伝阿仏尼筆角倉切」のツレである。伝阿仏尼筆角倉切は、「伝園基氏筆木曾切」と称されている場合もあるが、当該断簡のように為相を伝承筆者とする場合も白鶴美術館蔵手鑑所収の断簡の如くあったようである。一三一五番歌第三句を本断簡と同じく「こころなれば」とする伝本は非定家本系統の雲州本のみ。また、一三一七番歌の作者を「読人不知」とする伝本も、非定家本系統の承保三年本・慶長本のみである。

うきといひて侍けれは
　よみ人しらす
はつかりのわれもそらなるこゝろなれは
君もの（ママ）うきたひにやあるらん
　あひしりて侍ける女の人のくにへ
　まかりけるにつかはしける
　　みなもとのきむたゝの朝臣
いとせめて恋しきたひのからころも
ほとなくかへす人もあらなん
　返
　　よみ人しらす
からころもたつひをよそにきく人は
かへすはかりのほとも恋しを

一二　伝冷泉為相『後拾遺集』（四半切） 187頁
〔鎌倉時代後期〕写　巻第十・哀傷（五八九～五九一）
【鑑定】①極札オモテ「冷泉殿為相卿　ちゝの服ぬき（拝）」
　②極札オモテ「ちゝの服ぬき　冷泉殿為相（長好）」
　ウラ「（朝倉茂入）」
【書誌】二五・〇×一六・四糎、字高二二・五糎、斐紙
▼『増補新撰古筆名葉集』にある「同（＝四半）後拾遺ウタ二行書」に該当するものか。ツレの断簡は、『古筆切影印解説Ⅱ』や『玉海』などにある。五九一番歌の作者名「～朝臣女子」は独自異文。

　ちゝの服ぬき侍ける日よめる
　　平棟仲
おもひかねかたみにそめしすみそめの
ころもにさへもわかれぬるかな
　　平教成
うすくこくころものいろはかはれとも
おなしなみたのかゝるそてかな
　服ぬき侍けるによめる
　　藤原定輔朝臣女子

一三　伝承筆者名なし『千載集』（四半切）（＊伝転法輪実綱筆千載集切） 187頁
〔安土桃山時代〕写　巻第六・冬歌（四〇一～四〇五）
【鑑定】なし

【書誌】二六・五×二一・六糎、字高二二・九糎、楮紙（打紙）
▼伝承筆者の記載はないが、筆跡や法量などから、『玉海』所収「伝転法輪殿庶流実綱公筆千載集切」のツレであろう。右辺に四箇所の綴じ穴跡がある。

題しらす　藤原もとゝし
霜さへてかれゆくをのゝ岡へなるならのひろ葉の時雨ふるなり
馬内侍
ねさめして誰かきくらん此比のこの葉にかゝる夜半のしくれを
法性寺入道前太政大臣内大臣に侍ける時
家の哥合に時雨をよめる　源定信 法名道寂
をとにさへ袂をぬらす時雨かなまきのいたやの夜半のね覚に
崇徳院に百首の哥たてまつりける時落葉の
哥とてよめる　皇太后宮大夫俊成
まはらなるまきのいたやに音はしてもらぬ時雨や木葉成らん
時雨の哥とてよみ侍ける　仁和寺後入道法親王 覚性

一四　伝承筆者名なし　『千載集』（四半切）（＊伝三条西公国筆千載集切） 187頁

〔安土桃山時代〕写　巻第十八・雑歌下（一一九九）
【鑑定】なし
【書誌】二六・〇×二一・七糎、字高二〇・〇糎、楮紙（打紙）
▼伝承筆者について記述はないが、筆跡などから『古筆切影印解説Ⅱ』所収の「伝三条西公国筆四半切」のツレであろう。名葉集類の公国の項目には千載集切についての記述はない。

阿弥陀の小呪のもしをうたのかみにをきて
十首よみ侍ける時おくにかき侍ける

一五　伝承筆者名なし　『新古今集』（六半切） 188頁
（＊伝甘露寺光経筆新古今集切）

〔鎌倉時代初期〕写　巻第五・秋歌下（四六九〜四七二）
【鑑定】なし
【書誌】一四・五×一四・五糎、字高一三・七糎、斐紙（雲母引）、
紙背に「百卅［　］」と墨書
▼伝承筆者に関する記載はないが、『平成新修古筆資料集　第一集』に掲載されている「三七　伝甘露寺光経筆六半切」のツレ。同じ光経を伝承筆者とする八坂切とは別種である。改行位置が句の切れ目に対応していない点などは古い書写形式を残していよう。

寂蓮法師
ものをもふ袖よりつゆやならひけん
秋風ふけはたえぬ物とは
秋哥中に
太上天皇
つゆは袖にものおもふころはさそな

をくかならすあきのならひならねと
野原よりつゆのゆかりをたつね
きてわかころもてにあきかせそふく
　たいしらす

一六　伝二条為家『新古今集』（六半切）　188頁

〔鎌倉時代中期〕写　巻第十三・恋歌三（一一六四～一一六五）

【鑑定】①紙背に「為家」と墨書
②小紙片オモテ「右者為家ト申傳候京ニテ／慥極メ申之外
しらす候成程見事／なる切也　小十□」

【書誌】一六・七×一五・〇糎、字高一五・〇糎、斐紙

▼名葉集類の為家の項目に新古今集切の記載はない。ツレの断簡として、名古屋大学附属図書館後藤文庫所蔵の一葉があり、藤井常智によってやはり伝為家筆と極められている。一面八行に行間を広くとって書写し、句の切れ目と改行が対応していない点に特徴がある。

　初遇恋のこゝろを
　　　俊頼朝臣
あしのやのしつはたをひのかたむす
ひこゝろやすくもうちとくる哉
　題不知
　　　読人不知
かりそめにふしみのゝへのくさまくら
つゆかゝりきと人にかたるな

一七　伝二条為右『新古今集』　豊前切　189頁

〔南北朝時代〕写　巻第十八・雑歌下（一七二七）

【鑑定】紙背に「二条家為右朝臣」と墨書

【書誌】二五・七×七・〇糎、字高二一・五糎、斐紙、銀泥月雲草下絵（後補）

▼豊前切の新出断簡。安政五年版の古筆名葉集には「豊前切　新古今歌二行書泥画アルハ後書ナリ」とあるので、本断簡の銀泥絵も後書きである。なお『小津家古筆切聚影』の解説では、豊前切は複数種に分けられると指摘されており、検討の余地があろう。

　上東門院高陽院におはしましけるに
　行幸侍てせきいれたる瀧を御覧して
　　　後朱雀院御哥
たきつせに人のこゝろをみることは

一八　伝承筆者名なし『新古今集』（四半切）　189頁

〔鎌倉時代中期〕写　巻第五・秋歌下（五四六～五四九）

【鑑定】なし

【書誌】二四・五×一五・六糎、字高二〇・四糎、斐紙（雲母引）、撰者名注記（墨）・隠岐本符号（朱）あり

▼五四六番歌の歌頭と五四九番歌の詞書に朱筆で隠岐本符号が施され

ている。冷泉家時雨亭文庫蔵隠岐本にはこの二首がないので、この隠岐本符号は削除歌に対して施されたものである。五四七番歌の第三句に異文注記があり、国立歴史民俗博物館蔵伝冷泉為相筆本などが、異文注記の如く「こしかとも」とする。伝承筆者に関する記載はなく、ツレの断簡は見いだせていない。

卩　╲うちむれてちるもみちはをたつぬれは
　やまちよりこそあきはゆきけれ
　　つのくにゝはへりけるころ道済か
　　許につかはしける
　　　　　能因法師（カ歟イ）
なつくさのかりそめにとてこしやとも
なにはのうらにあきそくれぬる
　　くれのあきおもふことはへりけるころ
かくしつゝくれぬるあきとおひぬれは
しかすかになをものそかなしき
　╲五十首哥よませはへりけるに

一九　伝承筆者名なし　『新古今集』（六半切）　189頁

〔鎌倉時代後期〕写　巻第六・冬歌（六〇〇～六〇二）

【鑑定】　なし

【書誌】　一五・六×一四・七糎、字高一五・三糎、楮紙（打紙）

▼中院通方を伝承筆者とする六半切のツレかと思われる。わずか一葉のなかで誤りを訂正した箇所が四箇所と多いが、際だった本文異同はない。なお下部は大幅に断ち切られている。

　　雨後冬月といへるこゝろを
　　　　　良暹法師
いまはとてねなましものをしくれつ□
そらと□（も）みえすすめ（る）。つきかな
　　題不知　　曾好祢（レ）忠
つゆしものよはにおきゐて冬。（の）夜の
月見るほとにそてはこほりぬ
　　　　　前大僧正慈円
もみちはゝおのかそめたるいろそかし
よそけにおけるけさのしもかな

二〇　伝承筆者名なし　『新古今集』（四半切）　190頁

〔南北朝時代〕写　巻第六・冬歌（五九一～五九三）

【鑑定】　なし

【書誌】　二二・五×一四・三糎、字高二〇・〇糎、斐紙、撰者名注記（墨）あり。右端に綴跡あり、裏面に単郭墨文円印あり（印文不読）

▼撰者名注記は「有」「卩」「牙」を用いている。諸本間で撰者名注記の異同があるようだが、本断簡は冷泉家時雨亭文庫蔵文永本に同じ。また隠岐本符号は付されていないが、冷泉家時雨亭文庫蔵隠岐本では

五九二番歌は切り出されている。ツレの断簡は見いだせていない。

たいしらす　源信明朝臣
有　ほの〳〵とありあけのつきのつきかけに
阝　もみちふきおろすやまおろしの風
中務卿具平親王
有　もみちはをなにをしみけむこのまより
阝　もりくるつきはこよひこそみれ
宣秋門院丹後
阝　ふきはらふあらしのゝちのたかねより
牙

二一　伝後円融院『新古今集』（四半切）　190頁

〔室町時代中期〕写　巻第七・賀歌（七一二）

【鑑定】極札オモテ「後円融院　ゆふたすき（養心）」
ウラ「（朱割印）切　壬辰三（神田道伴）」

【書誌】二四・六×六・二糎、字高二一・五糎、楮紙（打紙）、金泥草下絵（後補）、金銀切箔枠（後補）、二行目と三行目の間に紙継跡

▼安政五年版『増補新撰古筆名葉集』の後円融院の項目にある「四半同（＝新古今）歌二行書」に該当するか。ツレの断簡は、『古筆切影印解説Ⅲ』や『集古帖』などにある。なお金泥草下絵は後世に描き込まれたもの。

延喜御とき屛風哥
ゆふたすき千とせをかけて足引の
山あゐの色はかわらさりけり

二二　伝承筆者名なし『続後撰集』（四半切）（＊伝為氏筆続後撰集切）　190頁

〔鎌倉時代後朝〕写　巻第十三・恋歌三（八一四〜八一六）

【鑑定】なし

【書誌】二五・五×一五・八糎、字高一九・〇糎、斐紙（雲母引）、左端に綴穴あり、作者名「基俊」の下部を表から薄手鳥の子紙を貼って補修、紙背に「△」と墨書

▼『続後撰集』は冷泉家時雨亭文庫に為家真筆本があり、それと比較すると、八一五番歌詞書に「堀河院に百首歌…」という小異があるほかは異同がない。ツレの断簡は『平成新修古筆資料集　第五集』に一葉あり、そちらは二条為氏を伝承筆者としている。

かつきするあまのむすへるたくなはの
くるとはすれとゝけぬきみかな
堀河院百首哥たてまつりけるとき
初遇恋　基俊
みしまえのいりえにおふるしらすけの
しらぬ人をもあひみつるかな
久安百首哥の中に
皇太后宮大夫俊成

露むすふまのゝこすけのすかまくら

二二三　伝冷泉為秀『続古今集』（六半切）　191頁

〔南北朝時代〕写　巻第三・夏歌（二四四〜二四六）

【鑑定】小紙片オモテ「為秀卿」

【書誌】一五・九×一四・八糎、字高一三・五糎、斐紙（雲母引き）

▼為秀を伝承筆者とする続古今集切としては、「三好切」が有名だが、これは別種。ツレの断簡は、今治河野美術館蔵手鑑『藁叢』所収の一葉と、『古筆切影印解説Ⅳ』（第二二図）の一葉など計三葉を確認できる。

海邊五月雨を

従三位家隆

なか〳〵にしほくみたゆむあま人の

袖やほすらん五月（雨）のころ

題しらす

さみだれハはれゆくそらのほとゝきす

おのかなくねはゐやみたにすな

百首御哥の中に

二二四　伝久我長通『新後撰集』安芸切　191頁

〔鎌倉時代後期〕写　巻第十九・雑歌下（一五一七〜一五一八）

【鑑定】紙背に「久我殿長道通公」と墨書

【書誌】二二・八×一三・五糎、字高一九・五糎、楮紙（打紙）

▼安芸切の新出断簡。『藻塩草』や岩国吉川家蔵手鑑『翰墨帖』などにツレの断簡がある。『文彩帖』所収断簡の如く為秀を伝承筆者とする異伝も存する。なお、『古筆学大成』等に指摘があるように、この安芸切の筆跡は、『古筆学大成』が「二一〇　伝冷泉為秀筆続古今和歌集切」と分類する断簡と同筆であろう。

返し　素暹法師

かくつらきわかれもしらてあたしよの

ならひとはかりなに思らむ

普光園入道前関白かくれ侍て後よみ

侍ける　天台座主道玄

たらちねのありしそのよにあはれなと

おもふはかりにつかへさりけむ

二二五　伝二条為遠『玉葉集』（四半切）　191頁

〔鎌倉時代後期〕写　巻第十八・雑歌五（二五五五〜二五五六）

【鑑定】①極札オモテ「二条家　為遠卿　うきなから（守村）」

ウラ「（了任）」

②紙背に「二条家為遠卿」と墨書

【書誌】二三・一×一四・五糎、字高一九・〇糎、楮紙（打紙）

▼『古筆名葉集』の為遠の項目には玉葉集切はない。筆跡は、正和三年閏三月書写の奥書切がある伝慈寛筆切と似通い、あるいはツレであろうか（佐々木孝浩氏「伝慈寛筆玉葉集切の考察」『古典資料研究』一、

二〇〇〇年）。

読人不知
うきながらいく春秋をすくしきぬ
月と花とをおもひいてにして
なけくことありてしはし世をのか
れて山ふかくすみ侍けるころみやこ
なる人のもとよりおもひとる心のなく
てあけくらしうき世にましるほと
のものうさを申侍ける返事に

二六　伝承筆者名なし　『玉葉集』（四半切）　192頁

〔室町時代前期〕写　巻第五・秋歌下（六九七〜七〇〇）

【鑑定】なし

【書誌】二四・五×一五・三糎、字高二二・〇糎、斐紙（雲母引）、小紙片オモテ「卅四」、紙背に鑑定印二顆あり（印文不読）

▼新編国歌大観の底本である吉田兼右筆本と比較して本文異同はない。ツレの断簡は見いだせていない。

山さとにて八月廿日ころ暁かたのつきいみしく
あはれにて所のさまも心すこくおほへ侍
けれは　菅原孝標朝臣女
あはれしる人にみせはや山さとのあきの夜ふかき有明の月
山家秋月といへる心を
後鳥羽院御製
柴のとやさしもさひしきみ山への月ふく風にさほしかのこゑ
五十首哥中に　前大僧正慈鎮
心すむかきりなりけりいその神ふるきみやこの在明のつき
権大納言顕朝中納言になりて九月十三夜
よろこひ申侍けるにつかはしける
後深草院少将内侍

二七　伝周興律師　『新続古今集』（四半切）　192頁

〔室町時代中期〕写　巻第八・釈教歌（八二九〜八三二）

【鑑定】極札オモテ「周興律師　袖の上に（守村）」
ウラは確認不能

【書誌】二五・八×一八・三糎、字高二一・五糎、楮紙

▼周興を伝承筆者とする『新続古今和歌集』の下帖零本が香川県道隆寺に蔵されており（稲田利徳氏「道隆寺蔵本『新続古今集』の新出資料について」『文学・語学』五十三、一九六九年）、その上帖は断簡として現存している（小林強氏『古筆鑑定必携』35解説）。本断簡も上帖にあたるゆえ道隆寺蔵零本の残欠部分かとも思われるが、道隆寺蔵零本とは別種の伝周興筆新続古今集切もあるらしく（未見、小林氏前掲書参照）、にわかに判別できない。なお、本断簡と同筆の新続古今集切として、『八雲』所収の一葉がある。

袖の上にあたにむすひし白露やうらなる玉のしるへなるらん

中納言為藤周忌に結縁経供養しけるに無量義経徳行品を

惟宗光吉朝臣

にこり江も影みるはかりすみかへて水こそ月の心なりけれ

題しらす

法印慶運

いつまてかまよふ心のくまことに御法の月の影をかくさん

正治百首哥たてまつりけるに

宮内卿

思ふより心のやみもはれぬへしわしのたかねに在明の月

二八　伝慈円『万葉集』柘枝切（＊伝家隆筆柘枝切）　193頁

〔鎌倉時代中期〕写　巻第十九（四二五七～四二五八）

【鑑定】　紙背に「青蓮院門跡　慈鎮和尚　判」と墨書

【書誌】　三一・四×一五・三糎、字高二五・五糎、楮紙（打紙）

▼柘枝切の新出断簡。ツレは早稲田大学図書館蔵断簡や、池田和臣氏『古筆資料の発掘と研究』（青簡社、二〇一四年）に紹介された「伝家隆筆万葉集切」など、わずか数葉が知られているにすぎない。柘枝切の本文は仙覚本系統と推定されており（田中大士氏「柘枝切万葉集の性格」『早稲田大学日本古典籍研究所年報』五、二〇一二年）、本断簡の本文と訓も仙覚寛元本系統と一致する。

十月廿二日於左大弁紀飯麻呂朝臣家宴歌三首

手束弓手尓取持而朝獦尓君者立去奴多奈久良能野尓（タツカユミテニトリモチテアサカリニキミハタチイヌタナクラノノニ）

／右一首治部卿舩王傳誦之久迩京都時歌　未詳作主也

明日香河々戸乎清美後居而恋者京弥遠曾伎奴（アスカカハカハトヲキヨミヲクレヰテコフレハミヤコイヤトホソキヌ）

／右一首左中弁中臣朝臣清麻呂傳誦古京時歌也

二九　伝二条為冬『和漢朗詠集』（四半切）　193頁

〔南北朝時代〕写　（五六四～五七一）

【鑑定】　①極札オモテ「二條為冬卿　田家（牛庵）」

ウラ（朱印不読）

②紙背に「二條為冬　牛庵極（複廓墨文長方印「紙［　］」）」と墨書

【書誌】　二九・二×二〇・四糎、押界（天一地二）、界高二五・〇糎（天二二・〇糎）、界幅二・五糎、楮紙（打紙）ヲコト点（朱・第五群点）・声点（墨・濁声点アリ）・切点（墨）・返点（墨）・合符（墨・音合符ハ中央、訓合符ハ左）

▼『古筆切目安』の為冬の項にある「又（▲朗詠切）」に該当するものか。ツレは管見の範囲では見いだせていない。本断簡に施されたヲコト点等に従った訓読を次に示す。

- 碧毯(ヘキタム)ノ線頭(イトスキ)ニ早稲(タウ)ヲ抽(ヌキ)ツ、青羅ノ裙帯ハ新蒲(ホウ)ヲ展(ノ)ヘタリ
- 家ヲ守ル一犬ハ人ヲ迎ヘテ吠(ホ)ユ、野ニ放テル群牛ハ犢(トク)ヲ引テ休(キウ)ス
- 野酌(シャク)ハ卯ノ時(トキ)ノ桑葉ノ露、山畦(ケイ)ハ甲日ノ稲花(ダウ)ノ風
- 蕭索(セウセツ)タル村(ソム)風ニ笛ヲ吹ク処(トコロ)、荒涼セル隣(リン)月ニ衣ヲ擣ツ程(ホト)

田家

碧毯線頭抽早稲青羅裙帯展新蒲　白
守家一犬迎人吠放野群牛引犢休　都
野酌卯時桑葉露山畦甲日稲花風　斉名
蕭索村風吹笛処荒涼隣月擣衣程　相如
はるのたを人にまかせてわれはたゝ
花にこゝろをつくるころかな　斎宮内侍
ときすきはさまへもいたくおいぬらむ
あめにもたこはさはらさりけり　貫之
きのふこそさなへとりしかいつのまに
いなはもそよと秋風のふく

三〇　伝広幢『和漢朗詠集』（四半切）　194頁

〔室町時代後期〕写　（五〇六～五一〇）

【鑑定】①極札オモテ「連歌師広幢　山復山（琴山）」
ウラ「（朱割印）切己卯四（了珉）」
②紙背に「己卯四」「四五」「ぬ」と墨書

【書誌】二五・七×一五・七糎、字高二三・八糎、斐紙

▼ツレの断簡は、永青文庫蔵手鑑『墨叢』の一葉（六二〇～六二三）、『和漢朗詠集切集成』所収の一葉（六〇四～六〇七）など、比較的多くが現存している。伝承筆者の広幢については、酒井茂幸氏『禁裏本と和歌御会』（新典社、二〇一四年）参照。

山復山何工削成青巌之形水復水
誰家染出碧潤之色　江相公
山郵遠樹雲開処海岸孤村日霽時　直幹
山成向背斜陽裏水似廻流迅瀬間　後江相公
神なびの御室の岸やくづるらん龍田の川の水の
にごれる
水付漁父
邊城之牧馬連断平沙眇々行路之征帆

三一　伝承筆者名なし『百人一首』（四半切）　194頁

〔室町時代注記〕写　（九一一～九一三）

【鑑定】なし

【書誌】二四・四×一五・七糎、字高二三・〇糎、楮紙（雲母引）、
本文別筆による仮名傍訓あり

▼配列から『百人秀歌』の断簡ではなく『百人一首』と推断される。作者名に施された傍訓と、二首目第五句のミセケチ訂正は、本文とは別筆。ツレの断簡は見いだせていない。

後京極摂政前太政大臣（ごきやうごくせつたいしやうたいしん）
きりぐ〱すなくや霜よのさむしろに
衣かたしきひとりかもねむ
二条院讃岐（てうのいんのさぬき）
我が袖はしほひにみえぬおきの石の
人こそしらねかはくまもなき（まもなし）

鎌倉右大臣（かまくらうたいしん）

三二　伝後円融院『百人一首（有注）』（四半切）　195頁

〔室町時代中期〕写（四一～四三）

【鑑定】極札オモテ「後円融院　恋すてふ（守村）」
　　ウラ「（了任）」

【書誌】二二・二×一六・〇糎、字高二一・三糎、楮紙、裏打なし

▼名葉集類の後円融院の項目には、百人一首切は立項されていない。本断簡の注記と一致する注釈書は見あたらないが、天理図書館蔵『百人一首聞書』（『百人一首注釈書叢刊二』所収、「冷泉家流の注釈の面影をとどめる資料」と考えられている注釈書）に、「刑見（ママ）とは互にと也。松山波こすとは人の心の替なり」という類似した注記がみられる。

壬生忠見
恋すてふ我名はまたき立にけり
人しれすこそおもひそめしか

清原元輔
（浪のこすはへんする心也　たかひに　ふかく契りたりといふ事也）
契きなかたみに袖をしほりつゝ
（このやうにへんするやうに契る物か）
すゑの松山波こさしとは

権中納言敦（あつ）忠
あひみての後の心にくらふれは
むかしは物もおもはさりけり

三三　伝春日祐春『続門葉集』（四半切）　195頁

〔鎌倉時代後期〕写　巻第七・恋歌（五六一）

【鑑定】紙背に「春日祐春」と墨書

【書誌】二七・二×五・六糎、字高二二・六糎、楮紙（打紙）

▼名葉集類に本断簡に該当する記述は見あたらない。『続門葉集』の断簡自体が伝存稀れであり、ツレは見いだせていない。祐春の真筆資料と比較して同筆とは断定できないが、鎌倉後期頃の書写であろう。本文は新編国歌大観の底本（東大寺図書館蔵本）と異同はない。

法印道忠
ことのはの人のなさけのいつはりも
身のうきにこそなきよなりけれ

三四　伝顕昭『嘉元元年伏見院三十首』（小四半切）　195頁

〔鎌倉時代末期〕写

【鑑定】①極札オモテ「太泰　顕昭／かさなる（重）」
　　②紙背に「［　］つまさけんしやう」と墨書

【書誌】一八・三×六・九糎、字高一五・八糎、斐紙、紙背に単廓墨文円印一顆あり（印文不読）

▼散逸私撰集『嘉元元年伏見院三十首歌』の新出断簡。現在二十八葉が確認されている（別府節子氏『和歌と仮名のかたち』第一部第七章、笠間書院、二〇一四年、参照）。当該断簡の三首はすべて西園寺実兼の詠歌で、出典は以下の通り。

①『拾遺現藻集』七一三「伏見院の三十首歌に」
②『新後撰集』一三三二「（三十首歌めされしついでに、浦千鳥）」
③『夫木抄』七五〇四「仙洞三十首御歌、神楽」

よって本断簡は西園寺実兼詠の三十首、そのうち「冬」の「連日雪」「浦千鳥」「夜神楽」題三首と判明する。

かさなるゆきにうつもるゝ身は
うらちとり難波の事のたちゐにも
おいのなみにはねそなかれける
神かせやみもすそがはのさゝなみに
こゑをあはするよるのいとたけ

三五　伝光厳院（散逸私撰集）（六条切）　195頁

〔南北朝時代〕写

【鑑定】極札オモテ「光厳院　野となりて（養心）」
ウラ「（朱割印）壬辰正（神田道伴）」

【書誌】二四・七×八・三糎、字高二二・〇糎、斐紙（素紙）

▼本断簡所収歌は『金槐集』一八五番歌にのみ見いだせる。しかし、作者名があることから『金槐集』ではなく、光厳院を伝承筆者とする「六条切」と呼ばれる散逸私撰集の断簡と判断される。『古筆学大成』は六条切を二種類に分類しているが、そのうち「六条切（一）」と分類する一群のツレであろう。

里秋の哥とて
鎌倉右大臣
野となりてあとはたへにしふかくさの
つゆのやとりにあきはきにけり

三六　伝宗祇『定家家隆両卿撰歌合』（四半切）　196頁

〔室町時代中期〕写（四五番右歌・新編国歌大観番号九〇）

【鑑定】紙背に「宗祇法師」と墨書

【書誌】一九・二×八・五糎、字高一七・五糎、斐紙、朱筆の合点・切点あり

▼現存する『定家家隆両卿撰歌合』の完本は三類に大別され、さらに有注本は三系統に分類されている（寺島恒世氏「『定家家隆両卿撰歌合』考」『山形大学紀要人文科学』十―二、一九八三年）。本断簡も有注本であるが、現存する三系統のいずれとも注文が異なる。ツレの断簡が、国文学研究資料館蔵手鑑（九九・一三六）などに数葉あり、これらもやはり現存本とは別種の注文。本断簡群によって第四の有注本系統を想定すべきであろう。なお拙稿「伝宗祇筆『定家家隆両卿撰歌合』切について」（『池田古筆の会会報』第三号、二〇一二年）参照。

右　　隆
＼はかなしやみつのはま松をのづからみえにし夢の浪の（かよひぢ）
歌の心はかなしやといへるはみつのはま松の水

のかげにおのづからみゆることとくわれも心
から人を夢見るとはすれとはかなければは

三七　伝冷泉為相　〔未詳撰集〕（四半切）　196頁

〔鎌倉時代後期〕写

【鑑定】　紙背に「為相卿」と墨書

【書誌】　二二・七×一四・四糎、字高二一・五糎、楮紙（打紙）、紙背に「弐」「△」と墨書

▼四首の出典は、『詞花集』の六九・七三・七七・七八番歌だが詞書がない。『詞花集』から抄出した撰集の一部、あるいは勅撰集抄出本の類いか（『やまとうた一千年』掲載の伝為相筆『八代集部類抄』零本とは別種）。ツレの断簡は管見の範囲では見いだせていないが、勅撰集抄出本の類いか。なお後掲三八の伝為相筆未詳撰集切とは別種。

良暹法師
さつきやみはなたちはなにふくかせは
たかさとまてかにほひゆくらん
大貳高遠
なくこゑのきこえぬもの ゝ かなしきは
しのびにもゆるほたるなりけり
源道済
まつほとになつのよいたくふけぬれは
をしみもあへぬやまのはの月
曾祢好忠
河かみにゆふたちすらしみくつせく
やなせのさなみたちさはくなり

三八　伝冷泉為相　〔未詳撰集〕（四半切）　196頁

〔鎌倉時代後期〕写

【鑑定】　①紙片オモテ「為相」②紙背に「為相卿」と墨書

【書誌】　二三・〇×七・六糎、字高一九・五糎、楮紙（打紙）

▼本断簡の配列は、三奏本『金葉和歌集』二三二〜二三三番歌と一致するが、詞書がなく、作品名は判然としない。『金葉集』からの抄出本か、あるいは勅撰集抄出本の類いか（『やまとうた一千年』掲載の伝為相筆『八代集部類抄』零本とは別種）。ツレの断簡は管見の範囲では見いだせていない。なお前掲三七の伝為相筆未詳撰集切とは別種。

神祇伯顕仲
さゝかにのいとのとちめやあたならん
ほころひわたるふちはかまかな
源俊頼朝臣

三九　伝白川雅喬王　〔未詳撰集〕（四半切）　196頁

〔江戸時代前期〕写

【鑑定】　紙背に「白河殿雅喬王」と墨書

【書誌】一七・〇×一二・六糎、字高一四・〇糎、斐紙、紙背に「九（カ）
［　　］」と墨書

▼二首とも『新古今集』所収歌だが（『新古今集』では左歌は藤原忠良歌）、両首を番えた撰集は見当たらない。ツレの断簡が個人蔵手鑑に一葉あり、そちらも『新古今集』所収歌二首を左右に番えているので、『新古今集』所収歌を歌合形式に再編集した撰集か（なお個人蔵断簡の左歌は知家歌であるので、『千五百番歌合』の断簡ではなかろう）。

左　大納言道具
おりにあへはこれもさすかに
あはれなり小田のかはつの
ゆふくれの聲

右　前大納言兼宗
世をすつる心はなをそな
かりけりうきをうしと
はおもひしれとも

四〇　伝富小路資真『建保名所百首』（四半切）　197頁

〔室町時代後期〕写　恋二十首・志香須香渡（八二四〜八二八）

【鑑定】紙背に「富小路殿資真殿」と墨書

【書誌】二六・三×八・一糎、字高二五・〇糎、楮紙

▼『古筆切名物』の資真の項目にいう「四半　名所歌一行書」に該当するものか。田村柳壹氏『後鳥羽院とその周辺』（笠間書院、一九九八年）の分類に従うと、本断簡の本文は、配列および八二七番行能歌の第四句が「渡にしはし」とある点から、十二人本Ⅰ類本系統に属する。ツレの断簡は見いだせていない。

憂なから猶たのむかなしかすかのわたり初てし水の心を　忠定
あひみてもあはてもなひけしかすかのわたる物うき夢の浮橋　知家
立かへる心つからやしかすかのわたりもあへぬ浪にぬるらむ　範宗
わすれなむうらみしとてもしかすかの渡にしはし身をそやすらふ　行能
むすひをく契はいかにしかすかのわたりもとをき中のへたてそ　康光

四一　伝兼好『無名和歌集』（四半切）　197頁

（＊伝世尊寺経朝筆無名和歌集切）

〔鎌倉時代中期〕写

【鑑定】①極札オモテ「よしだ殿けんこう　たにかせに」（裏白）
②紙背に「吉田殿兼好」と墨書

【書誌】二四・三×一六・八糎、字高二一・〇糎、楮紙（打紙）

▼慈円の私家集『無名和歌集』の断簡。これまで田中登氏『古筆切の国文学的研究』（風間書房、一九九七年）等によって、『拾玉集』とは異なる慈円家集の断簡かと推測されてきた伝世尊寺経朝筆切のツレ。本断簡の二首は、冷泉家時雨亭文庫蔵『無名和歌集』の五九・六〇番歌に相当する。現存本にも見られる歌を初めて含む本断簡の出現によ

って、一連の断簡はすべて『無名和歌集』の断簡であると判明することになった。伝承筆者の異伝に今後は注意を要しよう。

たに風に庭のくちはをはらはせて
玉しく物はあられなりけり
冬さむミみやこにくもるよひのあめは
よものやまへのゆきのあけほの

四二　伝二条為定『拾遺愚草』（四半切）　197頁

〔南北朝時代〕写　（二六七五～二六七七）

【鑑定】　紙背に「為定卿」と墨書

【書誌】　二二・六×一一・六糎、字高二〇・〇糎、斐紙

▼安政五年版『増補新撰古筆名葉集』の為定の項目に、「四半　拾遺愚草歌二行書」とあるのが本断簡に該当しよう。ツレの断簡は『高松帖』『集古帖』などにある。

やとれ月ころもておもし旅まくら
たつや後せのやま（の）しつくに
　河朝霧
あさほらけいさよふなみもきりこめて
さとゝひかぬるまきのしま人
　建仁三年秋和哥所哥合　羇中暮
たちまよふくものはたてのそらことに
けふりをやとのしるへにそとふ

四三　伝今川義範『拾遺愚草』（四半切）（＊伝今川範政筆拾遺愚草切）　197頁

〔室町時代前期〕写　（二七一三～二七一四）

【鑑定】　紙背に「今川義範」と墨書

【書誌】　二七・五×一〇・〇糎、字高二三・七糎、楮紙

▼紙背には「今川義範」とあるが、「今川範政」を伝承筆者とする石川県立美術館蔵手鑑と宮内庁書陵部蔵手鑑に一葉ずつ確認できるもののツレであろう。なお、右端余白部分に綴穴の痕跡と「七」という丁付が残っており、もとは四半の冊子本であったことがわかる。

　社頭述懐
あはれしれしもより霜にくちはてゝよゝにふりぬる山あひの袖
　承元二年五月住吉哥合
　寄山雑
行末の跡まてかなし三笠山みちある御世に道まとひつゝ

四四　伝承筆者名なし『家隆歌集』（四半切）　198頁

〔室町時代後期〕写　（九二七～九二九）

【鑑定】　なし

【書誌】　二三・五×一三・七糎、字高二二・〇糎、楮紙

▼「詠百首和歌文治三年十一月」のうちの「夏十五首」三首。古本系はこの部分を欠くので、六家集本系統・広本系統のいずれかであろう。

ツレの断簡は見いだせていない。なお二条為氏を伝承筆者とする一連の『従二位家隆卿集』の断簡とは別種である。

五月雨の空にあはれをそへよとやとひかふ鷺の夕くれのこゑ
とこ夏の花のさかりをみぬ人やのへには秋の色をまつらん
我宿に一むらをけるしら露や蛍なみゐる庭の玉さゝ

四五　伝二条為道『寂身法師集』（六半切）　198頁

〔鎌倉時代末期〕写（二八九と二七〇）

【鑑定】①極札オモテ「二条家　為道卿／秋催（守村）」
ウラ「（了任）」
②紙背に「為道」と墨書

【書誌】一六・七×五・七糎、字高一四・二糎、斐紙

▼ツレの断簡は、白鶴美術館蔵手鑑、『国文学古筆切入門』、『平成新修古筆資料集　五』などにあり、伝承筆者を「為定」とするものもある。本断簡の本文は完本と相違ないが、ツレの本文には異同が認められる。なお、本断簡の二行目と三行目の間には折り目と四つの綴穴跡が認められ、本文も連続しないので、もとは六半型の列葉装であったのだろう。

秋催述懐
えそしらぬものおもふことの
かなくもをわけてもみちは
あるよに

四六　伝冷泉為和『入道大納言資賢集』（六半切）　198頁

〔室町時代中期〕写（二七～二〇）

【鑑定】①原紙紙背に「為和」と墨書
②裏打紙紙背に「冷泉為和卿」と墨書

【書誌】一四・九×一五・七糎、字高一四・〇糎、楮紙（打紙）、紙背に単廓墨文円印一顆あり（印文不読）、裏打紙紙背に「十四」「□」と墨書

▼本断簡の筆跡は、為和自筆『小野宮殿集』（冷泉家時雨亭叢書『平安私家集　六』所収）などに酷似し、自筆の可能性もある。ツレの断簡は見いだせていない。冷泉家時雨亭文庫蔵本（鎌倉時代中期写）などの完本とは異同がない。なお本文三行目の「源三位入道」の右傍注記「頼政」は本文と同筆。

よの中のこゝろつくしをなけくまに
わか身のうさはおほえさりけり
頼政
おなしころ源三位入道の許へ
申つかはしゝ
いまはさはきみしるへせよはかなくて
まことのみちにまとふわかみを
返し

ことのはゝおほえの山とつもれとも
きみかいくのにえこそちらさね
　会不会恋
したひもはとけにしものをいかなれは
おもひかへしてまたむすふらむ

四七　伝北畠親顕　〔詠草添削〕（小四半切）　199頁

〔江戸時代前期〕写

【鑑定】　紙背に「北畠殿親顕卿」と墨書

【書誌】　一六・一×一一・三糎（二紙継、第一紙横法量一〇・四糎、第二紙横法量一・一糎）、字高一六・〇糎、楮紙、紙背に「百六十七（六）」と墨書

▼『古筆切名物』の親顕の項目にみえる「六半　詠草切」に該当するものか。「六月祓」題で詠まれた三首の和歌について、指導者の添削・合点が付されている。伝承通り北畠親顕の自詠であるとすれば、添削を加えた「三」は三条西実条、「中」は中院通村であろう。

但　草臥かへる夕立ノ雨ト　中添削アリ　但詞ヲ加ヘラレ了
　　中云神モ御祓ヲウクルトアルナラハ
　　打なひきと可清書之由也
　六月祓
＼三
＼中
川風にあさの白ゆふ打なひき　（＼〃〃そよ中）
神も御祓になかむとそみる　（〃〃ひく中）（〃〃〃〃をうくる三）

おしみてもかきりはありと夏はけふ
行せの水にみそきすらしも
＼うき事もけふのみそきにはらひなは
身にかへるなきかもの川波

四八　伝承筆者名なし　〔未詳歌集〕（大四半切）　199頁

〔室町時代初期頃か〕写

【鑑定】　なし

【書誌】　三一・二×一六・二糎、字高二九・五糎、楮紙

▼「月」を詠み込んだ詠者未詳歌を、大型の楮紙（漉き返し紙か）に書写した一紙。詠草か。三首とも他文献には見いだせず、ツレの断簡も確認できていない。なお、『兼行集』や『為子集』などを書写した松木切と称される一面二行書きの古筆切群と筆跡が似通うようにも思われるが如何。

月をみて涙わするゝ秋の夜に
又袖ぬらすおきのうはかせ
そらとをくまのゝいり江にすむ月の
やとらぬ波やおはなるらん
なにはえやしほひのかたにすむ月は
波もむすはぬこほりなりけり

四九　伝承筆者名なし　〔未詳歌集〕（四半切）　199頁

〔室町時代後期〕写

【鑑定】なし

【書誌】二三・五×六・三糎、字高二二・〇糎、楮紙（打紙）

▼詠者未詳の題詠歌二首。二首とも他文献には見いだせない。ツレと思しき断簡が個人蔵手鑑に一葉あるが（東大史料編纂所蔵写真帳6171.02.43）、そちらも出典未詳の「船中五月雨」「夕五月雨」「社五月雨」題の三首。

岡鹿

よそにきく袖さへぬれてなく鹿のいく夜ならしの岡の辺の露

江鶉

野へみれは入江の浪のゆふ風にを花まかへてうつらなくらん

五〇　伝飛鳥井頼孝　〔未詳歌集〕（四半切）　200頁

〔室町時代後期〕写

【鑑定】①極札オモテ「飛鳥井殿　庶流頼孝　なかれよる（守村）」

ウラ「（了任）」

②紙背に「頼孝」と墨書

【書誌】二五・四×一八・七糎、字高二一・五糎、斐紙、二行目と三行目の間に紙継あり

▼詠者未詳の題詠歌三首。「岸柳」「旅春雨」「遠帰雁」という歌題は、この順序で『道助法親王家五十首』の春十二首にあるが、当該定数歌の断簡ではない。筆跡は頼孝の自筆短冊と似通う。自詠自筆か。ツレの断簡は見いだせていない。

岸柳

なかれよるみきはの水もふかみとりひとつ色なるきしの青柳

旅春雨

宮こいてし日よりしほるゝたひ衣かさねてぬらす春雨の空

遠帰雁

すかたをはとをくへたてゝゆく雁のこゑはかすみにのこるとそきく

五一　伝蜷川新右衛門　〔歌集〕（四半切）　200頁

〔室町時代中期〕写

【鑑定】紙背に「蜷川新右門」と墨書

【書誌】二五・七×四・五糎、字高二二・三糎、楮紙（打紙）

▼文屋朝康の一首は、『後撰集』『新撰万葉集』『百人秀歌』等に入集している。伝承筆者の「蜷川新右衛門」は、親元、智蘊（親当）のいずれかであるが不明。ツレの断簡は確認できていない。

文屋朝康

しら露に風の吹しく秋の野はつらぬきとめぬ玉そちりける

五二　伝承筆者名なし（歌集）（四半切）　200頁

〔室町時代中期〕写

【鑑定】 紙背に「□□殿」と墨書

【書誌】 二五・七×一四・五糎、字高二三・五糎、楮紙

▼当該歌は『古今集』『古今和歌六帖』『題林愚抄』などに所収の短歌。ツレの断簡は、いずれの歌書についても見いだせていない。なお、本断簡の表面には裏面の墨が浸透して見ている。氵偏の単漢字が列挙されているようであり、『倭玉篇』のような古辞書が裏面には書写されていたか。

おもへとも　えふの身なれは　猶やます　おもひはふかし
あひしきの　山した水の　こかくれて　たきつ心を
たれにかも　あひかたらはむ　色にいては　人しりぬへみ
すみそめの　ゆふへになれは　ひとりゐて　あはれくと
なけきあまり　せむすへなみに　にはにいてゝ　立やすらへは
しろたへの　衣のそてに　をく露の　けなはけぬへく
おもへとも　なをなけかれぬ　春かすみ　よそにも人に
あはむと思へは

五三　伝承筆者名なし（歌集）（四半切）　200頁

〔室町時代中期〕写

【鑑定】 なし

【書誌】 二二・〇×二一・三糎、字高一九・五糎、楮紙

▼当該歌は『新古今集』（巻十八・一八〇三）などに所収の俊成歌。左右下が大幅に断ち切られているため、出典やツレの断簡などについては確認できない。

嵐ふく花の紅葉のひにそへて

五四　伝中御門宣秀『和歌初学抄』（四半切）　201頁

〔室町時代後期〕写　「社」「関」部

【鑑定】 紙背に「中御門殿宣秀卿」と墨書

【書誌】 二二・五×一七・二糎、字高二一・五糎、楮紙、紙背に「百廿九」と墨書

▼本文は「いはたの社」「こゝひの社」に注文を持たない点から、Ｉ類本に近いと考えられるが、「あふさかの関」「かすみの関」の配列は、Ｉ・Ⅱ類とは逆。また掲出語に「…社」「…関」とあるべきところが省略されており、「いく田の杜」の注文も簡略である。『和歌初学抄』の断簡は多く報告されているが、ツレは見いだせていない。

森部
山城 いはせの杜 物をいはする　人つまの杜 もりそかねつる　衣手の杜 たちよる
はつかしの はつる事　いはたの　いはての 物をいはぬ
はゝその 梢あまた　こゝひの　みつの みるに
こひの 我なけきにやなと　常磐の かけによる　神なひの 社あり
大和 たかまの をとにもと　和泉 しのたの 木一本也ちえとも　摂津 てくらの くらきに

いく田の　命又行　　伊賀 たれその　人をとふ　　尾張 あはて　恋に
近江 ゆ。きの　鷲おほくぬ杜なり　　丹後 おいその杜　思出るに　　をとはの
丹後 やなきの　立よる　　大隅 けしきの　人の気色に

関部

摂津 すまの関　海辺也播磨さかひ　　伊勢 すゝかの関　こゑならすとも はしりゐかけ火の水 関のし水　　駿河 きよみか関　海辺也浪の流をはかりて過れは浪の関守と読
相模 あしから　　近江 あふさかの　　武蔵 かすみの　立とまるとも

五五　伝伏見貞敦親王『新古今抜書抄』（四半切）　201頁

〔室町時代後期〕写　（一三三四・一三三六）

【鑑定】　紙背に「伏見殿貞敦親王　江戸極」と墨書

【書誌】　二四・八×一七・九糎、字高二二・〇糎、斐紙、朱合点、紙背に「み九」と墨書

▼『新古今抜書抄』は、心敬の説に兼載が加筆して成立した、中世の新古今集注釈書。『新古今集古注集成　中世古注編Ⅰ　三』に翻刻がある Ⅱ類本の後藤重郎氏蔵本と比較すると、六行目「時雨まて」―「時雨ふるまて」の部分以外は完全に一致するためⅡ類本と考えられるが、同じⅡ類本でも、松平文庫本とは異同が甚だしい。

ふりにけり時雨は袖に秋かけて
いひしハかりを待とせしまに
伊勢物語に　秋かけていひしなからもあらなくに
木葉ふりしくえにこそ有けれと云哥を本
歌としてよめりソレハ六月ノ時分ヨリ初秋に移
りたる也是ハ秋の過行ころ時雨までなかく歎
をしたるとよめると也
／恋第五　同　藤原定家朝臣
白妙の袖のわかれに露おちて

五六　伝承筆者名なし（未詳注釈書）（四半切）　202頁

〔室町時代後期〕写

【鑑定】　なし

【書誌】　一六・八×一三・〇糎、字高一六・三糎、楮紙、墨合点・墨書入れあり（本文同筆）、右辺に綴跡あり

▼「かしわ」を詠み込んだ三首を収録するが資料名未詳。一首目は『梵灯庵袖下集』八四番歌に下句「日暮れになれば袖の月影」として載る。この歌に「なみまかしわ」についての注釈と、「万」という集付が施されている。二首目は出典未詳歌で、「いはとかしわ」について施注する。三首目は、『建保三年内裏名所百首』所収の定家歌である。

／なみまかしわは石につくかきといふかひ也
万
なにわめがなみまかしはをとるほどに
日もくれ袖にやどる月かげ
／いわとかしは　いしのことおいふ也　木にては
なし
よしのちやいはとかしはもゆきなれば

花のあらしのふちいかにして
　建保三年百首和
吉野河いわ(は)とかしわをこすなみの
ときはかきはそわかきみの御代

五七　伝津守国冬／伝藤原定成『源氏物語』（六半切）　202頁

〔鎌倉時代後期〕写　澪標巻

【鑑定】①極札オモテ「津守国冬　しきせかいも（養心）」
　ウラ「（朱割印）切癸丑五（神田道伴）」
②「世尊寺殿定成卿」と墨書

【書誌】一五・六×一四・四糎、字高一三・五糎、斐紙（雲母引）、朱切点

▼名葉集類の国冬と定成の項目には該当しうる記述がなく、管見の範囲ではツレの断簡は見いだせていない。『古筆学大成』所収の「伝国冬筆切（四半切）」とも別種。本断簡の本文は河内本系統に一致している。

しきせかいにむまれたらんか・いとをしう
かたしけなくもあるへきかな・この程
すきは・ひんかしのにむかへんとをも
ほして・いそきつくらるへき事もよを
させ給・さる所に・はか〳〵しきほとの人も
あらしをおほしやりて・故院にさふら
ひし宣旨のむすめ・宮内卿のさい相
にてなくま(な)りし人のむすめ・はゝなとも
うせて・よすかなき世にへける・はかなき
さまにて・子うみたりけるを・しるたより

五八　伝冷泉為相『源氏物語』（六半切）　203頁

〔鎌倉時代後期〕写　夕霧

【鑑定】包紙（楮紙）に「為相卿」と墨書

【書誌】一五・一×一五・三糎、字高一四・〇糎、楮紙（打紙）

▼為相を伝承筆者とする源氏物語切は多く、『古筆学大成』には十種類が挙げられているが、本断簡のツレと認められるものは見あたらない。本文系統は、破損部分があるため決しがたいが、別本系統である陽明文庫本に最も近い。

［　］れはもてならしたるうつりかいとしみふ
［　］つかしうてをかしうすさひかいたり
［　］いさくて
こゝろあてにそれかとそみるしらつゆの
ひかりそへたるゆふかほのはな
［　］はかとなくかきまきらはしたるてもあ
［　］にゆゑついたれはおもひのほかにをかしう
［　］え給これみつにこのにしなるいゑはな
［　］むそとはとひきゝたりやとの給へはれい

［　］き御心とはおもへともさはえ申さねは
［　］かくてはへれとわすらふ人のことをのみ
［　］くあつかふほとにとなりのあないもえ

五九　伝轉法輪公敦　『源氏物語』（六半切）　203頁

〔室町時代後期〕写　若菜下

【鑑定】①極札オモテ「轉法輪公敦公　給ける」（裏白）
②紙背に「［　］公敦公」と墨書

【書誌】一六・一×八・六糎、字高一三・五糎、楮紙（打紙）

▼静嘉堂文庫蔵『古筆切名物』に「公敦　六半　源氏」とある記述に該当するか。ツレの断簡は比較的多く、『源氏物語断簡集成』、『桃江』、善光寺蔵大手鑑、早稲田大学図書館九曜文庫蔵一葉（一面一〇行）などがある。本断簡の二行目と三行目の間には折り目があり、本文も連続しないので、もとは枡形の冊子本であろう。本文は青表紙本系統に近い。

給けるいつれもわかすうつくしくかなしと思聞え
□まへる夏の御方はかくとりくなる御むまこあつか

わらはへはかたちすくれたる四人あか色にさくら
のかさみうす色のをり物のあこめうき紋のうへ

六〇　伝九条教家　『宝物集』（四半切）　204頁

〔鎌倉時代中期〕巻第二

【鑑定】①極札オモテ「弘誓院亜相教家卿　あやめ草」（裏白）
②極札オモテ「九条殿弘誓院殿教家卿」（裏白）

【書誌】二〇・七×一一・〇糎、字高一九・三糎、楮紙（打紙）、料紙中央に折り目あり

▼九条教家を伝承筆者とする『宝物集』の古筆切は三種類ある。本断簡はそのうち、『国文学古筆切入門』（九七）や『私撰集残簡集成』所収断簡のツレと判断される（地の文がなく和歌部分のみの断簡ゆえ縦法量はツレよりも低くなっている）。本断簡にみえる二首は、第二種七巻本のみにある和歌であるが、九冊本や吉川本といった第二種七巻本系統の本文とは若干の異同がある。

三宮
あやめ草ねたくも君かとはぬかな
けふは心にかゝれとおもふに
沙弥釋阿（しやくあ）　俊成（としなり）入道
なにことも思ひすつれともあきはなを
野辺のけしきのねたくもある哉

六一　伝後光厳院　『高倉院昇霞記』（小六半切）　204頁

〔南北朝時代〕写

【鑑定】①紙背に「後光厳院」と墨書

②紙背に「[　]厳院」と墨書（①と別筆）
【書誌】九・三×九・二糎、楮紙（打紙・雲母引）、紙背に単廓墨文円印一顆あり（印文不読）、紙背に「五」「〇」と墨書
▼安政五年版『増補新撰古筆名葉集』の後光厳院の項目には、「同（＝六半）物語モノ」という記述があり、これに該当するか。ただし、本断簡とは別種の、後光厳院を伝承筆者とする未詳物語切もあり、判断できない。ツレの断簡は見いだせていない。善本とされる伝阿仏尼筆本（鎌倉時代中期写）と比較すると、地の文・和歌本文ともに異同がある。

たてられたるをみて
雲衣はむしくかき中の
をくり物とうちなかめて
さもこそはかりのこの世といひなから
うきかた身にしもやるそうれしき
ふけんの十らせちをかゝ
せてまいらむやうにとうけた

六二　伝承筆者名なし〔未詳散文〕（四半切）　205頁
〔室町時代前期頃〕写
【鑑定】なし
【書誌】二三・六×一〇・〇糎、字高二一・五糎、楮紙（打紙）、折目有り
▼説話集の類いか。資料名やツレについては不明。

安祥寺に智尊阿闍梨といふ僧ありけり本ハ寺
法師にて修學にちからを入たる人にて侍けるが世中
□ましくひにつけてほいなき事の侍ける間に後に
この所にうつりゐて侍けるなり或時癘病の所身大事
にて憑なくおはしけれは弟室につけていひけるやう
この度の病は最後の病也としころの修學のいと

六三　伝仁和寺覚道親王〔未詳散文〕（四半切）　205頁
〔室町時代後期〕写
【鑑定】紙背に「仁和寺覚道親王　牛庵極」と墨書
【書誌】二六・八×六・二糎、字高二四・三糎、楮紙（打紙）
▼嘉吉二年の世阿弥奥書を有する早稲田大学演劇博物館蔵『謡秘伝鈔』のうち、「恋慕（有品々）」の末尾にほぼ同文が見られる。ただし『謡秘伝鈔』では「…ことを歎き」以下を「あはぬ名を惜しみ、逢坂を越かねて許さぬ関守を恨みたち帯に寄せて神もつれなき契りを恨む」とする。

よみふかき山路にたとへてあふ人もなきよしをいひ
恋をのみ志賀の浦にみるめかたきことを歎きあはて
の浦にかつきわひてこむ世のあまとならんことをおもひ

六四　伝二条為明　『簾中抄』（六半切）　205頁

〔南北朝時代〕写　帝王御次第

【鑑定】①小紙片オモテ「二条家為明　卅五人こま」

②紙背に「二条家／為明」と墨書、単廓墨文円印（「宰」）三顆有

【書誌】一七・六×一六・二糎、字高一六・〇糎、斐紙

▼藤原資隆著『簾中抄』の断簡。冷泉家時雨亭文庫蔵本（冷泉家時雨亭叢書第四十八巻『簾中抄　中世事典・年代記』朝日新聞社、二〇〇〇年）とは若干の相違がある。ツレの断簡は見あたらない。

卅五人こまつの御門と申
　宇多院治十年　いみな定省
光孝の第三のみこ御はゝ皇太
后宮班子女王式部卿仲野
親王のむすめ　仁和三年東
宮とすその日やかてくらゐに
つかせ給廿一　寛平九年をり
させ給昌泰三年御出家

六五　伝世尊寺伊経　（未詳辞書）（大四半切）　206頁

〔室町時代中期頃〕写

【鑑定】極札オモテ「世尊寺殿伊経　三月より」

ウラ「（単廓朱文長方割印〈※不読〉）」

【書誌】三一・〇×一二・三糎、金界（天一地一）、界高二七・〇糎、界幅三・〇糎、金枠（剥落）、斐紙、四行目「平補」以下は後の補筆

▼辞書の類いか。「す」から始まる言葉が列挙されている。一行目「こりすまの…」歌の出典は『源氏物語』。「鈴虫」「末松山」などは歌枕の注釈かと思われるが、禅籍にみられる「已在言前」や「吹毛用了急須磨」といった語も含まれている。

三月より次年までのことあり
こりすまの浦のみるめのゆかしきを
しほくむあまやいかゝおもはむ
鈴虫　竪の幷や　源五十秋まで　の事あり
伊勢　鈴鹿山　時雨　雪

奥州　末松山　雪　霞　老のなみ　きみか世　恋　袖をしほる
摂津　住吉浦　小松　姫松　うつせかひ　藤　岸の松原　沖津白浪　人忘草　田鶴　椙野　雉

本　吹毛剣（スイモウノケン）　已在（ステニ）二言前（コンセンニ）一　吹毛用了急須磨（スイモウモチイ□ワツテキウニスヘカラクマス）　随書（スイシヨ）　唐ノ魏證撰ス
長孫無忌作隋志　五十巻　生絹（スヽシ）　磨（スル）　鱸魚（スヽキ）　平補五蔵益筋骨和腸　痃　一云多食發。癖及瘡腫

六六　伝飛鳥井栄雅　連歌懐紙　206頁

〔室町時代中期〕写

【鑑定】極札オモテ「飛鳥井栄雅　ふるな雪（守村）」（裏白）

【書誌】一七・一×一六・七糎、斐紙

▼発句および脇句の景物より、二月に開催された連歌であろう。一字名「柏」は肖柏、「姉」は姉小路基綱。「飛中」は「飛鳥井中納言」で、おそらくは飛鳥井雅康であろう。そうすると、当該連歌は文明十三年

（一四八一）に開かれたものか。

賦何路連歌
ふるな雪さきてそ
つもる木ゝの花　柏
松はみとりに
なひく春風　姉
月はたゝにほふ
はかりの霞にて　飛中

六七　伝相阿弥〔連歌〕（四半切）　206頁

〔安土桃山時代〕写

【鑑定】①小紙片オモテ「相阿祢」
②紙背に「相阿祢筆」と墨書

【書誌】二七・八×八・五糎、字高二五・八糎、楮紙

▼名葉集類の相阿弥の項目には連歌切の記述はない。なお厳覚は元亀四年（一五七三）七月三日の百韻に出詠。

さま〳〵につくすは恋の道としれ　洪水
忍ひかねてゝる月のよな〳〵（ママ）　松雨
露なみた思ひ初しもうき契り　長峯
霧のまかきやへたつわか中　厳覚

六八　伝紹巴『春夢草』（四半切）　206頁

〔室町時代後期〕写

【鑑定】極札オモテ「連歌師　紹巴法眼　菊（琴山）」
ウラは確認不能

【書誌】二二・五×一六・四糎、字高一七・五糎、楮紙

▼肖柏『春夢草』のうち、無注の発句集か、無注の発句と付句の合集の断簡であろう。本断簡の配列は、第一類本・第二類本と一致するが、第一句目の結句は諸本と相違する。

菊

つくろはてさくをやまたん菊の庭
つみ残せけふはまち見つ秋の菊
から衣をりぬふ菊のかさし哉
水影やわかうへそふる秋の菊
濱ひさしあまりてにほへ秋の菊
都より人の申侍しに
霜いく重九かさねの秋の菊
うす色や花に時雨し秋の菊
行秋やかへりて花をやとの菊

六九　伝承筆者名なし『美濃千句』（四半切）　207頁

〔室町時代中期〕写　賦何木連歌・第五（四三～五〇）

【鑑定】なし

【書誌】　二四・〇×一三・五糎、字高二一・五糎、楮紙

▼古典文庫『千句連歌集　四』等の校異によると、二句目の作者名「慶丸」以外に相違はない。なお、第一句目の作者「同」は宗祇。

山さとは春の霜雪なをふかなし　同
うくひすいかておりをしるこゑ　慶丸
いつとなきなみたは袖にある物を　専順
人のつらさもたゝ秋のくれ　紹永
とひこねは身にしむ風もまさる夜に　圭祐
あはれや老のひとりみる月　専順
いにしへの夢をうちねすかそへきて　宗祇
こゝろなかしなすゑのあらまし　専順

七〇　伝承筆者名なし　〔連歌〕（大四半切）　207頁

〔室町時代中期頃〕写

【鑑定】　なし

【書誌】　二九・〇×一四・五糎、字高二五・五糎、楮紙、紙背に「八十一／み［　］」と墨書

▼未詳。なお本断簡には「和歌所法印堯孝　ほとゝきす」という極札（裏白・鑑定者未詳）が裏面に添付されているが、本断簡の書き出しとは一致しないので、本来は別の断簡に付されていたもの。

この名もつゐにあらはれやせむ
鶯のすいつる山のほとゝきす
かり枕みやこの文にかはさりや
あやめにかほるよとの川かせ
一夏をたにしれるをこなひ
ともし火もほたるはかりの寺ふりて
みえかくれたるなみのうきとり

七一　伝承筆者名なし　〔連歌〕（四半切）　207頁

〔室町時代後期〕写

【鑑定】　紙背墨書は判読不能

【書誌】　一九・七×九・七糎、字高一八・五糎、楮紙、紙背に墨文円印（印文不読）有り

末に又ならむもはやき秋のきて
はけしきをとの野分たつかせ
いかにせむわするゝまなき人こゝろ
またしといひしわれそいつはり
おさふれは涙や袖にあまるらん
名もたちぬへきけさのかへるさ

七二　伝承筆者名なし　〔付句集〕（六半切）　207頁

〔室町時代後期〕写

【鑑定】　なし

【書誌】一五・七×一四・〇糎、字高一三・五糎、楮紙
▼未詳。最終行に紙継があるが、墨は二紙にわたっている。

あやにくにしけきさかりの此夕
まつかた遠き月の木のした
春にうかへる池の水鳥
空はけさつはめとひかひ風たえて
しけき野をしも住ゐなるかた
さゆりはの花はたれをかまねくらん
そむきはてぬに世はうかりけり
まめにとはいひ〱道やまとふらん
うき名にいのりしるしをそまつ

七三　伝冷泉為相　色紙　208頁

〔鎌倉時代後期〕写　『古今集』一二七・躬恒歌
【鑑定】①紙片オモテ「色紙一枚あつさゆみ　冷泉為相卿筆上物也」
②紙背に「冷泉為相卿」と墨書
【書誌】一六・七×一五・三糎、斐紙（雲母引）

あつさゆみはるたちしよりとし月の
いるかことくにおもほゆるかな

七四　伝聖護院道澄　色紙　208頁

〔安土桃山時代〕写　『新古今集』六八五・崇徳院歌　ほか
【鑑定】包紙に「道澄卿御筆／色紙　弐枚」と墨書
【書誌】二一・〇×一八・〇糎、斐紙、天に金龍文押、金箔砂子雲霞描、紙背に「右十二」「しか」と墨書、楮紙包紙に次掲七五と一括

御かりするかた野のみのにふるあられ
あなかままたき鳥もこそたて
崇徳院御歌

七五　伝聖護院道澄　色紙　208頁

〔安土桃山時代〕写　『古今集』三二五・坂上是則　ほか
【鑑定】①包紙に「道澄卿御筆／色紙　弐枚」と墨書
②紙背に「松井正五郎」と墨書
【書誌】二一・〇×一八・〇糎、斐紙、緑雲霞描、包紙に前掲七四と一括

みよしのゝやまの白雪つもるらし
ふるさとさむく成まさるなり

七六　伝後水尾院　色紙　209頁

〔江戸時代中期〕写　『三十六人撰』遍昭　ほか

【鑑定】　紙背に「後水尾様」と墨書
【書誌】　一五・六×一三・五糎、金泥霧草花下絵絹本墨書

右　僧正遍昭
たらちねはかゝれとてしも鳥羽玉の
我黒髪をなてすやありけん

七七　伝聖護院宮盈仁親王　色紙　209頁

〔江戸時代後期〕写　『新勅撰集』一二三〇・読人不知
【鑑定】　包紙に「聖護院宮盈仁親王御筆」と墨書
【書誌】　一八・三×一七・三糎、紅染斐紙銀泥霞草花下絵描

白露のおり出す萩の下もみち
衣にうつる秋はきにけり

七八　山科言継　短冊　209頁

〔室町時代後期〕写
【鑑定】　紙背に「山科」と墨書
【書誌】　三七・〇×五・四糎、藍紫打曇斐紙、上部に閉穴跡、紙背に「七十五」と墨書

竹間月　くれ竹の葉分のかせにつくしてや
雲もさはらぬ窓の月かけ　言継

七九　桂宮穏仁親王　短冊　209頁

〔江戸時代初期〕写
【鑑定】　なし
【書誌】　三七・〇×五・五糎、藍紫打曇楮紙

庭月　はなにさく庭の千種の露の上に
やとれる月のいろそにほへる　穏仁

八〇　伝承筆者名なし　手本切　210頁

〔室町時代中期〕写　『古今集』三二五、『和漢朗詠集』三八〇
【鑑定】　なし
【書誌】　一七・五×五〇・五糎、藍色打曇斐紙、紙背に単廓墨文丸印一顆あり（印文不読）

班女閨中秋扇色　楚王臺上夜琴聲
みよしのゝ山のしらゆきつもるらし
ふるさとさむく成まさるなり

八一　伝文覚上人　書状断簡　210頁

〔室町時代〕写
【鑑定】　紙背に「文学上人」と墨書
【書誌】　二〇・〇×八・二糎、字高一九・三糎、楮紙

八二　伝承筆者名なし　書状断簡　210頁

〔安土桃山時代〕写

【鑑定】なし

【書誌】三〇・三×六・四糎、字高二五・五糎、楮紙

八三　伝沢庵　書状断簡　211頁

〔江戸時代前期頃〕写

【鑑定】紙背に「沢庵」と墨書

【書誌】一六・五×一四・五糎、字高一五・八糎、楮紙

八四　徳川頼宣　書状断簡　211頁

〔江戸時代中期〕写

【鑑定】なし

【書誌】一七・三×一一・二糎、楮紙、金紙枠（後補）

▼書状末尾の断簡。花押は徳川頼宣のそれと一致する。

八五　伝承筆者名なし　七言絶句（四半切）　211頁

〔江戸時代前期〕写

【鑑定】なし

【書誌】二六・六×六・六糎、字高二三・〇糎、楮紙、墨切点

▼末尾に「葛城樵隠月澗野衲敬草」と記した月澗の七言絶句。

八六　伝北山寿庵　漢詩（小四半切）　五葉　211頁

〔江戸時代中期〕写

【鑑定】A・Bの紙背に「北山ジョアン書」と墨書

C・Dの紙背に「北山寿庵」と墨書

Eの紙背に「北山寿庵／北山」と墨書

【書誌】縦法量すべて一七・九糎。横法量はA六・〇、B五・六、C五・五、D五・六、E五・七糎、字高一六・五糎、斐紙

▼自詠漢詩か。北山寿庵は名は道脩、櫟寿庵と号した大阪の医師。『北山友松子医案』『衆方規矩』など医書の著作がある。

八七　伝聖武天皇　『賢愚経』　大聖武（大和切）　212頁

〔奈良時代〕写　巻第四

【鑑定】極札オモテ「聖武天皇　食及餘（養心）」

ウラ「（朱割印）切　丙申三（神田道伴）」

【書誌】二七・二×五・五糎、一行字数一三字前後、墨界、界高二三・一糎、界幅五・五糎、茶毘紙（壇紙）

八八　伝承筆者名なし　『大般涅槃経』（巻物切）　212頁

〔平安時代〕写　巻第二十五

【鑑定】なし

【書誌】二五・二×二・二糎、茶染楮紙（打紙）、一行一〇字、無界

八九　伝理現大師／伝伝教大師　『大方廣佛華厳経』（巻物切）　212頁

〔平安時代〕写　巻第二十六（十回向品第二十五之四）

【鑑定】①紙背に「理現大師」と墨書
②①を墨滅して「傳キヤウ大し」と墨書

【書誌】二八・一×一六・一糎、一行一七字前後、無界、茶染楮紙（打紙）、巻皺あり

九〇　伝承筆者名なし　『佛説観佛三昧海経』（巻物切）　213頁

〔平安時代〕写　巻第一

【鑑定】なし

【書誌】二三・〇×二・〇糎、一行字数一四字、金界、界高一九・〇糎、界幅不明、紺紙金泥字

九一　伝伝教大師　『大般若経』（巻物切）　二葉　213頁

〔平安時代〕写　巻第三百七十八（初分無相無得品第六十六之六）

【鑑定】二葉とも紙背に「てんきやう大師」と墨書

【書誌】A…二一・七×七・二糎、B…二一・七×二三・四糎、以下
AB共通…一行一七字、墨界、界高二一・七糎、界幅一・八糎、黄檗染斐紙（雲母引）

九二　伝智証大師　『妙法蓮華経』（巻物切）　214頁

〔平安時代〕写　巻第三（薬草喩品第五）

【鑑定】紙背に「智証大師筆」と墨書

【書誌】現存部分は二〇・二×五・七糎、界上界下が断ち切られているため、本来の法量や界高などは不明。本紙の上下に金切箔などがみられることから、断ち切られた界上界下には、装飾が施されていたものと推測される。現状は一行一七字、金界、界幅二・〇糎、茶染斐紙

九三　伝解脱上人　『倶舎論記』（巻物切）　214頁

〔鎌倉時代〕写　巻第二十九（分別定品第八之二）

【鑑定】紙背に「解脱上人」と墨書

【書誌】現存部分は一六・七×六・五糎、下部が七字分ほど切り取られているため本来の法量は不明。字高一五・三糎（残存部分）、一行字数不定、墨界、界高測定不能、界幅二・二糎、楮紙（打紙）

九四　伝世尊寺定成　『因明入正理論』（巻物切）　214頁

〔鎌倉時代〕写　巻第一

【鑑定】紙背に「世尊寺定成卿」と墨書

【書誌】二六・〇×一一・九糎、一行一五字、銀界（天一地一）、界高二一・〇糎、界幅二・四糎、朱切点・朱圏点あり、斐紙、巻皺あり

九五　伝北条時宗　『妙法蓮華経』（巻物切）　214頁

〔鎌倉時代〕写　（譬喩品第三）

【鑑定】極札オモテ「北条殿時宗　以信得（拝）」
ウラは確認不能
【書誌】二七・〇×二・〇糎、一行二〇字、銀界（天一地一）、界高二〇・〇糎、界幅一・八糎、界上界下に銀切箔、斐紙（雲母砂子引）

九六　伝明恵上人（未詳仏書）（巻物切）　215頁
〔鎌倉時代〕写
【鑑定】紙背に「明恵上人」と墨書
【書誌】三二・〇×一四・三、字高三一・五糎、楮紙、紙背に墨書「伊賀国［　　］／［　］事［　　　］」あり

九七　伝解脱／伝かくしん（未詳仏書）（巻物切）　215頁
〔鎌倉時代〕写
【鑑定】①紙背に「解脱上人」と墨書
②後補枠に「こしまかくしんりつし」と墨書
【書誌】全長二九・二×五・八糎（ただし原紙縦法量は二五・七糎、上部の三・五糎は裏打紙）、字高二五・五糎、楮紙、茶染絹枠（後補）、紙背に「廿四」と墨書、後補枠に「吉（カ）」「■（墨滅）」、と墨書

九八　伝俊寛僧都『選択本願念佛集』（四半切）　215頁
〔鎌倉時代〕写　第三
【鑑定】紙背に「俊寛僧都」と墨書
【書誌】二五・〇×六・五糎、字高一九・八糎、漉返紙（雲母引）、片仮名傍訓あり、紙背に単廓墨文円印一顆（印文不読）

九九　伝世尊寺定成　十牛図断簡　215頁
〔鎌倉時代〕写　第五図「放牛」、第六図「騎牛帰家」
【鑑定】紙背に「セソンシノサタナリ」と墨書
【書誌】三二・三×一九・四糎、斐紙、絵（径一二・六糎）、折目あり、裏面に単郭墨文円印一顆あり（印文不読）

一〇〇　伝実覚（未詳仏書）（巻物切）　216頁
〔鎌倉時代〕写
【鑑定】紙片に「僧都実覚筆　請二者」と墨書
【書誌】二七・五×八・四糎、字高二四・五糎、一行字数不定、墨界、界高測定不能、界幅一・六糎、楮紙（打紙）

一〇一　伝青蓮院道圓親王『瑩山和尚清規』（巻物切）　216頁
〔南北朝時代〕写
【鑑定】極札オモテ「青蓮院殿　道圓親王／練鎔―（守村）」
ウラ「（了任）」
【書誌】三一・一×一四・六糎、字高二八・五糎、一行一二～一三字、無界、斐紙、巻皺あり

一〇二　伝覚弁／明範〔未詳仏書〕（巻物切）**四葉**　216頁

〔室町時代〕写

【鑑定】A　紙背に「覚弁」、「［　　］」と墨書

B　紙背に墨書あるが判読不能

C　紙背に墨書あるが判読不能

D　紙背に「明範上人」、「［　　］」と墨書

【書誌】A…二七・八×一一・九糎、B…二七・八×九・九糎、C…二七・八×一四・六糎（但し二紙を貼り合わせる）、三紙とも字高二五・五糎、D…二七・八×七・〇糎、字高二六・七糎、楮紙

一〇三　伝証如上人『五帖御文』（巻物切）　217頁

〔室町時代〕写　四帖第十通

【鑑定】紙背に「證如上人筆」と墨書

【書誌】二五・五×七・六糎、字高二一・五糎、楮紙（打紙・雲母引）、片仮名傍訓あり

一〇四　伝承筆者名なし『唯信鈔文意』（巻物切）　217頁

〔室町時代〕写

【鑑定】なし

【書誌】二六・九×七・一糎、字高二二・二糎、楮紙、墨筆仮名（片仮名）、朱声点（圏点）、朱切点、朱ヲコト点（第五群点）、紙背に「御講」と墨書

一〇五　伝法然上人『西方指南抄』一紙　218頁

〔室町時代〕写　おはごの太郎へ御返事

【鑑定】極札オモテ「法然上人　おほしめすへき（拝）」

【書誌】一六・二×二九・二糎、字高一五・二糎、楮紙（打紙・雲母引）、左隅に丁付「十九」、左右の丁は内容的に連続せず

一〇六　伝承筆者名なし『大般若波羅蜜多経』（巻物切）　218頁

〔室町時代〕写　巻第二百一十三（初分難信解品第三十四之三十二）

【鑑定】なし

【書誌】二四・〇×三・五糎、一行一七字、墨界（天一地一）、界高二〇・三糎、界幅七・〇糎、黄蘗染楮紙（打紙）、紙背に「キ」と墨書

一〇七　伝承筆者名なし〔未詳仮名書き仏書〕（四半切）　218頁

〔室町時代〕写

【鑑定】なし

【書誌】二五・二×七・〇糎、字高二〇・五糎、楮紙（打紙）

一〇八　伝承筆者名なし　色紙形　218頁

〔江戸時代〕写

【鑑定】なし　※鹿刊道人

【書誌】一八・四×一七・〇糎、絹本墨書

一〇九　伝承筆者名なし　団扇絵

〔室町時代〕写

【鑑定】なし

【書誌】径一四・一×二七・二糎、楼閣墨下絵刷毛引斐紙

219頁

一　伝九条兼実『古今集』金銀砂子切　146頁（前掲解題の頁数を示す。）

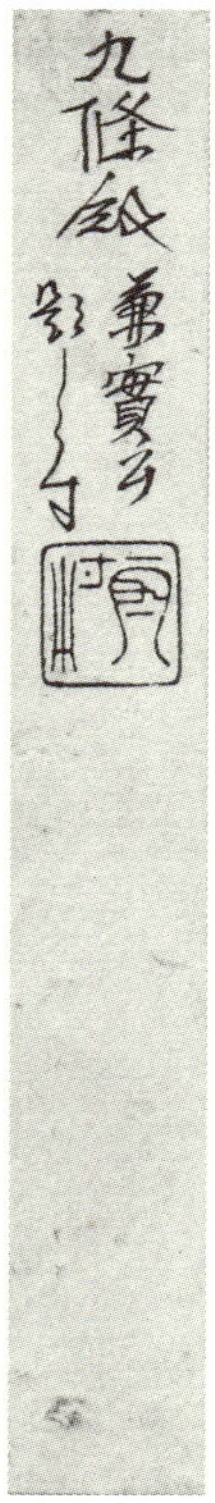

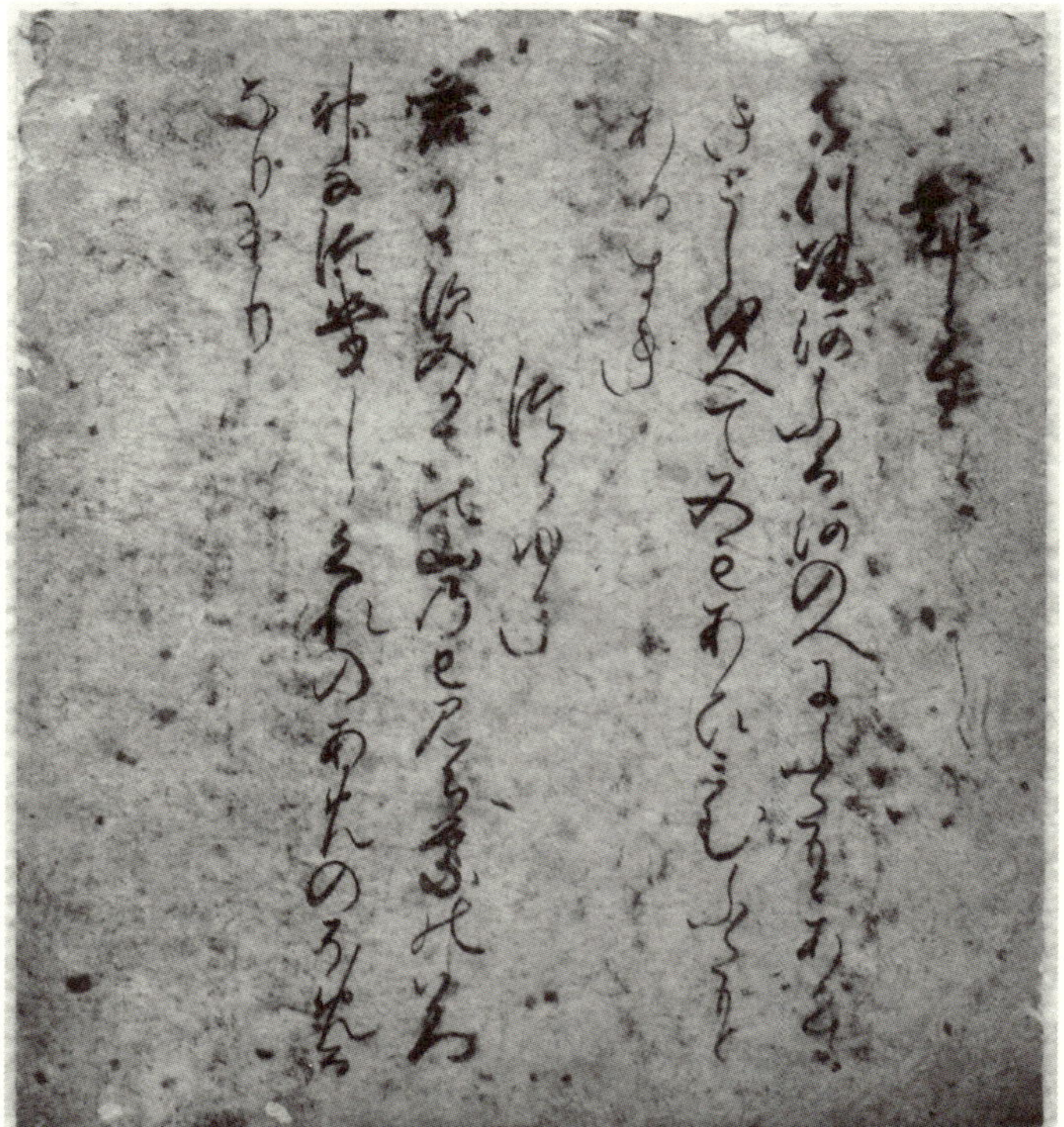

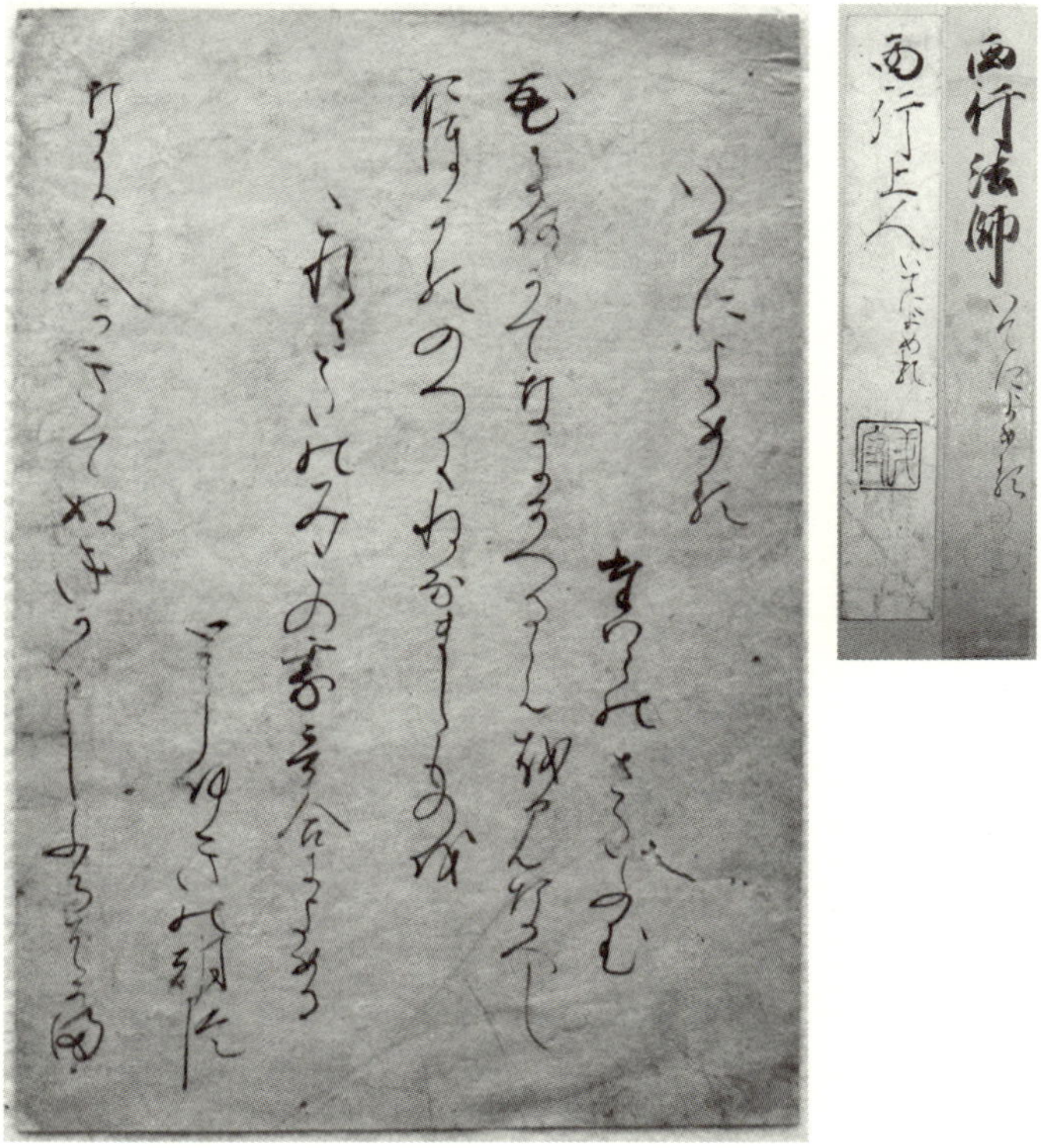

二　伝西行『古今集』（四半切）

147頁

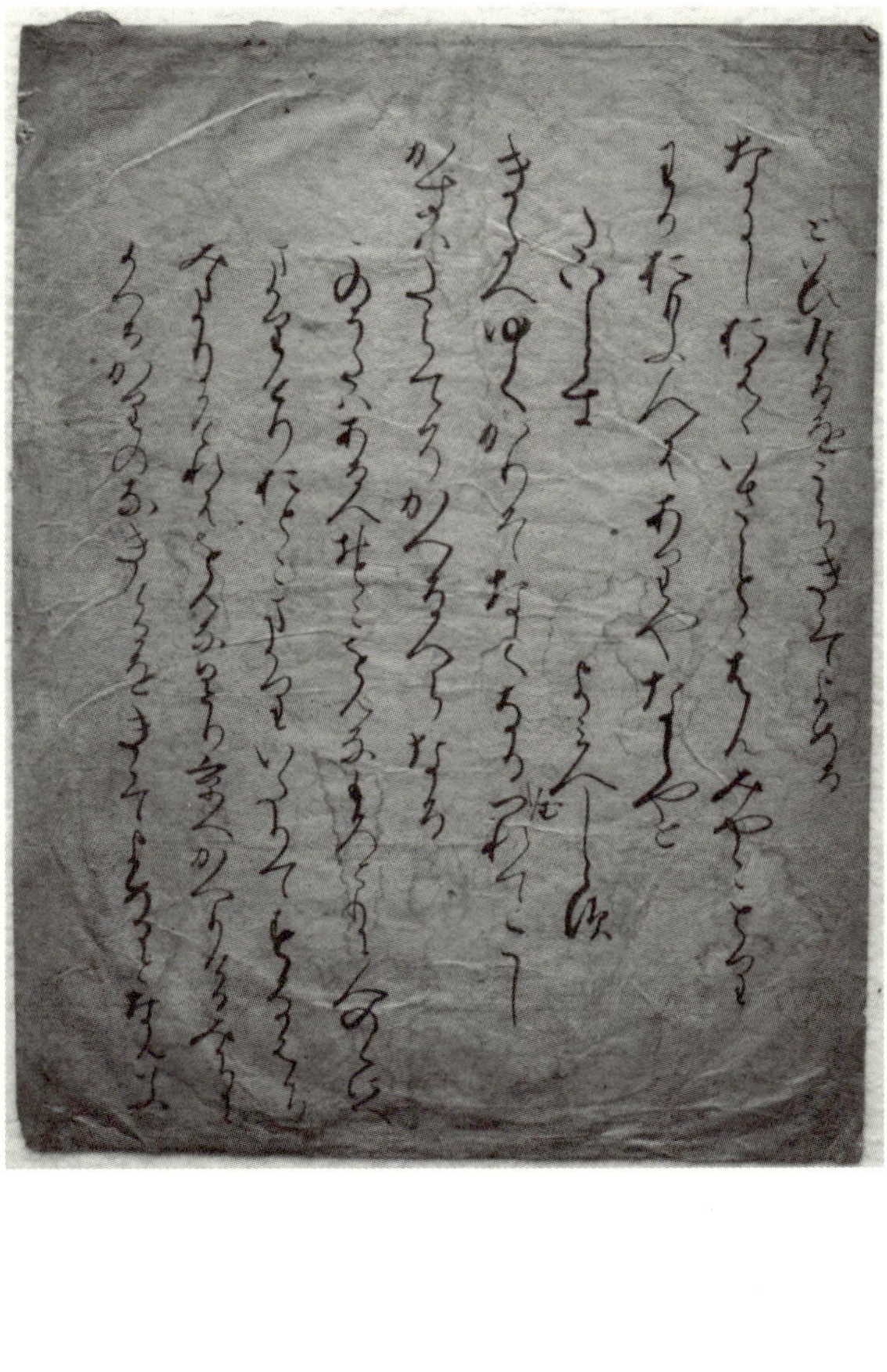

三　伝細川三斎『古今集』（四半切）（＊伝家隆筆古今集切）

147頁

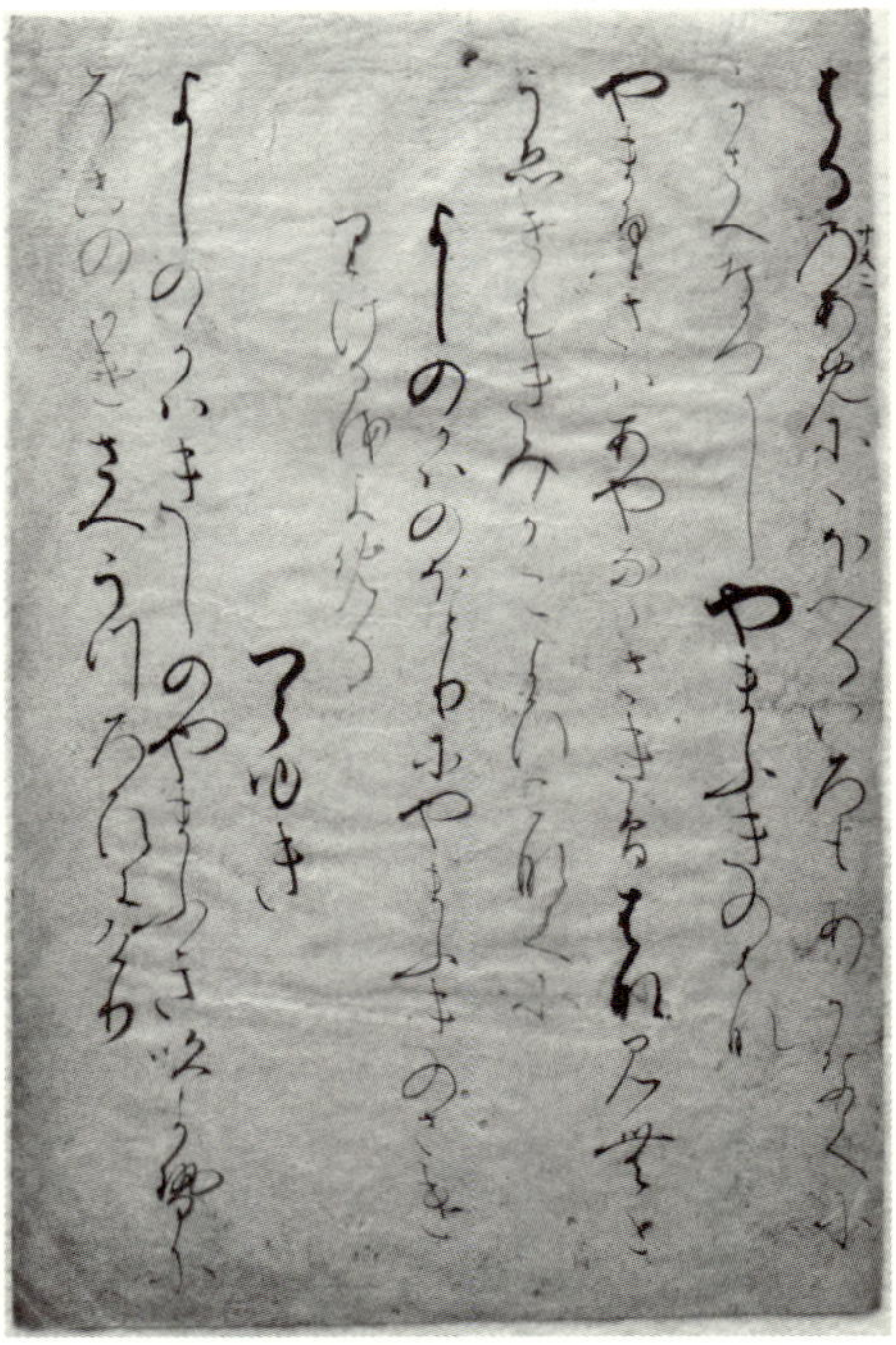

四　伝俊寛『古今集』（四半切）

148頁

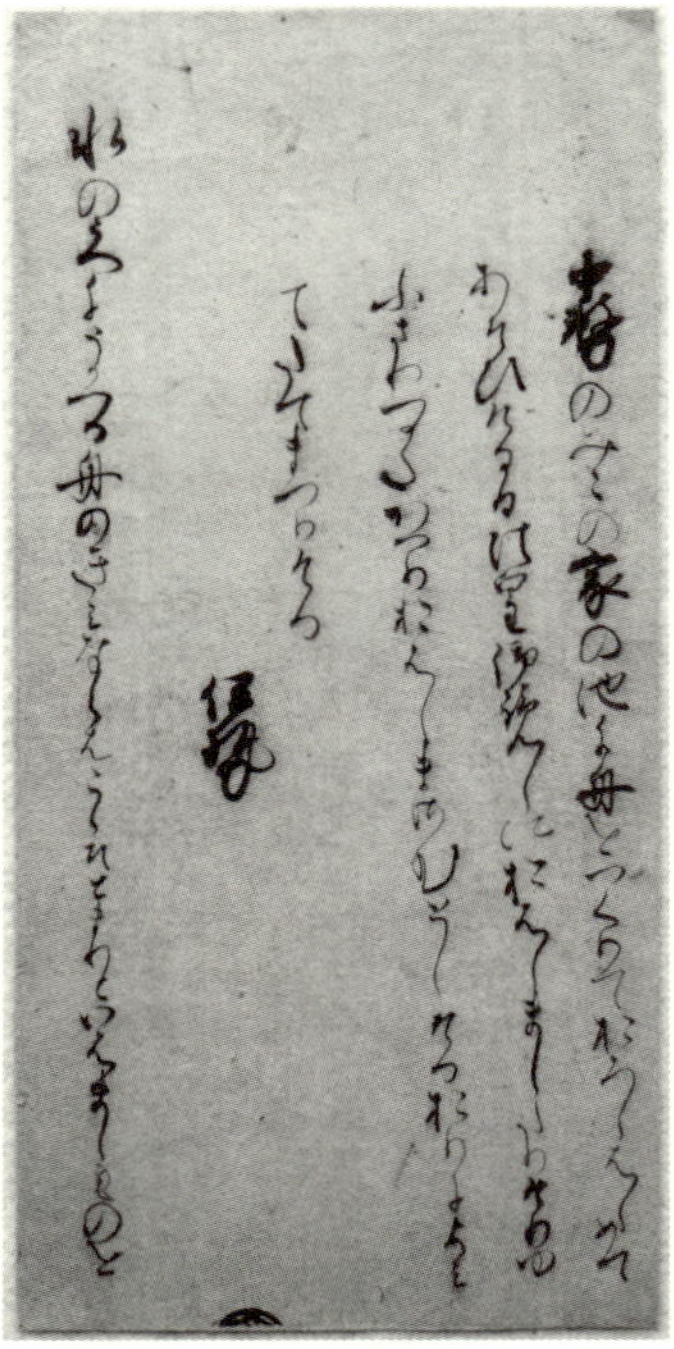

五　伝承筆者名なし『古今集』（四半切）（＊伝為氏筆古今集切）

148頁

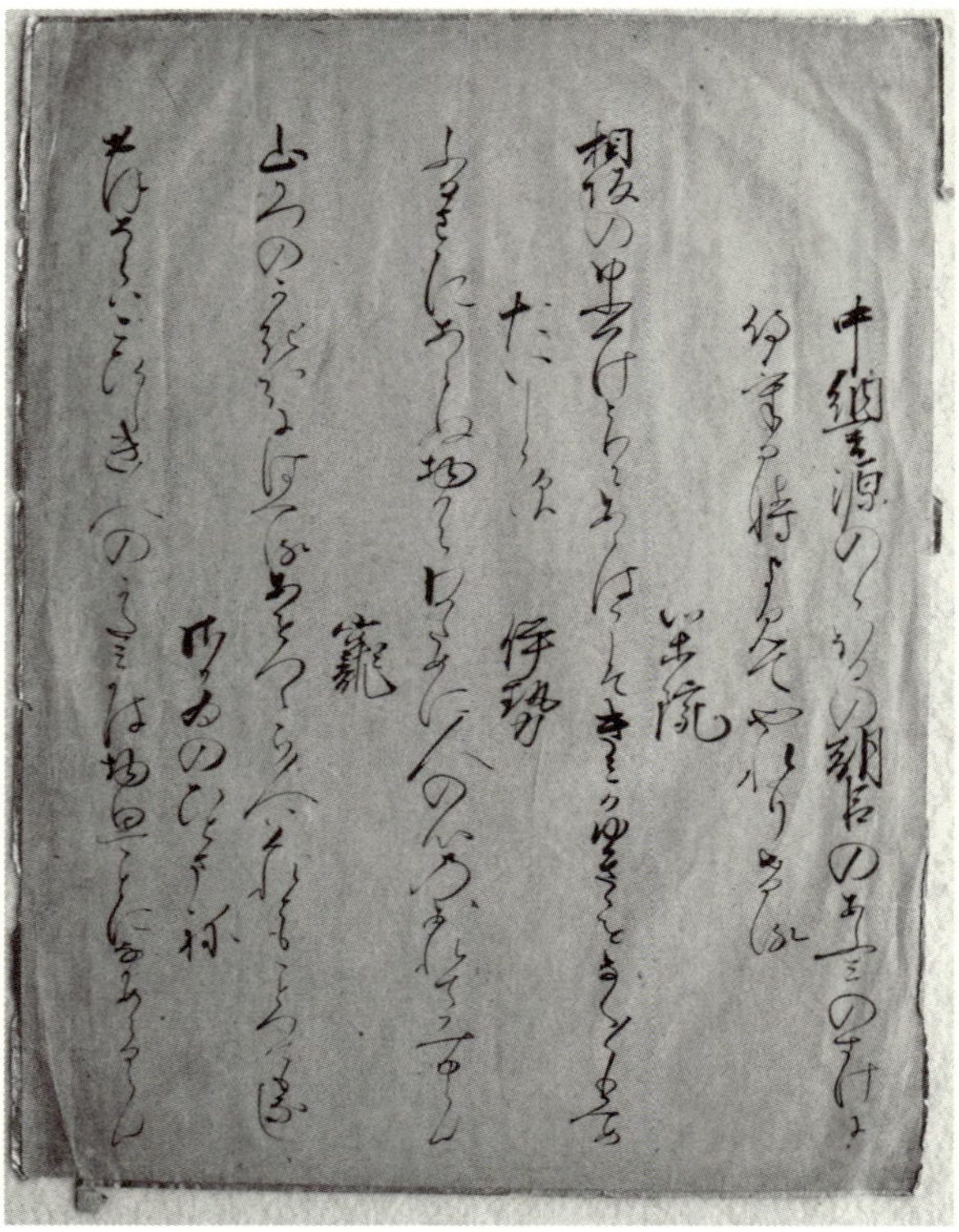

六　伝素眼／伝伏見院『古今集』（大四半切）

148頁

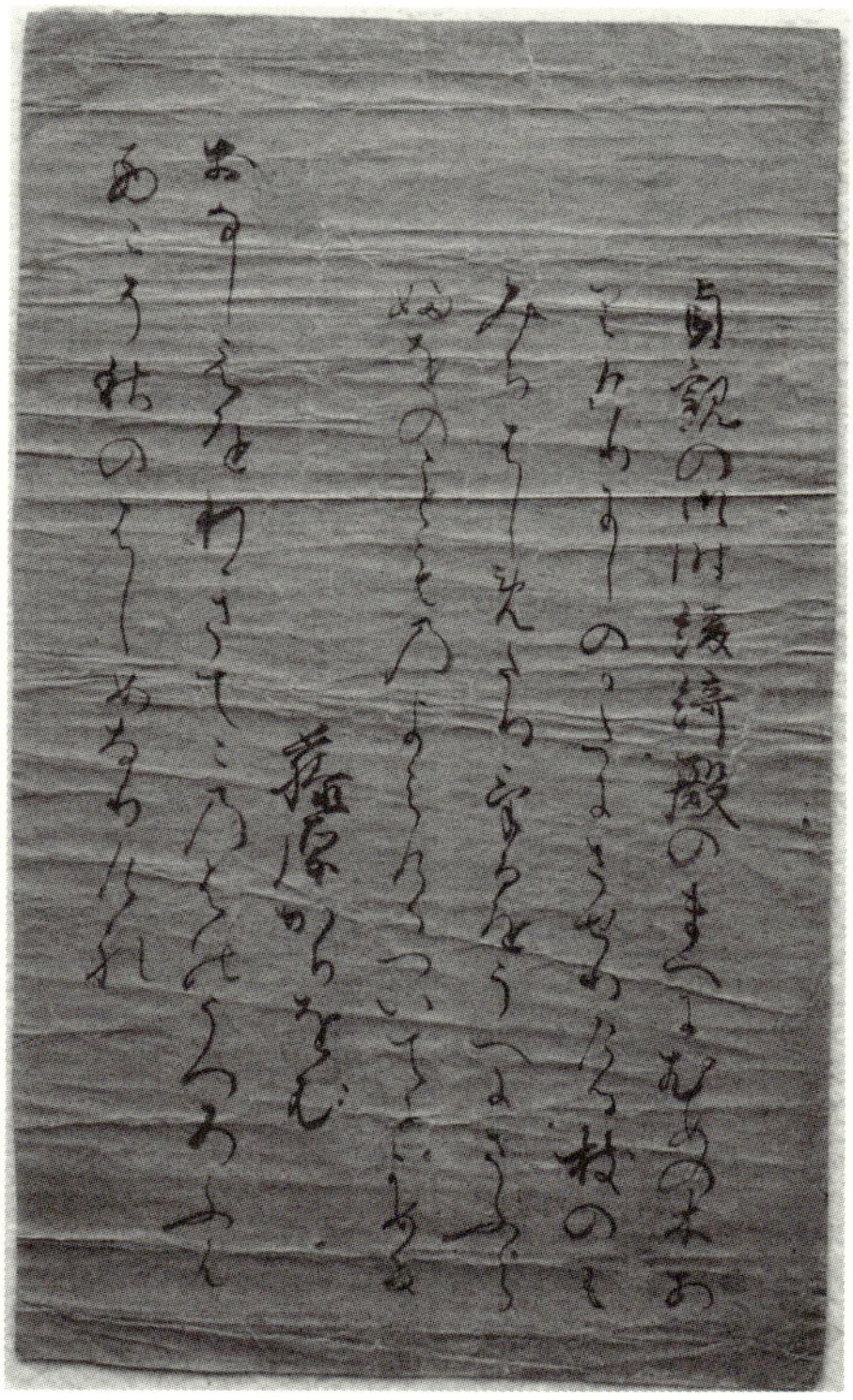

七　伝東常縁『古今集』（四半切）

149頁

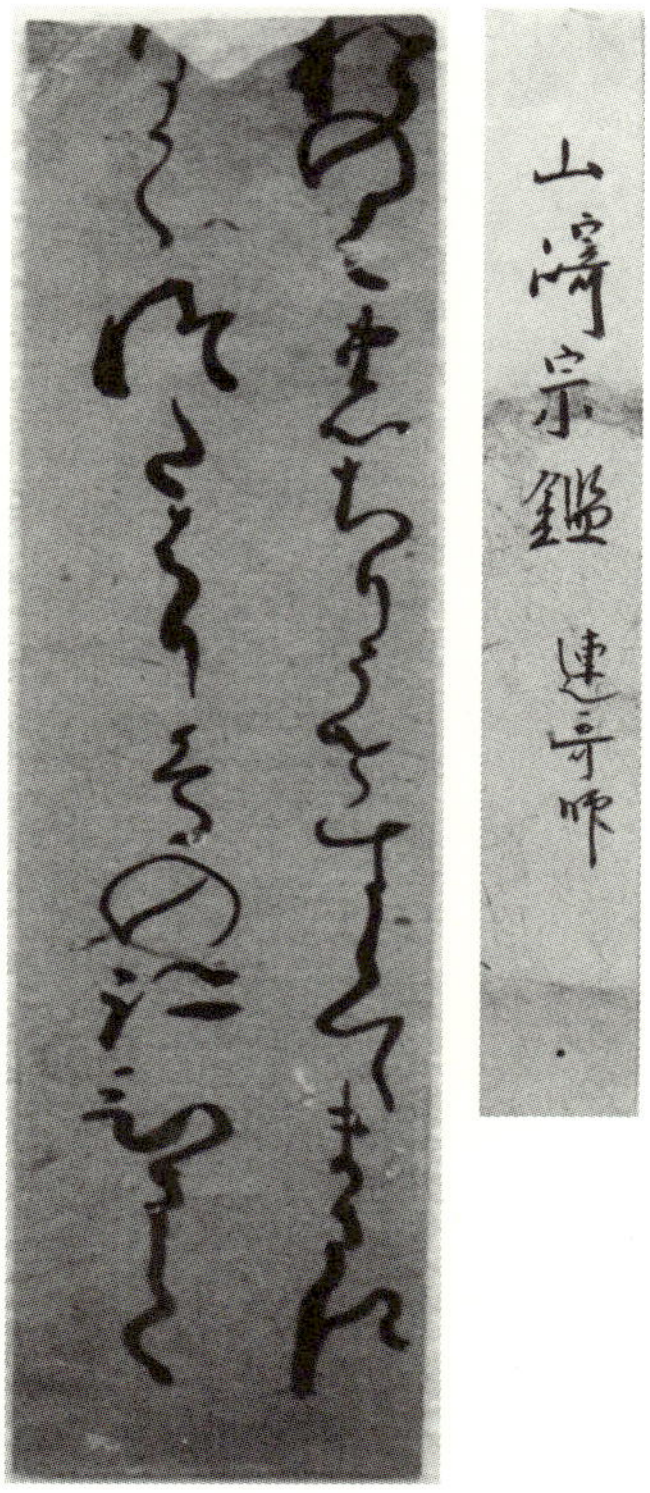

八　伝宗鑑『古今集』（四半切）

149頁

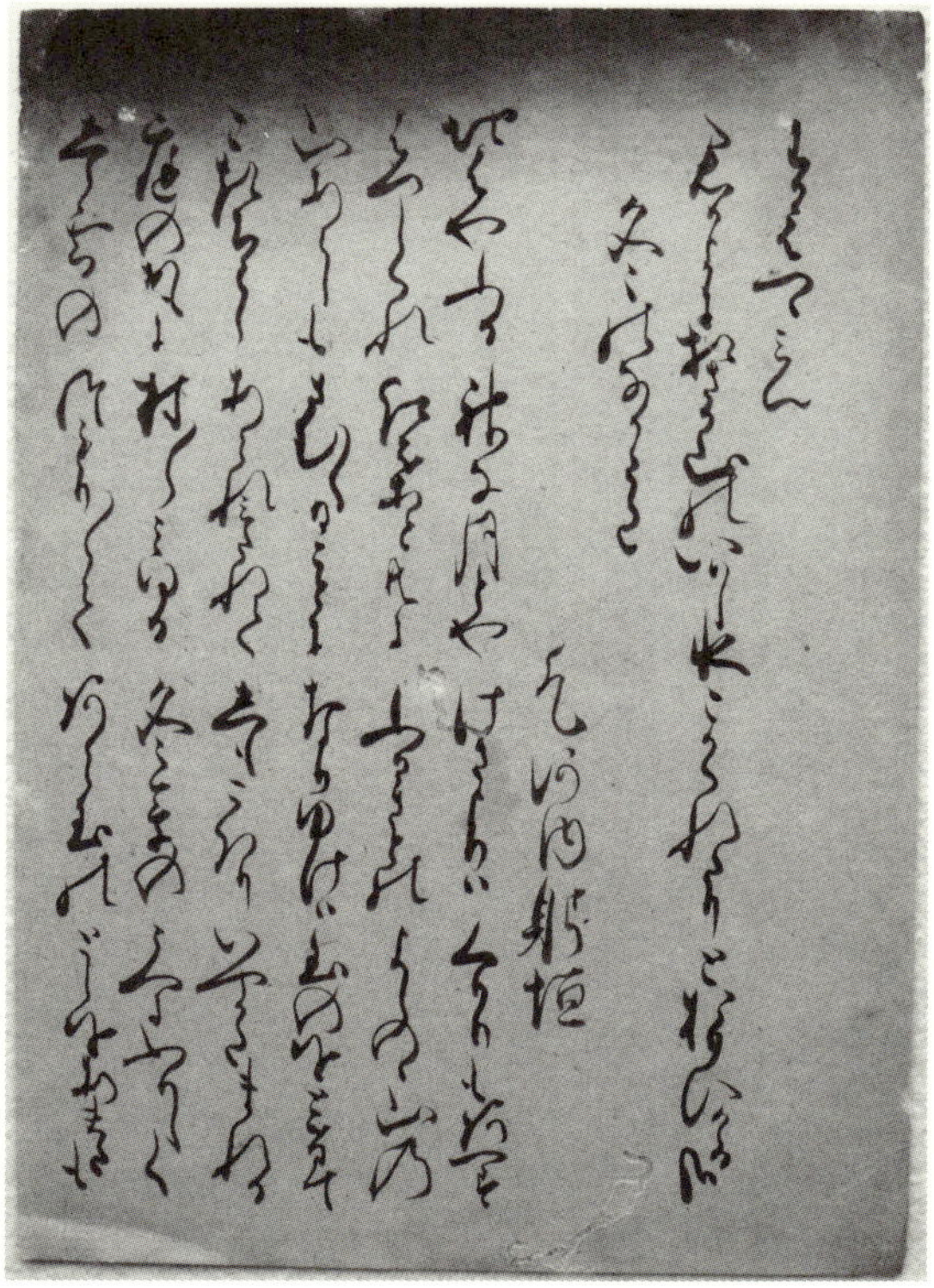

九　伝承筆者名なし『古今集』（四半切）

150頁

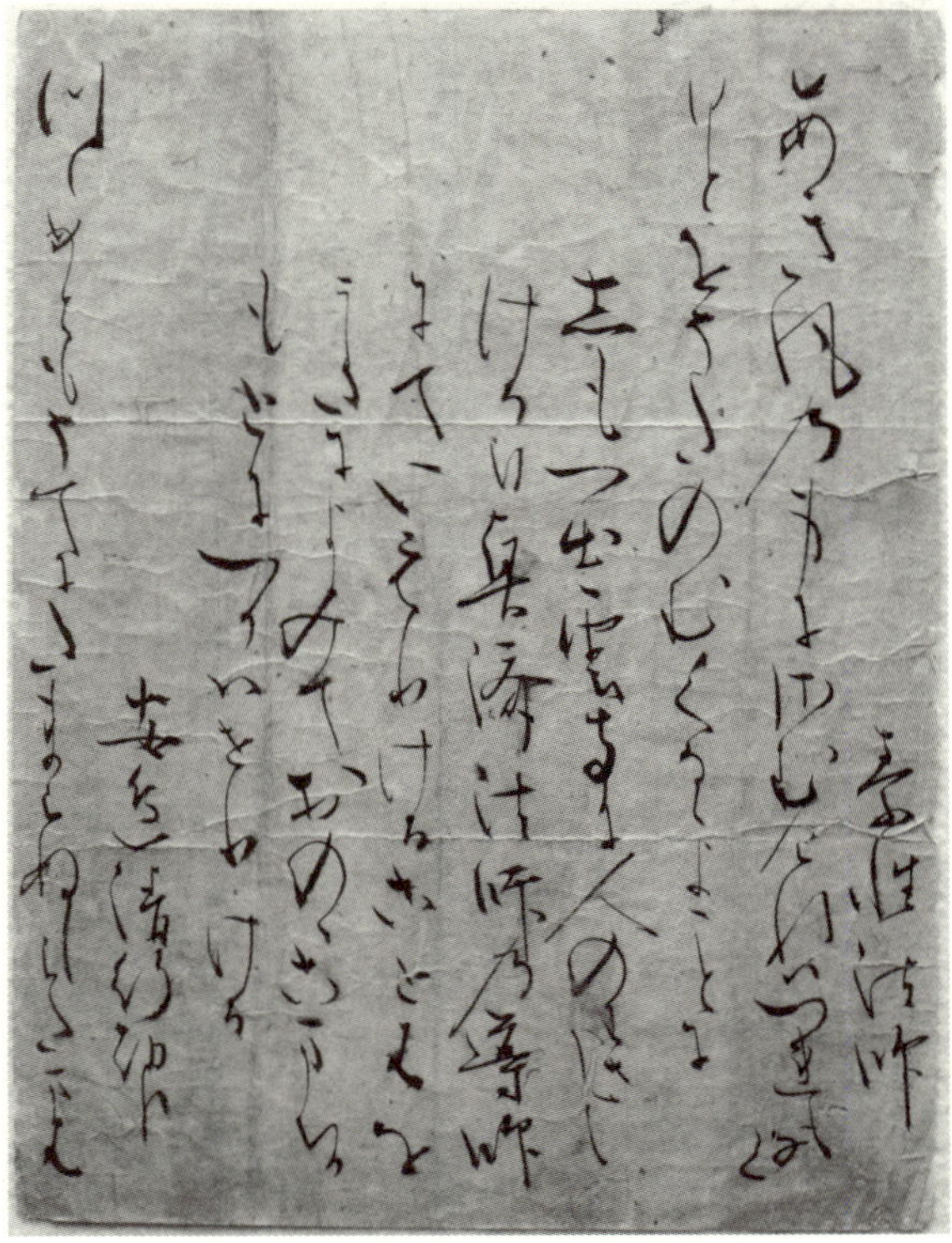

一〇　伝承筆者名なし『古今集』（四半切）　150頁

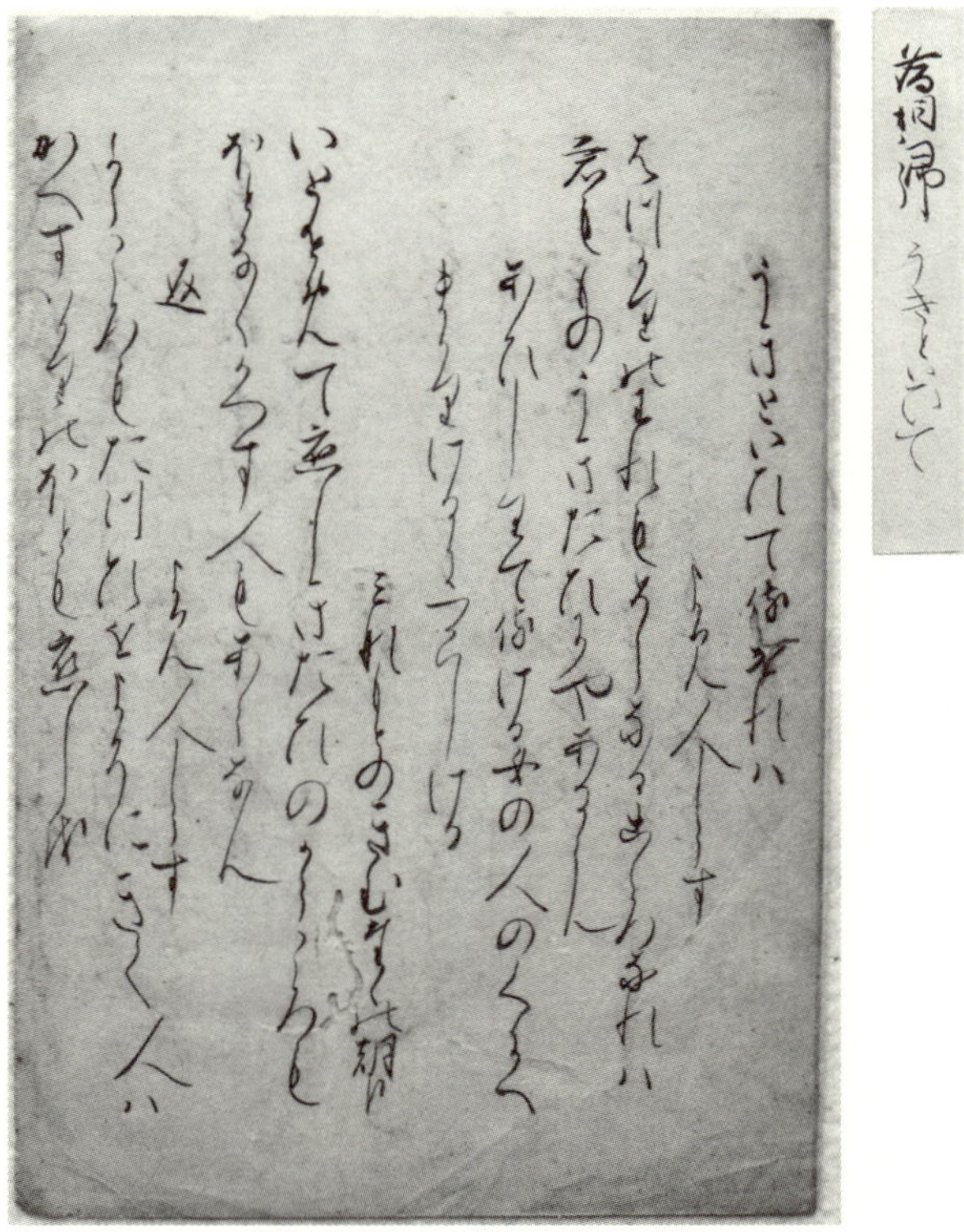

一一　伝冷泉為相『後撰集』（四半切）（＊伝阿仏尼筆角倉切）　150頁

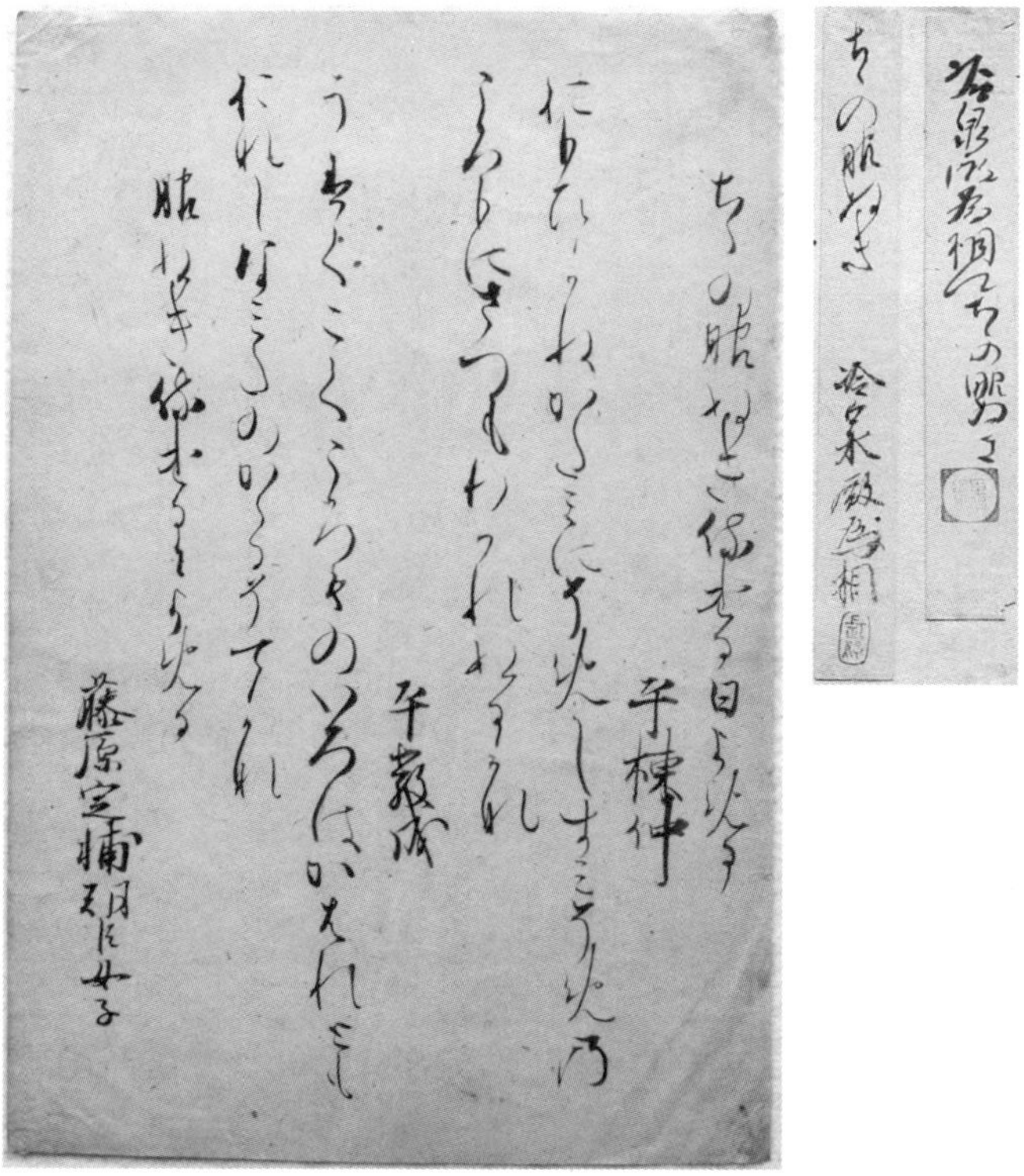

一二　伝冷泉為相『後拾遺集』（四半切）　151頁

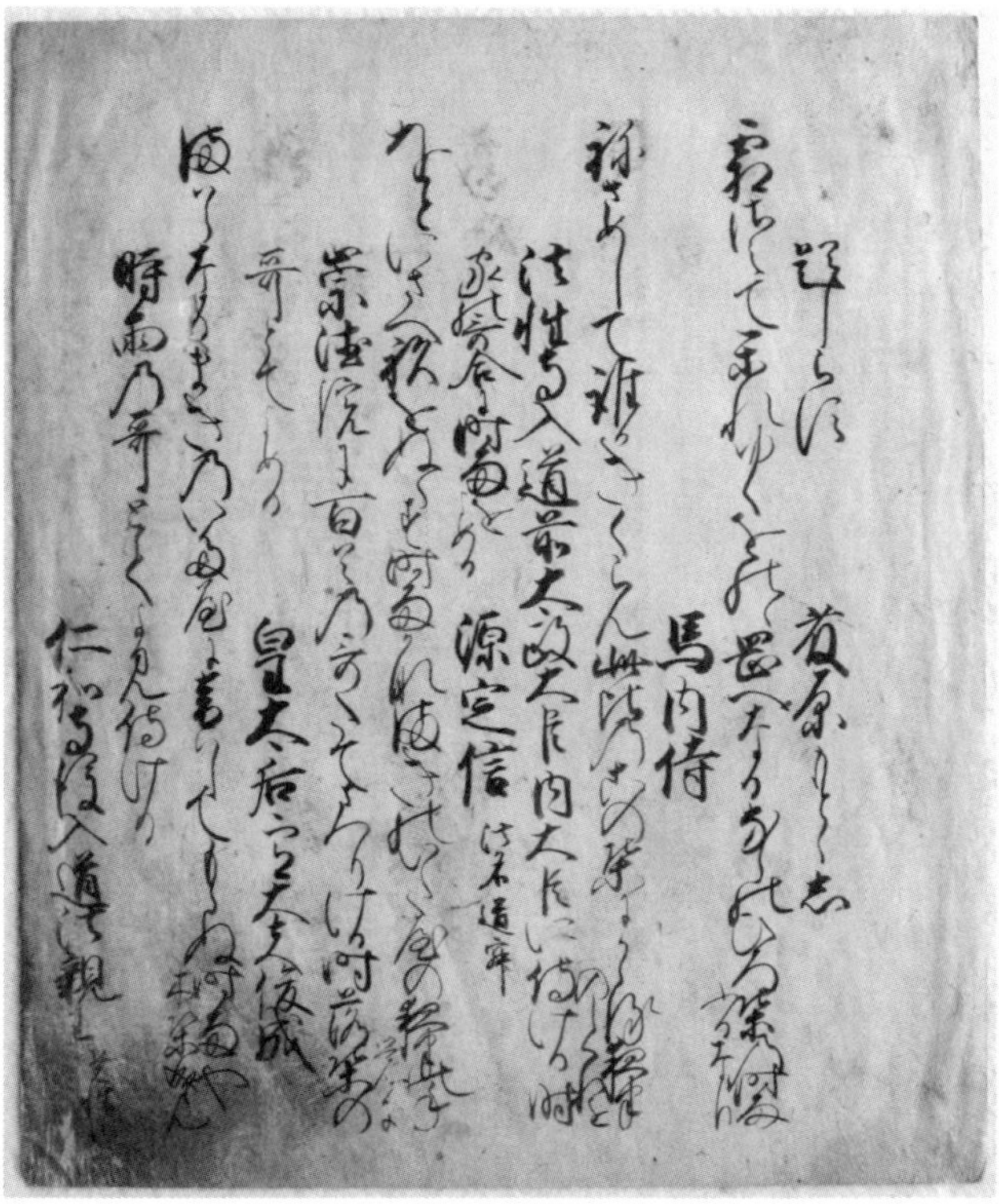

一三　伝承筆者名なし『千載集』（四半切）（＊伝転法輪実綱筆千載集切）151頁

一四　伝承筆者名なし『千載集』（四半切）（＊伝三条西公国筆千載集切）152頁

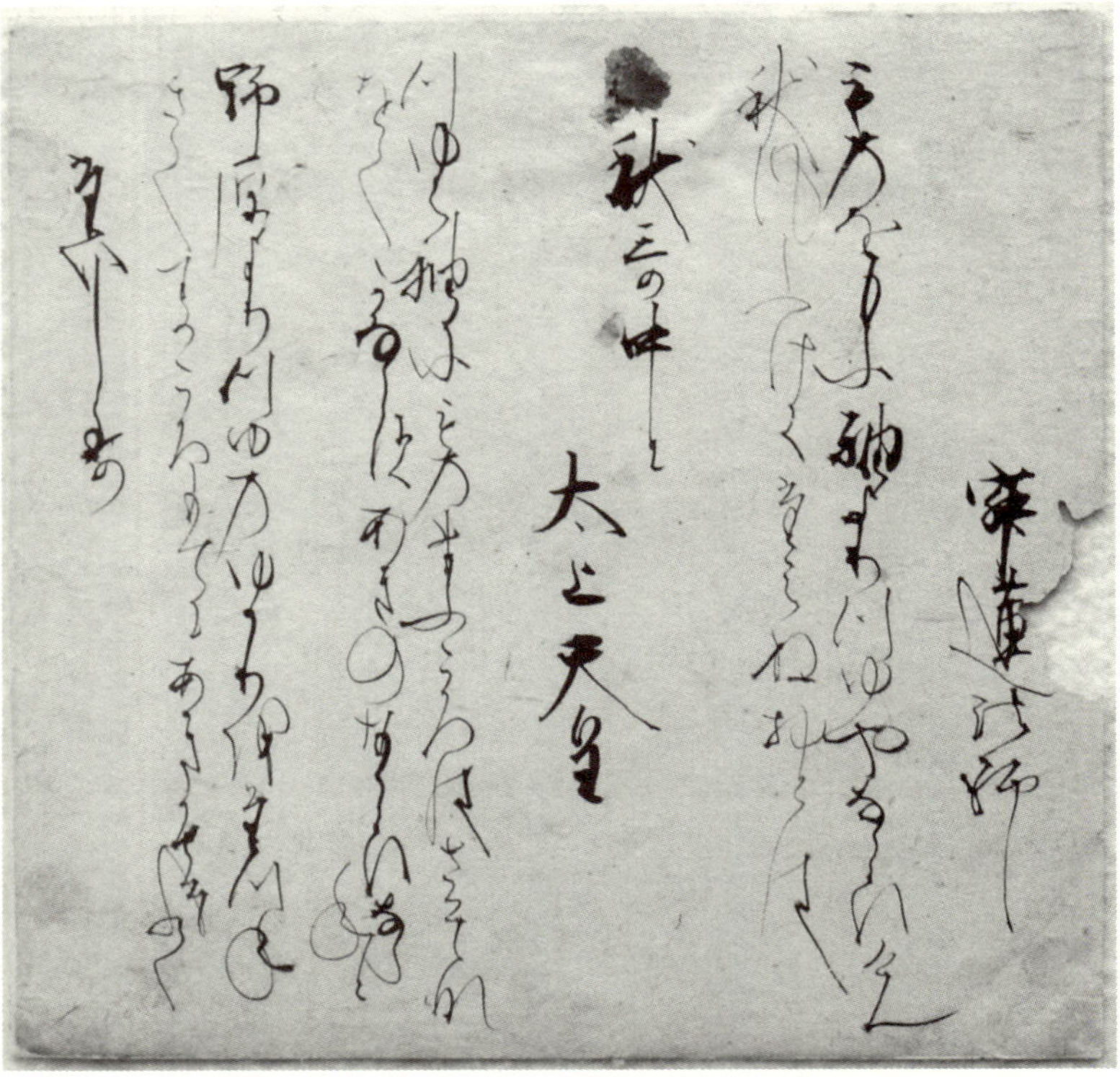

一五　伝承筆者名なし　『新古今集』（六半切）
（＊伝甘露寺光経筆新古今集切）

152頁

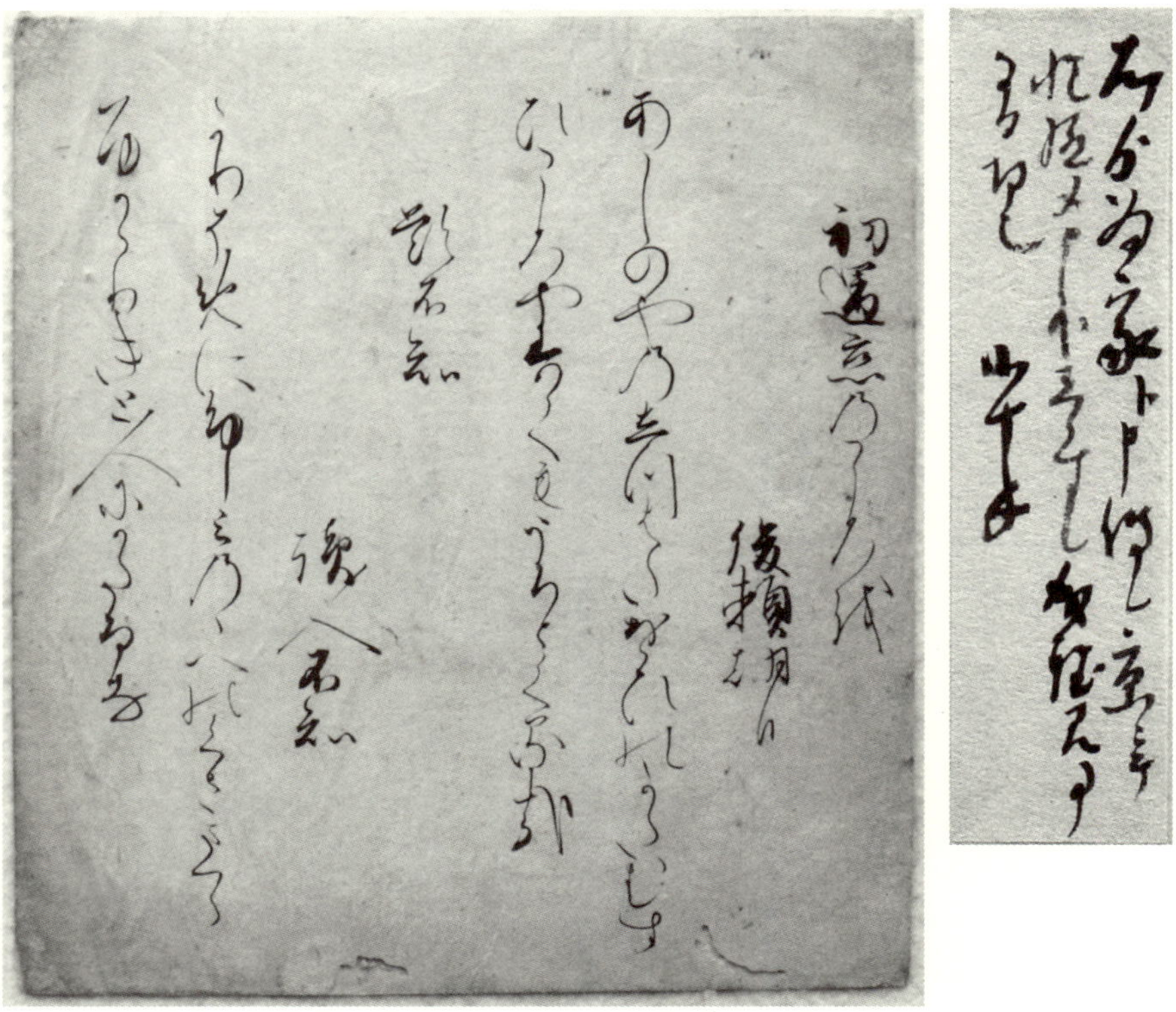

一六　伝二条為家　『新古今集』（六半切）

153頁

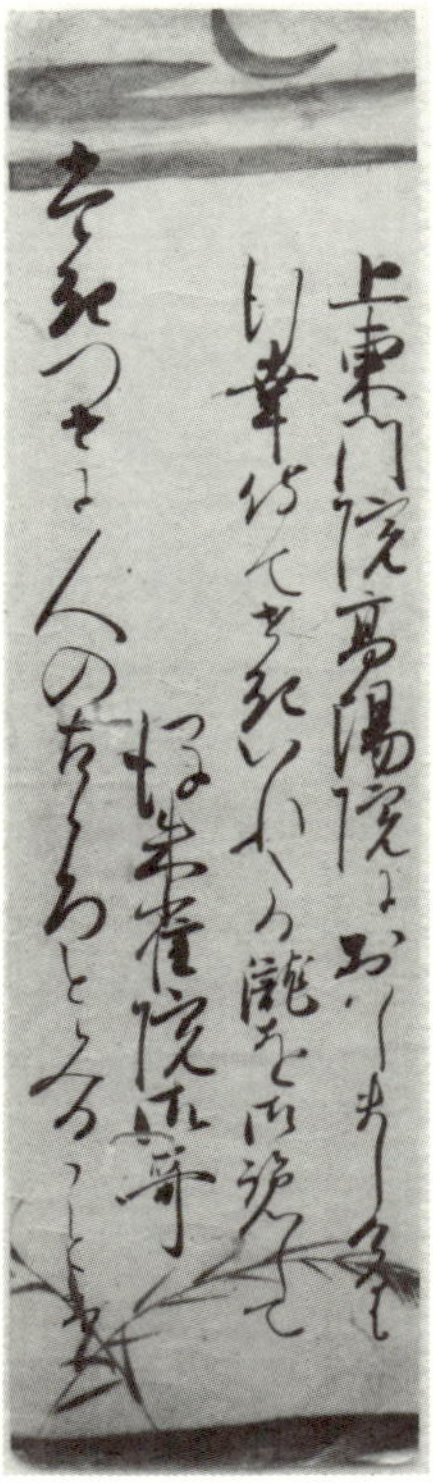

一七　伝二条為右『新古今集』豊前切　153頁

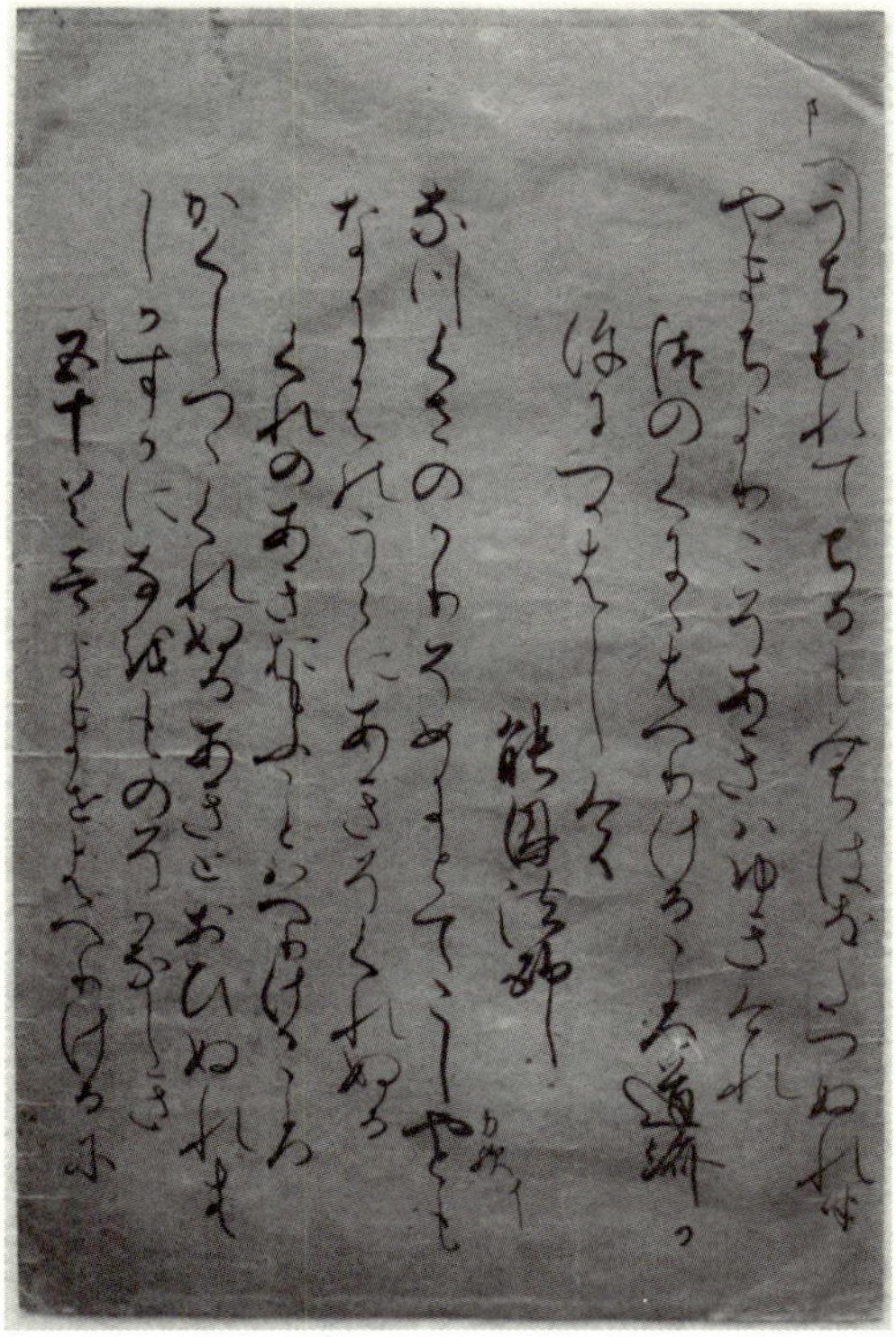

一八　伝承筆者名なし『新古今集』（四半切）　153頁

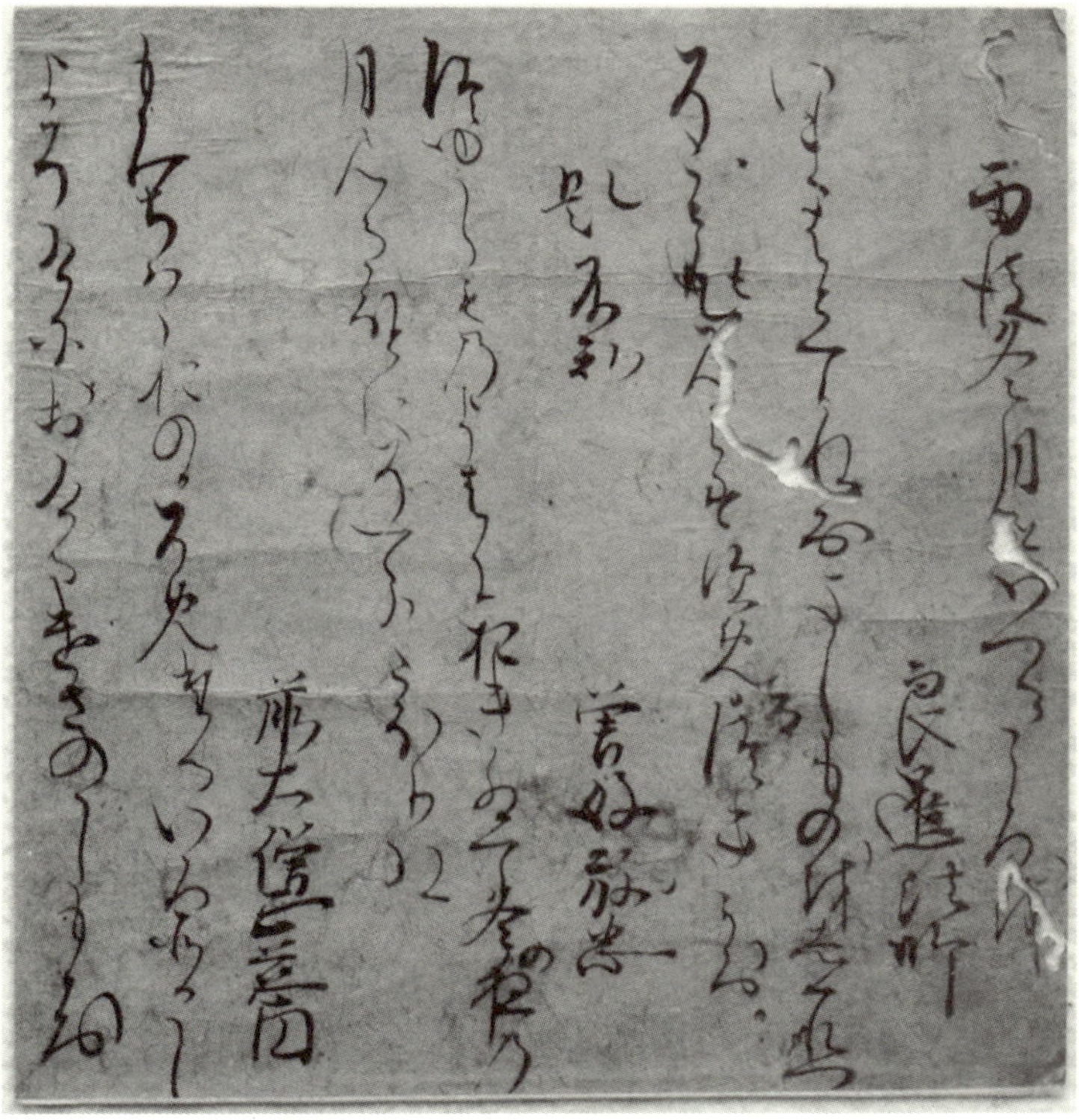

一九　伝承筆者名なし『新古今集』（六半切）　154頁

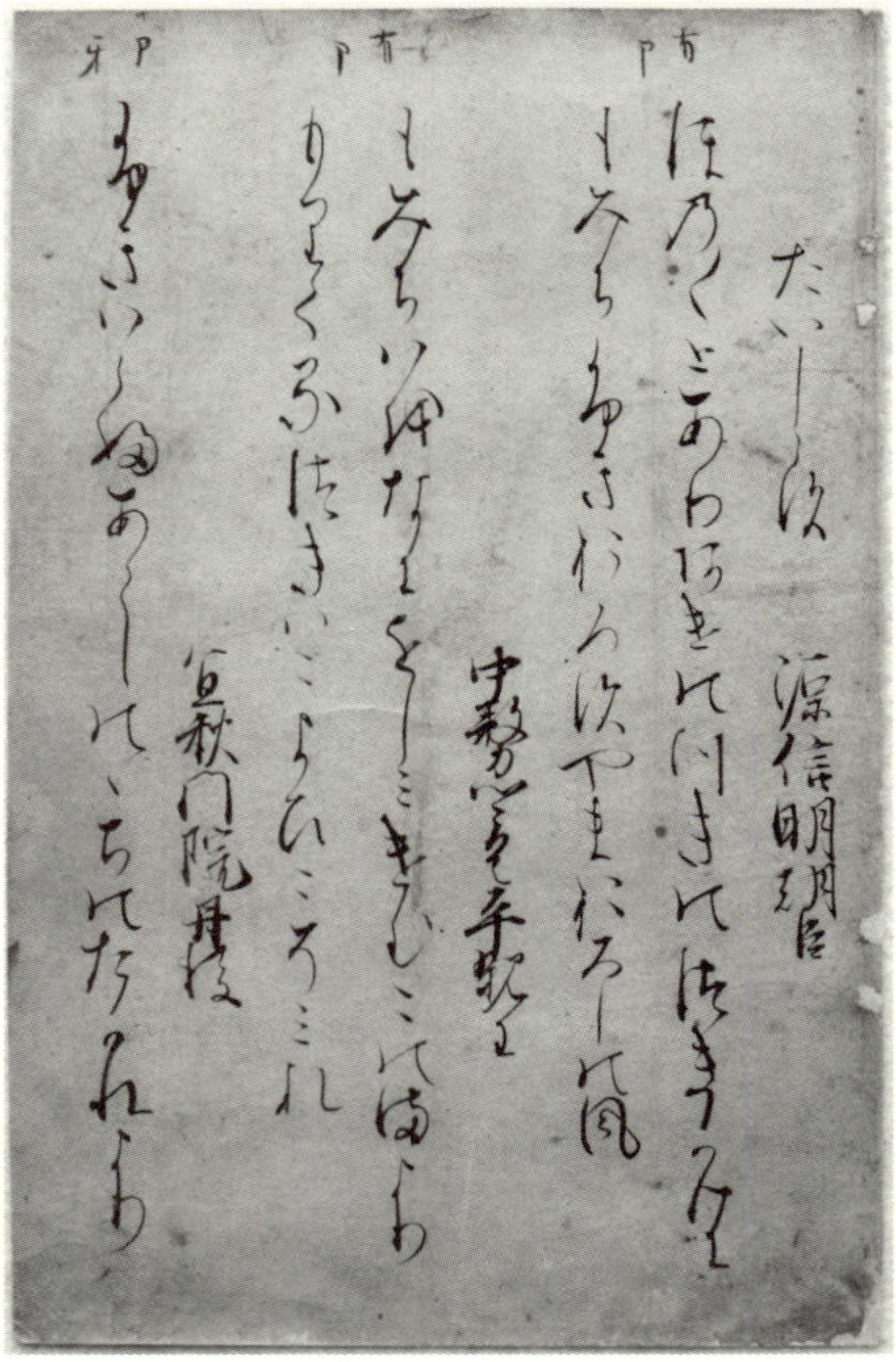

二〇　伝承筆者名なし『新古今集』（四半切）　154頁

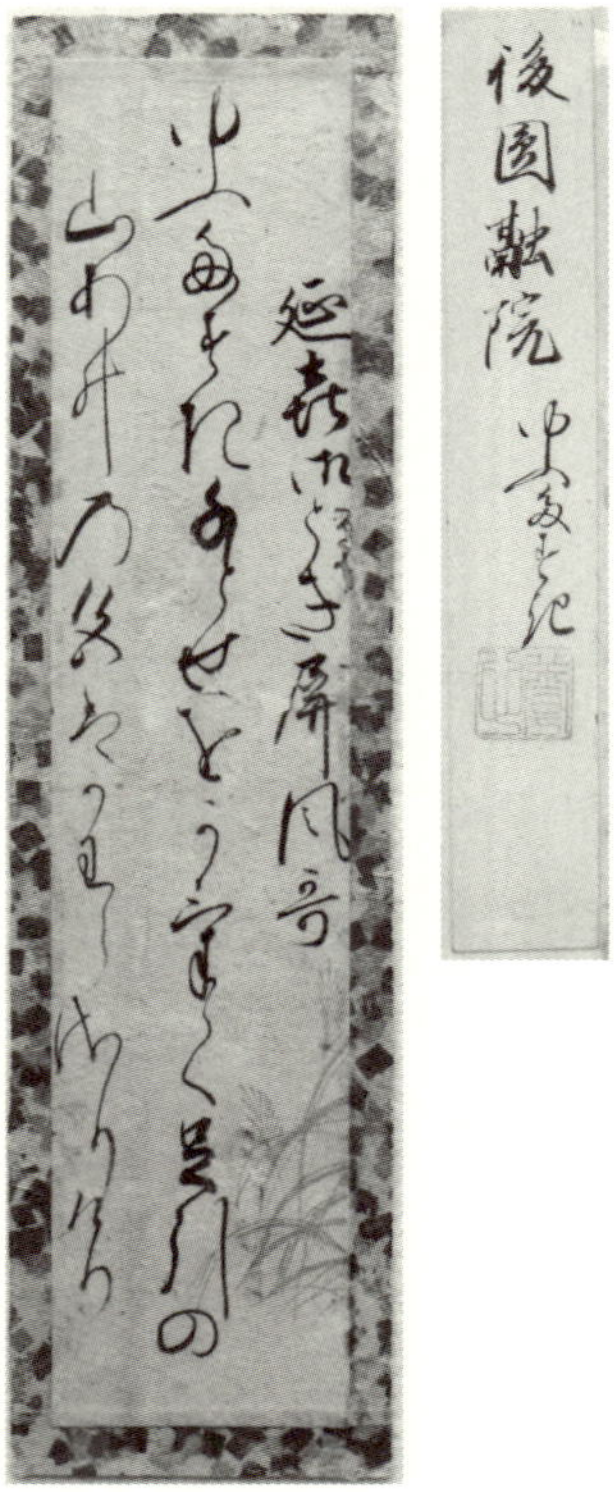

二一　伝後円融院『新古今集』（四半切）　155頁

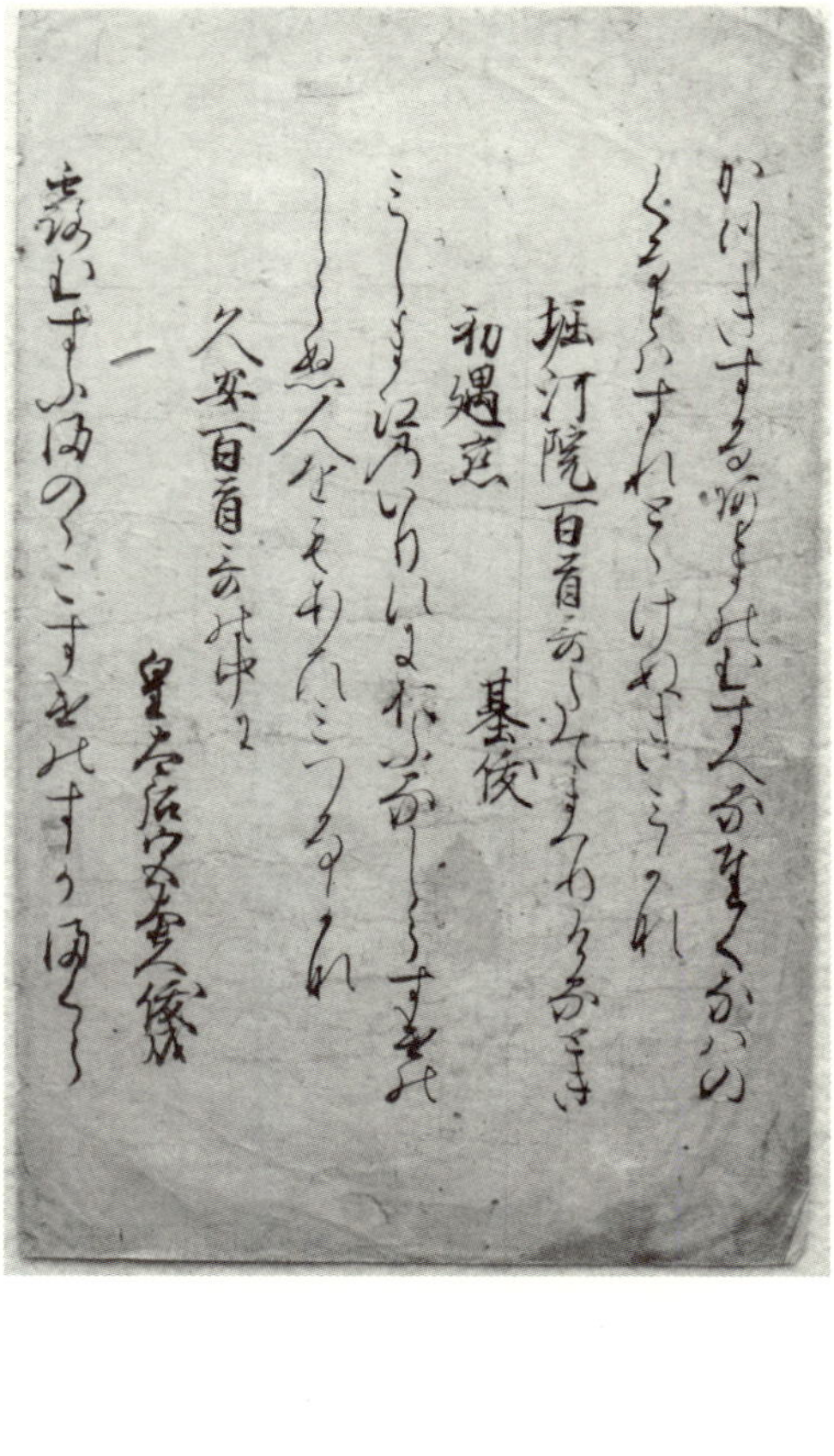

二二　伝承筆者名なし『続後撰集』（四半切）（＊伝為氏筆続後撰集切）　155頁

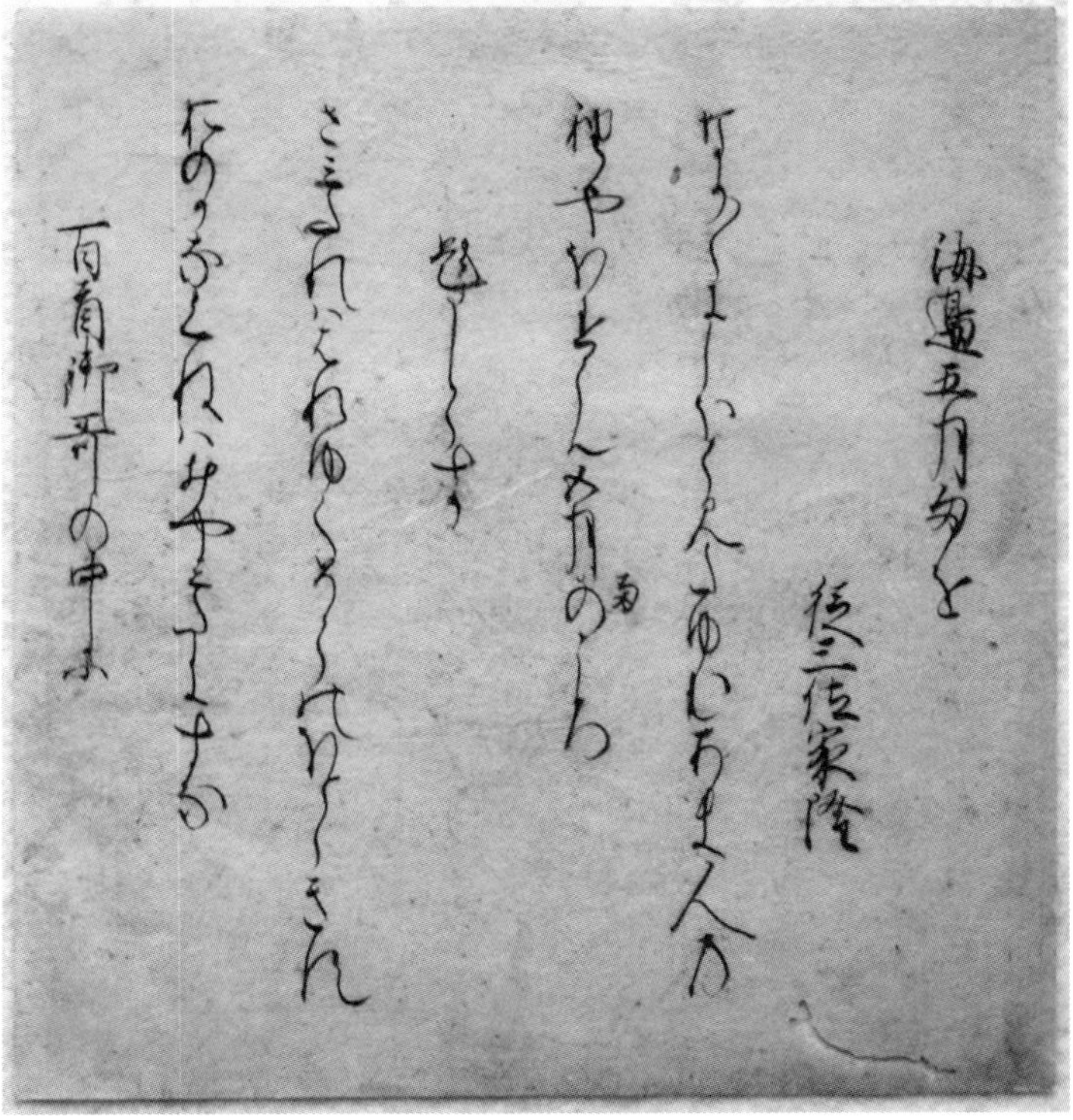
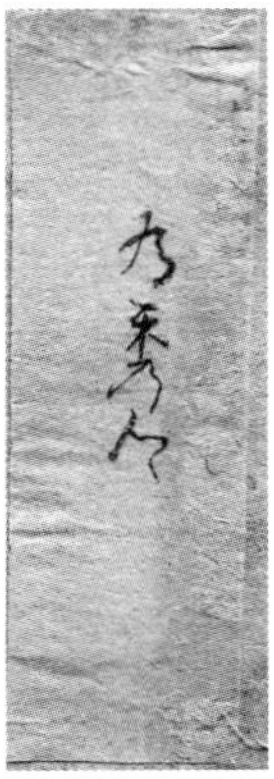

二三　伝冷泉為秀『続古今集』（六半切）

156頁

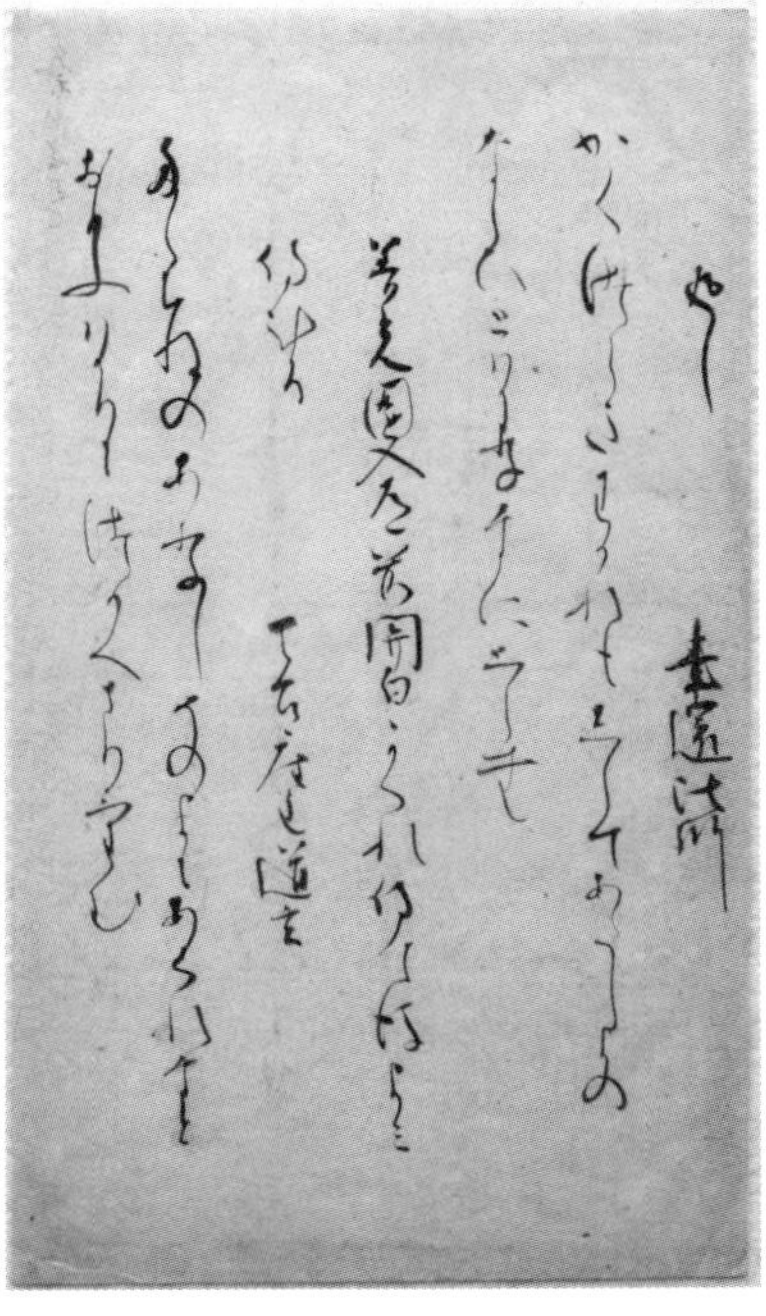

二四　伝久我長通『新後撰集』安芸切

156頁

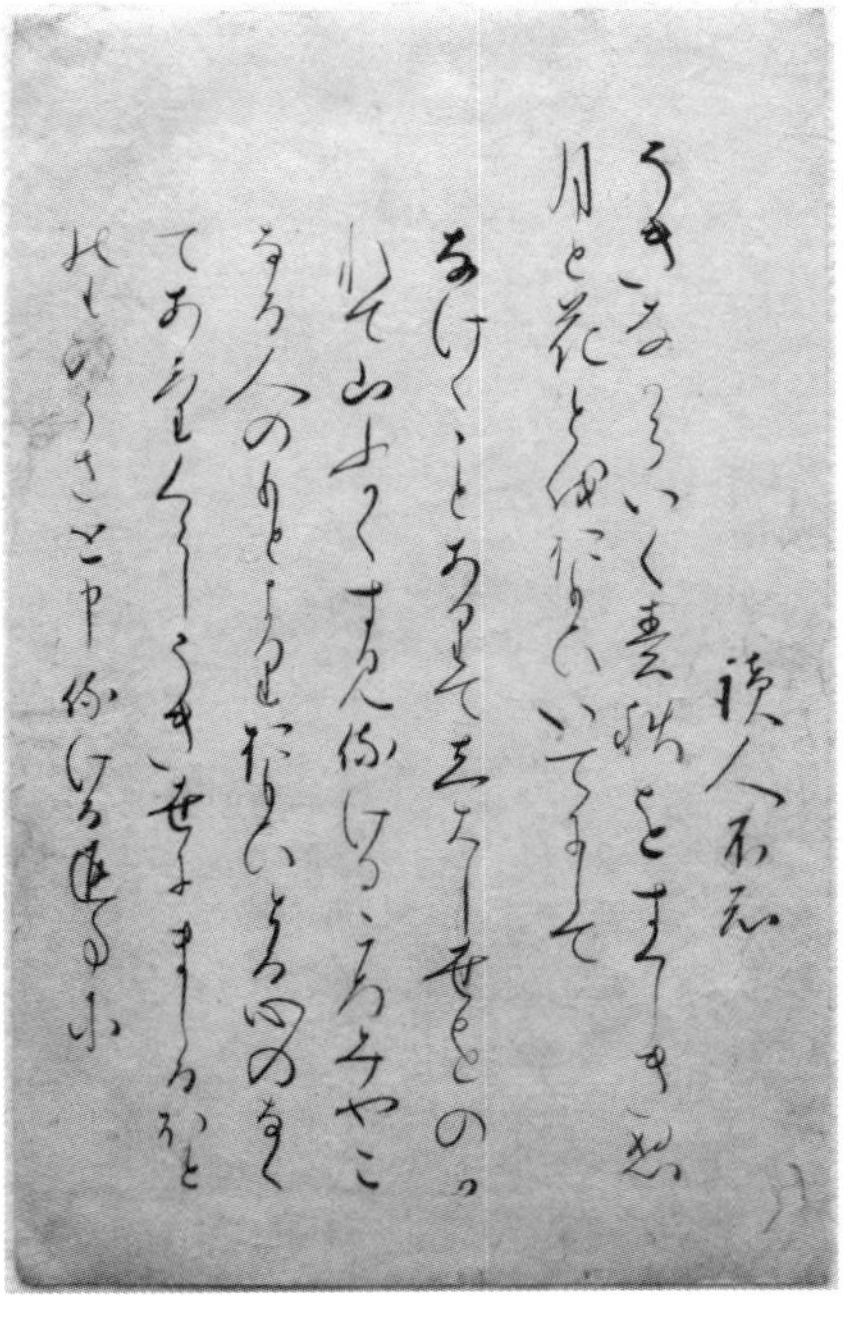
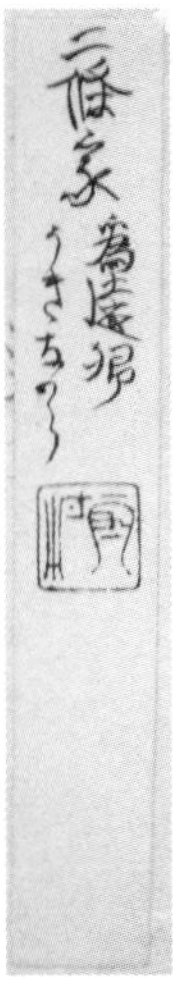

二五　伝二条為遠『玉葉集』（四半切）

156頁

二六　伝承筆者名なし　『玉葉集』（四半切）

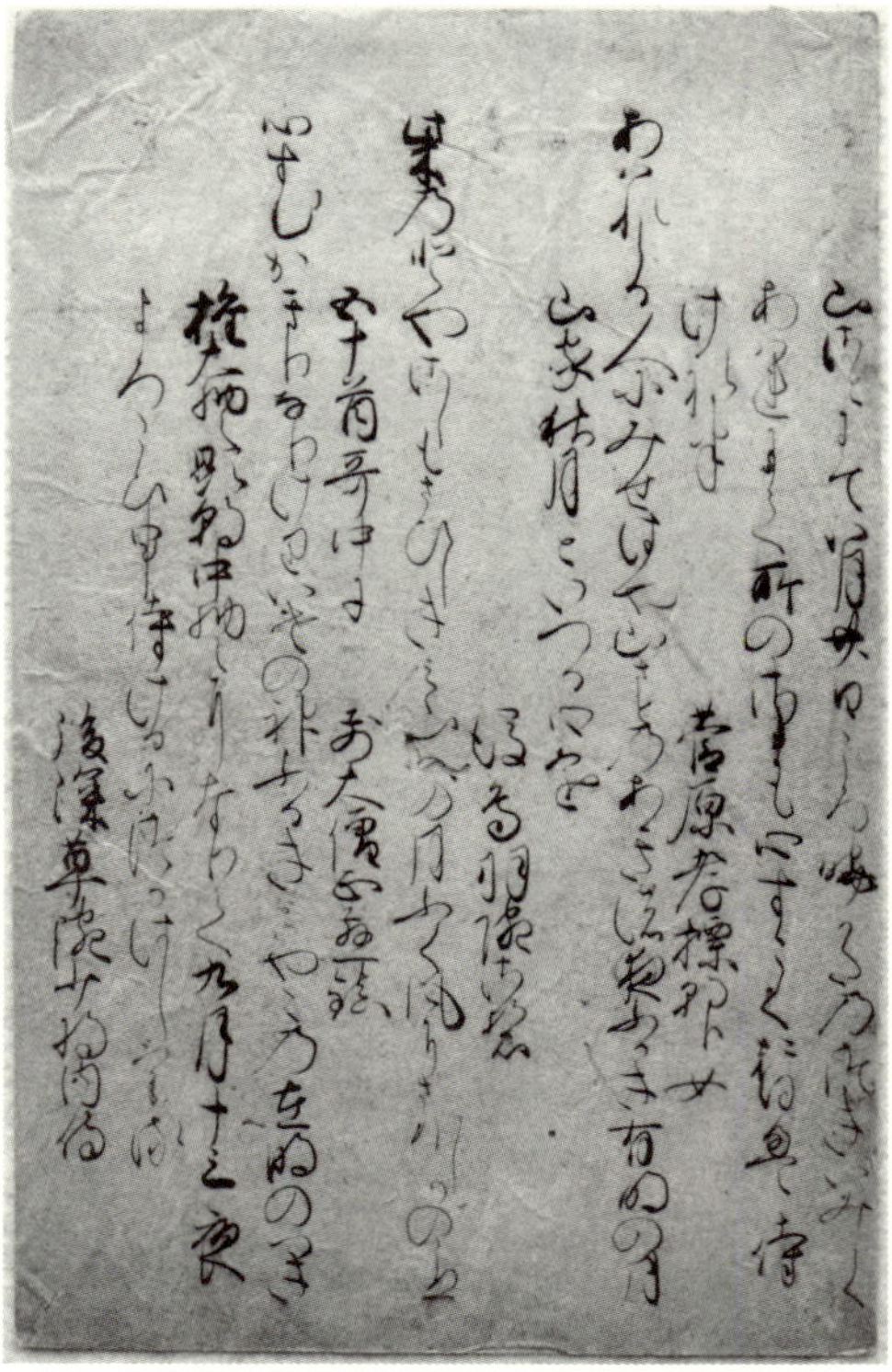

157頁

二七　伝周興律師　『新続古今集』（四半切）

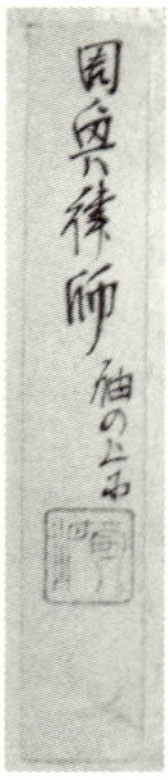

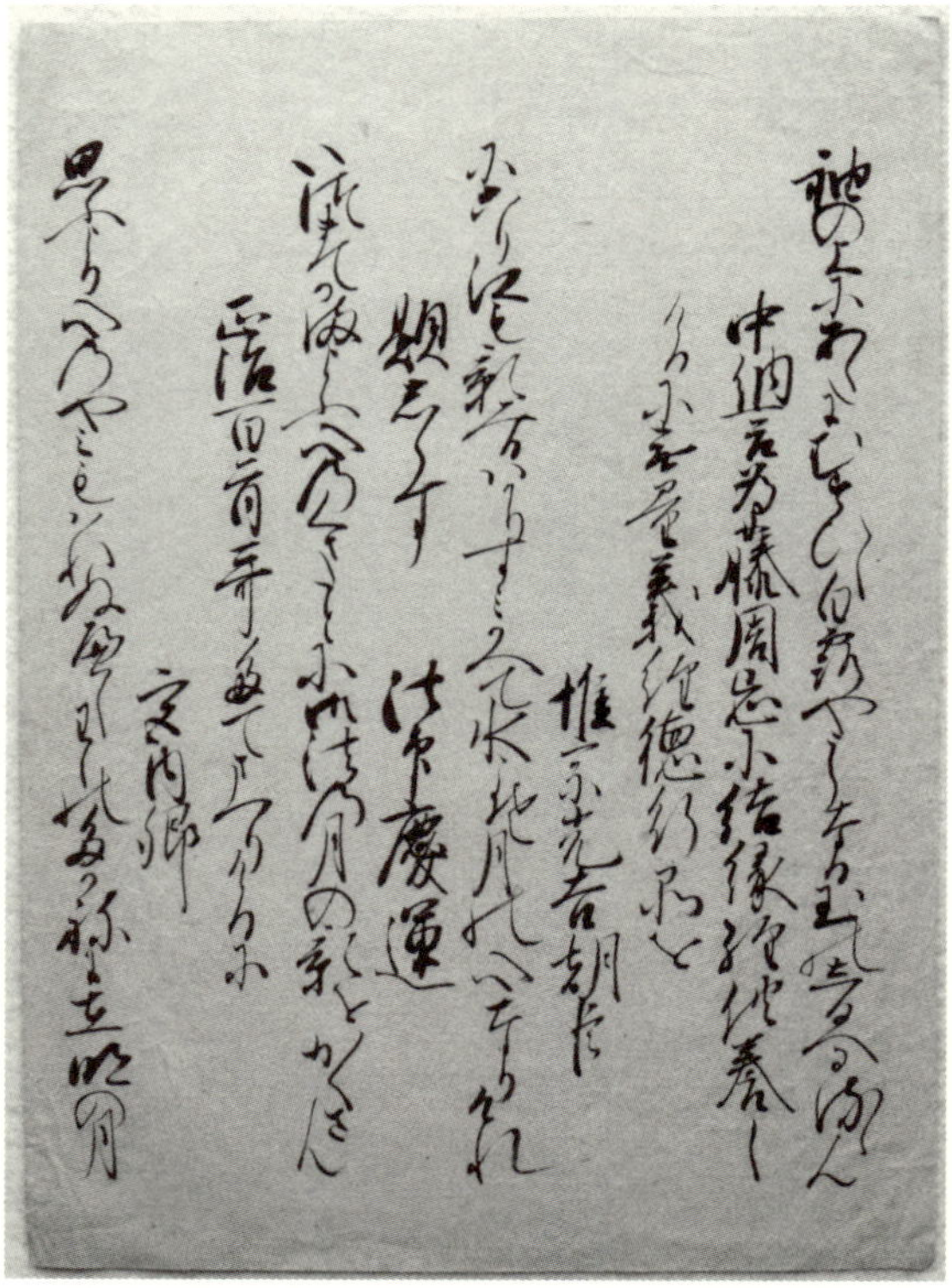

157頁

二八　伝慈円『万葉集』柘枝切（＊伝家隆筆柘枝切）　158頁

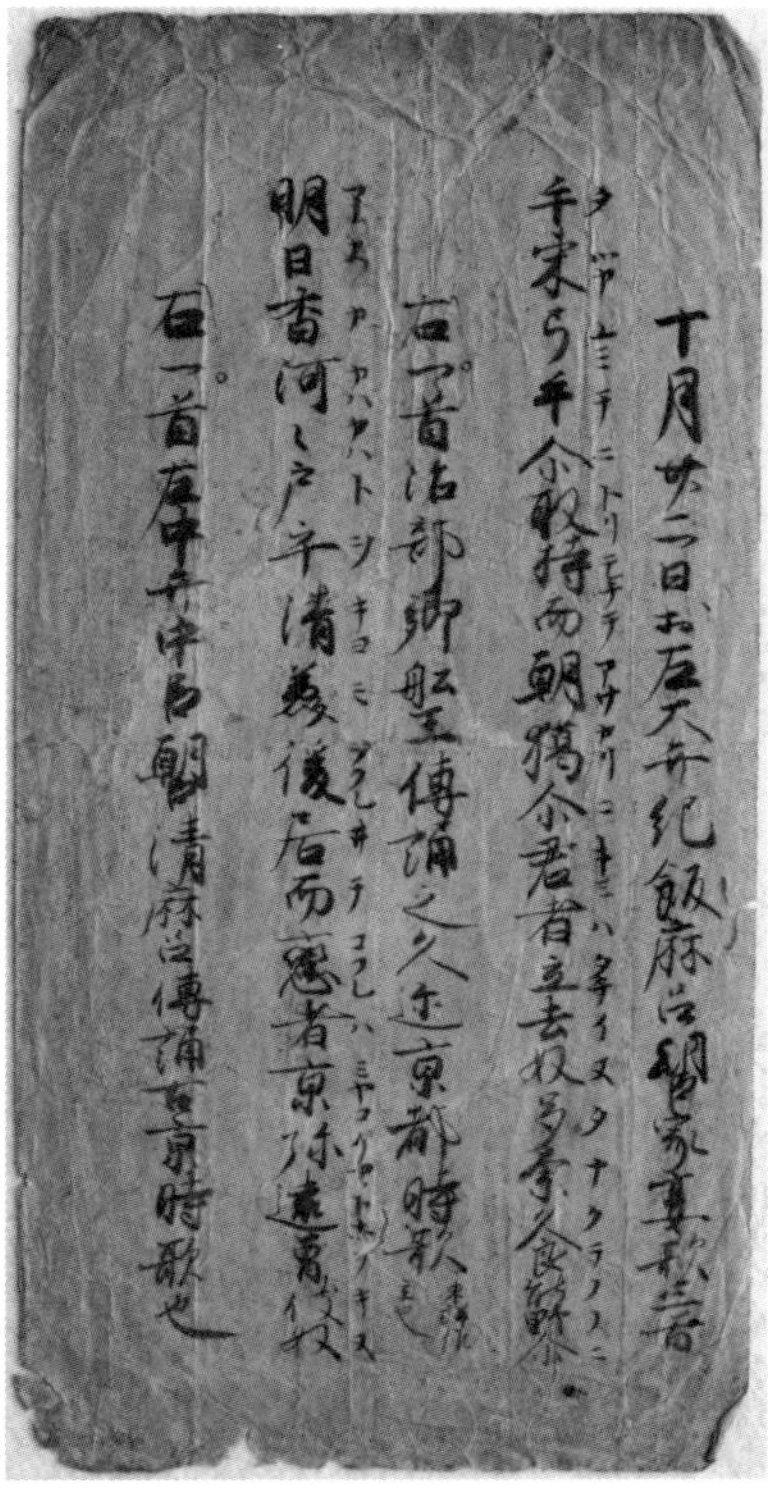

二九　伝二条為冬『和漢朗詠集』（四半切）　158頁

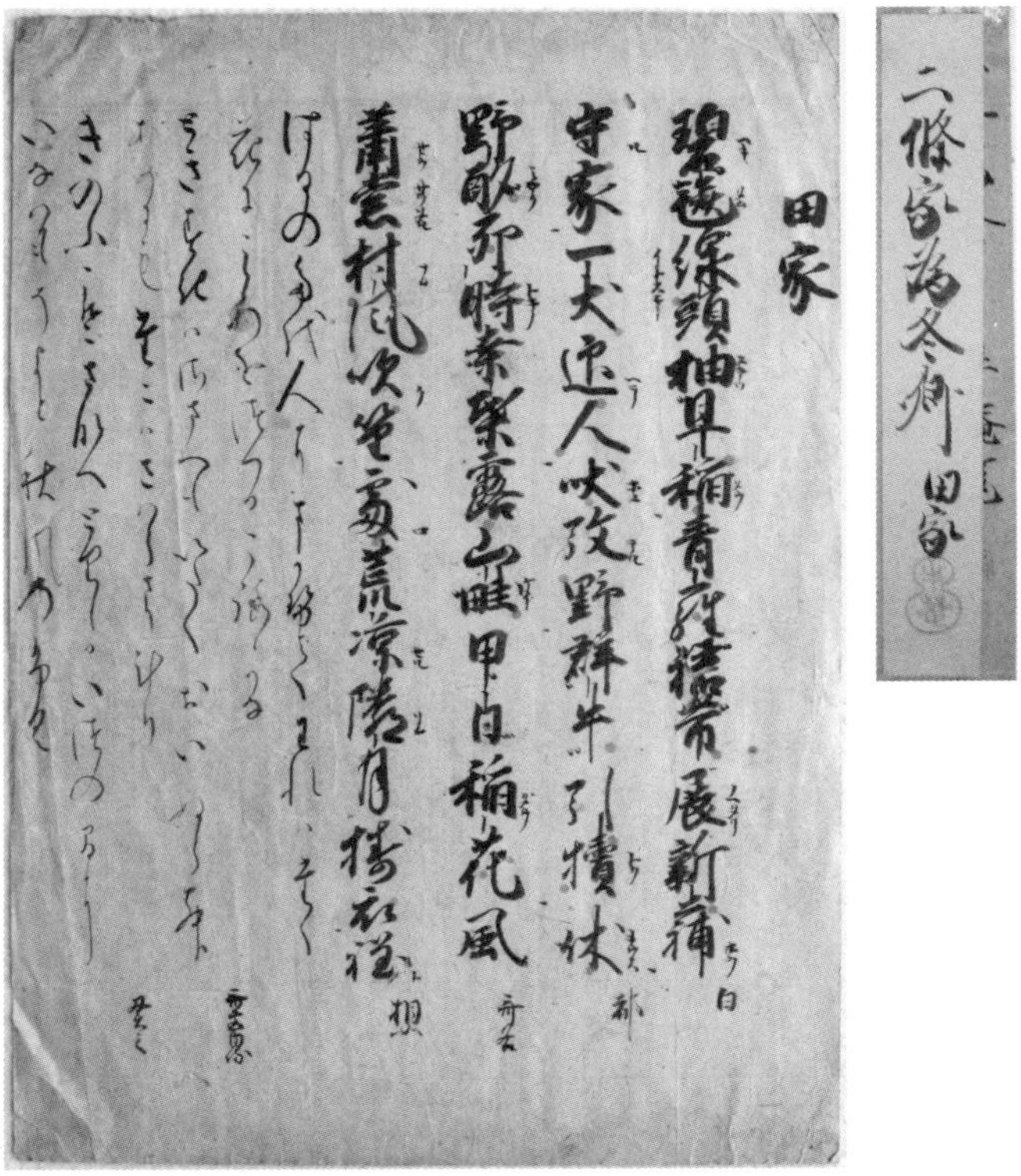

三〇　伝広幢『和漢朗詠集』（四半切）

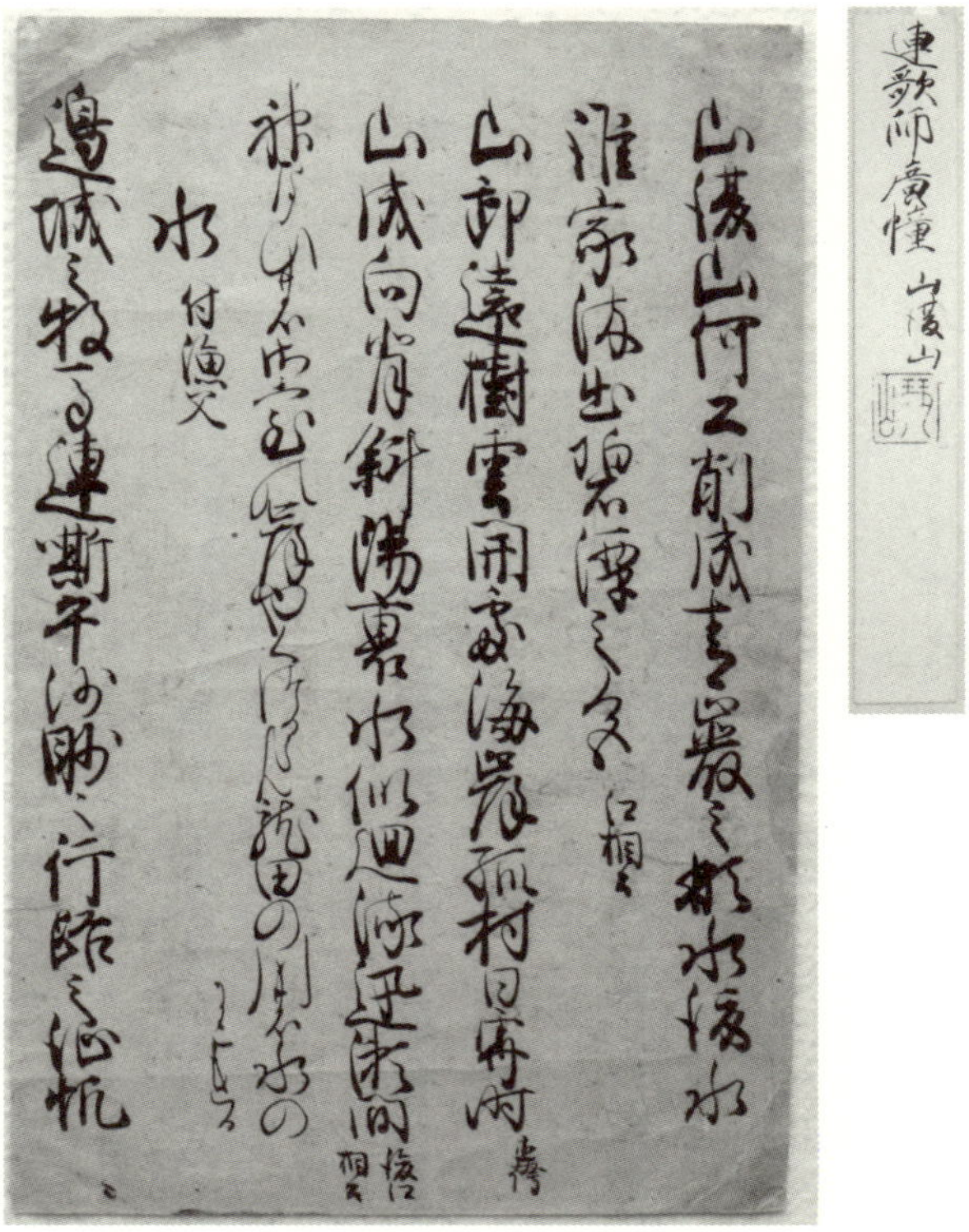

159頁

三一　伝承筆者名なし『百人一首』（四半切）

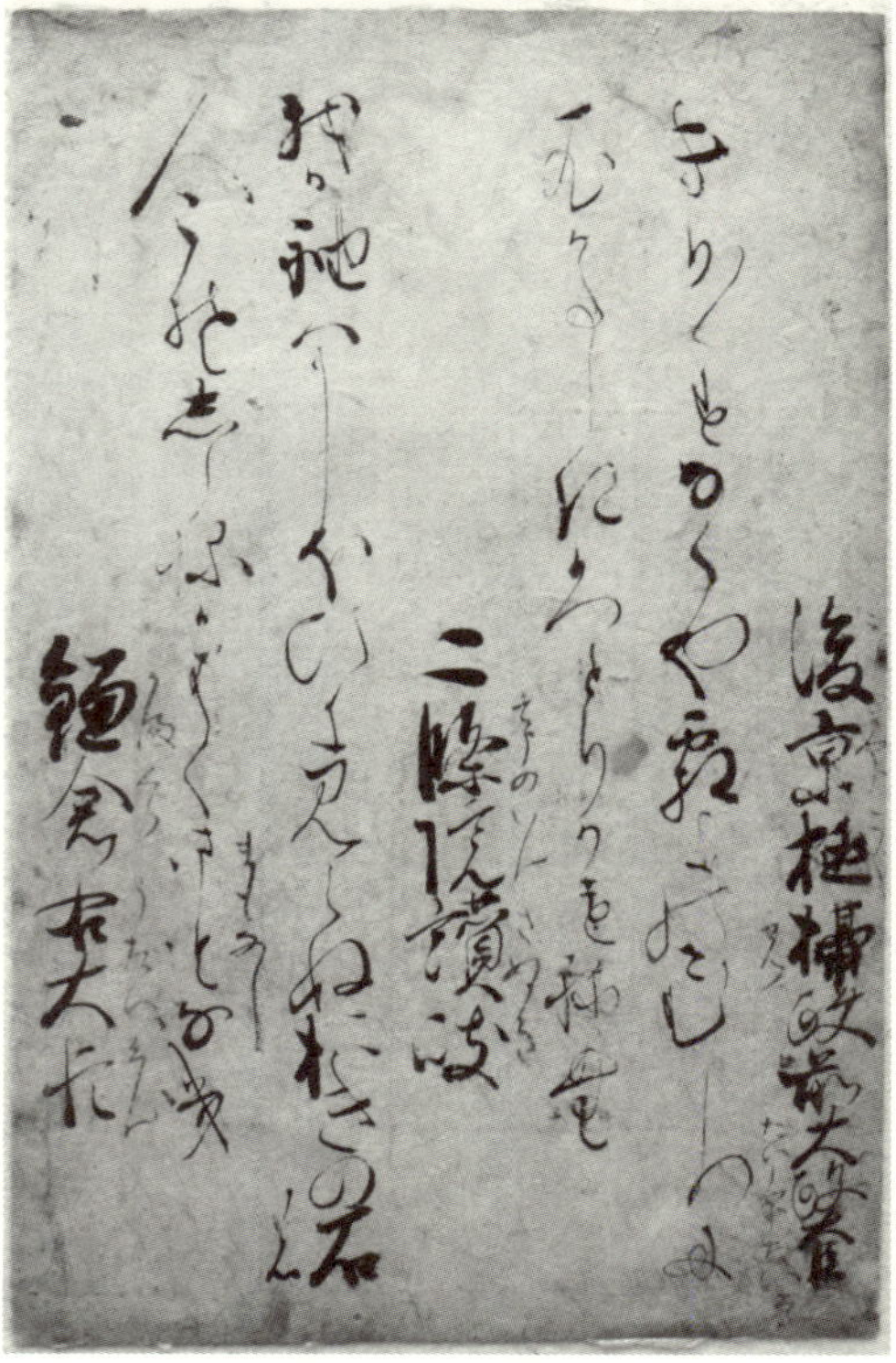

159頁

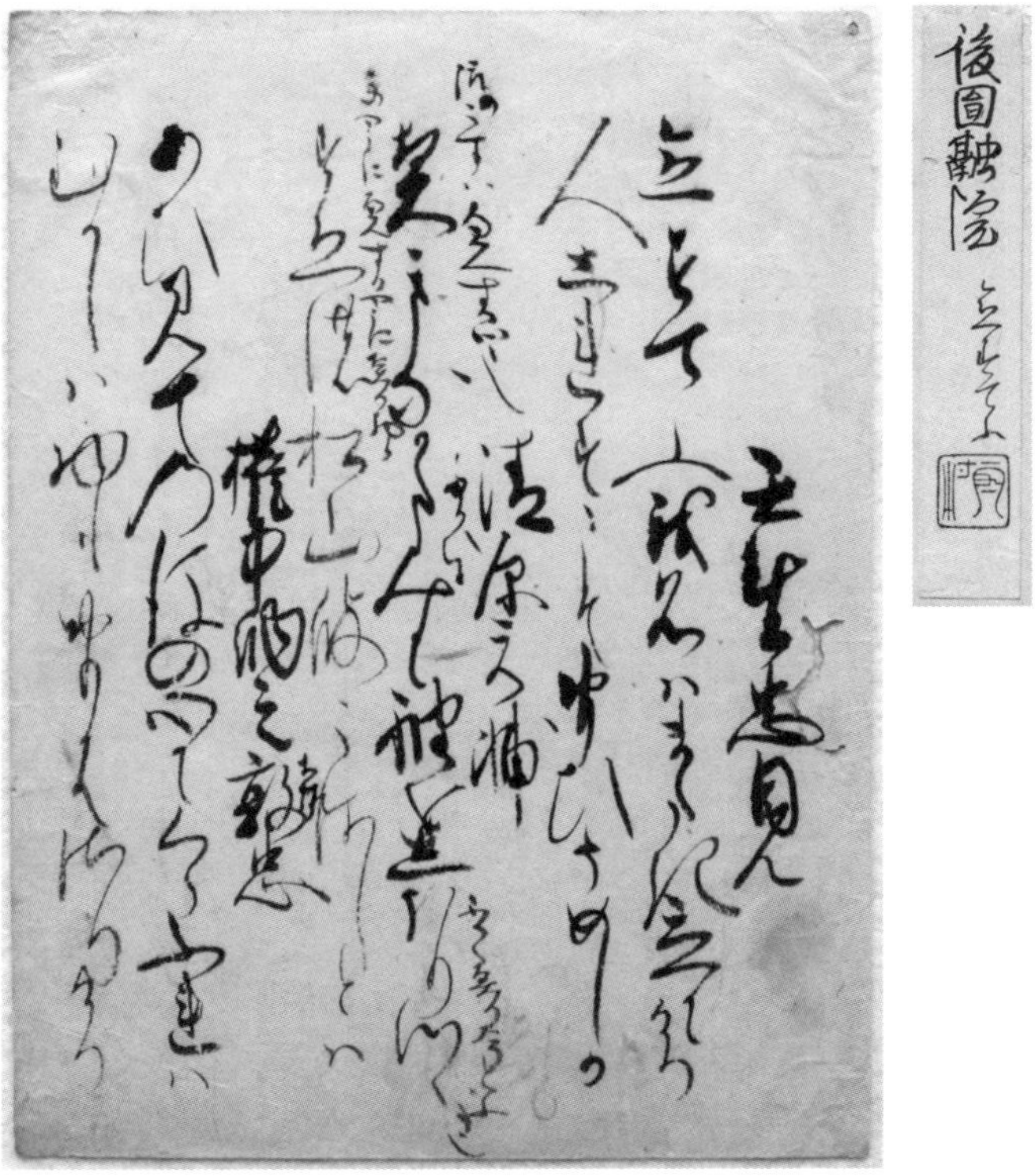

三二　伝後円融院『百人一首（有注）』（四半切）

160頁

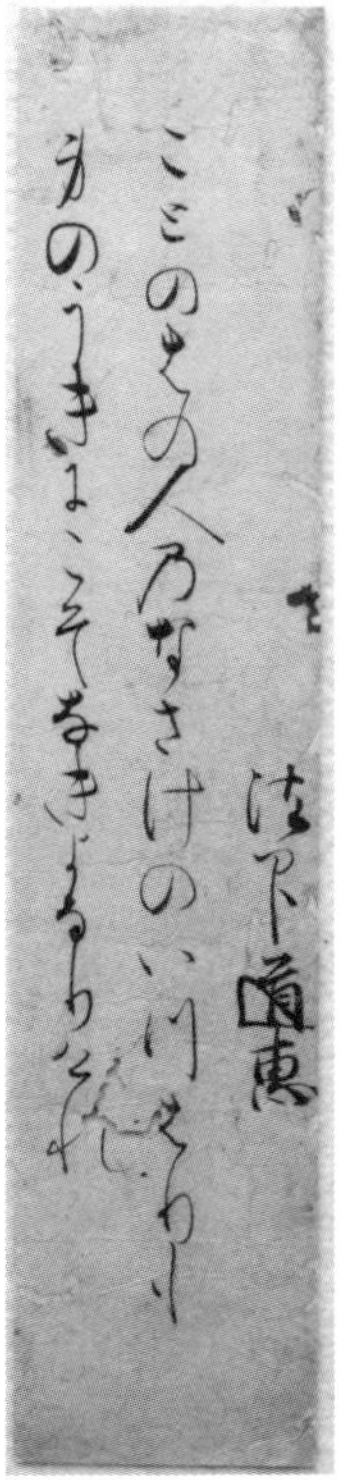

三三　伝春日祐春『続門葉集』（四半切）

160頁

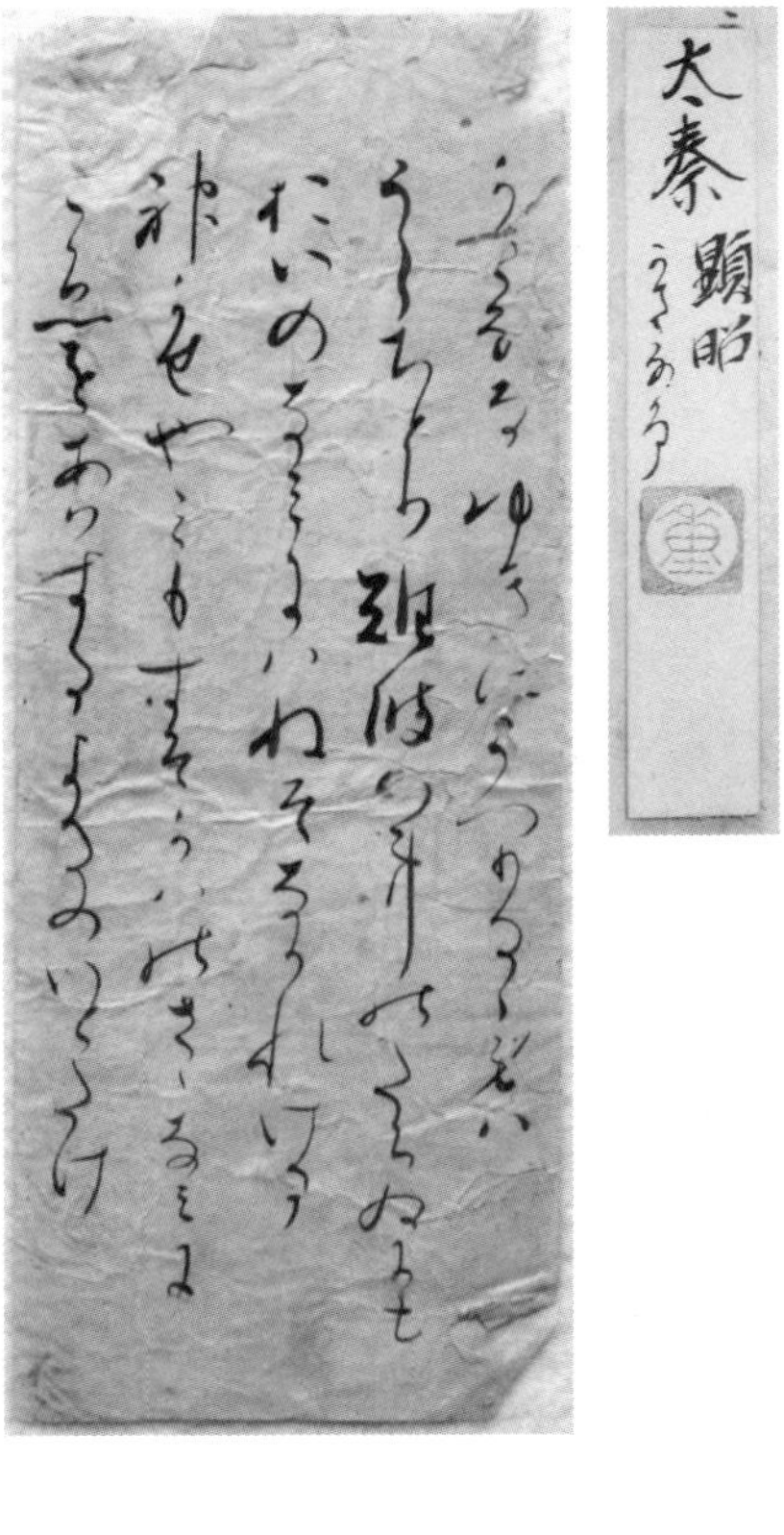

三四　伝顕昭『嘉元元年伏見院三十首』（小四半切）

160頁

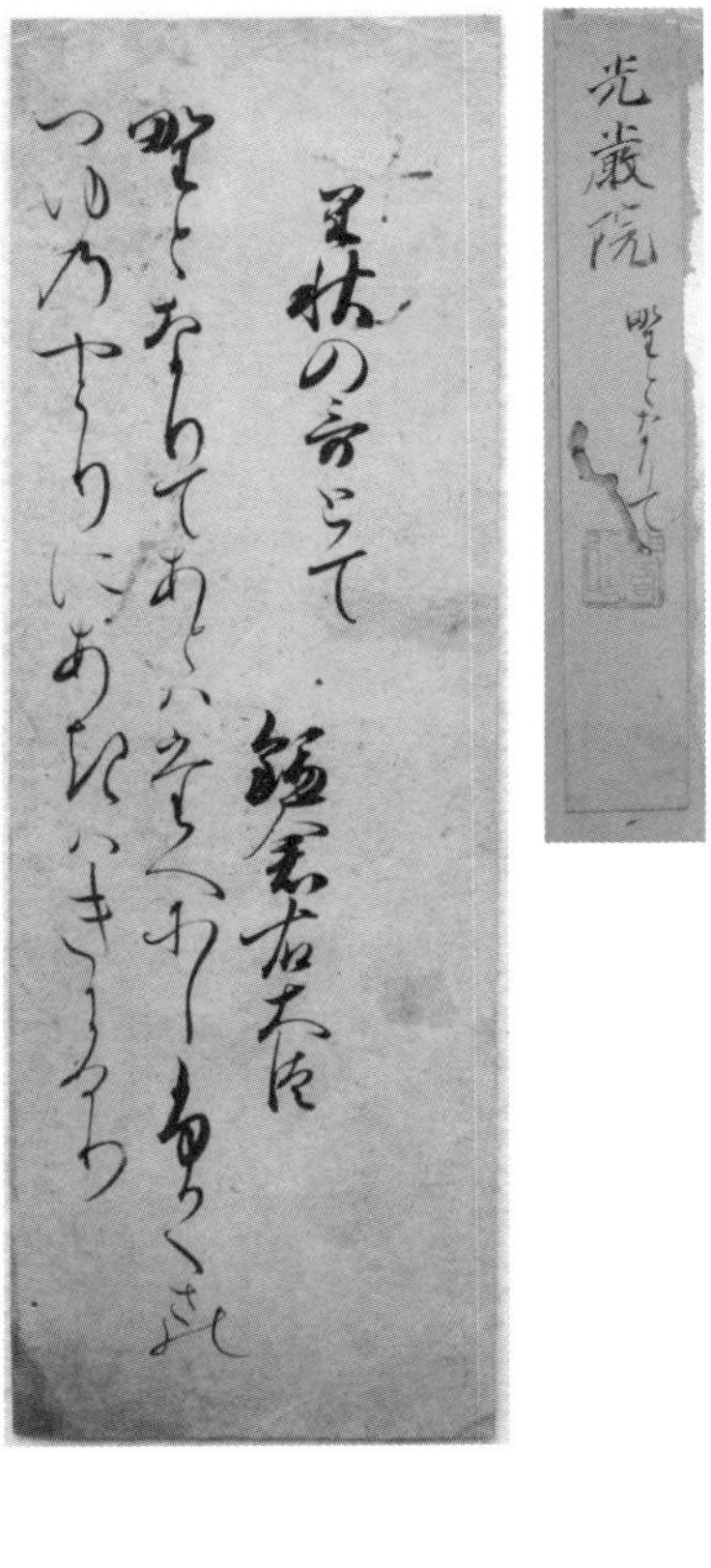

三五　伝光厳院〔散逸私撰集〕（六条切）

161頁

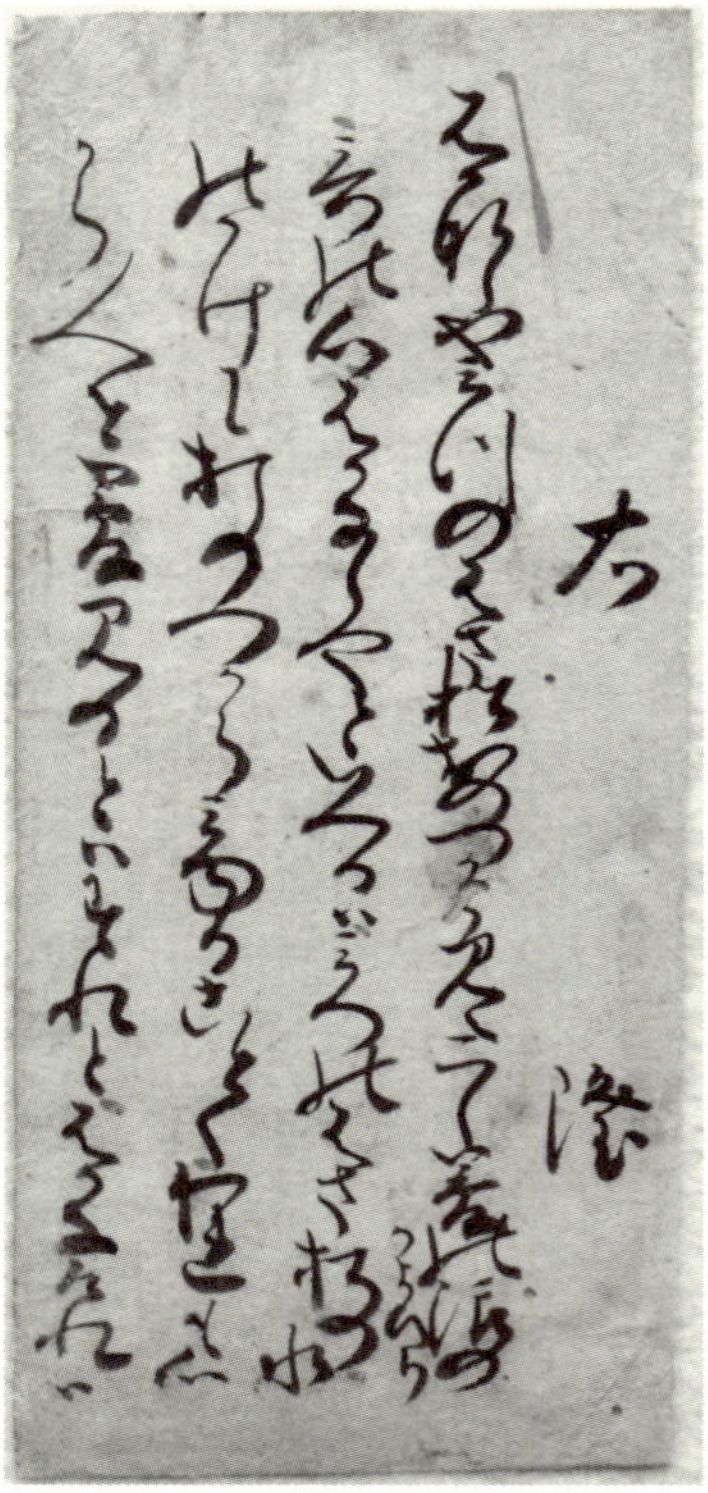

三六　伝宗祇『定家家隆両卿撰歌合』（四半切）　161頁

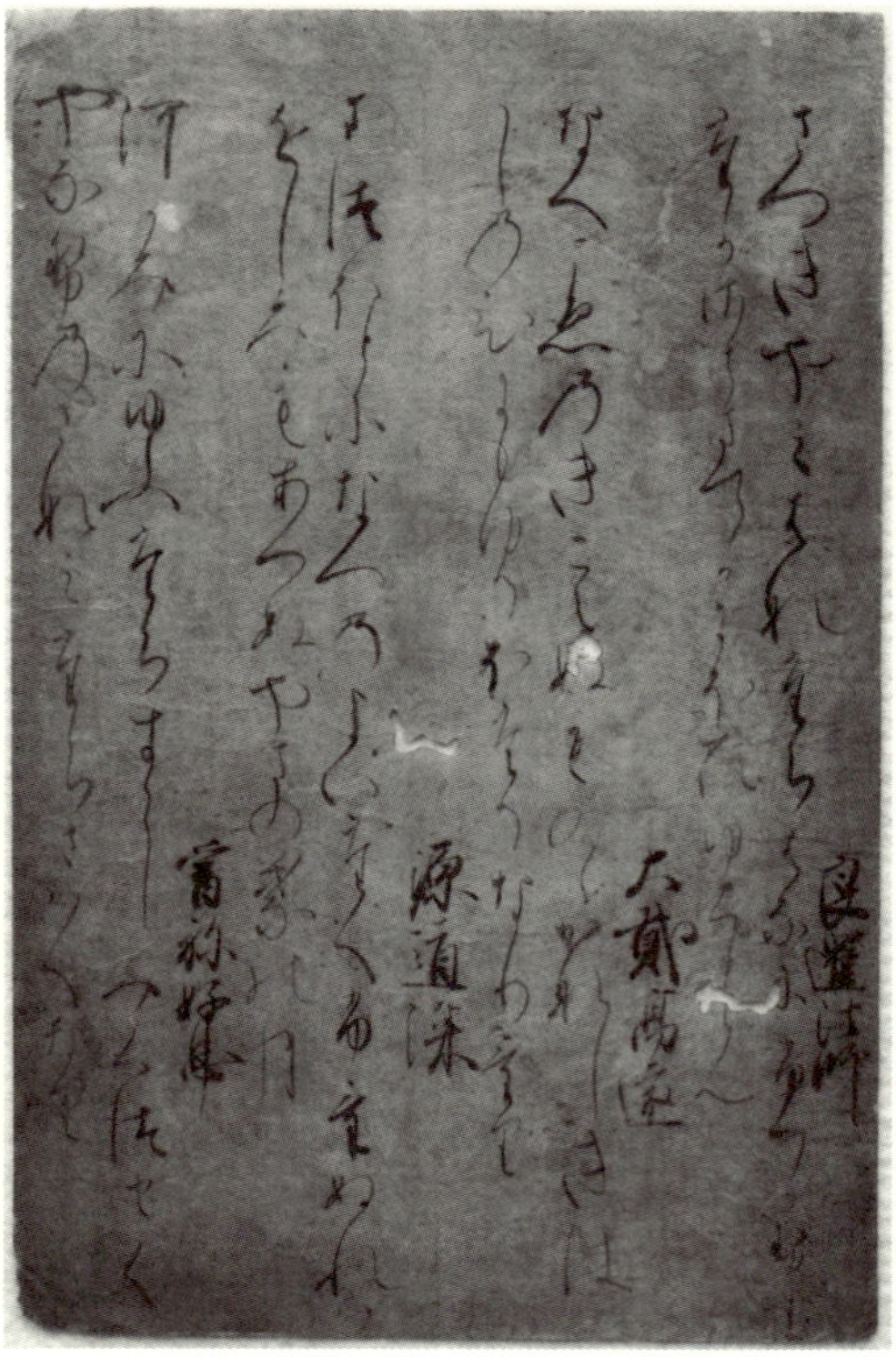

三七　伝冷泉為相〔未詳撰集〕（四半切）　162頁

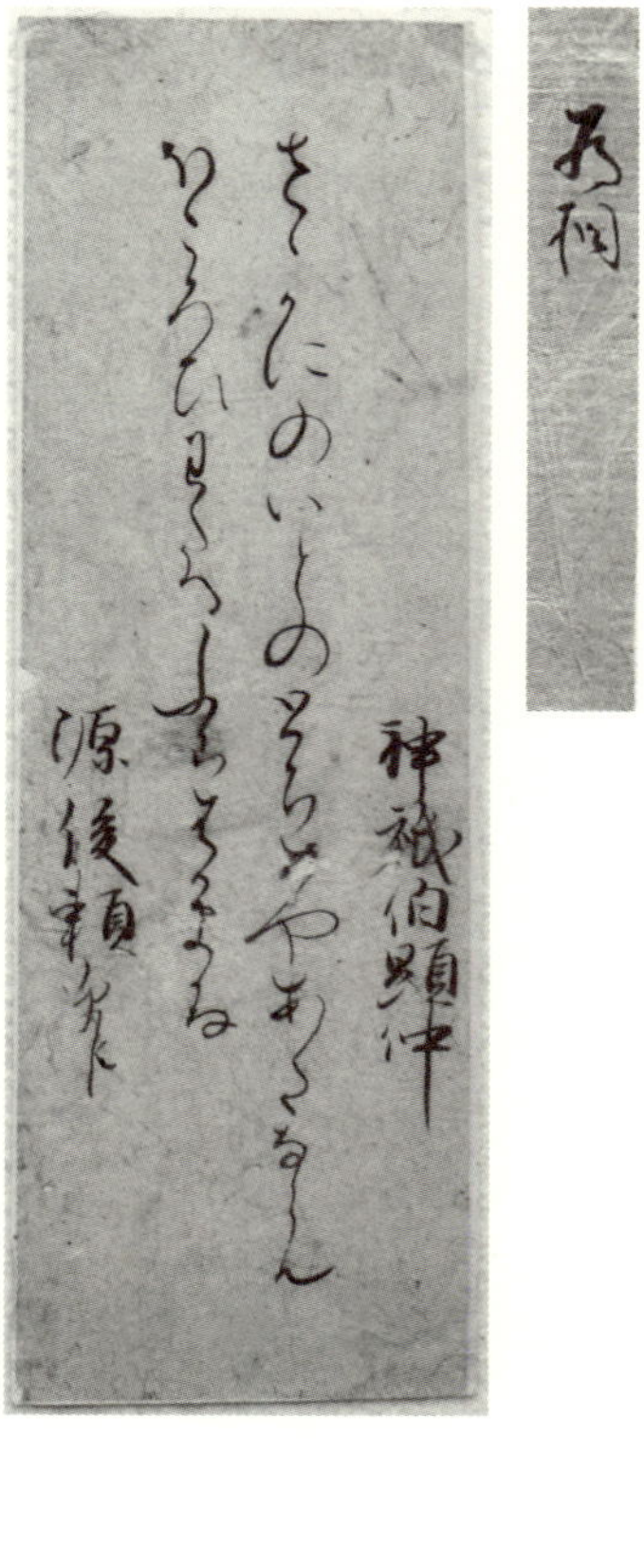

三八　伝冷泉為相〔未詳撰集〕（四半切）　162頁

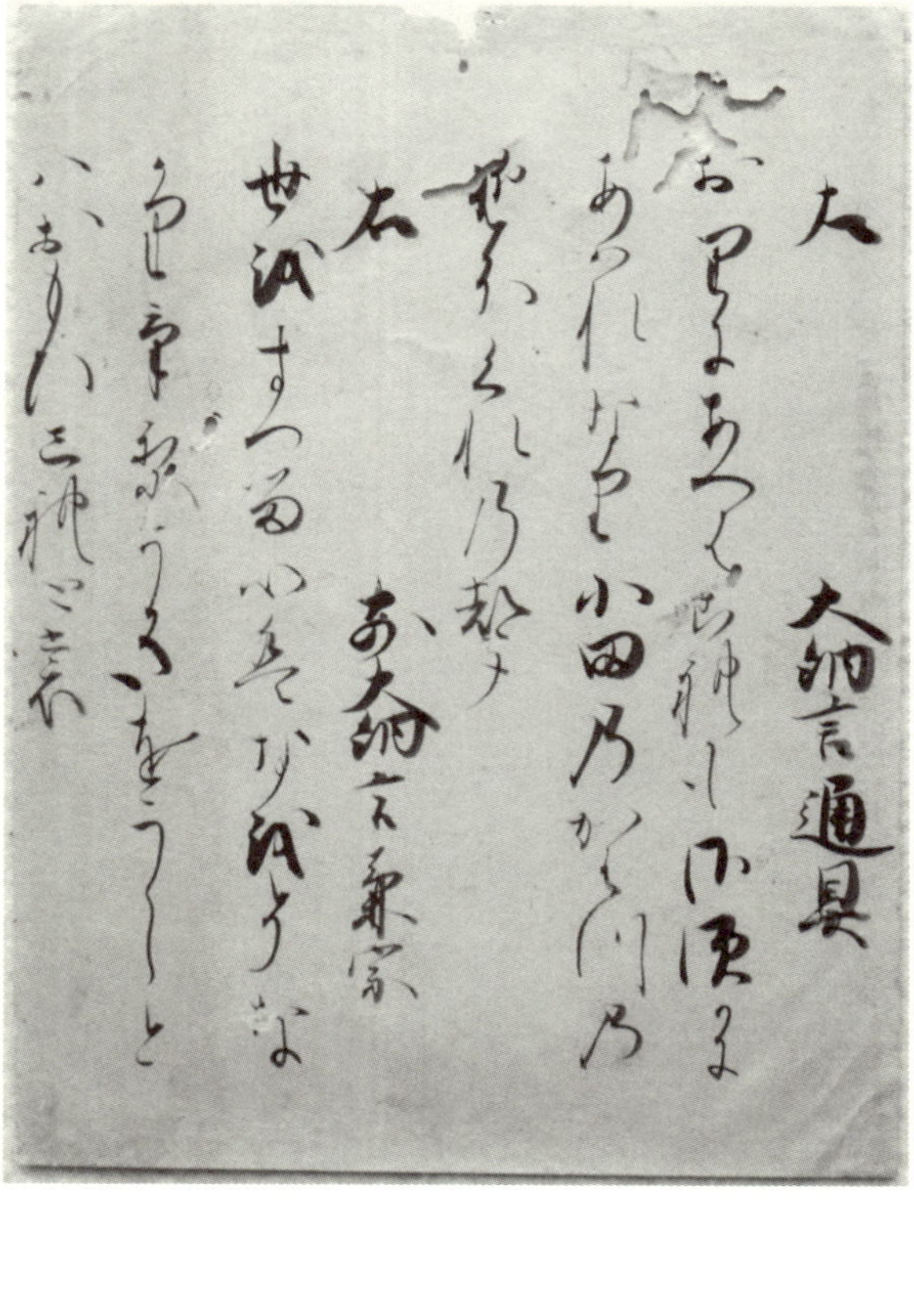

三九　伝白川雅喬王〔未詳撰集〕（四半切）　162頁

四〇　伝富小路資真『建保名所百首』（四半切）　163頁

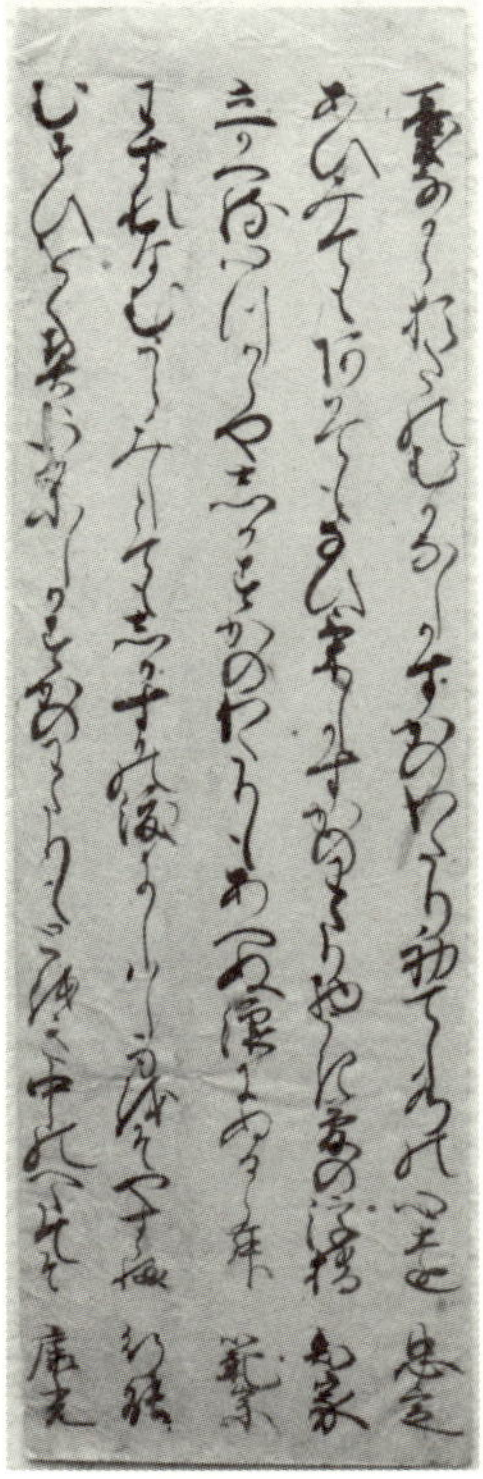

四一　伝兼好『無名和歌集』（四半切）（＊伝世尊寺経朝筆無名和歌集切）　163頁

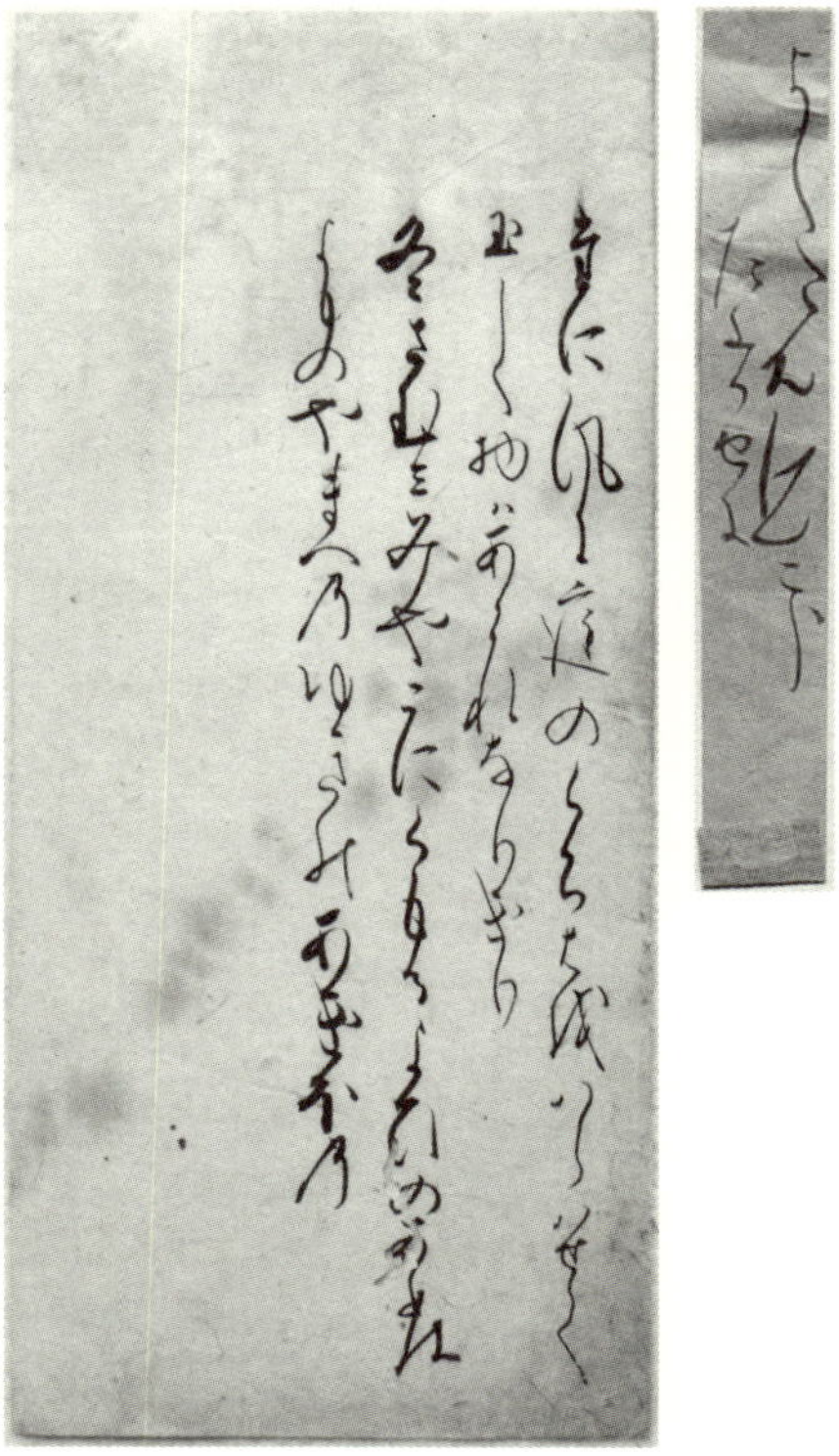

四二　伝二条為定『拾遺愚草』（四半切）　164頁

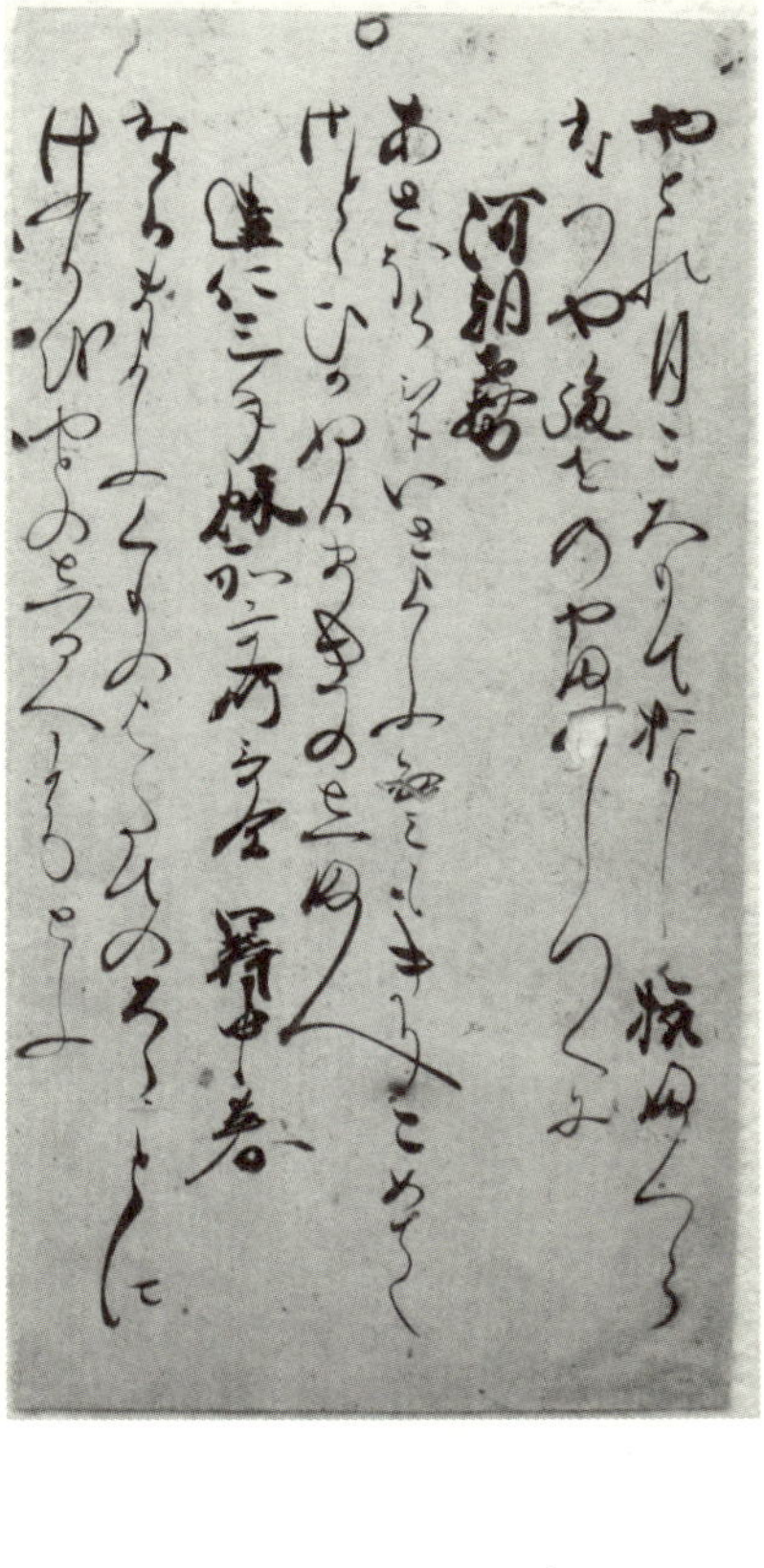

四三　伝今川義範『拾遺愚草』（四半切）（＊伝今川範政筆拾遺愚草切）　164頁

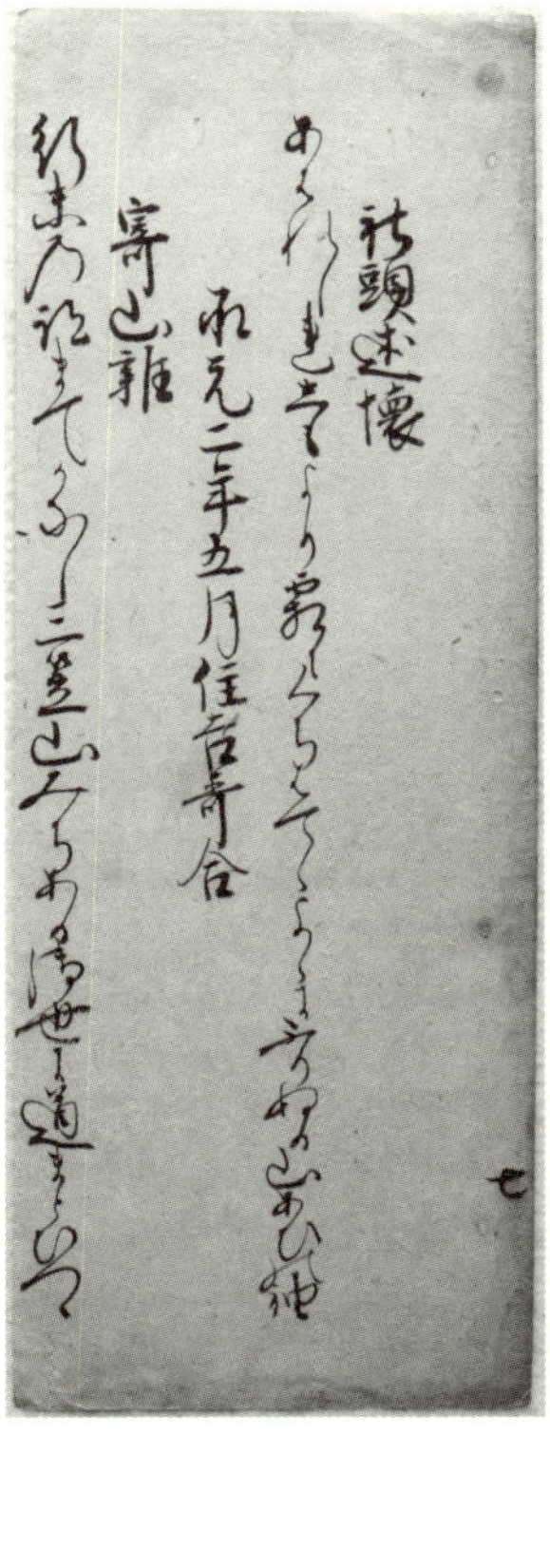

四四　伝承筆者名なし『家隆歌集』（四半切）　164頁

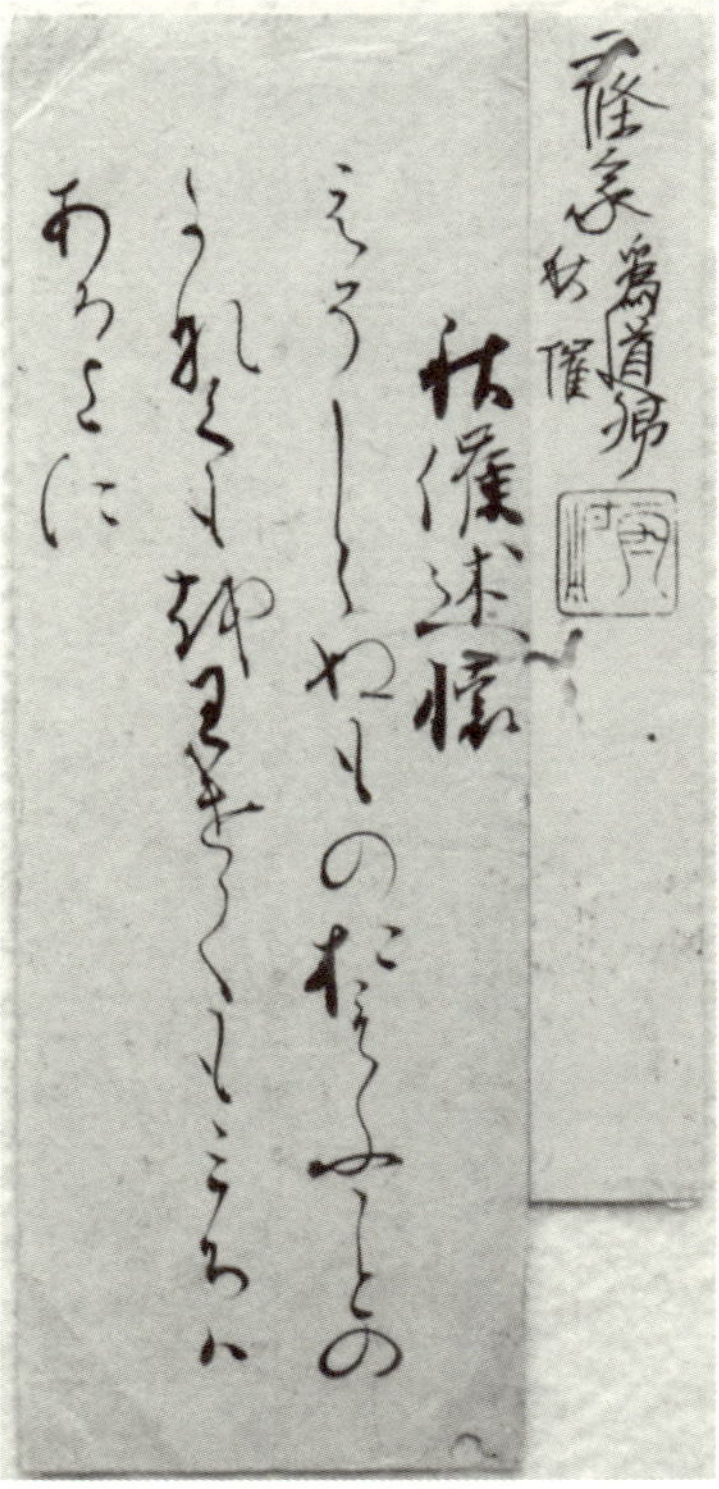

四五　伝二条為道『寂身法師集』（六半切）　165頁

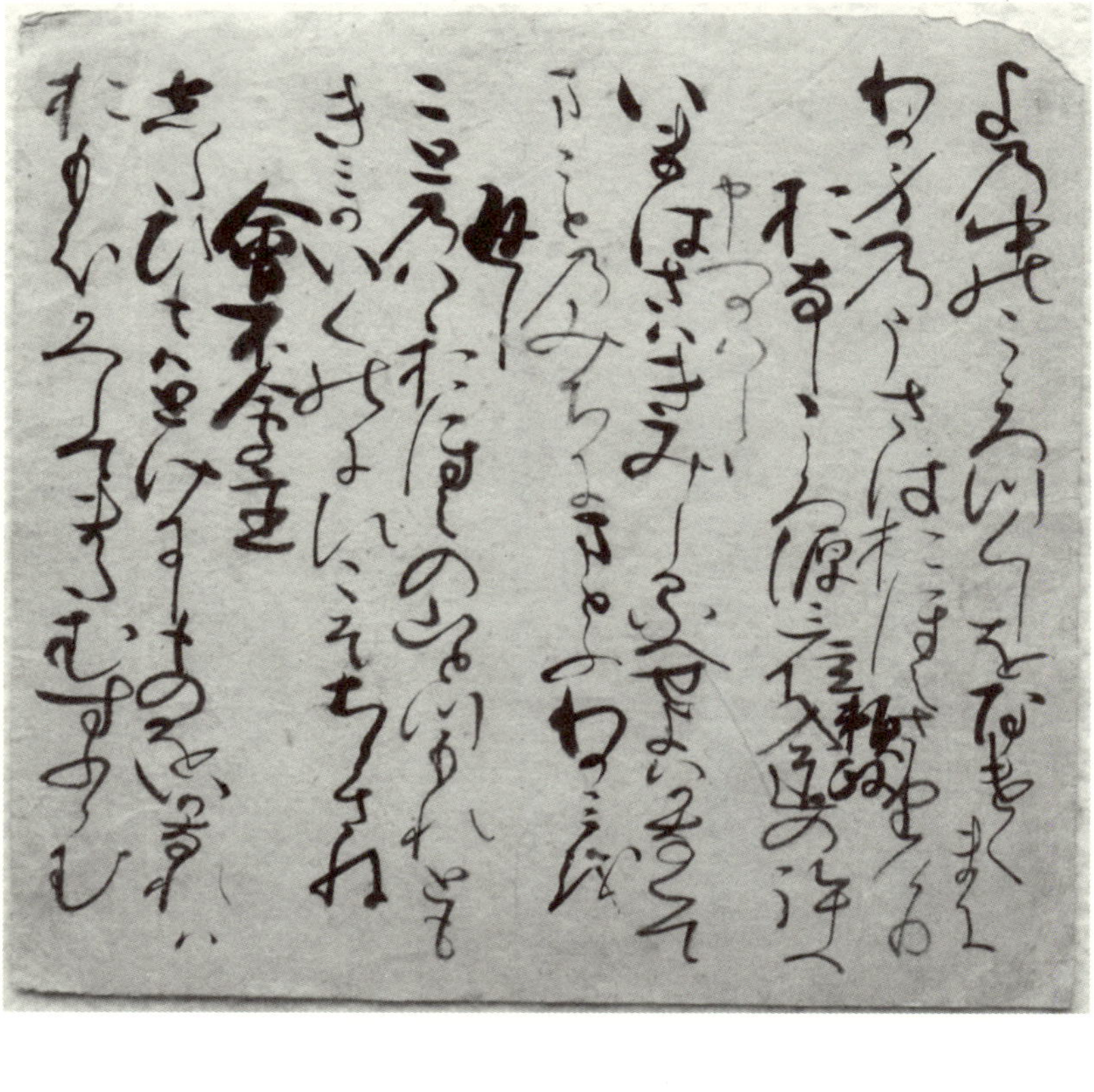

四六　伝冷泉為和『入道大納言資賢集』（六半切）　165頁

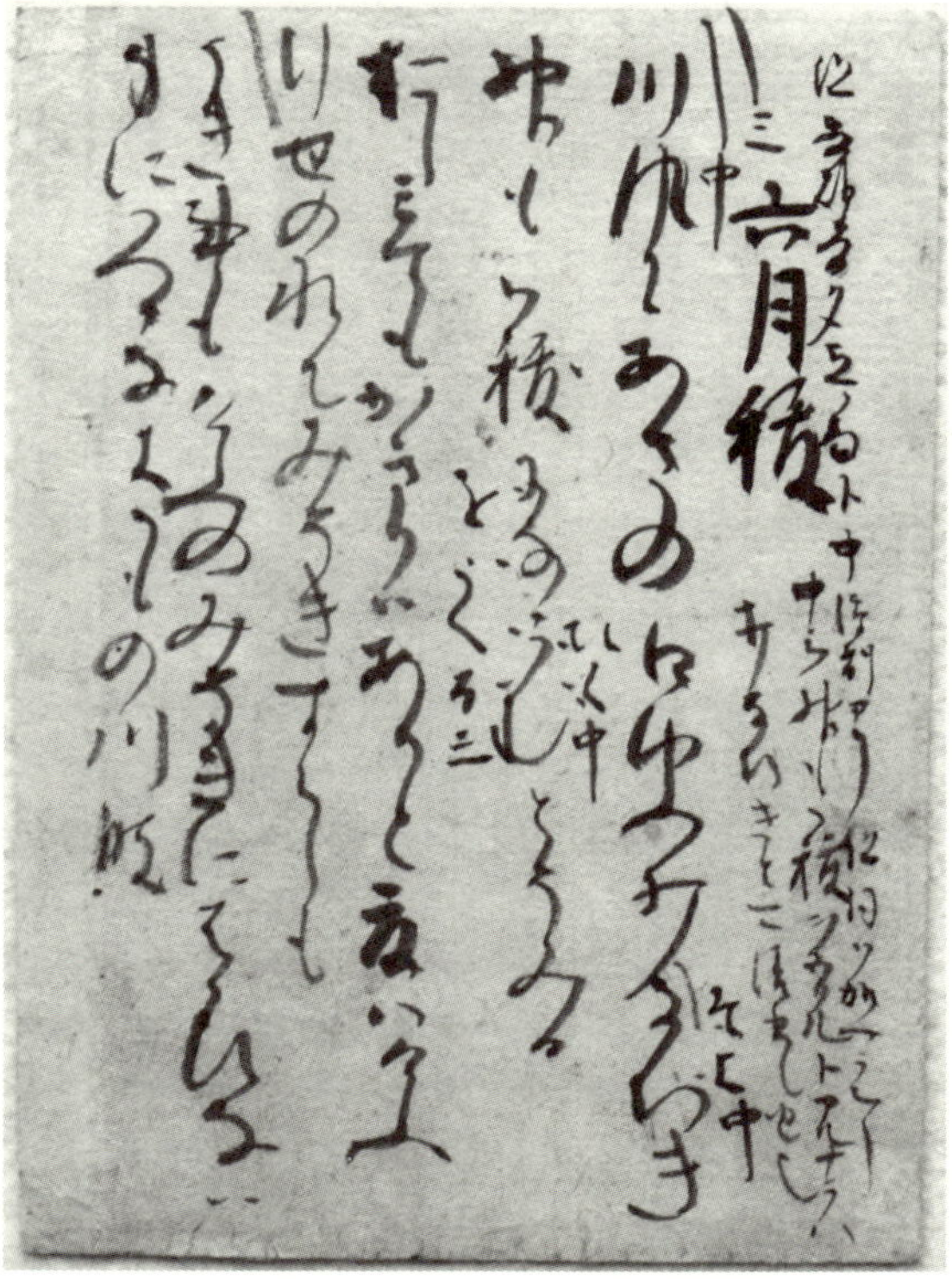

四七　伝北畠親顕〔詠草添削〕（小四半切）

166頁

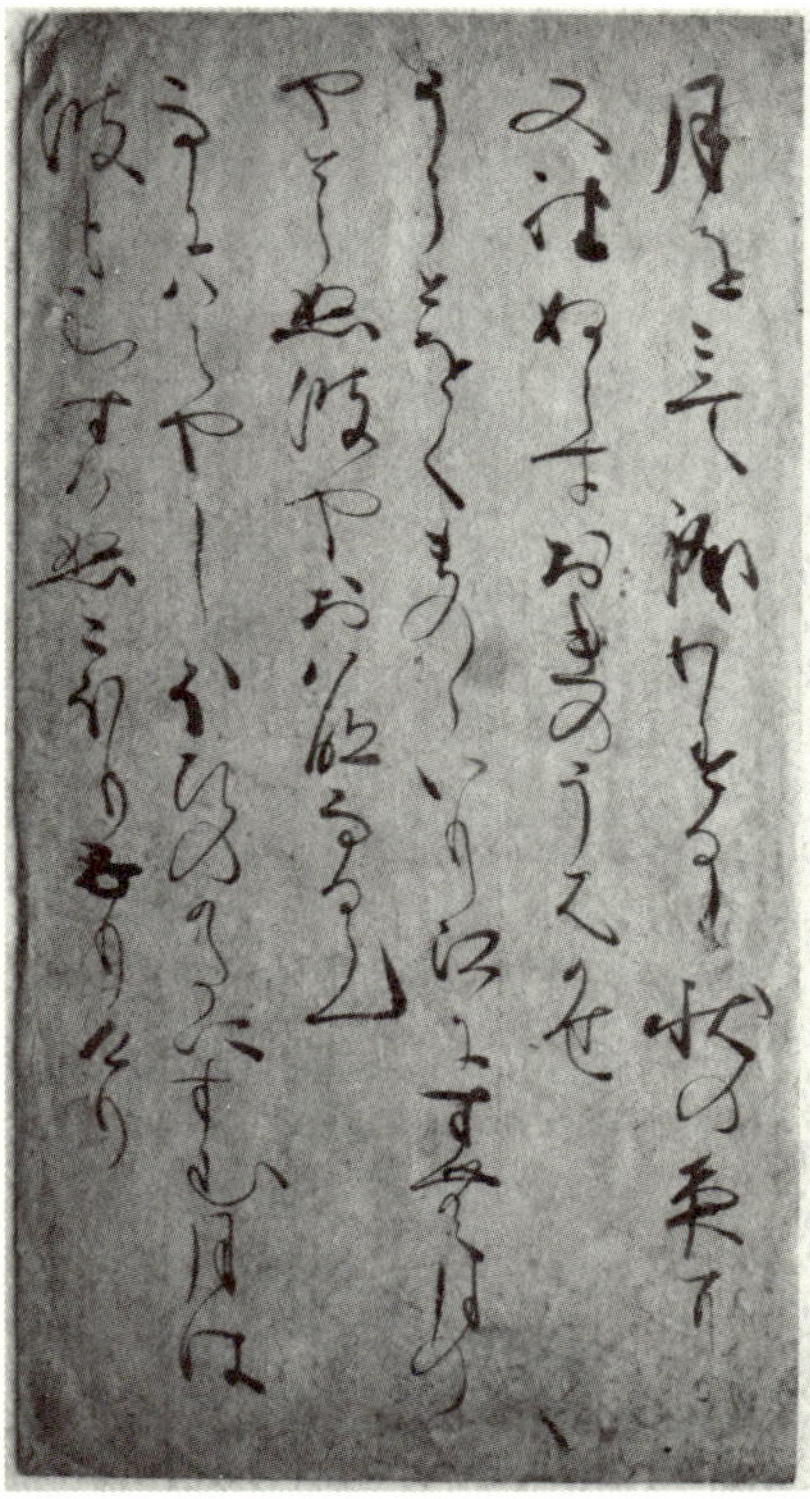

四八　伝承筆者名なし〔未詳歌集〕（大四半切）

166頁

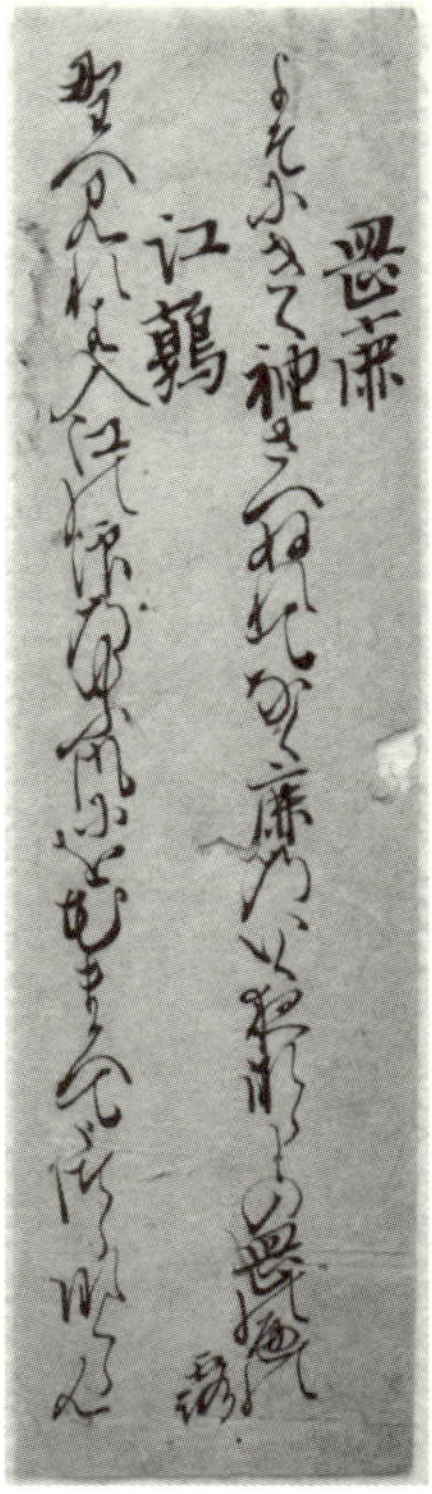

四九　伝承筆者名なし〔未詳歌集〕（四半切）

167頁

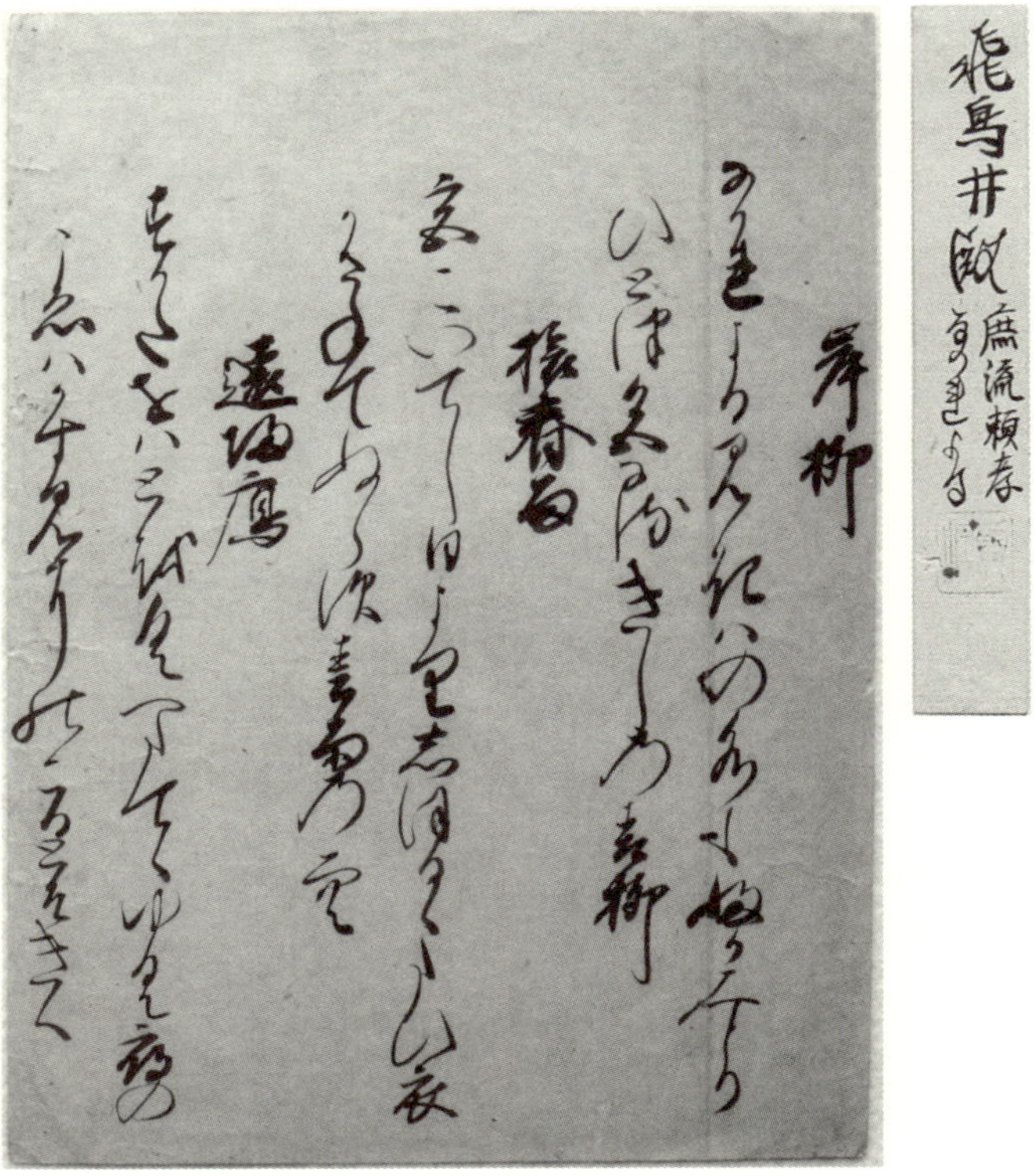

五〇　伝飛鳥井頼孝〔未詳歌集〕（四半切）　167頁

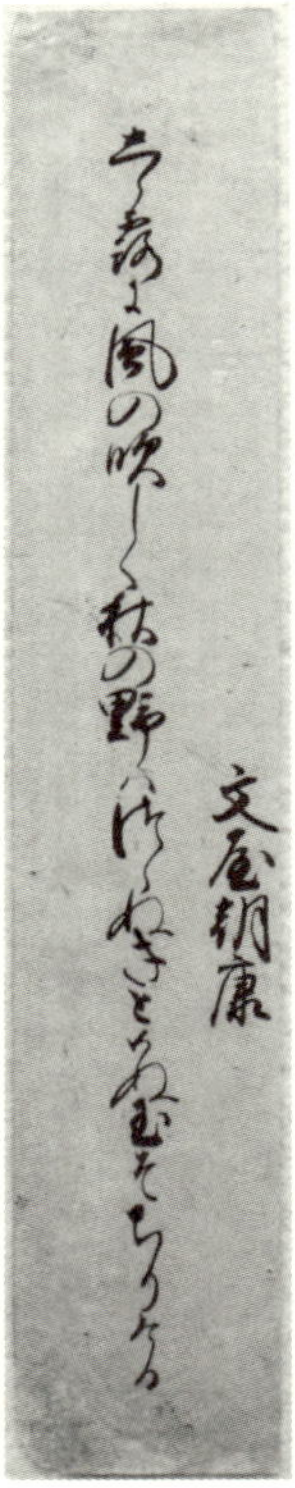

五一　伝蜷川新右衛門〔歌集〕（四半切）　167頁

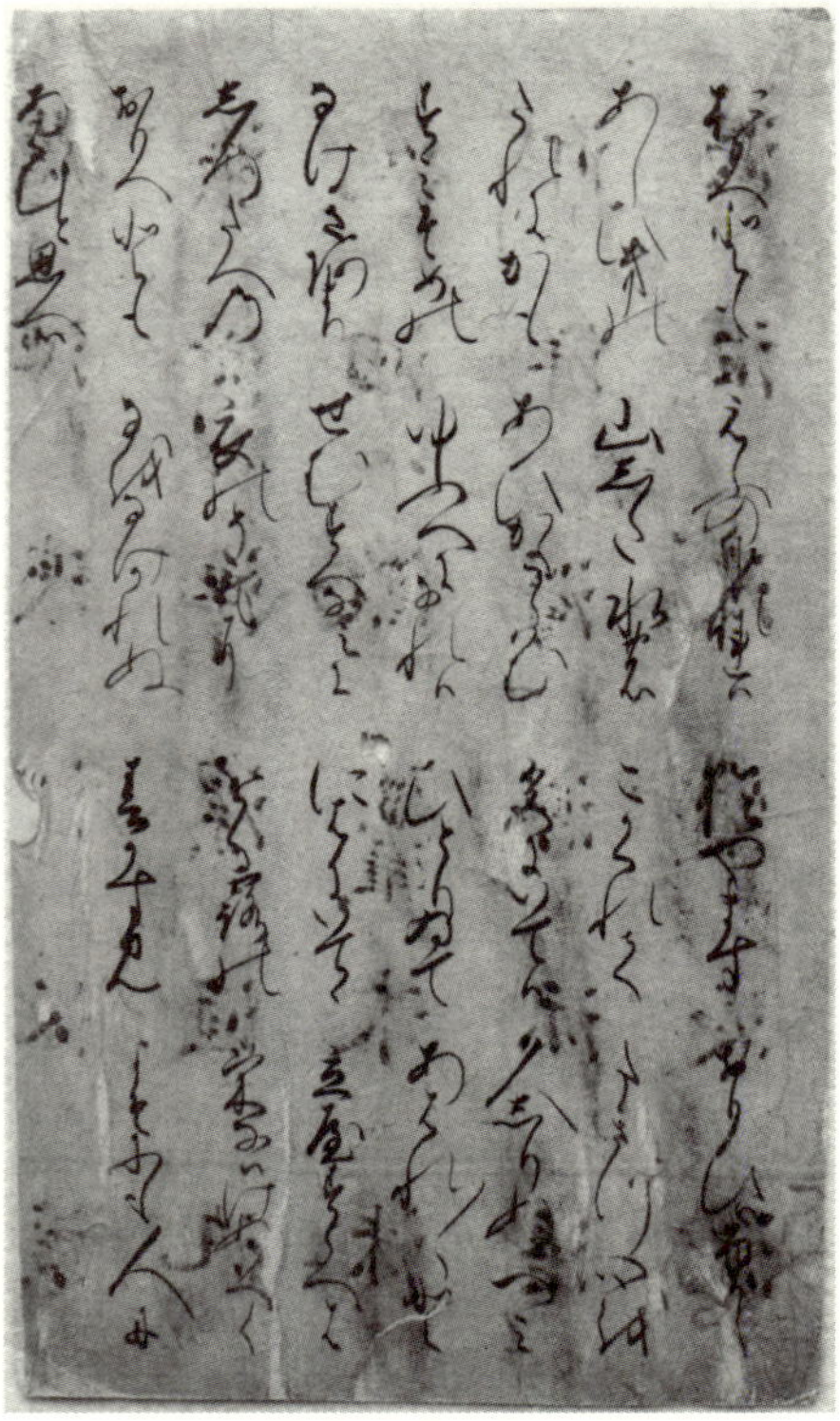

五二　伝承筆者名なし〔歌集〕（四半切）　168頁

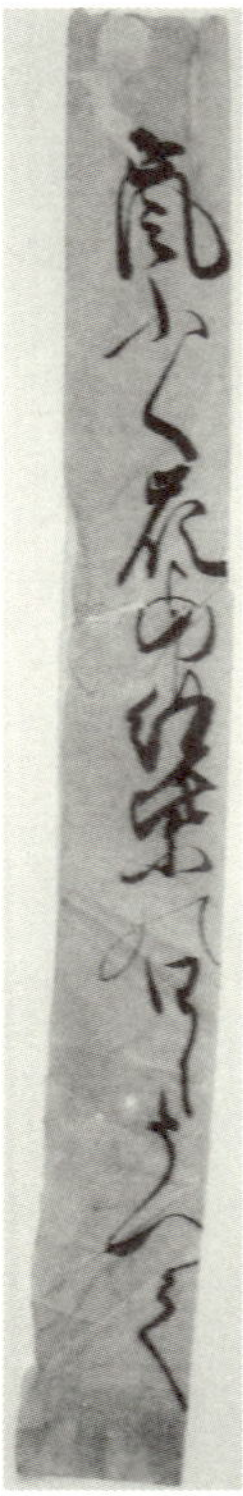

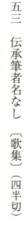

五三　伝承筆者名なし〔歌集〕（四半切）　168頁

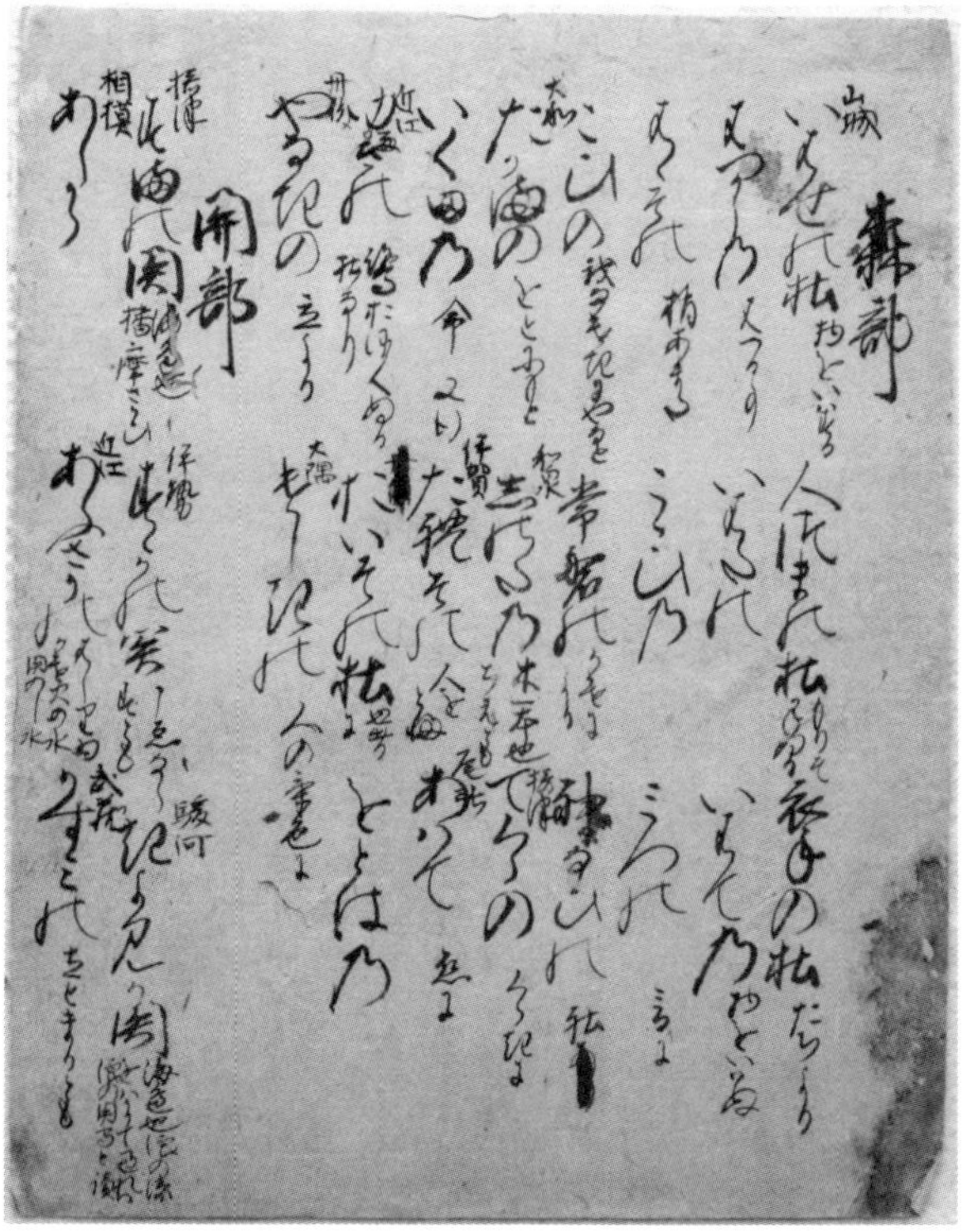

五四　伝中御門宣秀『和歌初学抄』（四半切）

168頁

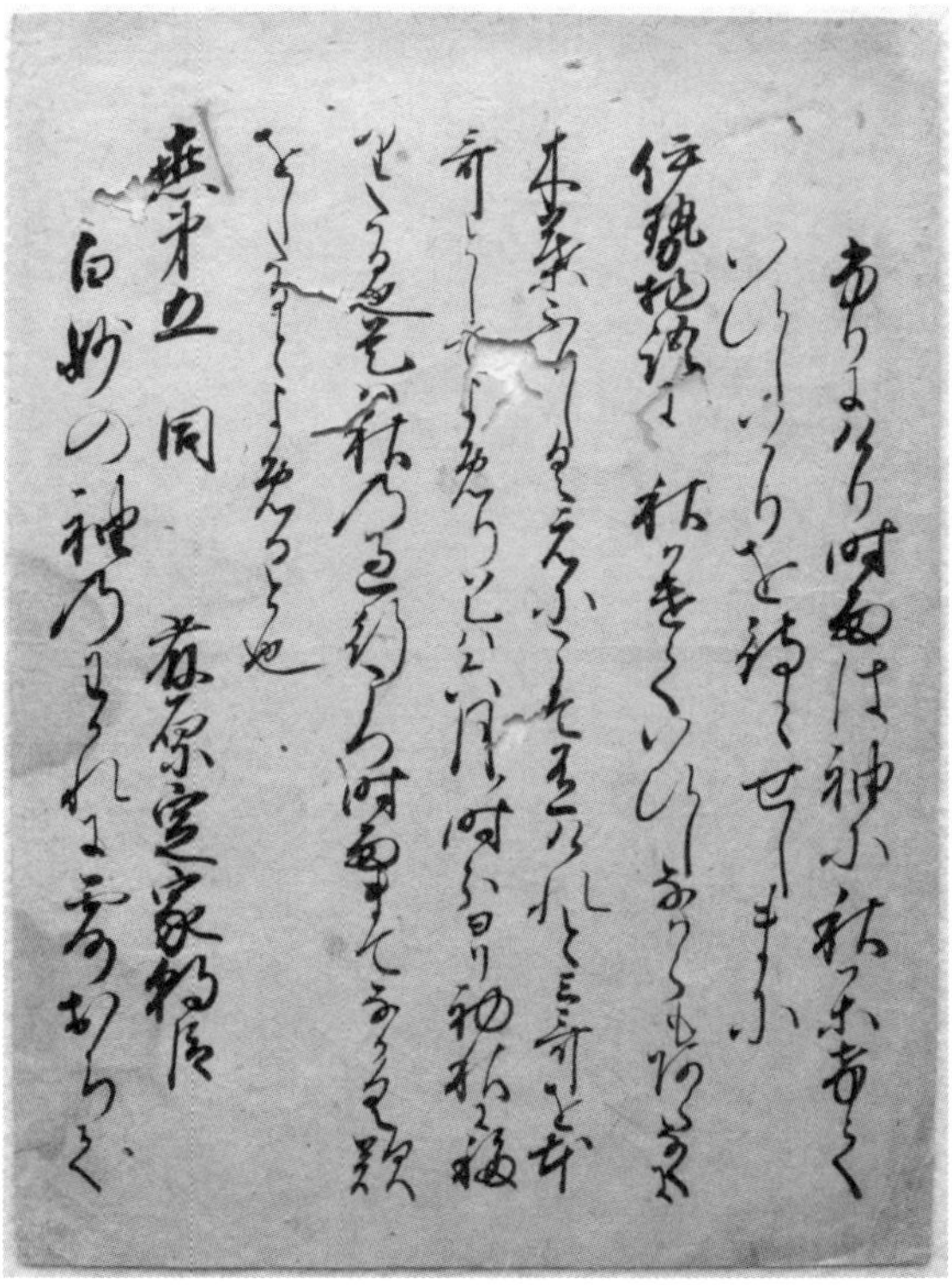

五五　伝伏見貞敦親王『新古今抜書抄』（四半切）

169頁

五六　伝承筆者名なし〔未詳注釈書〕（四半切）

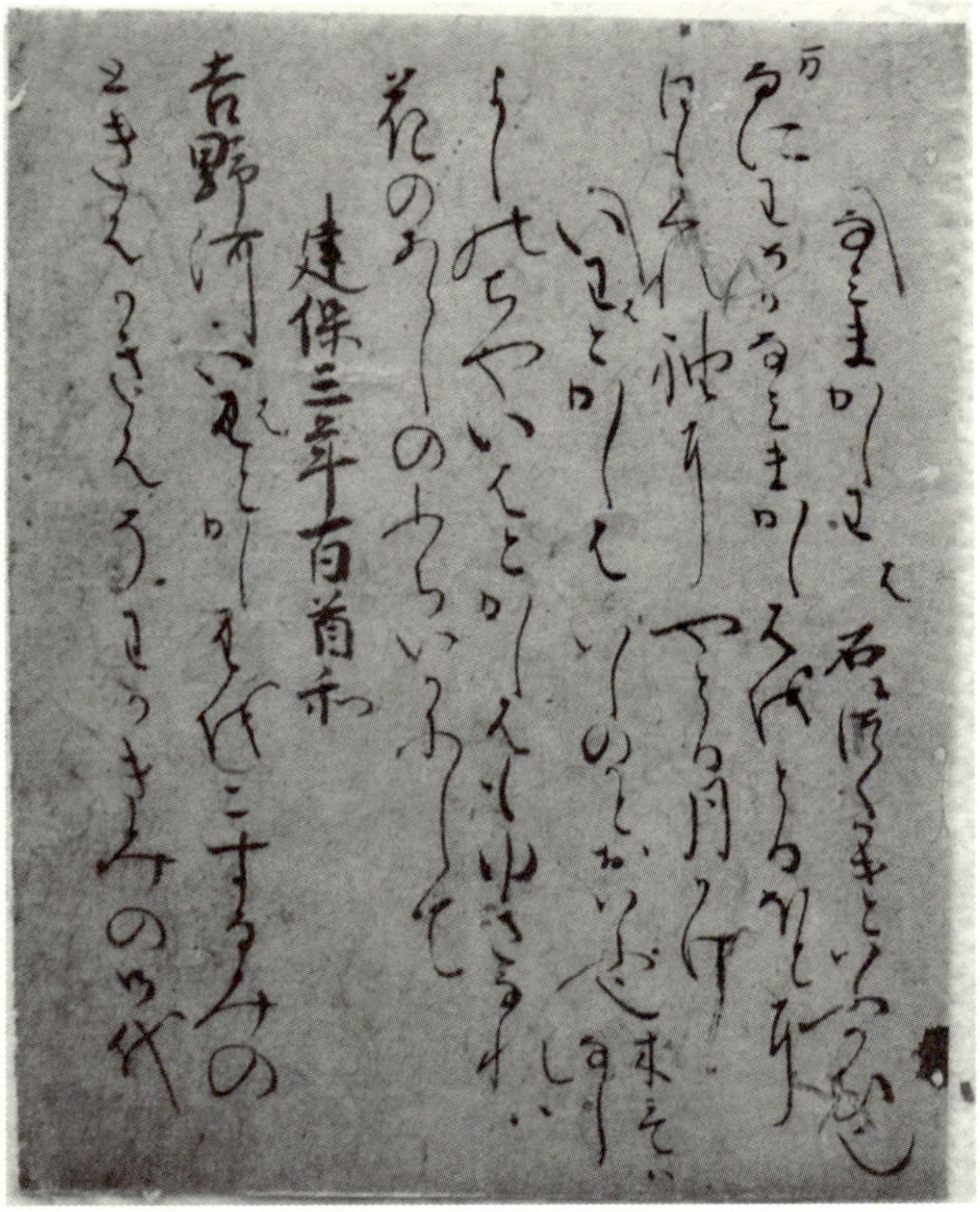

169頁

五七　伝津守国冬／伝藤原定成『源氏物語』（六半切）

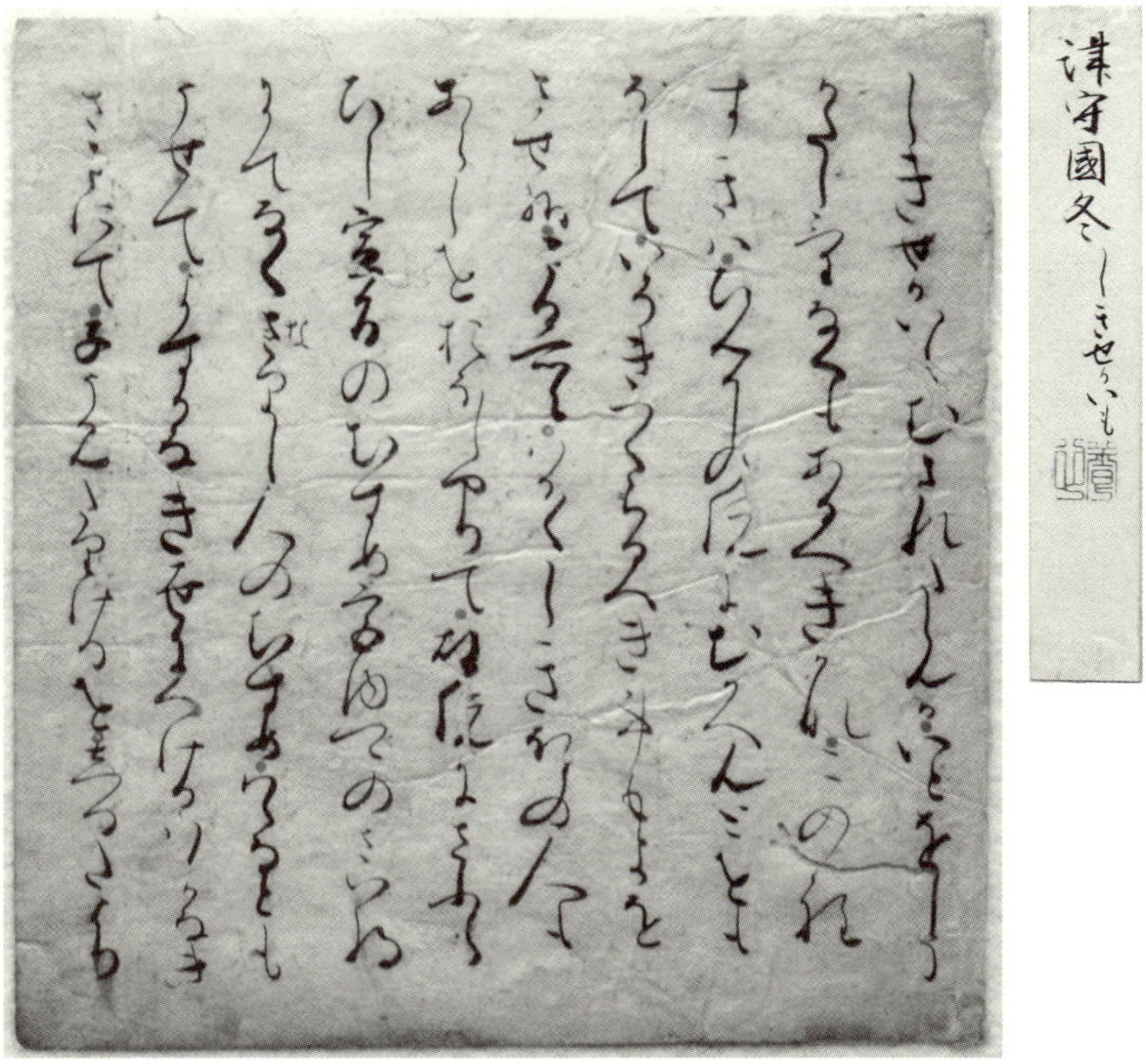

170頁

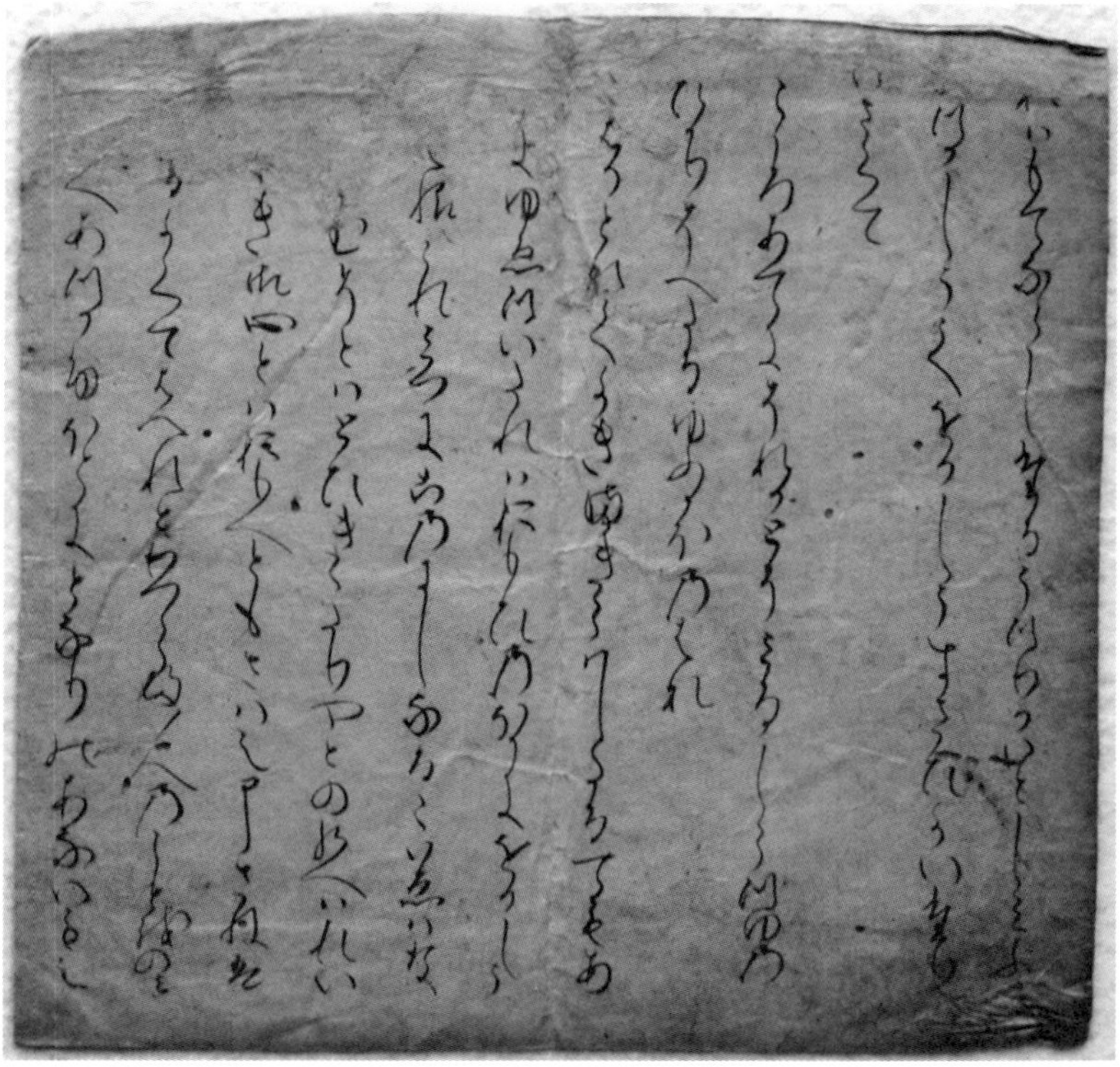

五八　伝冷泉為相『源氏物語』（六半切）

170頁

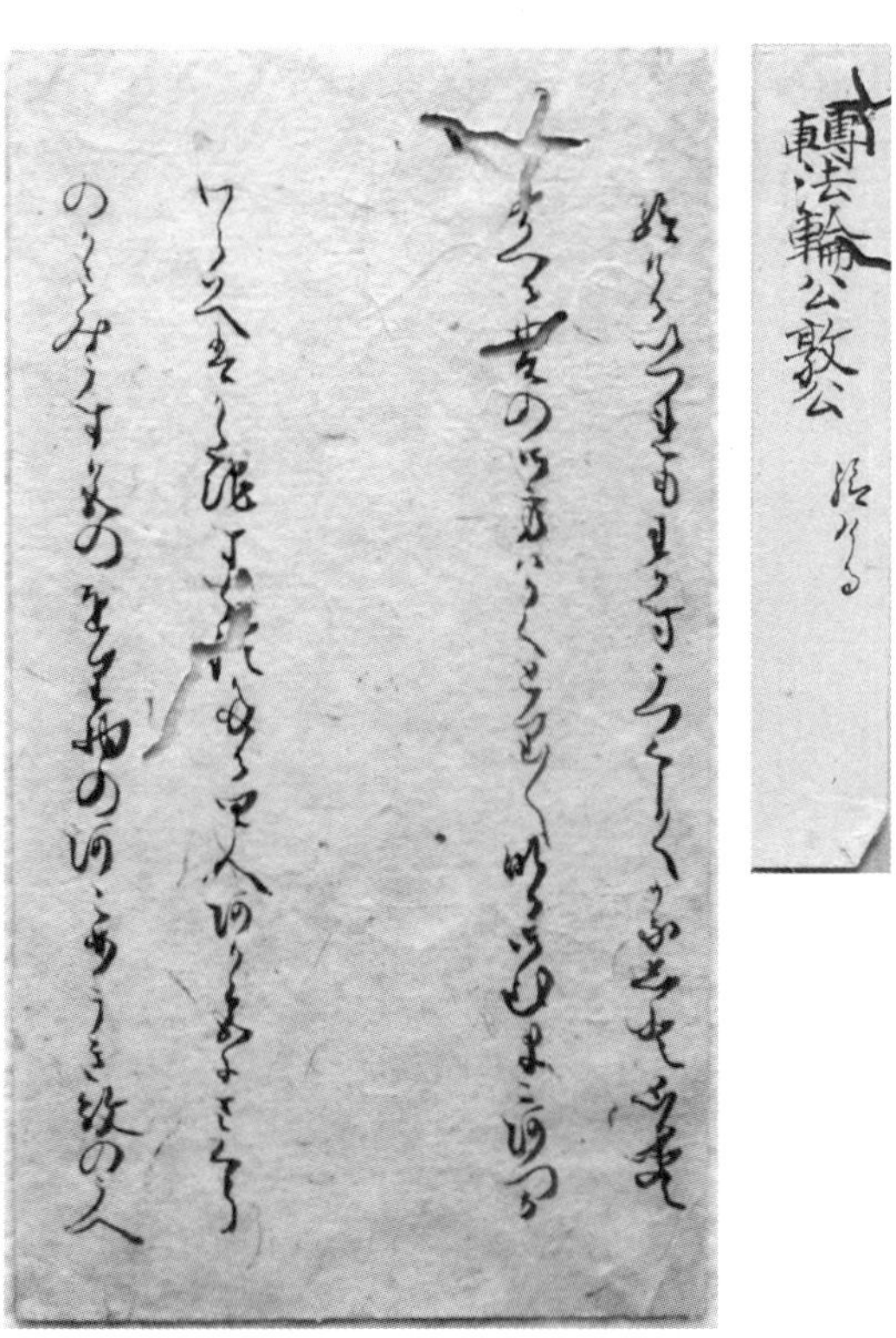

五九　伝轉法輪公敦『源氏物語』（六半切）

171頁

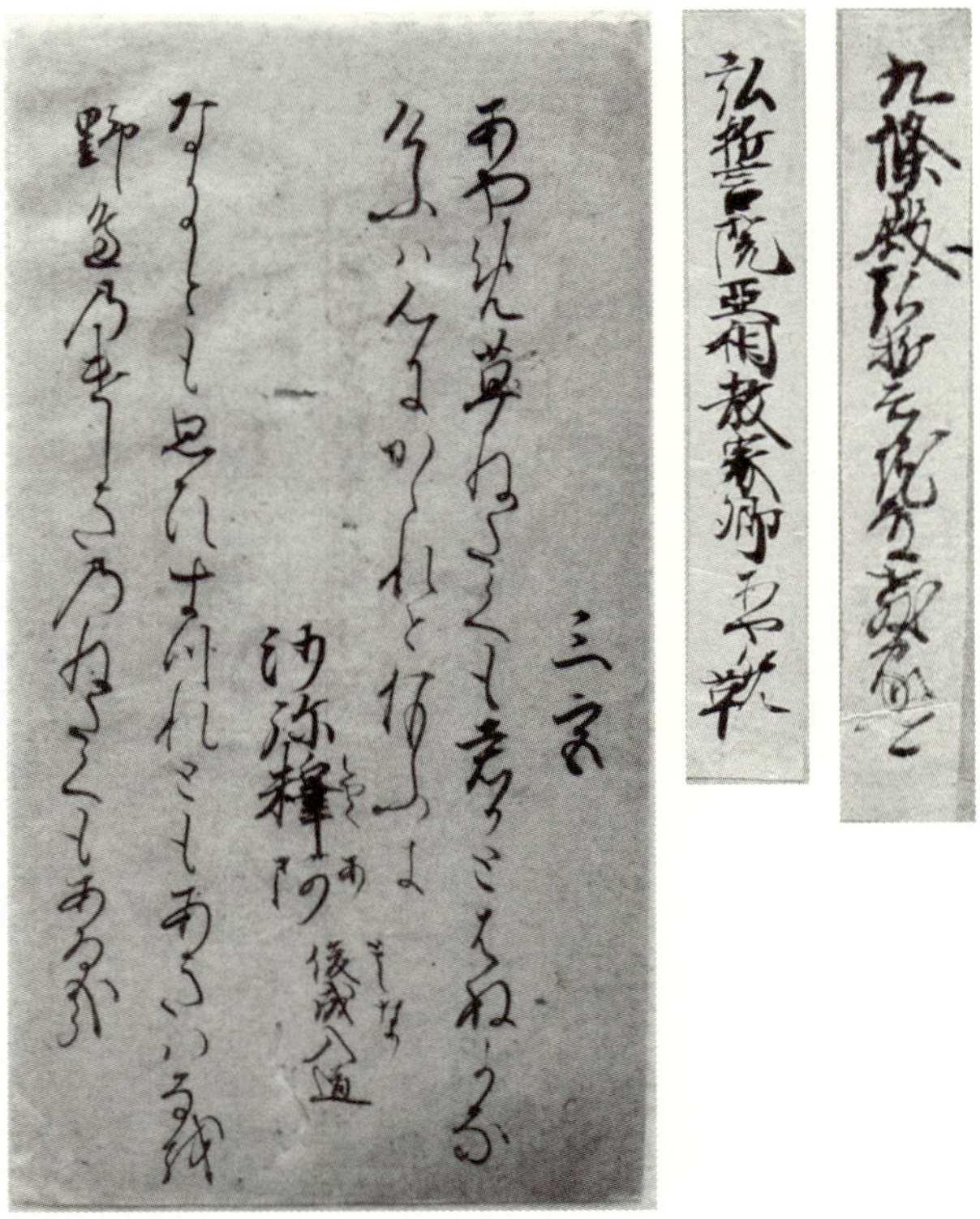

六〇　伝九条教家『宝物集』（四半切）

171頁

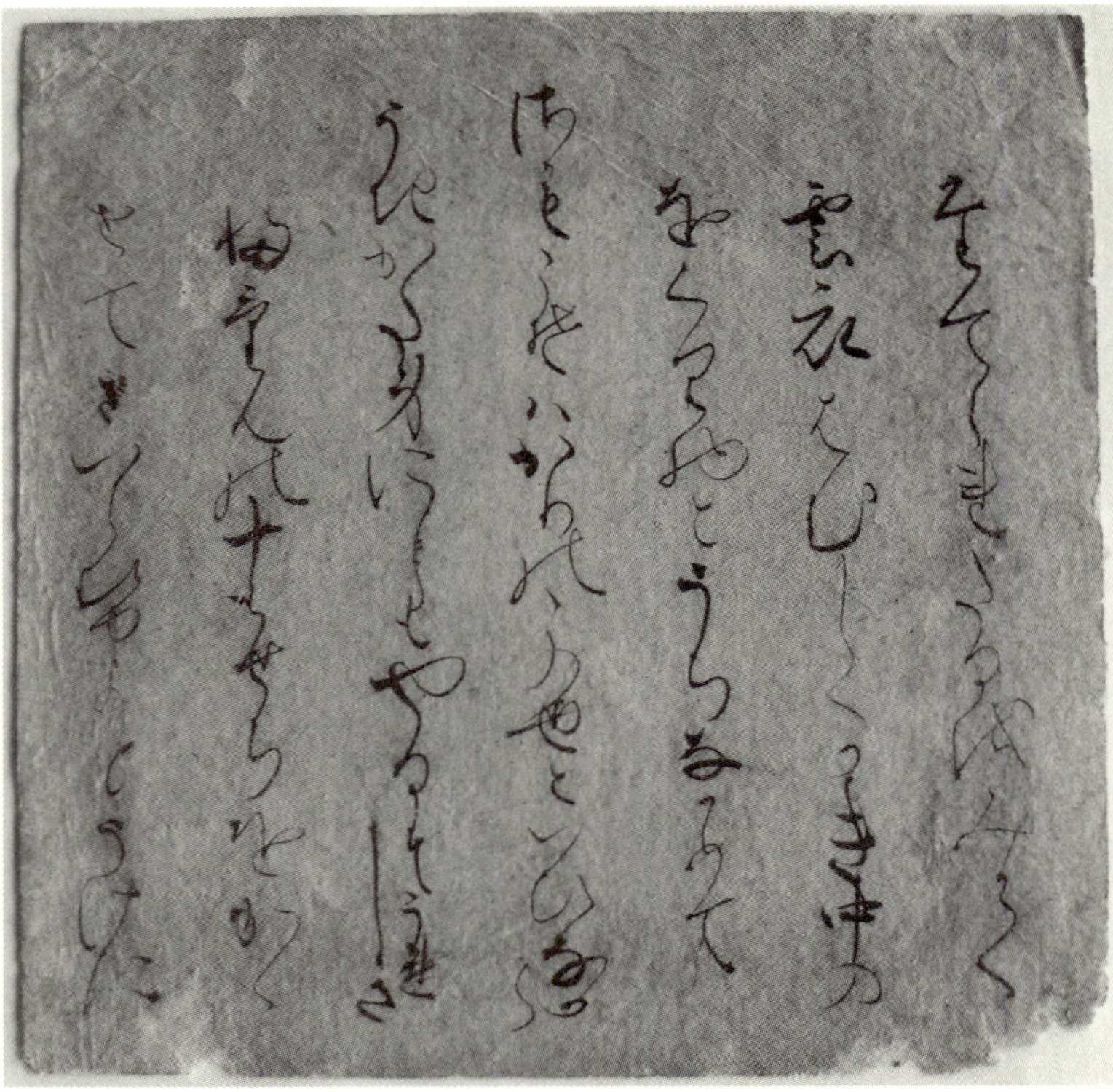

六一　伝後光厳院『高倉院昇霞記』（小六半切）

171頁

六二　伝承筆者名なし〔未詳散文〕（四半切）

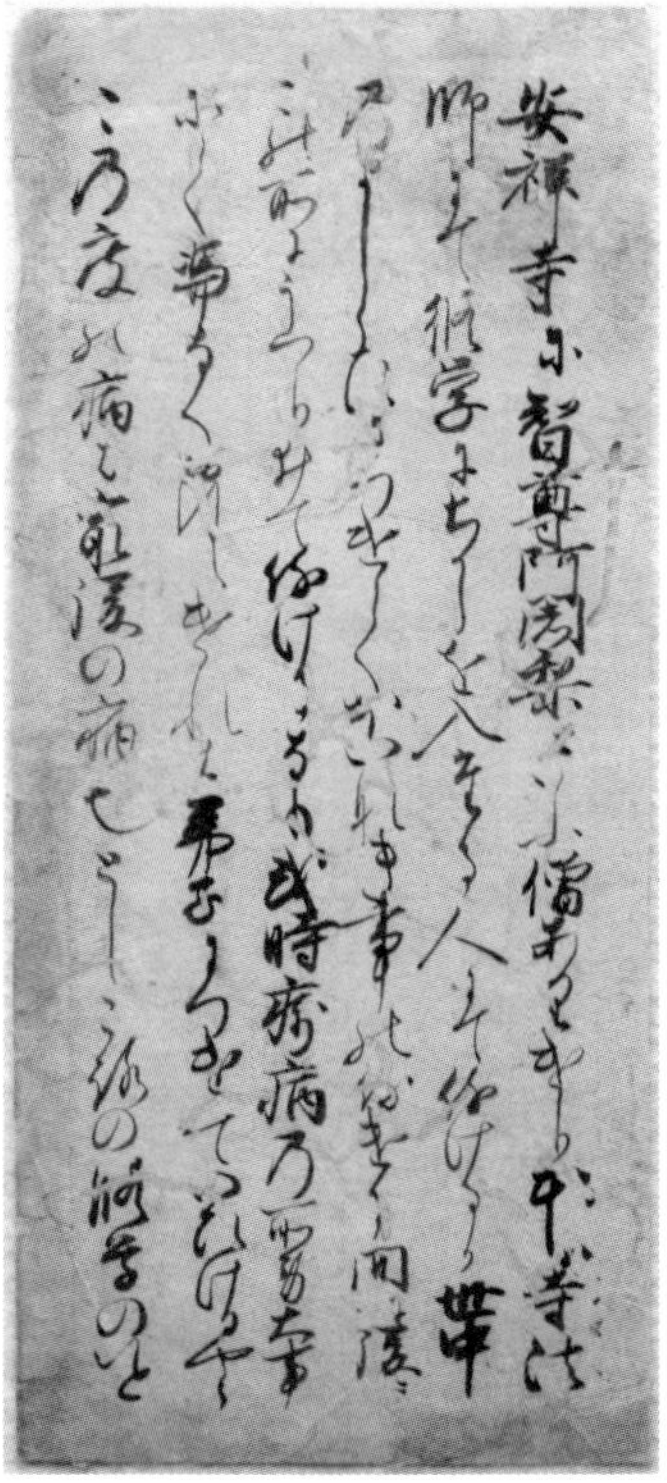

172頁

六三　伝仁和寺覚道親王〔未詳散文〕（四半切）

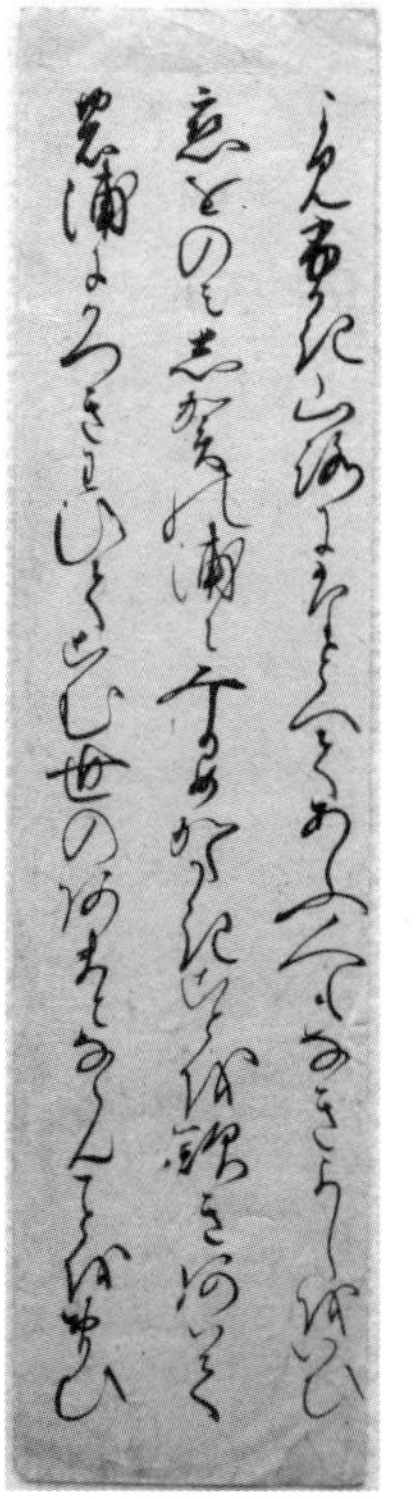

172頁

六四　伝二条為明『簾中抄』（六半切）

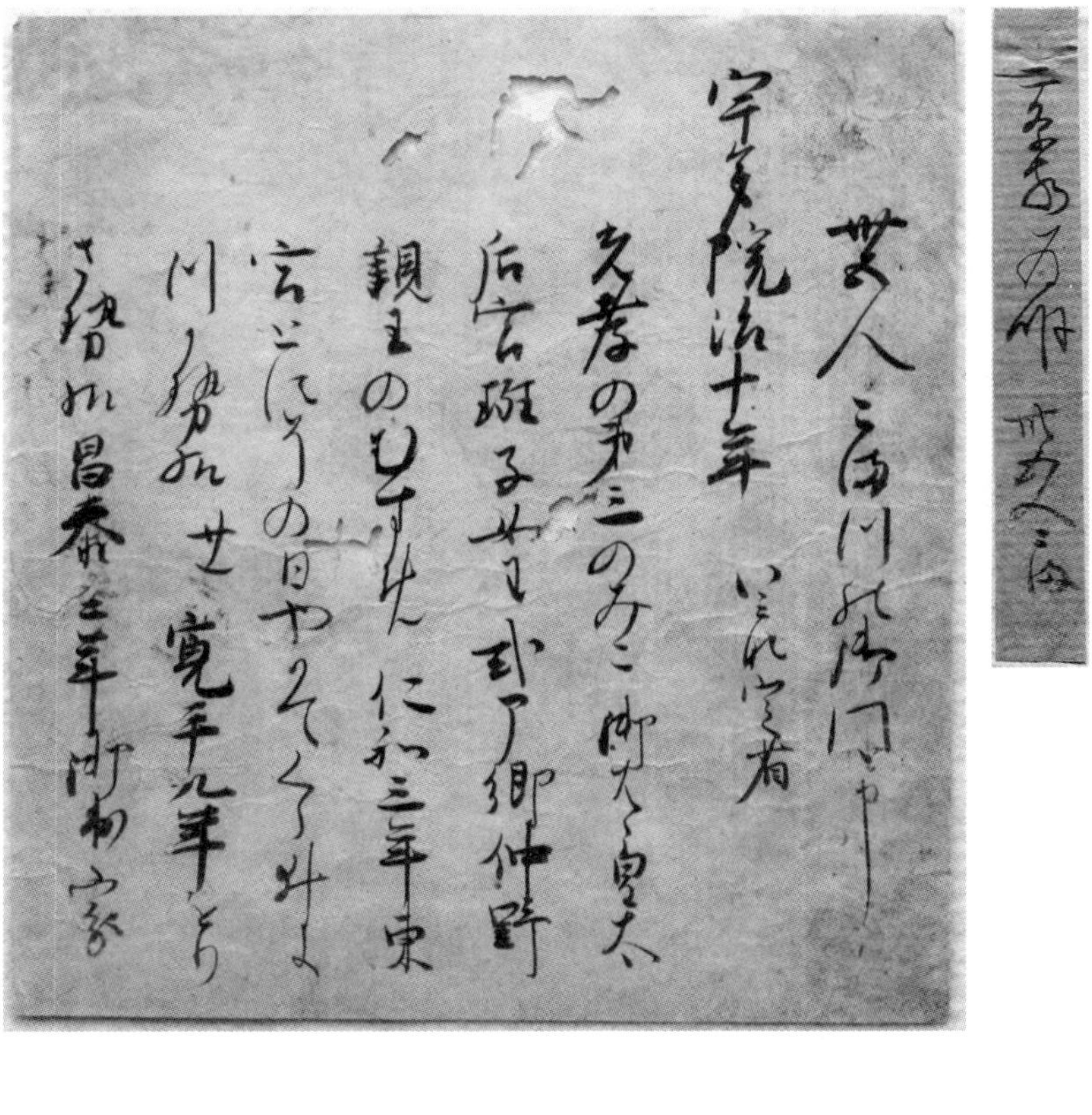

173頁

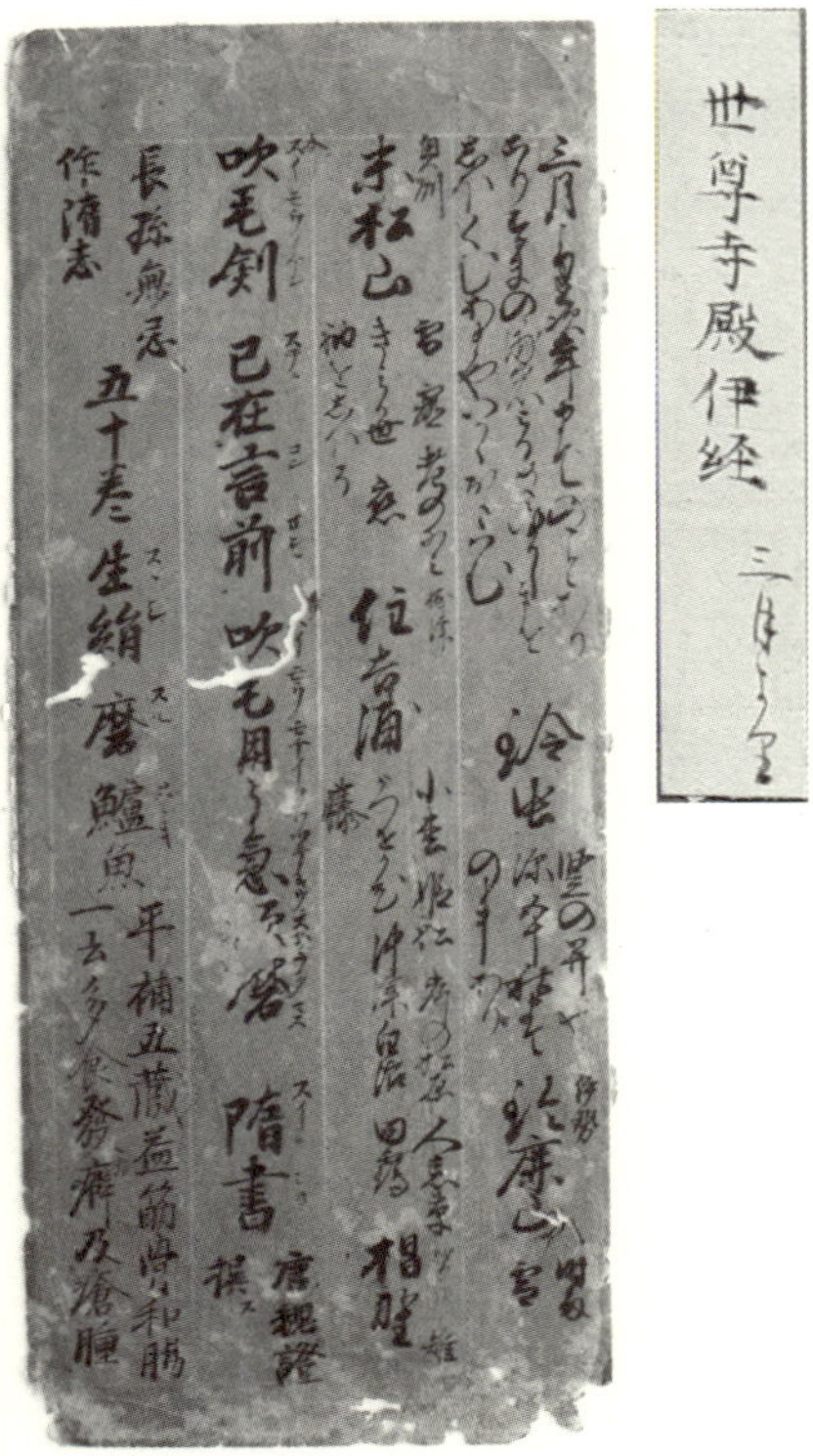

六五　伝世尊寺伊経〔未詳辞書〕（大四半切）

173頁

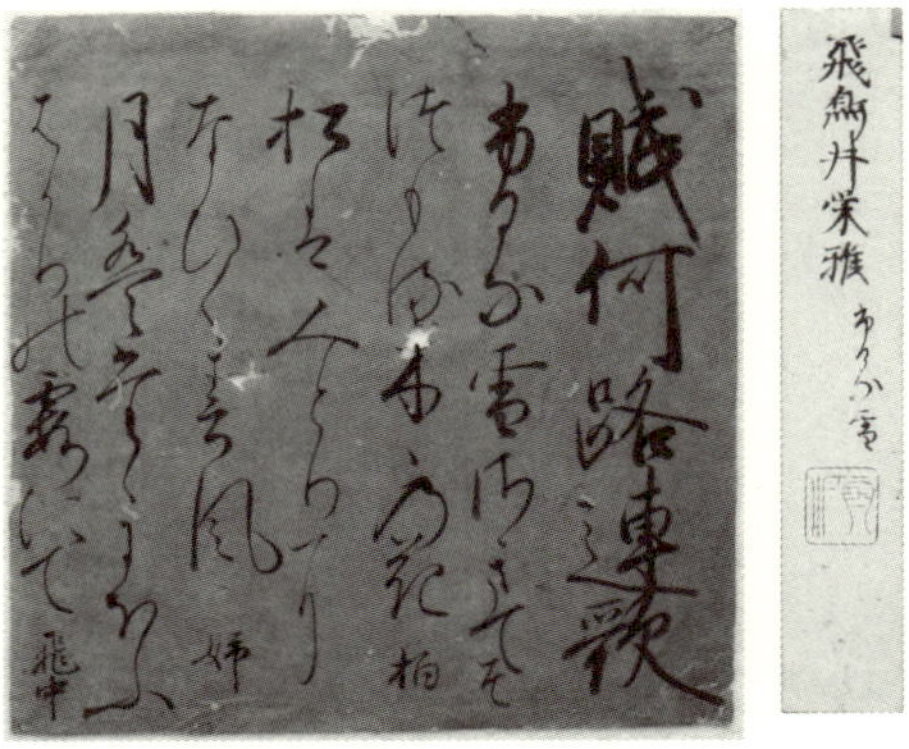

六六　伝飛鳥井栄雅　連歌懐紙

173頁

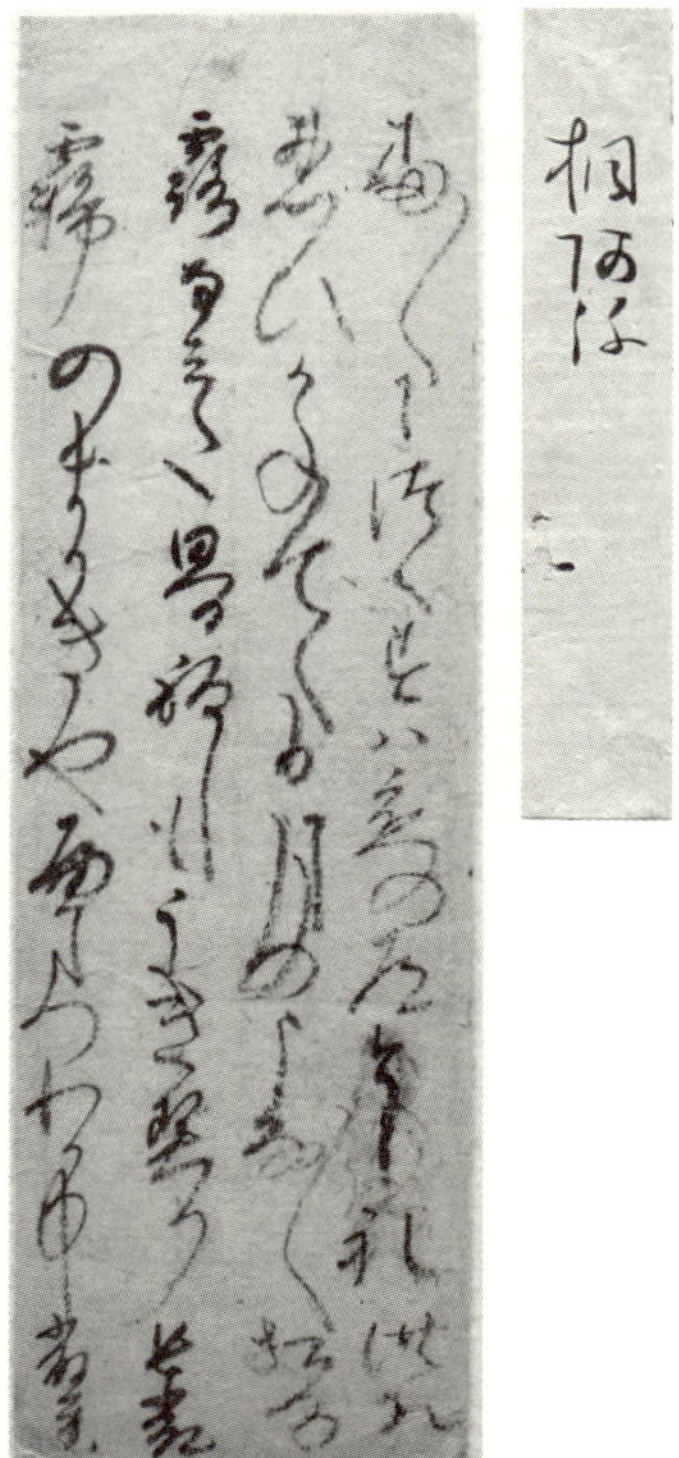

六七　伝相阿弥〔連歌〕（四半切）

174頁

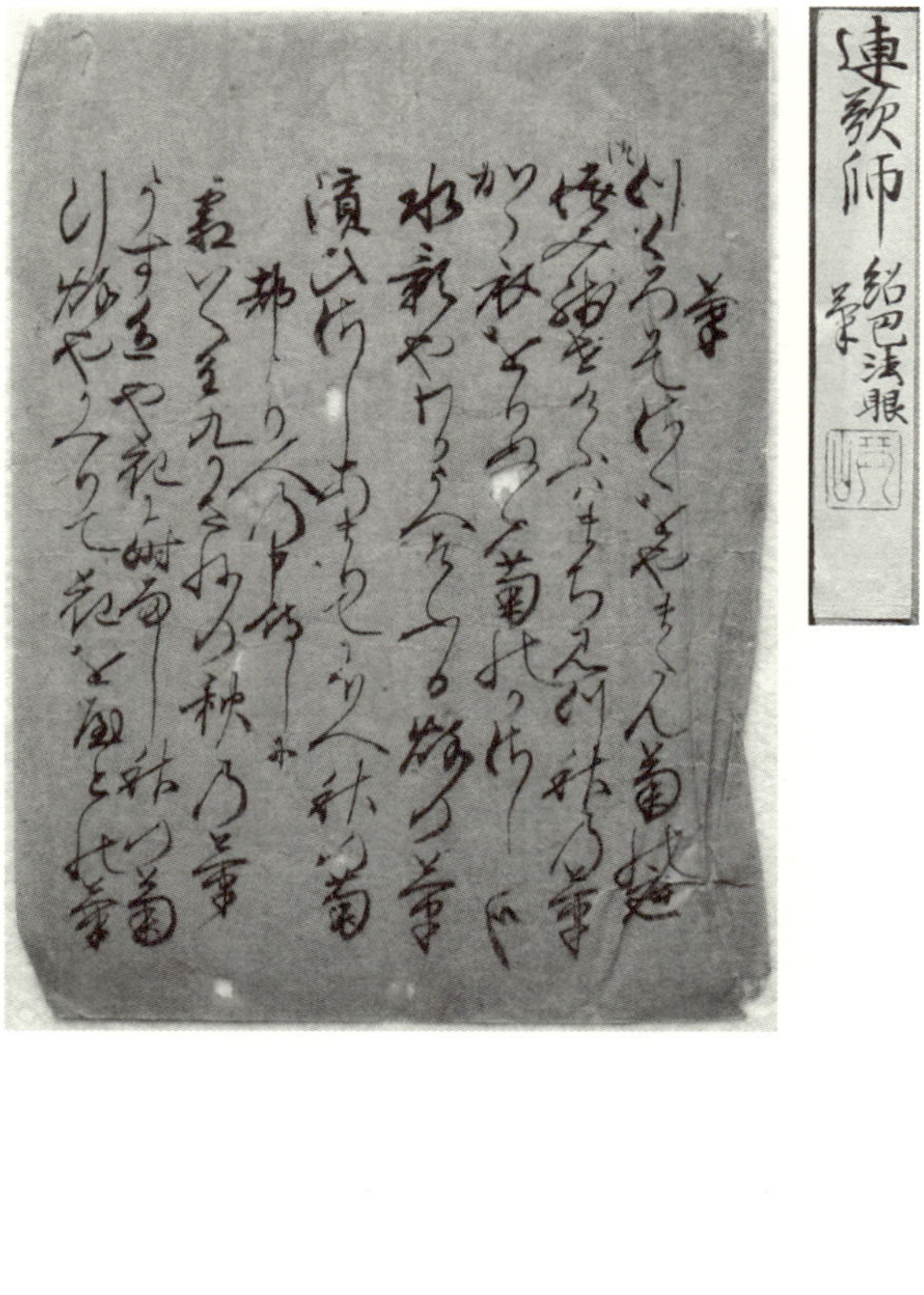

六八　伝紹巴『春夢草』（四半切）

174頁

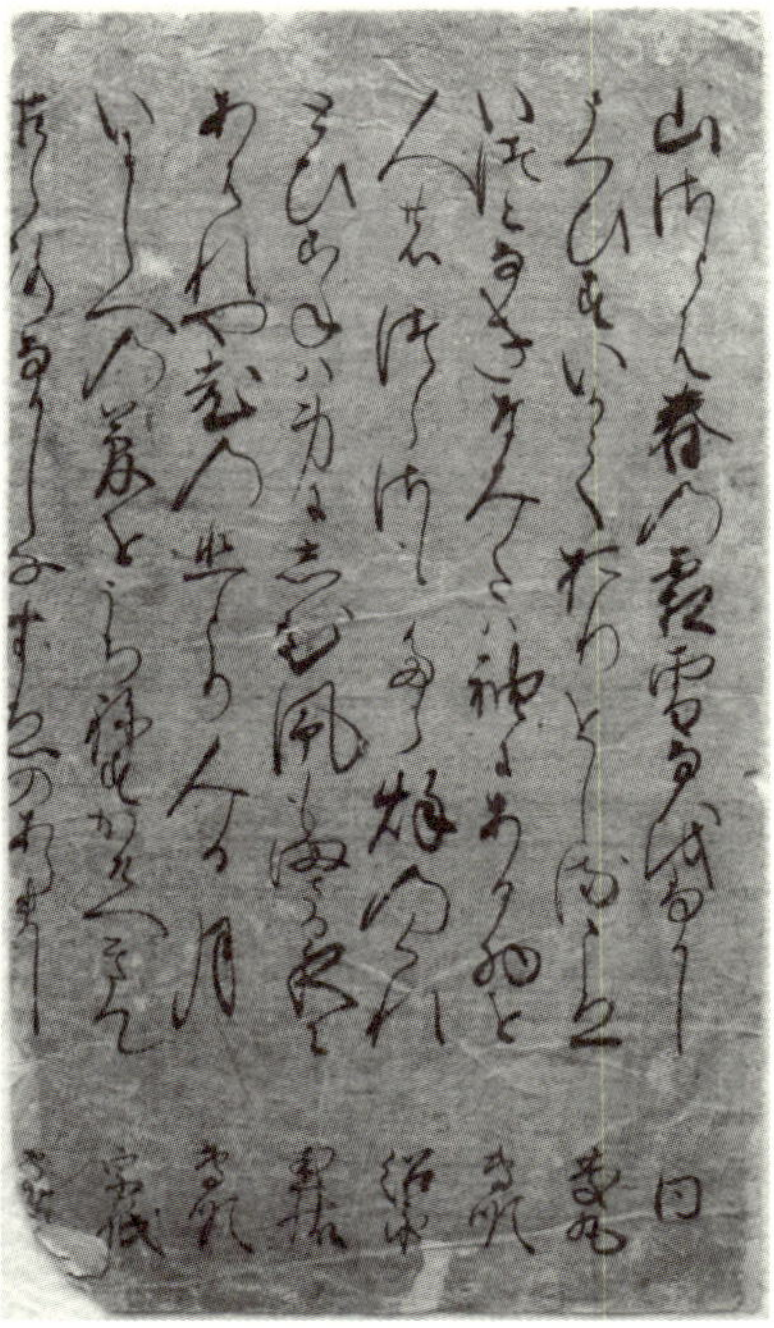

六九　伝承筆者名なし『美濃千句』（四半切）

174頁

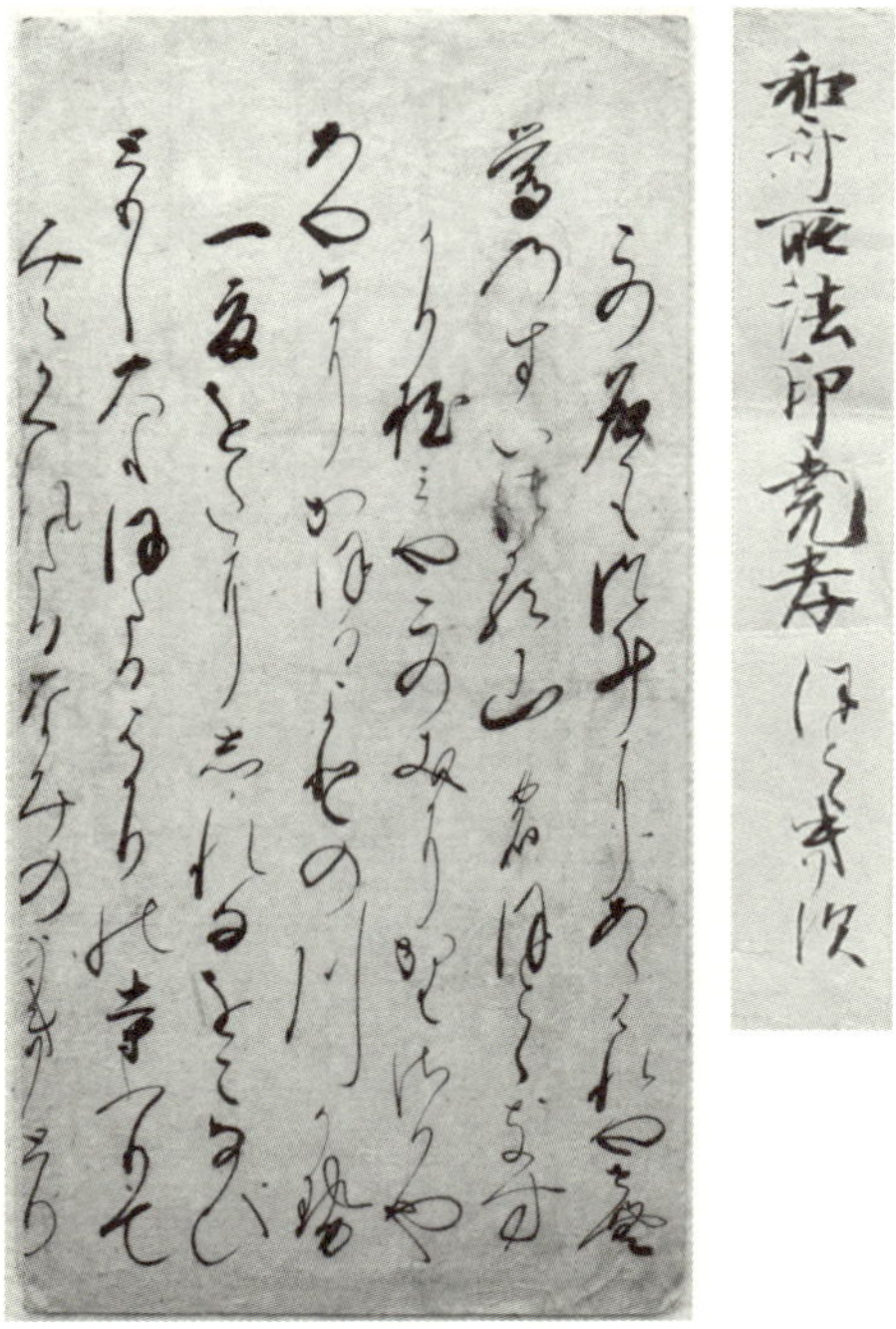

七〇　伝承筆者名なし〔連歌〕（大四半切）

175頁

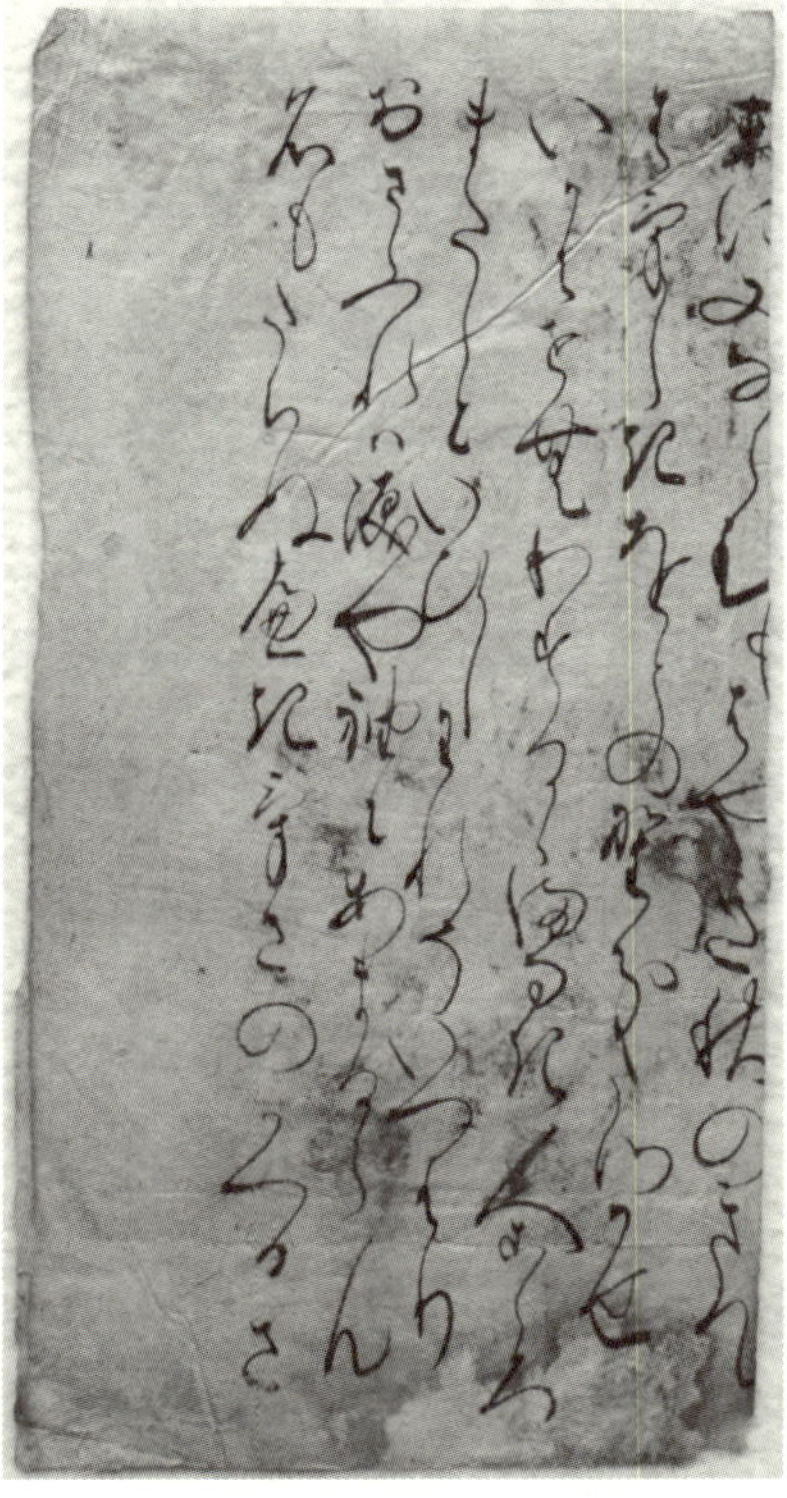

七一　伝承筆者名なし〔連歌〕（四半切）

175頁

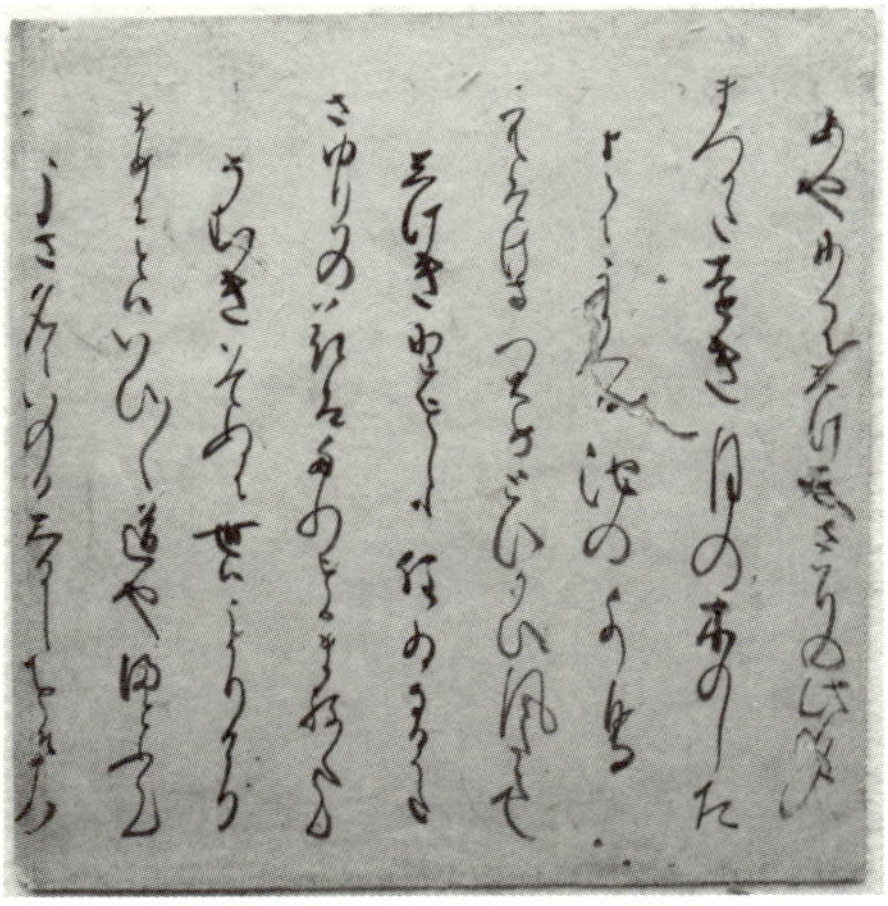

七二　伝承筆者名なし〔付句集〕（六半切）

175頁

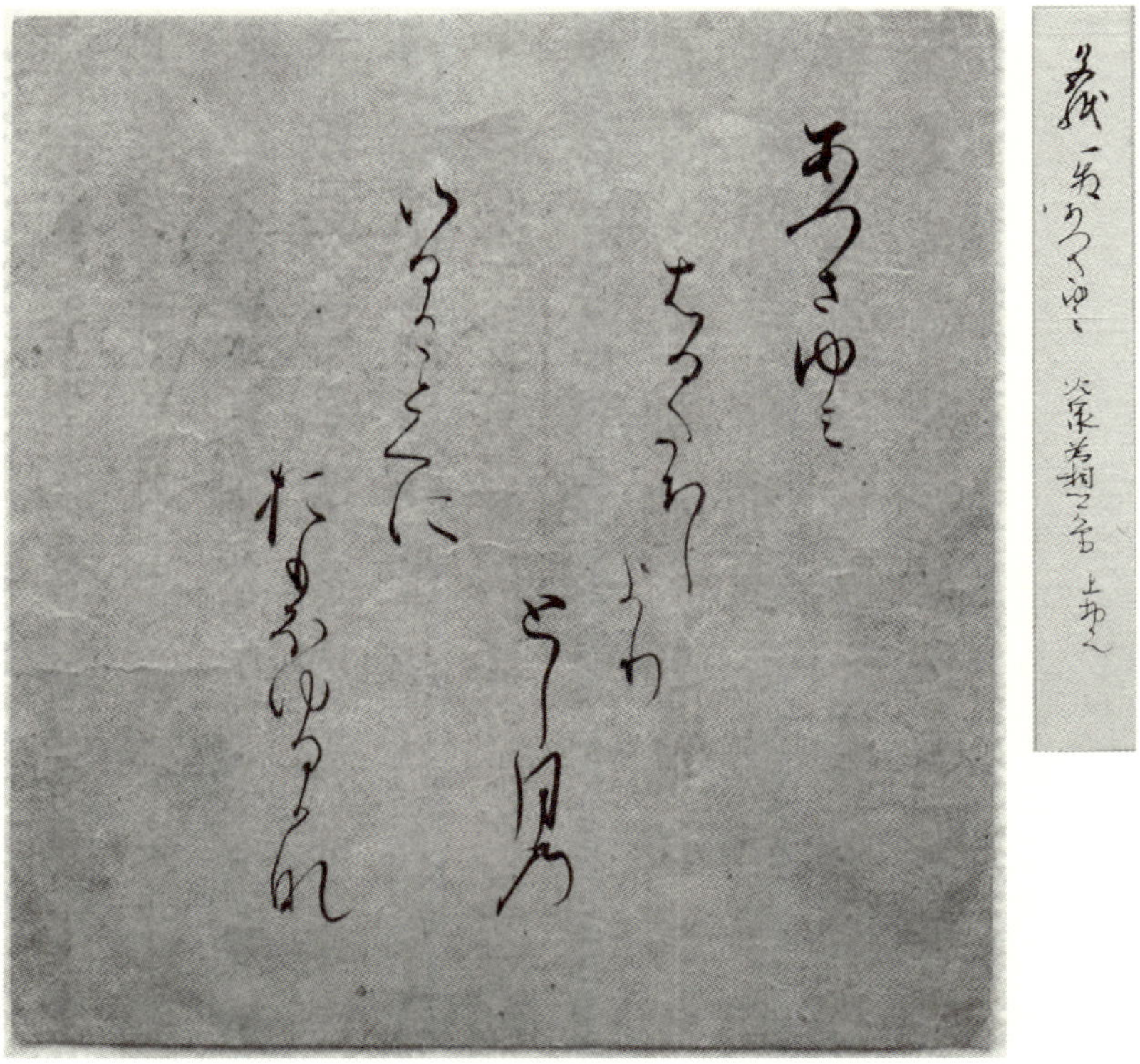

七三　伝冷泉為相　色紙

176頁

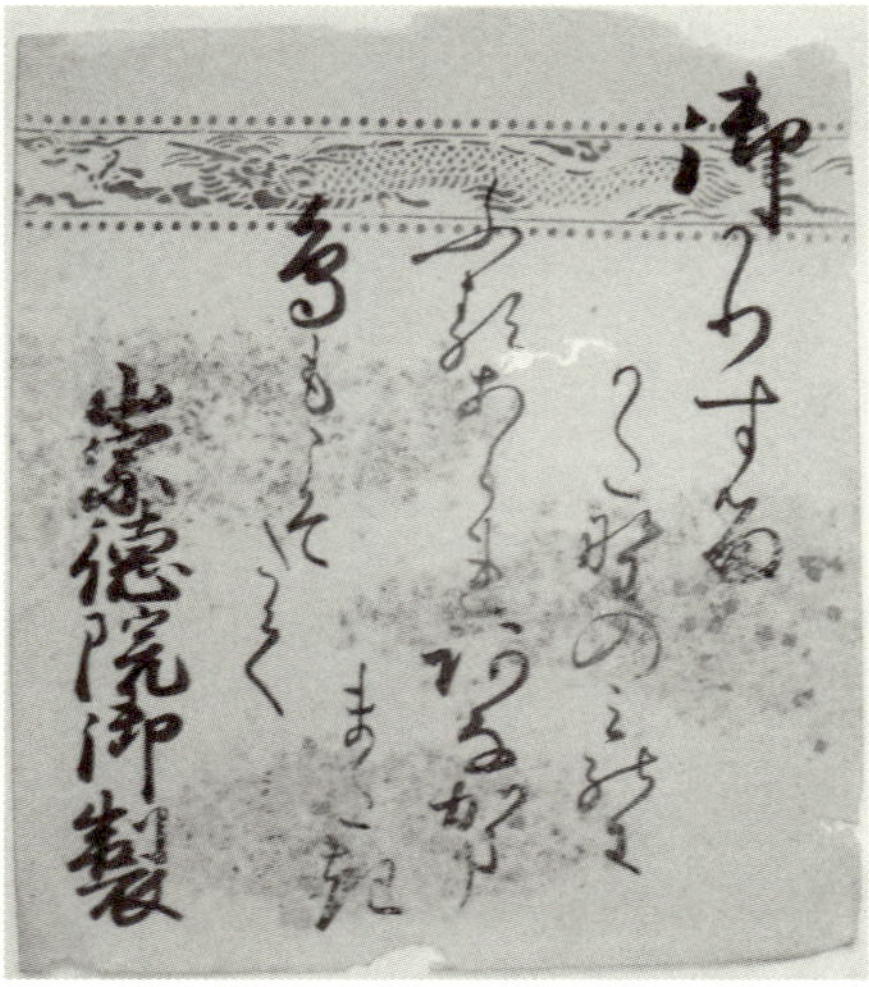

七四　伝聖護院道澄　色紙

176頁

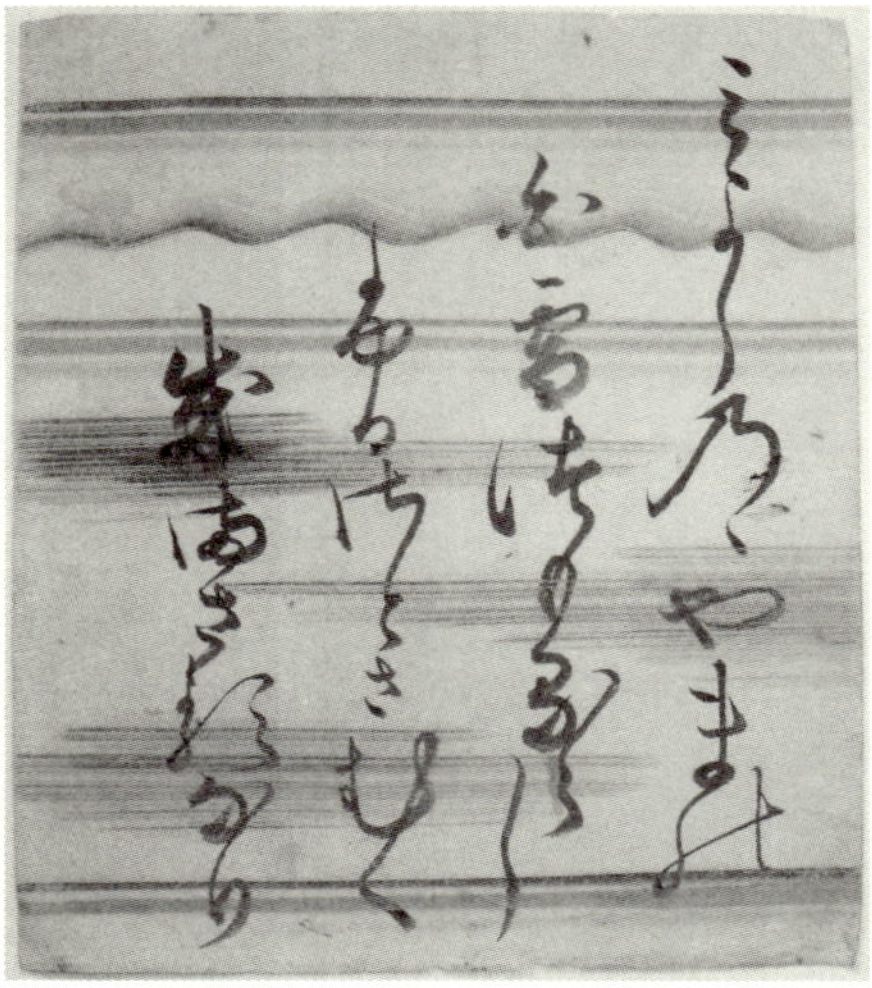

七五　伝聖護院道澄　色紙

176頁

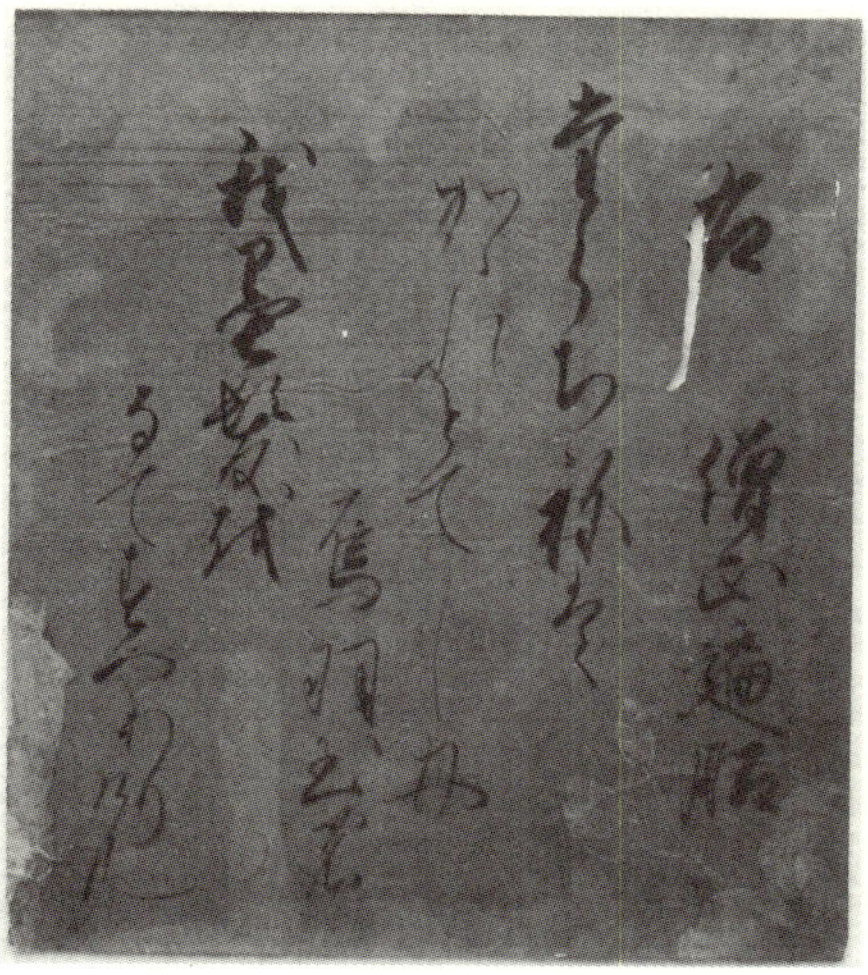

七六　伝後水尾院　色紙

176頁

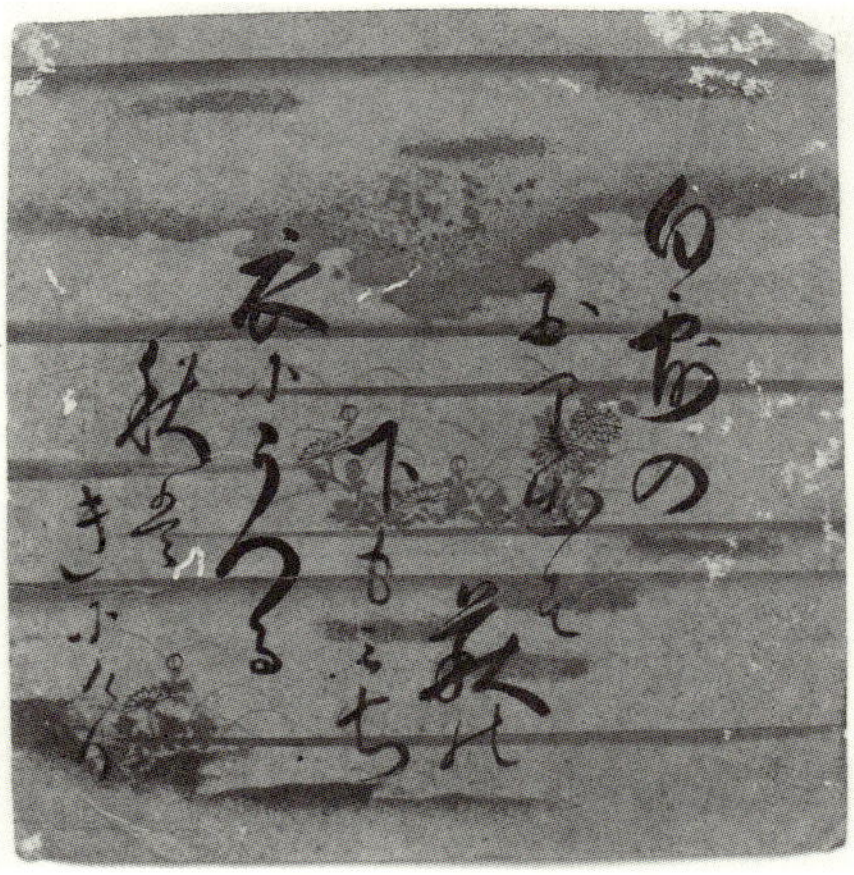

七七　伝聖護院宮盈仁親王　色紙

177頁

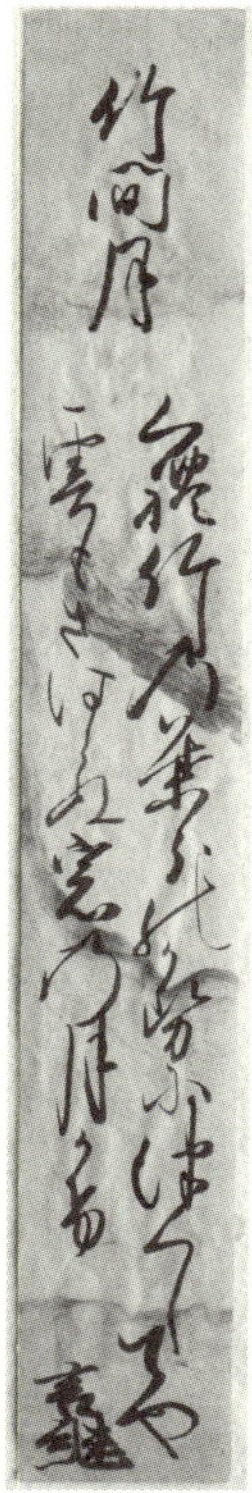

七八　山科言継　短冊

177頁

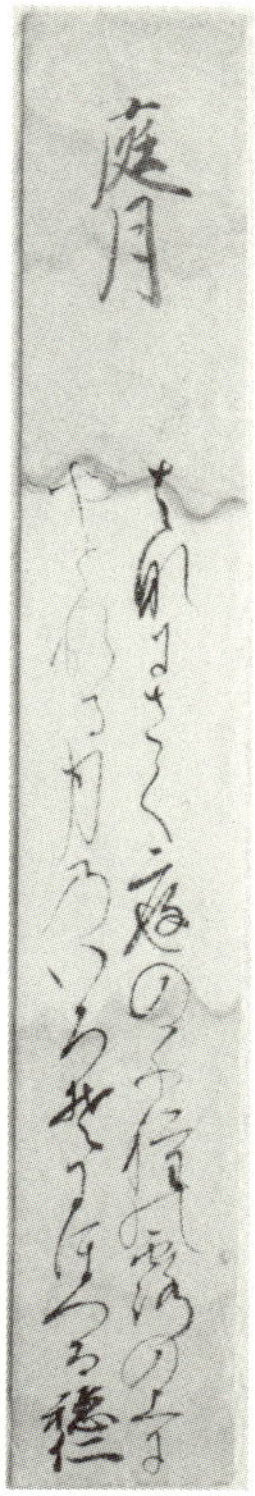

七九　桂宮穏仁親王　短冊

177頁

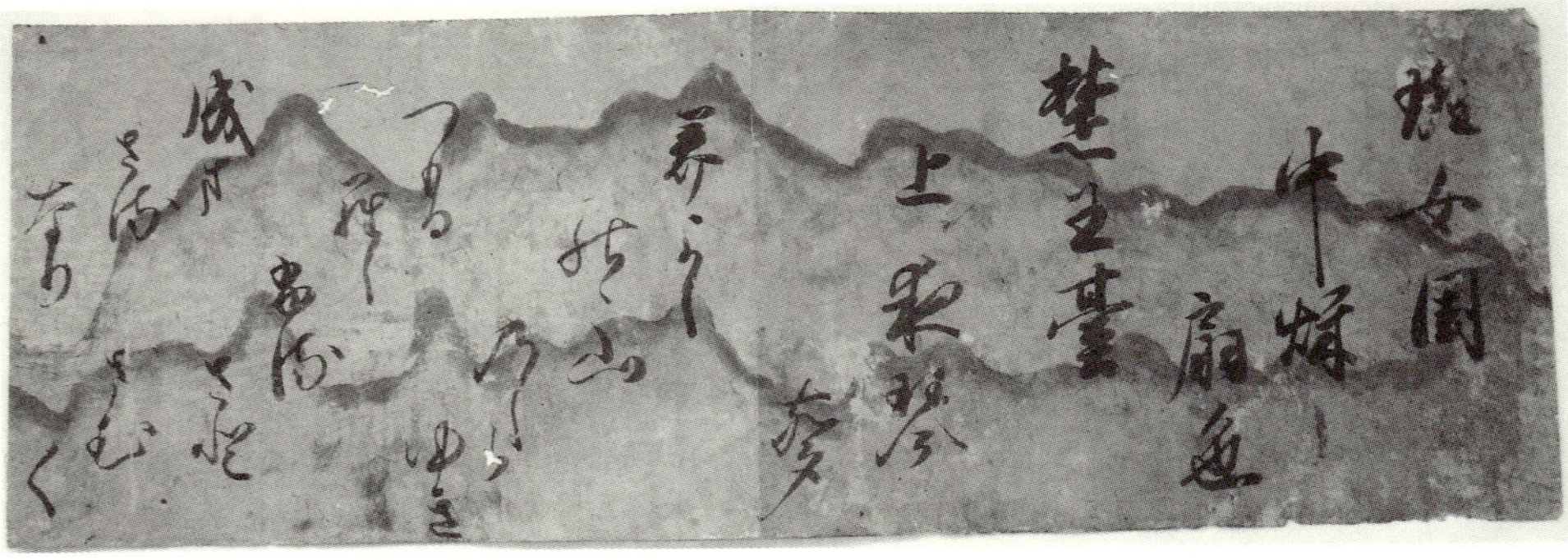

八〇　伝承筆者名なし　手本切

177頁

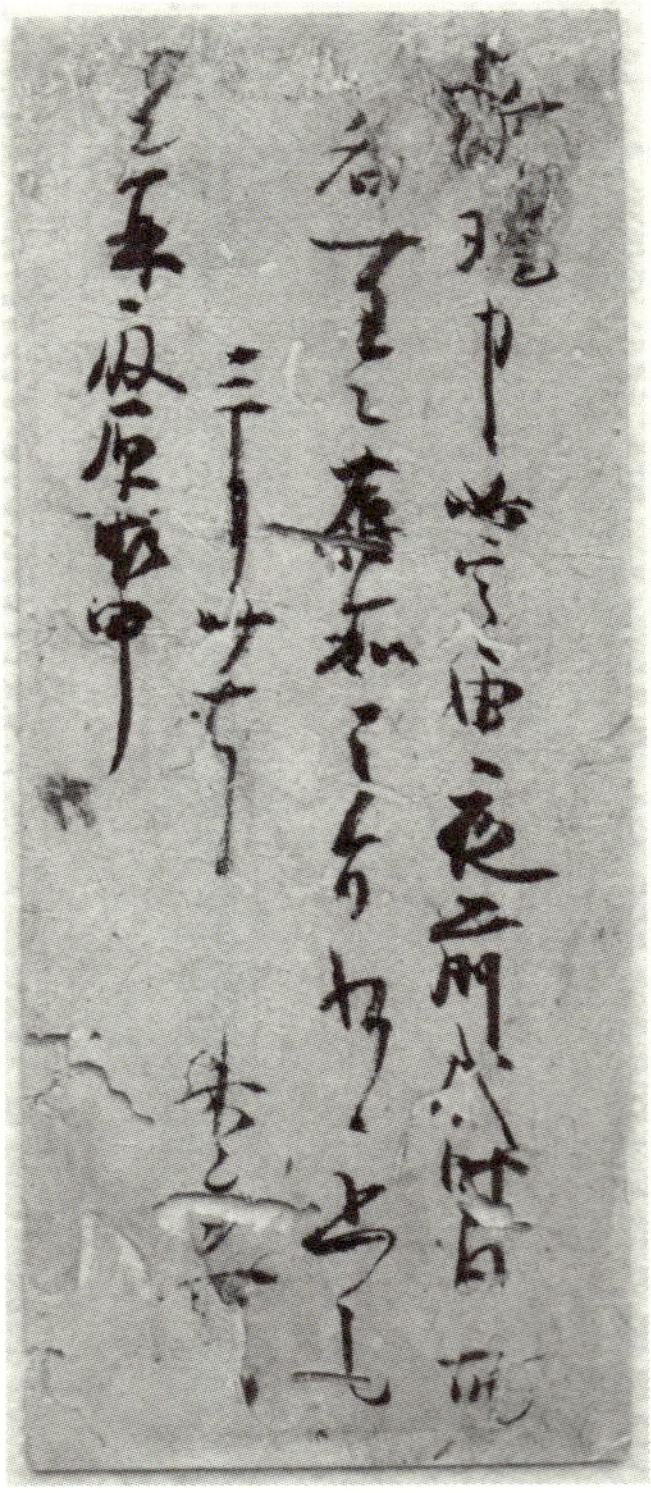

八一　伝文覚上人　書状断簡

177頁

八二　伝承筆者名なし　書状断簡

178頁

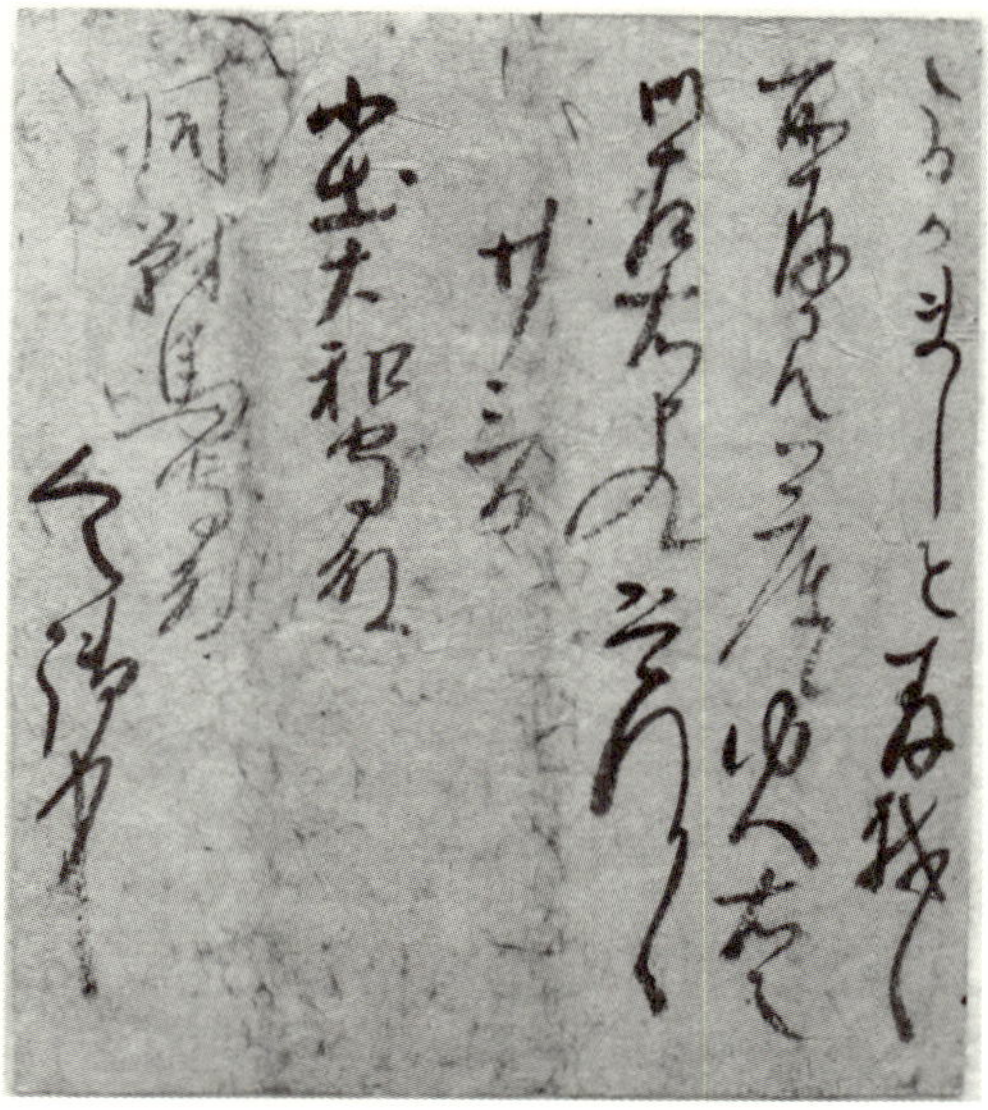

八三　伝沢庵　書状断簡

178頁

八四　徳川頼宣　書状断簡

178頁

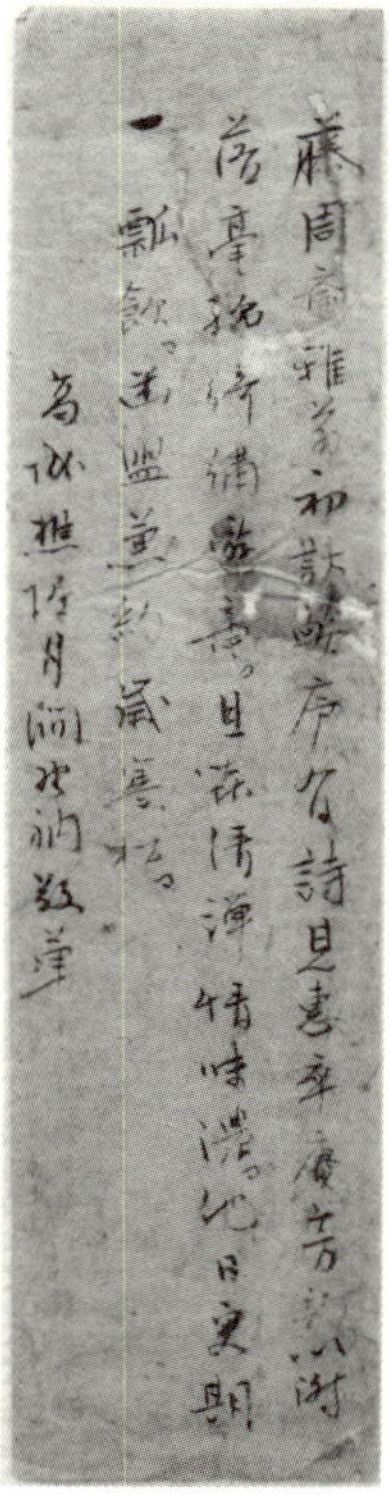

八五　伝承筆者名なし　七言絶句（四半切）

178頁

八六　伝北山寿庵　漢詩（小四半切）五葉

Ⓐ

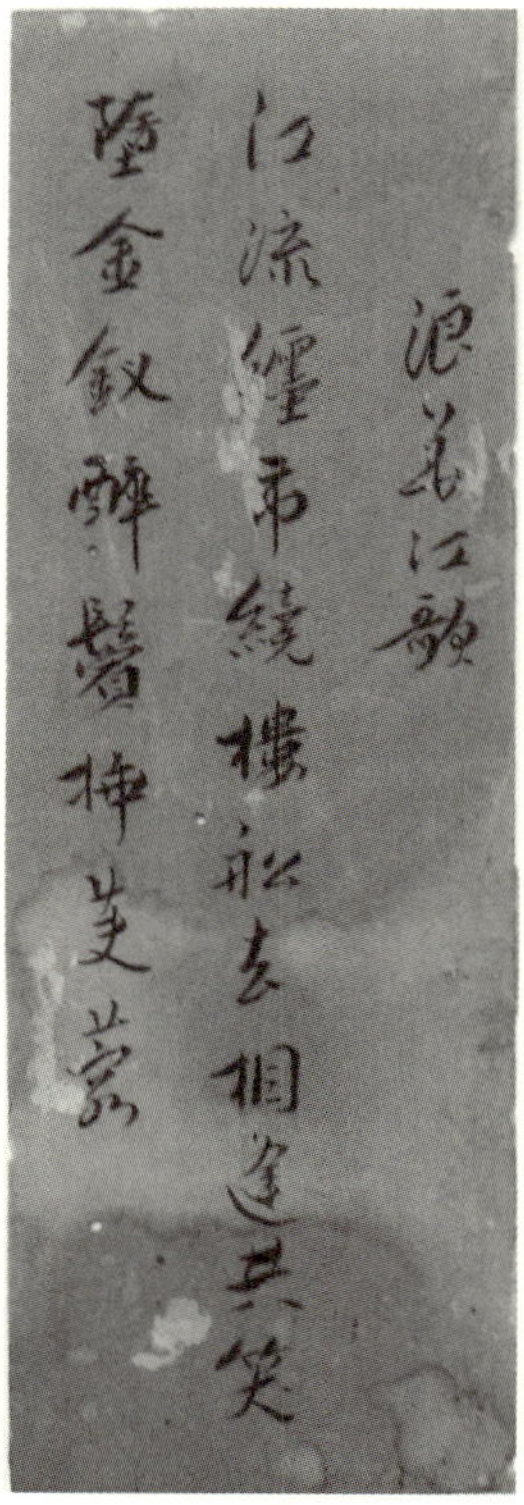

Ⓑ

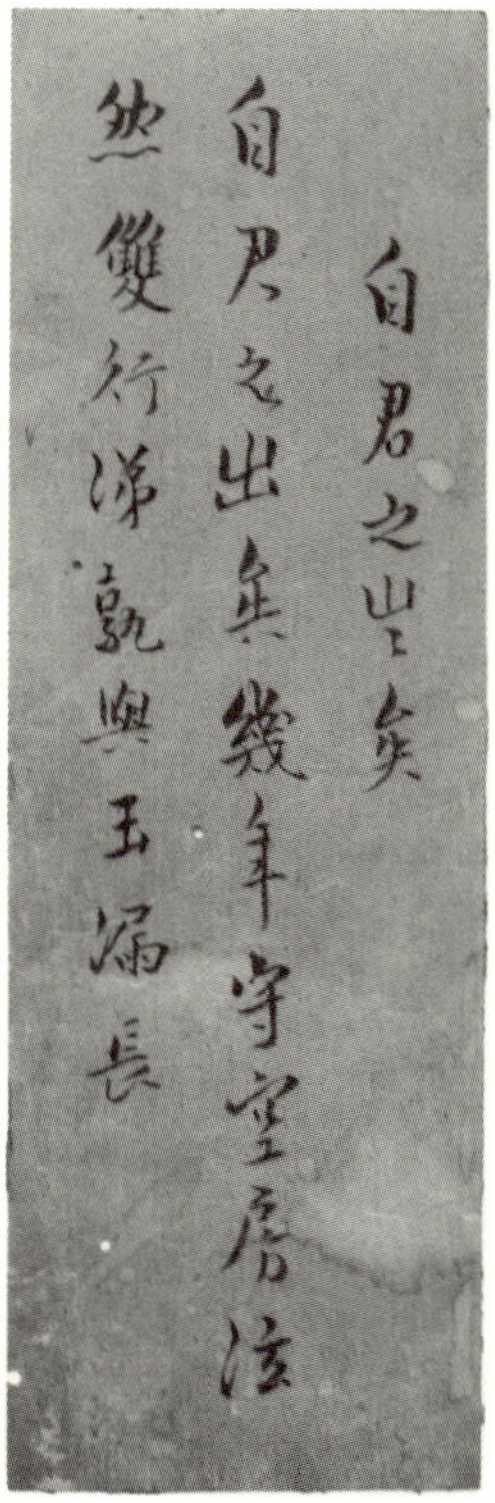

178頁

(C)

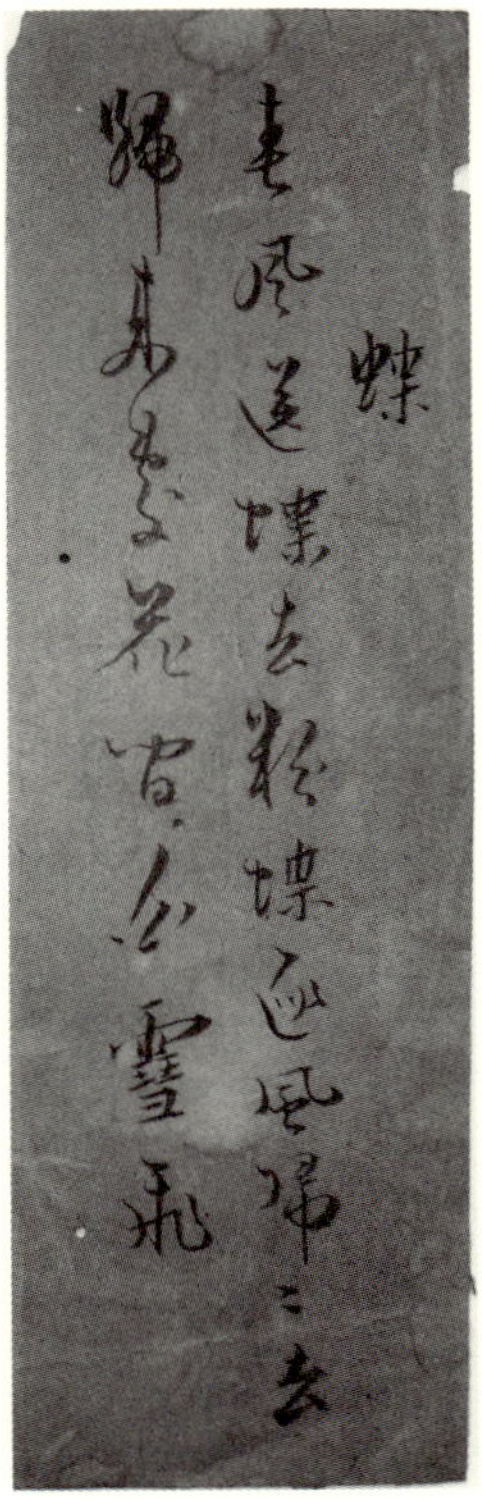

(D)

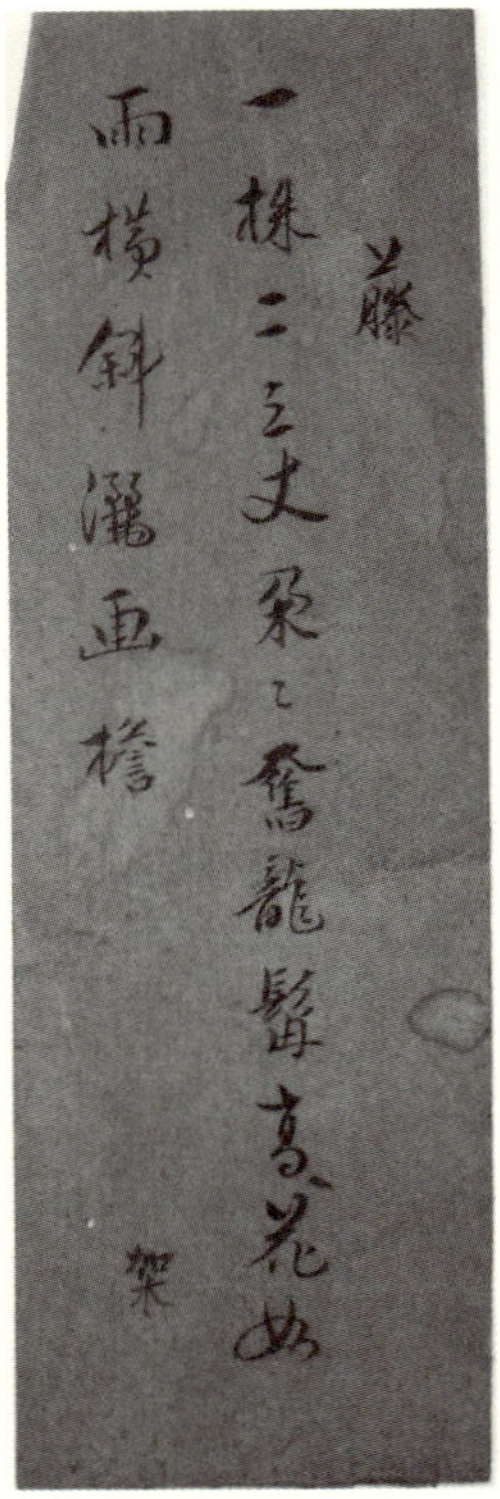

(E)

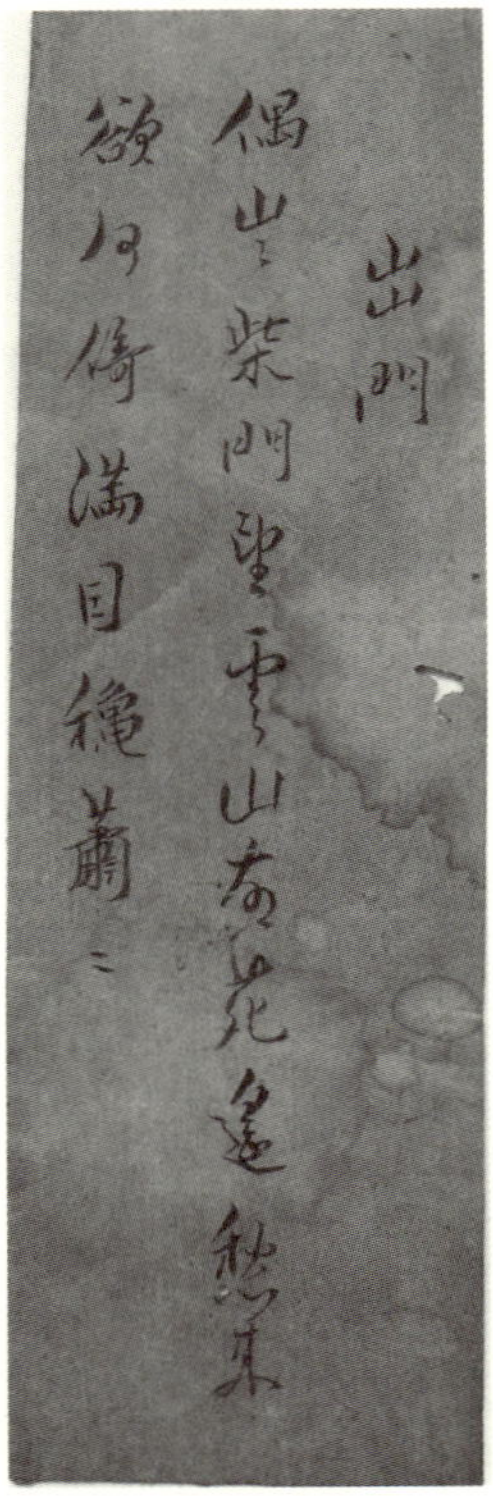

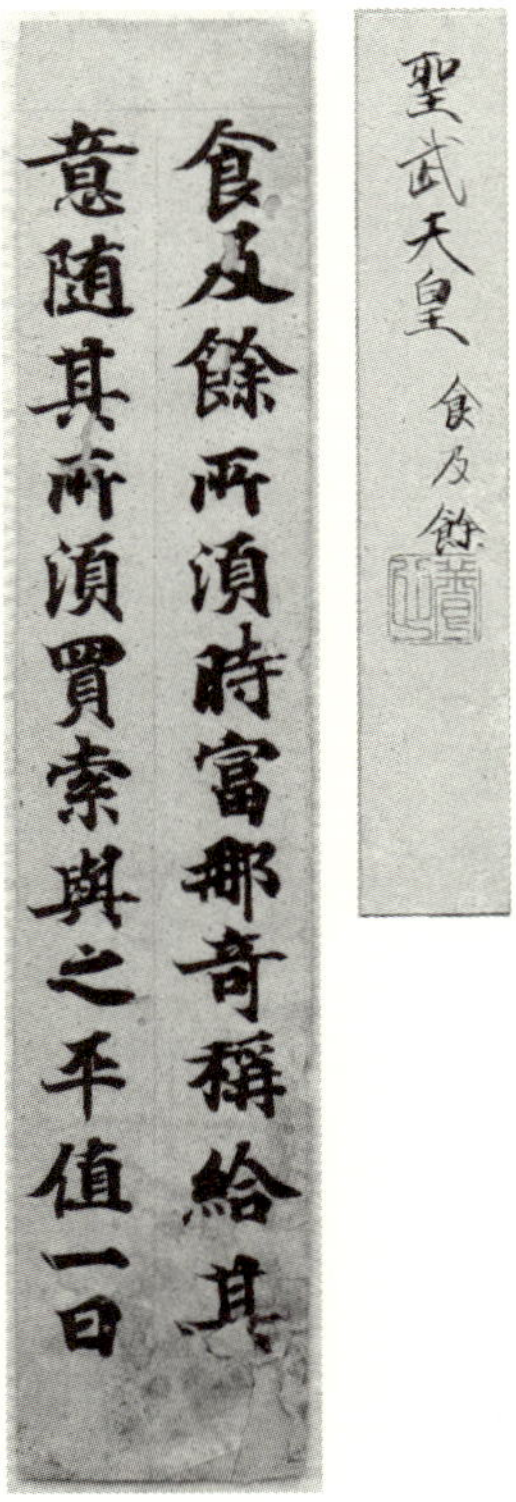

八七　伝聖武天皇『賢愚経』大聖武（大和切）　178頁

八八　伝承筆者名なし『大般涅槃経』（巻物切）　178頁

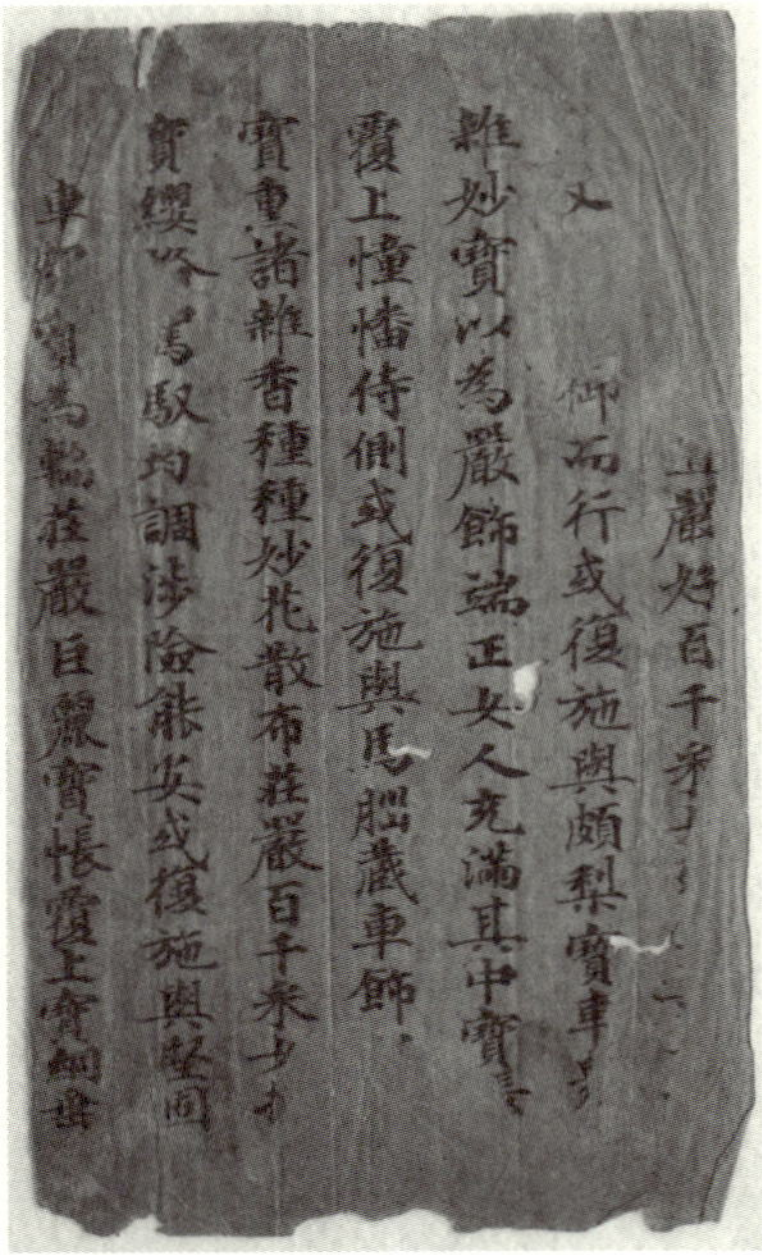

八九　伝理現大師／伝伝教大師『大方廣佛華厳経』（巻物切）　179頁

九〇　伝承筆者名なし　『佛説観佛三昧海経』（巻物切）　179頁

九一　伝伝教大師　『大般若経』（巻物切）二葉　179頁

（A）

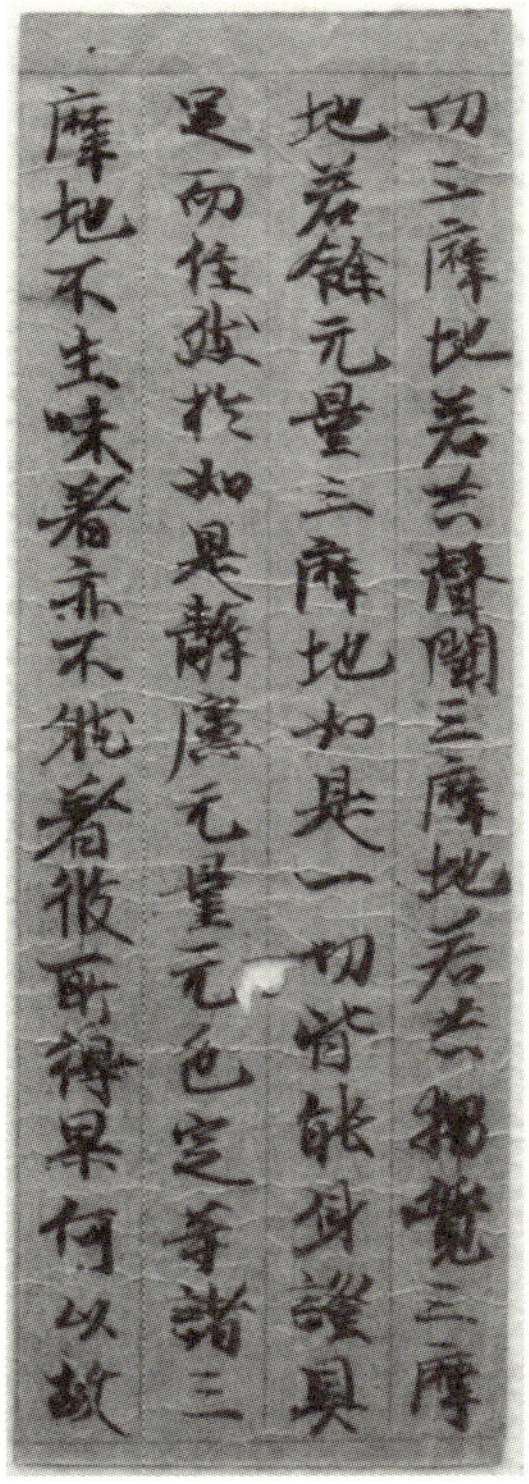

（B）

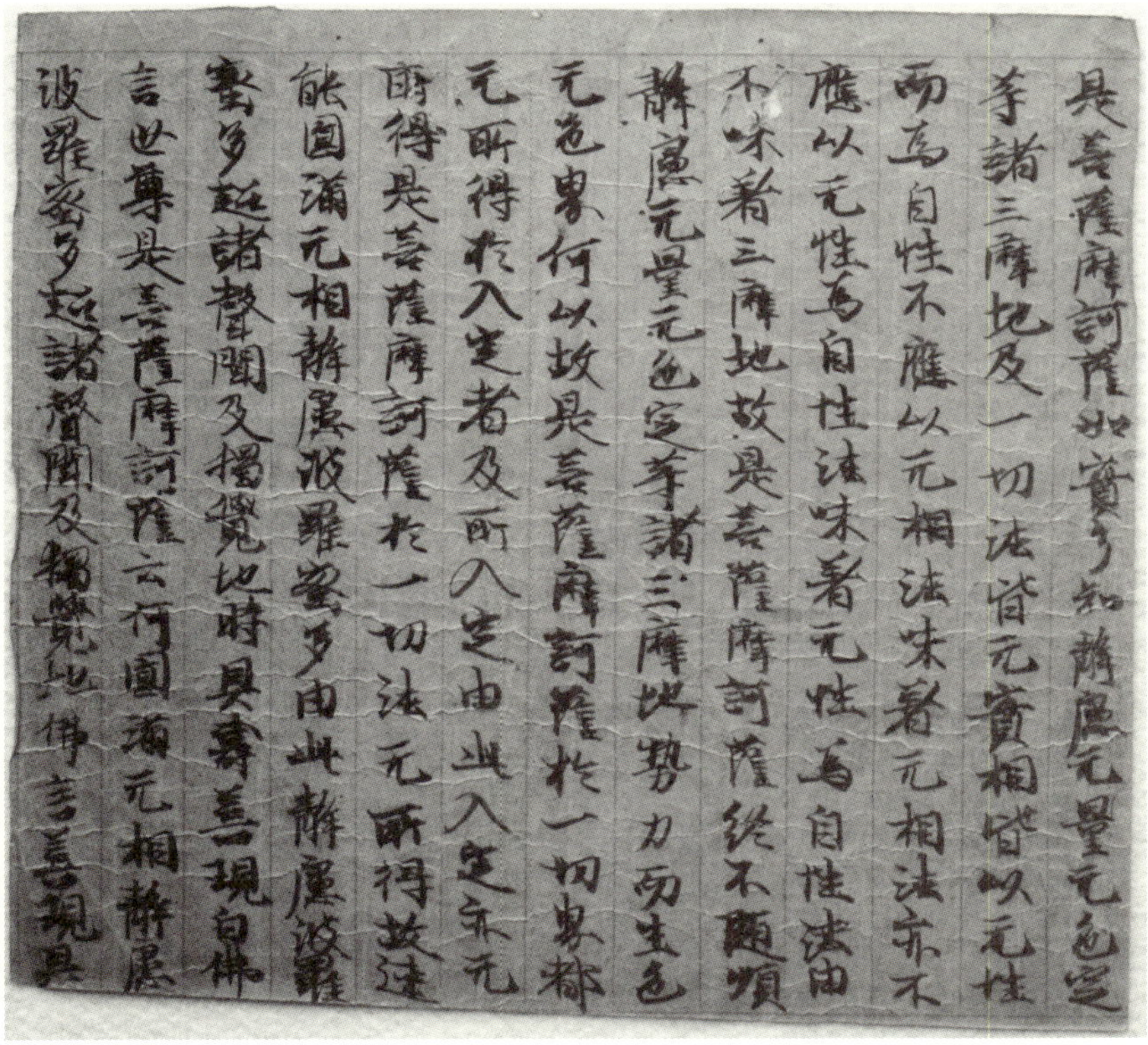

九二　伝智証大師『妙法蓮華経』（巻物切）　179頁

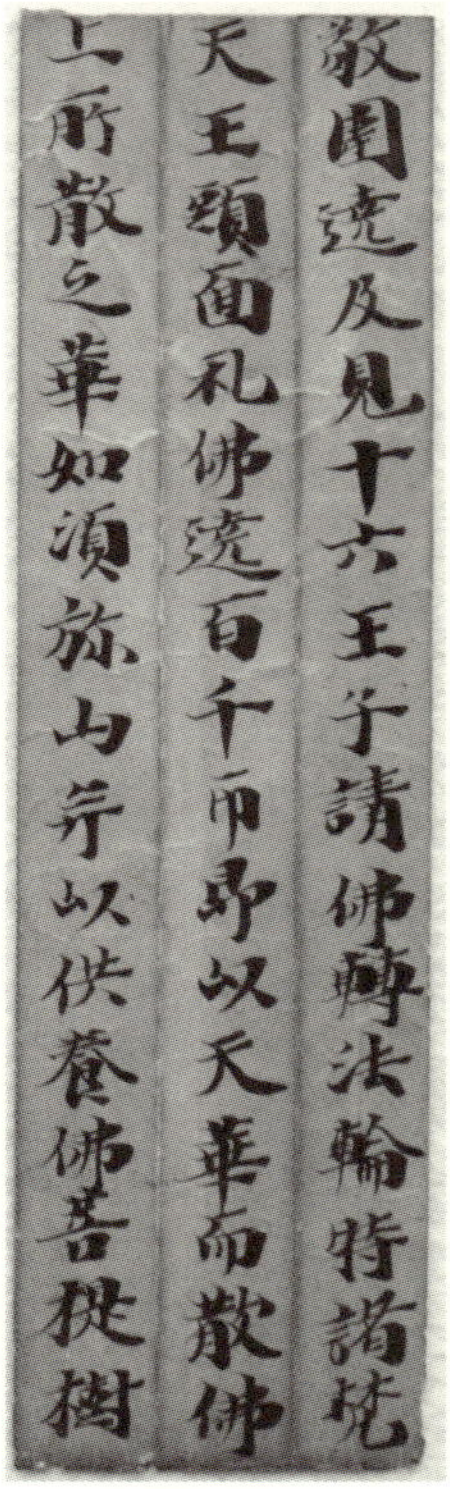

九三　伝解脱上人『倶舎論記』（巻物切）　179頁

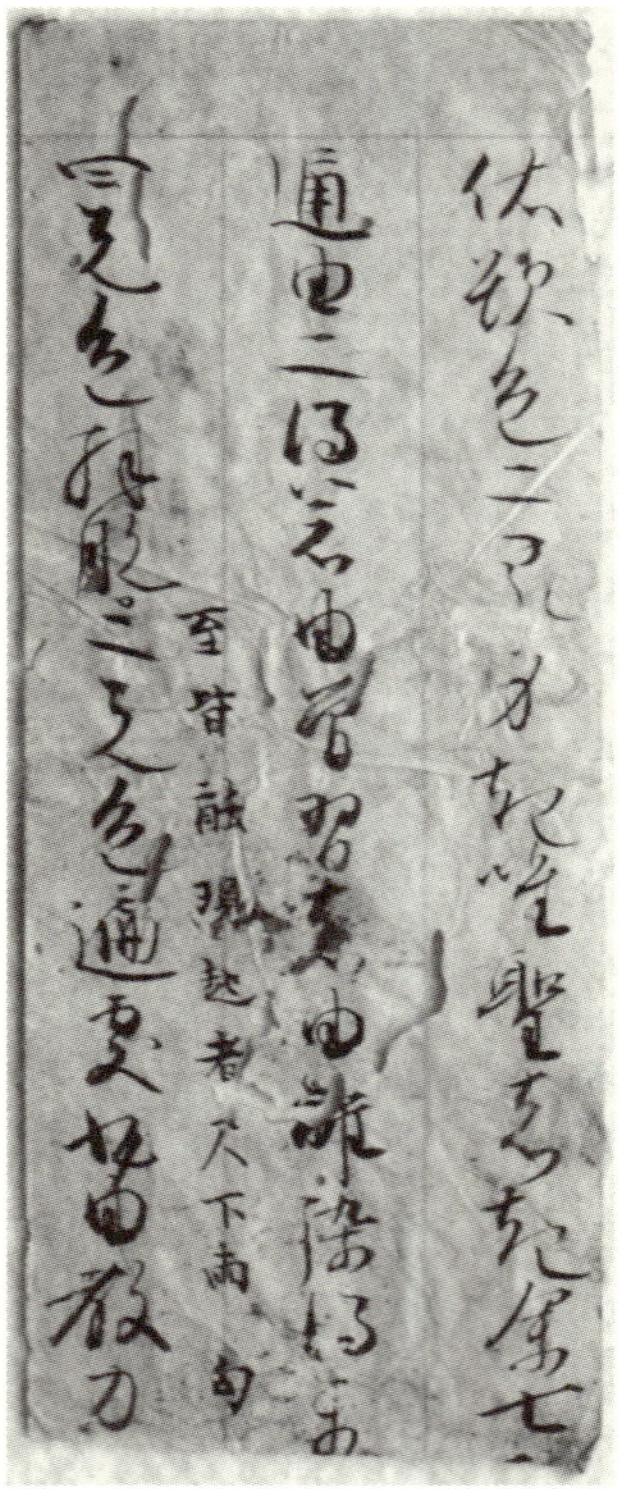

九四　伝世尊寺定成『因明入正理論』（巻物切）　179頁

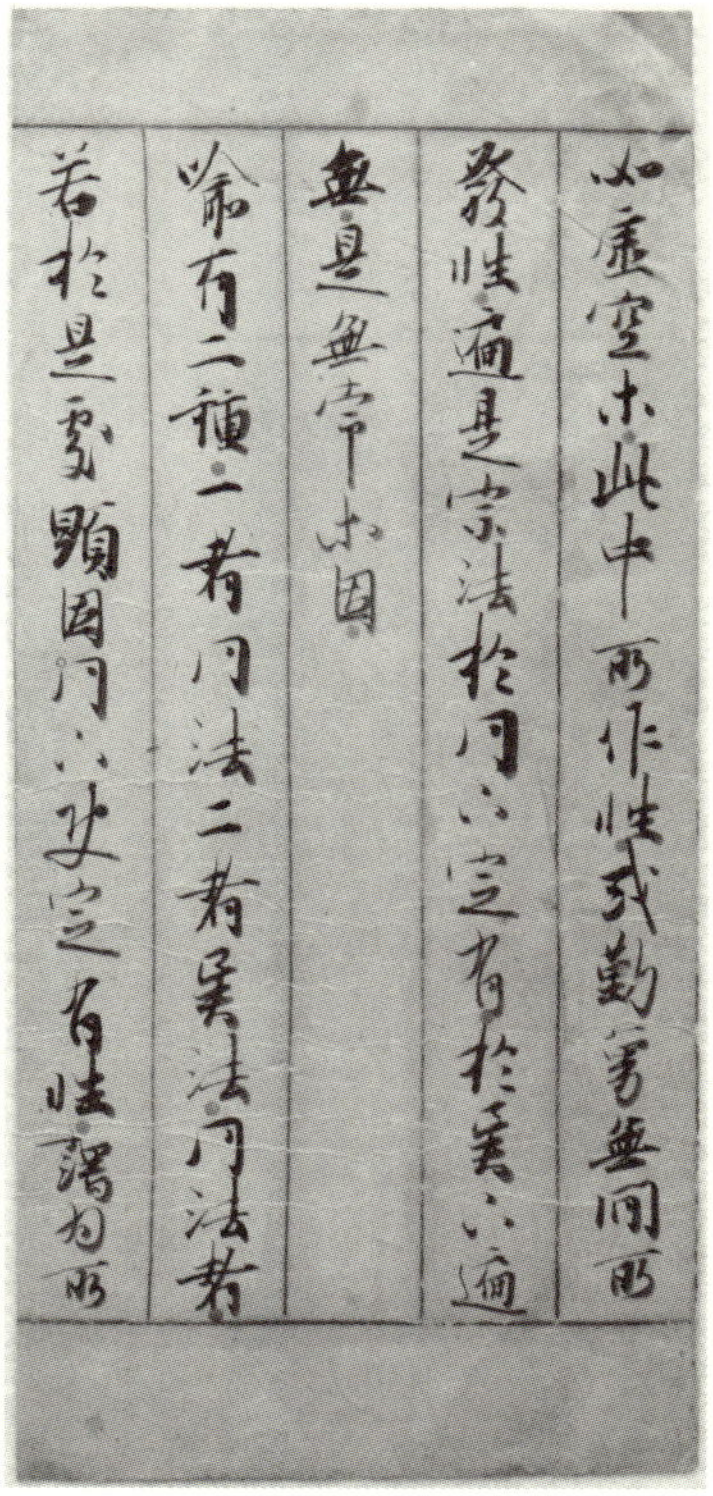

九五　伝北条時宗『妙法蓮華経』（巻物切）　179頁

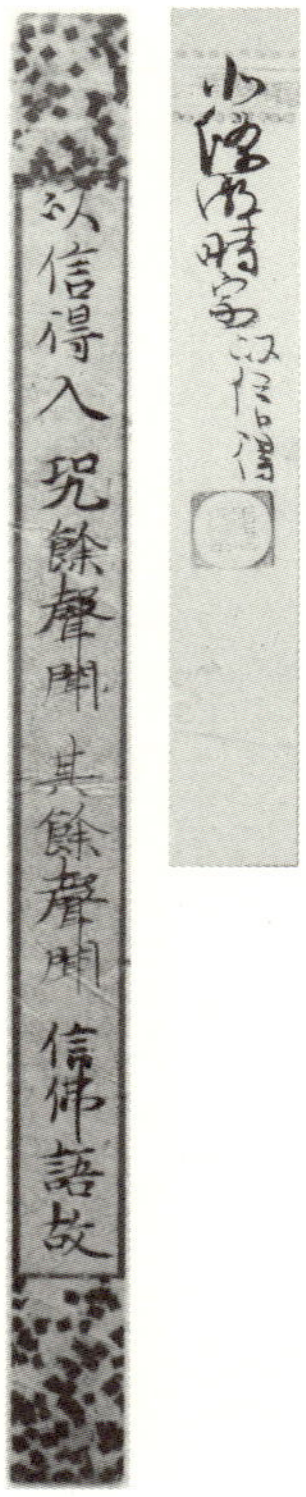

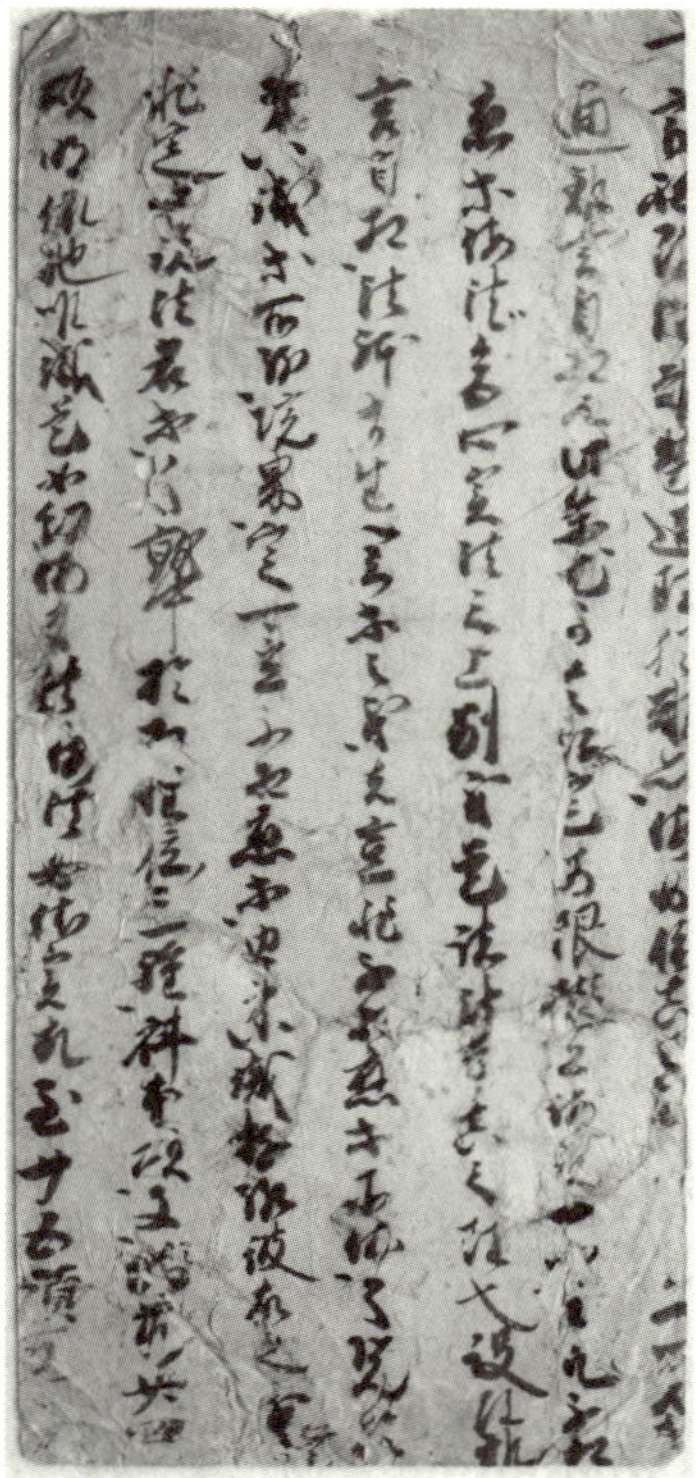

九六　伝明恵上人〔未詳仏書〕（巻物切）

180頁

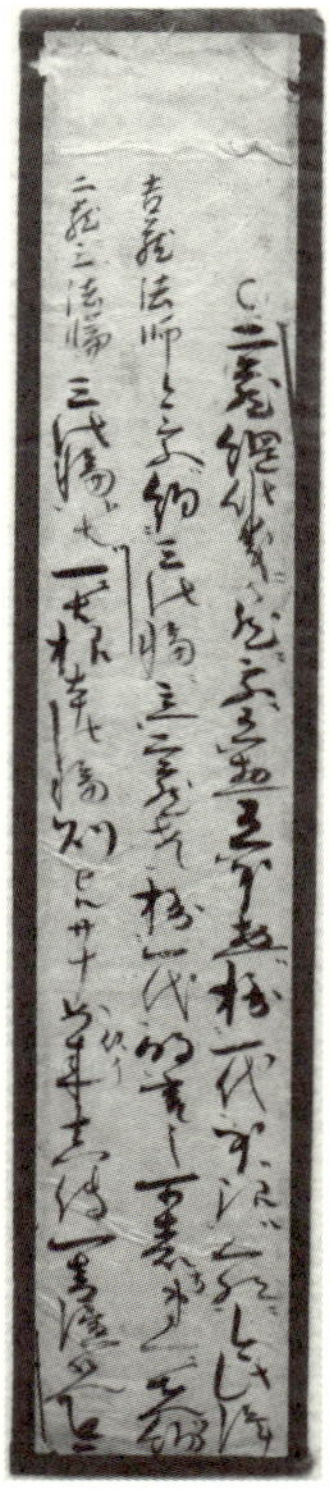

九七　伝解脱／伝かくしん〔未詳仏書〕（巻物切）

180頁

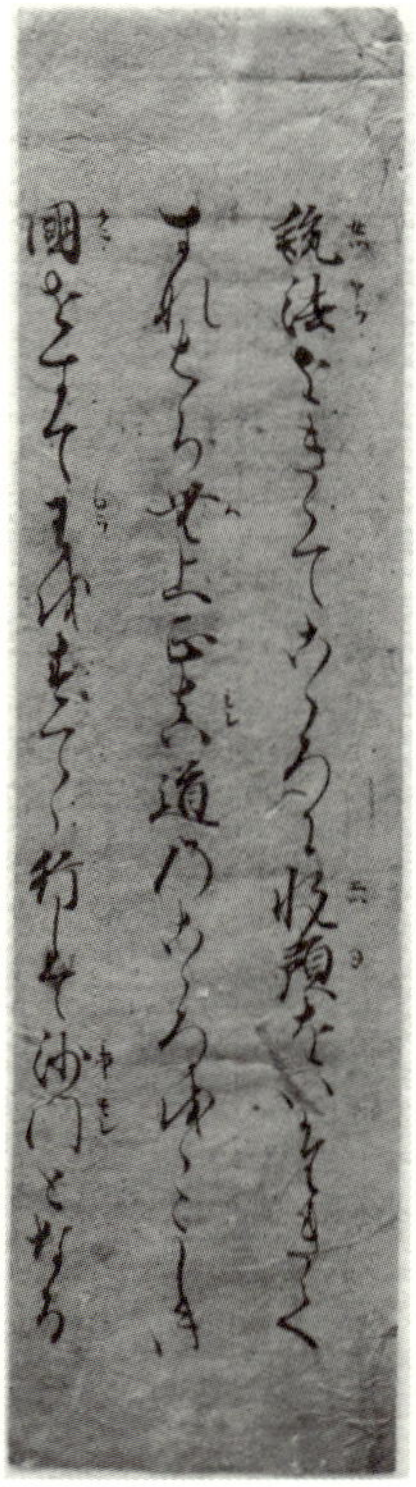

九八　伝俊寛僧都『選択本願念佛集』（四半切）

180頁

九九　伝世尊寺定成　十牛図断簡

180頁

一〇〇　伝実覚〔未詳仏書〕（巻物切）

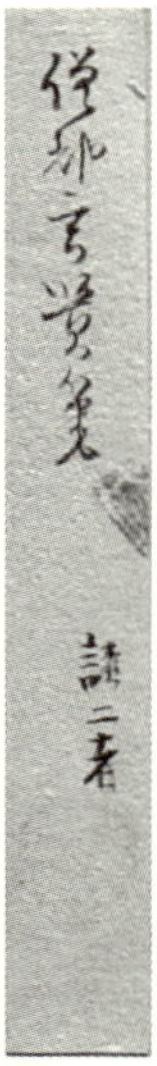

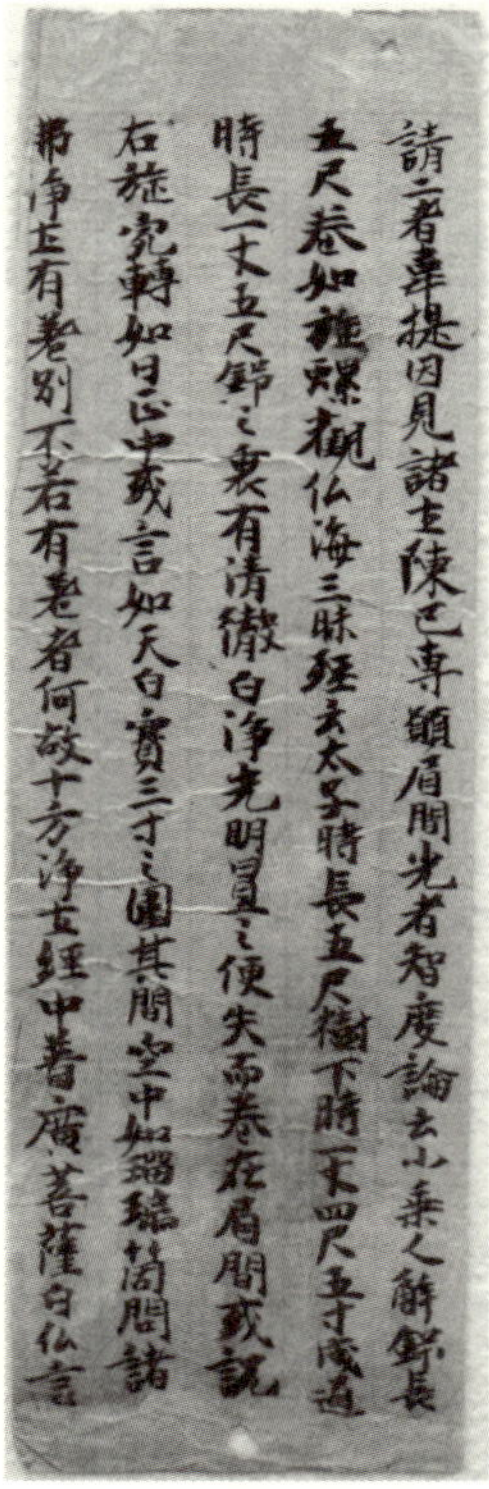

180頁

一〇一　伝青蓮院道圓親王『瑩山和尚清規』（巻物切）

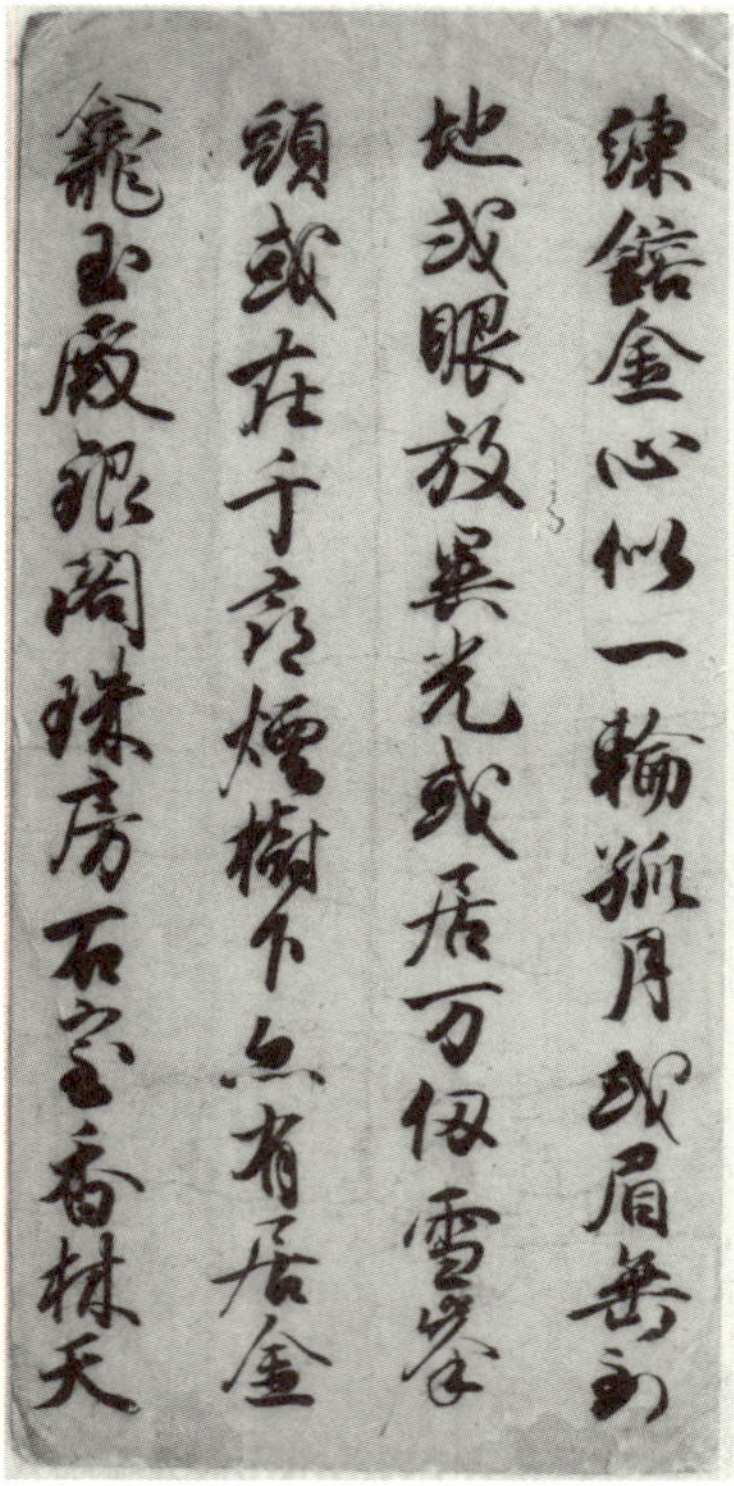

180頁

一〇二　伝覚弁／明範〔未詳仏書〕（巻物切）四葉

(A)

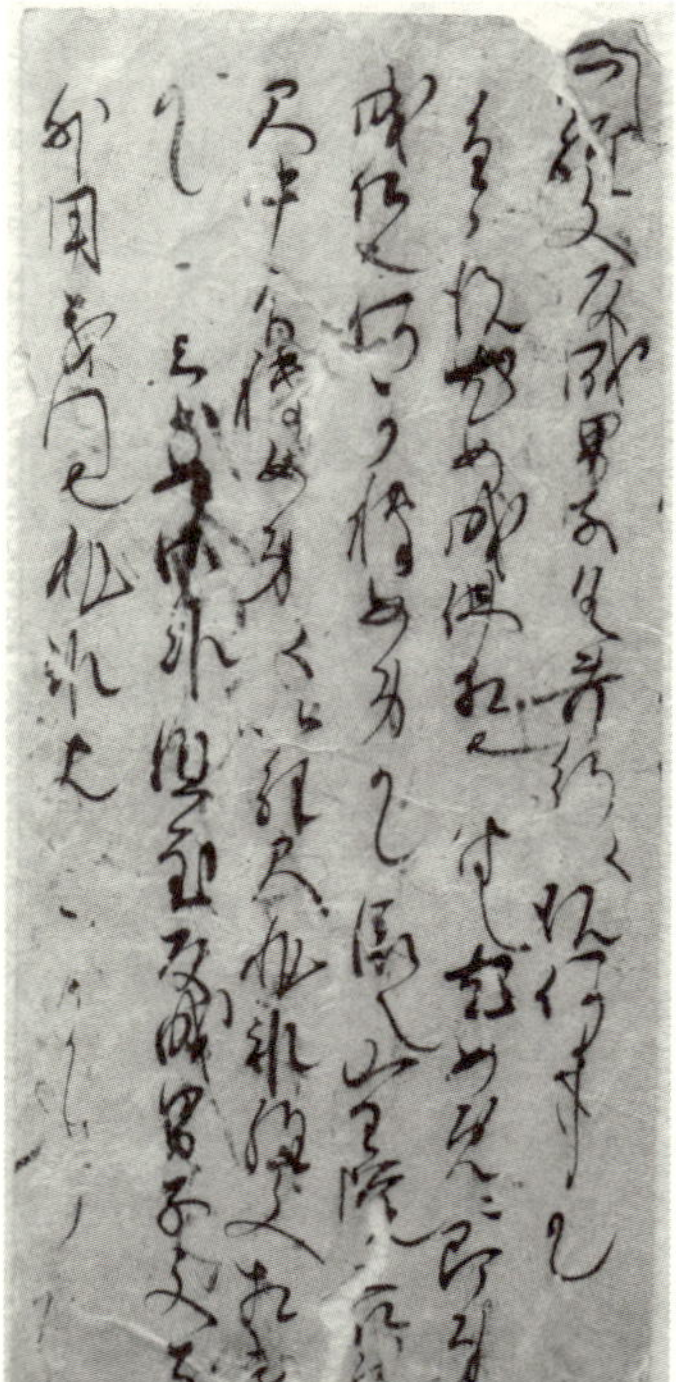

(B)

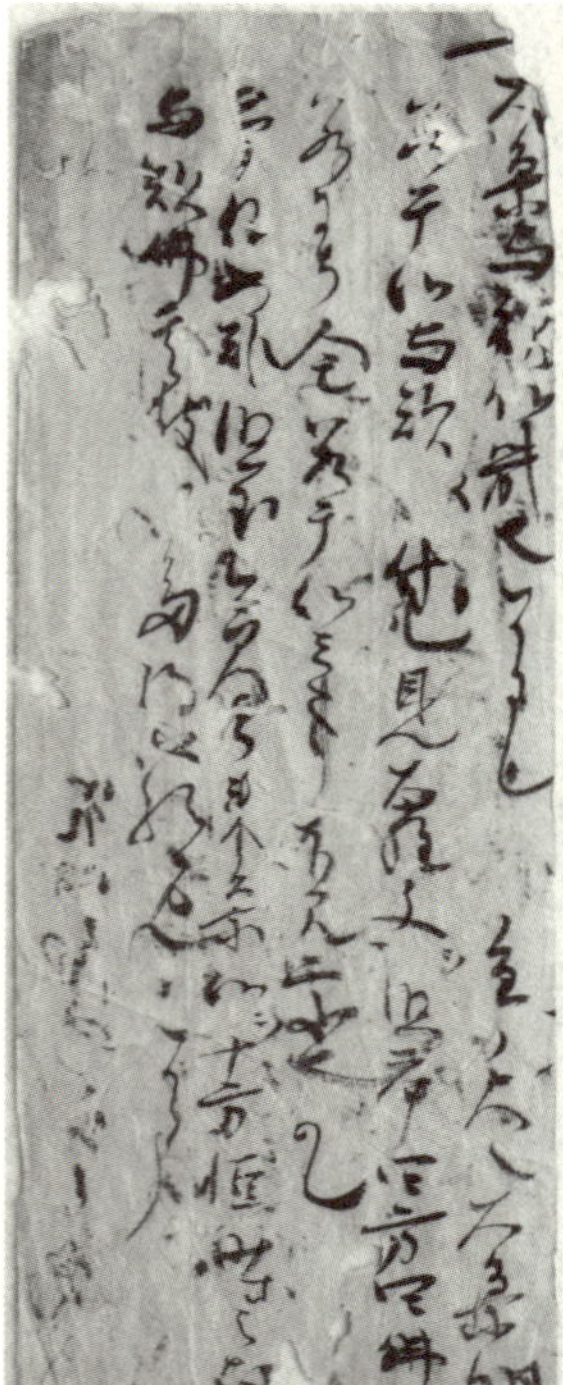

181頁

(C)

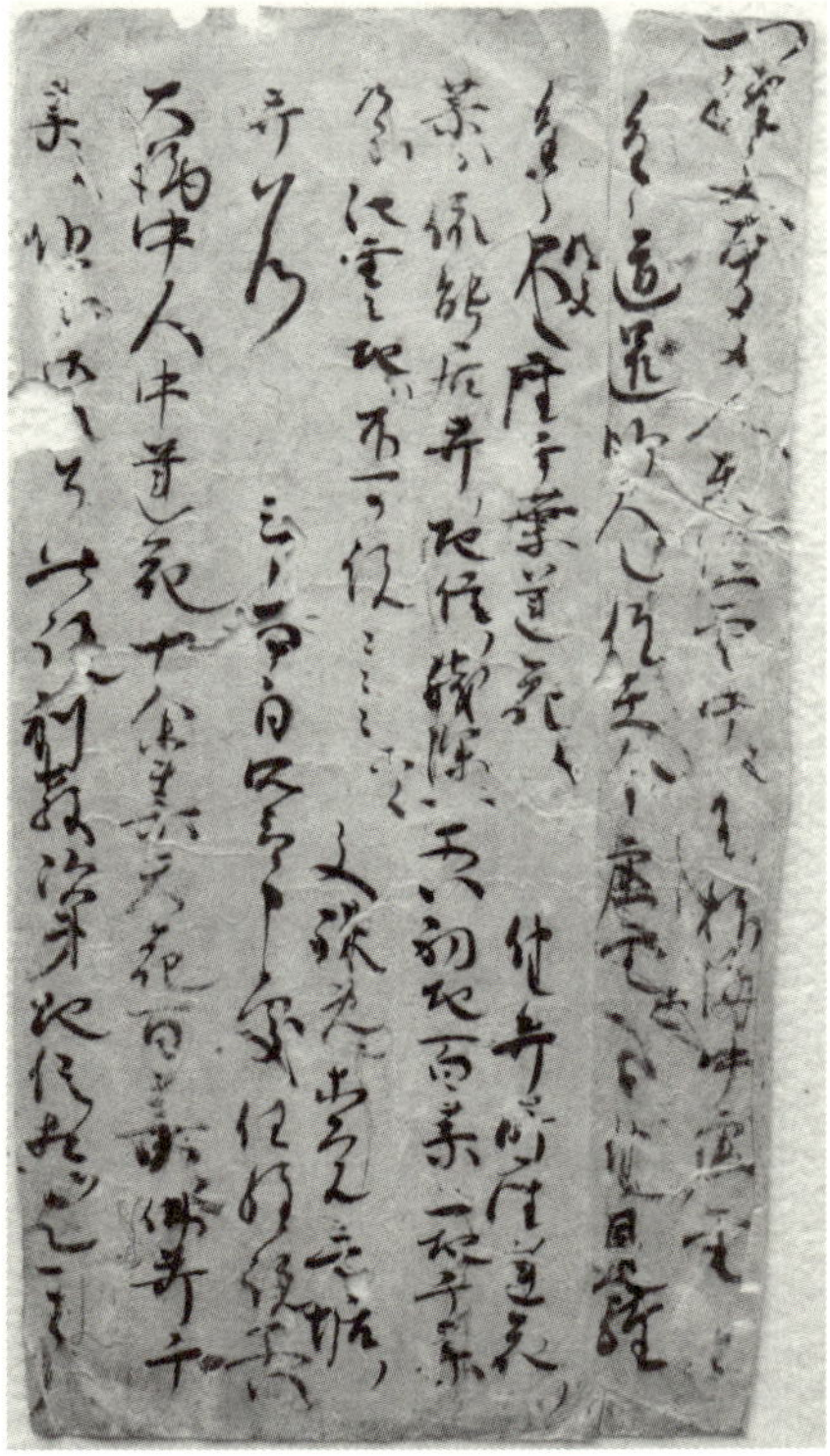

(D)

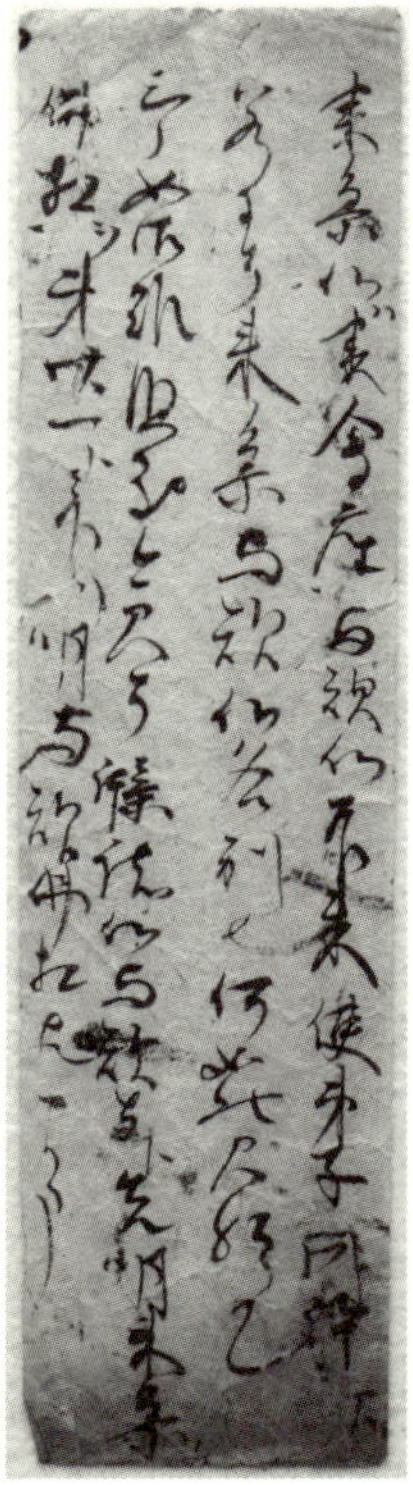

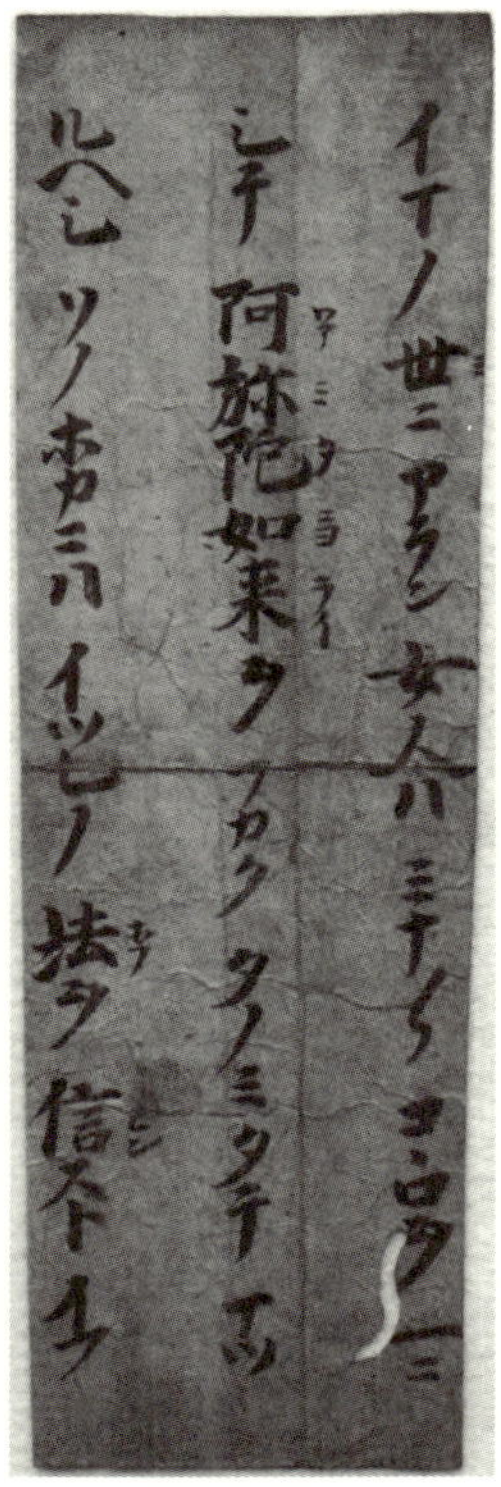

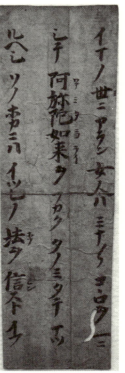

一〇三　伝証如上人『五帖御文』（巻物切）　181頁

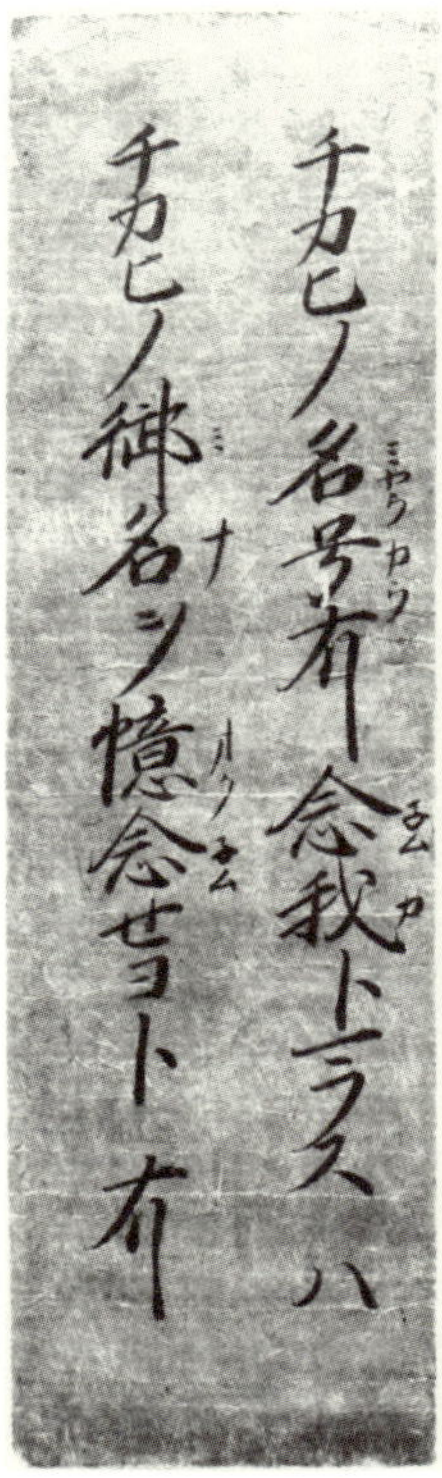

一〇四　伝承筆者名なし『唯信鈔文意』（巻物切）　181頁

一〇五　伝法然上人『西方指南抄』一紙

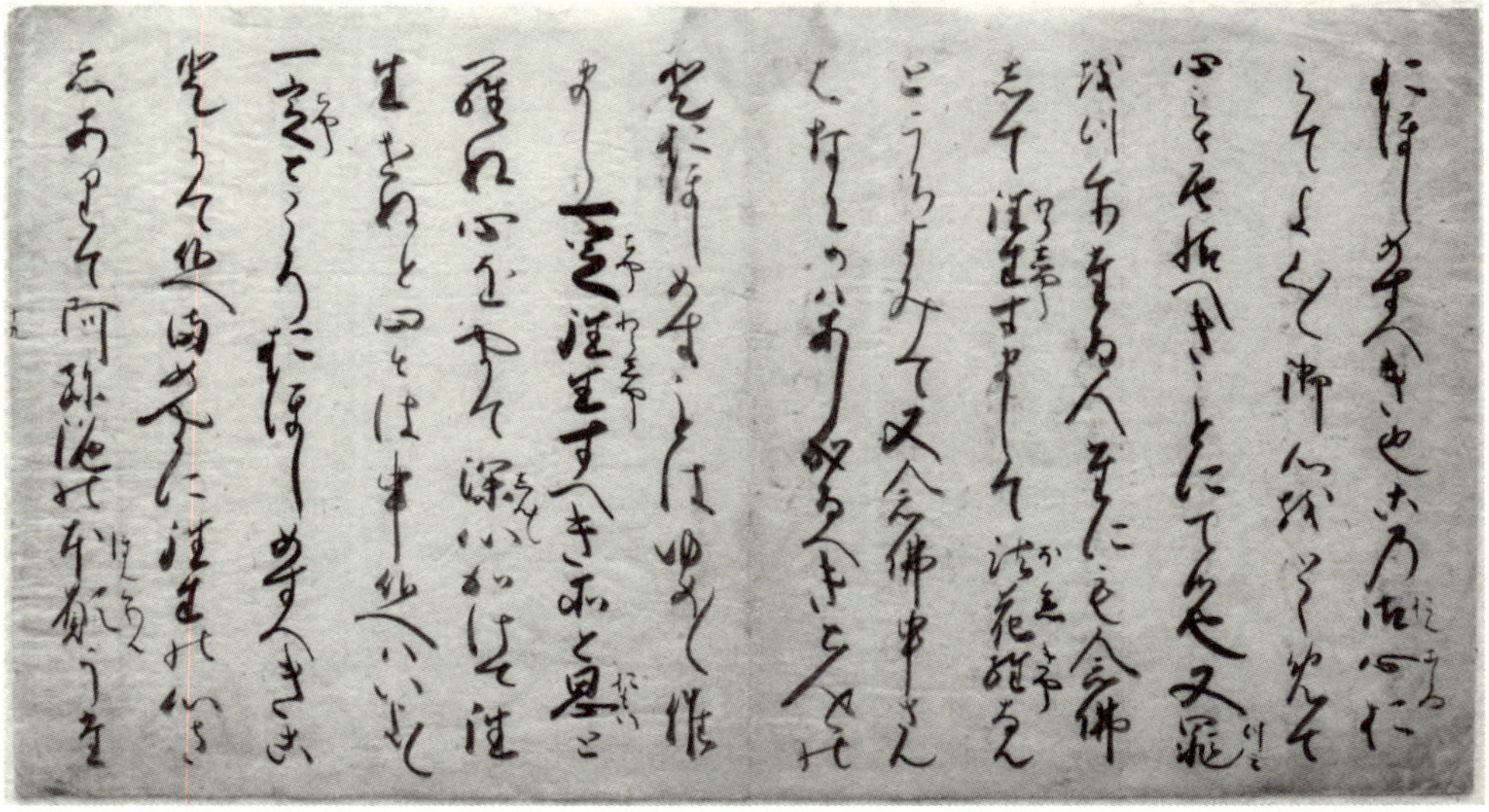

181頁

一〇六　伝承筆者名なし『大般若波羅蜜多経』（巻物切）

181頁

一〇七　伝承筆者名なし〔未詳仮名書き仏書〕（四半切）

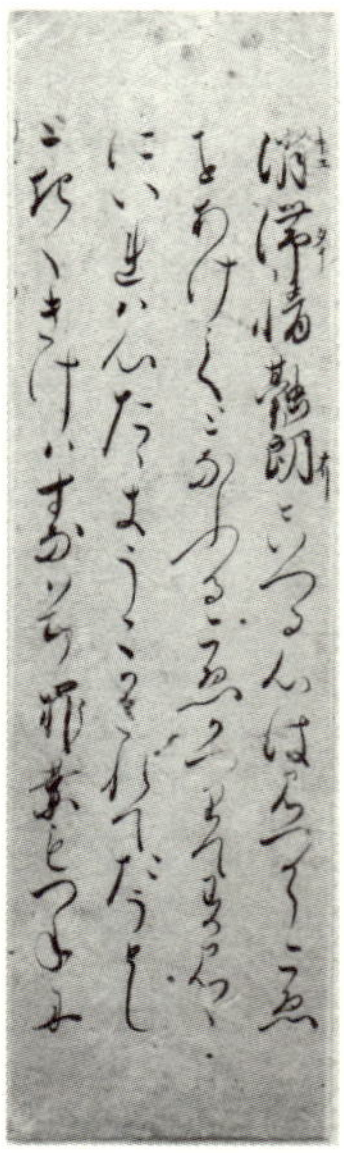

181頁

一〇八　伝承筆者名なし　色紙形

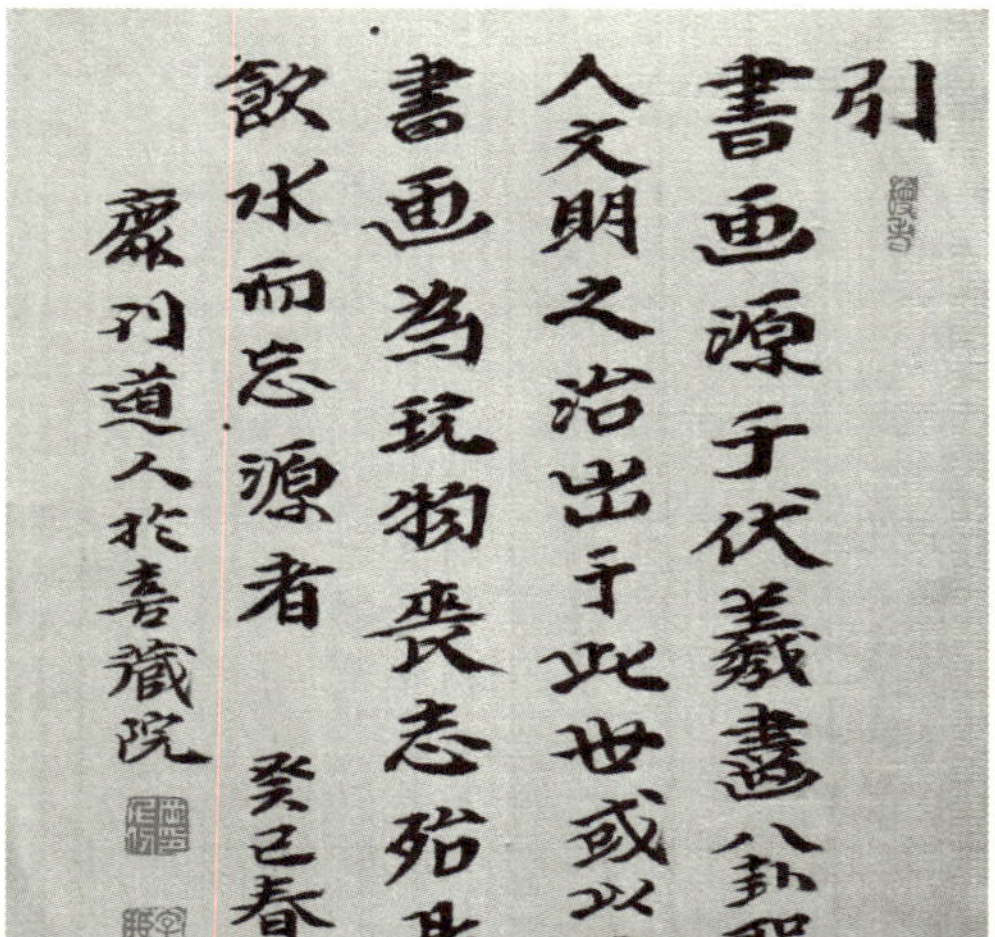

181頁

一〇九　伝承筆者名なし　団扇絵

182頁

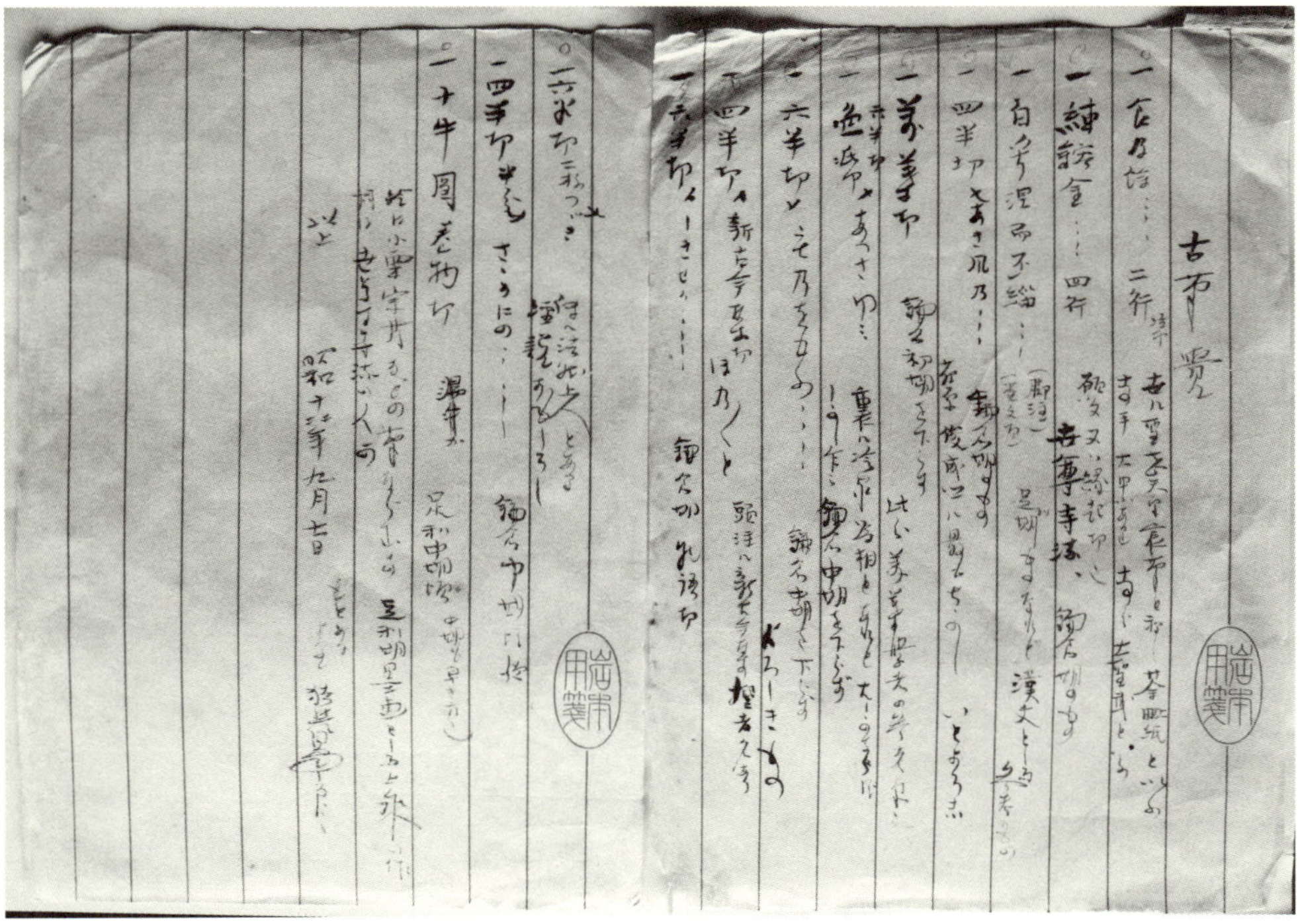

（参考）猪熊信男　古筆覚

跋

宇治の古刹、明星山三室戸寺は、西国三十三所観音の十番札所として、今も参拝者の絶えない寺院であるが、その蔵書についてはこれまで報告された例を知らない。今回の調査は、平成十五年（二〇〇三）八月五日午後、黒谷顕岑院白嵜顕成師の導きにより、三室戸寺を訪ね、初めて伊丹光恭師にお会いし、所蔵資料のうち、文学関係のいくらかを拝見したところから始まる。予想に反して、室町から江戸期にかけての歌書・連歌書が多く、何とか私の手に負えるだろうと調査の継続をお願いした。その後、当時の勤務校、奈良女子大学の大学院生と、非常勤で出講していた京都大学の大学院生に呼び掛け、調査班を組み、数人で定期的に三室戸寺を訪れ写真撮影と書誌調査に努めた。

資料は、百点余りと分量が多いとは言えず、端本や零本もあり、伝存状態も必ずしも良いわけではないが、歌書の「素性」は悪くないと思われた。調べて行くうちに、「聖護院蔵書記」の蔵書印を持つ本がぽつぽつ現れ、聖護院道晃親王筆とされる本や色紙が見つかる。本山に当たる聖護院所縁の資料があるのも尤もと思いつつ調査を続けていたが、ある段階で、いくつかの資料について、以前から聖護院の蔵書の調査をされていた日下幸男氏の仲介を得て、聖護院所蔵の資料との突き合わせを行った。その結果、端本や零本で伝わっていた『九代抄』や『連歌注断簡（矢島小林庵百韻注・住吉法楽百韻注）』などは、聖護院所蔵本のツレであることが判明した。すなわち、当資料の中に聖護院所縁とわかる資料がまま見られるのは、それらの資料が偶々当寺に譲られなどしたためと考えるよりも、本寺の資料のその多くが、聖護院の蔵書の一部そのものであるためと考える方がよいと思われたのである。そう考えることで、従来は序文のない一伝本しか知られていなかった『新三井和歌集』の、序文を有する一本や、「連歌総目録」未掲載の資料も収められている『千句』、室町後期の堂上での歌会・聯句会等の近世初期筆写のまとまった書留である『歌書類聚』、伝本稀少の中世女流日記『たまきはる』、武家伝奏も務めた三条西実条の道中詠の書留ほかの『三条西実条江戸下向和歌』、室町の芸能に関わる職業を題としての狂詩合である『十番詩合』などの稀覯書が見られることも納得が行く。

聖護院は門跡寺院として江戸時代に親王が門跡を務め、宮廷文化の一翼を担い続けてきた場所であり、その蔵書は禁裏本と関わる（日下幸男『近世初期聖護院門跡の文事─付旧蔵書目録』一九九二年、私家版、日下幸男編『龍谷大学仏教文化研究所個人研究報告書　文庫及び書肆の研究』二〇〇八年）。つまり、三室戸寺所蔵の文学関係資料も室町から江戸にかけての宮廷文化を脇から支えていたと言ってよく、ここにその紹介を行う意義も少なくないのである。

調査は寺務所の奥の座敷で行うことが常であったが、時には、本堂の脇の外陣ともいうべき場所で蔀戸を挙げて光を入れ調査を行ったこともある。また、最後の写真撮影の際には、忝なくも宝蔵庫に坐す平安の御仏たちの足下で作業をさせていただいたりもした。朝夕の往き帰りに眺めた、五千坪の大庭園に咲き誇る、折々の躑躅・石楠花・紫陽花・蓮、そして紅葉に、心洗われ心潤されたことも忘れがたい。今回本書の出版をお許し戴いたことも含めて、それもこれも伊丹光恭師のご厚情ご高配とご丹精のお蔭と深謝申し上げる。

また、本資料の調査・研究に対して、二〇〇五年度・二〇〇六年度奈良女子大学プロジェクト経費による支援を頂戴した。そのお蔭で調査の遂行と仮目録の作成が可能となった。そして、今回、二〇一四年度の京都女子大学出版助成（経費の一部助成）を得て、十年来の宿願を果たし得ることとなった。基礎的で地道な研究に対して支援を与えられた両大学の研究助成に感謝する。

十年前は大学院生だった調査班の諸氏も、今は社会に出てそれぞれの場所で勤めを果たしている。今まで待たせてしまったにもかかわらず、今回も以前の仮目録の訂正補充に協力してくれたことを有り難く思う。なかでも舟見一哉氏には仮目録の作成時から今回まで編集作業の多くを一人で担ってもらった。氏の献身的協力に対して特に記して感謝したい。末筆ながら、本書の出版を引き受け、丁寧かつ綿密に版面を組んでいただいた和泉書院の廣橋研三社長に謝意を表する。

二〇一五年正月吉日

大谷俊太

三室戸寺資料調査班　大谷俊太　阿尾あすか　小山順子
豊田恵子　長谷川千尋　舟見一哉
森本　晋　龍池玲奈

■著者紹介

大谷俊太　京都女子大学文学部教授
阿尾あすか　奈良学園大学人間教育学部助教
小山順子　国文学研究資料館研究部・総合研究大学院大学准教授
豊田恵子　宮内庁書陵部図書課研究員
長谷川千尋　京都大学人間・環境学研究科准教授
舟見一哉　文部科学省教科書調査官
森本晋　灘中学校・高等学校教諭
龍池玲奈　奈良女子大学大学院博士前期課程修了

本書の出版には、二〇一四年度京都女子大学出版助成（経費の一部助成）を得た。

三室戸寺蔵文学関係資料目録

二〇一五年三月一〇日　初版第一刷発行

編　者　大谷俊太
発行者　廣橋研三
発行所　有限会社　和泉書院
〒543-0037　大阪市天王寺区上之宮町七-六
電話　〇六-六七七一-一四六七
振替　〇〇九七〇-八-一五〇四三

印刷・製本　㈱遊文舎
装訂　倉本修

ISBN978-4-7576-0749-1　C3095